幸运的宠儿

FORTUNE'S FAVORITES

下

Colleen McCullough

[澳大利亚] 考琳·麦卡洛 ○著
成 鸿 ○译

文化发展出版社
Cultural Development Press
北京时代华文书局

目 录

第五章

公元前80年8月至公元前77年8月 …………………… 1

第六章

公元前77年9月到公元前72至71年冬季 …………… 98

第七章

公元前78年9月到公元前71年6月 …………………… 176

第八章

公元前71年5月到公元前69年3月 …………………… 341

第五章
公元前80年8月至公元前77年8月

第1节

恺撒再次起航前往东方。他母亲的管家尤提库斯（其实现在是他的管家了，不过恺撒从来都没有过这种错误的想法）身体柔弱，而且许多年来都过着比较安逸的生活。他发现跟着盖乌斯·尤利乌斯·恺撒外出旅行一点都不轻松。当他们走陆路的时候，特别是在阿皮娅大道这种坦途时，恺撒每天都要走四十里路，那些跟不上的人就会被留在后面。尤提库斯只是因为害怕让奥瑞利娅失望才勉强跟上，特别是在最初的那几天，他那光滑的大腿和肥胖的屁股疼得要命。

"你的屁股一骑马就疼！"恺撒毫无怜悯之心地哈哈大笑。他发现他们刚刚在贝内文图姆的一个客栈停下休息，尤提库斯就开始哭哭啼啼。

"最疼的是我的腿。"尤提库斯抽抽噎噎地说。

"骑马时，双腿的重量在马背上无处支撑，只能不停地前后摆动，这样腿当然会疼了！尤提库斯，你的情况就更是如此！不过，你要振作起来。等我们到达布伦狄西姆，你的腿就会感觉好得多，你也会感觉好得多。你在罗马过了太长时间的安逸生活。"

尤提库斯开始想象到达布伦狄西姆之后的情况，但这并不能改变他的心情，一想到要穿越爱奥尼亚海，他就忍不住又哭了起来。

"恺撒是个硬心肠的家伙。"布尔根杜斯说着咧嘴一笑。恺撒刚刚走开去检查他们住宿的房间，确认那里是否足够干净。

"他是个魔鬼！"尤提库斯一声哭叫。"一天走四十里路！"

"你算幸运了。这才刚刚开始，而且他因为你，对我们还算比较放松。"

"我想回家！"

布尔根杜斯伸出手，笨拙地拍了拍管家的肩膀。"尤提库斯，你也知道，你不能回家。"他说着做了个鬼脸，浑身一哆嗦，他那有点呆滞的大眼睛充满恐惧。"好啦，擦干眼泪，试着走一走。唉，你跟着他受点苦，总好过回去面对他母亲！再说他也不是你以为的那么无情。现在他正忙着给你安排一个舒服的热水澡，让你那可怜的屁股好好放松一下。"

尤提库斯撑了下来，不过他不确定自己能不能撑过整个海上航行。恺撒和他的小队伍只花了九天时间，就完成了罗马到布伦狄西姆之间三百七十里的路程，这些可怜的随从还来不及喘口气要求稍作休息，恺撒就毫不容情地把他们赶上一艘船。他们航行到美丽的克基拉岛，然后在伊庇鲁斯①换了另外一艘船到达布斯罗图姆，然后从陆路经过阿卡纳尼亚和德尔斐②到达雅典。这是一条希腊人的牧羊小道，并不是罗马人修建的大道。这条小道在山林间高低起伏，穿过潮湿茂密的林木。

"看来就连我们罗马人也没有试过在这条路上行军。"恺撒说道，他们刚刚进入德尔斐的山谷，这个郁郁葱葱的山谷位于崇山峻岭之中。他考虑完这件事，然后才有心思欣赏周围的景色。"我必须记住这个地方。只要有坚定的信心，就可以在这条路上行军。而且不会有人知道，因为不会有人相信。"

恺撒喜欢雅典，雅典也喜欢他。他跟其他那些出身高贵的人不一样，从来都不指望那些拥有豪宅和地产的人对自己盛情款待，而是满足于各种小客栈，如果没有客栈那就在路边搭个帐篷。所以他到了雅典就在阿克罗波利斯东侧的山脚下找了个看得过去的客栈，然后就住了进去。但

---

① 伊庇鲁斯（Epirus）是位于阿尔巴尼亚南部和希腊西北部濒临爱奥尼亚海的古代地区。伊庇鲁斯最初由科林斯统治，公元前4世纪曾与雅典结盟，公元前198年附属于马其顿，罗马战败马其顿后，公元前146年并入罗马共和国版图。——译者注

② 德尔斐（Delphi）是希腊中部的一个高山村落，历史至少可以追溯到公元前6世纪，是所有古希腊城邦共同的圣地，那里有著名的阿波罗神庙。——译者注

他很快就被请到提图斯·蓬波尼乌斯·阿提库斯的豪宅里。当然,恺撒并不认识阿提库斯,不过他像所有罗马人一样,知道阿提库斯和克拉苏在盖乌斯·马略去世之后遭遇的经济危机。

"请你住在我家里。"阿提库斯彬彬有礼地说,虽然他之前有过一次错误估计,但是他对于自己所属的阶层有着精明的判断力。他一看到恺撒,就知道自己听到的消息确实不假。恺撒以后肯定是个人物。

"提图斯·蓬波尼乌斯,你太慷慨了,"恺撒说着露出一个灿烂的微笑,"但是,我更喜欢自己待着。"

"你在雅典自己待着,只会吃着有毒的食物,睡着肮脏的床铺。"阿提库斯回答道。

恺撒的洁癖让他立刻改变主意。"谢谢你,我会住进这里。我没有很多随从,只有两个被释奴,还有四个仆人,不知你能否也给他们安排房间。"

"我的房间绰绰有余。"

于是一切都安排下来了。现在多了各种宴会和外出旅行,恺撒发现自己留在雅典的时间要比预计的更长。虽然阿提库斯出了名的喜爱奢侈享乐,但他并不是一个柔弱的人。于是他和恺撒一起爬过许多有历史遗迹的悬崖峭壁,也在马拉松的平地上一起纵马狂奔。他们骑着马去到科林斯和底比斯。他们参观了奥尔科梅努斯湖的沼泽地,苏拉就在这里赢得了对战密特里达提的两次关键战役。他们还追寻了监察官加图在温泉关[①]绕过敌军的小路,还有利奥尼达斯被敌军包抄的那条小路。

"陌生人,去告诉斯巴达人,我们因为服从统帅而在这里战死。"恺撒读出刻在石碑上纪念这次英勇战斗的碑文。他转身看着阿提库斯说,"全世界的人都可以引用这句话,但是从纸张上看到这句话,肯定不如站在这里看到这句话那么令人震撼。"

"恺撒,你会满足于像这样被人纪念吗?"

[①] 温泉关(Thermopylae)是位于希腊东部爱琴海沿岸的一个古代地名,此地背山靠海地势极为险要。公元前480年希波战争中波斯国王薛西斯率海陆军侵入中希腊,斯巴达王利奥尼达斯率军扼守温泉关抵抗。——译者注

3

那张修长的俊脸神色凛然。"绝对不会！这是愚蠢无用的行为，是对那些勇士的浪费。阿提库斯，我会被人纪念，但不是因为这种愚蠢无用的行为。利奥尼达斯是斯巴达人的国王，而我是罗马共和国的贵族。他生命的唯一意义就在于他抛弃自己生命的方式。而我生命的意义在于我活着做了什么事。只要我像个罗马人那样死去，那么我究竟以何种方式死去都不重要。"

"我相信你。"

因为恺撒是个天生的学者而且博览群书，所以他发现自己跟阿提库斯有许多共同之处，阿提库斯拥有智慧而高雅的品味。这两人发现他们对于文学和艺术有着相似的品味，于是常常花费很多时间一起评论米南德的戏剧或菲迪亚斯的雕塑。

"但是留在希腊的好画已经不多了。"阿提库斯说，悲伤地摇着头，"穆米乌斯洗劫科林斯之后没有运到罗马的画作，还有艾弥利乌斯·保卢斯洗劫皮得纳之后没有运到罗马的画作，都在随后的几十年中逐渐消失了！恺撒，如果你想看到这个世界上最好的画作，那你就要到罗马的马尔库斯·李维乌斯·德鲁苏斯家里去。"

"我相信克拉苏拥有这些画作。"

阿提库斯的脸一阵扭曲，他讨厌克拉苏，尽管他们曾经是一起投机的搭档。"那些画作可能被他丢在某个满是灰尘的地下室，而且那些作品要想重见天日，恐怕只能等到有人告诉他那些东西比市集上被折磨拷打的奴隶或低价购入的公寓更值钱了。"

恺撒咧嘴一笑。"阿提库斯，我的朋友，我们不能要求所有人都拥有文化修养和艺术品位！像克拉苏这样的人，也应该有他的位置才对。"

"在我家里绝对没有他的位置！"

"你没有结婚。"恺撒说，他即将离开雅典了。他知道阿提库斯为什么不结婚，但他不需要点明这背后的原因，所以这句话听起来并不是某种批评。

阿提库斯那修长冷峻的面孔显出一丝厌恶的神情。"没有，恺撒。我不准备结婚。"

"但是我在十三岁的时候就结婚了,而且这个女孩到目前还没到达能跟我同床的年龄。这真是奇怪的命运。"

"比大部分人都要奇怪。秦纳的小女儿,你不愿跟她离婚,就算是为了'至善至尊者'朱庇特。"

"你是说,就算是为了苏拉。"恺撒笑着说。"这是非常幸运的事情。因为苏拉的积极干涉,我逃脱了盖乌斯·马略的网罗,不用继续担任朱庇特祭司!"

"说起婚姻的事情,你认识马尔库斯·图利乌斯·西塞罗吗?"阿提库斯问。

"不认识,不过我当然听说过这个人。"

"你们本来应该会谈得来,不过我猜测这可能无法实现了。"阿提库斯沉吟道。"西塞罗很看重自己的聪明才智,而且不喜欢遇到对手,但你可能比他更胜一筹。"

"这跟婚姻有什么关系?"

"我刚刚给他找了一个妻子。"

"真是一件好事。"恺撒对这种事没有多大兴趣。

"特伦提娅,瓦罗·卢库卢斯的养妹。"

"我听说,她是个可怕的女人。"

"确实如此,不过她的家世背景比西塞罗的预期好多了。"

恺撒打定主意,当主客之间只剩下漫无目的的闲聊,就是离开的时候了。恺撒当然知道这是谁的问题。恺撒知道,阿提库斯这个罗马财阀之所以自我流放,是因为他对年轻男人的性偏好。恺撒个性开明,但这种事情还是让他觉得有点恶心。真可惜,本来他也许能跟阿提库斯建立起一段深厚的友谊。

恺撒从雅典出发,选择了一条罗马人修建的行军路线,从阿提卡[①]穿

[①] 阿提卡(Attica)是希腊中东部的古代地区。东面和南面濒临爱琴海,主要城市有雅典、比雷埃夫斯和埃莱夫西斯。——译者注

过博埃奥提亚①和色萨利②，然后经过滕比山谷一路疾驰来到奥林匹斯山，在那偏远的山巅草草地拜会了宙斯神像。他们一行人在狄乌姆再次登船，从一个海岛去到另外一个海岛，最后到达赫勒斯滂海峡，从这个地方到达尼科美狄亚只需三天。

恺撒在尼科美狄亚的王宫受到极为热烈的欢迎。年迈的国王和王后本来已经不再指望能见到他，特别是从米蒂利尼传来消息说恺撒与特尔穆斯和卢库卢斯一起回到罗马。恺撒突然到来，这让那只叫作苏拉的狗儿大喜过望。它在王宫中横冲直撞，狂啸尖叫地扑向恺撒，然后又一路狂奔回到国王和王后身边，好像要告诉他们是谁来了，然后又跑回恺撒那边。它的狂喜让国王和王后的拥抱和亲吻显得不值一提。

"它都快要说话了。"恺撒说，那只狗儿终于放开他，让他坐到一张椅子上。它兴奋得几乎喘不上气，只好乖乖地坐在恺撒脚边，发出一连串呼哧呼哧的声音。恺撒弯下腰摸了摸狗肚子。"苏拉，老伙计，我从没想过看到你的丑脸会让我这么高兴！"

那天晚上，恺撒回到他的房间，脱了衣服躺在床上，想起自己跟父母是那么疏远。他的父亲很少在家，每次在家也是把注意力放在跟自己妻子暗中较劲而不是跟孩子亲近。他的母亲总是刚正不阿、无比严苛，根本就不会对他表现出任何躯体上的亲热。恺撒从现在的有利角度想起这些事，觉得父亲对母亲那种既含糊又显著的不满，也许主要原因就在于母亲的冷淡和疏远。当然，他不会知道父亲对母亲真正的不满。这种不满的根源在于他的妻子一直都无比热爱身为包租婆的工作，而他认为这种工作对他的妻子来说实在太低下了。因为恺撒和他姐姐从未见过奥瑞利娅不是包租婆的时候，所以他们实在无法理解奥瑞利娅的这份工作给他们的父亲带来多大的困扰。于是他们想当然地把父亲的态度和自己对

---

① 博埃奥提亚（Boeotia）是希腊中东部的古国，与阿提卡和科林斯湾为邻。——译者注
② 色萨利（Thessaly）是希腊中东部的历史区域，其古城区域与现在的区域大体相当。公元前2世纪，该地加入罗马的马其顿行省。——译者注

拥抱和亲吻的渴求联系起来,可是他们并不知道父母在一起度过的那些夜晚是多么快乐。当父亲去世的噩耗传来,还有父亲的骨灰盒也被一并送来时,恺撒的第一反应就是把母亲抱进怀里,想给母亲一点安慰。但是母亲却甩开他的怀抱,并且硬邦邦地告诉他要记得自己是谁。这对他来说很伤感情,直到他从母亲那里继承的情感隔离进行自我说明,告诉他这就是他能够从母亲那里期待的唯一反应。

现在恺撒心想,这也许只是他周围常见的一种现象,孩子总是希望从父母那里得到某些东西,但这些东西父母要么是不愿给,要么是不能给。他知道,自己的母亲是一颗无价的珍珠。他也知道,自己是多么爱母亲。他还要感谢母亲总是指出他的缺点,并且给他提供一些极具实用智慧的建议。

但是,但是……接受别人用拥抱、亲吻、温情表达的欢迎是多么美好,就像尼科美德斯和奥拉达尔提斯今天迎接他的那样。他并没有期望自己的父母能像尼科美德斯和奥拉达尔提斯那样,只是希望尼科美德斯和奥拉达尔提斯是他的父母。

这种情绪一直延续到第二天早上他和国王夫妇一起吃早餐,白天的光线让这种愿望显得十分荒唐。恺撒坐在那里看着尼科美德斯,他把自己父亲的面孔安在国王脸上(国王为了表示自己对恺撒的尊重,所以没有给自己的脸上涂脂抹粉),忍不住想要哈哈大笑。至于奥拉达尔提斯,虽然她是王后,但是看起来还没有奥瑞利娅十分之一的尊贵。恺撒心想,他们不是父母,而是祖父母。

恺撒到达尼科美狄亚时是十月份,而且他并不准备匆忙赶往其他地方。这让国王和王后十分高兴,他们竭尽全力满足这位贵客的一切愿望。于是恺撒去参观了戈尔迪乌姆、佩西努斯,还有位于普洛康奈斯岛上的大理石矿场。到了十二月,恺撒已经在比希尼亚待了两个月,他发现自己被要求去完成一件十分艰巨和怪异的任务。

那年三月,西里西亚的新总督小多拉贝拉从罗马出发前往他的行省,随行的有一群仆人和另外两位罗马贵人。这两人中比较重要的是他的高级副将盖乌斯·维瑞斯，比较次要的是他的财务官盖乌斯·普布利基乌斯·马利奥卢斯，这位财务官是通过抽签委派给他的。

马利奥卢斯是苏拉吸纳的新元老，然后又通过竞选当上财务官。他并不是新贵，他的家族中曾经出过执政官，他的中庭里也陈列着祖先蜡面。但是，他并没有多少钱。只有一些在剥夺公民权时期幸运买入的东西，让他们家族把希望寄托在这个三十一岁的马利奥卢斯身上。他的使命就是当上执政官，让他们的家族恢复往日荣光。他的母亲和姐妹知道他的薪水是多么低，而要维持小多拉贝拉的生活方式是多么不容易，于是她们卖掉了自己的珠宝首饰去填充他的钱包，因此他也准备只要到达行省就要努力填充自己的钱包。她们还热切地把家里最好的财宝也塞给他，那是一整套精美无比的金盘和银盘。她们说，当他为总督举办宴席时，使用这套家传的盘子可以提升他的地位。

不幸的是马利奥卢斯并不像他的祖先那么聪明能干，他身上具备一种容易上当的单纯，这一点并不利于他在小多拉贝拉的手下谋生。高级副将盖乌斯·维瑞斯相当聪明，在他们一行人到达塔伦图姆之前，他就摸清了马利奥卢斯的性情，并且成功地让马利奥卢斯认为他是个大好人。

他们跟另外一位总督盖乌斯·克劳狄乌斯·尼禄及其随从一起前往东方，尼禄是出自克劳狄乌斯氏族的贵族，他不如那个同样出自克劳狄乌斯氏族的普尔克尔聪明，但是他拥有更多财富。

盖乌斯·维瑞斯又开始蠢蠢欲动了。因为他在相关领域的知识，所以他通过给贝内文图姆周边的大地主和大财阀定罪而得到许多好处，不过贝内文图姆并没有让他对艺术品的热爱得到满足。贝内文图姆那些被定罪的人没有多少文化素养，无论是那不勒斯人对一些神仙雕塑的拙劣模仿，还是普拉克西特利斯和米隆的作品对他们来说都差不多。一开始维瑞斯满心期待地等着赛克斯图斯·佩尔奎提恩努斯的孙子被定罪，这个佩尔奎提恩努斯是个臭名远扬的家伙，他是骑士阶层中无人能比的艺术鉴赏家，再加上他曾经在亚细亚干过税的生意，所以他的艺术收藏可能比马尔库斯·李维乌斯·德鲁苏斯的收藏还要丰富。可是佩尔奎提恩努斯的孙子突然变成了苏拉的侄子,这么一来佩尔奎提恩努斯的财产就永远安全了。

虽然维瑞斯的家世背景并不显赫,他的父亲只是一个后座元老,而且是维瑞斯家族第一个进入元老院的人,但维瑞斯到目前为止还是混得很好,这主要是因为他对金钱的天生敏锐,再加上他总能让某些重要人物相信他的价值。他很容易就骗过了卡尔波,但是他从来都没能骗过苏拉,不过苏拉还是毫无顾忌地利用他去毁灭萨莫尼乌姆。可惜萨莫尼乌姆就像贝内文图姆一样缺乏伟大的艺术品,所以维瑞斯对于艺术品的疯狂占有欲还是不能得到满足。

于是维瑞斯决定只能去东方了,那个希腊化的世界到处都散布着从亚历山大里亚、奥林匹亚、本都和拜占庭而来的各种雕塑和绘画。所以苏拉抽签决定了下一年的总督人选之后,维瑞斯为了争得一个职位赶紧去巴结小多拉贝拉。小多拉贝拉的堂兄大多拉贝拉在马其顿,那个地方也有很多艺术品,但是大多拉贝拉是个很难对付的人,而且他也有自己的目标。盖乌斯·克劳狄乌斯·尼禄将前往亚细亚行省,但是尼禄太坚持原则了。这么一来就只剩下亚细亚行省隔壁的西里西亚,而西里西亚的总督小多拉贝拉正好是维瑞斯善于对付的那类人。小多拉贝拉非常贪婪,毫无操守,而且存在种种隐秘的恶习,包括跟肮脏粗俗的女人鬼混和使用春药提升感官刺激。早在这趟东方之旅开始之前,维瑞斯就让自己成为小多拉贝拉满足这些隐秘恶习的得力助手。

维瑞斯得意地想:幸运,我受到了幸运之神的眷顾!像小多拉贝拉这种人并不多,而且这种人通常很难爬到这么高的位置。如果不是大多拉贝拉为苏拉立了战功,那么小多拉贝拉永远都不可能成为大法官和行省总督。虽然小多拉贝拉已经成为大法官和行省总督,但他的内心常常陷于不安和恐惧,所以当维瑞斯对他表现得惺惺相惜并为他满足恶习提供各种资源时,小多拉贝拉真是长舒一口气。

他们一行人跟克劳狄乌斯·尼禄同行的时候,维瑞斯只好用意志力把自己的双手绑住,努力克制住自己想要从那些希腊圣所或市集夺取艺术品的冲动。在雅典的时候这种克制显得尤为困难,因为那里到处都是艺术瑰宝,但是提图斯·蓬波尼乌斯·阿提库斯已经把雅典的罗马势力编织成一个大网,而他自己就像一只大蜘蛛那样坐在网中间。因为阿提库斯雄厚的财力,他跟凯基利乌斯·梅特卢斯家族的血缘关系,还有他对雅典的许多赠礼,所以他绝对不是一个可以招惹的对象,而且众所周知他一直以来都严厉谴责罗马人对艺术品的大肆掠夺。

不过乘船离开雅典之后,他们与克劳狄乌斯·尼禄就不再同路了。尼禄想尽快到达帕加马,而且他也没有那么喜爱希腊文化,于是他的船只全速前进赶往亚细亚行省,而小多拉贝拉的船只则驶向那小巧玲珑的提洛岛①。

九年前,密特里达提国王入侵了亚细亚行省和希腊,在此之前提洛岛一直都是世界奴隶贸易的中心。从事奴隶贸易的大商人在这里建立了许多商店,海盗为地中海东岸地区提供了大部分奴隶。在昔日的提洛岛,每天买卖的奴隶就有两万名,但这并不意味着这个美丽的海港每天都有许多装满奴隶的船只。奴隶贸易主要是在纸面上完成,无论是奴隶所属权的转移还是交付的资金。只有那些非常特殊的奴隶才会被运到提洛岛,这个海岛只是中间商的聚集地。

这里曾经有过许多意大利人和罗马人,还有许多亚历山大里亚人和数目可观的犹太人。提洛岛上最大的建筑是罗马人的市集,许多在提洛岛经商的意大利人和罗马人都把他们的办公地点安置在这里。现在这个地方在暴风吹袭之后几乎被废弃,就像这个海岛的西部一样,那里因为气候更好所以有许多房屋聚集。提洛岛曾经以埃及的托勒密王后和叙利亚的塞琉西王朝为宗主国,并且在那段时期引进了许多外邦神明,现在

---

① 提洛岛(Delos)是希腊南部基克拉泽斯群岛中的一个小岛,曾经是古代爱琴海地区的宗教、政治和商业中心。——译者注

辛托斯山①的山坡上就矗立着这些神明的圣所和神庙。提洛岛有两个海湾，萨克里海港是其中较小的一个，阿尔忒弥斯（阿波罗的姐妹）的圣所就在这个海湾附近，通常只有前来朝圣的船只会停靠在这里。从这座圣所往北走，就是恢弘壮丽的阿波罗神庙，这座巨大的美丽神庙中收藏了一些举世闻名的艺术。在阿波罗神庙和圣湖之间有一条步道把这两个地方连接起来，这条路上的两边都是白色大理石雕刻的狮子。

维瑞斯欣喜若狂，任何人都不能让他停止寻宝活动。他从一个神庙跑到另外一个神庙，惊奇地看着以弗所的阿尔忒弥斯塑像，女神抱着公牛的睾丸就像两个光滑硕大的乳房，让他大为震撼的还有来自科马纳的玛②。在西顿的赫卡忒③和亚历山大里亚的塞拉皮斯④，他对着用黄金和象牙雕刻而成的塑像垂涎欲滴。他还看到许多东方君王的宝座，这些宝座上镶满珠宝，看来这些宝座的主人必须盘着腿才能坐在上面。不过阿波罗神庙里的两组雕像才真的让他无法克制，一组雕像是玛尔叙阿斯⑤对着狂喜的弥达斯和暴怒的阿波罗吹奏长笛；另外一组雕像是由黄金和象牙雕刻而成的勒托⑥抱着她的圣婴，据说这是雕塑大师菲迪亚斯亲手所制。因为这两组雕塑比较小，所以在多拉贝拉准备起航离开的前天半夜，维瑞斯和他的四个仆人偷偷潜入神庙，把这些雕塑从基座上搬下来，仔细地用毯子包好，然后藏在船上属于维瑞斯的那堆行李之中。

"我很高兴阿尔克劳斯洗劫了这个地方，然后苏拉又洗劫了一次，"

---

① 辛托斯山（Mount Cynthus）是提洛岛上的一座山。传说阿波罗和阿尔忒弥斯在此山出生，所以阿波罗又称辛提奥斯，阿尔忒弥斯又称辛提亚。——译者注
② 玛（Ma）是卡帕多西亚的母神，是丰产的化身。她的祭仪在公元前85年传到罗马。——译者注
③ 赫卡忒（Hecate）是希腊神话中的女神，司大地、海洋和天空，后演变为冥界统治者，司魔法与魅力。相传她亲眼见到珀耳塞福涅被拐入冥界，所以手执火炬协助其父得墨忒耳寻找。——译者注
④ 塞拉皮斯（Serapis）是埃及的阴间神、天空神和丰饶神。——译者注
⑤ 玛尔叙阿斯（Marsyas）是希腊神话中的人物。他捡起被女神雅典娜丢弃的长笛，并成为优秀的演奏家，后来因为吹嘘自己的演奏技艺而受到众神的严厉惩罚。——译者注
⑥ 勒托（Leto）是希腊神话中提坦女神的女儿，被宙斯所爱。她怀孕之时到处不受欢迎，因为大家害怕得罪了赫拉。于是她不得不到提洛岛生下阿波罗和阿耳忒弥斯。——译者注

第二天清晨维瑞斯一脸得意地对马利奥卢斯说,"如果提洛岛上仍然因为奴隶贸易而喧嚣繁忙,那要静悄悄地拿走一些东西就会很困难,就算是在夜里也是这样。"

马利奥卢斯有点吃惊,心中想着维瑞斯这么说到底是什么意思。他看着那张邪魅的蜜色俊脸,上面的神情显然不想让他继续打听。半天之后,他就知道是怎么回事。因为突然起了一阵风,所以多拉贝拉的航行不得不推迟。在船只起航之前,阿波罗神庙的祭司找到多拉贝拉,大叫大喊地说阿波罗有两组宝贵的雕塑被偷了。然后他们细细地讲述了先前的情况:维瑞斯在这两组雕像之前徘徊许久,不仅在雕像上抚摸,还试着摇了摇基座,一直用眼睛上下打量。最后他们指出雕像肯定是被维瑞斯偷走了。马利奥卢斯吓得不轻,但他意识到这就是实情。因为他很喜欢维瑞斯,所以要去找多拉贝拉说明情况,并且报告维瑞斯曾经说过什么话对他来说很不容易,不过他还是做了自己该做的事。结果多拉贝拉坚持让维瑞斯归还那些雕像。

"这是阿波罗的出生地!"多拉贝拉说着打了个寒战,"你不能在这里偷东西,否则我们都会生病死去!"

维瑞斯大受打击,满腔怒气地"归还"了那些艺术品,他把那些雕像直接从船上扔到满地石头的岸边。他发誓一定要让马利奥卢斯付出代价,不过他的誓言只是对自己说。马利奥卢斯十分惊喜,维瑞斯竟然找到他表示谢意,感谢他阻止自己犯下大错。

"我实在太喜欢艺术品,这对我来说是非常麻烦的事情。"维瑞斯说,他那金色的眼眸看起来饱含深情,"谢谢你,谢谢你!"

但是维瑞斯再也不容许自己的欲望受到打击。多拉贝拉去到忒涅多斯岛[①],因为这个海岛曾经参与过特洛伊之战,于是维瑞斯直接把忒涅斯的雕像据为己有。这个美丽的木雕年代久远,看起来已经有点面目模糊。他的新技巧毫不隐晦:"我想要,我必须得到!"他说道,然后就把雕像

[①] 忒涅多斯岛(Tenedos)是爱琴海中一个富庶的小岛。它隔海与特洛伊城相望,因为纪念被希腊人杀死的阿波罗之子忒涅斯而以他的名字命名。——译者注

放进船里，而多拉贝拉和马利奥卢斯只能叹气摇头，他们也不愿意跟这个还需要长期相处的亲密伙伴闹翻。在希俄斯和埃利色雷，维瑞斯继续大肆掠夺。不过他对多拉贝拉和马利奥卢斯的服务也继续进行，多拉贝拉早就离不开他，而马利奥卢斯也慢慢被他引入各种腐化和堕落。他们来到萨摩斯①的赫拉圣所，当维瑞斯决定把里面的所有艺术品都搬走时，他竟然成功地说服多拉贝拉租了另外一艘船，并且命令当地的海军司令查理德穆斯负责带领一艘五排桨大木船来护送西里西亚新总督的船队安全到达塔尔苏斯。维瑞斯绝不容许自己日益增多的珍宝被海盗抢走！维瑞斯在亚细亚行省的最后目标是哈利卡纳苏斯②，他从那里抢走了普拉克西特利斯的一些雕塑，现在那里的居民就像一群大马蜂那样愤怒。不过潘菲利亚③也失去了阿斯潘多斯的哈佩尔，还有佩尔格的阿耳忒弥斯神庙也几乎被洗劫一空，维瑞斯认为阿耳忒弥斯的雕像实在不怎么样，所以就扒下了雕像的黄金衣袍，然后把整个雕像融化成许多方便携带的金块。

最后他们终于到达塔尔苏斯，多拉贝拉高高兴兴地住进那里的王宫，而维瑞斯则高高兴兴地霸占了一座别墅，然后志得意满地在里面陈列出自己抢来的宝物。他对于这些艺术品确实是真心欣赏，从来就不打算卖出其中任何一件。维瑞斯狂热地进行艺术收藏，而他的欲望和恶念也在其中达到了一个前所未有的顶点。

马利奥卢斯也高高兴兴地在西德努斯河边给自己找了一所漂亮的房子。他打开那些成套的金盘和银盘。与此同时，他也打开了自己的钱包，因为有些人无法从合法的渠道借钱，所以他准备向这些人发放高利贷，通过这个手段来发财致富。他发现维瑞斯非常支持他的设想，而且还能帮上许多忙。

此时多拉贝拉已经完全陷入醉生梦死的状态，他的脑子里只想着维

---

① 萨摩斯（Samos）是希腊爱琴海中的岛屿，位于土耳其西海岸近海处。——译者注
② 哈利卡纳苏斯（Halicarnassus）即现今小亚细亚西部的博德卢姆。——译者注
③ 潘菲利亚（Pamphylia）是小亚细亚南部的一个地区，位于今土耳其安塔利亚省境内。——译者注

瑞斯给他提供的西班牙苍蝇①和其他春药,乐得把管理行省的任务交给他的高级副将和财务官。维瑞斯保持了充分的理智,他没有对塔尔苏斯的艺术品动手,而是把注意力集中在如何复仇。现在是时候对付马利奥卢斯了。

他提出了一个所有罗马人都会关心的话题,那就是拟定遗嘱。

"我离开罗马之前,就把最新的遗嘱寄存在维斯塔贞女那里了。"维瑞斯说。他那柔软的卷发在烛光下变成暗金色,这让他看起来别具魅力。"马利奥卢斯,我想你应该也这样做了?"

"哦,没有。"马利奥卢斯回答道,

"亲爱的伙计,这可不太聪明!"维瑞斯大叫道。"一个人离开罗马在外面,什么事情都有可能发生,从海盗、疾病到船难都有可能。二十五年前,赛尔维利乌斯·凯皮欧就在回家的路上淹死了。他当时是个财务官,就像你一样!"维瑞斯往马利奥卢斯那漂亮的镀金酒杯里倒入许多烈酒。

于是马利奥卢斯渐渐喝醉了,维瑞斯看起来也似乎如此。维瑞斯觉得多拉贝拉这个愚蠢的财务官已经头脑糊涂,就算看不清文件上写着什么内容也会签字,于是他拿来纸笔替马利奥卢斯写下遗嘱,最后还让马利奥卢斯签名盖章。然后就把遗嘱藏在马利奥卢斯书房的一个角落里,而这份遗嘱很快就被它的主人完全忘记。四天后,马利奥卢斯莫名其妙地死掉了。塔尔苏斯的医生最后判断死因是食物中毒。维瑞斯拿出遗嘱,故作惊讶地指出他的财务官朋友把所有财产都留给他了,其中包括那套家传的盘子。

"真是令人伤心,"维瑞斯对多拉贝拉说,语气显得十分悲伤,"这份遗嘱很不错,但我宁愿可怜的马利奥卢斯还活着。"

虽然多拉贝拉还处于春药作用下的迷乱状态,但他还是隐约觉得有点可疑。不过他提出的问题只是:怎样才能让罗马给他紧急派遣另外一

---

① 西班牙苍蝇(Spinsh fly)是一种甲虫,学名为洋斑蝥,罗马人把这种甲虫磨碎当做催情药使用。——译者注

位财务官呢?

"没这个必要!"维瑞斯的语气十分轻巧。"我曾经是卡尔波的财务官,而且干得相当好,所以他去管理山内高卢时,还继续委任我为财务官。"

整个夏天维瑞斯都在努力工作。当然他的工作并不是为了西里西亚的益处,而是为了他自己的好处,特别是他从马利奥卢斯手中接过的高利贷业务。不过,他收集艺术品的活动暂且保持平静。虽然维瑞斯现在顺风顺水,但他还是不敢在西里西亚的城镇公然偷盗,免得弄坏自己在当地的名声。他也不敢再到亚细亚行省抢掠,至少不敢在克劳狄乌斯·尼禄担任总督的时候这么做。萨摩斯已经派出一个愤怒的代表团到达帕加马,向克劳狄乌斯·尼禄控告了赫拉神庙被抢掠的事,但是克劳狄乌斯·尼禄遗憾地告诉他们,他没有权力去惩罚或约束另外一位总督的财务官,所以萨摩斯人最好是到罗马元老院去提起控告。

九月底,维瑞斯突发奇想,并且毫不耽搁地让自己的设想得以实施。比希尼亚和色雷斯都有许多珍宝,所以为什么不让比希尼亚和色雷斯的珍宝来丰富自己的收藏?多拉贝拉已经在他的说服下委派他为大使,并且给他写了介绍信,让他去面见比希尼亚的尼科美德斯国王和色雷斯的萨达拉国王。维瑞斯在十月初启程,经由陆路从阿塔雷阿①来到赫勒斯滂海峡。这条路绕开了亚细亚行省,而且就算沿途的神庙没有什么了不起的艺术品,那多少还能得到一些黄金。

这个使节团全部都由恶棍组成,维瑞斯不想让任何诚实正直的人参与其中。因为多拉贝拉委任他为具有大法官地位的大使,所以维瑞斯可以享有六名扈从。就连这些扈从都经过他的精心挑选,确保这些人可以协助他去完成各种见不得人的事。他的主要助手是多拉贝拉手下的一个高级文书,这个人叫作马尔库斯·鲁布里乌斯。维瑞斯和鲁布里乌斯已经有过许多合作了,其中包括给多拉贝拉寻找那些脏兮兮臭烘烘的女人。至于维瑞斯挑选的奴隶,其中既有可以抬起沉重雕像的大个子,也有可

---

① 阿塔雷阿(Attaleia)即现代土耳其城市安塔利亚。——译者注

以钻进门窗里的小个子,而他的抄写员只要能清点他的赃物就行了。

这次陆地上的旅行实在令人失望,因为皮西狄亚①和他经过的弗里吉亚②地区已经在九年前被密特里达提的将军们抢掠得十分彻底。他考虑过要不要绕一点远路到桑加里乌斯河去,想看看佩西努斯有没有什么可以抢掠的东西。不过他最后还是决定直奔赫勒斯滂海峡的兰萨库斯③,在这里他可以征用一艘属于亚细亚行省的战船作为护卫,然后就可以沿着比希尼亚的海岸线一路航行,还可以把他找到的东西都搬上一艘结实的货船。

赫勒斯滂海峡是一片狭长地带,这个地区并不属于任何国家的辖地。从理论上说,这里应该属于亚细亚行省,但是比较靠近大陆的地方被米西亚的山脉切断,所以这个地方更靠近比希尼亚而非帕加马。兰萨库斯是这个狭长海港中靠近亚细亚一侧的主要海港,几乎正对着色雷斯的卡利波利斯,经过赫勒斯滂海峡的各种军队都在这里登陆。于是兰萨库斯成了一个繁忙的大型海港,尽管这个地方的商业繁荣主要是依靠兰萨库斯腹地出产的大批上等葡萄酒。

这个地方在名义上归亚细亚行省总督管理,但罗马只满足于在这里收税,所以这里长期以来都享有自己的管理权。就像地中海沿岸的每个繁荣聚居点一样,也有一群罗马商人长期居住在这里,不过这里的市政管理和主要财富还是集中在希腊的福西亚人手中,这些人都没有罗马公民权,只是罗马的同盟。

维瑞斯对自己所经之处进行了一番认真研究,所以当他的使节团来到兰萨库斯时,他非常清楚这个地方的情况,也清楚知道当地那些有头有脸的人物。这支罗马人的队伍从山后骑着马进入这个海港城市,立刻就在本地居民中引发了一阵近乎恐慌的骚动。在六个扈从的后面是一个

---

① 皮西狄亚(Pisidia)是小亚细亚南部的古城,公元1世纪并入罗马的加拉提亚行省。——译者注
② 弗里吉亚(Phrygia)是小亚细亚中西部的古国,位于现代土耳其境内。——译者注
③ 兰萨库斯(Lampsacus)是位于现代土耳其西部的古城,濒临达达尼尔海峡,当地以出产美酒著称。——译者注

罗马大人物，而且这个大人物后面还跟着二十个仆人和一百个西里西亚骑兵。但是他们事先并没有收到任何消息，也没有人知道这支队伍来到兰萨库斯有什么目的。

这一年，当地的主要行政官叫作阿尼托尔。他一听说有一个罗马使节团正在市集上等着他，就赶紧带着一些本城的长老飞奔过去。

"我不确定会在这里多久，"维瑞斯说，看起来相貌英俊、威风凛凛，但是一点都不傲慢，"不过我和我的随从都需要合适的住处。"

阿尼托尔有点迟疑地解释说，要想找到一所足以容纳所有人的大房子实在不可能，不过他当然愿意招待大使、扈从和随身仆人住在他家里，而剩下的人就只好住在其他人家里。然后阿尼托尔介绍了其他长老，其中有一个长老叫作菲洛达穆斯，他曾经在苏拉来到当地时担任过主要行政官。

"我听说，"那个叫作马尔库斯·鲁布里乌斯的文书对着维瑞斯低声说，他们正一起往阿尼托尔的大宅走去，"那个叫作菲洛达穆斯的老头有一个女儿，这个女孩的相貌和美德都远超众人，以致于这个当父亲的把她死死地藏在家里。这个女孩叫作斯特拉托妮斯。"

维瑞斯对女人的品味与多拉贝拉完全不同。正如他对雕塑和绘画的品味，他希望自己的女人就像艺术品一样纯洁完美，就像伽拉忒亚①化身为人。所以他不在罗马的时候常常有很长时间无法得到性满足，因为他不愿随便找些不入流的女人，就连普雷基娅这样的名妓他都看不上。他现在还没有结婚，不过他准备寻找一个家世显赫、貌美无双的新娘，就像曾经的奥瑞利娅一样。这次东方之旅就是为了发财致富，这样才有可能找到一个合适的结婚对象，也许是某一个高高在上的凯基利娅·梅特拉或克劳狄娅·普尔克拉。如果能娶到一个尤利娅那当然最好，但是所有的尤利娅都已经嫁人了。

维瑞斯上一次享受男欢女爱已经是好几个月前，他本来也没指望能

---

① 伽拉忒亚（Galateas）是塞浦路斯王皮格马利翁雕刻的少女像，他雕好以后就爱上了这个雕像。爱神看到他感情真挚，于是让雕像化身为人，让他们结为夫妇。——译者注

在兰萨库斯找到一个女人。但是鲁布里乌斯竭力想找出维瑞斯除了收藏艺术品之外的癖好,于是使节团一到达兰萨库斯他就忙着打听消息。结果发现菲洛达穆斯有一个女儿名叫斯特拉托妮斯,据说这个女孩简直是阿佛洛狄特的化身。

"继续打听。"维瑞斯简单吩咐,然后装出他那最为迷人的微笑去到阿尼托尔门口,这位当地的行政长官正亲自在门口恭候。

鲁布里乌斯点点头,然后就跟着奴仆去到自己的住处。他的住处当然要寒碜得多,毕竟他并非大使,只是一个底层当差的。

那天下午吃过饭后,鲁布里乌斯又来到阿尼托尔家里,要求跟维瑞斯私下谈话。

"你住在这里舒服吗?"鲁布里乌斯问。

"还行吧,反正比不上罗马人的别墅。可惜兰萨库斯的罗马人都不是特别富裕。我讨厌跟希腊人打交道!他们的生活对我来说实在太简单!这个阿尼托尔只是吃鱼,宴席上连一个鸡蛋或一只小鸟都没有!不过这里的酒倒是品质上佳。斯特拉托妮斯的事情你打听得怎么样了?"

"盖乌斯·维瑞斯,这件事情非常困难。这个女孩似乎完美无瑕,但这也可能是她的父亲和哥哥对她严加看护的原因,就像提格拉尼斯对待他后宫的女人。"

"那我必须到菲洛达穆斯家吃顿饭。"

鲁布里乌斯用力地摇摇头。"盖乌斯·维瑞斯,这样你还是不能见到她。这里完全是希腊的福西亚人文化,他们家里的女人不会出来跟宾客见面。"

两个脑袋挨在一起,一个深金色一个灰黑色,他们的谈话变成一片窃窃私语。

"我的助手马尔库斯·鲁布里乌斯,"维瑞斯对阿尼托尔说,此时鲁布里乌斯已经离开了,"他住的地方糟透了。我要求给他安排更好的住宿。我听说,这里除了你,就是菲洛达穆斯最体面了。请你明天一早就安排鲁布里乌斯住到菲洛达穆斯的家里。"

"我不会让那个臭虫住进来！"菲洛达穆斯咆哮道，阿尼托尔刚刚告诉他维瑞斯的要求。"这个马尔库斯·鲁布里乌斯是什么东西？一个卑鄙的罗马小官吏！我曾经招待过罗马的执政官和大法官，在卢基斯·科尔涅利乌斯·苏拉穿越赫勒斯滂海峡时还招待过这个大人物！事实上，我从来没有招待过像盖乌斯·维瑞斯这么不值一提的东西！阿尼托尔，他是个什么东西呢？不过是西里西亚总督的帮佣罢了！"

"拜托你了，菲洛达穆斯，拜托你了！"阿尼托尔恳求道。"看在我的面子上！看在我们城市的面子上！这个盖乌斯·维瑞斯是个卑鄙无耻的家伙，我可以从骨子里感觉到这一点。而且他还有一百个全副武装的骑兵，我们整个兰萨库斯都召集不到这么一半正规士兵。"

于是菲洛达穆斯妥协了，鲁布里乌斯换了住宿地点。但菲洛达穆斯很快就发现，这次妥协真是大错特错。鲁布里乌斯刚住进来一会儿，就要求跟他们家那声名远扬的美丽女儿见面。这个要求遭到拒绝之后，他马上就在菲洛达穆斯巨大的房子里四处搜寻。鲁布里乌斯搜寻无果，于是就把菲洛达穆斯叫过来，好像他是主人而菲洛达穆斯成了仆人。

"今天下午你要给盖乌斯·维瑞斯设宴，而且不能每道菜都是鱼！这里的鱼是个好东西，但是一个人不能只吃鱼！所以，我要羊肉、鸡肉和其他家禽，还要许多蛋类，还要最好的葡萄酒。"

菲洛达穆斯忍住脾气。"看来情况不妙。"他对儿子阿特米多卢斯说。

"他们想要斯特拉托妮斯。"阿特米多卢斯说，非常生气。

"我也这么觉得，但是他们那么快就把这个鲁布里乌斯塞进来，我实在没机会把斯特拉托妮斯送出去。现在我就更不能把她送出去。我们的前门和后门都有罗马人在暗中监视。"

阿特米多卢斯想参加为维瑞斯而设的宴席，但是他的父亲看着儿子的满脸怒气，知道让儿子在场只会弄出更多问题。于是他经过一番劝说，终于让阿特米多卢斯同意在别处吃饭。至于斯特拉托妮斯，他们父子只能把她锁在闺房里，并且派了两个强壮的仆人在房间里陪着她。

维瑞斯终于大驾光临，他的六个扈从留在前面看门，还有一队骑兵

19

被派去守住后门。这个罗马大使刚刚落座,就要求菲洛达穆斯把女儿带过来。

"盖乌斯·维瑞斯,我不能这么做,"菲洛达穆斯板着脸说,"这是一个福西亚人的城镇,所以我们的女眷从来都不会跟陌生人共处一室。"

"菲洛达穆斯,我们并不是要求她跟我们一起用餐。"维瑞斯耐着性子说。"我只是想看看这个所有人都交口称赞的大美人。"

"他们从来就没有见过我的女儿,我真不知道他们为什么要这么说。"菲洛达穆斯回答道。

"肯定是你的仆人到处说闲话。让她过来,你这老头!"

"我不能,盖乌斯·维瑞斯。"

在场还有另外五个客人,除了鲁布里乌斯还有其他四个文书。菲洛达穆斯刚刚拒绝了维瑞斯的要求,这几个人就全部大叫着要见到人家的女儿。菲洛达穆斯越拒绝,他们就叫得越大声。

第一道菜上桌时,菲洛达穆斯找了个机会离开餐厅,然后派了一个仆人到阿特米多卢斯吃饭的地方,让阿特米多卢斯赶紧回家帮忙。仆人一离开,菲洛达穆斯就回到餐厅,继续坚定不移地拒绝把女儿带到这些罗马人面前。鲁布里乌斯和他的两个同伴站起来想去寻找那个女孩,于是菲洛达穆斯也站起来拦在他们面前。门口的火炉上烧着一锅开水,食物从厨房送来装在小碗里,小碗外面又套着一个大碗,在大碗里面注入开水就可以给食物加温。鲁布里乌斯拿起那锅热水,把里面的开水全都浇在菲洛达穆斯头上。受惊的仆人四散奔逃,菲洛达穆斯的惨叫混杂着罗马人的叫嚣,他们一涌而出去搜寻斯特拉托妮斯。

在这么一片闹哄哄的混乱中,又有一些声音突然闯入。阿特米多卢斯带着他的二十多个朋友赶到家门口,却发现维瑞斯的扈从不让他们进门。这些扈从的带头人叫作科尔涅利乌斯,他像其他所有扈从一样相信自己神圣不可侵犯,从未想过阿特米多卢斯和他那群朋友会使用暴力把他们从前面赶走。如果阿特米多卢斯没有听到他父亲的惨叫,那他也许确实不会诉诸暴力。他们强行冲进门里,有几个扈从受了轻伤,而科尔涅利乌斯被人弄断脖子死掉了。

阿特米多卢斯和他的朋友跑到餐厅,他们手里拿着棍棒脸上杀气腾腾,参与宴席的人赶紧四散逃命。但维瑞斯并不是什么胆小鬼,他轻蔑地把这些人推到一边,然后和鲁布里乌斯与其他文书离开那所房子。他发现一个扈从已经倒地身亡,而另外五个扈从惊恐地围在那个人身边。他让手下赶紧跑到街上,而那个科尔涅利乌斯的尸体垂着脑袋夹在他们中间。

此时,整个城镇开始骚动了。阿尼托尔站在自己的家门口,当他看到罗马人抬着什么东西时,他的心一直往下沉,但他还是让他们进入自己的房子,而且在他们进门之后赶紧紧锁大门。阿特米多卢斯留下来为他父亲疗伤,但他的两个朋友领着那群年轻人去到市集广场,在那里高声呼喊让其他人也加入他们。所有希腊人都已经对维瑞斯忍无可忍,就连城中最受人尊敬的罗马人普布利乌斯·特提乌斯的一番苦劝也不能阻挡他们报仇的脚步。特提乌斯和他的客人盖乌斯·特伦提乌斯·瓦罗被推到一边,镇上居民聚集起来气势汹汹地赶到阿尼托尔的家门前。

他们要求进入屋里,但阿尼托尔拒绝了。他们临时找了根棒槌想砸开大门,但是没有成功,于是他们决定要把这个地方烧掉。他们在前门堆起柴草点燃,幸好普布利乌斯·特提乌斯和盖乌斯·特伦提乌斯·瓦罗以及住在兰萨库斯的其他罗马人及时赶到,这才阻止了一场灾难。他们苦口婆心地劝说,就连人群中最发热的头脑也开始冷静下来,看出杀死一个罗马大使比斯特拉托妮斯受辱的后果要严重得多。这时阿尼托尔家的大门已经开始燃烧了,不过兰萨库斯的居民赶紧把火扑灭,然后就各回各家。

如果维瑞斯不是如此强硬,那他一看到情况比较安全就会赶紧逃离这个民怨沸腾的希腊城镇。但是维瑞斯根本就不准备逃跑,他决定无论如何都不能被两个脏兮兮的希腊人打败,于是他冷静地坐下来,给亚细亚行省的总督提贝里乌斯·克劳狄乌斯·尼禄写了一封信。

"我请求你到兰萨库斯,来审判菲洛达穆斯和阿特米多卢斯这两个希腊人，因为他们杀死了罗马大使的扈从。"他在信中说道。

虽然这封信很快就送到帕加马，但是普布利乌斯·特提乌斯和盖乌斯·特伦提乌斯·瓦罗已经抢先一步赶到，并且向总督说明了事情的来龙去脉。

"我当然不会去兰萨库斯，"克劳狄乌斯·尼禄在给维瑞斯的回信中写道，"我已经从我的高级副将盖乌斯·特伦提乌斯·瓦罗那里听说了这件事的真实情况，他的官职比你还要高。可惜你没有被人烧死。你就像你的名字维瑞斯，简直就是一头猪。"

维瑞斯满腔怒火地写了第二封信，这封信用了许多强烈而恶毒的词语。七天后，这封写给多拉贝拉的信到达塔尔苏斯。送信的士兵吓得半死，他不知道如果自己稍有耽搁维瑞斯会对他做出什么事，所以为了每隔几个小时就换一匹新马，就算是让他去杀人他也在所不辞。

"立刻到帕加马去，动作要快。"维瑞斯对他的上司发出指示，语气中没有丝毫的礼貌或尊重。"赶紧把克劳狄乌斯·尼禄抓过来，那两个希腊人杀了我的扈从，要把他们立刻审判处死。如果你不这么做，那我就会回到罗马，把你滥用春药寻欢作乐的事情说出去。多拉贝拉，我说到做到。你可以告诉克劳狄乌斯·尼禄，如果他不到兰萨库斯来给这两个希腊混蛋定罪，那我也会把他那些见不得人的事揭露出去。多拉贝拉，我会死磕到底。别以为我不会这么干，就算要豁出性命，我也会死磕到底。"

当兰萨库斯的事情传到尼科美德斯国王耳中，事情已经陷入僵局。维瑞斯仍然住在阿尼托尔家中，而且继续在那座城中自由来去。阿尼托尔不得不告诉城中长老，维瑞斯会继续住在他家里，而且克劳狄乌斯·尼禄正从帕加马赶来审判那对父子。

"我真希望自己能做点什么。"忧心忡忡的国王对恺撒说。

"兰萨库斯属于亚细亚行省，而不是比希尼亚，"恺撒说，"不管你想做什么，都要利用外交手段来掩护，而且我也不相信这样可以帮助那两个倒霉的家伙。"

"恺撒，盖乌斯·维瑞斯绝对是个狼心狗肺的东西。今年早些时候，他在亚细亚行省的圣所中到处抢掠，然后又偷了阿斯潘多斯的哈佩尔，还有佩尔格的阿尔忒弥斯的黄金衣袍。"

"这样我们的行省怎么可能会对罗马产生好感。"恺撒说着轻蔑地撇撇嘴。

"看来就连行省的居民也不能保护自身安全，就连那些显赫的希腊人都保不住自己的女儿。"

"维瑞斯怎么会去到兰萨库斯？"

尼科美德斯打了个寒战。"恺撒，因为他要来找我！他的总督多拉贝拉委任他为大使，让他带着介绍信来找我和色雷斯的萨达拉国王。我想，他的真正目的是偷走我收藏的雕塑和绘画。"

"尼科美德斯，只要我在这里，他就不敢这么做。"恺撒安抚道。

老国王脸色一亮。"我正准备这么说。你能不能担任我的大使，前往兰萨库斯？这样克劳狄乌斯·尼禄就会知道比希尼亚正在密切关注这件事。我自己不敢去，就算我没有带着军队护卫，也会被看成是军事威胁。我的军队距离兰萨库斯要比亚细亚行省距离那里近得多。"

尼科美德斯还没有说完，恺撒就看出这对自己来说真是一个难题。如果他正式代表比希尼亚去到兰萨库斯去观察情况，那么所有罗马人都会认为他跟尼科美德斯真的存在私情。但是他怎么能不去呢？这个请求看起来真的合情合理。

"国王，我不能充当你的大使，"恺撒严肃地说，"那两个希腊人的命运牢牢地掌握在亚细亚行省总督手里，他肯定不乐意看到一个二十一岁的罗马私人公民声称自己是比希尼亚国王的代表。"

"但是我需要知道兰萨库斯到底发生了什么事，而且这个给我传达消息的人必须比较中立才不会故意夸张，同时又必须有适当的罗马立场，这样才不会站在希腊人一边！"尼科美德斯说。

"我没有说我不去。我会去。但只是以一个罗马私人公民的身份，一个刚好在附近路过又心中好奇的家伙。这样根本就不会有人看到比希尼亚的势力，但是我回来之后还是可以向你说明具体情况。到时如果你觉得有必要，就可以正式向罗马元老院提出控诉，而我会替你作证。"

恺撒第二天就离开了。他骑着马从陆路出发，随行的只有布尔根杜斯和四个仆人。这样他就可以装作自己是随意从什么地方经过这里。虽然他穿着盔甲和战衣，这是他最喜欢的骑马服饰，但是他还是特意带上了托迦、托伲和元老的鞋子，还带上了那个他专门雇来用橡树枝叶编织市民冠的奴隶。虽然他不愿以尼科美德斯国王的名义出风头，但他还是很喜欢以自己的名义出风头。

十二月底，他从维瑞斯曾经走过的那条路到达兰萨库斯。没有人注意他的到来，所有的当地居民都在码头看着克劳狄乌斯·尼禄和多拉贝拉离开他们的庞大船队。两位总督的心情都不太好，多拉贝拉是因为自己的把柄永远都会被维瑞斯所利用，而克劳狄乌斯·尼禄是因为多拉贝拉的不当行为现在可能会把他也拖下水。当他们听到现在没有什么合适的住处之后，他们的脸色变得更难看了。因为阿尼托尔家里仍然住着维瑞斯，而另外一处比较体面的房子属于被告人菲洛达穆斯。最后是普布利乌斯·特提乌斯解决了这个问题，他打发一个同伴离开自己的住处，然后邀请克劳狄乌斯·尼禄和多拉贝拉住进来。

当克劳狄乌斯·尼禄见到维瑞斯时（维瑞斯已经在他霸占的房子里等着），他发现维瑞斯希望他担任法庭主席，并且要让维瑞斯参与案件审理，让维瑞斯充当证人和陪审员，而且维瑞斯身为大使的身份不能因为这个案件而受到影响。

"荒唐！"克劳狄乌斯·尼禄对维瑞斯说，当时多拉贝拉、普布利乌斯·特提乌斯和盖乌斯·特伦提乌斯·瓦罗也在场。

"你是什么意思？"维瑞斯质问道。

"罗马的法律公正举世闻名，而你的提议完全违反了法律公平。我在行省里的事都已经办妥了！按照现在的情况来看，我可能在明年春天就会卸任。你的上司格涅乌斯·多拉贝拉也是如此。我不能替他说话，"克劳狄乌斯·尼禄瞥了多拉贝拉一眼，多拉贝拉没有发言，而且一直在躲避他的视线，"但是我自己准备在离开行省时还享有比较好的名声。这个案件可能是我审理的最后一个大案,所以我不会容许干扰法律公正的情况。"

维瑞斯那张英俊的面孔变得咄咄逼人。"我要让他们赶紧定罪!"他大叫道。"我要看着那两个希腊人被鞭打和斩首!他们谋杀了一个正在当值的罗马扈从!如果他们可以逃避惩罚,那么罗马会在这个行省里威风扫地,而这个行省现在仍然希望被密特里达提国王统治!"

这番话说得很好,但这并不是克劳狄乌斯·尼禄妥协的真正原因。他最后妥协是因为他没有勇气和骨气去对抗维瑞斯的正面攻击。除了普布利乌斯·特提乌斯和他的客人盖乌斯·特伦提乌斯·瓦罗,维瑞斯赢得了所有住在兰萨库斯的罗马人的支持,而且他煽动起这些罗马人的情绪,这种情绪在未来几个月中都会影响到兰萨库斯的和平。这是罗马人和希腊人的较量,克劳狄乌斯·尼禄现在已经承受不了自己身上的压力。

与此同时,恺撒已经在码头附近的一个小客栈找到住处。这个客栈很肮脏,这里招待的主要是水手。但这是唯一一个愿意招待恺撒的地方,因为他是一个人人痛恨的罗马人。如果天气不是那么冷,那他宁愿自己搭帐篷。如果他不是下定决心要保持独立,那他可能会借宿到某个罗马人的家里。但既然如此,这个小客栈就是唯一选择了。在不难预料的糟糕晚餐之前,恺撒和布尔根杜斯出去走了一圈,看到城中的传令官在到处呼喊,宣布菲洛达穆斯和阿特米多卢斯将于明天早晨在市集上受审。

第二天早上恺撒一点都不匆忙,他想等到所有人都去聆听审判,然后他才隆重登场。他到达现场时果然引起一阵骚动,一个罗马贵族,一个元老院成员,一个战斗英雄,而且跟在场的其他罗马人没有任何相干。在场的人对他都不熟悉,所以没有一个人能说出他的名字,特别是当时恺撒并不是穿着祭司斗篷、戴着祭司冠冕,而是穿着一身雪白的托迦,托伲右肩上还有一道代表着元老身份的紫色宽边,脚上穿着暗红色的元老皮鞋。除此之外,他头上还戴着一项用橡树枝叶编织而成的冠冕,所以包括两位总督在内的所有罗马人都要站起来鼓掌欢迎。

"我是盖乌斯·尤利乌斯·恺撒,也是独裁官卢基乌斯·科尔涅利乌斯·苏拉的外甥,"他开门见山地对克劳狄乌斯·尼禄说着伸出了右手,"我只是刚好经过附近,然后就听说了这件事情!所以想着我最好过来看看,也许你需要另外一个人来参加陪审团。"

当然,他一说出名字,大家就想起来了。不过他们想到的更多是朱庇特祭司,而不是米蒂利尼围城战的胜利者,卢库卢斯回到罗马时这些人并不在场,所以他们并不是非常清楚米蒂利尼之战。恺撒提出要参加陪审团的要求被谢绝了,但是他们赶紧给他找来一把椅子,这不仅因为他是一个战斗英雄,更因为他是独裁官的亲戚。

审判开始了。现场并不缺乏充当陪审员的罗马公民,因为多拉贝拉和克劳狄乌斯·尼禄带来了一大群小官吏,还从帕加马带来了一整个大队的罗马士兵。这些士兵是芬布里亚的旧部,他们立刻就认出了恺撒,并且高兴地对着他大声欢呼。这让两位总督更不乐意看到恺撒坐在那里了。

虽然这次指控实际上是维瑞斯组织的,但真正充当控告人的是一个住在当地的罗马人。这个罗马人从事高利贷生意,所以需要克劳狄乌斯·尼禄的扈从去帮他催收欠款。他知道如果自己不同意扮演控告人的角色,那以后就不能请那些扈从帮忙了。兰萨库斯的所有希腊人都聚集在审判现场,他们议论纷纷,瞪着眼睛,挥着拳头。虽然如此,但他们之中还是没有人敢出来为菲洛达穆斯和阿特米多卢斯说话,于是这对父子只好在一个完全陌生的法律体系之下为自己辩护。

恺撒坐在那里面无表情,但他心中暗想:这完全违背了法律公平。克劳狄乌斯·尼禄只是个挂名的法庭主席,他不闻不问地坐在那里,所有事情都交给维瑞斯和鲁布里乌斯去处理。多拉贝拉也是陪审团的成员,他大声地为维瑞斯说话,而维瑞斯本人也是陪审团的成员。当那些围观的希腊人意识到,菲洛达穆斯和阿特米多卢斯根本就不会有适当的时机为自己辩护时,他们之中有些人开始大声叫骂,但是市集广场上站着五百个全副武装的罗马士兵,这些愤怒的群众根本就不是罗马人的对手。

审判结果根本就不能称之为结果:陪审团决定延期重审。陪审团的大多数成员对这种违规操作心有不满,但他们又不敢惹恼了维瑞斯给自己找麻烦,所以这是他们能够采取的唯一办法。

听到延期重审的结果,维瑞斯不由得大为恐慌。他突然意识到,如果菲洛达穆斯和阿特米多卢斯没有被处死,那他们完全可以到罗马去控告他,而且他们背后会有整个群情激愤的城镇提供支持,甚至还可能有一个身为罗马元老的战斗英雄去为他们作证。维瑞斯有一种隐约的感觉,盖乌斯·尤利乌斯·恺撒并不是站在他这边。这个年轻人没有说话也没有流露出什么神情,但这本身就表明了某种反对。而且他还是苏拉的亲戚,苏拉可是罗马的独裁官!如果维瑞斯在罗马境内由罗马人主持的法庭受审,那么克劳狄乌斯·尼禄可能会鼓起足够的勇气,因为到时维瑞斯对克劳狄乌斯·尼禄的任何指控,都会被看成是对一位关键证人的故意诋毁。

克劳狄乌斯·尼禄显然也想到这一点,因为他宣布会把延期重审的时间定在明年初夏,这就意味着到时亚细亚行省和西里西亚行省都有了新的总督。虽然死了一个罗马扈从,但菲洛达穆斯和阿特米多卢斯突然间就有了重获自由的绝佳机会。如果他们真的重获自由,那他们就可以到罗马去控告维瑞斯。

正如菲洛达穆斯向陪审团发言时说的那样:"我们这些希腊附属国的人都知道,我们受到罗马的保护,我们必须接受行省总督和他的副将及其他官员的管辖,并通过总督接受元老院和罗马人民的管辖。如果我们不服从罗马的法律,那我们就会遭到罗马的惩罚,我们之中的许多人都要受苦。但某人只是总督的助手,他因为自己的邪恶欲望要来祸害我们的孩子,当罗马纵容这样的小人肆意行恶时,我们这些外族臣民又能怎么办呢?我和我儿子的所作所为,只是为了保护自己的女儿和姐妹,让她免受奸淫掳掠!没有人想闹出人命,而且首先动手的也不是希腊人。我在自己的家里被人用开水迎头泼下,而这一切只是因为我要阻止盖乌斯·维瑞斯及其随从,不让他们掳走我的女儿,让她遭受痛苦和羞耻。如果我的儿子和他的朋友没有及时赶到,那我的女儿就真的被他们掳走并遭受了痛苦和侮辱。盖乌斯·维瑞斯的行为并不像一个文明人,而像是一个野蛮人。"

陪审团全部由罗马人组成，而且多拉贝拉和维瑞斯一直大叫着要给希腊人定罪，但是陪审团最后却给出了延期重审的结论。这让那些围观的希腊人开始壮起胆子，在克劳狄乌斯·尼禄及其陪审团离开市集广场时比着愤怒的手势大声咒骂。

"你明天就要安排重审。"维瑞斯对克劳狄乌斯·尼禄说。

"明年夏天。"克劳狄乌斯·尼禄低声说。

"我的朋友，如果你想当上执政官就不能这样，"维瑞斯说，"我会竭尽全力把你拖下去，这一点你绝对不用怀疑！我会怎么对付多拉贝拉，也会怎么对付你。按照我说的去做，不然你就等着承担后果。如果菲洛达穆斯和阿特米多卢斯活着跑到罗马去指控我，那我就会赶在那两个希腊人之前回到罗马去指控你和多拉贝拉。我会让你们两人都被判处侵占国家财产罪。这样你们两人就不能做出对我不利的证词。"

第一次审判之后的第二天就进行了重审。维瑞斯和多拉贝拉都一夜无眠，想方设法让整个陪审团都站在维瑞斯一边。他们贿赂那些可以贿赂的陪审员，至于那些不能贿赂的就进行威胁恐吓。

这一夜的辛苦工作终于扭转了局面。陪审团以微弱的优势得出判决结果，判定菲洛达穆斯和阿特米多卢斯犯了谋杀罗马扈从的罪行。克劳狄乌斯·尼禄下令刑罚立即执行。那支属于芬布里亚旧部的罗马士兵拦住围观的希腊人，让他们眼睁睁地看着那对不幸的父子被扒下衣服接受鞭刑。菲洛达穆斯被砍下脑袋时已经失去意识，而阿特米多卢斯一直到最后都神志清醒。他流下了眼泪，但这眼泪不是为了他自己或他父亲，而是为了他那无依无靠的妹妹即将面临的命运。

兰萨库斯的希腊人挤成一团，他们都在震惊中泪流满面，已经忘记了表示愤怒。最后只有恺撒毫不畏惧地走到这群希腊人中间，其他罗马人都不敢靠近他们，克劳狄乌斯·尼禄和多拉贝拉在芬布里亚旧部的保护下已经开始把他们的东西运到码头。但是恺撒还有心愿未完。他很快就看出人群中哪些人具有影响，这些人就是他的讲话对象。

"兰萨库斯没有足够的力量去发动一场暴乱，"恺撒对着他们说，"但是你们仍然有可能报仇雪恨。不要因为这群人渣而判定所有罗马人，你们要忍住自己的愤怒。我向你们承诺，等我回到罗马，我一定会指控行省总督多拉贝拉，还会确保维瑞斯永远都当不成大法官。我这么做不是为了利益或荣誉，只是为了让我自己满意。"

然后恺撒就赶到阿尼托尔家，想在维瑞斯离开兰萨库斯之前见见他。

"噢，这不是我们的战斗英雄嘛！"维瑞斯高兴地大叫道，看着恺撒走进来。

恺撒看着维瑞斯在打包行李。

"你准备带走那个女孩吗？"恺撒问，舒舒服服地在一张椅子上坐下。

"当然了。"维瑞斯说着对一个奴隶点点头，那个奴隶拿进来一尊小型雕塑给他过目。"是的，我喜欢，包起来。"他的注意力又回到恺撒身上。"你是不是也想看看引起这场祸水的那个红颜？"

"心生向往，她应该比特洛伊的海伦还要漂亮。"

"我也是这么想。"

"我想，她应该是金发碧眼？我一直都觉得海伦应该是金发碧眼，金色的头发确实是个优点。"

维瑞斯满怀欣赏地看着恺撒那浓密的金发，然后伸出一只手拍了拍自己的脑袋。"你跟我都应该知道这一点！"

"盖乌斯·维瑞斯，你离开兰萨库斯之后准备去哪里？"

维瑞斯扬起两条黄褐色的眉毛。"当然是去尼科美狄亚。"

"我不同意。"恺撒和颜悦色地说。

"真的？为什么呢？"维瑞斯故作轻松地问。

恺撒垂下视线看着自己的指甲。"等我回到罗马，多拉贝拉就会完蛋，我可能是这个春天也可能是下个春天就会回到罗马。我会亲自指控他，而且我还会指控你，除非你现在就回到西里西亚去。"

恺撒抬起他的蓝眼睛，跟维瑞斯那蜂蜜色的眼眸四目相交。过了很长一段时间，两个人都没有移开视线。

然后维瑞斯说,"我知道你让我想起谁,就是苏拉。"

"是吗?"

"你的眼眸,虽然不像苏拉那么颜色浅淡,但却具有相似的力量。我在想,你会不会走得像苏拉那么远?"

"一切都在神明的手中。我只能说,我希望没有人逼着我走得像苏拉那么远。"

维瑞斯耸耸肩。"好吧,恺撒,我不是盖乌斯·马略,所以肯定不是我逼着你走得那么远。"

"你当然不是盖乌斯·马略。"恺撒的语气相当平静。"在他丧失理智之前,他一直都是个了不起的人物。你决定好离开兰萨库斯之后要去哪里了吗?"

"和多拉贝拉一起回到西里西亚。"维瑞斯说着又耸耸肩。

"哦,非常明智!你想让我派人去码头通知多拉贝拉吗?他可不想看着他自己起航,把你留在后面。"

"随你的便。"维瑞斯无所谓地说。

恺撒出去找到布尔根杜斯,告诉他应该跟多拉贝拉说什么。然后他从一扇内门回到房间里,看到阿尼托尔从一扇朝着街道的门里带进一个蒙着头巾的人。

"这是不是斯特拉托妮斯?"维瑞斯急切地问。

"是的。"阿尼托尔说着从脸上抹去眼泪。

"让我们跟她单独待着,希腊人。"

阿尼托尔落荒而逃。

"要不要让我帮你揭开头巾,这样你就可以隔着适当的距离,立刻欣赏到她的全部美丽。"

"我宁愿自己揭开头巾。"维瑞斯说着走到那个女孩身边。她一声不吭,也不准备逃跑。

她的脸上盖着沉重的头巾,究竟是何等美貌完全看不清。维瑞斯手指发抖地揭开头巾,就像米隆急切地想看看一个铜像是否浇铸成形。他瞪大双眼，目不转睛。

最后是恺撒打破寂静。他仰天狂笑，一直笑得眼泪都出来了。"我就有种预感！"他终于缓过气来说话，一边说一边掏出自己的手绢。

可怜的斯特拉托妮斯，她的相貌简直惨不忍睹。她双眼眯缝，一个蒜头鼻横卧在脸上。她那扁平的脑袋上挂着一些红头发，那头发稀疏得简直就像半个秃子。她的耳朵残缺不全，她的嘴巴是严重开裂的兔唇。可怜的斯特拉托妮斯，她的智力几乎可以忽略不计。

维瑞斯满脸通红，他迅速转身撒腿狂奔。

"别错过你的船！"恺撒在他身后大喊。"维瑞斯，我一定会把这个故事的结局告诉所有罗马人！"

维瑞斯的身影一消失，恺撒就冷静下来了。他走到那个没有说话也没有动作的女孩身旁，从地上捡起头巾轻轻地盖在她的头上。

"别担心，可怜的女孩。"他说道，不过他不确定这个女孩是否能听懂。"你现在很安全。"然后他高声呼喊阿尼托尔，而阿尼托尔立刻就跑进来。

"长官，你是不是早就知道了？"

"是的。"

"天啊，既然他们父子不说出来，那你为什么也不说出来呢？他们就这么白白死掉了！"

"他们选择赴死，因为他们认为死是更好的选择。"阿尼托尔说。

"现在这个可怜的姑娘应该怎么办？"

"她会得到很好的照看。"

"你们有多少人知道？"

"只有城中的长老。"

恺撒实在无言以对，只好离开阿尼托尔的房子，然后又离开了兰萨库斯。

维瑞斯跌跌撞撞地跑到码头。那些愚蠢的希腊人，他们怎么敢？竟然把她像特洛伊的海伦一样藏起来，但她其实就像个蛇发女怪。

多拉贝拉很不高兴自己的离开被拖延,因为维瑞斯有太多东西要搬上船。克劳狄乌斯·尼禄已经离开,而芬布里亚的旧部也跟他一起走了。

"真该死!"维瑞斯一声咆哮,他的上司刚刚问他那个美貌绝伦的斯特拉托妮斯在哪里。"我把她留在兰萨库斯了。那个该死的婆娘就配待在那个该死的地方。"

多拉贝拉已经习惯了那种强烈的性刺激,但他已经有好长一段时间没能满足性欲。维瑞斯很快就发现自己又得到了多拉贝拉的青睐,于是从兰萨库斯到帕加马的一路上他都在计划和安排。他会让多拉贝拉回到先前的状态,并且在塔尔苏斯过完剩下的任期,同时花完拨给总督的钱款。恺撒以为他能提起控告?好吧,恺撒不会有这样的机会。他,维瑞斯,会先下手为强!多拉贝拉一回到罗马,他就会找一个德高望重的人去提起控告,然后让多拉贝拉被处以永远的流放。这样就不会有人质疑维瑞斯准备交给国库的账簿。可惜他没能去到比希尼亚和色雷斯,不过他已经干得很漂亮了。

"我相信,"维瑞斯对多拉贝拉说,那时他们刚刚离开帕加马,"米利都[①]拥有世界上最好的羊毛,那里的上等地毯和挂毯就更不用说了。让我们停靠在米利都,看看能拿些什么。"

"那两个希腊人就这么白白死掉了,我无论如何都不能接受这个事实。"恺撒对尼科美德斯和奥拉达尔提斯说。"为什么?他们为什么不让维瑞斯看看那个女孩是什么模样?那样就什么事情都没有了!他们本来可以演一场以维瑞斯为丑角的喜剧,但却演了一场连索福克勒斯都想象不出的悲剧,这到底是为什么?"

"尊严,这是主要原因,"奥拉达尔提斯热泪盈眶地说,"也许还有荣誉感。"

"如果那个女孩小时候看起来比较正常,那还可以理解。但是从她生

[①] 米利都(Miletus)是位于土耳其西南的古希腊城邦,曾经是重要的文化和商业中心,也是著名的羊毛贸易中心。——译者注

下来的时候开始,他们就知道她是什么模样了。他们为什么不让她露面呢?不会有人因此而批评他们。"

"恺撒,唯一能回答你问题的人已经在兰萨库斯的市集上死去了。"尼科美德斯说。"这其中肯定有什么理由,至少菲洛达穆斯心中肯定有什么理由。也许是对神明发了誓,也是那个母亲想要保住自己的女儿,也许是一种自我折磨,谁能说清呢?如果我们知道所有答案,那生命就没有任何隐秘,也没有任何悲剧。"

"我看到她时本来可以大哭一场,结果我却差点笑断肠。她不知道这有什么不同,但是维瑞斯清楚知道。所以我大笑特笑。维瑞斯的脑子里会一直响起我的笑声,而且会对我心生恐惧。"

"我很意外没有看到维瑞斯。"国王说。

"你不会看到他。"恺撒有点得意地回答。"维瑞斯已经卷起包裹溜回西里西亚。"

"为什么?"

"因为我叫他这样做。"

国王决定不要深究这句话。于是他接着说,"你希望自己能做点什么来扭转这个悲剧。"

"那是当然。站在那里眼睁睁地看着一群白痴毁坏罗马的名声,这实在太痛苦了。尼科美德斯,但是我可以向你发誓,等我具备足够的年资和权力时,我一定不会这么做。"

"你不用发誓,我相信你。"

这些对话发生的时候,恺撒还没来得及回到自己的房间里,好好去处理一下这次旅行遗留的问题,这个问题对他来说是前所未见的事情。他在码头旁边的小客栈度过了三个夜晚。每个夜晚他都被人惊醒,而且醒来时都发现有一个赤身裸体的妓女骑在自己身上。他体内的那个叛徒非常放肆,而且因为他睡意朦胧而不受控制,只管着尽情享乐,结果让他染上了阴虱。当他在自己身上发现那些小虫子时,他的心理涌起一阵强烈的恐惧,而且恶心得连东西都吃不下去。他恨不得抓起一切杀虫药去杀死那些东西，只是考虑到不知那些杀虫药会给自己的阴部造成什么影响，所以才没有付诸实践。在兰萨库斯和尼科美狄亚之间的路途上，他抓住每个机会把自己的身体泡在冰冷的水里，但是那些小东西还是坚强地活了下去。在跟老国王谈话的过程中，他也可以感觉到那些可怕的东西就在他最为浓密的体毛中爬来爬去。

此时此刻，他咬牙切齿，握紧拳头，霍然起身。"尼科美德斯，请原谅。我必须设法摆脱某些可恶的访客。"他说道，尽可能装出比较轻松的语调。

"你是说虱子？"国王问。他早就注意到恺撒的表情，而且因为奥拉达尔提斯和她的狗已经离开了，所以他可以直言不讳。

"我快被那些恶心的东西逼疯了！"

尼科美德斯和他一起慢慢走出房间。

"你要是不想在外出旅行时染上那些虫子，那只有一个办法，"国王说，"这个办法比较痛苦，特别是你第一次尝试的时候，但确实很有效。"

"就算要走过烧热的火炭我也不在乎，快点告诉我，我一定照做！"恺撒热切地说。

"只是你的那个圈子会说你太娘娘腔了！"尼科美德斯故意吊人胃口。

"没什么比这些虫子更糟了！告诉我！"

"恺撒，把你身上的毛发都拔掉。在你的腋下和阴部，如果你有胸毛也要拔掉。如果你想试试，那我可以派那个为我和奥拉达尔提斯服务的人过去。"

"立刻，国王，立刻！"恺撒伸手摸了摸自己的脑袋。"那我的头发呢？"

"你的头发里也有虫子？"

"我不觉得，但我到处都发痒。"

"那是不同的虫子，而且它们不能在床上活命。我觉得你的头上应该不会染上虫子，因为你的身材太高了。要知道，它们不能往上爬，所以那些从别人那里染上虫子的人，总是跟虫子所在的原主人一样高，或者比原主人更矮一些。"尼科美德斯哈哈大笑。"你有可能从布尔根杜斯那里染上虫子，但从其他人那里就不太可能了。除非你跟兰萨库斯的妓女头挨头地睡在一起。"

"兰萨库斯的妓女在我睡着时对我发动袭击,但是我可以向你保证,我一清醒过来就把她们赶走了!"

这真是一次特别的对话,不过在以后的许多年中,恺撒都对这次谈话心怀感激。如果拔掉体毛就可以除去那些可怕的东西,那他会一直拔下去!

尼科美德斯派来的奴隶是个专家。如果是在其他情况下,恺撒一定会把这个家伙打发走,因为这个家伙绝对是个娘娘腔。但在目前这种情况下,恺撒发现自己非常渴望他的触碰。

"我每天都会拔掉一些。"德梅特里乌斯咬着舌头说。

"你今天就要全部拔掉,"恺撒神色严肃地说,"我洗澡时把我能找到的都淹死了,但我想它们的虫卵还继续粘着。所以我到现在都不能彻底摆脱这些虫子。真该死!"

德梅特里乌斯目瞪口呆,十分惊骇。"这不可能!"他大叫道,"就算是我来做这件事,那也是疼得要死!"

"今天就全部拔掉。"恺撒说。

于是德梅特里乌斯一直拔个不停,而恺撒赤身裸体地躺在那里,看起来并没有太大的反应。他拥有坚定的自制力和巨大的勇气,宁愿死去也不愿瑟缩、惨叫、哭泣,或者做出任何举动流露自己的痛苦。等到这漫长的折磨终于结束,又过了足够长的时间平息痛苦,他开始觉得非常舒服。他照着尼科美德斯为贵宾室提供的巨大银镜,很喜欢自己那光溜溜的身体。光滑敞亮、坦然大方、毫无遮挡。而且看起来更有男性魅力。多么神奇!

他感觉好像重获新生。那天晚上他到餐厅用餐,一股新奇的喜悦充盈着他的胸腔,脸上和眼里都闪耀着特别的光芒。尼科美德斯看得目瞪口呆,恺撒则俏皮地眨了眨眼。

恺撒在比希尼亚境内和周边待了十六个月,这是他记忆中最美好的一段闲暇时光,直到他五十三岁那年遇到更加美好的一段。他到特洛伊去敬拜自己的祖先埃涅阿斯,他还到佩西努斯好几次,然后回到拜占庭和其他地方,只是避开了帕加马和塔尔苏斯,因为克劳狄乌斯·尼禄和多拉贝拉的任期又延长了一年。

恺撒跟尼科美德斯和奥拉达尔提斯的关系一直都很融洽,这对他来说是一段非常满意又很有益处的经历。除此之外,恺撒对另外一个人的拜访也给他带来许多快乐,而这个人他本来差不多不记得了。这个人是他母亲的舅舅普布利乌斯·鲁提利乌斯·鲁弗斯。

鲁提利乌斯·鲁弗斯与盖乌斯·马略同年出生,他现在已经七十九岁了。他在示麦那[①]度过了漫长的流放生活,而且在当地享有极高的荣誉。他就像五十岁的人一样活跃,而且就像个小男孩一样满腔欣喜。他的思维像以前一样敏锐,他的幽默感就像他的同僚和朋友马尔库斯·艾弥利乌斯·司考鲁斯一样强烈。

"我活得比他们都要长。"鲁弗斯心满意足地说,他刚刚见到这个年轻英俊的甥外孙。

"舅公,这没有给你带来烦恼吗?"

"为什么会给我带来烦恼呢?如果有什么,那也是让我拥有更多快乐!苏拉一直写信请我回罗马,而且他派到这里的每个总督和官员都会亲自来恳求我回去。"

"但是你不想回去。"

"我不会回去。我喜欢我的希腊外套和希腊拖鞋,更胜于我的托迦。我在示麦那的声誉比我在罗马的声誉要崇高得多。罗马是个忘恩负义的野蛮之地。小恺撒,你看起来跟奥瑞利娅真的很像!她现在怎么样?她就像奥斯提亚海湾的泥贝里开出来的深海珍珠……这是我经常用来形容她的话。她现在成了寡妇,是不是?真遗憾。你知道,是我把她和你父亲撮合在一起的。虽然你可能不知道,但你还包着尿布的时候,我就给

[①] 示麦那(Smyrna)是土耳其西部的港口城市,现称伊兹密尔。——译者注

你找了马尔库斯·安东尼乌斯·格尼福当家庭教师。他们都认为你是个神童。现在你已经二十一岁了,而且两次成为元老,还是苏拉最看重的战斗英雄!很好,很好!"

"我不会自以为是地觉得自己是他最看重的战斗英雄。"恺撒微笑着说。

"噢,但你就是!我知道!我虽然在示麦那,但我什么事情都知道。苏拉会给我写信。他一直都在给我写信。他在亚细亚行省处理事情时也常常来看我,他重整罗马的思路就是我告诉他的,根据很多年前我和司考鲁斯一起研究的方案。他的疾病,真是让人伤心。但即便如此也没有阻止他去重整罗马!"

他按照这个思路聊了好几天,从一个话题跳到另外一个话题,怀着轻松活跃的愉快心情和对各种八卦的天生热情。他就像一只活泼的老鸟,没有让岁月拔去羽毛,也没有失去飞翔的能力。如果说有什么话题是他最喜欢的,那就是奥瑞利娅了。恺撒用优雅的言辞和深厚的感情填补了有关奥瑞利娅的信息,反过来也知道了许多关于奥瑞利娅的事情。至于奥瑞利娅跟苏拉的关系,鲁弗斯不愿多说也不愿多加猜想。不过他说起的一个故事确实让恺撒乐不可支,他的外甥女跟一个红发男人生下了一个红发儿子,但究竟是哪一个外甥女却引起了混乱的猜测。

"盖乌斯·马略和尤利娅以为是奥瑞利娅和苏拉,但其实是李维娅·德鲁莎和马尔库斯·加图。"

"是啊,你的妻子也叫李维娅。"

"而且我有两个妹妹,其中比较年长的那一个嫁给了执政官凯皮欧,就是那个偷了托洛萨黄金的凯皮欧。所以,年轻人,你跟赛尔维利乌斯·凯皮欧家族也有血缘关系。"

"我完全不认识那家人。"

"一群无聊的家伙,就算有鲁提利乌斯家族的血液加入也无济于事。现在跟我说说盖乌斯·马略,还有他让你成为朱庇特祭司的事情。"

恺撒原本只打算在示麦那停留几天,但结果却待了两个月。鲁弗斯想要知道的事情太多了,他想要讲述的事情也太多了。恺撒最后告别时,鲁弗斯流泪了。

"舅公，我永远都不会忘记你。"

"恺撒，你要回来，还要给我写信！一定要写信！在我生命仅存的快乐之中，没有什么比跟一个满腹诗书之人经常通信更快乐！。"

在苏拉去世的那年四月，恺撒在尼科美狄亚收到一封来自塔尔苏斯的书信。恺撒看到这封信后就知道一切闲暇都必须结束了。

"普布利乌斯·赛尔维利乌斯·瓦提亚是去年的执政官，他被派去管理西里西亚。"恺撒对着国王和王后说。"他要求我去给他充当初级副将，似乎是苏拉亲自把我推荐给他。"

"那你就不用被迫离开了。"奥拉达尔提斯高兴地说。

恺撒面露微笑。"任何罗马人都不用被迫去做什么事，从最高到最低的阶层都是如此，在任何机构的服务都是自愿的。虽然那些工作名义上是自愿的，但确实有一些情况会影响我们的决策。如果我想要攀登仕途，那我就必须参加至少十场战役，或者连续不断地在军中六年。这样就没有人能指责我，说我违反了我们那没有明文规定的法令。"

"但你已经是元老了！"

"这是因为我建立了军功，所以也就意味着我必须继续军旅生涯。"

"那你就一定要离开了。"国王说。

"立刻。"

"我会给你准备一艘船。"

"不用，我准备骑马从陆路穿过西里西亚山道。"

"那我会给你写一封介绍信，让你去面见卡帕多西亚的阿里奥巴尔扎尼斯国王。"

王宫里又开始一片骚动，那只狗又开始哀嚎。可怜的苏拉知道恺撒即将离开的信号。

恺撒又一次发现自己必须承诺还会回来。两个老人一直纠缠不休，直到他同意会再次回来为止。他们还把那个负责拔毛的德梅特里乌斯送给恺撒。

恺撒离开之前,又一次试着说服尼科美德斯国王,比希尼亚在他去世之后的最佳归属就是成为罗马行省。

"我会考虑。"尼科美德斯愿意承诺的只有这么多。

现在恺撒几乎不指望老国王会做出对罗马有利的决定,每个非罗马人的头脑里还清楚地记得兰萨库斯的事情。如果国王不愿把自己的王国遗赠给像盖乌斯·维瑞斯这样的人,那又有谁能指责他呢?

恺撒让管家尤提库斯返回罗马为奥瑞利娅服务,他自己则带着五个仆人(其中包括负责拔毛的德梅特里乌斯)和布尔根杜斯加紧赶路。他跨越桑加里乌斯河,然后去到加拉提亚[①]最大的城市安西拉[②]。他在这里遇到了一个很有意思的人。这个人叫作德奥塔鲁斯,是托利斯托波吉人的首领。

"我们都很年轻,"德奥塔鲁斯说,"密特里达提国王二十年前把加拉提亚人的首领全部杀死了,这样我们的人民就没有领袖。在大部分国家,这种情况肯定会导致国民的分裂,但是我们加拉提亚人向来都喜欢松散的联盟。所以我们坚持下来,直到那些首领的儿子都长大成人。"

"密特里达提不可能让你们再次落入陷阱了。"恺撒说,他觉得这个人又聪明又狡猾。

"只要我还在这里就不会,"德奥塔鲁斯严肃地说,"我在罗马待过三年,这是一段很好的历练,所以我比我父亲更精明,他在那场大屠杀中丧命。"

"密特里达提会再次尝试。"

"我也这么觉得。"

"你不会上当?"

[①] 加拉提亚(Galatia)是位于小亚细亚中部的古代地区,公元前85年列入罗马的势力范围。——译者注

[②] 安西拉(Ancyra)即现代土耳其的首都安卡拉。——译者注

"绝对不会！他还年富力强，还会统治许多年，但他似乎无法理解我已经知道的事实，那就是罗马最后会赢得胜利。我更喜欢成为罗马的盟友。"

"德奥塔鲁斯，你这么想就对了。"

恺撒继续前行来到哈利斯河，沿着缓缓流动的红色河水来到高耸入天的亚盖奥斯山，从这里向北穿过宽阔平缓的哈利斯河谷，再走上四十里地就到达马扎卡①。

恺撒当然记得盖乌斯·马略在这个地区的许多传奇。巨大的休眠火山脚下有一座五彩缤纷的城镇，马略在那粉刷成艳蓝色的王宫里见到了本都国王密特里达提。不过最近这些日子密特里达提一直躲在锡诺普，所以阿里奥巴尔扎尼斯国王在卡帕多西亚的王位上坐得还稍微安稳一些。

恺撒见到阿里奥巴尔扎尼斯之后心想：这个国王真不怎么样。不知为何，本都的国王总是很强硬，而卡帕多西亚的国王总是很软弱，阿里奥巴尔扎尼斯也不例外。他显然很害怕密特里达提，而且他还告诉恺撒本都是如何把王宫和首都的财宝都洗劫一空，连门上的一根黄金钉子都不放过。

这个胆怯的国王身材瘦小，看起有点像是叙利亚人。恺撒对他说，"但是密特里达提在考卡苏斯损失了两万名士兵，这样会让他的脚步放慢好几年。任何军队的主人都经受不住如此大规模的损失，更何况那些士兵不仅训练有素，还是饱经沙场的老兵。你说呢？"

"是的。他们阵亡之前的那个夏天，刚刚为密特里达提打了胜仗，替他赢得辛梅里亚和黑海北部的土地。"

"听说他大获全胜。"

"确实如此。他的儿子马卡雷斯被留在潘提卡派乌姆担任总督。这是一个明智的选择，我想马卡雷斯的主要任务就是替他父亲招募新兵。"

"密特里达提比较喜欢西徐亚和罗佐拉尼亚的士兵。"

---

① 马扎卡（Mazaca）是卡帕多西亚的首都，位于现代土耳其的中部，现称开塞利。——译者注

"他们当然比雇佣兵好多了。本都和卡帕多西亚都有一个劣势,他们的国民并不是什么优秀的士兵。我一直都要依赖叙利亚人和犹太人的雇佣兵,但是密特里达提最近三十年来一直有许多骁勇善战的野蛮人去替他拼命。"

"阿里奥巴尔扎尼斯国王,你现在没有军队吗?"

"我现在并不需要军队。"

"如果密特里达提突然发动袭击呢?"

"那我马上就会再次失去王位。盖乌斯·尤利乌斯,卡帕多西亚太穷了,根本就没有能力供养一支军队。"

"你还有其他敌人,提格拉尼斯国王。"

阿里奥巴尔扎尼斯脸上一阵扭曲,显然很不高兴。"不用你提醒!他在叙利亚取得胜利,抢走了我最好的士兵。所有犹太人都留在家乡抵抗他。"

"那你不觉得至少应该派人去看守幼发拉底河和哈利斯河吗?"

"没有钱。"国王固执地说。

恺撒摇摇头骑马离开了。这片土地的君王还没开战就已经认输了,还能有什么办法呢?他那敏锐的眼睛看到许多天然优势,可以帮助阿里奥巴尔扎尼斯抵抗入侵者,因为冰雪消融之后的大片郊野显露出错综复杂的沟壑,就像盖乌斯·马略描述的那样。这样的地形不仅适合欣赏风景,还有利于作战行军。但在国王看来这只是现成的房屋,可以用来安置他那些习惯穴居的国民罢了。

"布尔根杜斯,现在你已经见识过更加广阔的世界了,你有什么感觉呢?"恺撒对着他那身材魁梧的被释奴问,他们正沿着西里西亚山道一路穿行,两边是高耸入云的松树和喧嚣澎湃的瀑布。

"罗马和伯维拉耶,还有卡尔狄克萨和我们的儿子,要比任何瀑布和山峰都要伟大。"布尔根杜斯说。

"老朋友,你是不是想回家了?我很乐意让你回去。"恺撒说。

但是布尔根杜斯用力地摇了摇他那个长着金发的大脑袋。"不,恺撒,我会留下来。"他咧嘴一笑。"要是我让你出了什么事,那卡尔狄克萨肯定会把我杀了。"

"但是我不会出什么事!"

"那你去跟她说吧。"

普布利乌斯·赛尔维利乌斯·瓦提亚已经住进塔尔苏斯的总督府邸。他在这里是如此舒适惬意,所以当恺撒在四月底赶到这里,他看起来就好像一直在这里。

"我们很高兴他来到这里。"摩尔西穆斯说。他是西里西亚总督卫队的队长,也是塔尔苏斯的行政长官。

摩尔西穆斯那乌黑的头发已经染上点点花白,他陪着盖乌斯·马略进入卡帕多西亚已经是二十年前的事情了。摩尔西穆斯非常欢迎恺撒的到来,他对恺撒的忠诚要胜过任何一个罗马总督。因为恺撒是他心中两位大英雄的外甥,盖乌斯·马略和普布利乌斯·科尔涅利乌斯·苏拉都是恺撒的姑父,所以他会竭尽全力给这个年轻人提供帮助。

"我想,西里西亚在多拉贝拉和维瑞斯手下吃了许多苦。"恺撒说。

"是的。多拉贝拉大部分时间都在药物的作用下迷迷糊糊,所以就让维瑞斯为所欲为。"

"他们没有采取任何措施去把提格拉尼斯赶出佩狄亚东部?"

"完全没有。维瑞斯只顾着放高利贷和坑蒙勒索,他在神庙里偷盗艺术品就更不用说了。"

"等我回到罗马,就会对多拉贝拉和维瑞斯提起控告,所以我需要你帮忙收集证据。"

"等你回到罗马,多拉贝拉可能已经在外流放。"摩尔西穆斯说。"总督收到来自罗马的消息,现在马尔库斯·艾弥利乌斯·司考鲁斯和达尔马提卡的儿子已经对多拉贝拉提起控诉,而盖乌斯·维瑞斯因为给小司考鲁斯提供证据而赢得许多荣誉,维瑞斯甚至还亲自出庭作证。"

"这个狡猾的混蛋!这样我就动不了他了。至于多拉贝拉,我觉得谁控告他都无所谓,只要他罪有应得就好了。如果说我没能控告他有点遗憾,那是因为我之前担任祭司所以错过了进入法庭的时机,要是能成功地控告多拉贝拉和维瑞斯,那我就会赢得名声了。"他停了停,接着说,"瓦提亚会对提格拉尼斯国王发动进攻吗?"

"我觉得应该不会。他在这里主要是为了消灭海盗。"

恺撒见到瓦提亚时,这句话就得到证实了。瓦提亚现在五十岁了,他跟梅特卢斯·皮乌斯刚好同龄,而且他们还是表亲。苏拉本来打算在九年前让瓦提亚和格涅乌斯·奥克塔维乌斯·鲁索一起担任执政官,但是秦纳在竞选中打败他了,于是瓦提亚和梅特卢斯·皮乌斯一样都只好等上很长一段时间,然后才能得到他们按照家世背景本来就应该得到的执政官职位。因为瓦提亚一直对苏拉忠心耿耿,所以他得到了西里西亚总督一职。他更喜欢西里西亚,而不是另外一个由前任执政官担任总督的行省马其顿,于是马其顿就落到了他的执政官同僚阿皮乌斯·克劳狄乌斯·普尔克尔手中。

"他根本就没有去到马其顿。"瓦提亚对恺撒说。"他走到塔伦图姆就生病了,然后就回到罗马。幸亏当时大多拉贝拉还没有离开马其顿,所以他就奉命继续留在马其顿,直到阿皮乌斯·克劳狄乌斯能去接替他为止。"

"阿皮乌斯·克劳狄乌斯是怎么回事?"

"我只知道,他的问题由来已久了。他在我们一起担任执政官的时候身体就不太好,而且不管我说什么都不能让他高兴起来!但是他实在太穷了,不得不到行省去任职。如果他不这么做,那就不能恢复他们家族的财富。"

恺撒皱起眉头,但是没有说出心中想法。这个政治体系根深蒂固的局限就是迫使那些行省总督卖公然犯罪,传统习惯让总督通过售卖公民权、签署合同、征收赋税去中饱私囊的行为变得正大光明。元老院和国库为了降低罗马的开支也默许了这些事,所以要召集一个由元老组成的陪审团去给那些在行省强取豪夺的总督定罪才会变得这么困难。但是在行省大肆搜刮势必引起当地人对罗马的仇恨,这样肯定会给未来埋下祸根。

"普布利乌斯·赛尔维利乌斯,我想我们要对那些海盗开战?"恺撒问。

"没错。"总督说,他的身边是一叠叠的文件,看来他很享受自己工作中的这一方面,虽然他并不是一个特别贪财的人,也不需要通过在行省的搜刮增加自己的财富。不过他即将跟海盗开战,而那些海盗的大批赃物将会给西里西亚的总督带来许多合法的战利品。

"可惜我不得不推迟跟海盗作战的计划,因为我的前任在这个行省留下许多烂摊子,所以这一年我必须集中精力去解决内部问题。"

"那你还需要我吗?"恺撒问。他还太年轻,一想到要在书桌旁度过自己的军旅生涯就不太开心。

"我确实需要你,"瓦提亚加重语气说,"我要请你替我征募一支船队。"

恺撒脸上一抽。"这个我确实有点经验。"

"我知道,所以我才需要你。这必须是一支优秀的船队,要足够庞大,必要时可以分成几支小舰队。海盗在敞开的小船和舢板上跳来跳去的时代已经过去了。现在他们拥有制造精良的三列桨、四列桨、甚至是五列桨战船!而且他们率领舰队的是海军司令,也就是他们所谓的将军。他们像海军一样在海上巡航。他们挂着旗帜的船上装饰着金色和紫色。他们像国王一样躲在甲板下面,让许多戴着镣铐的被释奴为他们服务。他们像罗马的富人一样拥有各种武器和奢侈品。卢基乌斯·科尔涅利乌斯已经让元老院充分了解,为什么要把我派到像西里西亚这么偏远的地方。因为这里是海盗的大本营,所以我们必须在这里把他们消灭干净。"

"我可以帮忙查明海盗的窝点,而且可以保证不会影响到征募船队的任务。"

"恺撒,没有这个必要。我们已经知道他们最大的窝点在哪里。科拉凯西乌姆①臭名昭著,不过那里占据着有利地形,而且还有许多精兵。我

---

① 科拉凯西乌姆(Coracesium)即现代土耳其的阿拉尼亚。——译者注

怀疑包括我自己在内的任何人都不能攻陷那个地方。所以，我准备从我管辖地区的另一端，就是从潘菲利亚和吕西亚开始行动。那里有一个叫作泽尼克特斯的海盗王，他控制着整个潘菲利亚海湾，包括阿塔雷阿。我会让他第一个尝尝罗马的厉害。"

"明年？"恺撒问。

"也许吧，"瓦提亚说，"但我想应该不会在明年夏天之前，要等我重整完西里西亚的秩序，并且掌握了足以获胜的海军力量，才能开始跟海盗开战。"

"你的任期应该会延长好几年。"

"独裁官和元老院都向我保证，我不用太匆忙，我的任期会根据所需时间而延长。当然，卢基乌斯·科尔涅利乌斯现在已经退休了，但是我相信元老院应该不会违背他的意思。"

恺撒开始去征集船队，但他的心情并不是很热切。至少还得再等一年才会开战，而且根据他对瓦提亚性格的判断，就算真的开战瓦提亚也不会有战斗所需的迅速和积极。虽然恺撒对卢库卢斯没有什么好感，但瓦提亚无论是头脑还是能力都比不上卢库卢斯。

不过这倒是一个四处旅行的好机会，这样也算是某种安慰。在地中海东部，罗得岛的海军力量最为强大，所以恺撒在五月时来到这个地方。罗得岛一直都对罗马保持忠诚，这个岛曾经在九年前成功地击退了密特里达提国王。所以罗得岛应该可以为瓦提亚即将进行的战斗提供船只和水手，但是罗得岛无法提供一支海军，因为罗得岛的居民不会登上敌人的船只，也不会把一场海战变成陆地战。

幸亏维瑞斯没有时间拜访罗得岛，所以恺撒发现自己颇受欢迎，而且岛上的军事将领也愿意跟他讨论事情。他们主要的讨论焦点在于罗马是否会为罗得岛的参战提供资金，这确实是一件困难的事情。因为瓦提亚认为，让所有跟罗马结盟的城市、海岛和地区提供船只都不必付钱，他的依据是每个参与者都会从消灭海盗中得益，所以他们应该无偿提供各种服务。于是恺撒只好根据上司的意见去展开谈判。

"你可以这么看，"恺撒努力说服对方，"只要取得胜利，就会有许多战利品，而且再也不用担心海盗的抢掠。罗马不会给你们提供资金，但是你们可以分到战利品，这样就足以补偿你们的付出，而且你们还会得到额外的利益。罗得岛是罗马的盟友，为什么要让这个地位受到威胁呢？事实上你们只有两个选择：参战或不参战。你们现在就必须做出决定。"

罗得岛妥协了。他们承诺会在明年夏天给恺撒提供船只。

然后恺撒就离开罗得岛前往塞浦路斯。他不知道自己离开罗得岛时，正好跟另外一艘船擦肩而过。这艘船上载着一件珍贵的罗马货物，就是马尔库斯·图利乌斯·西塞罗。西塞罗跟特伦提娅结婚已经一年了，而且他最近刚刚在雅典成功地促成了一桩婚事，撮合了他的弟弟昆图斯和提图斯·蓬波尼乌斯·阿提库斯的妹妹。这两桩婚事让西塞罗感到十分疲惫。他的妻子刚刚生下女儿图利娅，一想到妻子会忙着照顾新生儿，他就觉得自己可以放心地离开罗马了。世界上最著名的修辞学家阿波罗尼乌斯·莫隆就住在罗得岛，所以西塞罗准备去拜访这位大师。他需要一个假期，离开罗马、离开法庭、离开特伦提娅、离开目前的生活。他的发声技巧不太好，而阿波罗尼乌斯·莫隆正好主张演说家的声音和形体必须与智力相匹配。虽然西塞罗很讨厌旅行，而且担心离开罗马会影响他的律师事业，但他还是很期待一次远离家人和朋友的远行。现在是时候好好休息一下了。

但是对于恺撒来说却不会有什么休息，按照他的个性并不需要休息。他在帕福斯上岸，这里是塞浦路斯统治者的所在地。这位统治者叫作托勒密·奥勒特斯，也被称为塞浦路斯的托勒密，是新任埃及国王的弟弟。恺撒第一次见到托勒密·奥勒特斯就发现，这人不只是个傀儡简直就是个废物，看来他在密特里达提和提格拉尼斯宫廷中的生活对他造成了巨大影响。他不但什么都不知道，而且也没兴趣去知道。他的教育似乎完全被忽略了，他那隐藏的性取向一离开两位国王的约束就开始显露，所以他的王宫跟尼科美德斯国王的王宫颇为相似。不过这个塞浦路斯的托勒密实在不是一个讨人喜欢的人物。他和他哥哥以及他们的妻子刚刚到达亚历山大里亚时,亚历山大里亚人就对他做出了准确的判断,尽管他们并不反对委任他为塞浦路斯的摄政王,但他们还是派出了一大群能干的官员跟着他一起前往塞浦路斯。于是恺撒发现,真正代表埃及统治这个岛国的其实是那些官员。

恺撒巧妙地避开了塞浦路斯的托勒密,把他的精力集中在那些来自亚历山大里亚的官员身上。这些人不容易对付,而且他们对罗马也没有什么好感。他们认为瓦提亚准备进行的战斗对塞浦路斯没有什么好处,而且因为瓦提亚派出一个二十一岁的初级副将前来协商而颇为不满。

"我的年龄并不重要,"恺撒骄傲地对着这些官员说,"我是一个赢得冠冕的战斗英雄,而且打破了正常的年龄限制进入元老院,同时还是普布利乌斯·赛尔维利乌斯·瓦提亚的主要军事助手。我屈尊降贵地来到这里,你们应该感到荣幸!"

这番话自然是引起了一定的重视,但是那些官员的态度并没有明显的改变。虽然恺撒像个政客一样能言善辩,但他还是无法说服这些人。

"塞浦路斯也受到海盗的影响。如果所有受到海盗影响的地区都团结起来,那就可以彻底扫除海盗的危害,你们为什么就不能看出这一点呢?普布利乌斯·赛尔维利乌斯·瓦提亚的船队必须足够庞大,才能在那些海盗去到某个地方时像一张网那样把他们包围起来,让他们无路可逃。我们将得到许多战利品,而且塞浦路斯可以重新回到地中海的贸易市场。你们也知道,现在塞浦路斯被西里西亚和潘菲利亚的海盗隔绝了。"

"塞浦路斯不需要重新回到地中海的贸易市场。"那些亚历山大里亚官员的领头人说。"塞浦路斯的一切出产都属于埃及,并且全都运往埃及。我们只是不容许塞浦路斯和埃及之间的海路被切断。"

恺撒只好再次跟身为摄政王的托勒密见面。这一次恺撒吉星高照,摄政王的妻子密特里达提狄斯·尼萨也在场。如果恺撒知道密特里达提家族的相貌特征,那他就会发现这个年轻女人具有他们家族的典型样貌。她身材高大,头发金黄,眼眸金中带绿。她的魅力在于身上的颜色和妖娆的姿势,而不是某种真正的美丽,不过恺撒立刻对她的魅力表示欣赏。而她也明显地表示出对恺撒魅力的欣赏。恺撒一结束跟托勒密的愚蠢会面，她就挽着丈夫的贵宾一起出去散步，带着恺撒去观看女神阿佛洛狄特从海上泡沫升起的地方。这位女神的诞生给人间带来了许多动荡。

"她是我的第三十九世祖母。"恺撒说，靠在白色大理石栏杆上面，这些栏杆围起了女神诞生的那片沙滩。

"谁？当然不是阿佛洛狄特！"

"当然是。我是她儿子埃涅阿斯的后代。"

"真的？"那双微微突出的眼睛盯着恺撒的面孔，似乎想从中找出这高贵血统的某些痕迹。

"千真万确，王妃。"

"那么你肯定是属于爱情。"密特里达提的女儿说，然后伸出一根修长的手指，抚弄着恺撒那被太阳晒成小麦色的右臂。

这样的抚摸挑起了恺撒的情欲，不过他没有露出任何端倪。"王妃，我从未听过这种说法，不过这听起来确实很有道理。"他微笑着说，眺望着海天相交的地方，宝蓝色的海水和碧蓝色的天空融为一体。

"拥有这么一位祖先，你当然是属于爱情！"

恺撒转头凝视着她，她的身材是如此高大，所以她的眼睛几乎跟他同在一个水平线。"这真的很神奇，"他柔声说，"海面上只有这个地方有这么多泡沫，我实在看不出其中究竟是何原因。"他说着先是指了指北边，然后又指了指南边。"看到了吗？在那条分界线之外就没有一点泡沫！"

"据说是女神让这个地方永远都涌出泡沫。"

"那么这些泡沫就是她的精华了。"恺撒甩开他的托迦，然后又弯下腰解开元老的专用鞋子。"王妃，我必须在她的精华中游泳。"

"如果你不是她的第三十九世子孙，那我会提醒你要格外小心。"王妃盯着恺撒说。

"是不是有什么宗教禁令，不准人在这里游泳？"

"没有禁令，只是这么做不太聪明。据说你的第三十九世祖母经常会让游泳的人失去生命。"

恺撒安然无恙地结束游泳回到岸上，发现尼萨用衣袍铺在岸边尖刺的草地上，然后躺在上面等着他回来。恺撒的手背上还留下一个水泡，他弯下腰把这个水泡轻轻地按在尼萨光滑的乳房上。水泡破裂，恺撒哈哈大笑，而尼萨跳了起来，不由自主地浑身发抖。

"被维纳斯的烈焰点燃。"恺撒说着在她身边躺下，他那湿漉漉的身体充满活力，因为那些神奇的海上泡沫给了他爱抚和刺激。他刚刚感受到维纳斯的神力，女神甚至安排了这个漂亮的女人来给他更多欣喜。他进入她的身体，发现这不仅是一个伟大国王的女儿，还是一个未经人事的女子。爱情与权力的结合，人间乐事的极致。

"被维纳斯的烈焰点燃。"她说道，像一只巨大的金色猫儿舒展着身子，女神的礼物实在太好了。

"你也知道阿佛洛狄特的罗马名字。"这位女神的后裔说，那些喜悦的气泡让他身心激荡。

"罗马的影响力太大了。"

那些气泡突然消失，但并不是因为她的言辞，只是因为那一刻已经结束了。

恺撒站起身，一旦结束欢爱，他就从不痴迷留恋。"密特里达提狄斯·尼萨，你能否运用你的影响力帮我得到一支船队？"他说着忍不住笑了起来，但是他并没有解释这个请求为什么让自己发笑。

"你是多么英俊。"她说道，用手肘撑着身体躺在地上，脑袋托在手掌上。"你的身上没有毛，就像神明那样。"

"我发现，你的身上也没有毛。"

"恺撒，宫廷里的女人都要拔毛。"

"但是宫廷里的男人不拔毛？"

"不！因为拔毛很痛。"

恺撒哈哈大笑。他穿上托皂和鞋子，然后在无人协助的情况下艰难地穿上托迦。"女人，剩下的就交给你了！"他语气轻快地说道。"要得到一支船队,还要让你那没有除毛的丈夫相信我们只是出来看看海上的泡沫。"

"噢,他!"她开始穿衣服。"他不会在乎我们做了什么事。你应该也注意到我是处女了!"

"没有注意到是不可能的。"

她那金绿色的眼睛闪闪发亮。"我真的相信,"她说道,"如果我不能帮你得到船队,那你根本就不会看我一眼。"

"我必须否认你这个说法。"恺撒平静地说。"我曾经被人指责用这种手段去获得一支船队,而我当时说的话也同样适用于现在:我宁愿切腹自尽,也不会利用女人的伎俩去达成目的。但是你,亲爱的美丽王妃,是来自女神的礼物。所以这完全是另外一回事。"

"我没有让你生气?"

"一点都没有,不过你能想到这一点,就足以证明你是个聪明的女孩。你的聪明是不是从你父亲而来?"

"也许是。他是个聪明人,但也是个傻瓜。"

"此话怎讲?"

"他根本就听不进别人的建议。"她转身跟恺撒一起走向王宫。"恺撒,我很高兴你来到帕福斯,我受够处女的状态了。"

"但你之前一直是个处女。为什么要等到我来呢?"

"你是阿佛洛狄特的后裔,所以你不只是一个普通的男人。我是国王的女儿!我不能把自己交给一个普通的男人,我的男人必须具备高贵的神圣血统"

"我深感荣幸。"

关于船队的谈判耗费了一些时间,不过恺撒一点都不觉得这些时间是种浪费。他每天都和托勒密那欲求不满的妻子一起去参观阿佛洛狄特诞生的地方,每天都在阿佛洛狄特的精华中游泳,然后又把自己的一些精华留在托勒密那身心满足的妻子体内。那些来自亚历山大里亚的官员显然更尊敬密特里达提狄斯·尼萨而不是她的丈夫，这也许跟提格拉尼斯国王就在一水之隔的叙利亚有关系。埃及距离提格拉尼斯比较远，所以还比较安全，但是塞浦路斯就不一样了。

恺撒跟密特里达提的女儿友好告别，而且他心中的遗憾存在了很长一段时间。这不只是因为他在她那里得到的身体愉悦，还因为他发现自己很欣赏她那种浑然天成的自信。她相信自己跟男人是平等的，因为她是一个伟大国王的女儿。恺撒心想，罗马女人确实不容男人践踏，但是罗马女人跟男人绝对不平等。他离开帕福斯时，送给密特里达提狄斯·尼萨一块刻着阿佛洛狄特女神的宝石，尽管这块精雕细刻的宝石对他来说是一笔庞大的开支。

密特里达提狄斯·尼萨也清楚这个事实，所以这给她带来了巨大的快乐。正如她给自己身在亚历山大里亚的姐姐克娄巴特拉·特律费娜信中所写：

> 我想，我再也见不到他了。他这种男人去到任何地方做任何事，都一定有充分的理由，我说的是男人的理由。我想他可能有点爱我。但这点感情根本就不足以让他回到塞浦路斯。他绝对不会让任何女人妨碍他达成目的。
>
> 在此之前我并没有见过罗马人，不过我知道你在亚历山大里亚应该常常能见到罗马人，所以你可能对他们有更多了解。他的独特是因为他是罗马人，还是仅仅因为他是他自身？也许你能告诉我。不过，我想我知道你会说些什么。
>
> 我最喜欢他的坦率正直，还有他的镇定平和，而不只是就事论事。他坦然承认，是在我的帮助下才得到他的船队。我知道，我知道，我被他利用了！但是，亲爱的特律费娜，我有时并不介意被人利用。他确实有点爱我。他看重我的出身。而且他对着女人大笑的样子，是任何活着的女人都无法抗拒的。
>
> 这是一段非常愉快的插曲。我想念他，真该死！你不用为我担心。

为了保险起见，我在他离开后吃了药。如果我的婚姻不是有名无实，那我就不会吃药了，恺撒的血统比托勒密的血统更宝贵。但现实如此，我永远都不会有孩子了！

我为你的难题感到难过，也为我们在成长中对埃及的情况不够了解而难过。但是我必须提醒你，我们的父亲密特里达提还有我们的舅舅提格拉尼斯，他们对这些难题都毫不在意。我们只是他们用来在埃及获取利益的工具，因为我们确实有必不可少的托勒密血统去继承王位。但是我们并不知道埃及的祭司牢牢地控制着他们的普通国民，控制着那些真正的埃及人而非马其顿人。叫作埃及的国家好像有两个，一个是马其顿人的亚历山大里亚和附近的三角洲，另一个是尼罗河沿岸的埃及地区。

最最亲爱的特律费娜，我真的认为你应该跟埃及的祭司好好谈谈。你的丈夫奥勒特斯并不是沉溺于男色的男人，所以你有希望生下孩子。你必须生下孩子！但是根据埃及的法律，你必须在加冕和受膏之后才能生孩子，而只有得到那些祭司的同意你才能加冕和受膏。我知道亚历山大里亚人在罗马的使节团面前装作你已经加冕和受膏了，因为他们清楚知道马尔库斯·佩尔佩尔纳和其他罗马使节对埃及的法律和传统一无所知。但是埃及的民众清楚知道你的王位并没有得到确认。奥勒特斯是个糊涂的男人，既缺乏真正的智慧也没有政治的敏锐，但我和你是我们父亲的女儿，所以我们更有天分。

你要主动去找那些祭司，开始跟他们谈判，要以你自己的名义进行。我非常清楚，如果没有赢得祭司的支持，那你什么东西都不能得到，就连孩子都不能拥有。奥勒特斯以为自己比那些祭司更重要，还以为亚历山大里亚人的势力足打败那些祭司。他错了。更准确地说，奥勒特斯相信成为马其顿人的国王比成为法老更重要。他以为只要当上国王，那最后一定会成为法老。可是我从你的来信中看出，你并没有落入这个陷阱。但这样还不够。你必须去跟他们谈判。那些祭司知道我们的丈夫是最后的王室血脉,而且在将近一千年的外敌入侵和外邦君主统治之后,要在埃及建立另外一个血统的王朝要比认可最后的托勒密后裔危险得多。所以我推测,他们真正想要的是得到尊崇和重视而非忽略和轻视。最最亲爱的特律费娜,你要尊崇他们!毕竟他们控制着藏有法老宝藏的地宫,还有尼罗河带来的收入,还有埃及民众。七年前鹰嘴豆洗劫了底比斯①,但这并不重要,重要的是他经过加冕和受膏,他是法老。而且控制了底比斯并不意味着就能控制整个尼罗河地区。

与此同时,你要继续服药,而且不要惹恼你的丈夫和亚历山大里亚人。只要他们仍然是你的同盟,你就拥有跟孟菲斯的祭司谈判的资本。

八月底,恺撒回到塔尔苏斯,并且向瓦提亚报告他的工作成果。在瓦提亚的管辖区域之内,拥有海军力量的所有重要城市都同意提供船只和船员。瓦提亚显然很高兴,特别是连塞浦路斯都已经答应。但是他已经没有其他军事任务可以交给这个年轻的下属,他能告诉恺撒的也只是苏拉已经在罗马去世。

"普布利乌斯·赛尔维利乌斯,"恺撒说,"如果你同意的话,我想回到罗马。"

瓦提亚皱着眉头问,"为什么?"

"有好几个原因。"恺撒语气平和地说。"最重要的原因是我对你来说已经没有多大用处了,事实上我对你已经没有任何用处。除非你准备发动远征把提格拉尼斯国王赶出佩狄亚东部和卡帕多西亚。"

"盖乌斯·尤利乌斯,我接受的命令并不是这样。"瓦提亚的语气有点生硬。"我要集中精力去管理行省,还要消除海盗的威胁。卡帕多西亚和佩狄亚东部还要继续等待。"

---

① 底比斯(Thebes)是上埃及地区的古城,原址位于今凯尔奈克和卢克索,曾是古埃及帝国的首都,也是供奉王族家神阿蒙的庙堂所在地。——译者注

"我明白。所以在最近这段时间内，你没有任何军事任务可以交给我。我想回到罗马还有个人的理由。我要跟我的妻子真正完婚，还要开始我的法庭事业。我之前一直担任朱庇特祭司，这意味着我成为律师的时机已经大大推迟了。我希望在适当的年龄当上执政官。这是我的家世背景赋予我的使命。我的父亲是大法官，我的伯父是执政官，我的堂兄弟卢基乌斯也是执政官。尤利乌斯氏族又一次站到最前面了。"

"好吧，盖乌斯·尤利乌斯，你可以回家。"瓦提亚说，这些理由他都可以理解。"我很乐意向元老院推荐你，并且把你为我征募船队认定为执行军务。"

第 2 节

随着苏拉的去世，两位执政官勒皮杜斯和卢库卢斯的友好关系也结束了。这两人本来就性情不和，而独裁官的去世直接让他们爆发了第一次冲突。卡图卢斯主张苏拉应该进行国葬，但勒皮杜斯认为苏拉的财产完全可以承担他的葬礼，所以实在没理由让国家出钱。最后卡图卢斯在元老院中赢得了这场争论，既然是苏拉重新填满国库的资产，那么由国库出钱来为苏拉举行葬礼也是理所当然。

但是勒皮杜斯并非无人支持，而那些因为苏拉所迫而逃离罗马的人也纷纷回家了。苏拉的葬礼之后不久，马尔库斯·佩尔佩尔纳·维恩托和秦纳的儿子卢基乌斯就在罗马露面。虽然佩尔佩尔纳·维恩托曾经在庞培到达之前占据着西西里，但是他却成功地逃过了真正的剥夺公民权行动，这可能是因为他没有留在西西里跟庞培对抗，也可能是因为他没有足够的财产所以没有被当成一个有利可图的迫害对象。当然，小秦纳几乎身无分文。但现在独裁官已经去世，于是这两人开始拉拢势力去暗中反对独裁官的政策和法令，所以他们当然更愿意站在勒皮杜斯这边而非卡图卢斯那边。

勒皮杜斯本来就因为在元老院中跟苏拉分庭抗礼而出名，既然现在独裁官已经去世，而且他在元老院中的支持者超过了卡图卢斯的支持者，所以他觉得自己正处于一个极为有利的位置，可以让苏拉的一些法令变得不是那么严苛。

"我希望名垂史册，"勒皮杜斯对他的朋友马尔库斯·朱尼乌斯·布鲁图斯说，"成为那个调整苏拉法令的人，让那些法令变得每个人都可以接受，包括苏拉的敌人。"

这两人都受到幸运之神的眷顾。在苏拉最后列出的官员名单中，布鲁图斯被委任为大法官。在之前一个元旦日的执政官和大法官就职仪式，勒皮杜斯和布鲁图斯抽签决定要去哪个行省时也都碰上了好运。勒皮杜斯抽到了山外高卢，而布鲁图斯抽到了山内高卢。他们身为行省总督的任期将在他们现有任期结束之后开始，也就是下一个元旦日。近年来山外高卢并没有被列为前任执政官负责管理的行省，但是有两件事情改变了这种情况。首先是在西班牙与昆图斯·塞尔托里乌斯进行的战斗不太顺利，其次是高卢部族目前出现了叛乱的苗头，这可能会威胁到通往西班牙的陆路。

"我们可以同心协力地管理行省。"勒皮杜斯热切地对布鲁图斯说，他们刚刚看到抽签的结果。"我要跟准备叛乱的部族开战，而你可以在山内高卢给我提供物资和其他需要的支持。"

于是勒皮杜斯和布鲁图斯都期待着明年可以在行省大干一场。苏拉下葬之后，勒皮杜斯开始按计划去调整苏拉那些最为严苛的法令。与此同时，布鲁图斯身为暴力罪法庭的主席，继续推进前一年的大法官格涅乌斯·奥克塔维乌斯对苏拉法令的修订。奥克塔维乌斯显然是得到了苏拉的许可，于是制定法令迫使那些通过暴力、强迫和恐吓在剥夺中获利的人归还一些财产，这当然也意味着要把财产的原主人从剥夺名单上移除。布鲁图斯对奥克塔维乌斯的工作十分认同，于是他以极大的热情继续推行这项工作。

到了六月，苏拉的骨灰已经在战神原野的墓穴中入土为安。于是勒皮杜斯向元老院宣布，他将征得元老院的同意通过一项艾弥利乌斯·勒皮杜斯法令，归还苏拉从埃特鲁里亚和翁布里亚没收并准备赠与属下老兵的部分土地。

"元老们，众所周知，"勒皮杜斯对着聚精会神的元老们说，"罗马北部现在不太安稳。我认为，还有许多人也认为，这主要是因为我们那已故的独裁官对那个地区进行了严厉惩罚，几乎没收了埃特鲁里亚和翁布里亚的所有土地。元老院对独裁官的政策并非全部支持，这一点从元老院反对独裁官严惩阿瑞提乌姆和沃拉提莱的每个公民就可以清楚看出。虽然这件事发生时独裁官正处于权力顶峰，但我们还是成功地劝阻了独裁官的这项举措。不过，诸位不要以为我的新法令会让阿瑞提乌姆和沃拉提莱得到什么好处！他们积极地支持卡尔波，所以他们不会从我这里得到任何东西！我考虑的是那些被动卷入卡尔波势力范围的地区，比如斯波勒提乌姆和克卢西乌姆。这些地区的人因为失去土地而对罗马满腔怨恨，但他们从来都不是叛徒！他们只是刚好在某人的行军路线上，所以就成了内战的无辜受害者。"

勒皮杜斯停下来看了看元老院会堂两边的坐席，对自己看到的情况颇为满意。他在自己的声音中加入一些情感，然后继续发言。

"我在这里讨论的并不是那些积极支持卡尔波的地区，而用这些地区的土地来安置苏拉的老兵已经绰绰有余。我必须强调这一点，除了极个别的例外，意大利现在已经彻底罗马化了，意大利人得到公民权并且分散到三十五个部落之中。但是在埃特鲁里亚和翁布里亚的许多地区，他们受到的待遇仍然与以前那些叛乱的同盟无异，因为罗马的惯常做法就是没收一个地区的公共土地。但是罗马怎么能没收那些合法公民的土地呢？这是自相矛盾！我们元老院是罗马的高级统治机构，所以我们不能继续容许这种做法。如果我们继续容许，那么埃特鲁里亚和翁布里亚就会再次发生叛乱，而目前罗马在海外正面临着诸多压力，实在没有余力去应付另一场内战！现在我们必须筹集资金，去支持正在对战昆图斯·塞尔托里乌斯的十四个军团。我们的资金目前显然必须去往这个方向。我的法令会归还克卢西乌姆和图得尔之类地区的土地，这样可以让埃特鲁里亚和翁布里亚的人民平息下来,免得让事情发展到不可收拾的地步。"

元老院听进去了。虽然卡图卢斯对此表示强烈反对,还有那些最支持苏拉和最保守的势力也纷纷附和,不过这些都是勒皮杜斯预料之中的事。

"这是避重就轻!"卡图卢斯愤怒地大叫。"马尔库斯·艾弥利乌斯·勒皮杜斯先从这个听起来颇为合理的措施开始,然后再逐渐摧毁我们新建立的法律体系!我们绝对不能容许这种行为!他把得到元老院批准的政策提交到人民大会,这样的每一次胜利都会鼓励他走得更远!"

不过克塞古斯和菲利普斯都没有出来支持卡图卢斯,所以勒皮杜斯觉得自己应该要赢得胜利了。他们没有出来支持卡图卢斯确实有点奇怪,但这毕竟是件好事,所以又何必心存疑虑呢?于是他成功地得到了元老院的批准,通过法令归还了一些被没收的土地。然后他又在元老院中提出另外一项政策。

"我们那已故的独裁官禁止以低于私人粮商的价格出售国家公粮,现在是元老院废除这项禁令的时候了。"勒皮杜斯坚定地说,他让元老院会堂的大门敞开着,这样外面的民众就可以听见。"元老们,我是一个头脑清醒的正派人!我不是一个煽动者。我身为高级执政官,没必要去讨好那些最贫困的公民。我的仕途已经到达顶峰,我不是一个正在谋取上升的人。不管私人粮商定下什么样的价钱,我都有能力付款。我也不是为了质疑我们那已故的独裁官,暗示他不应该规定国家公粮的价格必须跟私人粮商的定价一样。我只是觉得我们那已故的独裁官没有意识到事情的结果。事实上发生了什么情况呢?私人粮商提高他们的价格,因为现在再也没有任何政策迫使他们降低价格了!元老们,有哪一个商人能够抗拒更多利润呢?他们的行为是基于善良和人性吗?当然不是!商人做生意就是为了给自己和家人获取利益,但是绝大部分商人都目光短浅,无法看出当他提高价格让大部分人都无法承受时,他的整个利益基础也开始受到侵蚀了。"

"元老们，因此我请求你们正式批准我的艾弥利乌斯·勒皮杜斯粮食法令，让我能够把这条法令提交给部落大会去审议通过。我会回到我们的老办法，这个办法已经经历过时间的考验，也就是说要让国家公粮的价格重新回到每莫迪乌斯①十塞斯特尔提乌斯。在丰年这个价格仍然可以让元老院拥有客观的收益，因为丰年的数目比灾年多得多，所以长期来说元老院不会有什么经济损失。"

低级执政官再次表示反对。但是这一次他得到的支持很少了。克塞古斯和菲利普斯都对勒皮杜斯的政策表示支持。于是勒皮杜斯当场就得到元老院的批准。勒皮杜斯向部落大会提交了他的法令，而且顺利通过了。他的声誉到达一个新的顶峰，而且他出现在公众场合时民众都对着他欢呼喝彩。

但是他那条土地法令就不一样了。这条法令一直都在元老院里停滞不前，虽然他在每次开会时都进行投票，但从来都没有得到足够的票数去赢得元老院的批准。这就意味着在苏拉的法律框架之下，他不能把这条法令提交给部落大会。

"但是我不会放弃。"他对布鲁图斯说，当时他们正在布鲁图斯的家里吃饭。

他经常在布鲁图斯的家里吃饭，因为他发现自己的家里冷清得让人难以忍受。在剥夺公民权行动刚刚开始的时候，他和大多数罗马上层人一样非常担心自己会被定罪。他在马略、秦纳和卡尔波当权时留在罗马，而且他还娶了撒图尔尼乌斯的女儿，这个撒图尔尼乌斯曾经想自立为罗马国王。他的妻子阿普列娅主动提出离婚。他们有三个儿子，无论如何都要保证家族财产能够安全地留给两个小儿子。他们的大儿子过继给了科尔涅利乌斯·西庇阿家族，因为这个家族跟苏拉密切相连而且一直站在苏拉一边，所以这个大儿子应该会兴旺发达。阿普列娅提出离婚时，

---

① 莫迪乌斯（modius）是古罗马的干物容积单位，一般用于测量谷物，1莫迪乌斯约等于2美制加仑，约等于9.5英磅。——译者注

他们的大儿子西庇阿·艾弥利亚努斯（跟他那个声名显赫的祖先①同名）已经长大成人，二儿子卢基乌斯已经十八岁，小儿子马尔库斯只有九岁。虽然他很爱阿普列娅，但为了两个儿子考虑，他还是跟妻子离婚了。他想着等到情况安全了，他就会跟妻子复婚。但阿普列娅不愧为撒图尔尼乌斯的女儿，她确信自己的存在永远都会给前夫和儿子带来不测，于是她就自杀身亡了。她的去世让勒皮杜斯大受打击，他从未真正从这次情感创伤中恢复过来。所以只要有可能，他总是在别人家里度过自己的私人时间，特别是在他最好的朋友布鲁图斯家里。

"太对了！你绝对不要放弃，"布鲁图斯说，"我敢肯定，只要坚持不懈就能让元老院妥协。"

"你们最好是希望元老院的抵抗迅速瓦解。"餐厅中的第三个人说，她坐在中间那把躺椅对面的座椅上。

两个男人都看向布鲁图斯的妻子赛尔维利娅，他们脸上的神情既充满兴趣又带着一丝敬意。赛尔维利娅说的话总是值得一听。

"你具体是什么意思？"勒皮杜斯问。

"我是说卡图卢斯正准备发动一场战争。"

"你是怎么知道的？"布鲁图斯问。

"我留心聆听。"赛尔维利娅面无表情地说，然后露出一个神秘莫测的微笑。"我今天早上刚好去拜访霍尔滕西娅，她不愧是我们那伟大律师的妹妹，就像她哥哥一样爱说话。卡图卢斯很喜欢她，于是向她透露了许多消息。所以你只要有适当的技巧，就可以从她那里打听到消息。"

"而你当然具备这种技巧。"勒皮杜斯说。

"当然了，但更重要的是有兴趣去向她打听。她的其他女性访客更关

---

① 同名的祖先是西庇阿·艾弥利亚努斯，他的全名是普布利乌斯·科尔涅利乌斯·西庇阿·艾弥利亚努斯·阿非利加努斯·努曼提努斯（Publius Cornelius Scipio Aemilianus Africanus Numantinus，前185年－前129年），史称小西庇阿，是古罗马统帅和执政官。小西庇阿实际出身于艾弥利亚斯氏族，是艾弥利亚斯·保卢斯的儿子，后来过继给大西庇阿的长子作为养子。他在第三次马其顿战争中初立军功；其后又包围并摧毁了非洲的迦太基，结束第三次布匿战争，建立非洲行省；还指挥了凯尔特伊比利亚战役，包围并摧毁努曼提亚，夺取西班牙，获得"努曼提努斯"的称号。——译者注

心闲言碎语和女人的事,但是霍尔滕西娅更喜欢谈论政治。所以我常常去拜访她。"

"赛尔维利娅,告诉我们具体情况。"勒皮杜斯说,他实在不明白她究竟想说什么。"卡图卢斯正在准备对哪里发动战争?近西班牙?他明年会带着一支新军去那里担任总督。所以,我想他准备在那里发动战争也是理所当然的事。"

"这场战争跟西班牙或塞尔托里乌斯没有任何关系。"布鲁图斯的妻子说。"卡图卢斯准备在埃特鲁里亚开战。按照霍尔滕西娅的说法,他准备说服元老院召集更多军队去镇压那里的叛乱。"

勒皮杜斯在躺椅上挺直了身子。"这简直是疯了!要想保持埃特鲁里亚的安宁只有一个办法,那就是把苏拉从那里没收的大部分土地还给他们!"

"你有没有跟埃特鲁里亚的领袖保持联系?"赛尔维利娅问。

"当然有了。"

"顽固派还是温和派?"

"我想,应该是温和派,如果你说的顽固派是指沃拉提莱和费苏莱。"

"我就是这个意思。"

"赛尔维利娅,谢谢你提供的消息。不用担心,我会加倍努力解决埃特鲁里亚的问题。"

勒皮杜斯确实加倍努力,但还是无法阻止卡图卢斯劝说元老院去招募新兵,卡图卢斯坚称绝对有必要准备兵力去镇压埃特鲁里亚正在酝酿的暴乱。不过多亏了赛尔维利娅的及时提醒,勒皮杜斯终于开始争取后座元老的支持,他的争取对象也包括像克塞古斯这样的资深后座元老。于是元老院对卡图卢斯的强烈抨击并没有多大反应。

"昆图斯·路塔提乌斯,"克塞古斯对卡图卢斯说,"我们更关心你和高级执政官的冲突,而不是埃特鲁里亚有可能发生的暴乱。在我们看来,你好像铁了心要反对高级执政官的一切建议。我觉得这样很可悲,特别是卢基乌斯·科尔涅利乌斯·苏拉经历了那么多困难，才设法让罗马元老院的各个派系重新团结起来。"

卡图卢斯无言以对，终于安静下来。但是他的安静并没有维持太长时间。事态的发展似乎证明了卡图卢斯的正确性，并且彻底扼杀了勒皮杜斯的机会，他再也不能得到元老院的批准，去通过那条归还部分被没收土地的法令。因为在六月底，那些被没收了土地的费苏莱居民对周围的士兵安置点发动攻击，把分配到土地的老兵赶出去，还杀了那些抵抗的老兵。

几百个对苏拉忠心耿耿的老兵无辜丧命，元老院对此当然不能置之不理，也不能容许费苏莱逃脱这公然反叛的罪名。七月份即将举行各种竞选，元老院本来应该把注意力集中在准备竞选之上。按照苏拉的新法令，必须通过抽签决定由哪位执政官来主持高级官员的竞选。于是两位执政官进行抽签，最后这项任务落在了勒皮杜斯身上。但是关于竞选的事情就此停步不前。因为元老院要求两位执政官各自招募四个新军团，并带兵前往费苏莱去镇压叛乱。

当卢基乌斯·马尔基乌斯·菲利普斯站起来要求发言时，元老院的会议本来已经准备结束了。勒皮杜斯在七月拥有法西斯，他同意让菲利普斯发言，这是他犯下的第一个大错。

"我亲爱的同僚们，"菲利普斯声音洪亮地说，"我乞求你们不要把军队交到马尔库斯·艾弥利乌斯·勒皮杜斯手中！我不是要求，也不是请求，而是乞求！因为我可以清楚看出，我们的高级执政官正在策划一场大变革。他从就任的时候就开始策划变革了！在我们亲爱的独裁官去世之前，他一直都不敢轻举妄动。但是我们亲爱的独裁官一去世，他就马上开始了。他竟然拒绝用国家资金去为苏拉举行葬礼！当然，他失败了。但是我永远都不会忘记，他竟然以为自己能赢得胜利！他利用关于葬礼的争论去向他的支持者发出信号，表明他即将通过法令去执行一些大逆不道的政策。然后他真的开始通过法令，执行了大逆不道的政策！他提出要把土地还给那些本该受罚的人！当元老院坚持保留态度时，他开始利用诡计去讨好所有在第二等级之下的人。这是每个煽动者都曾经利用的诡计，从盖乌斯·格拉古到勒皮杜斯的岳父撒图尔尼乌斯都是如此。他通过法令提供廉价的国家公粮！他认为罗马不应该花费一点钱去埋葬她最伟大的公民！但是他却认为罗马应该花费更多钱去给那些一文不值的贫民提供廉价粮食！"

许多人都被如此言论惊得目瞪口呆，勒皮杜斯绝对不是唯一一个。所有元老都坐得笔直，简直惊呆了。菲利普斯滔滔不绝地说下去。

"现在，我的同僚们，你想给这个人四个军团，然后让他带兵前往埃特鲁里亚？我绝对不会让你们这样做！首先，高级官员的竞选很快就要进行，而他已经抽中签要负责主持竞选。所以他必须留在罗马履行义务，而不是跑到别处去招募军队！我要提醒诸位，这是我们近几年来第一次真正的竞选，所以在规定的时间以适当的程序去举行竞选尤为重要。昆图斯·路塔提乌斯·卡图卢斯完全有能力去招募军队，并且跟费苏莱和任何选择站在费苏莱一边的其他埃特鲁里亚地区开战。其次，根据苏拉的法令，两位执政官不能同时因为战争而离开罗马。事实上，我们亲爱的独裁官正是为了防止这种情况，才在他的法令中加入特别委任的条款！我们已经拥有法律依据，把我们的统帅权交给最能胜任的人，即便那个人还不是元老院的成员。但是，我现在却发现你们准备把统帅权交给一个毫无战斗经验的人！昆图斯·路塔提乌斯饱经沙场，我们都知道他有能力去领兵作战。但是马尔库斯·艾弥利乌斯·勒皮杜斯呢？他既缺乏能力又缺乏经验！而且我认为，他还是一个潜在的反叛者。你们不能给他军团，还派他去领兵作战，因为他亲口表明他关心那个反叛地区更胜于关心罗马的利益。"

菲利普斯说出前面几句话时，勒皮杜斯只是目瞪口呆地听着，但他突然回过神，从他的文书手中抢过蜡板和尖笔，然后记下菲利普斯后面的所有发言。现在他站起来回复，随时都可以参考蜡板上的记录。

"菲利普斯，你说出这些话是什么目的？"勒皮杜斯问，没有客客气气地说出菲利普斯的全名。"我承认我完全不知道你到底是什么目的，但我相信你一定有什么目的！当这个大叛徒在会堂里站起来，开始滔滔不绝地发表演讲，那我们可以确信他一定有什么隐秘的动机！又有人收买他，让他转换阵营！他是多么有钱、多么肥胖、多么得意！他完全陷于骄奢淫逸的泥潭里！总有一些需要借他之口的家伙给他掏钱！"

勒皮杜斯把手中的蜡板稍微抬起一点，他眼神锐利地透过蜡板上端看着那些沉默的元老。他朝卡图卢斯的方向看了一眼，就连卡图卢斯也被菲利普斯的话惊呆了。不管菲利普斯背后是什么人，都不是卡图卢斯或卡图卢斯那一派的人。

"元老们，我会逐点回答菲利普斯的质问。第一点，我在独裁官去世之前毫无动静。这不是实情！这里的每个人都心中有数！你们好好回忆一下就行了！"

"第二点，反对用国家资金去举行独裁官的葬礼。是的，我确实反对，还有很多人也反对。为什么不能反对呢？我们难道没有其他选择？"

"第三点，我的反对是在向我的支持者（我有什么支持者吗？）发出信号，暗示我将会摧毁卢基乌斯·科尔涅利乌斯·苏拉建立起来的一切。这简直就是胡说八道！我试图通过两条法令，但最后只有一条法令通过了。可是我有没有给任何人提供任何信号，表明我准备推翻苏拉的整个法律体系呢？你们有没有听过我批评新的法庭体系？还是关于国家公仆的新规定？还是元老院？还是竞选程序？还是限制人民大会的权力？甚至是严格限制保民官的权力？没有，元老院，你们没有听到我的批评！因为我根本就不想改变这些规定！"

最后一句话就像平地惊雷，震得好几个听众跳了起来。他停下来让大家喘口气，然后接着说下去。

"第四点，我想通过法令把部分——是部分，不是全部！——被没收的土地，还给原来的主人。他声称这是大逆不道的行为。这也是胡说八道！我的艾弥利乌斯·勒皮杜斯法令并没有规定，应该把没收的土地还给那些真正反叛的城镇或地区。法令涉及的只是那些在内战中无辜或被动卷入卡尔波势力范围的土地。"

勒皮杜斯放低声音，在里面加入更多感情。"我的同僚们，请你们停下来想一想！如果我们想看到一个在罗马人统治下真正团结繁荣的意大利，那我们就不能像过去那样对意大利同盟严加惩罚。这些人根据法律已经成为像我们一样的罗马公民！如果说卢基乌斯·科尔涅利乌斯·苏拉有什么地方出了差错，那就是这个问题了。像他那样年龄的人，出现这种问题还可以理解。但是我们大多数人要比他年轻二十岁，像我们这样年龄的人还跟他同样思维就不可原谅了。我还要提醒你们，菲利普斯也是个老人，也像一个老人那样怀着过时的偏见。在他担任监察官的时候，他就表现出强烈的偏见，拒绝采取苏拉后来推行的政策，就是把罗马的新公民平均分配到三十五个部落之中。"

勒皮杜斯开始要扭转元老院的观点了，因为这个元老院确实比十年前的元老院要年轻得多。勒皮杜斯觉得他最担心的事情已经解决，于是比较平和地继续说下去。

"第五点，我的粮食法令。这条法令也纠正了一个非常明显的错误。我相信，如果苏拉担任独裁官的时间更长一些，那他自己也会看出这个问题。而且他会做出我所做的事，通过法令去让底层人民重新享有廉价粮食。粮食商人非常贪婪。没有人可以否认这一点！元老院也有足够的智慧去看出这条粮食法令的合理性，所以你们才批准我去通过这条法令，从而避免了今年粮食收成之后罗马可能发生的暴乱。因为老百姓享受这种优惠已经太长时间，他们已经自然而然地认为这是他们的权利，所以我们不能把这种权利突然夺去！"

"第六点，抽签决定由我这个执政官来主持高级官员的竞选。是的，我确实抽中签，根据我们的新法律，这意味着我可以单独主持高级官员的竞选。但是，元老们，并不是我自己把带领四个军团去镇压费苏莱的叛乱当成第一要务！这是你们对我的要求！是出于你们的自由意志！不是我主动要求的！你们并不认为，我也并不认为，举行高级官员的竞选比镇压意大利境内的公然反叛更重要。我承认，我认为应该先平息暴乱，然后再举行高级官员的竞选。现在距离年底还很远，还有很长时间去举行竞选。毕竟，现在只是七月初。"

"第七点，两位执政官都离开罗马去领兵作战，甚至是在意大利之外作战，并没有明显违背苏拉的法令。根据苏拉的法令，执政官的首要责任就是保护罗马和意大利的安全。我和昆图斯·路塔提乌斯·卡图卢斯都没有违背他的规定。特别委任的条款规定非元老也可以担任军事统帅，但只有合法竞选产生的官员和其他能够胜任的元老都无法领兵作战才能适用这个条款。"

"最后，第八点。"勒皮杜斯说。"为什么我就不像昆图斯·路塔提乌斯·卡图卢斯那样能够胜任领兵作战的任务？我们两人都参与了意大利战争，当时都是副将的身份。我们在秦纳和卡尔波当权时都没有离开罗马。我们两人都正直坚定地对苏拉保持中立，而苏拉也没有对我们进行任何惩罚，毕竟我们是苏拉最后选定的两位执政官。我们都有丰富的战斗经验，很难说我们之中哪一个会在费苏莱的战场上表现得更亮眼。从罗马的利益来说，只能希望我们两人的表现都同样出色。是不是？"

"按照罗马的惯例，如果执政官愿意接受元老院的委派去担任军事统帅，那执政官就必须去担任军事统帅。执政官是按照元老院的指令去做，既然执政官本来就应该这么做，那就没有什么可说的了。"

但菲利普斯还是不依不饶。他没有受到打击也没有生气，只是非常自然地把他的论点转向两位执政官之间的不和，并且列出了几十个具体的例子说明两位执政官之间存在着大大小小各种冲突。太阳下山了，这意味着元老院的会议应该结束，但是卡图卢斯和勒皮杜斯都不愿意把结论推迟到第二天，于是元老院的文书点起火把，而菲利普斯则继续雄辩滔滔。他的演讲技术很高超，在他结束演讲之前，所有元老都不能回家吃饭睡觉。

"我提议，"菲利普斯最后说，"两位执政官都要发誓，保证他们不会利用手中的军队去解决私人恩怨。这不是一个很困难的要求！但是如果他们发了誓，那我就可以比较安心了。"

勒皮杜斯疲倦地站起来。"菲利普斯，我个人认为，你的提议是我听过最愚蠢的事情！但是，如果这么做可以让元老院更高兴，还可以让我和昆图斯·路塔提乌斯跟顺利地去执行任务，那么我愿意发誓。"

"马尔库斯·艾弥利乌斯，我完全同意。"卡图卢斯说。"现在我们都可以回家了吧？"

"你认为菲利普斯想干什么？"勒皮杜斯问，第二天他又去到布鲁图斯家里吃饭。

"我真的不知道。"布鲁图斯说着摇摇头。

"赛尔维利娅，你有什么头绪吗？"高级执政官问。

"暂时没有。"赛尔维利娅皱着眉头说。"我的丈夫昨天晚上跟我说了大概情况，不过如果你能给我一份发言记录，如果文书把那些发言都记下来的话，那我应该会有更清晰的看法。"

勒皮杜斯对于赛尔维利娅的政治敏感性是如此肯定，所以他不觉得这个要求有什么不行。于是他答应明天就把记录交给赛尔维利娅，然后他就会离开罗马去征集四个军团。

"我开始觉得，"布鲁图斯说，"你很难改变埃特鲁里亚和翁布里亚的情况，即便那些地方并没有直接参与卡尔波的战斗。元老院中有太多像菲利普斯那样的人，他们不想听到你要说的话。"

翁布里亚的基本稳定对布鲁图斯来说很重要，他在翁布里亚是除了庞培之外的第二大地主，所以他不希望自己的土地附近有任何军营。他的大部分土地靠近斯波勒提乌姆和伊古维乌姆，这两个区域的土地都已经被没收了。这两个地方目前还没有安置任何老兵是由于两个原因：第一，负责安置老兵的委员会行动缓慢；第二，二十个月前苏拉的十四个老兵军团前往西班牙参战。由于第二个原因，勒皮杜斯才有可能提出他的法令，如果苏拉的二十三个军团都像原计划那样要在意大利境内解散，那么斯波勒提乌姆和伊古维乌姆早就住满那些老兵了。

"菲利普斯昨天说的那些话真是让人大吃一惊。"勒皮杜斯说，一想起昨天的事情就气得满脸通红。"我简直不敢相信那些人是如此愚蠢！我以为我回答了菲利普斯的质疑之后,他们就会转变看法。赛尔维利娅,我说得非常合理,真的非常合理!但是他们还是让菲利普斯继续忽悠下去,逼得我们今天早晨不得不到'半神'狄乌斯·费狄乌斯[①]的神庙里发出那个可笑的誓言!"

"这说明他们的看法还会发生更多动摇,"赛尔维利娅说,"我担心的是,下一次那个老混蛋又提出质疑,你不能在元老院里予以反击。他一定会再次提出质疑!他肯定是在策划什么东西。"

"我不知道为什么我们都说他老。"布鲁图斯说,他开始跑题了。"他现在在五十八岁,其实也不是那么老。虽然他看起来好像明天就会中风死掉,但我猜事实不会如此。因为这么好的事情不会是真的!"

但是勒皮杜斯不想东拉西扯地胡乱推测,他突然转向那些更严肃的事。"我准备到埃特鲁里亚去招募新兵,"他说道,"布鲁图斯,我希望你能尽快来跟我一起。我们之前计划明年要一起工作,但我想情况迫使我们现在就要开始了。你的法庭中没有什么事是不能等到明年交给一位新法官去处理的,所以我想请你马上到我手下充当高级副将。"

赛尔维利娅看起来有点担心。"你到埃特鲁里亚去征兵真的是明智之举吗?"她问道。"为什么不去坎帕尼亚?"

"因为卡图卢斯抢在我前面去了坎帕尼亚。反正我自己的土地和人脉也在埃特鲁里亚,而不是罗马的南部。我在那里会很舒服,因为我在那里认识很多人。"

"勒皮杜斯,但这正是令我担心的。我怀疑菲利普斯会好好利用这一点,继续在每个人的头脑里勾起对你真正动机的质疑。我觉得在一个可能发生暴乱的地区征兵并不是什么好事情。"

"让菲利普斯放手去干好了!"勒皮杜斯轻蔑地说。

元老院确实让菲利普斯放手去干。七月过去八月来临,征兵工作迅速进行,菲利普斯密切留意着勒皮杜斯的一举一动,看来他似乎拥有一

---

① "半神"狄乌斯·费狄乌斯(Semo Sancus Dius Fidius)是古罗马的誓言和谈判神。——译者注

个巨大而高效的信息网。他也密切留意着卡图卢斯在坎帕尼亚的情况,卡图卢斯的四个军团很快就由苏拉的老兵组成了。这些老兵觉得种田理家的日常生活很无聊,都很想在离家不远的地方再打上一仗。但是在埃特鲁里亚招募到的并不是苏拉的老兵,而是当地毫无经验的年轻人,或者是那些曾经为卡尔波及其手下打仗的老兵,这些人在当年战败投降时设法逃脱了。那些安置在埃特鲁里亚的苏拉老兵大都选择留下来保护自己的土地,或者跑到坎帕尼亚去加入卡图卢斯的军团。

卡图卢斯和勒皮杜斯都完成了征兵工作,然后开始集中精力训练他们的部队。整个九月份,菲利普斯都在元老院中大声疾呼。到了十月初,菲利普斯终于成功地让元老院命令勒皮杜斯回到罗马来主持高级官员的竞选。勒皮杜斯让元老院派来的信使送回自己的答复。

"我不能在这个关键时刻离开,"他的回复很直接,"你们要么等我回去,要么委任昆图斯·路塔提乌斯作为代替。"

昆图斯·路塔提乌斯·卡图卢斯收到元老院的命令,从坎帕尼亚回到罗马。但是元老院并不是让他回来主持竞选,菲利普斯根本就不打算放过勒皮杜斯,而克塞古斯已经坚定地站在菲利普斯一边,所以无论菲利普斯想要什么,都能在元老院中赢得四分之三的支持。

在这整个过程中,罗马并没有对费苏莱采取任何具体行动。于是费苏莱紧锁城门静观其变,很高兴看到罗马内部无法达成统一意见。

元老院再次给勒皮杜斯送去书信,要求他立刻回到罗马主持竞选,而勒皮杜斯又一次拒绝了。菲利普斯和克塞古斯现在直接在元老院中宣布,勒皮杜斯肯定是在考虑发动叛乱。他们已经掌握了相关证据,证明勒皮杜斯已经跟埃特鲁里亚和翁布里亚的顽固分子达成协议,而身为高级副将的马尔库斯·朱尼乌斯·布鲁图斯也参与其中。

赛尔维利娅在给勒皮杜斯的信中写道:

> 我相信,我终于弄清菲利普斯的行为背后有何目的,尽管我还没能找到确凿的证据来支持我的推测。但是,你可以相信,无论是

什么人在菲利普斯的背后策划什么事,在克塞古斯的背后也是如此。

我一遍遍地研究了菲利普斯的第一次发言记录,还从很多有可能知道内情的女人那里旁敲侧击。除了那个讨厌人的普雷基娅,这个女人现在掌控了克塞古斯的私人领域。霍尔滕西娅毫不知情,我相信她的丈夫卡图卢斯也是毫不知情。不过,我终于发现了关键线索,而消息来源是盖乌斯·马略的遗孀尤利娅。你可以看出我张开了多大的网去搜罗消息!

穆奇娅·特尔提娅曾经是尤利娅的儿媳,她现在嫁给了那个来自皮塞努姆的暴发户格涅乌斯·庞培,这个臭小子竟然有胆子把自己叫作马格努斯。他不是元老院的成员,但很有钱、很高傲、很想飞黄腾达。我非常小心,不让尤利娅觉得我可能是在打听消息,不过她一旦信任某个人就会有话直说。因为我丈夫的父亲对盖乌斯·马略忠心耿耿,于是尤利娅对我相当信任。你也许还记得,我公公曾经在苏拉第一次担任执政官时陪着马略去流放。

原来尤利娅也看不起菲利普斯。菲利普斯许多年前曾经把自己出卖给盖乌斯·马略,而盖乌斯·马略虽然愿意利用菲利普斯,但对菲利普斯也相当鄙视。所以在我第三次拜访尤利娅时(我认为最好是先赢得尤利娅的完全信任,然后再比较具体地提起菲利普斯),我把话题引到最近发生的事,并提出菲利普斯可能故意要陷害你。尤利娅说,根据穆奇娅·特尔提娅最后一次到罗马看她时说的话,她推测菲利普斯现在被庞培收买了!还有克塞古斯也是如此!

我没有继续打听。因为实在没有这个必要。菲利普斯在他第一次发言的时候,就一直提到苏拉的特别条款,指出元老院在没有适当人选时可以委任非元老去担任军事统帅或行省总督。我一直很疑惑,这跟现在的情况有什么关系呢?我承认,我确实很疑惑!直到我坐下来,在脑子里回顾了菲利普斯这三十多年来的行为。

我推断菲利普斯正在为他的主人工作,如果他的主人真是庞培的话。菲利普斯并不是盖乌斯·格拉古或苏拉那样的人,他的脑子里并没有什么伟大的计策,也不准备让元老院完全剥夺你对战费苏莱的统帅权,然后委任庞培去代替你。他可能很清楚,元老院无论如何都不会这么做,因为现在元老院里有太多人能够领兵作战。如果两位执政官都战败——从目前的情况很难看出你们两位会战败——那么卢库卢斯完全可以去参战,而且他是今年的大法官,所以已经拥有至高统帅权。

不,菲利普斯只是尽可能地弄出大乱子,这样才能让元老院注意到苏拉的特别委任条款确实存在。不难推测,克塞古斯愿意支持他,是因为克塞古斯出于某种原因也落入了庞培的网罗。克塞古斯显然不是为了钱!但是除了钱还有其他东西,而克塞古斯加入的原因可以是任何东西。

所以,我亲爱的勒皮杜斯,我觉得你在某种程度上是无辜受害了。你有勇气说出你相信的事,即使这些事跟大部分元老的意见不和,这样就给菲利普斯提供了一个攻击的靶子。他可以通过你这个靶子,让庞培付给他的大价钱显示出价值。他只是在给一个人铺路,这个人虽然不是元老但却觉得应该在元老院中建立一个强大的派系,做好准备等待元老院需要他提供服务的那一天。

坦白说,我有可能完全弄错。但是,我不觉得我会弄错。

"这比我听到的任何消息都有道理。"勒皮杜斯对写信人的丈夫说,他刚刚把这封信念给布鲁图斯听。

"我同意赛尔维利娅的说法。"布鲁图斯叹服道。"我不觉得她会弄错。她很少弄错。"

"我的朋友,那我应该怎么办呢?像个乖孩子那样,回到罗马主持竞选,然后变成一个平庸之辈,还是试着听从埃特鲁里亚长老们的建议,带领他们公开跟罗马为敌?"

这个问题勒皮杜斯曾经问过自己很多次,自从他意识到罗马永远都不会准许他让埃特鲁里亚和翁布里亚得到修复时就开始了。他的问题就在于心高气傲，还有他迫切地想要鹤立鸡群，即便那所谓的鸡群是由许多罗马的前任执政官组成。自从他的妻子去世，他的生命在他眼中就大为贬值，甚至有点生无可恋了。他几乎忘了妻子自杀的真正原因，就是希望他们的儿子以后可以彻底摆脱政治攻击。西庇阿·艾弥利亚努斯和卢基乌斯一直全心全意地跟他站在一起，而小马尔库斯还是个孩子。小马尔库斯出生时继承了家族传统，这个小男孩出生时脸上罩着一个胎膜，大家都知道这个征象代表着他会一直受到幸运之神的眷顾。所以勒皮杜斯根本就不用担心他的任何一个儿子。

至于布鲁图斯，他的问题就有点不同了，尽管他并不害怕失败。不；埃特鲁里亚的行动之所以对布鲁图斯有吸引力，根源在于他跟赛尔维利娅这个贵族小姐的八年婚姻。他清楚知道，在赛尔维利娅眼中他是那么平凡、单调、无聊、懦弱、无用。他并不爱赛尔维利娅，但随着时光的流逝，他的朋友和同僚都越来越看重赛尔维利娅的政治眼光。他意识到，在女人的外壳里面存在这一个特殊人物，而他很想得到这个人物的认可。比如刚刚发生的情况，赛尔维利娅没有写信给他，而是直接写信给执政官勒皮杜斯。这样仿佛视他如无物，让他深感羞辱。现在他明白，这对赛尔维利娅来说也是一种羞辱。如果他想在赛尔维利娅的眼中挽回一点价值，那他就必须做些英勇、伟大、卓越的事。

于是布鲁图斯最后回答了勒皮杜斯的问题，而不是含糊其辞地应付过去。他说，"我认为你应该试着听从那些长老的建议，带领埃特鲁里亚和翁布里亚跟罗马为敌。"

"好吧，"勒皮杜斯说，"我会试试。不过要等到新年开始，到时我就能摆脱那个愚蠢的誓言了。"

一月一日终于到来，但罗马却没有任何高级官员，因为还没有举行竞选。在旧一年的最后一天，卡图卢斯在元老院召集会议，宣布第二天就要把法西斯送到"生命力之神"维纳斯神庙，还要委任第一位元老院摄政。这个叫作元老院摄政的临时最高官员是罗马的监护人，他的任职期限只有五天。他必须是贵族出身,还必须是元老院的领袖。至于第一位元老院摄政,他还必须是元老院中辈分最高的贵族。第六天就会有第二位元老院摄政来接替他的职位,这个人必须是元老院中辈分第二高的贵族,还必须是他家族中的族长。第二位元老院摄政有权主持竞选。

于是在元旦日的早晨,元老院正式委任首席元老卢基乌斯·瓦勒里乌斯·弗拉库斯为第一位元老院摄政,而那些准备竞选执政官和大法官的人都赶紧开始游说拉票。元老院摄政给勒皮杜斯送去一封简短的信函,命令他离开军队回到罗马,并提醒他曾经发誓保证不会用自己的军队来对付他的同僚。

在首席元老弗拉库斯担任元老院摄政的第三天中午,勒皮杜斯送来了他的回复。

> 首席元老,我想提醒你,我现在已经是前任执政官而不是执政官。所以我已经遵守了我的誓言,但我现在是前任执政官,所以这个誓言对我已经无效了。我很乐意交出我身为执政官负责带领的军队,但是我要提醒你我现在是前任执政官,所以也有权带领属于前任执政官的军队,而且我不会交出这支属于前任执政官的军队。我身为执政官带领的军队由四个军团组成,而且身为前任执政官带领的军队也是由四个军团组成,所以我根本就不需要交出任何东西。
>
> 但是,我也可以回到罗马,不过必须满足以下条件:我重新当选成为执政官,意大利所有被没收的土地都要还给原来的主人,必须把那些定罪之人的财产还给他们的子孙,他们在部落大会中的权利也必须完全恢复。

"这么一来,"菲利普斯在元老院中说,"就连那些最愚蠢的元老都能看出勒皮杜斯的动机!为了满足他的要求,我们必须摧毁卢基乌斯·科尔涅利乌斯·苏拉辛辛苦苦建立的整套法律。勒皮杜斯非常清楚我们不会这么做,他的这封回信等于是在宣战。因此我恳求元老院通过关于保卫共和国的元老院决议。"

但是元老院对这个要求进行了一番激烈的争论,于是直到弗拉库斯身为第一任元老院摄政的最后一天才通过了这项最高决议。决议通过之后,保卫罗马免受勒皮杜斯危害的任务就正式转移到卡图卢斯身上,他奉命回到自己的军营去准备作战。

一月六日,首席元老弗拉库斯结束任期,元老院委任阿皮乌斯·克劳狄乌斯·普尔克尔担任第二任元老院摄政,普尔克尔因为他那缠绵不断的疾病一直都留在罗马。普尔克尔现在已经好多了,于是他集中力气在百人团大会中召开会议,主持了高级官员的选举。他宣布,两天后,竞选将在塞维安城墙之内的阿芬丁山举行,这个地点位于神圣边界之外,但是不会受到勒皮杜斯任何军事行动的攻击。

"这真的很奇怪,"卡图卢斯对霍尔滕西乌斯说,他正准备出发前往坎帕尼亚,"我们这么多年都不能自由地选出官员,但现在连举行一个竞选都那么困难。我们好像已经习惯了让某人帮我们完成一切事情,就像一个母亲照顾他的小婴儿一样。"

"昆图斯,这纯属胡扯!"霍尔滕西乌斯的语气十分冰冷。"我最多只能承认,我们第一年自由选择官员可能出现一些惊人的意外,莫名其妙地选出一个离经叛道的执政官。我必须向你指出这一点,我们目前正在举行竞选,而罗马的政府会一如既往地运转!"

"那我们只能希望,"卡图卢斯说,感觉受到了冒犯,"投票人至少能像苏拉那样做出明智的选择!"

但最后还是霍尔滕西乌斯占了上风。"我亲爱的昆图斯,你好像忘记了,就是苏拉选出了勒皮杜斯!"

总的来说,包括卡图卢斯和霍尔滕西乌斯在内的元老院领袖都挺满意投票人的选择。高级执政官是德基穆斯·朱尼乌斯·布鲁图斯,他年老体弱但颇有能力。至于低级执政官,投票人选中的正是玛梅尔库斯。投票人显然像苏拉一样看重科塔家族,因为去年苏拉选择了盖乌斯·奥瑞利乌斯·科塔作为大法官之一,而今年投票人又把盖乌斯的弟弟马尔库斯·奥瑞利乌斯·科塔选为大法官，而且根据投票结果他的职位是外事大法官。

卡图卢斯留在罗马等待竞选结果，他立刻就提出要把对战勒皮杜斯的最高统帅交给新任执政官。正如卡图卢斯所料，德基穆斯以自己年事已高、缺乏战斗经验为由拒绝上战场，那么接过统帅权的只能是玛梅尔库斯了。玛梅尔库斯今年四十四岁，他曾经立下许多战功，而且一直都在苏拉手下服务。但是总有意料之外的情况发生，而且菲利普斯又从中作梗。首席元老弗拉库斯突然去世（他在盖乌斯·马略倒数第二次担任执政官时与马略同时担任执政官一职），这件事发生在他停止元老院摄政任期的第二天，于是菲利普斯提出应该委任玛梅尔库斯为临时的首席元老。

"这个时候我们不能没有首席元老，"菲利普斯说，"尽管首席元老向来都是由监察官来委任。根据传统，监察官应该是元老院中辈分最高的贵族，但根据法律监察官可以委任任何一个贵族元老作为首席元老，只要两位监察官都认为某人是最合适的人选。现在我们辈分最高的贵族元老是阿皮乌斯·克劳狄乌斯·普尔克尔，但他身体欠佳而且即将前往马其顿任职。我们需要一个年轻健壮的首席元老，而且他必须留在罗马！在我们选出两位监察官之前，我提议委任玛梅尔库斯·艾弥利乌斯·勒皮杜斯·利维阿努斯为临时的首席元老。我还提议他应该留在罗马，直到局势稳定下来为止。因此昆图斯·路塔提乌斯·卡图卢斯将继续保留他对战勒皮杜斯的统帅权。"

"但是我即将到近西班牙去担任总督！"卡图卢斯大叫道。

"这看来是不可能了，"菲利普斯直接否决，"我们的大祭司长梅特卢斯·皮乌斯在远西班牙的任期得到延长，我提议委任他同时兼任近西班牙行省的总督，直到我们能看清局势重新派遣另外一位总督为止。"

因为每个人都恨不得采取一切措施，让那个结结巴巴的大祭司长尽可能远离罗马和一切宗教仪式，所以菲利普斯又胜利了。元老院委任梅特卢斯·皮乌斯同时担任近西班牙和远西班牙行省的总督，并且授予卡图卢斯对战勒皮杜斯的统帅权。卡图卢斯非常失望，不得不前往坎帕尼亚去组织他的军团，而玛梅尔库斯也同样失望地留在罗马。

三天后消息传来，勒皮杜斯正在调集他的四个军团。他的副将布鲁图斯已经前往山内高卢，并且把那里的两个守备军团带到博诺尼亚。此处位于艾弥利娅大道和安尼娅大道的交汇处，把兵力安置在这个地方可以大大增强勒皮杜斯的军事力量。克卢西乌姆和阿瑞提乌姆仍然因为失去他们所有的公共土地而沸反盈天，所以他们都愿意尽力协助布鲁图斯去跟勒皮杜斯会合，并阻止卡图卢斯任何想要切断布鲁图斯跟勒皮杜斯会合的尝试。

菲利普斯再次出击。

"昆图斯·路塔提乌斯·卡图卢斯是我们在战场上的最高统帅，但他现在仍然在罗马的南部，事实上还没有离开坎帕尼亚。可是勒皮杜斯已经从萨图尔尼亚向南进军了，"菲利普斯说，"而且会阻止我们的最高统帅派出士兵去对付身在山内高卢的布鲁图斯。除此之外，我推测我们的最高统帅需要他的所有四个军团去抵挡勒皮杜斯。布鲁图斯掌握着协助勒皮杜斯取胜的钥匙，但是我们能对布鲁图斯怎么样呢？我们要把布鲁图斯解决掉，而且手段要巧妙！但是如何进行呢？我们目前在意大利境内没有其他军团，而山内高卢的两个军团已经落入布鲁图斯手中。我们甚至连卢库卢斯都没有，他已经在前往非洲担任总督的路上而不是在罗马。如果卢库卢斯在这里，那他至少能够迅速征集两个军团去解决布鲁图斯。"

元老们神色阴沉地听着，终于意识到罗马并没有摆脱内战的阴影，尽管苏拉让自己成为独裁官并且花了很大的力气通过法令去禁止任何人向罗马进军。苏拉去世还不到一年，又有一个人把自己的意志凌驾在他可怜的国家之上。所有意大利人都蠢蠢欲动，准备与他们曾经竭尽全力想要完全融入的城市为敌。也许在那些默默无声的元老之中，有些人足够诚实愿意承认：主要是因为自己的错误，才让罗马陷入目前的痛苦。

不过就算有人这么想,那也没有一个人说出自己的想法。每个人都像盯着救星一样盯着菲利普斯,相信他能想出办法。

"有一个人能够立刻解决布鲁图斯。"菲利普斯得意洋洋地说。"他拥有他父亲的老兵,而那些老兵也是他的人。这些人在他的土地上为他干活,而他的土地就位于皮塞努姆和翁布里亚北部。从那里出发去对付布鲁图斯,要比从坎帕尼亚出发快得多!他过去是罗马忠心耿耿的仆人,他的父亲也曾经是罗马忠心耿耿的仆人。当然,我说的就是那位年轻的骑士格涅乌斯·庞培·马格努斯。他曾经在克卢西乌姆赢得胜利,在西西里赢得胜利,在非洲和努米底亚赢得胜利。卢基乌斯·科尔涅利乌斯·苏拉允许这个年轻人举行凯旋式,这绝对不可等闲视之!这个年轻的骑士是我们最光明的希望!他在几天之内就可以遏制住布鲁图斯!"

身为新任的临时首席元老和低级执政官,玛梅尔库斯从他的象牙折椅上站起来。"格涅乌斯·庞培不是元老院的成员,"他皱着眉头说,"我不想把任何统帅权交给我们这个阶层之外的人。"

"玛梅尔库斯·艾弥利乌斯,我完全同意你的观点!"菲利普斯立刻说。"没有人想这样。但是你能提供一个更好的选择吗?法律已经赋予我们权力,可以在危急关头让元老院之外的人担任军事统帅,而赋予我们这个权力的人正是苏拉。没有人比苏拉更保守,也没有人比苏拉更注重维护罗马传统。但他正因为预见到这种情况,所以才给我们提供了一个答案。"

菲利普斯站在他的座位旁边(苏拉规定所有元老都要这样),但是他慢慢地转了一圈看着坐在左右两边的元老。自从他设计要摧毁马尔库斯·李维乌斯·德鲁苏斯的时候开始,他那雄辩滔滔、鼓动人心的本事就日渐增强。现在他已经不会大发脾气、满嘴脏话。

"元老们,"卡图卢斯神色庄重地说,"我们没有时间可以浪费在辩论上面。就在我讲话的时候,勒皮杜斯已经在向罗马进军。我能否诚挚地向高级执政官提出一个请求,请德基穆斯·朱尼乌斯·布鲁图斯向元老院提出一个议案?这个议案就是请元老院授权给骑士格涅乌斯·庞培·马格努斯,让他以元老院和罗马人民的名义,征集并带领他的老兵去对付马尔库斯·朱尼乌斯·布鲁图斯。此外，元老院还要授予骑士格涅乌斯·庞培·马格努斯相当于大法官的权威。"

德基穆斯·朱尼乌斯开口表示同意，但是玛梅尔库斯一把抓住高级执政官的手臂出言阻止。"德基穆斯·朱尼乌斯，我同意你让元老院进行分组表决，"他说道，"但是卢基乌斯·马尔基乌斯·菲利普斯必须先把一句话说清楚！他说，'征集他的老兵'但是没有说清究竟是多少个军团的老兵！无论格涅乌斯·庞培的战功是如何辉煌，但他毕竟不是元老院的成员！元老院不能授权让他以罗马的名义去随意征集多少士兵。我认为，元老院授权给格涅乌斯·庞培去招募士兵时，必须明确规定具体的军团数目，而且我认为军团的数目不能超出两个。山内高卢的总督布鲁图斯拥有两个军团，这两个军团的士兵作为那行省的常备守军并没有多少作战经验。但庞培的军团都是久经沙场的老兵，所以他只需要两个军团就足以对付布鲁图斯。"

这个精明的限制让菲利普斯很不高兴，但是他觉得稍作退让比较明智。玛梅尔库斯是那种沉稳坚定的人，而且在元老院中有很大势力，更何况他还是苏拉的女婿。

"我请求元老院的原谅！"菲利普斯大叫道。"我真是粗心大意！我们尊敬的首席元老和低级执政官，谢谢你的及时纠正。我本来也准备说只要两个军团。德基穆斯·朱尼乌斯，请你按照这个数目提起议案。"

议案提出之后毫无异议地通过了。克塞古斯伸出双手高举过顶，伸了个大懒腰。这是向所有追随他的后座元老示意，要投票表示赞同。因为这个议案牵涉到战争，所以元老院的决议具备法律效力。在对内和对外战争中，罗马的各种人民大会都不再享有发言权。

在这么多的政治手段之后，终于发生了一场匆忙可悲的小型战斗，几乎不值得专门为此战取个名字。虽然勒皮杜斯向罗马进军的时间比卡图卢斯离开坎帕尼亚的时间更早一些，但卡图卢斯还是先赶到罗马并且占据了战神原野。勒皮杜斯沿着奥瑞利娅大道而来，当他终于出现在河对岸的特兰斯提贝林时，卡图卢斯把所有的桥梁都堵住了。于是勒皮杜斯不得不向着北边进军前往穆尔维安大桥。于是两军在拉塔大道的东北边相遇了，此处就在奎里纳尔山的塞维安城墙下面。大部分的战斗都是在这个地方发生。一些激烈的交战让这场战役不算是一败涂地，但勒皮杜斯的战术实在是糟糕透顶，他不能合理地使用自己的士兵，当然也不能打赢。

两军相交一个小时之后，勒皮杜斯全面撤退回到穆尔维安大桥，而卡图卢斯则在后面紧追不舍。在弗瑞革奈北部，勒皮杜斯又转回身再次跟卡图卢斯战斗，但是只能帮助他逃往科萨。他在科萨又设法逃往撒丁尼亚，跟随他的有两万名步兵和一千五百名骑兵。勒皮杜斯打算在撒丁尼亚重整兵力，然后再回到意大利尝试一番。跟他一起去的还有他的二儿子卢基乌斯，属于卡尔波派系的前任总督马尔库斯·佩尔佩尔纳·维恩托，还有秦纳的儿子。但是勒皮杜斯的大儿子西庇阿·艾弥利亚努斯不愿离开意大利，他带着自己的军团跑到伯维拉耶，躲在阿尔班山上一个古老而坚固的堡垒之中，然后在那里抵挡围攻。

勒皮杜斯大肆宣扬要从撒丁尼亚回到意大利，但事实上根本就无从实现。撒丁尼亚的总督叫作卢基乌斯·瓦勒里乌斯·特里阿里乌斯，他是卢库卢斯的老朋友，于是他对勒皮杜斯的侵占进行了顽强的抵抗。在那多事之年的四月，勒皮杜斯死于撒丁尼亚。他的士兵都说，他是因为妻子去世悲伤过度，所以才心碎而死。佩尔佩尔纳·维恩托和秦纳的儿子从撒丁尼亚乘船到达利古里亚，然后又带着他们的两万名步兵和一千五百名骑兵，沿着多米提娅大道到西班牙投奔昆图斯·塞尔托里乌斯，跟他们一起去的还有勒皮杜斯的二儿子卢基乌斯。

勒皮杜斯的大儿子西庇阿·艾弥利亚努斯是这些叛军中最有军事才能的，他在阿尔班山上坚守了一段时间。但最后还是不得不投降，结果被卡图卢斯按照元老院的命令就地处决。

如果说这次参与叛乱的人都是自取其辱，那布鲁图斯算是其中最糟糕的了。在他还没听到勒皮杜斯的任何消息时，他带着他的两个军团守在山内高卢的博诺尼亚，于是让庞培有机会比他抢先一步。菲利普斯保证会让庞培得到元老院的特别委任，于是这个年轻人（他现在大概二十八岁）早就做好准备带兵出战了。他把自己的两个军团带出皮塞努姆和阿里米努姆之后，并没有选择沿着艾弥利娅大道向内陆深入，而是选择沿着弗拉米尼娅大道向罗马逼近。在弗拉米尼娅大道和卡西娅大道的相交之处，庞培转入卡西娅大道并一路向北来到山内高卢的阿瑞提乌姆。这样他就阻止了布鲁图斯去跟勒皮杜斯会合，当然也许布鲁图斯根本就没有想过要去跟勒皮杜斯会合。

当布鲁图斯听说庞培沿着卡西娅大道逼近时，他赶紧退到穆蒂纳①。这个占地宽广、防备森严的城镇里充满艾弥利乌斯氏族的食客，这些食客分别效忠于司考鲁斯和勒皮杜斯家族。于是城中居民对布鲁图斯的到来表示热烈欢迎。庞培兵临城下，穆蒂纳被围困起来了。这座城一直坚持，直到布鲁图斯听说勒皮杜斯的失败和逃亡，以及勒皮杜斯在撒丁尼亚去世的消息。最后布鲁图斯听说勒皮杜斯的军队已经到西班牙投奔昆图斯·塞尔托里乌斯，于是他彻底绝望了。布鲁图斯没有让穆蒂纳继续艰苦抗战，而是选择了投降。

"这是明智之举。"庞培进入城中之后对布鲁图斯说。

"不只是明智之举，也是迫不得已。"布鲁图斯疲惫地说。"格涅乌斯·庞培，我恐怕不是什么军事天才。"

"确实如此。"

"不过，我会从容赴死。"

庞培瞪大了他那美丽的蓝眼睛。"从容赴死？"庞培一脸茫然地问。"没有这个必要，马尔库斯·朱尼乌斯·布鲁图斯！你可以自由离开。"

现在轮到布鲁图斯瞪大双眼。"自由？格涅乌斯·庞培，你是说真的？"

"当然了！"庞培的语气显得很轻松。"不过，这并不意味着你可以自由自在地再次参与叛乱！你只能回家。"

---

① 穆蒂纳（Mutina）是山内高卢的城镇，也是艾弥利娅大道上的重要驿站。——译者注

"格涅乌斯·庞培,既然得到你的允许,那我准备回到我在翁布里亚西部的土地。我在那里的人民需要安抚。"

"这对我也有好处!翁布里亚也是我的地盘。"

但是布鲁图斯从穆蒂纳的西城门骑马离开之后,庞培叫来了他的一个副将。这个副将叫作革米尼乌斯,他是一个出身低微的皮塞努姆人。庞培不喜欢下属跟自己属于同一阶层。

"我很惊讶,你放他走了。"革米尼乌斯说。

"哦,我必须把他放走!虽然我拥有同大法官的至高统帅权,但我的地位在那些元老看来还不够高,如果没有确凿的证据我还不能下令处死马尔库斯·朱尼乌斯。所以现在就要由你去寻找确凿的证据。"

"马格努斯,告诉我应该怎么做,我就会把事情办妥。"

"布鲁图斯说,他要回到他在翁布里亚的土地上。但是他却选择沿着艾弥利娅大道向着东北方向跑!这完全是南辕北辙,你说是不是?好吧,也许他想绕路走,也许他想找到更多军队。我想让你立刻跟在他后面,还要带上一个骑兵队,五个骑兵队应该足够了。"庞培说着用一根木签剔了剔牙。"我猜他可能是想找到更多军队,也许是在瑞吉乌姆·勒皮杜姆。你的任务是一旦发现他有叛乱的苗头,就要抓住他然后就地处决。这样他就是一再反叛,那么任何人都不能对我处死他发表反对意见。革米尼乌斯,明白了吗?"

"完全明白。"

不过庞培并没有向革米尼乌斯说明,他给布鲁图斯提供第二次机会的真正原因。庞培想得到去西班牙对战塞尔托里乌斯的统帅权,如果他能找到理由不解散现在的部队,那他得到这个统帅权就会有更大机会。如果他能让大家以为,艾弥利娅大道沿线的山内高卢都有可能会发生叛乱,那么他就有理由在这场战斗结束之后继续保留自己的军队。他会尽可能远离罗马,不让元老院感到任何威胁,但他还是可以保留军队,随时准备进军西班牙。

革米尼乌斯完全按照他的吩咐去做。布鲁图斯来到穆蒂纳西北的瑞吉乌姆·勒皮杜姆,并且受到当地人的热烈欢迎。正如这个地方的名字所代表的,这里的居民都是艾弥利乌斯·勒皮杜斯家族的食客。于是当地居民主动提出,只要布鲁图斯愿意,那他们就会为他战斗到底。但是在布鲁图斯给出答案之前,革米尼乌斯和五个骑兵队就从敞开的城门冲进来。在瑞吉乌姆·勒皮杜姆的市集广场,革米尼乌斯公开宣布马尔库斯·朱尼乌斯·布鲁图斯是罗马公敌,并当场砍下布鲁图斯的头颅。

革米尼乌斯把这颗头颅送回穆蒂纳交给庞培,同时还附上一封简短的信函,说他在布鲁图斯准备再次发动叛乱时突然杀到,还说他认为山内高卢现在局势不稳。

于是庞培给元老院送去他的报告:

根据目前的情况,我认为我有责任用两个军团的老兵来守卫山内高卢。布鲁图斯手下的士兵因为参与叛乱而被我遣散,不过我对这些士兵的惩罚只是剥夺他们的武器和装备,当然我还拿走了他们的两支鹰旗。我认为瑞吉乌姆·勒皮杜姆的情况表明北部边境都不太稳定,也希望这样可以说明我为什么决定留在这里。

我没有把叛国者布鲁图斯的头颅和这封信一起送回罗马,因为他去世时仍然是一个享有至高统帅权的总督,而且我也不觉得元老院想把他的头颅钉在演讲台。于是我把他身体和头颅的骨灰都送给他的遗孀,让他可以入土为安。希望我这么处理没有出错。我本来并不想处死布鲁图斯。他的结局完全是咎由自取。

我能否恭敬地提出请求,继续延长我的至高统帅权?我可以在山内高卢发挥作用,为元老院和罗马人民守住这个行省。

元老院在菲利普斯的巧妙引导之下,把那些参与勒皮杜斯叛乱的人都列为国家公敌,但因为剥夺公民权行动带来的恐惧还留在人们心中,于是这个国家公敌的家人并没有受到任何惩罚。布鲁图斯的遗孀抱着她丈夫的骨灰盒终于放松下来,她那六岁儿子的财产安全了。不过她还要想方设法，让儿子长大后不会受到负面的政治影响。

这个孩子还没有长开，矮小的身体就像一根豆芽菜，细长的四肢上面顶着一个大脑袋。他的头发很黑，皮肤有点蜡黄。他的小脸挺清秀，在他那爱子若狂的母亲看来无论何时都很英俊。他的家庭教师对他的阅读、书写和数学能力都评价很高，不过家庭教师并没有指出小布鲁图斯完全缺乏创造力和想象力。赛尔维利娅从来没想过要让小布鲁图斯像其他男孩一样去学校。这个孩子太敏感、太聪明、太宝贵，可能会有人要欺负他！

赛尔维利娅的家人只有两个来看望慰问她，不过其中两个严格说来并不是什么近亲。

他们兄弟姐妹的父母、祖父母和其他亲人都已经去世，唯一在世而且跟他们有血缘关系的人就是玛梅尔库斯舅舅了。玛梅尔库斯的哥哥和姐姐留下了六个孤儿，他把这几个孩子交给赛尔维利乌斯·凯皮欧家族的一个远亲及其母亲照顾，这两个负责照顾孩子的女人是格涅娅和波尔基娅·李基尼娅娜。现在这两个女人出于礼貌来慰问赛尔维利娅，不过赛尔维利娅根本就不需要这种慰问。格涅娅还是安静而沉闷，仍然是她那强势母亲的附庸。她现在将近三十岁了，不过看起来比她十几岁的时候更暗淡干枯。波尔基娅·李基尼娅娜主导着整个谈话，在她有生以来一直都是这样。

"赛尔维利娅，真的很遗憾，我从未想过你这么年轻就成了寡妇。"那个强势的女人说。"我一直都觉得，苏拉没有让你丈夫和公公列入剥夺名单真是一件奇怪的事，不过我推测是因为你才会这样子。即便是对于苏拉，这么做也有点尴尬，把他女婿的侄女的公公列入剥夺名单，不过他本来真的应该这么做。老布鲁图斯先是追随盖乌斯·马略，然后又追随卡尔波，就像飞蛾扑火一样。正因为他的儿子跟你结婚，才救了他们父子两人。一般人会觉得这个儿子应该能吸取教训吧？但是没有！他竟然去追随像勒皮杜斯那样的白痴！任何人只要稍微有点脑子，都应该看出这绝对不会成事。"

"确实如此。"赛尔维利娅不假辞色地说。

"我也很遗憾。"格涅娅瓮声瓮气地说了一句。

不过赛尔维利娅看着这个可怜东西的眼神既没有爱意也没有同情,赛尔维利娅看不起她,尽管对她不如对她母亲那么讨厌。

"你现在怎么办?"波尔基娅·李基尼娅问。

"尽快再嫁。"

"再嫁!这并不符合你所在阶层的传统。我成为寡妇之后就没有再嫁。"

"我想那是因为没有人想要娶你。"赛尔维利娅和颜悦色地说。

虽然波尔基娅·李基尼娅的脸皮很厚,但赛尔维利娅如此尖酸刻薄的嘲讽还是让她很不舒服,于是她霍然起身。"我已经尽到我的责任,对你表示了慰问,"她说道,"走吧,格涅娅,是时候离开啦。我们不该妨碍赛尔维利娅寻找新丈夫。"

"好走,老鸡婆!"赛尔维利娅对着那对母女的背影说。

赛尔维利娅的第三位拜访者很快也来了,不过这人也像波尔基娅·李基尼娅和格涅娅一样不受欢迎。来访者是马尔库斯·波尔基乌斯·加图,他是六个遗孤中最年幼的一个,也是赛尔维利娅同母异父的弟弟。他们的母亲是德鲁苏斯和玛梅尔库斯的姐妹。

"我的哥哥凯皮欧原本要过来,"小加图用他那尖利刺耳的声音说,"但是他跟卡图卢斯一起离开罗马了。他现在是个初级军官,也许你知道这个头衔。"

"我知道。"赛尔维利娅的语气不急不恼。

但是波尔基娅·李基尼娅的厚脸皮跟小加图相比简直不值一提,所以他对赛尔维利娅的语中带刺完全忽略不计。他现在已经十六岁,虽然已经成年,但还是在格涅娅及其母亲的照顾下生活,还有他同父同母的姐姐波尔基娅也在一起生活。

德鲁苏斯的房子实在太大了,所以玛梅尔库斯已经卖掉了那座房子。现在他们都住在小加图父亲的房子里面。

小加图脸上长着一个巨大而尖锐的鹰钩鼻,这让他很难被认为是一个美男子,但他其实是一个很有魅力的年轻人。他肤色透亮,肩膀宽阔。他那巨大灵动的眼睛是柔和的灰色,他那浓密的暗红色头发透出栗色光泽,他的嘴巴也很漂亮。不过对于赛尔维利娅来说,他简直就是个怪物。嗓门巨大、迟钝缓慢、吵吵嚷嚷,从他会说话和走路时开始就让其他兄弟姐妹很头疼。

他们姐弟之间隔着十年的岁数和不同的父亲,但更重要的是赛尔维利娅是一个贵族,她的祖先可以追溯到罗马的王政时代,而加图的祖先却可以追溯到一个凯尔特伊比利亚人奴隶萨洛尼娅,这个萨洛尼娅是监察官加图的第二任妻子。在赛尔维利娅看来,这是她母亲给她自己和她丈夫家族带来的奇耻大辱,所以她每次看到那三个比较年幼的弟妹都恨得咬牙切齿。她对加图的态度从不掩饰,但她对凯皮欧的态度不得不加以克制。因为卡皮欧被认定为她同父同母的兄弟,尽管她知道事实并非如此,但为了保持体面还是不得不努力克制。该死的体面!

但是加图并不觉得自己的家世有什么丢人的,他为自己的曾祖父监察官加图感到无比骄傲,所以认为自己的家世背景无可挑剔。因为那些出身高贵的罗马人都已经接受了监察官加图的第二次婚姻(监察官加图第一任妻子所生的儿子是个势利眼,于是监察官加图故意娶了这第二任妻子作为对儿子的巧妙报复),所以加图完全可以在元老院中攀登仕途,甚至很可能会当上执政官。

"玛梅尔库斯舅舅给你选的丈夫还是配不上你。"加图说。

"我不这么认为,"赛尔维利娅说,"他跟我很般配。他毕竟出自朱尼乌斯·布鲁图斯家族。虽然是平民,但父母双方都出身高贵。"

"祖先的情况根本就不像本人的行为那么重要,你为什么就是不能看出这一点呢?"

"不是不重要,而是更重要。"

"你就是个顽固的势利眼!"

"我确实是,而且我为此而感谢神明。"

"你会毁了你儿子。"

"这个还要拭目以待。"

"等他再长大一些,我会把他带到我家里。这样应该能让他除掉那些骄傲自大的东西!"

"除非我死了。"

"你怎么可能阻止我呢?他总不能一直跟在女人的屁股后面。既然他已经没有父亲了,那我就是他的法定监护人。"

"这种情况不会太持久。我会再嫁。"

"再嫁不是一个罗马贵妇该做的事!我以为你会效仿格拉古兄弟之母科尔涅利娅。"

"我太明智了。一个罗马的贵族女人必须有一个丈夫来保护她的地位,而且这个丈夫要跟她一样出身高贵。"

加图发出一阵尖锐的大笑。"你是说,你要嫁给一个像德鲁苏斯·尼禄那样养尊处优的小丑!"

"嫁给德鲁苏斯·尼禄的是我的妹妹利拉。"

"他们互相讨厌。"

"我的心为他们滴血。"

"我要跟玛梅尔库斯舅舅的女儿结婚。"加图得意扬扬地说。

赛尔维利娅瞪了他一眼,嗤之以鼻。"你别痴心妄想!艾弥利娅·勒皮达好几年前就许配给梅特卢斯·西庇阿,当时玛梅尔库斯舅舅跟他的父亲皮乌斯一起在苏拉手下从军。加图,比起梅特卢斯·西庇阿,你简直就是个暴发户!"

"这也于事无补。艾弥利娅·勒皮达也许真的许配给梅特卢斯·西庇阿了,但是她根本就不爱那个家伙。他们总是吵架,每次梅特卢斯·西庇阿让她难过时,她会去找谁呢?当然是找我!我敢肯定,我一定会跟她成亲!"

"难道天日之下就没有什么东西能打破你的过度自信?"赛尔维利娅问。

"如果有这样的东西,那我还没遇见。"加图镇定自若地说。

"别担心,那东西正在某个地方等着你。"

加图又发出一串尖锐响亮的笑声。"你当然这么希望!"

"我没有这么希望。我知道。"

"我的姐姐波尔基娅已经订婚了。"加图说,他并不想转换话题,只是加入了新的信息。

"肯定是阿赫诺巴布斯家族的人。是小卢基乌斯?"

"是的,是小卢基乌斯。我喜欢他!他是一个心地正直的人。"

"他差不多跟你一样是个暴发户。"

"我走了。"加图说着站起来。

"好走!"赛尔维利娅再次说,不过这次是当面说而不是背后说。

那天晚上,赛尔维利娅躺在自己空荡荡的床上,在郁闷中更加下定决心。所以,他们都不同意她再嫁,不是吗?他们都以为不用再把她放在眼里,不是吗?

"他们错了!"她大叫道,然后就开始睡觉。

第二天早上,她去找玛梅尔库斯舅舅。她一直都跟玛梅尔库斯舅舅相处得很好。

"你是我丈夫的遗嘱执行人。"赛尔维利娅说。"我想知道我的嫁妆会怎样?"

"赛尔维利娅,那些嫁妆仍然属于你,但是你现在已经成了寡妇,所以不再需要那些嫁妆了。马尔库斯·朱尼乌斯·布鲁图斯给你留了足够的钱,你可以用这些钱过得很舒适,而你的儿子现在是一个很有钱的小男孩了。"

"舅舅,我不打算守寡。如果你能给我找到一个合适的丈夫,我想再次结婚。"

玛梅尔库斯眨了眨眼。"这么快就决定了。"

"实在没理由耽搁。"

"赛尔维利娅,你得等上九个月才能再嫁。"

"这样你就有很多时间,可以帮我选择合适人选。"赛尔维利娅说。"他至少应该具备类似马尔库斯·朱尼乌斯那样的出身和财富,但如果更年轻一些就非常完美了。"

"你现在多少岁了？"

"二十七。"

"那你想要差不多三十岁的？"

"这个年龄很理想,玛梅尔库斯舅舅。"

"当然不能是个贪财之徒。"

赛尔维利娅扬起眉毛。"不能是个贪财之徒！"

玛梅尔库斯露出一个微笑。"好吧,赛尔维利娅,我会开始帮你打听。这应该不会太困难。你的家世背景相当优越,你的嫁妆是两百塔兰特,而且你已经证明自己能够生养孩子。你的儿子不会成为新丈夫的经济负担,你也不会成为经济负担。是的,我想,我们应该能给你找到一个好对象！"

"舅舅,顺便说一句,"赛尔维利娅站起来准备离开,"你知道小加图看上了你的女儿吗？"

"什么？"

"小加图看上了你的女儿艾弥利娅·勒皮达。"

"但是她已经跟梅特卢斯·西庇阿订婚了！"

"我也是这么告诉小加图,但他并不认为订婚会给他造成任何障碍。我不觉得艾弥利娅·勒皮达想把梅特卢斯·西庇阿换成加图。但是,舅舅,我觉得我有责任告诉你,加图正在传播什么样的消息。"

"没错,他们是好朋友,"玛梅尔库斯说,看起来有点心烦意乱,"但是加图跟艾弥利娅·勒皮达同样年纪！这种情况女孩子一般不会有兴趣。"

"我再重复一次,我并不认为她对加图有兴趣。我只是说加图对她有兴趣。趁早掐断,舅舅,趁早掐断！"

赛尔维利娅走出玛梅尔库斯和科尔涅利娅·苏拉的宅邸,这所房子位于帕拉丁山上一条安静的街巷里。她在心中暗自说：马尔库斯·波尔基乌斯·加图,这总该让你看清自己的位置了！你竟敢高攀玛梅尔库斯

87

舅舅的女儿！她的父母双方可都是贵族！

她非常满意地回到家里。从许多个方面来说，她对于自己突然成为寡妇并不感到遗憾。虽然她嫁给布鲁图斯的时候，布鲁图斯看起来并不是太老，但是八年的婚姻让布鲁图斯在她眼中变得日益苍老，而且她开始担心自己再也怀不上其他孩子。一个儿子就够了，但是如果有几个女儿会有很多好处。如果能给女儿提供丰厚的嫁妆，那她们就能找到很好的丈夫，而这些丈夫可以给她的儿子提供政治上的协助。是的，布鲁图斯的去世确实让她震惊，但这并不是一件令人悲伤的事情。

管家亲自过来开门。

"狄图斯，怎么了？"

"女主人，有人求见。"

"你这个希腊白痴，已经这么多年了，你应该知道我喜欢什么样的称呼！"她咒骂道，很享受地看着管家因为恐惧而忍不住发抖。"谁来求见？"

"夫人，他说他叫德基穆斯·朱尼乌斯·西拉努斯。"

"他说他叫德基穆斯·朱尼乌斯·西拉努斯。要么他是他自称的这个人，要么他不是他自称的这个人。狄图斯，究竟如何？"

"夫人，他是德基穆斯·朱尼乌斯·西拉努斯。"

"你把他带到书房了吗？"

"是的，夫人。"

她身上裹着那件黑色斗篷过去了，皱着眉头想给德基穆斯·朱尼乌斯·西拉努斯这个名字找出一张对应的面孔。这个人跟她已故的丈夫出自同一个显赫的氏族，但是家族名为西拉努斯的这一支系长着什么样的面孔呢？在罗马人的每个喷泉里面，都有一个叫作西拉努斯的斜眼怪兽，这个怪兽不停地吐出水来供应罗马人的饮用和洗涤所需。但是西拉努斯家族的人并不是像怪兽那么丑陋，而是以相貌英俊而著称。朱尼乌斯·西拉努斯家族的男人总是太英俊，就像迈密乌斯家族的男人一样。

这个西拉努斯向着赛尔维利娅伸出手，说他登门拜访是为了表示慰问，并且愿意竭尽全力提供一切帮助。"我想，你的处境可能很艰难。"

他说到最后有点磕巴,而且还脸红了。

从他的面孔看来,果然是朱尼乌斯·西拉努斯家族的人,因为他长着金发碧眼,而且相当英俊。赛尔维利娅喜欢英俊的金发男人。她让自己的手在他手中停留了适当的时间,然后就转过身把身上的斗篷披在她那已故丈夫的椅背上。她的身上显露出更多黑色服装,这个颜色很适合她,因为她的皮肤素净苍白,但是她的眼睛和头发就像她的丧服一样乌黑。她的品味无可挑剔,所以她的穿衣打扮总是适宜得体。在这个神魂颠倒的男人看来,赛尔维利娅就像他记忆中一样优雅美丽。

"德基穆斯·朱尼乌斯,我认识你吗?"赛尔维利娅问,一边示意他在躺椅上坐下,而自己则坐在一把座椅上。

"是的,但那已经是好几年前的事情了。我们在昆图斯·路塔提乌斯·卡图卢斯家的宴席上相遇,当时苏拉还没有成为独裁官。我们的交谈没有持续很长时间,但是我还记得你那时刚刚生了一个儿子。"

她脸色一亮。"噢,是的!请原谅我的无礼。"她伸手扶着自己的脑袋,看起来很悲伤。"只是在那之后发生太多事情了。"

"过去的就别再多想啦。"他满腔温情地说,然后就坐在那里无话可说了。他的眼睛一直盯着她的面孔。

她轻轻地咳了一下。"我要不要给你一些酒?"

"谢谢,不要。"

"德基穆斯·朱尼乌斯,我看你没有带着你的妻子一起过来。她还好吗?"

"我没有妻子。"

"噢!"

在她那不露声色的迷人面孔后面,各种想法正在飞跑。他喜欢她!这一点确定无疑,他喜欢她!看起来已经好几年了。而且他是个值得尊敬的男人。他知道她已经结婚,所以就没有进一步跟她或她丈夫交往。但现在她成了寡妇,所以他准备捷足先登,挡开其他竞争者。是的,他的家世背景很好,但是他有没有钱?他是家中长子,因为他的名字叫作德基穆斯,而德基穆斯是朱尼乌斯·西拉努斯家族的长子的第一个名字。他看起来大概三十岁,这一点也很好。但他有没有钱呢?是时候试探一下了。

"德基穆斯·朱尼乌斯,你已经进入元老院了吗?"

"今年刚刚进入,我是罗马城的财务官。"

好,好!他至少达到了成为元老的财产标准。"德基穆斯·朱尼乌斯,你的土地在哪里?"

"哦,到处都有我的土地。我最主要的地产在坎帕尼亚,在特勒西亚和卡普亚之间面朝沃尔图努斯河有两万尤格的土地。不过我在台伯河旁边也有土地,在塔伦图姆有一大片土地,在库迈和拉里努姆都有别墅。"他热切地说,很想博得她的好感。

赛尔维利娅的身体微微后倚,小心翼翼地舒了一口气。他很有钱,非常有钱。

"你的小男孩怎么样?"他问道。

这是她无法隐藏的挚爱,她的眼中放出光来,脸上展露出一股热情,打破了她通常的那种神秘莫测。"他想念他的父亲,但我想他能明白。"

德基穆斯·朱尼乌斯·布鲁图斯站起来。"赛尔维利娅,我应该离开了。我能不能再来?"

她那乳白色的眼皮遮住眼睛,浓密的黑色睫毛在她脸上投下阴影。她的脸颊上显出一丝红晕,小巧的嘴角上露出淡淡的微笑。"德基穆斯·朱尼乌斯,请你一定要来。这样会给我许多快乐。"她说道。

她亲自送客人出门,志得意满地在心中说:波尔基娅·李基尼娅娜,看到了吧!我成为寡妇还不到一个月,就找到了下一个丈夫!等着瞧,我要去告诉玛梅尔库斯舅舅!

在马尔库斯·朱尼乌斯·布鲁图斯去世一个月后,卢基乌斯·马尔基乌斯·菲利普斯给格涅乌斯·庞培·马格努斯写了一封信:

现在确实已经到了下半年，但是一切都进展顺利，一切都纳入了我的考虑。我本来希望让玛梅尔库斯一直留在罗马，但是布鲁图斯和勒皮杜斯全都死去的消息传来之后，他就不再相信身为首席元老应该留在罗马。他要求元老院给他批准，让他去准备对战塞尔托里乌斯。我们那些元老立刻就乖乖听话，并且把原本属于卡图卢斯的四个军团交给了他。这四个军团正在卡普亚等着被解散。我必须补充一句，对战勒皮杜斯的小型战役让卡图卢斯很满意，他只是带兵去到战神原野，就毫不费力地赢得了巨大的战绩。于是卡图卢斯敦促元老院，让玛梅尔库斯去管理近西班牙行省，并授予他对战塞尔托里乌斯的统帅权。

也许西班牙正需要玛梅尔库斯，所以我必须确保他永远都不能到那里去。因为在卢库卢斯从非洲回来之前，我必须先为你争取到元老院的特别委任。幸运的是，我很快就找到阻扰玛梅尔库斯的工具了。他——是的，这当然是个男人——是今年的二十个财务官之一，名叫盖乌斯·艾利乌斯·斯泰伊努斯。他刚好抽中签，要为执政官的军队服务！换句话说，自从他开始上任，就在卡普亚为卡图卢斯服务，而接下来会为玛梅尔库斯服务。

我亲爱的马格努斯，这人是个难得一见的大恶棍！他跟盖乌斯·维瑞斯差不多是同一类人。维瑞斯让小司考鲁斯提起控诉，而他则亲自出庭作证，最后成功地让小多拉贝拉被定罪并且被判处流放。现在维瑞斯趾高气扬地在罗马走来走去，还跟一个凯基利娅·梅特拉订婚了！这个梅特拉是梅特卢斯·卡普拉里乌斯·山羊的女儿，也是那三个正在崛起的年轻人的姐妹。唉，在凯基利乌斯·梅特卢斯家族的这一代人中，这三个年轻人算是最好的啦，真是一代不如一代啊。

总而言之，亲爱的马格努斯，我找到盖乌斯·艾利乌斯·斯泰伊努斯这个恶棍，并且收买了他的服务。我们没有谈到具体多少钱，但他肯定不便宜。不过我可以肯定，他什么事情都做得出来。他的想法是煽动一场兵变,不过要等玛梅尔库斯在卡普亚待上足够长的时间,让人以为是玛梅尔库斯本人引起的兵变。我说那些军队是苏拉的老兵,我不觉得他们会反叛他们亲爱的苏拉的女婿,但斯泰伊努斯只是对着我的质疑哈哈大笑。他的笑声是如此开怀和自信,所以我的疑虑也烟消云散了。这个人安排自己被艾利乌斯家族收养,而且让人把他叫作派特乌斯而非斯泰伊努斯!他能赢得所有人的好感,特别是那些底层人,因为那些人总是很容易被他的花言巧语煽动起来。

在我找到斯泰伊努斯之前,我一直都反对让玛梅尔库斯去领兵作战。但在我找到斯泰伊努斯之后,我就马上转变立场,积极鼓动让玛梅尔库斯去领兵作战。我每次见到这个可爱的家伙,都会问他为什么还在罗马耽搁时间,为什么不赶紧到卡普亚去训练士兵。我想,我们可以肯定,玛梅尔库斯最迟在九月就会成为一场大型兵变的受害者。一旦我听到消息,我就会开始鼓动元老院,把元老院的思路引到特别委任的条款。

幸运的是,西班牙的情况变得越来越糟糕,这会让我的工作变得更顺利。所以,我亲爱的马格努斯,请你继续保持耐心和热情!事情一定会发生,而且会在适当的时候发生,让你来得及在大雪封山之前翻越阿尔卑斯山。

八月初,斯泰伊努斯策划的兵变发生了。这场兵变既不血腥也不残酷,而且还包含真诚,以致于受害者玛梅尔库斯发现自己无法对那些士兵加以严惩。一个代表团找到玛梅尔库斯,并且十分坚决地向他表示:除非由格涅乌斯·庞培·马格努斯率领,否则这四个军团绝对不会前往西班牙,因为他们相信只有庞培才能打败塞尔托里乌斯。

玛梅尔库斯回到罗马报告情况,因为他大受震撼,所以就坦白相告:"他们也许是正确的!我承认,我并没有责怪他们。他们都是值得尊重的人,像他们这样经验丰富的老兵确实很了解这类事情,而且他们也并非不了解我。如果他们认为我不能对付昆图斯·塞尔托里乌斯，那我也不得不怀疑自己的能力。如果他们认为格涅乌斯·庞培是唯一能够胜任这项工作的人，那我也不得不考虑也许他们说的不无道理。"

这些平静而坦率的话语让元老院大受触动，于是就连坐在前排的那些元老都没有心情起来辩论。这样就让菲利普斯的发言更容易展开了。

"元老们，"菲利普斯开始发言，他特意让自己的声音饱含深情，"我们是时候抛开情绪和偏见，好好去看待西班牙的情况了。亲爱的玛梅尔库斯·艾弥利乌斯·勒皮杜斯·利维阿努斯，他是我们非常明智的低级执政官，也是我们的首席元老，他的发言真是让我茅塞顿开、身心震撼！让我继续以这样客观冷静、深思熟虑的方式说下去。"

他的位子在前排左侧，他在原地转了一圈，尽量看向每一个人的脸。

"三年半前，昆图斯·塞尔托里乌斯回到西班牙，并且跟卢西塔尼人混在一起。他轻而易举地赢得胜利，这是很容易理解的问题。因为卢基乌斯·弗费狄乌斯这些人对他太过轻视，而且很快就鲁莽草率地跟他开战了。但是等到我们的大祭司长昆图斯·凯基利乌斯·梅特卢斯·皮乌斯成为远西班牙的总督，还有他的同僚马尔库斯·多米提乌斯·卡尔维努斯成为近西班牙的总督，我们才知道塞尔托里乌斯肯定很难对付。在接下来那个夏天，塞尔托里乌斯的副将卢基乌斯·赫尔图雷乌斯用四千士兵打败了卡尔维努斯的六个军团！卡尔维努斯死在战场上，他的大部分士兵也都阵亡。塞尔托里乌斯自己去对战皮乌斯，不过他把兵力集中在皮乌斯的副将托里乌斯身上。托里乌斯战死沙场，他的三个军团也死伤惨重。我们亲爱的皮乌斯只能被迫退回塔古斯河边的奥利希波城里过冬，而塞尔托里乌斯还在穷追不舍。"

"接下来那年，也就是去年，并没有什么大战役。但是也没有什么大胜利！皮乌斯努力摆脱塞尔托里乌斯的追击，而赫尔图雷乌斯横扫西班牙中部，并且在凯尔特伊比利亚人中建立了塞尔托里乌斯的权威。塞尔托里乌斯已经控制了卢西塔尼人，现在几乎整个西班牙都落入他手中，除了巴埃提斯河和奥罗斯佩达山之间的土地，因为皮乌斯在那里的势力太强,所以那里才没有沦为塞尔托里乌斯的地盘。"

"去年的山外高卢总督是卢基乌斯·曼利乌斯,他以为自己能够给塞尔托里乌斯狠狠一击。于是他带着四个军团翻越比利牛斯山进入近西班牙。赫尔图雷乌斯在埃贝鲁斯河边跟曼利乌斯相遇,并且把他打了个落花流水,结果曼利乌斯只好立刻退回自己的行省。但是,他发现在自己的行省也不安全!赫尔图雷乌斯跟在他后面,并且让他吃了第二次败仗。"

"元老们,今年对我们来说也不乐观。近西班牙还没有总督,而远西班牙总督继续由延长任期的皮乌斯担任,他的兵力没有超出巴埃提斯河以西和奥罗斯佩达山以北的地区。于是塞尔托里乌斯穿过康萨布拉的山道进入近西班牙,并且在奥斯卡建立了一个首都。他竟敢按照罗马人的方式,在他占领的罗马土地上施行统治。他有一个正式的首都,还有一个元老院,甚至还有一个学校,准备让那些部族首领的野孩子学会拉丁语和希腊语。这样他们就可以在塞尔托里乌斯统治下的西班牙担任官员!他的官员都有罗马头衔,他的元老院也有三百个成员。现在,他又接收了马尔库斯·佩尔佩尔纳·维恩托的军队,还有勒皮杜斯那些从撒丁尼亚逃脱的军队。"

这些并不是什么新闻,所有人都知道这些事。但是没有人把这些事全部联系起来,并且把这些事压缩成一个令人胆寒的演讲。元老院里一片叹息,元老们瑟缩在自己的椅子上垂头丧气。

"元老们,我们必须给近西班牙派去一位总督!我们已经努力尝试了,但是勒皮杜斯让卡图卢斯无法成行,而一场兵变又让我们的首席元老无法成行。在我看来,下一位总督必须是一个非常特别的人。他的职责主要是领兵作战,其次才是管理行省。事实上,他的责任几乎就是去作战!两年半前,十四个军团跟着皮乌斯和卡尔维努斯前往西班牙,现在看来那里似乎还剩下七个军团,而这些军团都跟着皮乌斯在远西班牙。近西班牙已经成了塞尔托里乌斯的地盘,因为那个行省里面没有人能跟他对抗。"

"无论派谁前往近西班牙,他都必须自己带着一支军队,因为我们不能拿走皮乌斯的军队。卡普亚现在就有一支军队,这四个优秀的军团基本都是由苏拉的老兵组成。但是除了格涅乌斯·庞培·马格努斯之外,他们坚决不肯跟其他统帅前往西班牙。然而,格涅乌斯·庞培·马格努斯不是元老,而是骑士。"

菲利普斯静止不动地停了很长时间,想让这个信息完全渗透到听众的脑子里。然后他又继续说下去,声音变得更加铿锵有力。

"所以,元老们,我们有一个选择,就是卡普亚军队提议的格涅乌斯·庞培·马格努斯。但是卢基乌斯·科尔涅利乌斯·苏拉制定的法令规定,统帅权首先要交给元老院的成员,这个元老必须愿意接受统帅权,还要有能力去领兵作战。现在,我准备看看元老院中是否有这么一个人。"

他转身向着高级官员落座的高台,望向高级执政官。

"德基穆斯·朱尼乌斯·布鲁图斯,你是否愿意接受统帅权?"

"不,卢基乌斯·马尔基乌斯,我不愿意。我太老了,而且缺乏军事才能。"

"玛梅尔库斯?"

"不,卢基乌斯·马尔基乌斯,我不愿意。我的军队不接受。"

"城市大法官?"

"我的工作让我要离开罗马十天都很困难,我不愿意。"格涅乌斯·奥费狄乌斯·奥瑞斯特斯说。

"外事大法官?"

"不,卢基乌斯·马尔基乌斯,我不愿意。"马尔库斯·奥瑞利乌斯·科塔说。

然后另外六位大法官也拒绝了。

于是菲利普斯又转向前排,开始询问那些前任执政官。

"马尔库斯·图利乌斯·德库拉?"

"不。"

"昆图斯·路塔提乌斯·卡图卢斯?"

"不。"

于是就这么一直问下去,一个接一个都拒绝了。

菲利普斯还特意向自己提出疑问，然后回答说："不，我不愿意！我太老，太胖，太欠缺军事才能。"

然后他从元老院的一边转向另外一边。"在座有谁认为自己能够承担起这个统帅权？盖乌斯·斯克里波尼乌斯·库里奥，你呢？"

库里奥巴不得说是，但是他已经被收买了，所以他只好说："不"。

在座有一个年轻的元老，他不得不坐在自己的两只手上，并且咬住自己蠢蠢欲动的舌头，这样才能保证静止和沉默。他努力克制，因为他知道菲利普斯绝对不会让他获得委任。除非有把握赢得胜利，否则盖乌斯·尤利乌斯·恺撒绝对不想引起别人的注意。

"那么，"菲利普斯说，"我们又回到给予格涅乌斯·庞培·马格努斯特别委任的议题。你们亲耳听到所有人都表示不愿意。此时此刻，那些在外地履行职务的元老或官员之中也许有合适人选，但是我们不能再耽搁了！我们现在就必须解决问题，否则我们就会失去西班牙！在我看来情况已经非常清楚了，唯一能够胜任的人就是格涅乌斯·庞培·马格努斯！他是骑士而非元老，但是他从十六岁就开始从军，二十岁就带着自己的军团上了许多战场！我们已故的普布利乌斯·科尔涅利乌斯·苏拉对他格外欣赏。这是理所当然！因为他有经验、有才能，还有一大群老兵，而且心中以罗马的利益为上。"

"根据法律赋予我们的权力，我们可以委任这个年轻人为近西班牙行省的总督，让他拥有同执政官①的至高统帅权，让他率领所需的军队去作战，并且忽略他身为骑士的身份。但是我提议，我们在书写关于这次特别委任的文件时，不要让人以为他已经担任过执政官。不是前任执政官，而是代理执政官，不是在他担任过执政官之后继续任职，而是代替今年的执政官去履行职务。这样，他就会永远记得自己是得到特别委任。"

菲利普斯坐下去，高级执政官德基穆斯·朱尼乌斯·布鲁图斯站起来。

---

① 同执政官（proconsul）是已经任满的执政官，但仍保留某些与执政官相同的职权。执政官在一年任期结束后，如果遇到战争等突发情况，其权力就可以被延长一定期限。——译者注

"元老们,我们现在进行分组表决。那些同意给予格涅乌斯·庞培·马格努斯特别委任,让他享有同执政官的至高统帅权,并且负责率领六个军团的人站在我的右边。那些不同意的人站在左边。"

没有人站在德基穆斯·朱尼乌斯·布鲁图斯的左边,就连那个非常年轻的元老盖乌斯·尤利乌斯·恺撒也不例外。

第六章
公元前77年9月到公元前72至71年冬季

当菲利普斯的书信送到穆蒂纳时,庞培身边没有什么人可以一起分享好消息。当八月望日元老院的决议送到时,情况也是如此。庞培还在试着说服瓦罗,让他相信参与西班牙的远征不仅很有意思,而且对于瓦罗这个热衷描写自然与人物的作家来说也很有益处。但是瓦罗对他的一再邀请并没有表现出多大的热情。瓦罗的孩子已经到了他觉得很可爱的年龄,所以他不想长期离开罗马缺席孩子的成长。

这位从未担任过执政官的同执政官已经做好充分准备,也非常清楚自己应该采取什么行动。首先,他写信到元老院,告诉元老院他想带走原本属于卡图卢斯后来又属于玛梅尔库斯的四个军团中的三个,还有另外三个军团将由他自己的老兵组成。但是,他认为梅特卢斯·皮乌斯在远西班牙进行的战斗并不是主动进攻,而且从梅特卢斯·皮乌斯去到西班牙的早期阶段,主要战场就已经从远西班牙转移到近西班牙,因此他请求元老院让梅特卢斯·皮乌斯把手下七个军团中的一个转交给他。庞培的妹夫盖乌斯·迈密乌斯现在是梅特卢斯·皮乌斯的军团指挥官,但是在接下来这一年他就到了竞选财务官的年龄,所以元老院能否允许盖乌斯·迈密乌斯缺席竞选财务官,然后等庞培到达近西班牙时就到庞培手下担任财务官?

元老院现在就掌控在菲利普斯手中,于是元老院的肯定答复在庞培离开穆蒂纳之前就送到了。这让庞培更加确信,无论他想要什么东西都毫不费力。现在，他的儿子已经两岁了，他的女儿刚刚在今年初出生。庞培让穆奇娅·特尔提娅留在他位于皮塞努姆的城堡，并且下了死命令不许穆奇娅·特尔提娅在他离开期间去罗马。他估计自己将投身一场漫长的战斗，认为实在没必要让他那美丽迷人的妻子陷入任何引诱。

虽然庞培已经在他原来的骑兵部队中征集了一千名骑兵，不过他还准备在山外高卢继续招募更多骑兵。这也是他为什么选择陆路的理由之一。另外的原因是他害怕海上航行，虽然现在的冬季风对海上航行很有利，但他还是不想通过海路前往自己的行省。

他已经研究过所有地图，甚至连商旅通常前往西班牙的陆路都研究过了。但是庞培现在发现，如果选择多米提娅大道将会困难重重。之前马尔库斯·佩尔佩尔纳·维恩托带着勒皮杜斯的残余部队，从撒丁尼亚到利古里亚再到西班牙，这一路上他都肆意妄为不停给罗马抹黑。结果是山外高卢的所有原住民都处于反叛状态，从赫尔维人、弗尔康提人、萨鲁维人到沃尔卡·阿瑞科米奇人无一例外。

山外高卢当地居民的反叛可能会给庞培带来严重后果，他要穿越这些充满敌意的彪悍民族住地前往西班牙的行程可能会受到耽搁。他相信自己最后一定会赢得胜利，但是他迫切地想在冬天来临之前赶到西班牙。如果他确保打败塞尔托里乌斯的人是自己而不是梅特卢斯·皮乌斯，那他就不能拖上一年时间才到达西班牙。但是考虑到山外高卢目前的叛乱，确实很可能会发生这种情况。翻越阿尔卑斯山的每条路目前都在某个反叛部族的控制之下，习惯狩猎人头的萨鲁维人控制着阿尔卑斯山靠近海边的通道，弗尔康提人占据着德鲁恩提亚河的河谷和蒙热内夫尔山口，赫尔维人守卫着罗达努斯河谷，沃尔卡·阿瑞科米奇人把守着塞贝纳山下通往西班牙的多米提娅大道。

当然，如果庞培能把这些野蛮人的反叛都镇压下去，那么他肯定会赢得更多荣誉，但是这些荣誉并没有多大意义。这些野蛮人比起塞尔托里乌斯根本就不值一提。那么，怎样才能减少穿越山外高卢的时间和风险？

庞培在九月上旬离开穆蒂纳，在此之前他就想到了解决方案。他会避开常规路线，而去开辟一条新的通道。在北部汇入帕都斯河的最大支流是大杜里亚河，这条支流从阿尔卑斯山的最高处奔涌而下，这些高山位于山内高卢西部的盆地和长发高卢[①]东部的河流湖泊之间，其中包括莱蒙纳湖、罗达努斯河的上游，还有那条分开高卢与日耳曼人土地的莱努斯河[②]。大杜里亚河在崇山峻岭间切割开的美丽溪谷向来被称为萨拉斯河谷，因为这里居住着一个叫作萨拉斯人的高卢部族。几十年前人们在这条河流冲下的泥沙中发现了金子，于是许多罗马的寻宝人开始去淘金，但却遭到了萨拉斯人的激烈抵抗，于是那些前去淘金的罗马人再也不敢在溪谷中继续深入，他们的脚步只是到那个叫作伊波里狄亚的小镇为止。

但是据说在萨拉斯人溪谷的最上方有两条路可以翻越阿尔卑斯山。其中一条是羊肠小道，通往最高的山峰然后又下到维拉格里人的聚居地奥克托杜伦，然后就沿着罗达努斯河一直向前，最后河流注入莱蒙纳湖的东岸。因为这条路的海拔有一万尺，而且只在夏天和早秋才能通行，所以实在不适合行军。第二条路的海拔大概是七千尺，虽然这条路没有铺上路面，也没有经过罗马人的勘测，但它的宽度足以通过一辆货车。这条路通往伊萨拉河在北方的源头和阿洛布罗热人的土地，然后大概在罗达努斯河注入地中海的半路上与之相交。日耳曼的辛布里人被盖乌斯·马略和卡图卢斯在维尔凯莱打败之后就是沿着这条路逃跑，尽管他们的进程很缓慢，而且在深入西部之后大多被阿洛布罗热人和安巴里人杀死了。

庞培跟一群归降的萨拉斯人经过第一次见面之后，就决定放弃那一条海拔更高的道路，但是他对那条海拔较低的通道很感兴趣。一条宽度足以通过货车的道路，无论这条路是多么崎岖艰险，他都有可能让自己的步兵和骑兵走过去。现在的季节大概比日历晚一个月，所以如果他在

[①] 长发高卢（Gallia Comata）指阿尔卑斯山和比利牛斯山以北，除了法国东南的纳尔旁高卢之外的广大地区，大致相当于现代的法国西北部、比利时、荷兰南部、德国西部以及瑞士的一部分。因为这个地区的居民一般不剪发、不剃须，所以罗马人也把这个地区称为"长发高卢"或"野蛮高卢"。——译者注

[②] 莱努斯河（Rhenus）现称莱茵河，是欧洲的第三大河。——译者注

九月初走上这条路，那就可以在盛夏时节翻越阿尔卑斯山，虽然这条路的海拔有七千米，但在这个季节下雪的概率还是非常低。他决定不要用货车运送任何行李，而是相信自己可以在山外高卢的纳尔波附近补充粮草和装备。于是他把自己能够找到的每一头骡子都用来运送行李。

"无论路途是多么艰险，我们都要快速行军。"庞培在军队准备出发的那天早晨说，"阿洛布罗热人越没有注意到我们的逼近，那我们被拦截下来打仗的概率就越低。在通往西班牙的最低一处山口被封冻之前，我们一定要到达比利牛斯山。山外高卢属于多米提乌斯·阿赫诺巴布斯家族的势力范围，而且在我看来他们还是能保住这个地区！我们想在冬天来临之前到达近西班牙。那我们就一定会在冬天来临之前到达近西班牙！"

九月底，军队穿越了萨拉斯河谷顶部海拔较低的那条路，路途本身和沿路居民带来的困难都少得令人惊奇。庞培进入伊萨拉河谷，来到那些凶悍的阿洛布罗热人聚居之处。大军的突然出现让阿洛布罗热人措手不及，结果他们只能对着庞培身后的烟尘挥舞长矛，根本就不可能赶上追击。庞培一直来到罗达努斯河边，才真正遇到有组织的抵抗。发起抵抗的是赫尔维人，他们住在大河西岸和塞贝纳山的部分地区。但是庞培发现要击退他们很容易，他打败了好几批赫尔维人战士，然后就利用扣押的人质来让敌人乖乖听话。还有弗尔康提人和萨鲁维人也足够勇敢，他们冒死冲到罗达努斯河平原，但最后也遭遇了类似的下场。庞培的军队通过一条堤道穿过阿尔莱特和尼姆乌苏斯之间的沼泽地之后，又遇到了沃尔卡·阿瑞科米奇人的阻击，但庞培还是用同样的办法解决了问题。在这最后的危险过去之后，庞培把他抓住的几百个孩子捆起来，作为人质送到马西利亚关押。

在冬季来临之前，庞培就翻越了比利牛斯山，并且在小镇安波里埃附近找到了一个绝佳的扎营地，住在当地的因狄革特斯人算是一个比较文明的部族。庞培终于进入近西班牙，这个从未担任过执政官的同执政官坐下来给元老院写了一封信，报告了他离开山内高卢之后的行程，重点描述了他是如何英勇神武地开辟了一条翻越阿尔卑斯山的新路，又是如何不费吹灰之力地打败了那些出来阻扰的高卢部族。

庞培的文笔简单粗陋，现在没有瓦罗帮忙润笔修饰，所以他给另外一位同执政官的书信也只好亲力亲为了。这封信将送到远西班牙，交给小猪罗梅特卢斯·皮乌斯。

我已经到达安波里埃，并且在这里扎营过冬。我准备利用这个冬季来练兵，为明年的战斗做好准备。我相信元老院已经给你命令，让你把一个军团转交给我。现在我的妹夫盖乌斯·迈密乌斯应该已经当选为财务官了。他会到我这里担任财务官，也会把你交出来的那个军团带到我这里。

显而易见，我们一起协作是打败塞尔托里乌斯的最佳方式。这就是为什么元老院没有指定我们的地位谁高谁低。我们将会平起平坐，协同作战。

我花了很长时间，跟那些能够说西班牙语的人聊天，而且已经为我们明年的作战计划想出一套伟大的战略。塞尔托里乌斯不会越过巴埃提斯河东岸进入远西班牙，因为那里的人口太多，罗马的势力太强，那里没有足够的野蛮人去迎接他。

昆图斯·凯基利乌斯，所以你要照看好远西班牙行省，不要做出任何事让塞尔托里乌斯越过巴埃提斯河东岸去入侵你的土地。今年我会把他赶出近西班牙的沿岸地区。从物资供应的角度来说，这场战斗应该不会太困难，因为这些海岸地区的沃土上长着许多粮草。我会在春季向南行军，越过埃贝鲁斯河然后朝着新迦太基前进，这样大概在仲夏时节就能到达那里。盖乌斯·迈密乌斯带来你转交给我的那个军团，他们通过巴埃提斯河前往艾利奥克罗卡，最后才到达新迦太基。当然，那里还是我们的土地。只是因为塞尔托里乌斯的势力而跟近西班牙的其他地区隔离。等我在新迦太基跟盖乌斯·迈密乌斯会合之后，我们就会回到安波里埃过冬，沿路会顺便收复一些海岸城镇。

接下来一年,我会把塞尔托里乌斯赶出近西班牙内陆,逼着他朝西南方逃到卢西塔尼人的土地。昆图斯·凯基利乌斯,在第三年,我会联合我们两支军队的力量,在塔古斯把他一网打尽。

梅特卢斯·皮乌斯在一月中旬收到这封信,他回到自己在伊斯帕利斯镇上征用的房子里,独自阅读庞培的书信。他没有哈哈大笑,因为信中的内容太严肃了。但他确实哑然失笑,他不知道苏拉也曾经收到类似的书信,庞培在信中夸夸其谈地向苏拉介绍某地的信息,但苏拉其实比庞培还要了解那片土地。天啊,小屠夫真是自我膨胀!而且是如此高高在上!

梅特卢斯·皮乌斯和他的八个军团来到远西班牙已经三年。在这三年中,他眼睁睁地看着塞尔托里乌斯在领兵作战和运筹帷幄方面都胜过自己。没有人比梅特卢斯·皮乌斯更尊敬塞尔托里乌斯及其副将赫尔图雷乌斯。在梅特卢斯·皮乌斯看来,悲剧的根源就在于罗马没有给予他足够长的时间。根据伊索的寓言,缓慢而坚忍的人才能赢得比赛,而梅特卢斯·皮乌斯就是那种缓慢而坚忍的人。失去一个军团之后,他一边舔舐伤口一边重整兵力,然后就躲在自己的行省里避免引起塞尔托里乌斯的注意。他一边等待,一边用心思考,同时还在组建情报网络,以便摸清塞尔托里乌斯的动向。他并不相信无法打败塞尔托里乌斯,而是相信不能用常规的军事策略打败塞尔托里乌斯。他逐渐弄清这种策略至少部分在于建立一个更加巧妙灵活的情报网络,这个情报网络必须阻止塞尔托里乌斯得知他的军事动向。从表面看来,这是一项艰巨的任务,因为对于他和塞尔托里乌斯,掌握情报的关键都在于当地人。但这项任务并非无法完成!梅特卢斯·皮乌斯正在想方设法。

现在庞培已经登上了西班牙的舞台,而且得到元老院(或者说是菲利普斯)的委派,获得跟自己同等的至高统帅权。除此之外,庞培还非常自信,认为自己比塞尔托里乌斯、赫尔图雷乌斯和梅特卢斯·皮乌斯三个人加在一起更厉害。好吧,时间会给庞培一个教训,梅特卢斯·皮乌斯清楚知道现在不管说什么庞培都听不进去。只有时间和几次失败才能让庞培认清事实。当然，庞培就像狮子那么勇猛，但是小猪猡从十八岁时就认识塞尔托里乌斯，而且知道塞尔托里乌斯也像狮子一样勇猛。更重要的是，塞尔托里乌斯是盖乌斯·马略军事天赋的继承人，像他这样深谙战斗艺术的人在罗马历史上只有少数几个。不过梅特卢斯·皮乌斯开始嗅出塞尔托里乌斯的弱点了，而且几乎可以肯定他的弱点就在于他对自己的信念。如果能够瓦解那些坚定而神奇的信念，那就有可能打败塞尔托里乌斯。

但是梅特卢斯·皮乌斯相信，塞尔托里乌斯不会因为庞培的出现就被轻易打败。

他的儿子在外面敲门，得到批准之后才走了进来。梅特卢斯·皮乌斯对于礼仪修养相当坚持。大家都把他的儿子叫作梅特卢斯·西庇阿，不过他常常用昆图斯来称呼儿子。他这个儿子的全名真是气势恢宏：昆图斯·凯基利乌斯·梅特卢斯·皮乌斯·科尔涅利乌斯·西庇阿·纳西卡。这个年轻人现在十九岁，他前一年刚刚来到他父亲手下担任初级军官。他的父亲也曾经在他爷爷手下担任初级军官，所以他很高兴可以在父亲手下接受军事训练。他们的父子关系并没有紧密的血缘联系，因为梅特卢斯·皮乌斯收养了他妻子李基尼娅的姐姐的长子，而他妻子的姐姐的丈夫是西庇阿·纳西卡。小猪猡实在不明白，为什么大李基尼娅生了那么多孩子，而小李基尼娅却一个孩子都生不出来。但这种事情确实会发生，而当这种事情发生时，那个当丈夫的要么是跟不育的妻子离婚，要么是因为爱妻子而选择收养别人的孩子，小猪猡对待他的妻子就是如此。

总的来说，小猪猡对这个养子挺满意，尽管他有时希望这个儿子能够多一点聪明，少一点天生的高傲。不过后面这一点也不难预料，因为西庇阿·纳西卡就非常高傲。梅特卢斯·西庇阿高大健壮，他身上有一种天生的傲气，但却没有英俊的相貌。他的眼睛是灰蓝色，头发的颜色也很浅，所以看起来跟他的养父一点都不像。他的一些同年人（比如小加图）都听说过，梅特卢斯·西庇阿走起路来就像有什么难闻的东西在他鼻子下面。大家都认为，他总是仰起鼻孔肯定是有什么理由。在他十岁的时候就跟玛梅尔库斯的女儿订了婚，这个女孩是玛梅尔库斯和他的第一任妻子克劳狄娅·普尔克拉所生。虽然两个年轻人常常吵架，但梅特卢斯·西庇阿真的很喜欢艾弥利娅·勒皮达，而艾弥利娅·勒皮达也很喜欢她的未婚夫。

"格涅乌斯·庞培·马格努斯从安波里埃寄来一封信。"梅特卢斯·皮乌斯对他的儿子说，拿着那封信在空中挥动着，但是并没有让他儿子看信的意思。

梅特卢斯·西庇阿脸上那种高高在上的表情变得更加强烈，他鄙视地哼了一声。"父亲，这真是太过分了。"他说道。

"昆图斯，我的儿子，从某个角度来说确实如此。但是他信中的内容让我的心情变得好多了。我们这个了不起的军事天才深信不疑，认为塞尔托里乌斯的军事才能跟他相比根本就不值一提！"

"哦，我知道了。"梅特卢斯·西庇阿坐下来。"庞培是不是觉得，他只需一次小小的战斗就能打败塞尔托里乌斯？"

"不，不，我的儿子！是三次。"小猪猡柔声说。

塞尔托里乌斯在他的新首都奥斯卡过冬，跟他在一起的有他最器重的副将卢基乌斯·赫尔图雷乌斯，还有另外一个很有能力的副将盖乌斯·赫伦尼乌斯，此外还有新来的马尔库斯·佩尔佩尔纳·维恩托。

维恩托刚刚到来时，情况并不是很顺利，因为他本以为自己带来的两万名步兵和一千五百名骑兵应该由他个人来统帅。

但是塞尔托里乌斯说："这个我不能答应。"

佩尔佩尔纳愤怒地反击。"昆图斯·塞尔托里乌斯，他们是我的人！我有权决定他们的归属，还有他们将要派上什么用处！我说，他们应该继续属于我！"

"你为什么要模仿执政官凯皮欧在阿劳西奥[①]战役发生之前的表现呢?"塞尔托里乌斯问。"维恩托,你想都别想!在西班牙只有一个统帅和执政官,那就是我!"

但这样还是没能结束纠纷。维恩托逢人就说、抱怨不休,说塞尔托里乌斯无权不给予他同等地位,也无权剥夺他的军队。

塞尔托里乌斯把这件事带到他的元老院里公开讨论。"马尔库斯·佩尔佩尔纳·维恩托希望在西班牙与罗马对抗,但是他要求拥有自己的军队,还要享有跟我一样的地位。"他说道,"他不会听从我的命令或采纳我的战略。元老们,我请你们告诉这个人,他要么充当我的手下,要么离开西班牙。"

维恩托终于安静下来,包括塞尔托里乌斯在内的所有人都相信,维恩托风度翩翩、毫无抱怨地接受了这件事情。但是在维恩托平静的外表之下,他的内心仍然愤愤不平。在维恩托看来,他在罗马跟塞尔托里乌斯享有同等地位,他们两人都担任过大法官,也都没有担任过执政官。

在庞培到达西班牙的那个冬天,塞尔托里乌斯并不知道维恩托仍然心怀怨恨,只顾着准备来年的战争。

"我完全不认识庞培,"塞尔托里乌斯的语气并不忧虑,"不过了解过他的经历之后,我不觉得打败他有多么困难。如果我认为卡尔波能答应苏拉,那我就会留在意大利了。卡尔波身边本来有些人才,比如卡里纳斯、森索里努斯和布鲁图斯·达马西普斯,但这些人最后都弃他而去了。我们在庞培身上也会看到这种情况,他把一支松松散散的军队留在后面。如果仔细看看庞培最早参与的那些战役,就会清楚发现他从来都没有遇到过一位真正能干的统帅或一支斗志昂扬的军队。"

"这一切都会改变!"赫尔图雷乌斯说着咧嘴一笑。

"那是当然。他们都叫他什么?小屠夫?好吧,我不觉得我会让他这么得意,我只会叫他小屁孩。他高傲自负、不管不顾,而且他也不尊重

[①] 阿劳西奥(Arausio)即现代法国南部城市奥朗日。公元前105年罗马军队与正在向意大利行进的日耳曼人交战,结果几乎全军覆没。——译者注

罗马的政治制度。如果他稍微有点尊重，那就不会跟远西班牙的那个老婆娘享有同等的至高统帅权。他操纵元老院得到统帅权，但他根本就没有资格得到统帅权，不管苏拉在他的法令中加入了什么特别委任的条款。所以，我必须帮他看清自己的位置，让他知道他的位置并没有他想象的那么高。"

"你觉得他会怎么做？"赫伦尼乌斯问。

"哦，当然是那些意料之中的事情了。"塞尔托里乌斯轻快地说，"他会沿着东部海岸行军，把那些地方从我们手中夺去。"

"那个老婆娘呢？"维恩托问，很高兴地使用了塞尔托里乌斯给梅特卢斯·皮乌斯起的花名。

"哦，他到目前为止还没有什么大动作，是不是？不过庞培的到来可能会让他放大胆子，但是我们会把他死死地困在他的行省里面。我会发动他西部边界的卢西塔尼人，迫使他离开巴埃提斯河到安纳斯河去，这样如果他想去近西班牙援助庞培，就必须多行军一百里。顺便说一句，我不觉得他会想去援助庞培。这个老婆娘非常小心谨慎。而且那个小屁孩从元老院中夺取了跟他同等的地位，他又何必劳心费力去帮助那个小屁孩呢？维恩托，这个老婆娘是个坚守原则的人。无论是谁得到跟他同等的至高统帅权，他都会尽到自己对罗马的责任。但是他不会做得更多了。他一看到卢西塔尼人正在安纳斯河附近蠢蠢欲动，就会认为自己的首要任务是抵挡住卢西塔尼人。"

会议结束，塞尔托里乌斯去喂养他的小白鹿。这只小鹿因为罕见的颜色而具备某种神奇的魔力，在追随塞尔托里乌斯的西班牙当地人心目中享有极其重要的地位。他们认为这代表着塞尔托里乌斯得到了神明恩赐的超能力。这些年里，塞尔托里乌斯并没有失去他对野生动物的神技。在他第二次来到西班牙时，他就发现自己打个响指就能叫来野生动物，这对当地人产生了巨大的影响。两年前，在西班牙中部的山区里，小白鹿来到他身边。这只小巧安静的白鹿显然是失去了母亲，它的美丽让塞尔托里乌斯目眩神迷，于是他走过去不由自主地跪在它身边，当时他的脑子里并没有什么想法，只想抱着小鹿给它一点安慰。但是那些追随他的西班牙人都忍不住惊叹，而且从那天之后都对他刮目相看。因为他们信奉狄安娜女神，而白鹿就是这位女神的化身。现在女神对塞尔托里乌斯显示出特殊的恩宠，要赋予塞尔托里乌斯超乎众人的地位。而且塞尔托里乌斯也知道白鹿是谁！因为他在白鹿身边双膝跪地，谦卑地表现出对女神的敬意。

从那之后，小白鹿就一直跟着塞尔托里乌斯，像只小狗一样跟着他到处走。小白鹿不许其他男人或女人靠近，只有塞尔托里乌斯能跟他亲近。更神奇的是，小白鹿一直都没有长大！它一直保持着小巧的身体，睁着一双闪亮的大眼睛在塞尔托里乌斯身边蹦蹦跳跳，撒着欢地让塞尔托里乌斯给它拥抱和亲吻。小白鹿睡在塞尔托里乌斯床边的一块羊皮上，就连他外出作战小白鹿也跟着。在战斗的时候，塞尔托里乌斯会把小白鹿绑在某个安全的地方。因为塞尔托里乌斯让小白鹿自由行动，所以小白鹿总会试着靠近他身边，而他根本就不能承受让小白鹿死去的风险。如果小白鹿死去，那些西班牙人就会认为他已经被女神抛弃。

事实上，就连塞尔托里乌斯也开始觉得小白鹿是神明赐福的象征，而且对此越来越深信不疑。当然，他把小白鹿叫作狄安娜，而把他自己叫作小白鹿的爸爸。

"狄安娜，爸爸在这里！"他叫道。

狄安娜高兴地跑到他身边，热切地索要亲吻。他跪下来接近小白鹿的高度，然后双手抱着小白鹿瑟瑟发抖的身体，把他的嘴唇贴在小白鹿柔软顺滑的脑袋上，一只手有节奏地抚摸着小白鹿的耳朵，这是小白鹿最喜欢的爱抚。他每次跟手下的副将开会，都会让小白鹿离开自己的房间，而小白鹿就会很伤心，觉得自己不知为什么惹得爸爸不高兴。然后小白鹿再见到他时就会特别愧疚和热情，他必须用许多的拥抱和喃喃爱语加以安抚，不然小白鹿就不肯吃东西。这样也就可以理解，为什么他对小白鹿比对自己的日耳曼妻子和孩子还要关心，因为他的妻子孩子跟神明赐福没有什么关系。比起狄安娜，只有母亲能让他更为关心，但是他已经有七年时间没有见到母亲。

小白鹿心满意足地啃着干草,因为奥斯卡的冬季冰雪覆盖,它不能到外面去吃草。塞尔托里乌斯坐在后门外面的一块大石头上,在头脑中对庞培的问题进行仔细考量。一个小屁孩!难道罗马真的相信一个来自皮塞努姆的小屁孩能把他打败?等到他站起来的时候,他终于得出结论:罗马和元老院被菲利普斯的伎俩蒙骗了。当然,塞尔托里乌斯一直都跟罗马城里的几个人保持联系,而且这几个人并不是什么无名小卒。在苏拉的统治之下,有很多心怀不满的人在秘密行动,而他们之中有些人则主动承担起给塞尔托里乌斯通风报信的责任。自从庞培得到特别委任之后,这些通风报信之人的口风就有点改变了,几个重要人物开始向塞尔托里乌斯暗示,如果塞尔托里乌斯能够打败庞培,那罗马可能会很乐意让他回来担任独裁官。

但是他也考虑到其他事,于是他把赫尔图雷乌斯单独叫过来。

"我们一定要确保让那个老婆娘留在远西班牙,"他对赫尔图雷乌斯说,"因为卢西塔尼人可能还不足以让那个老婆娘闻风丧胆。来年春天,我想让你和你的弟弟带着那支西班牙人的部队到拉米尼乌姆去。这样,如果那个老婆娘真的准备去援助那个小屁孩,你就可以把他拦截下来。无论他是想渡过安纳斯河还是巴埃提斯河离开他的行省,你都可以在路上拦住他。"

那支西班牙人的部队由四万名卢西塔尼人和凯尔特伊比利亚人组成,塞尔托里乌斯和赫尔图雷乌斯费了好大力气才让他们学会像罗马军团那样作战。塞尔托里乌斯还有其他一些由西班牙人组成的部队,但是那些部队都由当地人指挥,非常擅长埋伏突袭和游击战。但是塞尔托里乌斯从一开始就知道,如果他想在西班牙打败罗马,那他就必须拥有一些经过正规训练的罗马军团。自从卡尔波失败之后,就有很多罗马人和意大利人来投奔他,但这还远远不够。于是塞尔托里乌斯又训练出这支由西班牙人组成的部队。

"我们不在,你自己对付庞培能行吗?"赫尔图雷乌斯问。

"没问题,我还有维恩托的部队。"

"那你就不用担心那个老婆娘了,我们会确保让他留在远西班牙。"

"现在你要记得,"梅特卢斯·皮乌斯对盖乌斯·迈密乌斯说,他正准备带领军队前往新迦太基,"你的士兵比你的生命还重要。如果形势恶化,也就是说如果情况并不像庞培预想的那么顺利,那你要带领士兵在安全的地方躲避,避免让他们受到攻击。迈密乌斯,你是个值得信任的好人,我很遗憾要失去你。但是你不要忘了自己的士兵。"

迈密乌斯那英俊的面孔神色严肃,他是庞培的新任财务官,也是庞培的妹夫。他要带领一个军团向着东边行军,穿越那片世界上最肥沃的土地。这片土地比坎帕尼亚、埃及和亚细亚行省都要肥沃。那里的夏季和冬季都气温适宜,丰沛的河流中有源源不绝的雪水汇入,还有厚厚的冲击泥土。远西班牙是个大谷仓,春天和初夏时一片绿油油,秋收时节是一片谷物的金黄。这里的牲畜膘肥体壮,这里的水中满是鱼虾。

还有另外两个人跟迈密乌斯同行,这两人既不是罗马人也不是西班牙人。他们是一对几乎同龄的叔侄,两个人都叫作基纳胡·哈达斯特·比布罗斯。从血统上说他们是腓尼基人,从公民权来说他们是海港城市加迪斯的居民。这座腓尼基人的殖民城大约建于一千年前,而且当地居民的生活直到现在还保留着浓厚的腓尼基文化。迦太基人的统治对于当地人来说并不是太难接受,因为迦太基人也有着腓尼基人的血统。然后又来了罗马人,而且也跟加迪斯的居民相处得很融洽。加迪斯变得越来越繁荣,而当地的上层人也逐渐让他们城市的命运跟罗马紧密相连。地中海沿岸地区的文明居民都不愿意被西班牙中东部地区的野蛮部族统治,而加迪斯的居民很害怕罗马最终会认为没必要守住西班牙,并且从西班牙撤退。正是出于这个原因,那对叫作基纳胡·哈达斯特·比布罗斯的叔侄才跟着迈密乌斯的部队一起出发,希望自己能帮上一些什么忙。迈密乌斯很高兴地让他们负责粮草供应,同时还让他们充当翻译并协助打探消息。因为迈密乌斯很难念出他们的腓尼基名字,而且他们的拉丁语说得还挺好（虽然他们那叽里咕噜的母语也给他们的拉丁语带来了一点口音），于是迈密乌斯给他们取了个花名叫作巴尔布斯。虽然这个花名的意思是说话困难，但是那对叔侄竟然对这个拉丁文的花名很喜欢，这一点实在是让迈密乌斯想不出个所以然。

"格涅乌斯·庞培让我穿过艾德·弗拉西努姆和艾利奥克罗卡。"迈密乌斯对大巴尔布斯说，"我们真的应该选择这条路吗？"

"盖乌斯·迈密乌斯，我认为应该选择这条路。"那个一看就是外国人的巴尔布斯说。他长着鹰钩鼻、高颧骨和一双大大的黑眼睛，这些都显示出他身上的闪米特人血统。"这样我们就要沿着巴埃提斯河一路向西走到河流的源头，然后在奥罗斯佩达山最狭窄的地方翻越山岭。这是一道分水岭，但如果我们从艾德·弗拉西努姆行军到巴斯提，那我们就可以在分水岭的另外一侧找到一条路前往艾利奥克罗卡。然后我们会从艾利奥克罗卡一路往下到达斯巴塔里乌斯。罗马人把这个地方叫作康特斯塔尼人的平原，而这里就在新迦太基附近。我们没必要选择其他路线。"

"我们这一路可能会遇到多少抵抗？"

"在我们翻越奥罗斯佩达山之前不会有什么抵抗。过了奥罗斯佩达山之后就没有人知道了。"

"康特斯塔尼人是支持我们还是反对我们？"

巴尔布斯耸耸肩膀，姿势跟罗马人很不一样。"谁能说得清那些西班牙部族呢？康特斯塔尼人一直都住在文明人附近，这应该会有点作用。但塞尔托里乌斯也是个文明人，而且所有的西班牙人都很崇拜他。"

"那我们就只能走着瞧啦。"迈密乌斯说完就不再担忧了，先到艾利奥克罗卡再说。

在盖乌斯·马略到巴埃提斯河和安纳斯河之间的山区（这些山区现在以马略的名字命名称为马里安山）采矿之前，奥罗斯佩达山是罗马开采铅矿和银矿的主要来源。于是这片山区的南部林木稀疏，而迈密乌斯的行军路线就刚好穿过这片山区。他的行军路程总共是三百里，比庞培的行军路程少了两百里，但因为他所经之处的地形更不好走，所以他在三月中旬就赶在庞培之前开始行军。四月底，迈密乌斯不慌不忙地下了奥罗斯佩达山，来到塔德尔河南岸一条支流旁边的小镇艾利奥克罗卡，斯巴塔里乌斯原野就在他眼前。

迈密乌斯在西班牙已经很长时间，知道对任何一个当地部族都不能掉以轻心，于是紧缩队形随时防备，向着西南方大约三十里处的新迦太基行军。他很快就发现，这样列队前进非常明智。从通往艾利奥克罗卡的采矿大道走出没多远，他就看到康特斯塔尼人正在前头等着他。于是他向"至善至尊者"朱庇特起誓，如果他能让自己的军团安全抵达，那他就会献上一头公牛作为祭牲。新迦太基本身显然比较安全，他一点都没有浪费时间，想着要留在新迦太基岛外的什么地方。

最后剩下的二十五里路显得特别漫长，他派出两百名高卢骑兵去守卫在大陆和新迦太基岛之间的桥梁，如果康特斯塔尼人在这个最狭窄的地方切断他的部队，那他就会陷入毫无希望的绝境。天一亮他就从艾利奥克罗卡开始紧急行军，大概在前面五里远的地方遇到康特斯塔尼人。他让自己的士兵排成方阵，然后像只大螃蟹一样横冲过去，方阵外排的士兵努力击退敌人，而方阵里面的士兵奋勇前进。康特斯塔尼人都是步兵，他们并不习惯这种战斗方式，也无法打破罗马人的队形。迈密乌斯终于来到桥边，并且畅通无阻地过了桥，他的军团安全了。

他派遣大巴尔布斯乘船到加迪斯给梅特卢斯·皮乌斯送信。大巴尔布斯登上一艘脏兮兮的小船，船上充满鱼酱的腥臭，这种臭烘烘的鱼酱在世界各地大受欢迎。那封准备送给梅特卢斯·皮乌斯的书信也是臭烘烘的，不过其中却包含着重要的信息。这封信说明了当前的情况，并请求帮助，还提醒梅特卢斯·皮乌斯，如果新迦太基不能得到食物供给，那这座城市肯定不能坚持到这个冬季。小巴尔布斯接受的任务更加危险，他必须穿过新迦太基北部杀气腾腾的当地人住地，设法找到庞培。

庞培四月初就离开了安波里埃，根据他从当地人那里打听的消息，埃贝鲁斯河在四月底的水位比较低，他的军队可以毫不费力地过河去。

他顺利地解决了委任副将的问题，所有的副将都是皮塞努姆人或意大利人，而他的两位高级副将卢基乌斯·阿弗拉尼乌斯和格涅乌斯·佩特瑞伊乌斯都来自皮塞努姆，而且都在他的手下服务了好些年头。奥卢斯·伽比尼乌斯也是副将之一，他来自一个皮塞努姆人的家庭，之前在米蒂利尼是恺撒的好朋友。此外还有盖乌斯·科尔涅利乌斯和德基穆斯·莱利乌斯，这个科尔涅利乌斯并不是真正的贵族出身，而莱利乌斯也不属于那个因为西庇阿·阿非利加努斯和西庇阿·艾弥利亚努斯的提携而变得十分显赫的莱利乌斯家族。这些人都已经证明了自己的军事才能或者展露出一定的军事天赋，但是除了父亲和叔叔都是元老的奥卢斯·伽比尼乌斯之外，他们要想在罗马攀登仕途都需要庞培的大力支持。

一切都进展顺利。庞培畅行无阻地沿着海岸线快速前进，带着他的六个军团和一千五百名骑兵来到埃贝鲁斯河北岸的德尔托萨。庞培正准备渡过埃贝鲁斯河的时候，赫伦尼乌斯带领两个军团前来拦截，但是被庞培轻而易举地击退了。庞培继续向着南边前进，他踌躇满志、得意扬扬。他们往前走了没多远，赫伦尼乌斯又再次出现，而且这回还加上了维恩托的两个军团。但是这支部队的前锋很快就被击溃，然后他们就向着西南方匆匆撤退。

庞培的探子很厉害。正当庞培越过埃贝鲁斯河继续向着前方稳步前进时，探子给他送来消息说赫伦尼乌斯和维恩托逃到了瓦伦提亚，这个敌军重镇大概在庞培所在位置以南一百里。因为瓦伦提亚就在图里斯河旁边，而且图里斯河那肥沃的冲积平原上种满庄稼，所以庞培加快了行军的速度。他来到萨古图姆，这个地方位于一条小河的河口，而这条河流位于一片贫穷的乡间。那些深受信任的探子告诉庞培，塞尔托里乌斯本人在很远的地方，根本就不可能过来帮助赫伦尼乌斯和维恩托守住瓦伦提亚。塞尔托里乌斯看来很担心梅特卢斯·皮乌斯会从塔古斯河的源头之处侵入西班牙北部，所以他自己带着军队守在塞贡提亚守卫萨罗河的上游地区，这样一旦小猪罗从分开塔古斯河和埃贝鲁斯河的山脊后面冒出来，他就可以及时拦截。庞培得意地说：塞尔托里乌斯，你还真是

113

诡计多端，但是你本来应该待在距离赫伦尼乌斯和维恩托比较近的地方！

现在已经是五月中旬，庞培终于领略到西班牙平原上的长夏是多么酷热难熬。他也终于领教到，在短短一天之内，自己的士兵可以喝掉多少水、吃掉多少东西。距离收获季节还有几个月，自从他离开埃贝鲁斯河之后，每次经过那些乡镇的粮仓都会努力征集军粮，但得到的粮食实在少得可怜。他在地图上看到这片海岸地区很富裕，也听人说这个地区很富裕，但这里跟意大利完全无法相比。他一直都觉得，意大利的亚得里亚海岸地区经济凋敝、人口稀少，但是比起这个地方，亚得里亚海岸简直就是经济发达、人口稠密。

萨古图姆自称忠于罗马，但是他们也无法给庞培提供粮食。海盗把他们储存的粮食都抢走了，当地人在粮食收成之前也只能勉强糊口。于是庞培只好拔营继续前行，向着瓦伦提亚和图里斯河的平原靠近。

只要看看那些陡峭的内陆山地，就知道要在西班牙中部行军是多么困难。而塞尔托里乌斯五月初还在塞贡提亚，所以他在七月之前根本就不可能到瓦伦提亚来增援。探子向庞培保证，除非塞尔托里乌斯会飞！庞培根本就不相信有什么统帅能够比他更迅速地带领士兵行军，于是他对这些探子的说法深信不疑。至于这些探子，他们可能是真的这么认为，但更可能是在秘密地为塞尔托里乌斯服务。因为庞培从萨古图姆往南走了不到一天，就听说塞尔托里乌斯及其军队已经横在他与瓦伦提亚之间，而且正忙着攻击忠于罗马的城镇劳罗！

庞培实在不明白，塞尔托里乌斯怎么可能知道地中海和西班牙西部山区之间的每道山沟、每座山谷、每个山口和每条山路。塞尔托里乌斯在这些地方能够以惊人的速度飞速前进，在他经过的每个城镇和村庄，只要他提出要求，当地人就会把自己的食物全部捐献出来。他们对他表现出的喜爱简直近乎崇拜。凯尔特伊比利亚人和卢西塔尼人都不欢迎罗马人来到西班牙，因为他们都意识到罗马在西班牙只是为了掠夺当地人的财富。但塞尔托里乌斯是他们光明的希望，他虽然是罗马人但却被西班牙的原住民视为神明恩赐的礼物。还有谁比罗马人更清楚知道应该怎样打败罗马人呢?

当探子报告说塞尔托里乌斯只带着两个军团时,庞培简直目瞪口呆。好厚的脸皮!好大的胆子!罗马的六个军团和一千五百名骑兵就在劳罗附近,而塞尔托里乌斯带着这么一小点人就敢来围攻这个城镇!他的狂妄简直难以形容!

庞培满怀憧憬、欢欣鼓舞地朝着劳罗进发,因为幸运之神这么快就把塞尔托里乌斯交到他手中。

庞培在北边那片小平原上找到一个至高点,从那里冷静地观察了劳罗和塞尔托里乌斯的阵线,结果更加坚定了他的自信心。从劳罗的城墙往东一里地就是大海,而往西却有一片平坦的高地。庞培站在他的至高点瞭望,发现那片高地真是发动进攻的最佳阵地。但是塞尔托里乌斯却忽略了这个地方!庞培打定主意,让他的军队赶到劳罗城的西边,准备占领那片高地。他确信不疑,觉得那片高地已经属于自己。这个二十九岁的统帅骑着他那装饰艳丽的白色国家公马,领着他的步兵和骑兵紧急行军。他自己一马当先,想让劳罗城的居民好好领略他的英姿。

虽然庞培在赶路途中一直都盯着那片高地,但是他来到高地脚下才发现上面立起了密密麻麻的长矛。空气中顿时充满了嘲笑声和倒彩声,塞尔托里乌斯和他的士兵居高临下地对着庞培叫骂:要是想从塞尔托里乌斯手中抢走这片高地就应该快点到达!

"小屁孩,你以为我不知道可以利用这个地方吗?"高地上面传来一个声音。"你太慢了!小屁孩,你以为自己跟阿非利加努斯一样聪明,跟霍拉提乌斯·科克列斯[①]一样勇猛,是不是?好吧,昆图斯·塞尔托里乌斯告诉你,你还差得远!你还不知道什么是真正的领兵作战!小屁孩,你就待在这里,让一位真正的将军给你一个教训!"

[①] 霍拉提乌斯·科克列斯(Horatius Cocles)是罗马共和国初期的传奇英雄。公元前509年,罗马王政时代的最后一位国王联合外敌进攻罗马,霍拉提乌斯负责守卫罗马城外的木桥。他让同伴斩断木桥阻止敌军入侵,自己单枪匹马地站在桥头抵挡敌军。最终木桥被斩断了,敌军的进攻也被阻止了,霍拉提乌斯跳入河中游回罗马。——译者注

庞培还不至于那么愚蠢,在如此不利的情况下对塞尔托里乌斯发动进攻,他除了撤退之外别无选择。他满脸通红,双眼发直,直接调转马头穿过自己的队伍。他一路狂奔,直到再次站在之前那个至高点上才停下来。现在太阳已经过了最高点,但剩下的时间还足以进行一场战斗。庞培的自尊让他无论如何都要进行一场战斗。

庞培的胸膛剧烈起伏,他努力地克制着自己的情绪。现在他又再一次观察地形。他的士兵松松散散地站在下面,从那些送水的毛驴身上拿起水袋大口喝水,那些水袋越来越干瘪,里面的水已经所剩不多。他们都在交头接耳窃窃私语,那一个个汗流满面的脑袋在阳光下慢慢晾干,他们的身体倚在自己的长矛或盾牌之上。士兵们肯定是在议论他们那亲爱的年轻统帅,还有他们统帅遭受的羞辱。他们开始怀疑,这也许是他们那亲爱的统帅第一次无法赢得胜利。他们肯定很后悔,没有提前写好遗嘱。

庞培不想让阿弗拉尼乌斯或佩特瑞伊乌斯来到身边,他一想起那些更年轻一些的副将,特别是伽比尼乌斯就更加无法容忍。但此时他不得不把阿弗拉尼乌斯和佩特瑞伊乌斯叫过来,这两人骑着马站在他的国家公马两边。他用一根棍子指着前方。他的两个高级副将都一声不吭,只是木然地等着庞培告诉他们接下来要做什么。

"看到塞尔托里乌斯在哪里了吗?"庞培问,但只是顺口一说,并不期望得到回答。"他正在城墙边忙个不停,我想他可能要在那里破坏城墙。他的军营就在那边。他已经从高地上下来,我看到了!他并不想占据那片高地,而想要攻占这座城镇。但是我不会再次上当!"他咬牙切齿地说出这些话。"我们大概往前一里地就会跟他的军队相遇,他的军队摆开的长度大概是半里地。他的兵力摊得太薄了,这对我们来说很有利。如果他想赢得胜利,那他一看到我们逼近,就必须让军队靠拢起来。我们必须假设他想赢得胜利,否则他就不会待在那里。他可以从西边或东边逃跑,也可以同时从两边逃跑。我猜他会同时从两边逃跑,要是我也会这样逃跑。"他不小心说出这么一句,立刻又红了脸,不过还是若无其事地继续说下去。"我们要向他逼近,而且我们的两翼要走在我们的中锋之前。骑兵要平均分配在两翼的顶点,两翼的弧形与中锋相连之处各由一个军团组成,中锋则由四个军团组成。当一支军队在平地上逼近时,对方很难看出两翼在中锋之前展开的距离有多远,所以我们越逼近他们就会把两翼展开得越远。如果他把我看得很轻——他显然把我看得很轻!——那他就不相信我会布局用兵。然后我的两翼就会从两边把他包围起来,阻止他逃往西边和东边。我们会把他的军队包围在城墙前面,这样他就无处可逃了。"

"这样应该能行。"阿弗拉尼乌斯勉强说了一句。

"这样应该能行。"佩特瑞伊乌斯也点头应和。

这样的应和对庞培来说就足够了。他站在至高点上俯瞰下方,让号手吹响"列队布阵"的号声,然后又让阿弗拉尼乌斯和佩特瑞伊乌斯把他的命令传达给其他副将和主要的百夫长。他自己则忙着叫来六个骑着马的传令官。

等到阿弗拉尼乌斯和佩特瑞伊乌斯回到庞培身边时,他们已经来不及,也不方便私下劝阻庞培了。阿弗拉尼乌斯和佩特瑞伊乌斯心中大惊,他们眼睁睁地看着传令官越跑越远,只能暗自祈求庞培的新战略能奏效。

大军开始前进,几个传令官拿着休战旗,骑马跑到塞尔托里乌斯的军营前面,他们对着站在劳罗城墙上的本地居民高声大呼。

"劳罗的居民,你们全都出来!"他们大叫道。"出来!到你们的城墙上,塞尔托里乌斯这个狼子野心的叛国者说自己是罗马人,你们好好看看格涅乌斯·庞培·马格努斯怎样给他一个教训,让他知道什么才是真正的罗马人!你们出来,看看格涅乌斯·庞培·马格努斯怎样把塞尔托里乌斯打得一败涂地!"

这个计策肯定能行!庞培心想,又一次威风凛凛地骑着马跑在自己军队的最前面。随着军团的前进,他的两翼展开的距离越来越远,而塞尔托里乌斯还没有下令让士兵从东西两边撤离。他们会被包围起来!塞

117

尔托里乌斯和他的所有士兵，全都会死翘翘、死翘翘、死翘翘！噢，塞尔托里乌斯会以最惨痛的方式学到最后的教训，知道惹怒格涅乌斯·庞培·马格努斯会有什么结局！

塞尔托里乌斯隐藏着六千精兵，庞培的探子完全不知道这些士兵的存在，而庞培本人之前站在至高点上也没有看到这些士兵。此时这些士兵突然从庞培毫无掩护的后部扑杀过来，把后方的大部队撕得粉碎，而庞培在前方还一无所知。当庞培终于知道怎么回事时，要想扭转惨败的局面已经不可能了。他的两翼现在已经跑得太远，他不可能让他们回过头来应付后方的攻击，而且两翼的士兵已经合拢起来在劳罗城墙下跟塞尔托里乌斯的军队短兵相接。因为庞培的传令官之前卖力叫喊，现在城墙上已经围满了黑压压的人群等着观看庞培的惨败。一次次的努力都失败了，庞培和他的副将只能竭尽全力，把中间的四个军团列成方阵。更糟糕的是，塞尔托里乌斯的骑兵突然从劳罗城后面冒出来，从两翼的顶点后方对庞培的骑兵发动攻击。真是再受重创，雪上加霜。

但是庞培带领的老兵都英勇善战，而且那些经验丰富的百夫长也指挥有方。他们进行了勇猛的反击，尽管他们因为缺水而口干舌燥，而且他们的心中也充满恐惧和沮丧。他们对自己那年轻的统帅满腔热爱，从未想过世上还会有人能将他们的统帅打败。于是，庞培和他的副将最后成功地把部队组成方阵，而且还能站稳脚跟开始扎营。

塞尔托里乌斯在黄昏时离开了，让庞培的士兵们在堆满死尸的战场上继续扎营。现在除了塞尔托里乌斯的士兵，还有劳罗的居民也一起发出嘘声和笑声。庞培甚至不能躲起来痛哭一场，他蒙受的奇耻大辱甚至不容许他用统帅的红色斗篷蒙住脑袋偷偷流泪。他强迫自己面带微笑地走来走去，说些鼓舞人心的话去鼓励他的士兵。他只能努力地思考哪里能找到水源，根本就顾不上思考怎样才能让自己摆脱耻辱。

天一亮，庞培就派人去找塞尔托里乌斯，请求对方给他一些时间去处理尸体。塞尔托里乌斯宽宏大度地接受了他的请求，给他足够的时间把军营搬离那个腥臭的战场，重新找到一个有水源的地方。但是庞培很快又陷入一阵阴沉的绝望,因为附近没有柴火或燃油,所以他只能让副将们去清点阵亡士兵,然后把尸体埋进深坑里。庞培回到统帅的帐篷里,他的副将忙着处理尸体,而他那少数没有受伤的士兵则忙着搭建一个坚固的营地。目前的休战状态随时都可能结束,他们必须建设一个营地才能把塞尔托里乌斯挡住。太阳西沉,距离之前的战斗已经过去一天,阿弗拉尼乌斯硬着头皮来跟庞培见面。他单独过来。

"等我们处理完掩埋尸体的事,应该是下个市集日了。"这位高级副将用一种冷静的声音说。

"阿弗拉尼乌斯,阵亡士兵有多少人?"这位统帅的声音也同样冷静。

"一万步兵,七百骑兵。"

"受伤的呢?"

"重伤的有五千人,其余几乎每个人身上都有一些刀伤和撞伤。那些幸存的骑兵基本没事,但他们都没有马了。塞尔托里乌斯好像故意要把他们的马都杀死。"

"这意味着我的步兵只剩下四个军团,其中有一个军团的士兵身负重伤,还有八百名没有马匹的骑兵。"

"是的。"

"他对我就像痛打落水狗。"

阿弗拉尼乌斯没有吭声,只是面无表情地看着帐篷的皮革墙面。

"他是盖乌斯·马略的外甥,是不是?"

"是的。"

"我想这确实不能小看。"

"我也这么想。"

好长一段时间他们都没有说话,然后庞培打破了沉默。"我应该怎么跟元老院解释呢?"庞培的声音听起来像是叹息,又像是哭泣。

阿弗拉尼乌斯把目光从帐篷转移到庞培的脸上,看到了一个瞬间衰败百倍的人。他心中一痛,因为他真的很爱庞培。庞培对他来说既是朋友也是主人。但是除了为朋友和主人感到的悲痛,更让他担心的是他突然意识到如果庞培不能振作起来,如果庞培不能恢复往日的自信和高傲,那么他整个人都会枯萎死去。眼前是一个脸色灰暗的老头,这种情况阿弗拉尼乌斯前所未见。

于是阿弗拉尼乌斯说,"如果我是你,我会把责任都推给梅特卢斯·皮乌斯,说他不肯离开自己的行省为你提供增援,而且我会把塞尔托里乌斯的军队人数夸大三倍。"

庞培吓了一跳。"不,阿弗拉尼乌斯!不!我不能这么做!"

"为什么?"阿弗拉尼乌斯奇怪地问。他从来都不觉得庞培是那种会因为道德原则而苦恼的人。

"因为,"庞培耐心地解释说,"如果我还想完成在西班牙的任务,就需要得到梅特卢斯·皮乌斯的帮助。我失去将近三分之一的兵力,而且在我至少赢得一次胜利之前,根本就不可能再向元老院要求兵力增援。而且也可能会有某个在劳罗城生活的人跑到罗马,大家都会相信那个人说的话。还因为,虽然我不是一个圣人,但我相信真相总会在最糟糕的时刻暴露。"

"噢,我明白了!"阿弗拉尼乌斯大叫道,长舒一口气。庞培并不是因为道德原则而苦恼,他只是就事论事地看到实际情况。"那你已经知道应该怎么跟元老院解释了。"阿弗拉尼乌斯有点疑惑地补充说。

"是的,是的,我知道!"庞培大受刺激地咆哮。"我只是不知道应该怎么解释。我是说,应该怎样用词!瓦罗不在这儿,还有谁知道应该怎样正确用词?"

"我想,"阿弗拉尼乌斯小心翼翼地说,"你自己的用词对于这种消息来说正好合适。元老院中那些精通文墨的人会认为,你只是选择一种朴实的文笔来描述事实。如果你要问我的意见,那我觉得他们的脑筋就是这样运作。至于那些不通文墨的人,他们就更看不出你的用词有什么问题了。"

这么一通精妙的逻辑和合理的分析让庞培大为振作,至少从粗浅的层面来说确实如此。至于那些更为深入的层面,那些组成骄傲、尊荣、自信的层面和构成自我形象的种种复杂因素,这些深受创伤的层面需要慢慢修复,有些层面会勉强恢复,有些层面也许永远都不能恢复。

然后庞培坐下来开始给元老院写报告,他的鼻孔中充满尸体腐烂的恶臭,于是他把自己在这场战斗中的战略失误都原原本本地写出来,连他轻率鲁莽地让传令官去把劳罗城的居民叫出来观战都直言不讳。他的草稿用尖笔写在蜡板上,字里行间有许多书写错误的涂画。他把这份草稿交给秘书,让秘书用整齐的字体和正确的拼写与语法用墨笔在纸上写好。他的报告总算完成,但他在劳罗的事情还没有结束。

十六天过去了。塞尔托里乌斯继续守在劳罗,而庞培仍然在他的军营中按兵不动。庞培非常清楚,这种情况维持不了多久。他的食物消耗得很快,他的牲畜日渐消瘦。但是他不能撤退,让劳罗城继续被围,让塞尔托里乌斯为所欲为。除了努力搜寻粮草之外,他别无选择。就在这痛苦的艰难时刻,他的探子向他保证说北边的大片原野上都没有塞尔托里乌斯的兵力,于是他派出一大群装备精良的骑兵,准备到萨古图姆去获取粮草。

这支队伍刚刚出发不到两个小时,就慌慌张张地传来求救信息:塞尔托里乌斯的士兵从四面八方涌出来,把庞培的骑兵一个个地干掉了。庞培派出一整个军团去营救。在接下来的那个小时里,他一边在营地的壁垒上走来走去,一边望着北方满怀焦虑。

日落时分,塞尔托里乌斯的传令官给他送来消息。

"小屁孩,回家去!小屁孩,回到皮塞努姆去!你现在遇到一支真正的军队!而你自己还很业余!跟一位真正的统帅对战是什么感觉?小屁孩,你是不是想知道那些出去寻找粮草的士兵怎么样了?小屁孩,他们死掉了!他们每个人都死掉了!小屁孩,但这次你不用担心怎样埋葬他们!昆图斯·塞尔托里乌斯会免费替你埋葬他们!小屁孩,昆图斯·塞尔托里乌斯已经拿走了他们的武器装备,作为他们的埋葬费!回家去!回家去!"

这肯定是一个噩梦。这不可能是真的!塞尔托里乌斯的士兵是从哪里冒出来的？塞尔托里乌斯那些之前参与战斗的士兵，甚至是那些隐藏起来的骑兵，都没有一个离开劳罗城前面的围城工事。

"格涅乌斯·庞培，这些士兵并不是他的军团兵，也不是他的常规骑兵。"那个带头的探子说，他害怕得浑身发抖。"这些是他的游击队。他们随时随地都可能会冒出来，他们会埋伏，他们会杀人，然后他们就消失了。"

庞培对他的西班牙人探子完全失去信任，他把这些探子全部处死了，然后发誓以后只会用他自己的皮塞努姆人来充当探子。他可以信任自己的手下人，虽然他们不熟悉地形，但也比那些熟悉地形却不能信任的人好得多。这是庞培在西班牙之战中学到的第一课，当然这并不是他学到的最后一课。因为他不会回到皮塞努姆老家！他要留在西班牙，就算他死在这里，也要跟塞尔托里乌斯战斗到底。他会以火攻火，以石攻石，以冰攻冰。无论他会遇到多少困难，无论那个反叛罗马的军事天才多少次让他落入陷阱，他都不会放弃。他的一万六千名步兵死在这里，还有他的骑兵也几乎全部丧命。但是他不会放弃，他会坚持到最后一个步兵和最后一个骑兵也都死去。

八月底，格涅乌斯·庞培·马格努斯慢慢地从劳罗撤离，他的耳边传来城中居民垂死的惨叫。这时的庞培跟春天时向着南方进发的庞培截然不同，那时候他满怀自信，觉得自己天下无敌、无所畏惧。现在的庞培甚至能保留着一丝略带警觉的兴趣，耐心地听着塞尔托里乌斯的传令官跟在他的军队后面，向他的士兵描述劳罗城中女人的悲惨命运，这些女人将被贩卖到西部的卢西塔尼亚。塞尔托里乌斯根本就不在乎庞培的仓皇逃跑，庞培向着北方匆忙跑过萨古图姆，跑过塞贝拉西，跑过因提比利，又渡过埃贝鲁斯河。不到三十天的时间，庞培就带着他那些精疲力竭、饿得半死的士兵回到安波里埃的营地过冬。在那糟糕的一年中，他再也没有轻举妄动。特别是当他听说，梅特卢斯·皮乌斯赢得了唯一一场敌方挑起的战斗，而且赢得很漂亮。

梅特卢斯·皮乌斯见了大巴尔布斯，又看了迈密乌斯的书信，然后开始考虑怎样才能把迈密乌斯从新迦太基解救出来。在这个被塞尔托里乌斯叫作老婆娘的男人身上，也发生了巨大的改变。元老院竟然让小屠夫享有跟他同等的至高统帅权，这让他的自尊大受打击。也许没有什么比这样的奇耻大辱更能剥去小猪猡自我防御的盔甲，让他内在的强大力量显露出来。小猪猡的父亲梅特卢斯·努米底库斯极具勇气、高傲无比、只认死理，有时候甚至因此而显得愚蠢至极。梅特卢斯·努米底库斯在朱古达之战中上了盖乌斯·马略的当，然后又一次次被盖乌斯·马略这个新贵所蒙骗，或者说他自己是这么看。盖乌斯·马略让梅特卢斯·努米底库斯遭受流放，幸亏小猪猡尽心竭力地进行援救，才让他那深受敬仰的父亲得以返回罗马。但这件事让小猪猡除了赢得忠诚尽责的名声之外一无所获。然后，就在小猪猡因为最受苏拉器重而扬扬自得时，却来了一个二十二岁的庞培，而且还带来了一支比他更庞大更优秀的军队。

这虽然给小猪猡造成许多痛苦，但小猪猡是一个坚守原则的罗马贵族，所以他不屑于采取任何卑鄙手段去让庞培蒙羞受辱。可是就在小猪猡自己还毫无觉察时，一个全新的优秀统帅在他那结结巴巴的旧皮囊中诞生了。努力打赢更多重要战役，以此来对庞培加以打击，这种手段当然无可挑剔。无论是来自皮塞努姆还是来自阿尔皮努姆的暴发户，无论他们如何逼迫一个罗马贵族，这都是最适当的报复！

梅特卢斯·皮乌斯很早就学到教训，所以他的探子都从自己手下的罗马人和加迪斯的腓尼基人中挑选，因为这些腓尼基人觉得西班牙的野蛮部族比罗马人可怕得多。所以卢基乌斯·赫尔图雷乌斯和他弟弟刚刚带着西班牙人部队在西班牙中南部的拉米尼乌姆附近驻扎下来，梅特卢斯·皮乌斯就知道了他们的动向。小猪猡又露出一个酸涩的微笑，他身体后仰把自己的计策仔细畅想，然后在脑海中朝着拉米尼乌姆的方向比了个下流的手势，同时暗自发誓自己在接下来的十年中都不会那么愚蠢地跑到安纳斯河或巴埃提斯河的源头去，就让赫尔图雷乌斯无所事事地烂在那里！

他把自己安置在安纳斯河的河口处，比起更加舒适地待在东边一百里处的巴埃提斯河边，这样更能让卢西塔尼人看出他已经做好充分准备去对付他们。为了达到这个目的，他一直忙到六月，然后他觉得自己行省的防备工作已经足以抵挡那些虎视眈眈的卢西塔尼人，就算他本人不再守在安纳斯河边也没问题，只要在他的六个军团中拨出两个军团来守卫这些防御工事就足够了。

　　现在远西班牙的这个老婆娘已经清楚知道塞尔托里乌斯的探子是哪些人，所以他继续实行自己的新情报计划，貌似无意地把自己准备离开安纳斯河下游的消息泄露给这些人。他不会沿着安纳斯河或巴埃提斯河而上进入卢基乌斯·赫尔图雷乌斯在拉米尼乌姆的势力范围，而会前往新迦太基去援助盖乌斯·美米乌斯。几天之后，探子们就告诉赫尔图雷乌斯，说他会越过巴埃提斯河从意大利卡到达伊斯帕利斯，再沿着辛吉利斯河朝着索罗里乌斯山前进，然后在阿克西翻越索罗里乌斯山的西北部山岭到达巴斯提，最后穿过艾利奥克罗卡抵达斯巴塔里乌斯原野。

　　事实上梅特卢斯·皮乌斯确实可能会选择这条路线，但对他来说最重要的是让赫尔图雷乌斯相信他确实会这么走。小猪猡非常清楚，赫伦尼乌斯、维恩托和塞尔托里乌斯都铆足力气要给庞培一个教训，而且塞尔托里乌斯完全相信赫尔图雷乌斯和那些西班牙部队能够把小猪猡困在他的行省之中。但是新迦太基超出了他的行省范围，而且他有可能从新迦太基向北进军到劳罗去援助庞培。小猪猡手下的五个军团可能会打破塞尔托里乌斯和庞培之间的平衡，所以绝对不能允许小猪猡的军队出征。

　　梅特卢斯·皮乌斯希望赫尔图雷乌斯会离开拉米尼乌姆，来到安纳斯河和巴埃提斯河之间地势比较平坦的地区。只要离开那些险峻之地，塞尔托里乌斯手下的将领就不太容易赢得胜利，这样要打败赫尔图雷乌斯就会比较容易。塞尔托里乌斯手下的将领都不相信远西班牙行省中巴埃提斯河以东地区的当地居民，这就是塞尔托里乌斯从未试图入侵那片地区的原因。所以赫尔图雷乌斯听到小猪猡准备进军的消息之后，他肯定要在小猪猡能够跨越巴埃提斯河进入安全地区之前进行拦截。当然对赫尔图雷乌斯来说,最稳妥的路线是进军到远西班牙北部,然后在斯巴塔里乌斯原野等着拦截小猪猡,这个地区对塞尔托里乌斯更加友好。但是赫尔图雷乌斯太聪明了,所以不会采取这条看来最为合理的路线。如果他离开西班牙中部到一个如此遥远的地方,那么小猪猡只需紧急行军穿过拉米尼乌姆的山道,然后就可以选择最快的路线到劳罗去跟庞培会合。

赫尔图雷乌斯只有一个选择,就是下到安纳斯河和巴埃提斯河之间地势比较平坦的地区,然后在小猪猡渡过巴埃提斯河之前拦住他。但是小猪猡的行军比赫尔图雷乌斯想象的还要迅速,他已经逼近巴埃提斯河边上的意大利卡,而赫尔图雷乌斯及其手下的西班牙部队还要紧急行军一天时间才能到达。

于是赫尔图雷乌斯加紧赶路,不想让他的对手渡过那条宽阔幽深的河流。

现在是七月,西班牙南部正陷入夏季的第一波热浪之中,太阳从索罗里乌斯山后面跳出来,全副火力地炙烤着还没有从前一天的炎热中恢复过来的土地,只有那憋闷潮湿的夜晚稍微凉快一点。小猪猡对他的士兵特别关心,他满怀温情地让士兵住进宽敞通风的帐篷,还鼓励他们把布条泡在冰凉的泉水里,然后把湿布搭在额头或脖子上,还确保他们都喝足清凉的泉水,然后还让他们都在腰带上绑着一个装满凉水的水袋,让每个士兵都带着这个新的额外装备再上战场。

赫尔图雷乌斯的士兵拿着长矛从北边的路上迅速逼近,火辣辣的阳光在那一片密林般的矛头上闪闪发亮,而小猪猡仍然让他的士兵待在帐篷中避暑,并确保帐篷中有许多凉水桶来降低温度。到了最后一刻,小猪猡才开始采取行动,他的士兵都精神抖擞,高高兴兴地讨论着要站在什么位置,才能在战斗进行时帮助战友随时拿到水喝。

西班牙人的部队已经在烈日下辛苦跋涉了十里路。虽然他们有足够的送水驴子,但是在开战之前却没有时间停下来喝水。赫尔图雷乌斯的士兵早就筋疲力尽,根本就没有机会打赢。赫尔图雷乌斯和小猪猡在这场战役中还有一段时间是赤手相搏,这种情况在荷马时代的战争之后就很少出现了。虽然赫尔图雷乌斯更加年轻健壮,但小猪猡之前喝足了水、乘够了凉,所以最后还是小猪猡打赢了。他们的搏斗在战役结束之前就停止,赫尔图雷乌斯的大腿受了伤,而小猪猡则大获全胜。战役在一个小时内结束,西班牙人的部队溃败西逃,在战场上留下许多伤重丧命或精疲力竭的士兵。赫尔图雷乌斯只好渡过安纳斯河,直到进入卢西塔才敢让他的士兵停下休息。

"是不是很了不起?"小猪猡对着他儿子问,他们正站在那里看着一股灰尘朝着西边的意大利卡席卷而去。

"爸爸,你真是了不起!"那个小伙子大叫道,忘了自己已经长大成人,不再适合使用这个孩子气的称呼了。

小猪猡志得意满。"现在我们都可以在河里好好游个泳,还能睡上一夜好觉,明天早上再出发前往加迪斯。"他一边高兴地回答,一边在脑子里构思着准备写给元老院和庞培的书信。

梅特卢斯·西庇阿瞪大双眼。"加迪斯?为什么是加迪斯?"

"当然是加迪斯!"小猪猡推着他儿子的肩胛骨,"走吧,小伙子,到阴凉处歇着!我不会让任何一个人中暑,我需要你们每个人。你难道不想来一趟漫长的海上之旅,好摆脱现在这种炎热?"

"一趟漫长的海上之旅?到哪里去?"

"当然是到新迦太基去援助盖乌斯·美米乌斯。"

"父亲,你真是个天才!"

小猪猡把儿子拉到统帅帐篷的阴影之中,觉得这句话听起来就像手下士兵在战役结束后热烈欢呼的"凯旋统帅"一样激动人心。他做到了!他让塞尔托里乌斯手下最优秀的将领遭受了一次重大打击。

前往加迪斯的是一支庞大船队,而且总督调集了所有能够征用的战船严加防卫。船上装载着小麦、咸鱼、干肉、鹰嘴豆、葡萄酒,甚至连油和盐都准备了。这一切都是为了确保新迦太基不会挨饿,因为新迦太基正遭受康特斯塔尼人的陆上封锁和海盗的海上封锁。

小猪猡到达新迦太基之后，他先让盖乌斯·迈密乌斯的军团登上那些空船，然后从容不迫地沿着近西班牙的东海岸而上。看到海面上的海盗船一遇到他的舰队就赶紧逃跑，这让小猪猡觉得很好笑。虽然这些海盗几年前曾经在同一片海域打败了盖乌斯·科塔的舰队，但他们一点都不想招惹小猪猡。

身为罗马贵族的典范，小猪猡当然会把盖乌斯·迈密乌斯的军团送到安波里埃交给庞培。这么一来小猪猡终于可以在庞培面前扬眉吐气，而且还可以对庞培夏天时在战场上的惨败故作同情。小猪猡觉得这一切都是庞培自找的，谁让庞培之前妄图跟他抢功劳呢。

船队过了海盗的重要堡垒狄阿尼乌姆，然后就在一个废弃的海港停下来过夜。小巴尔布斯怀揣着许多消息，他登上一艘小船从狄阿尼乌姆溜出来，偷偷地向着罗马人的船队而去。

"啊，能够回到朋友中间多么好！"巴尔布斯用他那温软含糊的拉丁语对梅特卢斯·皮乌斯说。梅特卢斯·皮乌斯和盖乌斯·迈密乌斯都很高兴看到他平安无事，他的叔叔就更不用说了。

"我想，你应该没能联系上我的同僚格涅乌斯·庞培。"梅特卢斯·皮乌斯说。

"是的，昆图斯·凯基利乌斯。我去到狄阿尼乌姆就不能再往前了。从苏克罗河口到塔德尔河的整个海岸地区都是昆图斯·塞尔托里乌斯的人，而且我看起来太像加迪斯人了，所以我肯定会被抓起来折磨死。不过在狄阿尼乌姆有很多长得像迦太基人的家伙，所以我想我最好是潜伏在那里打听消息。"

"小巴尔布斯，那你听到什么消息了？"

"噢，我不只听到一些消息！还亲眼见到一些特别有趣的事情！"小巴尔布斯两眼发光地说，"大概两个市集日间隔之前，一支船队来到狄阿尼乌姆。这支船队属于密特里达提国王，从本都远道而来。"

在场的罗马人一阵紧张，全都倾身向前。

127

"继续说。"梅特卢斯·皮乌斯轻声道。

"在那艘插着旗子的船上，是国王派来的两个使臣，这两人在罗马都无法容身。他们是卢基乌斯·马吉乌斯和卢基乌斯·法尼乌斯，我想他们曾经是芬布里亚手下的副将。"

"我在苏拉的公敌宣告名单上见过这两人的名字。"梅特卢斯·皮乌斯说。

"他们到达之后等了四天时间，昆图斯·塞尔托里乌斯就亲自过来跟他们见面。他们提出要送给昆图斯·塞尔托里乌斯三千塔兰特金子，还有四十艘大型战船。"

"他们要求什么回报？"盖乌斯·迈密乌斯大声问。

"他们希望等昆图斯·塞尔托里乌斯成为罗马的独裁官之后，可以承认密特里达提已经占有的全部财产，并允许密特里达提继续扩张他的地盘。"

"等昆图斯·塞尔托里乌斯成为罗马的独裁官？"梅特卢斯·西庇阿莫名其妙地问，他既惊讶又气愤。"这种事情绝对不会发生！"

"安静点，我的儿子！让小巴尔布斯继续说下去。"梅特卢斯·皮乌斯说，他忍住自己的愤怒。

"昆图斯·塞尔托里乌斯同意了国王的提议，不过他提出一个条件：亚细亚行省和西里西亚仍然属于罗马。"

"马吉乌斯和法尼乌斯有何反应？"

"根据我的消息来源，他们的反应很好。我想他们早就预料到会这样，因为罗马不想失去任何一个行省。他们代表国王表示同意，不过他们也说要回去当面跟国王报告之后才能正式确认。"

"本都的船队还在狄阿尼乌姆吗？"

"不在了，昆图斯·凯基利乌斯。这支船队只停留了九天，然后就离开了。"

"现在有金子或船只转手了吗？"

"还没有，要等到春天。不过，昆图斯·塞尔托里乌斯确实向国王表现出他的良好信誉。"

"如何表现？"

"他向国王派出一百名西班牙游击战士，这支一流的游击队由马尔库斯·马略带领，这个年轻人深受他的赏识。"

小猪猡皱起眉头。"马尔库斯·马略！他是谁？"

"是盖乌斯·马略的私生子，他四十八年前在远西班牙担任总督时跟一个拜图里人生下了这个孩子。"

"那这个马尔库斯·马略也不是那么年轻了。"盖乌斯·迈密乌斯说。

"是的，不好意思，我误导大家了。"巴尔布斯看起来有点可怜巴巴的。

"天啊，这又不是什么大不了的失误！"小猪猡有点好笑地说。"继续说，继续说！"

"马尔库斯·马略从来没有离开过西班牙，不过他接受过良好的教育，能说一口流利的拉丁语。盖乌斯·马略知道他，而且给他留下一大笔钱。这个马尔库斯·马略当然是站在那些西班牙的野蛮人一边。他是昆图斯·塞尔托里乌斯手下最成功的游击队队长，非常擅长进行游击战。"

"所以塞尔托里乌斯派他去指导密特里达提如何进行埋伏和突袭，"梅特卢斯·西庇阿说，"谢谢你了，塞尔托里乌斯！"

"那些金子和船只会送到狄阿尼乌姆吗？"梅特卢斯·皮乌斯问。

"是的，就像我之前说的，要等到春天时。"

这些惊人的消息给梅特卢斯·皮乌斯的思考提供了养分，也给他寄往安波里埃送交庞培的书信提供了素材。他以前一直以为塞尔托里乌斯的野心仅限于成为整个西班牙的国王，他的事业看起来似乎跟那些西班牙的原住民密不可分。

在梅特卢斯·皮乌斯到达安波里埃之后，他对庞培说，"但是，我想，我们现在应该更加密切地观察昆图斯·塞尔托里乌斯。征服西班牙只是他的第一步。除非你我能够阻拦他，否则他将会来到罗马，并且随时准备把一顶漂亮的王冠戴在自己头上。他将会成为罗马国王！而且他还是密特里达提和提格拉尼斯的同盟。"

梅特卢斯·皮乌斯原本满怀期待，但他发现自己还是无法在庞培那赤裸的伤口上再捅一刀。庞培曾经被人叫作小屠夫，现在他却一脸茫然、眼神黯淡。梅特卢斯·皮乌斯只看了一眼，就知道自己不必再给庞培打击，而要帮助庞培在精神和思想上痊愈。如果是梅特卢斯的父亲努米底库斯，那他一定会说：为了自己的荣誉，无论如何都要在庞培的伤口上捅刀子。但是皮乌斯身为他父亲的儿子，已经在父亲的阴影下生活了太长时间了，所以他对自己的荣誉并没有那么强烈的执念。

为了全面修复庞培受损的自我形象，小猪猡巧妙地遣走了自己那鲁莽高傲的儿子，让他和奥卢斯·伽比尼乌斯一起到纳尔旁高卢征集骑兵和马匹。小猪猡还特意跟盖乌斯·迈密乌斯谈话，把迈密乌斯纳入自己的同盟，然后让阿弗拉尼乌斯和佩特瑞伊乌斯开始重整庞培的军队。有好几天的时间，小猪猡都避免说起或涉及庞培之前经历的那场战役，很高兴来自狄阿尼乌姆的消息提供的话题能够营造出一种比较新鲜活泼的气氛。

最后，十二月即将来临，小猪猡必须回到自己的行省了。于是这个来自远西班牙的老婆娘开始进入正题。

"我认为不必沉溺于已经过去的事情。"他干脆利落地说，"我们应该考虑的是明年的战役。"

庞培一直都挺喜欢梅特卢斯·皮乌斯，不过他现在倒是希望这个同僚能够得意扬扬地奚落他一顿，这样他就能把梅特卢斯·皮乌斯的意见当作耳边风，还能理直气壮地讨厌这个人。但梅特卢斯·皮乌斯却对他表现出真诚的友善和体贴，这让他觉得自己的失误更加难以容忍。小猪猡显然认为他不值得自己去加以鄙视。他在小猪猡眼中只是一个初出茅庐的军人，在第一次独自执行任务时就栽了跟头。所以小猪猡只好把他扶起来，给他拍拍灰尘，让他重新骑上马儿。

但这种态度至少意味着他们可以友好地坐在一起。这显然将是一场关于战略部署的会议，在遭受塞尔托里乌斯的重创之前，庞培肯定会抓住这次会议的主导权，但在遭受了塞尔托里乌斯的重创之后，庞培只是安静坐着等待梅特卢斯·皮乌斯提出一个计划。

"这一次,"小猪猡说,"我们都必须行军到苏克罗河去对战塞尔托里乌斯。我们的军队都不够大,不能独自做成这件事。但是,我不能途径拉米尼乌姆,因为赫尔图雷乌斯和西班牙人的部队肯定在那里等着我。所以我必须选择一条非常偏僻的路线,而且要尽可能悄悄前进。这并不是说,我的行动就不会传到塞尔托里乌斯那里,然后再传到赫尔图雷乌斯那里。赫尔图雷乌斯必须离开拉米尼乌姆去拦截我,但是在塞尔托里乌斯下令之前他不会这么做。因为塞尔托里乌斯在所有的军事行动中都是绝对的独裁者。"

"那你要选择哪一条路线?"庞培问。

"哦,我要穿过卢西塔尼亚,到达偏远的西部。"小猪猡兴奋地说。"最后会到达塞哥维亚。"

"塞哥维亚!那简直是远在天边!"

"确实如此。但是我会给塞尔托里乌斯使出一个漂亮的障眼法,还可以避开赫尔图雷乌斯。塞尔托里乌斯会以为我要到埃贝鲁斯河上游地区去。趁他忙着对付你,我就从他手中夺走那片土地。他会让赫尔图雷乌斯去拦截我,因为赫尔图雷乌斯在拉米尼乌姆距离塞哥维亚要比他所在之处近一百里。"

"你到底想让我做什么?"庞培问,表现出前所未有的谦虚。

"在五月之前,你只需留在安波里埃的军营。我要花上两个月才能到达塞哥维亚,所以我要比你提早很多出发。你开始出发之后要非常小心。这整个计策的关键就在于,你看起来必须像是独自行动,完全跟我无关。但是,你要等到六月底才到达图里斯河和瓦伦提亚。"

"塞尔托里乌斯不会在萨古图姆或劳罗拦截我吗?"

"我觉得不会。他不会在同一个地方第二次作战。现在你对萨古图姆和劳罗已经很熟悉了。"

庞培满脸通红,但是一声不吭。

小猪猡接着说,好像根本就没有注意到庞培的脸色变化。"不,这次

131

他会让你到达图里斯河和瓦伦提亚。你知道,这些地方对你来说是全新的。赫伦尼乌斯和那个叛徒维恩托还占据着瓦伦提亚,但我不认为他们会留在那里等着你的围攻。塞尔托里乌斯不喜欢守在那些海岸城市,他更喜欢山地中的堡垒,那些堡垒易守难攻。"

小猪猡停下来观察庞培的脸色,发现庞培的脸色又变回那种无精打采的苍白了。他看到庞培的眼神显得颇感兴趣,不由得深怀感激。好!他听进去了。

"我会从塞哥维亚行军到苏克罗河,我想塞尔托里乌斯会设法在这个地方让你开始战斗。"

庞培皱着眉头,在头脑里考虑这件事。小猪猡现在意识到,庞培的头脑仍然运转得很好。只是他不再有自信去制订自己的计划。好吧,只要打上几场胜仗,他的自信就会复原!庞培的性情已经定型,不可能完全改变。他只是大受打击。

"但是从塞哥维亚行军到苏克罗河会让你穿越西班牙中部最干旱的地区!"庞培提出质疑,"那就是一片沙漠!而且在你到达苏克罗河之前,你必须翻越一道又一道山岭,而不能在山谷间前进。这是极为艰苦的行军!"

"所以我才要选择这条路。"小猪猡说,"在此之前,没有人主动选择过这条路。塞尔托里乌斯肯定也没想到我会这么做。我希望能在他的探子发现我的行踪之前到达苏克罗河。"他那棕色的眼睛高兴地看着庞培。"你非常认真地研究过各种地图和信息,才能对地形如此熟悉。"

"是的,昆图斯·凯基利乌斯。这不能代替实际经验,但这是在经验累积起来之前的最佳努力。"庞培说,小猪猡的称赞让他很开心。

"你已经积累了一些经验,不要担心这一点!"小猪猡发自内心地说。

"负面经验。"庞培低声说。

"格涅乌斯·庞培,没有什么经验是负面的,只要这些经验最终能通往成功就好了。"

庞培一声长叹,耸耸肩膀。"我想应该是这样。"他低头看着自己的手。

"等你到达苏克罗河时,你希望我在哪里等着?还有,你觉得那应该是什么时候呢?"

"塞尔托里乌斯不会主动从苏克罗河跑到图里斯河。"小猪猡肯定地说,"赫伦尼乌斯和维恩托可能会在瓦伦提亚或图里斯河沿岸的什么地方拦截你,但我想他们应该会奉命去到苏克罗河边跟塞尔托里乌斯会合。我的目标是在七月底去到塞尔托里乌斯附近。这意味着如果你在六月底就到达图里斯河,那你就要找到一个好借口在那里拖上一个月。在七月底之前,无论发生什么情况,都不要向南边行军去跟塞尔托里乌斯开战!如果你这么做,那我无法给你提供增援。塞尔托里乌斯的目标是把你的军团完全排除出这场战争,这样他就会有压倒性的人数优势来对付我。我就很难打赢了。"

"昆图斯·凯基利乌斯,你去年就打赢了。"

"那可以说是特殊情况,我希望塞尔托里乌斯也是这么想。我可以向你保证,如果我再次遇到赫尔图雷乌斯并取得胜利,那在我的部队跟你会合之前,我一定会设法阻止塞尔托里乌斯得到这个消息。"

"在西班牙,要做到这一点很困难。我听说,任何消息都逃不过塞尔托里乌斯的耳朵。"

"大家都是这么说。但我在西班牙也已经有好多年时间,所以塞尔托里乌斯的优势渐渐消失了。格涅乌斯·庞培,打起精神!我们一定会打胜!"

来自远西班牙的老婆娘带着船队回到加迪斯,如果说在此之后庞培确实精神大振,那可能有点夸张,但他确实开始挺起了脊梁。他终于走出了自己的住处,找到阿弗拉尼乌斯、佩特瑞伊乌斯和其他副将,让重整军队的工作得到最后的完善。庞培心想,幸亏自己坚持要走了小猪猡的一个军团!如果没有这个军团,那他简直无法作战。现在的士兵人数给他提供了两个选择:要么是组成五个军力比较薄弱的军团,要么是组成四个常规军力的军团。因为庞培并非一个军事白痴,所以他决定组成五个军力比较薄弱的军团,因为五个军团比四个军团更容易排兵布阵。亲眼去看看自己的幸存士兵真是一件艰难的事情,这是他遭遇惨败之后第一次真正去看望自己的士兵。但他满怀惊喜和感激地发现,没有一个士兵因为那么多战友的死去而对他产生抵触情绪。正相反,他们看来都下定决心要打败塞尔托里乌斯,而且无论他们那亲爱的年轻统帅想让他们做什么事情,他们都一如既往地乐意服从命令。

在这些地势较低的地方,冬季比较温和而干燥,所以庞培带着他重新组合的军队沿着埃贝鲁斯河走了一小段,夺取了几个属于塞尔托里乌斯的城镇,比斯卡吉斯和塞尔萨都在他的大力攻击之下陷落了。此时已经是三月底,于是庞培又退回安波里埃,开始准备沿着海岸线而下的远征。

小猪猡给他送来一封信,说塞尔托里乌斯在狄阿尼乌姆接收了四十艘战船和三千塔兰特金子之后,就和维恩托一起离开狄阿尼乌姆前往卢西塔尼亚,准备到那里帮助赫尔图雷乌斯训练更多士兵去补充损失的西班牙人军队,留下赫伦尼乌斯负责掌管奥斯卡。

庞培的情报网络有了显著的进步,现在巴尔布斯叔侄都在为他服务,他们给他提供了许多帮助,而且他自己的皮塞努姆人探子也比他预想的更能干。

他一直等到五月初才开始行军,而且他一路上都特别小心。他本来就是一个善于在陆地行走的人,于是当他在德尔托萨渡过埃贝鲁斯河时,他自然而然地注意到这片土壤肥沃、广泛种植的河谷在这个时候看起来非常干燥,地里的麦子看起来稀稀拉拉,而且到现在还没有抽穗。

庞培没有看到敌军的踪影,但在这第二次向南行军的过程中,这个事实并没有让他感到高兴,只是让他变得特别小心,于是他让士兵都排成防卫队形。他转开脸急匆匆地经过萨古图姆和劳罗。萨古图姆得以幸存,但劳罗已经成了一片寸草不生的黑色焦土。六月底,他写了一封信希望能送到远在塞哥维亚的小猪猡那里。然后他就来到图里斯河谷,这个河谷更加开阔肥沃,河谷的另一头就是那座重兵把守的大城瓦伦提亚。在图里斯河与瓦伦提亚之间那片狭窄的平地上,庞培发现赫伦尼乌斯和维恩托正在等着他。庞培手下的皮塞努姆人探子告诉他，敌军同样是五个军团，但在人数上比他更多一些。敌军的人数大概是三万人，而庞培的人数是两万人。对方最大的优势是骑兵，根据探子的估计，他们大概有一千名配备了高卢马的骑兵。虽然梅特卢斯·西庇阿和奥卢斯·伽比尼乌斯之前那个冬季在纳尔旁高卢努力招募骑兵，但庞培的骑兵人数只有四百人。

不过庞培至少可以肯定，他的皮塞努姆人探子跟他说的是可靠消息，而且这些探子还向他保证，在西班牙跟在意大利打探消息其实大同小异，所以庞培对他们深信不疑。庞培不用担心塞尔托里乌斯的士兵躲在他身后准备进行包抄或突袭，于是他带着自己的军队渡过图里斯河，准备在河南岸进行战斗。

这条河更像是一片浅滩，而不是一条深深的沟渠，所以就算在渡河时短兵相接也没问题。河床就像石头一样坚硬，而河水只有脚踝深。这样对双方来说都没有什么特别的战略优势，所以在这样的常规战斗中，实力更强、士气更高的那支军队就会取胜。庞培唯一的劣势就在于他的骑兵，不过他正确地预计到赫伦尼乌斯和维恩托会利用他们的骑兵优势来包抄他的军队侧翼，于是他让站在侧翼外围的士兵都拿着老式长矛，并且指示他们用这长达十五尺的可怕武器去攻击敌军的马匹。

战斗非常激烈，而且持续了很长时间。赫伦尼乌斯并不具备像塞尔托里乌斯或赫尔图雷乌斯那样的军事天赋，所以等他发现自己遇上最糟糕的情况时已经来不及了。维恩托在他的西边，但却完全无视他的命令。事实上，这两个人在战斗之前就没有对如何作战达成共识，结果他们现在就变成两支各自作战的部队了。不过庞培最初并不知道这一点，而是等到后来才开始发现。

这样的结果就是赫伦尼乌斯遭遇惨败，而维恩托却没有遭此厄运。赫伦尼乌斯觉得，如果塞尔托里乌斯还继续坚持，让他跟这个背信弃义、声名狼藉的维恩托一起战斗，那他还不如死掉算了。于是赫伦尼乌斯把自己的生命都抛洒在战场上，他把整颗心都掏出来跟自己直接率领

135

的三个军团和骑兵同生共死。一万两千名士兵战死了,而维恩托却带着一万八千名幸存者逃跑了,他们退到苏克罗河边去投奔塞尔托里乌斯。

庞培记得小猪猡的警告,不要在七月底之前靠近苏克罗河,于是他并没有试着去追赶维恩托。这次决定性的胜利是如此彻底,让他那深受创伤的自尊心得到很好的疗愈。再次听到自己的老兵对着他欢呼喝彩,这种感觉是多么美妙!还有在鹰旗上缠绕月桂枝叶,尽情享受得来不易的荣耀!

当然瓦伦提亚现在几乎毫无防卫之力了,在城里的居民和罗马人的报复之间只有一道城墙作为阻隔。于是庞培坐在瓦伦提亚前面,进行了一番冷静严酷的查验,结果发现了许多可供利用的弱点。紧接着他采取了一些破坏行动:在一段木头所建的城墙上放火,找出水源并切断水源供应……然后瓦伦提亚就投降了。庞培吸取了新学到的经验,小心谨慎地把城中的所有食物都运走,然后把这些食物藏在一个废弃的菜市场里面,上面再用一层草皮盖上。多亏了小猪猡的先见之明,一支来自远西班牙的罗马舰队正好在附近海域航行,再加上塞尔托里乌斯现在拥有的四十艘本都战船根本就不见踪影。于是庞培把瓦伦提亚的居民全都装在船上,然后运到新迦太基的奴隶市场。距离七月结束还有六天,庞培开始行军前往苏克罗河流域。庞培发现在他与苏克罗河之间的平原上,塞尔托里乌斯和维恩托分别驻扎在两个军营里面。

现在庞培不得不面对一个进退两难的困境。目前还没有听到小猪猡的任何动静,所以无法预测自己能否得到增援。此时的情况跟在图里斯河时很相似,这里的地形对塞尔托里乌斯来说并没有什么战略优势。这个地方附近没有山峦、森林、树丛或溪谷,所以塞尔托里乌斯没有什么地方可以用来隐藏他的骑兵队或游击队。距离最近的城镇是萨伊塔比斯,这个小镇在苏克罗河的南边五里远。苏克罗河比图里斯河要宽阔得多,而且以其中的流沙区而著称。

如果庞培推迟战斗等待小猪猡前来会合(假设小猪猡真的正在前来),那么塞尔托里乌斯就可能退到对他更为有利的地方,而且可能推测到庞培的拖延是因为正在等待增援。但如果庞培现在就跟塞尔托里乌斯开战，那敌军的人数实在比他超出太多了，近乎是四万人对战两万人。因为赫伦尼乌斯造成的损失，现在双方都没有多少骑兵。

最后让庞培下定决定开始战斗的是他担心小猪猡不会来，或者这是庞培告诉自己的理由，他不愿承认那个贪婪的旧我正在他的头脑中低语：如果他现在就开始战斗，那就不用跟小猪猡分享军功。之前跟赫伦尼乌斯和维恩托的交锋只是对战塞尔托里乌斯的序幕，庞培迫不及待地想要把记忆中塞尔托里乌斯对自己的嘲笑抹掉。是的，他的自信回来了！所以在七月倒数第二天的早晨，格涅乌斯·庞培·马格努斯离开自己那坚固的营寨，带着五个军团和四百骑兵来到平原上。他来到塞尔托里乌斯和维恩托的对面，排兵布阵准备开战。

梅特卢斯·皮乌斯的军营位于巴埃提斯河西岸的意大利卡城外，四月一日他离开了自己宿舍的营房前往安纳斯河。他带着全部六个军团一起出发，总共有三万五千名步兵和一千名努米底亚轻骑兵。因为他身体里的贵族血统并没有被任何农人血统所稀释，所以他没有留意到自己经过的那些农田看起来不够青翠，田地上生长的庄稼也不像往年那么茁壮。他的军中有充足的粮食，还有各种可以给士兵调节口味和维持健康的食物。

他来到距离安纳斯河口大概一百五十里的地方，发现卢西塔尼人并没有在那里列队相迎。这让他很高兴，因为这意味着他们还没有听到他的动静，看来他们仍然在海边等着他。虽然在这比较偏远的上游地区没有什么比较大的聚居地，但那里还是有些小村庄，河谷的土地上也有人耕种。他到来的消息肯定是沿着河流而下传到各个部族里，但等到他们赶到时他已经离开安纳斯河了。他们可以在后面追赶，但肯定追不上他！

罗马军队在高低起伏的山地中迅速前进，他们接下来的目标是塔古斯河边的图尔穆利。当地居民有时会发动一些突袭，但打退这些袭击就像赶走马屁股上的苍蝇一样容易。因为塞哥维亚是梅特卢斯·皮乌斯的倒数第二个目的地，所以他并没有一直沿着塔古斯河逆流而上，而是继续在荒野中穿行，逐渐向着西北部的北边前进。

他选择的只是一条非常原始的车道，但这样穿越西部高原遇到的障碍最少。这片高原只有几百尺的高度差，而且最高也不超过两千五百尺。因为这片土地对小猪猡来说很陌生，所以他总是带着惊奇仔细观察，并且让他的地形考察队和地图绘画组把所有东西都记录下来。这里人烟稀少，任何闯入这里的罗马人都会被人立刻杀死。

他们继续前进，经过许多美丽的森林，林中长着橡树、榉树、榆树和桦树，为他们挡住越来越炙热的太阳。去年战胜赫尔图雷乌斯让这些罗马士兵变得斗志昂扬，也让他们的统帅用一种全新的态度来保证士兵的舒服。所以这个来自远西班牙的老婆娘下定决心，绝对不让士兵吃那些没必要的苦，而且他很清楚自己的时间还比较充足，所以他设定了一个比较适当的行军速度，让士兵的体力在一餐好饭和一夜好眠之后就能恢复。

罗马军队在两道高大的山脉之间前进，他们的前头就是杜里乌斯河。杜里乌斯河也是西班牙比较重要的大河，只是这条河不为罗马人所熟知。如果小猪猡沿着这条路线继续前进，那他就会到达宽广富饶的萨拉曼提卡。但小猪猡现在转向东北边，紧贴着他右手边的山地前行。他不想去招惹当地的维特托尼人，这些当地人以开采黄金而著称，因此还在一百四十五年前引得汉尼拔大肆洗劫萨拉曼提卡。六月一日，小猪猡带着他的军队停在塞哥维亚城外。

赫尔图雷乌斯也紧跟着他的脚步赶往塞哥维亚。不过这并不是太出人意料的事情，拉米尼乌姆距离这里只有两百里，而小猪猡要走过六百里地才能到达这里。图尔穆利城位于塔古斯河边，也是这个城里的某个人向塞尔托里乌斯送信，说罗马军队经过这个地方，但却没有沿着塔古斯河而上。正如那个来自远西班牙的老婆娘所料，塞尔托里乌斯以为罗马人的目标是埃贝鲁斯河上游地区，是想把塞尔托里乌斯从东部沿岸和庞培附近引开的计策，或者是真的想要攻打那片对塞尔托里乌斯最为忠诚的中心地区。赫尔图雷乌斯奉命去拦截小猪猡，不让罗马人进入那片中心地区。小猪猡可以肯定一件事情：他们并不知道他的真正目的。塞尔托里乌斯必须意识到，这个老婆娘的能力和智谋已经超出自己，只有这样他才能猜出小猪猡的真正目的。

现在小猪猡的首要任务就是让手下军队住进一个坚固的军营。小猪猡的谨慎一如既往，他让士兵穿着盔甲挖坑建营，这种额外的负担没有一个士兵会喜欢。但是百夫长告诉他们，赫尔图雷乌斯就在附近，于是他们都干得热火朝天，像一大群昆虫那样拼命挖洞堆土。红色的旗子立了起来；货车、公牛、骡子和马匹都带进已经建好的军营，然后就交给少得可怜的一小撮人去照顾，因为就连非作战人员也参与了建造军营的任务。三万五千人井井有条地努力工作，结果军营在一天之内就建好了。虽然军营的每一边只有一里长，但用于防御敌人的木栅栏却有二十五尺高，每隔两百步就有一个瞭望塔，营墙前面的壕沟有二十尺深。直到四个坚固的木头营门都关上，负责站岗放哨的士兵也安排妥当，小猪猡才松了一口气，他的军队终于不用害怕敌军突袭。

但这一天并非平静无波地过去。赫尔图雷乌斯发现那个来自远西班牙的老婆娘已经舒舒服服地住进军营，那些壕沟、营墙和栅栏实在太难翻越，于是他从自己的军营中拨出一队骑兵，准备迫使那个老婆娘自己从军营中出来。但是小猪猡来到西班牙三年半并不是白混日子，他已经学会像他的敌人那样去思维。于是在他距离塞哥维亚还有好几里地时，他就特意拨出六百名努米底亚轻骑兵，让这些骑兵悄悄地跟在后面，然后在突袭者无法看到他们的地方隐藏起来。于是敌军的骑兵队刚刚出现，这些骑兵就从附近的树林里冲出来，把赫尔图雷乌斯赶回他自己的营寨。

在接下来的八天中，就没有其他事情发生了。小猪猡必须让他的士兵好好休息，让他们觉得似乎没有任何敌军势力会打破他们的安宁。他们在夜里可以安然入眠，在白天有充足的时间晒晒太阳、运动休闲。统帅的帐篷位于军营中两条主干道的十字交叉处。在整个军营的平面上，此处有一个凸起的小土丘，这样统帅就可以站在上面瞭望所有帐房和四面营墙。小猪猡在两条主干道上走来走去，并且走进各条岔道去视察士兵的营房，这些营房是涂了油的牛皮帐篷或木板小屋。他走到每个地方都跟士兵亲切交谈，向他们详细说明自己接下来准备做些什么事情，让他们看出他非常自信。

他并不是一个满怀温情的人，也不是特别擅长跟自己的下属打成一片。但是他也并非性情冷漠，不会对别人的热情毫不在乎。在之前的巴埃提斯河战役中，他对手下士兵特别关心，从那之后他们看到他就出现了完全不同的表情。士兵们一开始还有点不好意思，但后来就慢慢放开了。他们看着他的眼神充满爱意，而且说他们对他是多么感激。他们感谢他的照顾关心和先见之明，才让他们有机会赢得那次胜利。尽管他的关心完全出于实际考虑，是因为他想把赫尔图雷乌斯打败，而不是因为他对士兵的爱。但这一切对他的士兵来说并没有什么不同。士兵们对这一切更加清楚。他为了他们而忙忙碌碌、啰啰嗦嗦，就像塞尔托里乌斯嘲笑他的绰号老婆娘一样。他对士兵福利的个人关注，还是在不知不觉中自然流露。

在那之后他们就跟他一起从加迪斯航行到安波里埃，接着又从安波里埃回到加迪斯。然后他们又行军六百里地，穿越那些充满野蛮人的蛮荒之地。但是他一直都努力保障他们的安全。所以当小猪猡在塞哥维亚的军营中四处走动时，围绕着他的是一片诚挚的敬爱之情。此时此刻，他终于明白自己的言行举止和处理细节问题的方式，为他赢得了一支可贵的军队，等到他必须跟这支军队告别时，他一定会忍不住流泪。他们是属于他的，他也是属于他们的，只是后面这个事实他还没有清晰的认识。他的儿子对于后面这个事实就更是毫无知觉了，而且他觉得自己很难跟着他父亲在这个小镇般的军营中走来走去。梅特卢斯·西庇阿更加现实而不像他父亲那样坚持原则，他从本性上就不能引起或接受那些并非跟他出自同一阶层之人的喜爱。或许可以这么说，对于那些不是通过血缘或收养跟他直接相关的人，他的态度都是如此。

等到小猪猡带着他的士兵去跟赫尔图雷乌斯开战，他们才明白为什么统帅要把六个正规军团和一千骑兵塞进一个如此狭窄的营寨。他想让赫尔图雷乌斯以为他只有五个低于常规人数的军团，还想让赫尔图雷乌斯以为他把军营建造得如此坚固，是因为他的军队被迫行军时没有带上充足的战备物资。之前那些努米底亚骑兵在驱散赫尔图雷乌斯的骑兵突袭时，就已经散播出这样的消息了。

小猪猡特意向西庇阿·阿非利加努斯的战斗经验学习。他假装自己带领的部队装备不足、士气低迷，而且他选择的作战地点看起来也很糟糕：到处都是小水渠、地面很不平整，还有许多灌木和小树。赫尔图雷乌斯的前锋由四万名西班牙士兵组成，这些士兵装备精良、斗志昂扬。在赫尔图雷乌斯看来，小猪猡为了抵挡住他的前锋，势必要削弱中锋的兵力配置。为了弥补这个不足，小猪猡的两翼就必须尽量向前拉伸，还要把那些努米底亚骑兵安排在两翼顶端。小猪猡还故意让这些骑兵表现出似乎不听从统帅指挥的样子。探子向赫尔图雷乌斯报告，那个老婆娘的军队正从军营中出来，赫尔图雷乌斯有点犹豫到底要不要在当天开战。于是他亲自去查看敌军队形和战场地形，然后他轻蔑地哼了一声，决定出去迎战敌人。

赫尔图雷乌斯首先与小猪猡的两翼相遇，而且两翼的阵势正如他的预计。他带领士兵向着敌军薄弱的中锋一阵猛冲，准备在中锋打开一个大洞，紧接着就带着三个军团迅速穿过敌军，然后再转过头来对敌军后方进行包抄。但是西班牙军队一进入那看似不受控制的两翼之间，小猪猡的陷阱就立刻展开。他把那些最为精锐的士兵藏在两翼之中，此时这些精兵一部分迅速跑去增援中锋，一部分转过身来从侧面对着赫尔图雷乌斯的士兵发动猛攻。赫尔图雷乌斯来不及抽身而出，就发现他被紧紧地包围在自己那些惊慌迷乱的士兵之中。赫尔图雷乌斯战败了，他和他的弟弟都战死沙场，而小猪猡的士兵则唱着胜利之歌，把塞尔托里乌斯心爱的西班牙部队砍成碎片。只有少数几个西班牙士兵得以幸免，这些得以逃脱的西班牙人跑到卢西塔尼亚，哭爹喊娘地说出惨败的事，再也不肯为塞尔托里乌斯战斗了。他们的族人在安纳斯河口的采石场被骗走了，这些人一开始跟随罗马人，后来就决定入侵远西班牙行省，甚至要渡过巴埃提斯河。但是关于西班牙人军队惨败的消息传开之后，他们痛哭流涕地哀叹自己已经失去最佳机遇，然后就四散奔逃地躲进各个森林里。

塞哥维亚只是一个地势陡峭的小村庄，所以不到一天时间就被小猪猡攻陷。所有居民都被处死，所有房屋都在烈火中消失。小猪猡不想留下任何一个活口，免得有人跑到东边去找塞尔托里乌斯，并且警告塞尔托里乌斯说他的西班牙军队已经全军覆没。

等到百夫长宣布说士兵已经休息够了可以动身，小猪猡就带着他的军队朝着苏克罗河口长征。因为时间的关系，小猪猡不可能再去寻找其他路线，而必须翻越塞哥维亚后面那片可怕的山地。这片叫作朱加·卡尔佩塔纳的山地虽然地势险峻，但并非不可征服，就连牛车都顺利过去了，而且穿越这片地方的路途比较短，大概就是二十五里地。在塞哥维亚之后是米阿库姆，在米阿库姆之后是塞托布里加。小猪猡和他的军队一路向南，而且跟这些城镇保持的距离都比较远，让这些城中的居民以为他们看到的是赫尔图雷乌斯带着西班牙人的部队返回拉米乌姆。

然后他们又开始了一段艰苦的跋涉，所经之处的郊野是如此干燥荒凉，甚至连羊群都不愿走过这个地方。不过每隔一段距离就有一些河床，这些河床会从地底下冒出水来。最后他们来到苏克罗河的上游，这段河流仍然在流动，不过河水并不是很大，所以这支来自远西班牙的军队没有面临任何危险。天气非常炎热，而且一路上没有什么阴凉的地方。但是小猪猡只在夜晚行军，因为月亮的光芒足够明亮。白天的时候，他就让士兵在帐篷中睡觉。

当小猪猡来到苏克罗河的下游时，他发现继续沿着河流往下走就是一片布满砂石的泥沼，如果要走过这个泥沼肯定要浪费不少时间。于是他临时决定渡过苏克罗河前往河北岸，至于当时究竟是什么本能促使他做出这个选择，他事后无论如何都想不起来了。就这样，他的军队来到了苏克罗河的北岸。在日落之前，他们继续前进，然后他和他的士兵都听到了战斗的声音。这一天刚好是七月的倒数第二天。

从天亮到日落之前一个小时,塞尔托里乌斯一直看着庞培的军队摆出战斗队形。随着时间的推移,他心里想着不知道庞培会坚持下去,还是会转身离开。塞尔托里乌斯希望庞培做出后面这个选择,只要庞培一转身,就会发现自己犯了一个严重的错误。所以,这个小屁孩要么是足够聪明,知道自己在做什么事情;要么是有幸运之神站在他身边,说服他在烈日下熬过一个又一个小时。

虽然塞尔托里乌斯拥有许多优势,比如:他的军队具有忍耐炎热的超强能力、他有许多水给士兵喝并泼在身旁的地上、他对周围的地形非常熟悉,但是情况看来对他并不是很有利。首先,自从赫尔图雷乌斯到达塞哥维亚之后,就只送来一张简短的字条说梅特卢斯·皮乌斯不在那里,但是他会等上三十天看看那个老婆娘是否会在他按照命令跟塞尔托里乌斯会合之前出现。其次,他的探子在附近地势最高的山上并没有发现任何动静,通往苏克罗河的干燥溪谷中并没有行军扬起的灰尘,没有任何迹象表明赫尔图雷乌斯正在返回。此外,还有一件最让人担心的事:狄安娜不见了!

这只小白鹿跟着他从奥斯卡远道而来,既没有因为部队行军的喧嚣和混乱而受惊,也没有因为夏天毒辣的太阳而生病。因为这只小白鹿浑身白化,所以本来应该会被烈日灼伤。这又是一个例证,说明小白鹿确实是神明显身。塞尔托里乌斯在苏克罗河边安顿下来,而赫伦尼乌斯和维恩托也在瓦伦提亚附近占据了有利的位置,准备合力消灭庞培的军队。但就在此时,狄安娜不见了。一天晚上,塞尔托里乌斯在统帅的帐篷睡觉,那只小白鹿就睡在他床边的一张羊皮上。但他第二天早上醒来时,却发现小白鹿不见了。

一开始,塞尔托里乌斯并没有因为小白鹿不见踪影而担心。因为小白鹿经过优良的训练,从来都不会在任何建筑物里面撒尿或拉屎,所以塞尔托里乌斯以为它只是出去方便了。但是塞尔托里乌斯吃早餐时,小白鹿也会跟他一起吃,而且在夏季漫长的夜晚过后,小白鹿总是特别饥饿。但是,小白鹿却没有回来吃东西。

这已经是三十三天前的事情。塞尔托里乌斯越来越担心。他悄悄寻找的距离越来越远，但却一无所获。最后他不得不询问其他人，是否有人看到他的小白鹿。消息马上传播开去，就像火焰在干燥的木屑中燃烧。最后整个军营都陷入恐慌，所有人都倾巢而出到处去寻找狄安娜。塞尔托里乌斯不得不下了一道严厉的命令：就算是统帅不见了，军队的纪律还是要继续维持。

这头小白鹿实在太重要了，特别是对那些西班牙人来说。日子一天天过去，小白鹿始终不见踪影，军队的士气大受损伤。然后又因为维恩托不愿跟忠心耿耿的赫伦尼乌斯合作，结果这种愚蠢行为导致了瓦伦提亚的灾难。在这之后，军中的士气就更低沉了。塞尔托里乌斯清楚知道，这都是因为维恩托的失误，但他的手下都认为这是因为狄安娜不见了。这头小白鹿代表着塞尔托里乌斯的幸运，现在塞尔托里乌斯的幸运消失了。

快到日落的时候，塞尔托里乌斯终于让他的部队开始战斗。因为庞培的士兵已经在烈日下等了很长时间，所以塞尔托里乌斯相信自己的士兵处于更好的战斗状态。庞培自己率领着右翼部队，卢基乌斯·阿弗拉尼乌斯率领着左翼部队，而中锋的统帅在塞尔托里乌斯看来应该是一个新人，因为没有一个探子能够说出那张面孔的名字。由于去年在劳罗的交锋，塞尔托里乌斯对庞培的统帅才能相当鄙视，于是他决定亲自对战庞培，而让维恩托去对付阿弗拉尼乌斯，还有庞培的中锋也由塞尔托里乌斯来负责。

一开始，情况就像塞尔托里乌斯预期的那样。在此期间，庞培的大腿被一根带有倒钩的长矛刺伤，所以被人抬下战场，于是情况看起来比塞尔托里乌斯预期的还要乐观。庞培身后留下了那匹白色的国家公马，这匹马被刺伤庞培的同一根长矛刺死了。虽然小奥卢斯·伽比尼乌斯勇敢地试着控制局面，但庞培那群龙无首的右翼部队还是开始撤退。

可惜维恩托对战阿弗拉尼乌斯的表现并没有那么好。阿弗拉尼乌斯在维恩托的阵线上打开一个大洞，并且冲到了维恩托的军营。塞尔托里乌斯不得不亲自去救援维恩托，最后在损失了大量士兵之后也只是把阿弗拉尼乌斯赶出营地。黑夜降临，满月初升，在月光和火把的照耀下，士兵们仍然卷着沙尘继续战斗。塞尔托里乌斯拿定主意要战斗到底，他要让局势变得对自己更加有利，这样在天亮时就能打胜。

当战斗暂且停止时，局势确实对塞尔托里乌斯更加有利，他完全有希望在天亮时打赢这场战役。

"我会把那个小屁孩的尸体挂在树上，让鸟儿尽情饱餐。"塞尔托里乌斯说着露出一个狰狞的微笑。然后，他的脸上显出一种热切而绝望的神情，"我想，狄安娜应该不会回来了？"

不，狄安娜确实没有回来。

等到天色变亮又能看见，两支军队又继续交战。庞培仍然在指挥战斗，他躺在担架上，由四个最高大的士兵抬着。他的军队在夜里重新排好队形，现在他的士兵都紧紧地靠在一起，显然是接到命令要避免任何冒险，尽量减少士兵伤亡。塞尔托里乌斯最看不起的就是这种敌人了。

在日出之后一会儿，一个新面孔和一支新军队在战场上出现了。小猪猡带着大军从西边过来，径直穿过维恩托的队伍，好像维恩托的队伍根本就不存在。不到一天的时间，维恩托的军营再次沦陷。小猪猡朝着塞尔托里乌斯的军营继续前进。现在是时候采取行动了。

塞尔托里乌斯和维恩托紧急撤退。有人听到塞尔托里乌斯哀怨地大叫："如果那个该死的老婆娘不在这时到达，那我已经把那个小屁孩踢回罗马！"

他们撤退到萨伊塔比斯附近的山脚下。塞尔托里乌斯一边在混乱中重新理出秩序来，一边努力地忽略维恩托的存在。他清点阵亡人数，发现自己大概损失了四万名士兵。然后他把那些严重受损的步兵大队（主要是维恩托带领的部队）中残余的人员调配到那些需要增加人员的大队中。维恩托本来想对这样的安排提出正式抗议，大声指出塞尔托里乌斯故意削弱他的权威。但是他看了一眼塞尔托里乌斯那严峻的面孔，还有面孔上那只被刺瞎的眼睛，然后就决定自己一个人走开了。目前只能如此。

在这里塞尔托里乌斯终于听到赫尔图雷乌斯兄弟在塞哥维亚阵亡的消息，还有那支西班牙人的部队也全军覆没。这是一个沉重的打击，塞尔托里乌斯从来都没想到会受此重击。而且敌人竟然是那个来自远西班牙的老婆娘！这个老婆娘是多么狡猾，故意选择了这么曲折的行军路线，让人完全猜不出他的真正意图。他经过米阿库姆和塞托布里加时，故意拉开一段距离，装作是赫尔图雷乌斯的部队。而且他沿着苏克罗河而下时，还特意在月光下行军，避免扬起灰尘让人发现他就在附近。

塞尔托里乌斯心想，那些西班牙人是正确的。狄安娜不见了，我的幸运也消失了。如果说幸运之神曾经眷顾我，那这种幸运已经弃我而去了。

塞尔托里乌斯得到消息，那个小屁孩和那个老婆娘显然是认为没必要继续向着南边行军。他们清理了战场，接着把萨伊塔比斯的食物全部抢走，然后就带着部队转向北边。好吧，他们的头脑还挺好使。现在已经八月了，那个小屁孩还要长途跋涉才能回到他的冬季营地。但是那个老婆娘接下来准备怎么做？是回到远西班牙，还是跟着小屁孩一起向着北边行军？塞尔托里乌斯知道自己陷入某种难以摆脱的困境，但是他觉得自己的伤口现在也已经舔舐得差不多了。他会跟着向北行军的老婆娘和小屁孩，在避免正面交锋的情况下尽量给他们制造破坏。

他的军营拆卸完毕，他的部队全都转移出去，他的游击部队走在最前面。就在此时，两个当地人的小孩有点害羞地跑到他跟前，他们赤裸的双脚比他们赤裸的身体还要黑，他们的鼻子和耳朵上戴着亮闪闪的小金球。在他们中间，是一段从家里找到的珍贵绳线，绳子拴在一头小鹿的脖子上，这头棕色的小鹿身上满是尘土。眼泪不受控制地从塞尔托里乌斯仅剩的那只眼睛中汹涌而出。多么善良，多么可爱！他们听说他那神明所赐的小白鹿不见了，于是就带着自己的宠物来送给他。

他蹲下来平视着两个小孩，他的脸侧向一边，这样他们就只会看到他的一边好脸，而不会被受了伤的一边脸吓到。他一靠近，两个孩子牵着的小鹿就开始挣扎躲避。这让他大为吃惊，因为动物在昆图斯·塞尔托里乌斯面前从来不会躲开！

"你们要把宠物送给我吗？"他柔声问。"谢谢，谢谢！但是我不能收下。你们知道，我们要去跟罗马人打仗。我更喜欢它能安全地留在你们身边。"

"但它是你的。"那个小女孩说。

"我的？噢，不！我的小鹿是白色的。"

"它就是白色的。"小女孩说着在手上吐了一口唾沫，然后在小鹿的泥衣上抹了抹。"看到了吧？"

这时，那头小鹿把它的脖子从绳子中挣脱出来，一下子就冲到塞尔托里乌斯怀里。眼泪从塞尔托里乌斯右边脸颊（就是完好无损的那一边）滚滚而下，他伸出双手抱着小白鹿，亲吻着再也不愿松开。"狄安娜！我的狄安娜！狄安娜，狄安娜！"

塞尔托里乌斯吩咐一个奴隶护送两个孩子回家去，那个奴隶拿着一个大袋子，里面装着许多黄金，还有他们那一段宝贵的绳子，这些东西都会交给孩子的父母。而塞尔托里乌斯则带着他的小鹿来到附近的一处水泉边洗澡，他对着小白鹿上上下下仔细察看，又对着小白鹿絮絮叨叨地一番安抚。不管小白鹿失踪的原因是什么，它在野外显然生活得很不好。它受到某种大型猫科动物的攻击，因为它的臀部两侧都有还未愈合的尖利爪印，可以推测出那只动物在后面猛扑想要把它抓住。小白鹿到底是如何逃脱，看来只有神明才清楚，或者说就是神明出手相助。它那可怜的小蹄子磨得出血了，它的耳朵边上被撕裂了，它的嘴巴也受伤了。两个孩子带着家里的羊儿出去吃草时，发现了塞尔托里乌斯的小白鹿。当时小白鹿径直走到孩子跟前，把它的鼻子放在小女孩脏兮兮的手心上，浑身发抖地长舒一口气。

"好吧，狄安娜。"塞尔托里乌斯把小白鹿放进一个箱子里，然后再把箱子放到牛车上。"我希望你能吸取教训，知道野外只适合野生动物。你是不是闻到了雄鹿的味道？还是说军营里的狗欺负你了？我的宝贝，你以后只能这样出门。我一想到可能再次失去你就受不了。"

消息传得比飞翔的鸟儿还要快。狄安娜回来了！所以塞尔托里乌斯的幸运也回来了。

庞培和小猪猡把瓦伦提亚抛在身后，继续向北进军前往萨古图姆。他们的后勤物资日渐减少，之前从萨伊塔比斯抢来的食物（那里除了食物就没有别的东西可抢了），还有庞培在瓦伦提亚城外的采石场存贮的食物，都成了可贵的补充物资。他们已经达成共识，要一起沿着东部海岸行军到安波里埃，然后小猪猡会在纳尔旁高卢过冬。小猪猡的军队千里迢迢地去支援庞培，虽然士兵们对此并没有任何怨言，但小猪猡觉得再让手下士兵走上五百里肯定会招来抱怨。除此之外，他想及时参与来年春天的军事行动，而且他知道因为之前那支西班牙人部队的覆灭，远西班牙行省不会再遭到卢西塔尼人的袭击。

萨古图姆派出一个使节来跟他们见面，并且告诉他们说萨古图姆会尽力相助，而且城中居民还是坚定地支持罗马。这一点都不令人意外，正因为萨古图姆城中罗马人和马西利奥特人的忠诚，对战迦太基的第二次布匿战争才会在一百五十年前发生。但是这座城中并没有多少食物可以提供，这一点两位统帅都表示相信。因为冬季的雨水没有在庄稼生长的季节给予滋养，之前那个春天也没有足够的雨水帮助庄稼在抽穗时结出更多谷子。

所以这两支军队必须尽快到达埃贝鲁斯河，那里的粮食收成更多也更迟。如果他们能在八月底赶到，那里的粮食就是他们的，而不会属于塞尔托里乌斯。于是小猪猡和庞培对萨古图姆的使节表示感谢之后就让他回去，他们都不会留在萨古图姆城里。

庞培的腿伤正在恢复，但是痊愈的过程非常缓慢。那根长矛的倒钩不仅伤到肌肉还伤到筋腱，所以有许多组织需要生长修复，然后庞培的腿才能再次用力。小猪猡觉得，失去国家公马似乎比一条腿的功能和漂亮受损更让庞培难过。好吧，一匹马比一条人腿更漂亮。庞培不可能在这个萨宾人的地区找到一匹马能够跟原来那匹国家公马相比。西班牙人的马身材矮小、血统不佳。

庞培的情绪再次陷入低迷，当然这也不无道理。小猪猡不仅是赢得苏克罗河之战的大功臣，还消灭了塞尔托里乌斯最好的将军和部队。就连卢基乌斯·阿弗拉尼乌斯、马尔库斯·佩特瑞伊乌斯和庞培的新副将卢基乌斯·提图里乌斯·萨比努斯，都表现得比可怜的庞培更好。可以这么说，塞尔托里乌斯的第一波攻势就落在庞培身上了，而庞培知道自己并没有经受住考验。现在探子又告诉他，塞尔托里乌斯的部队正跟在他们后面一路向北，显然是在等待下一个机会。塞尔托里乌斯的游击队已经开始发挥作用，不停地骚扰他们派出去寻找粮食的分队。不过在这方面庞培学到的教训跟小猪猡一样多，所以两支部队的损失都很少，但是他们在路上得到的粮食也很少。

在他们刚刚走过萨古图姆之后，无意中闯入了塞尔托里乌斯安置在海边平原的部队。塞尔托里乌斯决定跟他们对战，并确保他和他的军团负责对付庞培。因为薄弱环节是庞培而不是小猪猡。

这样的战略安排真是一个错误。塞尔托里乌斯如果亲自对战小猪猡，然后把庞培留给维恩托会好得多。庞培躺在担架上来到战场，不愿被人说他就像阿基里斯一样，自己躲在帐篷里而让同伴去奋战。战斗在午后开始，到天黑时就结束了。小猪猡虽然在手臂上受了轻伤，但却胜利地坚持过这一天。他给维恩托造成了五千士兵的损失，而他自己损失的士兵却很少。可怜的庞培还是被霉运纠缠，他的骑兵全都被杀死了，阵亡的士兵也达到六千，也就是一个半军团。他们能够宣布这场战斗的胜利属于罗马，完全是因为维恩托手下的伤亡惨重再加上塞尔托里乌斯损失的三千士兵。

"他天亮的时候还会来。"小猪猡兴奋地对庞培说。

"他肯定会撤退。"庞培说。"他的战况不太好，但维恩托的情况简直太糟糕。"

"格涅乌斯·庞培，他还会来。我了解他。"

噢，真痛苦！噢，真屈辱！这个该死的小猪猡了解他！

当然，小猪猡说得对。塞尔托里乌斯第二天早上又来了，下定决心要赢得胜利。这一次他纠正了错误，把自己的力量都集中起来对付小猪猡。天一亮，他就对小猪猡的军营发动袭击。但是小猪猡已经做好准备。他让庞培和庞培的军队都留在他的军营里,把塞尔托里乌斯打了个落花流水。这些日子以来,小猪猡看起来年轻健壮得多,他把塞尔托里乌斯追赶到萨古图姆,而庞培则躺在担架上被抬回帐篷。

这次战役虽然取得胜利,但庞培还是感到伤心不已。盖乌斯·迈密乌斯被杀死了,他是庞培的妹夫、朋友和财务官,这是庞培第一个阵亡的副将。

庞培躲在一辆骡车里面哭泣,而小猪猡则率领着部队向北行军。现在塞尔托里乌斯和维恩托可以为所欲为了,他们也许会对萨古图姆的居民进行报复。但是小猪猡可以肯定,他们不会在萨古图姆停留太长时间。因为萨古图姆连自己人都快要养不起,要供养一支军队就更是无能为力。

八月底,两支罗马大军来到埃贝鲁斯河,但却发现收成的粮食已经存进塞尔托里乌斯那些坚固的山顶堡垒,而且所有庄稼地都烧成一片漆黑。塞尔托里乌斯没有在萨古图姆停留太长时间。他抢在他们前头到达埃贝鲁斯河,并制造了一场大破坏。

安波里埃和因狄革特斯人的土地也好不到哪里。庞培已经在那里度过两个冬季,这让当地人的钱包鼓了起来,但他们的粮食收成已经差不多被耗尽。

"我必须派我的财务官盖乌斯·尤比尼乌斯到远西班牙去,让他招募足够的士兵来保护我的行省安全,"小猪猡说,"但如果我们要打败塞尔托里乌斯,那么来年春天我就必须在你附近。所以,就像我们之前考虑的那样,我必须到纳尔旁高卢去。"

"那里的粮食收成也不太好。"

"是的。但没有一支军队待在他们那里很多年,所以他们会有足够的多余粮食可以给我。"小猪猡皱着眉头说。"我更担心的是,你应该怎么办呢?我想,这里没有足够的粮食可以养肥你的士兵,而你如果不能在冬天养肥他们,那他们就会变得很瘦弱。"

"我要到杜里乌斯河上游去。"庞培平静地说。

"天啊!"

"这条路线从塞尔托里乌斯城镇的西边绕开了,所以要攻下那里的堡垒应该比卡拉古里斯或瓦雷亚之类的地方更容易。埃贝鲁斯河从头到尾都属于塞尔托里乌斯,但杜里乌斯河并非如此。我信任的少数几个西班牙人告诉我,那个地方不像靠近比利牛斯山的地区那么地势高、天气冷。"

"住在那个地方的瓦塞人骁勇善战。"

"哦,哪个西班牙部族不是这样呢?"庞培疲惫地问,挪了挪他疼痛的伤腿。

小猪猡若有所思地点点头。"庞培,你知道,我越想越觉得这条路线很不错,"他说道,"你就到那儿去!只是你要早点出发,要赶在冬季来临之前,不然要翻越埃贝鲁斯河尽头的分水岭就会很困难。"

"别担心,我会赶在冬季来临之前。但在那之前,我必须先写一封信。"庞培神色严峻地说。

"写给罗马和元老院。"

"是的,皮乌斯。写给罗马和元老院。"庞培的蓝色眼睛盯着小猪猡的棕色眼睛,这双蓝眼睛的神情现在变得苍老而拘谨。"问题是,你会让我写这封信,并且替你说话吗?"

"那是当然。"小猪猡说。

"你真的不要自己写信?"

"不,由你来写会更好一些。那些光说不练的专家给了你特别委任,而我只是一个普通的行省总督,奉命去应付一场可怕的战争。他们不会听从我的任何建议,因为他们非常清楚我是那个老班子中的一员。马格努斯,但是他们并不了解你。他们也许不是很信任你。你不是他们中的一员。写信给他们!马格努斯,让他们大吃一惊!"

"别担心,我会的。"

小猪猡站起身。"好吧,我明天一早就出发前往纳尔波。我在这里少待一天,你的粮食消耗就少一些。"

"你甚至都不替我修饰一下文辞?这以前是瓦罗干的事。"

"不，我不会这么做！"小猪猡笑着说，"他们熟悉我的文笔，你要给他们一些前所未见的东西。"

庞培确实给了他们一些前所未见的东西。

元老院和罗马人民：

在卢基乌斯·奥克塔维乌斯和盖乌斯·奥瑞利乌斯·科塔担任执政官的这一年十月七日，我在安波里埃写了这封信。我准备在十月十五日开始带领军队沿着埃贝鲁斯河而上，前往杜里乌斯河与皮索拉卡河交汇的地方，那里有一座叫作塞普提曼卡的城镇位于一片肥沃的高地中央。我想让我的士兵在这个地方过冬，让他们尽可能舒服一点吃饱肚子。幸好我现在的士兵不像两年前刚刚来到安波里埃时那么多。我现在只剩下四个军团，每个军团都不足四千人，而且我也没有骑兵了。

我为什么带着我的一万四千名士兵，走过五百多里地穿过敌对地区去让他们过冬？因为在西班牙东部已经没有什么东西可吃了。这就是原因。我只能从一些西班牙部族那里抢夺食物，也只能希望那些西班牙部族力量薄弱，可以任由一万四千名饥饿的罗马人抢夺。这就是为什么我要长途跋涉，还要找到那些力量薄弱的西班牙部族。在埃贝鲁斯河附近根本就无法得到食物，除非我能攻破塞尔托里乌斯的堡垒，但我目前实在没有能力这么做。罗马花了多长时间才攻破努曼提亚？但努曼提亚跟卡拉古里斯或克鲁尼亚相比就像一个小小的鸡窝。再说，在努曼提亚率领叛军的也不是罗马人。

你们从我之前送去的书信就知道，我这两年在战场上的情况并不好。不过我的同僚，也就是我们的大祭司长昆图斯·凯基利乌斯·梅特卢斯·皮乌斯却打了几场胜仗。昆图斯·塞尔托里乌斯多少也习惯了这种情况。这是他的地盘。他熟悉这个地方，也熟悉当地居民。但是我一点都不熟悉。我已经竭尽全力。我相信，就算你们派了其他人过来，也不可能做得比我更好。我的同僚皮乌斯花了三年时间才赢得第一次胜利。我至少在第二年的时候，就跟他一起赢得两次胜利。我和我的同僚皮乌斯联合，在苏克瑞河与萨古图姆附近打败了塞尔托里乌斯。

我和我的同僚皮乌斯都相信我们会赢得胜利。我不只是随便说说。我们真的会赢得胜利。但为了赢得胜利，我们需要来自家乡的一些帮助。我们需要更多军团。我们需要钱。我没有说"更多钱"，因为我根本就没有收到任何钱。我相信，我的同僚皮乌斯除了第一年担任总督时的津贴之外也没有收到任何钱。是的，我现在就可以听到你们说：打几场胜仗，抢掠几个城镇，然后就有钱了。但是，西班牙的情况根本就不是这样。西班牙根本就没有钱。无论是我还是其他任何人，在攻陷一座城镇时最多只能得到一小点食物。这里没有钱。为了避免你们看不懂这句话，我必须重复一遍：这里没有钱。你们派我到这里来时，给了我六个军团、一万五千名骑兵和一些钱，这些钱足够我在半年内支付饷银和购买物资。但这已经是两年前的事。我的战备资金在半年内就用完了。这已经是一年半前的事。可是我再也没有得到资金，也没有得到士兵。

你们知道。我知道，你们知道。因为我和我的同僚皮乌斯都在信里报告：昆图斯·塞尔托里乌斯和本都的密特里达提国王达成了一项协议。他愿意承认密特里达提国王征服的所有地方，而且等他成为罗马的独裁官时，他还会同意本都去征服更多地方。这个应该可以告诉你们，就算塞尔托里乌斯成了西班牙的国王，他也不会停下来。他还想成为罗马的国王，不管他到时想给自己安上一个什么头衔。只有两个人能够阻止他，就是我和我的同僚皮乌斯。我这么说是因为我们就在这里，而且我们有机会阻止他。但是以我们目前的条件，我们实在无法阻止他。他拥有西班牙能够提供的所有人力，而且他还有罗马人的技巧，能够把那些野蛮的西班牙人训练成优秀的罗马士兵。如果他没有这两个优势，那他早就被打败了。但是他还在这里，还在招募和训练士兵。我和我的同僚皮乌斯却不能在西班牙招募士兵。任何一个头脑正常的人都不会加入我们的军队。我们不能给士兵支付饷银。我们甚至不能填饱他们的肚子。而且我们也没有任何战利品可以瓜分，这一点神明可以为我作证。

我可以打败塞尔托里乌斯。就算我不能直接打败他，那我至少可以滴水穿石，可以让他变成一个连小孩的玩具锤子都能敲碎的空壳。我的同僚皮乌斯也是这么觉得。但我必须得到更多步兵、更多骑兵和更多钱，才有可能打败塞尔托里乌斯。我的士兵在这里已经一年半没有得到饷银，我欠下的饷银不仅包括那些活着的士兵，也包括那些已经死去的士兵。我确实带了很多自己的钱，但是这些钱为了购买物资都已经用完了。

我不会为我损失的士兵道歉。这是错误估计造成的问题，而且我在罗马收到的消息也没能帮助解决这个问题，根据我当时得到的消息，六个军团和一万五千骑兵就足以对付塞尔托里乌斯。但我其实应该拥有十个军团和三万骑兵。这样的话，我第一年就会打败塞尔托里乌斯，而罗马无论是人力还是财力都会更充裕。你们都应该好好想想这个问题，你们这些吝啬的东西。

除此之外，还有另外的事情需要你们好好考虑。如果我不能留在西班牙，那么我的同僚皮乌斯就不能离开他的行省，你们觉得这样会有什么情况发生？我会回到意大利，而塞尔托里乌斯和他的军队会像扫帚星的尾巴一样跟着我回去。现在，你们要多花点时间好好想想，还要给我送来一些军团、一些骑兵和一些钱。

顺便说一句，罗马还欠我一匹国家公马。

这封信在十一月底到达罗马，此时苏拉重新组织的元老院又到了权力更替的时期。这一年的执政官任期即将结束，而新当选的执政官已经感觉到他们的权力正在崛起。因为卢基乌斯·奥克塔维乌斯长期抱恙，所以只有一位执政官盖乌斯·奥瑞利乌斯·科塔坐在象牙折椅上。首席元老玛梅尔库斯向着寂静无声的元老们读出庞培的书信，苏拉并没有剥夺元老院领袖的这项特权。

卢基乌斯·李基尼乌斯·卢库卢斯是即将上任的高级执政官，他站起来回答这封信。卢库卢斯的低级执政官同僚是现任执政官的弟弟马尔库斯·奥瑞利乌斯·科塔，科塔兄弟都不想对这封毫无文采、令人不快的书信进行回应。

"元老们，你们刚刚听到了一个军人的报告，而不是一个政客的华丽说辞。"

"一个军人的报告？我倒觉得这封信写得糟糕无比，就像写信的人一样带兵不力！"昆图斯·霍尔滕西乌斯用手捂着鼻子，好像要挡开什么臭味一样。

"噢，闭嘴吧，霍尔滕西乌斯！"卢库卢斯不耐烦地说，"我不需要一个待在家里的将军来给我的发言插嘴！如果你能离开餐厅里的躺椅，放下你那美味的鱼肉去跟昆图斯·塞尔托里乌斯战斗，那我不仅会让你发言，还会把玫瑰花瓣撒在你那胖乎乎的脚丫子前面！但在你的刀剑磨得像你的舌头一样锋利之前，最好还是让你的舌头乖乖地待在你那大吃大喝的牙齿后面！"

霍尔滕西乌斯安静下来，脸色变得很难看。

"这封信不是政客的华丽言辞。这封信对我们这些政客很不客气，同时对写信人自己也很不客气。信里没有借口和掩饰，而且战斗的胜负我们都在昆图斯·凯基利乌斯·梅特卢斯·皮乌斯定期送来的书信中看到了。"

"我从来没有去过西班牙。在座诸位有些人去过那里，但大多数人跟我一样，而且对那里一无所知。以前远西班牙行省在总督看来是大发横财的好地方，那里富裕、有序、和平。虽然那里两边都有许多野蛮人，但总督在那里还是比较容易打赢战争。近西班牙行省就不是这样了，那里没有什么发财的机会，而且当地人总是不停地发动叛乱。因此近西班牙的总督只有一个空空的钱包，还要面临山区部族的许多骚扰。"

"但是，自从昆图斯·塞尔托里乌斯到达那里之后，情况就全都改变了。他本来就很熟悉西班牙，无论是在盖乌斯·马略还是在提图斯·狄狄乌斯手下，他从军的地方都在西班牙。我还想提醒大家，他还曾经在西班牙赢得草冠，而他那时只是一个年轻的小伙子。当这个了不起的狠角色回到西班牙，以逃避报复为由成为马略派系的叛军，近西班牙行省就完全失去控制，而远西班牙行省在巴埃提斯河以西也失去控制。正如格涅乌斯·庞培信中所言，我们在远西班牙行省的优秀总督花了将近三年时间才打赢第一场战争，而且这次胜利是针对塞尔托里乌斯的手下赫尔图雷乌斯，并不是塞尔托里乌斯本人。这封信没有对我们提出指责的是：因为意大利的内部纷争，我们在将近两年的时间里都没有给近西班牙委派总督。元老们，这等于是把近西班牙行省当作礼物送给塞尔托里乌斯！"

卢库卢斯停下来直视着菲利普斯。菲利普斯坐在他的折椅上，伸长了身子咧着嘴笑。卢库卢斯替菲利普斯做了工作，这让卢库卢斯非常恼火。但卢库卢斯是个公平的人，而且由即将就任的执政官来开口，总比由菲利普斯来开口好得多，现在就连那些最愚蠢的元老都知道菲利普斯是庞培的说客。

"元老们，你们对格涅乌斯·庞培·马格努斯进行特别委任时，我正在非洲行省担任总督，所以你们找不到一个可以胜任的元老愿意接受铲除塞尔托里乌斯的任务。你们只用了六个军团和一万五千骑兵就把格涅乌斯·庞培打发走了。我可以坦白告诉你们，除非你们给我十个军团和三万骑兵，否则我根本就不会同意带兵出征。格涅乌斯·庞培在信中也说到需要这么多士兵，他说得没错！

"只要看看格涅乌斯·庞培的从军记录，就会发现他极具天赋。而且庞培足够年轻，具备不断调整的弹性，这些特质通常会随着青春热情的消逝而丧失。如果是对付其他敌人，那么六个军团和一千五百骑兵就足够了。但塞尔托里乌斯是特殊情况。自从盖乌斯·马略之后，我们就没有见过像他这样的人物，而且我个人觉得他身为统帅的能力比马略还要突出。所以庞培一开始的失败毫不奇怪。他的运气用完了，情况就是如此。因为他碰到了罗马有史以来最厉害的军事天才。你们对此表示怀疑？你们真的不该怀疑！因为这就是事实。

"但即便是最厉害的军事天才,也有某种思维模式。远西班牙行省的总督,我们那忠诚尽责的皮乌斯,他在西班牙已经待了足够长的时间,终于开始摸清塞尔托里乌斯的思维模式了。这一点我要向皮乌斯表示祝贺。坦白说,我并不认为他具备这种思维模式!但是他不能独自打败塞尔托里乌斯。战争的舞台太宽广,简直就像意大利战争再来一遍。一个人不可能同时又在北边又在南边,而且在这两个地区之间还有一片干燥的山区作为屏障。

"于是你们派出第二个人,而且在这个骑士头上加以某种前所未有的军事头衔,让他去担任近西班牙行省的总督。菲利普斯,你是怎么称呼这个头衔的?不是前任执政官,而是代理执政官。你们让他以为,你们已经给了他足够的士兵和资金。噢,事实很清楚,他很想接下这项任务!他才二十九岁,就已经是一个老练的军人。我们这些军人有哪一个不想接下这么一项任务呢?总之,他很想接下这项任务,所以就算给他更少士兵和资金,他还是会迫不及待地离开!就算你们只给他四个军团和五百骑兵,他也会答应!"

"可惜我们没有这么做。"卡图卢斯说,"他去到那里之后损失的士兵已经超过这个数目了。"

"听听,听听!"霍尔滕西乌斯大叫道。

"这就把我引向这件事情的关键之处,"卢库卢斯这次没有理会这两个家伙,"如果罗马不愿送去必不可少的士兵和资金,又如何指望能拦截住塞尔托里乌斯这样的人?如果庞培和皮乌斯都拥有十个军团和三千骑兵,那就连塞尔托里乌斯这样的人也无法跟他们两线作战!庞培在信中指控是元老院让战局陷入困难,我同意这样的判断!元老院希望有奇迹发生,但又不肯派出魔术师去制造奇迹,这怎么可能呢?没有更多的资金,没有增援的士兵,就不可能做成这件事情!元老院必须找到资金去支援庞培和皮乌斯手下的可怜军兵,还必须找到资金至少再给庞培招募两个军团,如果是四个军团会更好。"

盖乌斯·科塔坐在象牙折椅上开始说话。"卢基乌斯·卢库卢斯,你说的每件事我都同意。但是我们没有资金,我们就是没有资金。"

"那我们就必须去筹集资金。"卢库卢斯说。

"去哪里筹集?"盖乌斯·科塔问。"过去三年来,我们一直都没有从西班牙得到多少税收,自从康特斯塔尼人发动叛乱之后,就连一点税收都没有。远西班牙行省不能在马略的矿脉或奥罗斯佩达山的南部采矿,近西班牙目前在新迦太基也不能采矿。以前罗马国库从西班牙得到的金子、银子、铅和铁可以达到两万塔兰特,但这样的日子已经不再有了,因为那些矿山都一无所出。雪上加霜的是,过去十五年来,我们在亚细亚行省的收入大为降低,是我们五十五年前继承那个地方之后的最低点。我们在伊利里库姆、马其顿和山外高卢都有战争。我们甚至听说密特里达提国王又蠢蠢欲动,虽然这一点还没有人能够肯定。如果比希尼亚的尼科美德斯去世了,那东方的情况会变得更加危险。"

"盖乌斯·科塔,因为顾虑地中海另一头可能根本就不会出现的情况,而拒绝给我们远在西班牙的两位总督提供资金和士兵,这是非常愚蠢的事情。"卢库卢斯说。

"不,卢基乌斯·卢库卢斯!"科塔生气地大叫,"我不需要预计任何情况,就知道我们没有资金,更别说派遣部队前往西班牙!庞培和皮乌斯必须自己想办法!"

卢库卢斯的一张长脸板了起来。"那么,"他的语气冷若冰霜,"罗马的天空会出现一颗新的扫帚星。这颗扫帚星的脑袋足够忠诚,因为这个脑袋就是掏空家底的庞培,还有他那衣衫褴褛的军队。但是扫帚星的尾巴就厉害了!这个尾巴是塞尔托里乌斯,还有那些完全被他掌控的西班牙野蛮人。除此之外,还有沃尔卡人、萨鲁维人、弗尔康提人、阿洛布罗热人、赫尔维人,当然还有山内高卢的波伊人和因苏布雷斯人,至于利古雷斯人和瓦吉恩尼人就更不用说了。"

卢库卢斯的发言就像一轮重击,现场陷入一片绝对的静寂。

菲利普斯觉得现在是时候打破苏拉的规矩,于是他站起来故意走到元老院会堂的中间。他站在那里扫视着每一个人,从脸色灰白的克塞古斯到神情畏缩的卡图卢斯和霍尔滕西乌斯。然后他转向摆着象牙折椅的高台，凝视着坐立不安的盖乌斯·科塔，他的脸上显出心中的不安。

"元老们，"菲利普斯说，"尽管德高望重的执政官说我们没有任何资金，但我还是建议召集掌管国库的官员和精通税务的人员，让他们看看怎样才能筹集到一大笔资金。我还建议，我们要招募几个军团的步兵，还有一两队骑兵。"

庞培来到瓦塞人的地盘，发现眼前的塞普提曼卡虽然挺繁荣，但并没有探子所说的那么大。这个城镇位于皮索拉卡河的一处断崖之上，不过并非无懈可击。庞培一来到，整个地区就不战而降。在许多翻译的簇拥之下，庞培努力地安抚那些惊恐的塞普提曼卡人，并且向他们的首领保证，他从当地拿走的东西最后都会全数付款，而且他的士兵一定会循规蹈矩。

克鲁尼亚位于杜里乌斯河源头以北几里处，这在塞尔托里乌斯拥有的堡垒中最靠近西部。不过在这条河南边还有一些城镇，当地居民已经听说了塞哥维亚的厄运。于是庞培一到附近，他们就派人到塞普提曼卡求见，并且狂热地向庞培保证他们会忠于罗马，而且会竭尽全力为庞培提供一切所需。于是庞培跟自己的副将开了会，又跟翻译和当地首领一番商量，然后就让卢基乌斯·提图里乌斯·萨比努斯带着十五个步兵大队在特尔美斯过冬。特尔美斯的居民属于凯尔特伊比利亚人，但他们对塞尔托里乌斯不再忠心耿耿。

庞培给小猪猡写了一封信表示新年祝贺，他在信中说到许多地方都开始转变立场。如果在下一次交战时，他们可以重创塞尔托里乌斯，让塞尔托里乌斯显出招架不住的样子，那么像塞普提曼卡和特尔美斯这样迫切归降的地方还会增加。这样战场就会深入埃贝鲁斯河流域，此处是塞尔托里乌斯的心腹之地，所以他们将不必再向着东部海岸远征。

春季早早地来到杜里乌斯河上游地区，庞培没有丝毫耽搁。他让塞普提曼卡和特尔美斯的居民在当地种植庄稼（还有另外一些额外的东西，以备罗马大军明年冬季又回到这里），然后就带着四个兵力不足的军团沿着皮索拉卡河而上前往帕兰提亚。这个城镇宣布效忠于塞尔托里乌斯，这显然是因为与之敌对的塞普提曼卡宣布效忠罗马。

小猪猡也很早就拔营离开纳尔旁高卢，他沿着埃贝鲁斯河行军，希望最后能与庞培会合。不过他最重要的任务是打通埃贝鲁斯河与西班牙中部之间的通道为罗马人所用，所以当他来到萨罗河（这条河源自朱加·卡尔佩塔纳山脉，最后注入埃贝鲁斯河）时，他沿着这条河而上，逐一征服河流沿线属于塞尔托里乌斯的城镇。在这一系列干脆利落的战役之后，他现在找到一条快速通道可以回到自己的行省，而且在塔古斯河与安纳斯河的发源地切断了塞尔托里乌斯的通道，这就意味着把塞尔托里乌斯与卢西塔尼亚的各部族隔开了。

事实证明围攻帕兰提亚的战斗是一场硬战，于是庞培准备像西庇阿·艾弥利亚努斯围攻努曼提亚那样来围攻这个地方。他派出许多传令兵去警告城中居民，帕兰提亚为了反击就赶紧派人到奥斯卡去向塞尔托里乌斯求助。于是塞尔托里乌斯带领大军把围城的罗马军队给围了起来。塞尔托里乌斯显然不想跟那个来自西班牙的老婆娘发生任何纠葛，他经过萨罗河附近时对小猪猡在那里的行动故意忽视。塞尔托里乌斯仍然坚信，庞培是罗马阵线中的薄弱环节。

交战双方都不想发生正面战斗，庞培集中精力破坏帕兰提亚城，而塞尔托里乌斯则集中精力袭击庞培的士兵。于是当庞培在帕兰提亚结实的木头城墙上堆起柴火时，塞尔托里乌斯每次都消灭掉庞培的几个士兵。四月初，庞培撤退了，塞尔托里乌斯先帮助帕兰提亚修建被烧的城墙，然后才开始带兵追赶。

一个月后，庞培和小猪猡在卡拉古里斯相遇了。卡拉古里斯位于埃贝鲁斯河上游，是塞尔托里乌斯实力最强的城镇之一。

小猪猡给庞培带来一箱钱，还有两个军团和额外的六千士兵，这些额外的士兵可以让庞培现有的军团扩充到正常的士兵数量。除了如此慷慨的礼物，罗马还给庞培送来一个新的财务官，这个财务官正是马尔库斯·特伦提乌斯·瓦罗。

噢,看到瓦罗那光亮的脑壳边上围着一圈黑发,庞培高兴得流下眼泪!

"在瓦罗和你的增援队伍到达纳尔波之前,我就离开那里了,"小猪猡说,他们三人正坐在庞培的帐篷里,高高兴兴地喝着加了水的葡萄酒,"但是我走出萨罗河谷转向埃贝鲁斯河时又遇到他了。马格努斯,我非常高兴地告诉你,他也给了我一大箱子饷银。"

庞培的胸膛高高挺起,他长舒一口气。"我想,我那封信还真有点用。"他对瓦罗说。

"有点用?"瓦罗说着哈哈大笑:"我敢说,你的信就像在元老院的屁股下面点了一把火,自从撒图尔尼乌斯宣布他成为罗马国王之后,还没有其他事情像你的信那样令人震惊!卢库卢斯说,塞尔托里乌斯会跟在你后面来到罗马,还有许多高卢部族会跟在塞尔托里乌斯后面充当扫帚星的尾巴。当时每个人的脸色都很难看,我真希望你就在现场!"

"卢库卢斯?"庞培惊讶地问。

"噢,马格努斯,他是你的拥护者!"

"为什么?我以为他并不喜欢我。"

"他可能并不喜欢你。但我想,他可能害怕有人会提议,让他到西班牙去代替你。他是一个优秀的军人,但是他绝对不想被派去西班牙。有哪个头脑正常的人想去西班牙呢?"

"确实如此。"小猪猡微笑着说。

"所以,我现在有六个军团,而且我们都有一些钱。"庞培说。"瓦罗,我们有多少钱?"

"足够给那些活着和死去的士兵偿还拖欠的饷银,还可以应付今年的军费开支。但是接下来就没有足够的钱可以给那些士兵了。马格努斯,我很抱歉,罗马已经竭尽全力。"

"我真希望,我知道塞尔托里乌斯的财宝藏在哪里!我接下来就会去攻打那个地方,我一定要把他的钱都收入我的钱箱子。"庞培说。

"马格努斯，我怀疑塞尔托里乌斯也没有什么钱了。"小猪猡摇着头说。

"胡说！他一年前才从密特里达提国王那里得到三千塔兰特！"

"我猜，那些钱都已经花光了。不要忘记，他没有行省可以带来稳定的收入，也没有奴隶去给他挖矿，而且那些西班牙人也没有钱。"

"是的，我想你是正确的。"

一阵轻松和谐的沉默短暂降临。不过小猪猡突然打破了沉默，好像有什么考虑很久的事情终于拿定主意。他深吸一口气，把庞培和瓦罗的视线都吸引到他身上。

"马格努斯，我有一个主意。"小猪猡说。

"我在听。"

"我们刚才都同意，西班牙现在很贫穷，无论是西班牙人还是罗马人都一样，就连迦太基人都在受苦。对于绝大多数生活在西班牙的人来说，财富根本就是一个难以实现的梦想。我刚好发现有一小笔属于远西班牙行省的财富，西庇阿·阿非利加努斯把这笔财富放在一个箱子里，而那个箱子就在卡斯图罗的总督府。我不知道，为什么我们那些贪婪的总督没有一个拿走这笔钱，总之他们没有拿走这笔钱。这笔钱有一千塔兰特的金币，这些金币是汉尼拔的姐夫哈斯德鲁巴铸造的。"

"这就是那些总督没有拿走这笔钱的原因。"瓦罗说着咧嘴一笑。"一个罗马人要花掉迦太基人的金币，那他该如何回答别人的质疑？"

"你说得对。"

"所以，皮乌斯，你有一千塔兰特的迦太基金币。"庞培说，"你准备怎么使用这笔财富呢？"

"其实我还有另外一点财富，在巴埃提斯河边有两万尤格的上等土地，一个当地人因为拖欠税款，于是就把这些土地抵押给赛尔维利乌斯·凯皮欧家族的人。这些土地在罗马的名下已经几十年了，多少有一点租金的收入。"

庞培终于明白小猪猡的意思。"你准备把这些金币和土地作为奖品，奖励给出卖塞尔托里乌斯的人。"

"完全正确。"

"皮乌斯，这真是个好主意！不管我们是否乐意，在我看来我们永远都不能在战场上彻底打败塞尔托里乌斯。他实在太聪明了。他还有许多人可以使用，而且那些人根本就不在乎他能否付钱。他们只想看到罗马完蛋。但是任何一个军营或城市里都有几个贪婪的人。如果你给出奖品，那你就把战争引入塞尔托里乌斯自己的地盘，而且这是一场人心之战。皮乌斯，放手去干，放手去干！"

皮乌斯放手去干。这个消息几天之内就传遍整个西班牙：如果哪个幸运的家伙能够提供消息，并直接导致塞尔托里乌斯的死亡或被擒，那他就能获得一百塔兰特金币和位于巴埃提斯河边的两万尤格上等土地。

小猪猡和庞培很快就发现，这个主意给塞尔托里乌斯造成了巨大的困扰。他们听说塞尔托里乌斯一听说悬赏的事，就立刻解散了他的罗马人卫队，然后换成一群最忠诚的奥斯卡西班牙人，而且不再跟那些追随他的罗马人或意大利人密切来往。在那些罗马人和意大利人之中，最愤愤不平的人是马尔库斯·佩尔佩尔纳·维恩托。塞尔托里乌斯凭什么认为出卖他的会是罗马人或意大利人！

在这场人心之战的同时，真正的战斗也在如火如荼地进行着。庞培和小猪猡现在成了并肩作战的伙伴，他们一起攻陷了塞尔托里乌斯的几座城镇，不过卡拉古里斯并没有被攻陷。塞尔托里乌斯和维恩托带着三万士兵，把围城的罗马人又给包围起来，就像庞培围攻帕兰提亚时一样。最后庞培和小猪猡从卡拉古里斯撤离了，但撤退的原因是物资匮乏而不是塞尔托里乌斯的骚扰，只是他们实在无法喂饱十二个军团。

因为前一年的粮食歉收，所以物资供应成了难以解决的问题。春去夏来，等到夏季的炎热过去就将迎来新的收成，但在那之前却发生了一场奇怪的灾难，打乱了庞培和小猪猡准备进行的作战计划。因为冬季和春季都缺少降雨，所以地中海西岸的整个地区都经历了可怕的粮食危机。但就在地里的庄稼即将成熟时，一场大洪水从非洲蔓延到阿尔卑斯山区，从大西洋到马其顿再到希腊都遭遇了洪灾。新的收成没有了,无论是非洲、西西里、撒丁尼亚、科西嘉、意大利、山内高卢、山外高卢还是近西班牙都没有。只有远西班牙的一些庄稼得以幸存,不过收获的粮食也没有往年那么多。

"唯一的安慰是塞尔托里乌斯也会缺少粮食。"庞培在八月底对小猪猡说。

"他的粮仓里装满了前几年的粮食,"小猪猡脸色阴沉地说,"他会过得比我们轻松多了。"

"我可以回到杜里乌斯河上游,"庞培有点迟疑地说,"但是我觉得那个地方也不能喂饱六个常规军团。"

小猪猡拿定主意。"马格努斯,那我要回到我的行省。我觉得你明年春季也不需要我了。近西班牙要做的事,你自己就可以应付。我的士兵留在近西班牙没有东西吃,但如果你能攻入塞尔托里乌斯的一些大城镇,那你就能喂饱你的士兵。我可以带着你的两个军团,跟我一起回到远西班牙,让他们在那里过冬。如果你想让他们在春季时回来,那我可以把他们送回给你。但如果你觉得不能喂饱他们,我也可以让他们继续留在那里。情况很艰难,但远西班牙不像昔兰尼加以西的其他地方那样遭受重创。你可以放心,我会喂饱跟着我的士兵。"

庞培接受了这个提议,于是小猪猡提前带着八个军团回到他自己的行省。庞培立刻把剩下的四个军团送到塞普提曼卡和特尔美斯,而他自己和瓦罗却跟着骑兵队一起留在埃贝鲁斯河下游地区。多亏了这场大洪水,现在牵着马儿去吃草不是什么难题了。于是庞培让瓦罗带着骑兵队到安波里埃过冬。他坐下来再次给元老院写信,虽然现在有瓦罗在身边,不过他还是亲自动笔。

元老院和罗马人民:

我知道许多地方都发生粮食短缺的问题,也知道这个问题对罗马和意大利的影响肯定像对我的影响一样严重。我让我的同僚皮乌斯把我的两个军团带到远西班牙，因为那里的情况比近西班牙更好一些。

我写这封信并不是想要粮食。无论如何，我都会想办法让我的士兵活下去，正如我一定会把昆图斯·塞尔托里乌斯拖垮一样。我写这封信是想要钱。我还拖欠手下士兵大概一年时间的饷银，而且我已经厌倦了这种朝不保夕的事情。

虽然我现在地中海西岸，但我眼观六路耳听八方。我知道密特里达提在初夏时入侵了比希尼亚，就在尼科美德斯国王去世之后。我知道马其顿北部从埃格纳提亚大道的一头到另一头都有当地部族在准备发动叛乱。我知道因为海盗的阻拦，罗马船只不能从马其顿东部和亚细亚行省运送粮食到意大利去解决粮食危机。我知道今年的两位执政官，卢基乌斯·卢库卢斯和马尔库斯·科塔，都不得不在他们任职期间去跟密特里达提战斗。我知道罗马正面临经济压力。但是我还知道，你们提出给执政官卢库卢斯七百二十万塞斯特尔提乌斯去招募一支船队，不过卢库卢斯谢绝了你们提供的这笔钱。所以，在国库的石头地板下面，你们至少藏着七百二十万塞斯特尔提乌斯，是不是？这真是我把惹恼了。你们认为密特里达提比塞尔托里乌斯更重要。但事实并非如此。他们一个是东方君主，唯一的优势就是人数众多。另一个却是罗马人，这正是他的厉害之处。我知道我更愿意去跟谁战斗。事实上，我希望你们把对战密特里达提的任务交给我。在西班牙这个无人记得的地方，在经历了这些倒霉的事情之后，如果能去跟密特里达提战斗，那我会高兴得跳起来。

如果你们不把那七百二十万塞斯特尔提乌斯分出一些给我，那我就不能继续待在西班牙了。所以，我建议你们撬开国库的石头地板，然后挖出几袋钱来。如果你们不干，那结局很简单。我会解散近西班牙的军队，就是还在我手下的四个军团，然后让他们去自谋出路。回家的路途很漫长。如果没有组织，也没有人带领，我相信他们没有几个会选择回家。他们之中的大部分人会跑去加入塞尔托里乌斯的军队，因为塞尔托里乌斯能给他们食物和稳定的收入。如果我处于这种情况，那我也会这样。这一切都由你们决定。要么给我钱，要么我就当场解散军队。

顺便说一句，我还没有得到我的国家公马。

庞培得到了他想要的钱。他这么简单直接地给出最后通牒，元老院自然明白其中厉害。整个国家都在痛苦呻吟，但是任何情况都比不上塞尔托里乌斯的入侵，特别是再加上庞培手下四个军团的士兵。庞培的书信发挥了巨大作用，结果连小猪猡也收到一些钱。现在两位罗马统帅只要找到食物就行。

庞培的两个军团从远西班牙回来，并且带来了一大批物资重新加入庞培指挥的战斗。庞培终于攻陷了帕兰提亚，然后他又来到考卡。他请求考卡的居民帮忙照顾那些受伤和生病的士兵，城里的居民同意了。但是庞培把他最好的士兵伪装成受伤和生病的士兵，然后里应外合地攻占了考卡。塞尔托里乌斯的城镇一个接一个地沦陷，里面的存粮都落入庞培手中。冬季来临时，只有卡拉古里斯和奥斯卡还在坚持。

庞培收到了小猪猡的来信。

庞培，我很高兴，这一年你独自指挥的战斗让塞尔托里乌斯大受打击。也许在战场上赢得的胜利都属于我，但背后的功劳都属于你。你从不放弃，从不让塞尔托里乌斯有机会喘息。而且塞尔托里乌斯攻击的一直都是你，但我却有幸避开他的攻击。我先是遇上了赫尔图雷乌斯，这是个好人但跟塞尔托里乌斯根本就不在一个层次。然后我又遇上了维恩托，这完全是个无能之辈。

不过，我还想称赞我们的士兵。这是罗马遭遇的战争中最艰苦的一次，我们的士兵必须忍受许多艰辛。虽然这些士兵要等上很长时间才能得到饷银，而且没有分到任何战利品，但是他们从未对我们这两个统帅表示不满或发动兵变。他们攻陷城镇之后，就要像老鼠一样把最后一颗粮食都搜刮干净。是的,格涅乌斯·庞培,这是两支优秀的军队。我希望我可以满怀信心,可以确定罗马会给予他们应得的奖赏。但是,我并没有这样的信心。罗马不会被打败。罗马可能会输掉某些战役,但从未输掉任何战争。这其中的原因也许就在于我们的英勇士兵,如果一个统帅能够激发出他们的忠诚、勇猛和坚忍。身为统帅和总督,我们能做的只有这么多。总而言之,我相信功劳应该归于罗马的士兵。

我不知道你准备什么时候回家。我想,既然元老院能够给你特别委任,那元老院也能够撤销特别委任。至于我自己,我是元老院委派到远西班牙的总督,所以我不能赶着回家。如果我请求延长任期,那元老院让我继续留在这里要比再找一位新总督更容易。所以,我会请求至少把任期再延长两年。在我离开之前,我要把我的行省安排妥当,让这个行省能够抵挡卢西塔尼人的侵扰。

我并不期待回到罗马之后的场面,因为我肯定会再次卷入纷争。我必须跟元老院分庭抗礼,争取到可以安置老兵的土地。但是,我绝对不会看着我的士兵一无所得。我准备把我的老兵安置在山内高卢,让他们在帕都斯河另一头的土地上居住,那里有肥沃的耕地和丰茂的草场,而且那些土地目前都在高卢人手中。因为那并不是罗马的土地,所以元老院可能不会感兴趣,而且我会保障我的老兵不会受到那些苏布雷斯人的骚扰。我已经跟我的百夫长讨论过这个问题,他们看起来都很满意。我的士兵不会漫无目的地等上好几年,等着一个土地委员会和一群官僚没完没了地讨论研究、开列名单、分配土地,但最后却一事无成。我看到越多委员会,就越相信那些委员会只能给人添乱。

亲爱的马格努斯,我愿你一切安好。

那一年庞培在瓦斯科尼斯人中过冬。瓦斯科尼斯人是一个实力强大的部族,占据着比利牛斯山脉西部的土地,他们现在对塞尔托里乌斯已经完全失去好感。因为他们对庞培的士兵很好，所以庞培让他的士兵为他们建造一座城堡。庞培把这座新城堡叫作庞培洛，并且让当地人发誓庞培洛会永远忠于罗马人民和元老院。

对塞尔托里乌斯来说，这个冬季过得很辛苦。也许他一直都知道自己的事业会以失败告终，因为他知道自己从来都不是幸运的宠儿。但是他不能有意识地用这么多词语来承认这个事实。与此相反，他告诉自己，只要能让他的罗马敌人以为能够在战场上打赢他，那一切就还是像他计划的那样。当老婆娘和小屁孩看穿他的计策，并且想方设法避免正面交战时，他的溃败也开始到来了。他的敌人采取了缓兵之计。

悬赏一事在塞尔托里乌斯胸口上捅了一刀子，身为一个罗马人他非常清楚就算是在那些最为正直的人心中也隐藏着贪婪。他再也不能相信任何一个罗马人或意大利人的追随者，因为这些人也跟他在同样的传统下长大。至于他的西班牙人追随者，他们还没有受到这种文明之恶的玷污。现在只要有任何人伸手摸刀或脸上出现一点异样，塞尔托里乌斯都会特别紧张。在这种压力之下，他的脾气开始变得暴躁。他知道这种变化肯定让那些西班牙人觉得很奇怪，于是他竭尽全力压抑自己的情绪。为了控制住情绪，他开始借酒浇愁。

然后，他遭遇了有生以来最残酷的打击。尼尔萨伊传来消息，他的母亲去世了。这是最严重的背弃。他有一个日耳曼的妻子和儿子，而且他特意不让儿子接受罗马人的教育。就算他的妻子和儿子都浑身鲜血地躺在他脚下，也不如他母亲马略娅的去世让他那么悲痛欲绝。有好几天的时间，他都把自己关在昏暗的房间里，只有小白鹿狄安娜和许多酒壶陪着他。离乡多年！空悲叹，独怅惘！

等到塞尔托里乌斯再次出现，他的心中已经生出一种陌生的刚强。在此之前，他总是温和有礼，但他现在就算是对待那些西班牙人都变得粗暴多疑，甚至对待他最亲近的朋友也诸多挑剔。他切切实实地感觉到，自从庞培顺利地展开悬赏之策，他对西班牙的掌控就开始松动了。他切切实实地感觉到,他的世界正在土崩瓦解。然后,隐藏在酒中的魔力刺激了他的多疑。当他听说一些追随他的西班牙首领正偷偷地把他们的儿子从他设置在奥斯卡的那个著名学校中带走时,他带着自己的卫队突然来到那个明亮宁静的校园中,然后把许多还留在那里的孩子杀死了。他的覆灭也由此开始。

塞尔托里乌斯夺走了马尔库斯·佩尔佩尔纳·维恩托的军队控制权,这一点维恩托从未忘记也从未原谅。塞尔托里乌斯来自萨宾山区,因为马略的缘故而与罗马为敌,但他却拥有天生的权威和魄力,这一点让维恩托嫉恨不已。他们每次参与战斗,维恩托都会惊讶地发现,自己缺乏军事的天才和士兵的爱戴,但塞尔托里乌斯却拥有许多的天才和爱戴。噢,维恩托无论如何都比不上塞尔托里乌斯,但他真的很难承认这个事实!不过事实证明,维恩托也有胜过塞尔托里乌斯之处:他是一个出色的叛徒。

自从得知小猪猡提供的悬赏开始,维恩托就开始行动了。维恩托终于有机会彻底击败塞尔托里乌斯,他从未想过自己会有这样的幸运,但既然机会来临,那他肯定会牢牢抓紧。

维恩托举办了一个宴会,他轻描淡写地解释说,这是为了调节在奥斯卡过冬的单调生活。他邀请了一些罗马人和意大利人的好朋友,当然也邀请了塞尔托里乌斯。他不确定塞尔托里乌斯会来,直到他看见塞尔托里乌斯那熟悉的身影和面孔进入他的门口。于是他赶紧迎上去,热情地把这位贵宾请到他躺椅上的尊位,并确保他的奴仆给塞尔托里乌斯倒上没有加水的烈酒。

出席宴会的每个人都是密谋的一部分,所以现场的气氛有点紧张,许多人都充满恐惧和担忧。每个人都大口大口地喝下没有加水的烈酒,直到维恩托开始担心没有人能保持清醒的头脑去执行计划。当然,小白鹿也跟着主人一起出现,这些日子以来塞尔托里乌斯总是跟它形影不离。小白鹿也躺在躺椅上,就在塞尔托里乌斯和维恩托之间。如此冒犯让维恩托愤恨不已,更加迫切地想要实现这次宴会的真正目的。于是他抓紧机会离开中间的躺椅,把具有一半罗马血统和一半西班牙血统的马尔库斯·安东尼乌斯推到他的座位上。这个家伙出身卑微,是安东尼乌斯家族的成员跟某个当地佃农的后代,他从来没有得到父亲的承认,自然也没有享受到安东尼乌斯家族向来的慷慨大方。

席间的谈话变得越来越粗鲁,大家在安东尼乌斯的带头下开低俗的玩笑取乐。塞尔托里乌斯讨厌粗俗的话语和调笑,所以没有跟着大家一起说说笑笑。他搂着狄安娜喝酒,他那完好无损的半边脸神情淡漠。然后有人说了一句特别粗俗的话,赢得众人一阵大笑。塞尔托里乌斯在躺椅上往后一仰,露出一张充满厌恶的鬼脸。维恩托担心塞尔托里乌斯会站起来离开,于是赶紧发出信号,不过现场的吵闹声实在太大了,他不确定自己的信号会不会被人听见。

维恩托把他的银制酒杯扔到地上,因为他特别用力,所以酒杯在地上一声巨响之后又向上跳起。现场顿时一片死寂。塞尔托里乌斯毫无防备而且已经喝醉,所以他的反应没有安东尼乌斯那么快。安东尼乌斯从他的托倪下面拔出一把罗马军团的匕首,猛地扑到塞尔托里乌斯身上,把匕首插进塞尔托里乌斯的胸膛。狄安娜尖叫着躲开,塞尔托里乌斯开始挣扎着要站起来。所有人一拥而上,按住遇袭者的手脚,安东尼乌斯抓着匕首不停地上下戳刺。塞尔托里乌斯叫出声来,但就算他叫出声来,也没有人会过来帮他。他的西班牙人卫队在维恩托的门外等候,但他们早就被人杀死了。

行凶的人满意地退后,小白鹿尖叫着跳上躺椅,狂乱地闻着它的主人。塞尔托里乌斯浑身鲜血、一动不动。现在,维恩托觉得自己可以动手了!他捡起安东尼乌斯扔在地上的匕首,刺进狄安娜前腿后方的左肋旁。小白鹿在已经死去的塞尔托里乌斯身边倒下。凶徒们兴高采烈地抬起塞尔托里乌斯扔到门外,就像扔掉废弃的家具一样,然后把狄安娜也扔了出去。

庞培听到消息时一阵恶心,不过他事后想想就觉得这是可以预料的事情。维恩托派人快马加鞭,以最快的速度从奥斯卡赶到庞培洛,给庞培送来塞尔托里乌斯的头颅。除了这个可怕的礼物,还有一张纸条说明庞培和梅特卢斯·皮乌斯欠了维恩托一千塔兰特金子和两万尤格土地。维恩托说，他还给梅特卢斯·皮乌斯也送去这么一封信。

庞培亲自给维恩托回信，并且派信使给梅特卢斯·皮乌斯送去一份副本：

> 维恩托，知道昆图斯·塞尔托里乌斯在你这样的卑鄙小人手中死去，我一点都不高兴。他是国家公敌，但他应该在一个更体面的人手中以更体面的方式死去。
>
> 我很高兴地通知你，你不会得到奖赏。因为奖赏不会给予献上一颗头颅的人，而是给予提供信息帮助我们抓住或杀死昆图斯·塞尔托里乌斯的人。如果你看到的悬赏通告没有说明这些信息，那你只能怪你的文书了。但是我从未看过任何通告没有写明这些信息。你，维恩托，来自一个出过执政官的家庭，是罗马元老院的成员和大法官。你应该清楚这些事情。
>
> 我想，你应该会接掌塞尔托里乌斯的统帅权。所以我很高兴通知你：直到每个叛国者都被杀死、每个暴乱者都被卖为奴，这场战争才会结束。

西班牙人一听说塞尔托里乌斯的死讯，全都逃到卢西塔尼亚和阿奎塔尼亚隐藏起来，就连塞尔托里乌斯的一些罗马和意大利士兵也离开了维恩托的部队。维恩托并没有被吓到，他在五月时率领那些留下来的士兵冲出奥斯卡城外跟庞培战斗。庞培对他要求得到悬赏的无礼回复让他很生气。这个皮塞努姆的暴发户以为自己是谁？竟敢代替梅特卢斯·皮乌斯给他答复。不过梅特卢斯·皮乌斯根本就没有给他任何答复。

这场战斗毫无悬念。维恩托碰上了庞培的一个军团，这个军团正在庞培洛南边的郊野搜寻粮草。这支部队人员分散，而且还有几十辆牛车的拖累。庞培的士兵一看到塞尔托里乌斯留下的部队向他们发动进攻，就赶紧逃到一个陡峭的峡谷里面。

维恩托得意扬扬地紧追不舍。等到所有人都跑进峡谷里,庞培才铺开他的陷阱。成千上万的士兵从峡谷上面突然出现,把塞尔托里乌斯留下的军队一网打尽。

一些士兵发现维恩托躲在灌木丛中,于是把他抓住交给奥卢斯·伽比尼乌斯,奥卢斯立刻把他带到庞培面前。维恩托吓得脸色灰白,为了保住自己的性命,他提出要把塞尔托里乌斯的所有私人信件都交给庞培。他声嘶力竭地说,这些信件可以证明罗马有许多重要人物很想看到塞尔托里乌斯赢得胜利,然后按照马略的政策去重整罗马的秩序。

"不管那是什么东西。"庞培说,他一脸漠然,蓝色的眼眸也没有流露出任何神情。

"什么东西?"维恩托哆哆嗦嗦地问。

"马略的原则。"

"拜托了,格涅乌斯·庞培,我求求你!让我把那些文件交给你,然后你就会看出我句句是真!"

"好吧,交给我。"庞培的回答很简短。

维恩托看起来松了一大口气。他告诉奥卢斯·伽比尼乌斯那些文件藏在哪里,因为他不放心把那些文件留在奥斯卡,所以就随身带着。他烦躁不安地等着,直到那些文件又回来了。两个人抬着一个大箱子,然后把箱子放在庞培脚前。

"打开。"庞培说。

庞培蹲下来,在那些书卷和纸张中翻弄了很长时间。他有时打开一些文件看看,然后念念有词地点着头。箱子里的大部分文件他只是匆匆瞥过,不过有些比较短的文件他虽然只是匆匆瞥过,但却惊讶地抬起了眉毛。箱子里的文件都被翻出来,在被人踩过的草地上凌乱地堆成一大堆。

"把那些垃圾弄到一起,然后立刻在我面前烧掉。"庞培对奥卢斯·伽比尼乌斯说。

维恩托目瞪口呆,但是不敢吭声。

箱子里的文件在烈火中熊熊燃烧,庞培伸出下巴对着伽比尼乌斯点了点,脸上露出一种极为满意的表情。"杀了这个人渣。"他说道。

维恩托死于罗马的军刀之下。当他的头颅滚过那片满是鲜血的土地时,西班牙之战终于结束了。

"就这么结束了。"伽比尼乌斯说。

庞培耸耸肩膀。"这么收场很好。"他说道。

他们两人都站在那里看着维恩托身首异处的脸庞,那双凸起的眼睛充满惊惧和恐慌。庞培转过身向着其余的副将走去,他们知道如果没有得到命令就不要凑到前面。

"你必须要烧掉那些文件吗?"伽比尼乌斯问。

"哦,是的。"

"把那些文件带回罗马不是更好吗?这样就可以清除所有叛徒。"

庞培摇了摇头,哈哈大笑。"什么,要让叛国罪法庭在接下来的几百年里都忙个不停?"他问道。"有时候保守秘密更明智。一个叛徒不会因为那些可以证明他是叛徒的文件灰飞烟灭就不再是一个叛徒。"

"我不太明白。"

"我是说,会留下痕迹。奥卢斯·伽比尼乌斯,会留下痕迹。"

虽然战争已经结束了,但庞培是一个非常谨慎的人,所以他不会把维恩托的头颅插在长矛上面,然后就卷包裹回家。他喜欢清理残局,就是把他认为可能在以后带来危险的人全部杀掉。在那些被杀的人中,就有塞尔托里乌斯的日耳曼妻子和儿子。六月份,奥斯卡城向庞培投降,并且向他交出塞尔托里乌斯的妻儿。这个三十岁的男人被指认为塞尔托里乌斯的儿子,虽然他不说拉丁语而且表现得更像是西班牙的伊勒格特人,但他的相貌看起来确实跟塞尔托里乌斯很相似。

听到塞尔托里乌斯的死讯之后,克鲁尼亚和尤扎马后悔向庞培投降,于是他们关紧城门准备抵挡一场围城战。庞培很乐意彻底打败他们。克鲁尼亚陷落了。尤扎马也陷落了。最后卡拉古里斯也陷落了。罗马人惊恐地发现,城中的男人宁愿吃了自己的女人和孩子,也不愿投降。庞培把每一个还活着的卡拉古里斯人都杀了，然后不仅把这座城镇还把整个地区都付之一炬。

当然在这整个过程中，庞培都和罗马保持着书信往来。不过并非所有书信都是正式公函，也并非所有书信都可以给大家看。庞培的主要通信对象是菲利普斯，现在菲利普斯在元老院中很有分量。今年的两位执政官是卢基乌斯·革利乌斯·波普利科拉和格涅乌斯·科尔涅利乌斯·伦图卢斯·克洛狄阿努斯，他们两人都被庞培暗中收买了。这意味着庞培可以通过他们，让那些为他提供大力协助的西班牙人得到罗马公民权。在庞培名单的最上面，是两个一模一样的外国名字：基纳胡·哈达斯特·比布罗斯。这是叔侄二人，年龄分别是三十三和二十八。他们都是加迪斯的上层人，也是成功的迦太基商人。不过他们并没有采用庞培的名字，因为庞培不想让一大群西班牙人顶着格涅乌斯·庞培的名字在罗马四处走动。这对来自加迪斯的叔侄被放到庞培一个副将的名下成为食客，这个副将叫作卢基乌斯·科尔涅利乌斯·伦图卢斯，是现任执政官的堂兄弟。于是这对叔侄正式进入罗马的生活和历史，他们的名字是大卢基乌斯·科尔涅利乌斯·巴尔布斯和小卢基乌斯·科尔涅利乌斯·巴尔布斯。

不过庞培还是没有急着离开。新迦太基附近的矿场又开工了。康特斯塔尼人因为杀死了庞培亲爱的妹夫盖乌斯·迈密乌斯而受到严惩。现在庞培的妹妹成了寡妇，等他回到罗马一定要解决这件事。近西班牙行省慢慢地恢复秩序，有了一个正常运转的政府机构、一个税收系统、基本的法令法规，还有一个罗马行省应该具备的基本要素。

到了秋天时，庞培终于跟西班牙告辞，衷心希望自己再也不用回到这个地方。他的自信心和自尊心已经基本恢复，不过他在战场上面对敌人时再也不会肆无忌惮，除非他知道自己的兵力比敌人多出几个军团，否则他再也不会轻易出战。还有，他再也不会跟罗马人对战！

庞培开始翻越比利牛斯山脉，当他来到一个地势最高的地方时，他开始摆出战利品，其中包括原本属于塞尔托里乌斯的盔甲，还有维恩托丢掉脑袋时穿着的盔甲。这些盔甲牢牢地绑在十字型的高杆上，在凄凉的山风中飘荡。这对于那些从高卢翻越山岭进入西班牙的人来说是个沉默的提醒：任何人跟罗马开战都不会有什么好下场。在五花八门的战利品旁边，庞培立起一块石碑，在上面刻着他的名字、他的头衔、他的战绩，他攻陷的城镇数目，还有那些得到罗马公民权的人的名字。

然后他就下到纳尔旁高卢，在那里享用着美味的鱼虾过冬。这一年好像这场战争一样开始向着好的方向转变，两个西班牙行省的粮食收成都很好，而纳尔旁高卢更是迎来一场大丰收。

他打算最早在年中时回到罗马就行，这倒不是因为他有什么挫败感而不愿回家，只是因为他不知道接下来应该做什么，应该到哪里去，也不知道自己还要挑战什么罗马传统。九月二十八日，他就三十五岁了，不再是军中那个招人喜欢的小男孩。所以，他要找到新目标，这是一个男人的目标，而不是一个男孩的目标。但应该是什么目标呢？他知道，这肯定是元老院不想让他达成的目标。他可以感觉到这个目标就在自己内心深处，但一时之间还说不清楚。

然后他耸耸肩膀，把这些烦恼都甩在一旁。还有许多迫切的事情要完成，比如在他最初穿越的阿尔卑斯山区开辟一条新路。这需要测量和铺设，才能建成一条庞培娅大道。庞培娅大道？听起来很好！但是谁想死去的时候，只有一条道路的名字来纪念他的荣耀？不，还是留下一个荣耀的名字更好。伟大的庞培。是的，这个名字就包含了一切荣耀。

第七章
公元前78年9月到公元前71年6月

第1节

恺撒结束了为普布利乌斯·赛尔维利乌斯·瓦提亚的服务,不过他觉得没必要匆忙回家。他的回家之路成了一次旅行,对亚细亚行省和吕西亚那些他没去过的地方进行了一番探索。那一年是勒皮杜斯和卡图卢斯担任执政官,在那年的九月底恺撒终于回到罗马。他发现罗马正因为勒皮杜斯的行为而极度不安,因为勒皮杜斯没有先承担起主持竞选的责任,就跑到埃特鲁里亚去征兵了。一场内战近在眼前,所有人都在议论纷纷。

不过,不管内战是否会发生,这都不是恺撒最关心的事。他还有一些私人事务要完成。

他的母亲看起来一点都没有变老,但她身上确实发生了一些变化。她非常悲伤。

"因为苏拉去世了!"恺撒指控道。他的语气又回到那些往昔岁月,那时他以为苏拉是母亲的情人。

"是的。"

"为什么?你又没有欠他任何东西!"

"恺撒,你的命是他给的。"

"是他先让我的生命处于险境!"

"我很遗憾,他去世了。"奥瑞利娅语气平淡地说。

"我一点都不遗憾。"

"那我们换个话题好了。"

恺撒一声长叹,身子向后靠在椅子上,承认自己输了这场争辩。奥瑞利娅的下巴高高扬起,这表明无论他的说辞是多么有力,她都不会在意。

"妈妈,我是时候跟妻子同房了。"

奥瑞利娅皱了皱眉头。"她还不到十六岁。"

"我同意,在这个年龄结婚对一个女孩子来说太早了。但是秦妮拉已经结婚九年,所以她的情况很不一样。她迎接我的时候,我就看出她做好跟我同房的准备了。"

"是的,我的儿子,我想你是正确的。不过你的祖父认为,两个贵族的联姻会让生育后代充满危险。我宁愿看着她再长大一些,然后再去承担那个风险。"

"妈妈,秦妮拉不会有事。"

"那什么时候呢?"

"今晚。"

"恺撒,但是这应该有点铺垫。比如一场家宴,你的两个姐姐都在罗马。"

"不要举办家宴,不要制造紧张。"

于是就没有举办家宴。奥瑞利娅听到恺撒说不要制造紧张,所以就没有向她的儿媳提起即将发生的改变。当秦妮拉准备回到自己的小房间时,她发现餐厅里突然变得空空荡荡,只有恺撒留下来拦住她。

"秦妮拉,今天是时候了。"恺撒说着拉起她的手,把她带到主人的卧室。

她的脸色变得煞白。"啊,但是我还没有准备好!"

"这种事情,没有哪个女孩会觉得已经准备好。所以我们应该赶紧办了这件事,然后我们就可以舒舒服服地待在一起了。"

不要给她时间去想会发生什么事非常明智,尽管她在漫长的四年中有过许多揣测。恺撒帮她脱下衣服,因为恺撒非常喜欢整洁,所以他又

177

认认真真地把衣服叠好。一想到这个房间又有了女人的气息，恺撒不由得有点得意。自从奥瑞利娅在丈夫去世之后搬出这个房间，就没有女主人住在这里面。秦妮拉坐在床边，看着恺撒做这些事情。但当恺撒开始脱衣服时，她就赶紧闭上眼睛了。

一切都准备妥当，恺撒坐在秦妮拉身边，然后拉起她的手放在自己赤裸的大腿上。

"秦妮拉，你知道会发生什么事情吗？"

"是的。"她说道，仍然闭着眼睛。

"那就看着我的脸。"

秦妮拉睁开那双黑色的大眼睛，鼓起勇气凝望着恺撒的脸庞。她发现，那张脸笑意盈盈，饱含温情。

"我的妻子，你是多么美丽，多么迷人。"他抚摸着她的酥胸。她的乳房饱满挺翘，乳尖的颜色几乎跟她的麦色肌肤一致。她抬起手覆在他的手上，发出一声轻叹。

他抱着她，亲吻她。她感觉这一切是多么美好，她梦想了那么长时间，而这比她的梦想更美妙。她轻启双唇回吻他,他们并肩躺在床上互相爱抚。在这全身心的肌肤相亲中，她的身体激起一阵阵愉悦的震颤和骚动。她发现，他的肌肤跟她一样光滑。这肌肤给她带来巨大的快感，让她感到深深的温暖。

虽然她知道会有什么事情发生，但想象与现实根本就不能相提并论。这么多年来，她一直爱着他，把他当作自己生命的中心。不只是在法律上，也在身体上成为他的妻子，这是多么激动人心的事。一切的等待都值得，这等待也变成心驰神荡的一部分。他不慌不忙，确保她完全准备妥当。他适可而止，确保自己对她的动作不会超出一个处女的梦幻。他让她觉得有点疼，但还不至于破坏她逐渐攀升的兴奋。最美妙的感觉是他就在她体内。她包裹着他，直到某种奇妙的痉挛突然冲击着她身体的每一处。这一点没有人跟她说过。但是她明白，这就是女人想要保持婚姻的缘故。

他们天亮起床，吃着刚出炉的热面包，喝着从天井花园中那个石头水池里打来的凉水。他们发现餐厅里摆满玫瑰花，餐柜上还有一瓶甜酒。大吊灯上挂着毛线编织的小玩偶和一串串麦穗。然后奥瑞利娅过来给他们亲吻和祝福，仆人们也一个个过来表示祝贺，还有卢基乌斯·德库米乌斯和他的儿子。

"终于正式完婚了，这可真是一件好事！"恺撒说。

"我也这么觉得。"秦妮拉说。她看起来美丽而满足，就像任何一个刚刚愉快地度过新婚之夜的新娘那样。

盖乌斯·马提乌斯是最后达到的那个，他发现这个小小的庆祝早餐非常动人。没有人比他更清楚恺撒曾经享用过多少女人，但这个女人是恺撒的妻子，看到恺撒没有流露出失望的神色真是太好了。因为秦妮拉年纪这么小，而且像妹妹那样跟恺撒一起生活了九年。盖乌斯·马提乌斯怀疑要是换了自己，那他根本就不能让这个女孩满意。但恺撒的心显然是用更加坚硬的东西打造而成。

在恺撒参加的第一次元老院会议上，菲利普斯成功地说服元老院，要把勒皮杜斯召回罗马主持高级官员的竞选。在恺撒参加的第二次会议上，他听到有人读出勒皮杜斯毫不客气的否定答复，于是元老院又通过决议，命令卡图卢斯回到罗马。

在第二和第三次会议之间，恺撒的妻舅卢基乌斯·科尔涅利乌斯·秦纳登门拜访。

"内战即将爆发，"秦纳说，"我想让你站在胜利的一边。"

"哪一边会胜利？"

"勒皮杜斯一边。"

"卢基乌斯，他不会胜利。他不可能胜利。"

"埃特鲁里亚和翁布里亚都支持他，所以他不会失败！"

"从开天辟地的时候开始，人们就这么说了。我知道，只有一个人不会失败。"

"那个人是谁？"秦纳不耐烦地问。

"我。"

秦纳觉得这么说实在太可笑,于是他发出一串响亮的笑声。"你知道,"他终于停下笑声说,"恺撒,你真是条怪鱼!"

"也许我根本就不是一条鱼。我可能是一只家禽,这当然会让你以为的那条鱼看着很奇怪。或者我是肉店里挂在钩上的一块羊肉。"

"我向来都不知道你什么时候在开玩笑。"

"那是因为我很少开玩笑。"

"胡说八道!你说你是唯一一个不会失败的人,这么说肯定不是认真的!"

"我非常认真。"

"你不会加入勒皮杜斯一边?"

"卢基乌斯,就算他已经来到罗马城门前,我也不会加入他的军队。"

"好吧,你错了。我会加入他。"

"我不会怪你。苏拉的罗马让你陷入赤贫。"

然后秦纳就前往萨图尔尼亚,勒皮杜斯和他的军队就在那里。这一次是由卡图卢斯代表元老院发出传召,再次命令勒皮杜斯回到罗马,而勒皮杜斯再次拒绝了。

在卡图卢斯和他的军队返回坎帕尼亚之前,恺撒登门求见。

"你想要什么?"卡图卢斯的儿子冷淡地问。他向来都不喜欢这个英俊绝伦、聪明绝顶的年轻人。

"如果战争爆发,我想加入你的军队。"

"我不想让你加入我的军队。"

恺撒的眼神改变了,显出像苏拉那样的可怕神色。"昆图斯·路塔提乌斯,你要用我不一定要喜欢我。"

"我能怎么用你?或者说,你对我有什么用?我听说,你已经加入勒皮杜斯那边了。"

"那是谣言!"

"我听到的情况可不是这样。秦纳离开罗马之前跟你见面,你们两个就全都商量好了。"

"秦纳过来向我表示祝贺,因为他的妹妹刚刚跟我真正完婚,这是他身为大舅子的责任。"

卡图卢斯转过身去。"恺撒,你也许可以让苏拉相信你的忠诚,但我只相信你除了制造麻烦之外一无是处。我不会用你,因为我用人不疑,疑人不用。"

"堂兄弟,如果勒皮杜斯向罗马进军,那我会为罗马而战。如果不是以你手下的名义,那就是以其他名义。我是一个罗马贵族,跟你出自同一个家族,并不是任何人的食客。"恺撒快要走到门口又停下来。"你可以在头脑里把我归类为一个永远遵守罗马法律的人。我会在规定的年龄成为执政官,但像勒皮杜斯那样的平庸之徒不会成为罗马的独裁官。勒皮杜斯没有那样的勇气和能力。我还要补充一句,你也没有那样的勇气和能力。"

于是恺撒留在罗马城内,而外面的局势则迅速地演变成一场叛乱。元老院通过了保卫共和国的元老院决议。首席元老弗拉库斯去世了,于是由第二位元老院摄政主持竞选。勒皮杜斯也终于向着罗马进军。恺撒全副武装地来到战神原野,跟着他一起来协助卡图卢斯的还有另外几千人,这些人的地位从高到低应有尽有。恺撒奉命带着几百人去守卫木桥,这条桥是从特兰斯提贝林进入罗马的通道。因为卡图卢斯不想让这个曾经赢得市民冠的英雄掌握任何兵权,所以恺撒只是以士兵的身份去执行任务。恺撒没有见到战斗的场面。战斗在奎里纳尔山的塞维安城墙下爆发,恺撒一听说战斗结束就打道回府,没有主动请缨去追赶逃往埃特鲁里亚海边的勒皮杜斯。

恺撒没有忘记卡图卢斯对他的轻慢,但他相信君子报仇十年不晚。卡图卢斯倒霉的时候总会到来,在那之前他会耐心等待。

恺撒回到罗马时大吃一惊,他发现被判流放的小多拉贝拉和盖乌斯·维瑞斯正趾高气扬地在罗马城里走来走去。维瑞斯现在娶了梅特卢斯·卡普拉里乌斯的女儿,而且在骑士阶层的投票人中大受欢迎。那些骑士认为维瑞斯提供证据指控小多拉贝拉,这对于被剥夺了审判权的骑士阶层来说是一次致敬:终于有一个元老敢去指控另外一个元老!

不过恺撒也通过卢基乌斯·德库米乌斯和盖乌斯·马提乌斯放出消息:他会为住在苏布拉的任何人担任辩护律师。在勒皮杜斯和布鲁图斯倒台以及庞培崛起的那几个月,恺撒一直忙着参加法庭审讯。虽然那些案件不是很轰动,但他却在那些案件中赢得了巨大的成功。他在法庭上的声誉大为提升,法律和修辞方面的专家开始去旁听他参与辩护的每次审判。他参与的审判主要是城市大法官和外事大法官主持的庭审,但他偶尔也参与谋杀罪法庭的审讯。虽然卡图卢斯竭尽全力要给恺撒抹黑,但人们对卡图卢斯的话越来越不屑一顾。大家都喜欢恺撒说的话,而他说话的方式就更是招人喜欢了。

因为阿皮乌斯·克劳狄乌斯·普尔克尔终于去到他的行省,所以大多拉贝拉终于结束延长的总督任期回到罗马。当马其顿和希腊中部的一些城市请求恺撒对大多拉贝拉提起指控时,恺撒答应了。这是他参与的第一个重要案件,因为这个案件将在侵占国家财产罪法庭中审判,而且涉案的人出自最为显赫的家族并拥有强大的政治势力。恺撒对大多拉贝拉担任总督的情况所知甚少,不过他还是努力寻找证人并细心收集证据。恺撒的委托人是一些市政长官,他们都对恺撒相当满意。因为恺撒不仅真诚地尊重他们的身份地位,还跟他们相处得很融洽。他们最为惊叹的是恺撒的记忆力。恺撒听过的东西他从不忘记,而且他总能发现一些蛛丝马迹,从一些无人注意的信息中挖掘出重要意义。

"但是,"恺撒在开庭的那天早晨对他的委托人说,"我要提醒大家一句。陪审团全部由元老组成,而那些元老基本都更支持多拉贝拉。因为多拉贝拉抑制了斯科迪斯克人的暴乱,所以大家都认为他是个好总督。我觉得我们很难打赢官司。"

他们确实没有打赢官司。尽管证据十分充分,但是聆听审讯的陪审员都是元老,所以他们为了维护自己的同僚而对那些证据置若罔闻。虽然判决结果是"无罪释放",但恺撒还是展现出一流的辩护技巧。恺撒没有对他的委托人表示抱歉,那些委托人也没有对他的表现感到失望。大家都认为恺撒的庭前准备和法庭辩论是最近几十年来最好的,许多人跑来请求恺撒,让他把自己的演讲整理出版。

"这些演讲会成为修辞学生和法律学生的课本。"马尔库斯·图利乌斯·西塞罗说,他自己也想得到恺撒的演讲稿。"当然,你不应该输掉官司,但是我很高兴可以及时从海外归来,听到你跟霍尔滕西乌斯和盖乌斯·科塔的辩论。"

"西塞罗,我也很高兴。得到克塞古斯的称赞是一回事,但是像你这种水准的律师也想得到我的演讲稿,这就是另外一回事了。"恺撒说道,西塞罗想要得到他的演讲稿,这确实让他很高兴。

"我在演讲术上无须向你学习,"西塞罗说,没有意识到他开始推翻自己刚刚说出的称赞,"恺撒,但是你可以放心,我会认真研究你是如何调查案件,还有你是如何罗列证据。"他们一起在罗马广场上走着,西塞罗一边走一边说,"最吸引我的是你如何控制声音。你平常说话时声音是那么低沉!但是你在人群中演讲时声音却是那么高亢清晰,所以你的声音可以传得很远。是谁教你做到这一点?"

"没有人教我。"恺撒说,他看起来有点惊讶。"我只是注意到,那些声音低沉的人比声音高亢的人更难被人听见。既然我想被人听见,那我就要把自己的声音调高。"

"过去两年,我一直在跟阿波罗尼乌斯·莫隆探讨研究,他说一个人拥有哪种声音是由脖子的长度决定。脖子越长,声音就越低沉。你的脖子确实又瘦又长!幸亏,"他得意地补充道,"我的脖子长短刚好。"

"有点短。"恺撒说,眼睛中闪着调皮的光芒。

"刚刚好。"西塞罗说,语气非常坚定。

"你看起来很好,增加了一些必须的体重。"

"我确实很好,而且迫不及待地想回到法庭上。但是,"西塞罗说着想了想,"我觉得我不会跟你同台竞技。重量级的对手永远都不应该一起较量。我想,霍尔滕西乌斯和盖乌斯·科塔也是这样。"

"我本来还想着他们会有更好的表现。"恺撒说。"你也知道,如果陪审团不是在审判之前就做出决定,而是好好聆听我的辩护,那他们肯定会输。他们的技巧很粗糙。"

"我同意。盖乌斯·科塔是你的舅舅吧?"

"是的。但是这没有关系。我跟他都喜欢一起较量。"

他们停下来向一个小贩买馅饼,那个小贩在朱庇特祭司圣所外面卖这种出名的美味点心已经很多年。

"我相信。"西塞罗说着,大口大口地把馅饼吞下去,他很喜欢这种食物。"关于你的朱庇特祭司一职,仍然存在一些法律上的争议。你不想利用一下这个争议,设法搬进盖维乌斯摊档后面的那所漂亮房子里?恺撒,我知道你住在苏布拉的公寓楼,像你这样的律师可不适合住在那种地方!"

恺撒打了个冷战,把剩下的馅饼扔向一只乞食的小鸟。"西塞罗,就算我住在埃斯奎林山上最糟糕的狗窝,也绝对不会有这种想法!"他大声宣布。

"好吧,我必须说,我很高兴住在帕拉丁山上。"西塞罗说着开始吃第二个馅饼。"我的弟弟昆图斯,住在我们那位于卡里奈山的老宅。"他豪迈地说,好像他的家族世世代代都拥有那座房子,而不是在他年少时才买下的。他想起一些什么事,然后就笑出声来。"说到无罪释放之类的事情,你应该听过昆图斯·卡利狄乌斯在侵占国家财产法庭上被判有罪后说的话吧?"

"我恐怕是错过了。请你告诉我。"

"他说,他输了官司一点都不意外,因为苏拉改革后的陪审团全部由元老组成,现在要贿赂这么一个陪审团需要三十万塞斯特尔提乌斯,他实在拿不出那么多现金。"

恺撒也觉得好笑,所以也笑出声来。"那我要记得避开侵占国家财产罪法庭!"

"特别是由伦图卢斯·苏蜡担任陪审团团长的时候。"

因为普布利乌斯·科尔涅利乌斯·伦图卢斯·苏蜡是大多拉贝拉一案的陪审团团长,所以恺撒扬了扬眉毛。"西塞罗,这是显而易见的事!"

"亲爱的朋友,关于我们的法庭,我没有什么不能告诉你的!"西塞罗说,他得意地挥着手。"你要是有什么问题,就尽管来问我。"

"我会的,你放心好了。"恺撒回答说。他跟西塞罗握握手,然后就朝着苏布拉的方向走去。

西塞罗看着恺撒高大的身影逐渐消失,昆图斯·霍尔滕西乌斯从旁边一根柱子后面钻出来走到他身边。

"他很优秀。"霍尔滕西乌斯说,"我亲爱的西塞罗,再给他几年时间的经验,我们就要开始捍卫自己的桂冠了。"

"说句公道话,我亲爱的霍尔滕西乌斯,你的桂冠今天早上就差点掉下来了。"

"你这么说可不太友好!"

"你知道,这种情况不会一直持续。"

"什么情况?"

"陪审团全部由元老组成。"

"胡说八道!元老院会永远掌握控制权。"

"你这才是胡说八道。已经有人试图恢复保民官的权力,等到保民官重新掌权,陪审团就会再次由骑士组成。"

霍尔滕西乌斯耸耸肩。"西塞罗,这对我来说没有什么区别。无论是元老还是骑士,必要时都要进行贿赂。"

"我从不贿赂陪审团。"西塞罗语气生硬地说。

"我知道你不会,他也不会。"霍尔滕西乌斯朝着苏布拉的方向摆摆手。"但这是一种习以为常的传统,我亲爱的朋友,一种习以为常的传统!"

"这种传统不会给律师带来成就感。当我赢得一场官司,我宁愿是靠着自己的本事赢来的,而不是靠着委托人给我的钱去进行贿赂。"

"那你就是个傻瓜,而且你不能走得很远。"

西塞罗的脸变得有点僵,他虽然不是长着一张典型的俊脸,但他的相貌还挺好看。他那双棕色的眼眸发出尖锐的光芒。"霍尔滕西乌斯,我会走得比你更远!这一点你永远都不要怀疑!"

"我太强大,别人动不了我。"

"安泰俄斯[①]也是这么说,然后就被赫拉克勒斯抬离地面了。再见了,昆图斯·霍尔滕西乌斯。"

接下来那年的二月底,秦妮拉给恺撒生了一个女儿尤利娅。这个银色头发的女孩长得小巧精致,让她的父亲和母亲都非常快乐。

"我最最亲爱的妻子,儿子会带来巨大的开支,"恺撒说,"但女儿却是一笔巨大的政治资产,只要这个女孩的父母双方都是贵族出身,而且还有丰厚的嫁妆。人们永远都不知道一个儿子会变成什么样,但我们的尤利娅完美无瑕,像她的奶奶奥瑞利娅一样,她到时候会有许多追求者。"

"我看不出她会有丰厚的嫁妆。"孩子的母亲说。她的生产很不容易,不过现在恢复得很好。

"亲爱的秦妮拉,别担心。等到尤利娅可以嫁人时,就会有嫁妆了。"

奥瑞利娅很会带孩子,于是她肩负起照顾孩子的责任,而且彻彻底底地被这个孙女迷住了。她已经有四个孙儿,利娅和两任丈夫生下的两个儿子,还有珠珠的女儿和儿子,但是这些孩子都没有跟她住在一起。而且这些孩子也不是她儿子的小孩,儿子是她的生命之光。

"她会有一双蓝眼睛,她眼眸的颜色很浅,"奥瑞利娅一边说,一边把喜笑颜开的尤利娅凑到她父亲身边,"她的头发就像冰雪一样透明。"

"我很高兴你还能看到头发。"恺撒神色严肃地说。"在我看来,她就是个小光头。既然她出自恺撒家族,那就应该拥有浓密的头发,所以现在这样真是个缺点。"

---

① 安泰俄斯(Antaeus)是希腊神话中的利比亚巨人,海神波塞冬和大地女神该亚之子。他与人角力时,虽被摔倒,但只要接触地面就会获得无穷的力量,因此战无不胜。后来赫拉克勒斯发现了他的秘密,把他从地面举起并将其扼死。——译者注

"胡说八道!她当然有头发!儿子,等到她一岁时,你再看看好了,到时你就会看到她也有一头浓密的头发。不过她的头发不会变出多少颜色。我的小宝贝,她的头发是银色而不是金色。"

"在我看来,她就像可怜的格涅娅一样其貌不扬。"

"恺撒,恺撒!她刚刚出生!她以后会长得跟你很像。"

"但愿如此。"恺撒说完就走开了。

恺撒去到罗马城里最好的酒馆,这个酒馆位于罗马广场和奥比乌斯坡道的一角。他收到消息,那些请他去控告大多拉贝拉的委托人又回到罗马,而且正急着想见他。

"我们还有另外一个案子要请你帮忙。"这些希腊访客的领头人说,他是来自帖撒罗尼加的伊菲克拉特。

"我受宠若惊,"恺撒说着皱起眉头,"但是你们想要控告谁呢?阿皮乌斯·克劳狄乌斯·普尔克尔担任总督的时间还不够长,还不足以让人去对他提起控告。真的,就算你们能说服元老院去对一个仍然在任的总督提起控告。"

"这件事跟马其顿的总督没有任何关系,"伊菲克拉特说,"我们想让你去控告盖乌斯·安东尼乌斯·海布里达,因为他十年前在苏拉手下担任骑兵队长时犯下了极为凶残的罪行。"

"天啊!过了这么长时间,为什么还要提起控告呢?"

"恺撒,我们没指望打赢官司。这不是我们此行的目的。只是,大多拉贝拉的案子让我们清楚看出,有些罗马人对待我们的方式真是禽兽不如。我们觉得,是时候让罗马知道这个事实了。申诉请愿根本就无济于事。没有人愿意去看那些请愿书,就连元老院也不屑一顾。叛国罪或侵占财产罪的案子很少见,只有罗马的上层人才会去旁听。我们想要引起骑士阶层,甚至是更底层人民的注意。所以我们想要一个由谋杀罪法庭审判的案子,这种案子所有阶层的人都会去旁听。当我们开始寻找一个合适的案子时,所有人都立刻想起盖乌斯·安东尼乌斯·海布里达这个名字。"

"他做了什么事?"恺撒问。

"苏拉和他的一些军队住在博埃奥提亚时,海布里达是特斯皮亚、伊卢西斯和奥尔科梅努斯的骑兵队队长。但是他很少练兵,而是以某种恐怖的消遣为乐,折磨、虐待、强奸、杀害女人和男人,男孩和女孩。"

"海布里达?"

"是的,海布里达。"

"好吧,我向来知道他是一个典型的安东尼乌斯,醉酒的时候多过清醒的时候,总是留不住钱包里的钱,在女人和食物上都放纵无度。"恺撒的脸上显出厌恶的神色。"但是折磨人?就算是对安东尼乌斯家族的人来说也是很不寻常的事。我宁愿相信是阿赫诺巴布斯家族的人干了这种事。"

"我想,他的问题应该是从他母亲那里继承的。他母亲不是罗马人,不过我觉得她还算是个正派的女人。她是阿普利亚人,但阿普利亚人并不是野蛮人,而你说的那些事实在太野蛮了,就连盖乌斯·维瑞斯都不会那么过分!"

"我们的证据绝对不容置疑。"伊菲克拉特再次说,他看起来挺精明。"现在你也许能够理解我们的困境:除非所有罗马人都在议论纷纷,除非所有罗马人都亲眼见到我们的铁证,否则那些身居高位的罗马人又怎么会相信我们呢?"

"你们有受害人可以出来作证?"

"如果有必要,会有许多受害人可以作证。这些人的品行都无可挑剔。他们有的没有眼睛,有的没有耳朵,有的没有舌头,有的没有手,有的没有脚,有的没有生殖器,有的没有子宫,有的没有皮肤,有的没有鼻子,或者好几样都没有。那个人禽兽不如,他的爪牙也是如此。不过他的爪牙并不重要,因为他们并不是豪门显贵。"

恺撒的脸色很难看。"所以他的受害人还活着。"

"是的,大部分人都活着。你看,海布里达认为他的行为是一种艺术。这种艺术有一个关键点,就是制造最大的痛苦和肢体残缺,但又不会造成死亡。海布里达最大的乐趣就是几个月后再骑马回到某个城镇,看到他的受害人还活着。"

"好吧,这对我来说有点尴尬,但是我会接下这个案子。"恺撒严肃地说。

"尴尬?为什么尴尬?"

"他的兄长马尔库斯娶了我的堂伯父卢基乌斯·恺撒的女儿,这个卢基乌斯·恺撒曾经担任过执政官,后来被盖乌斯·马略杀死了。他们生下了三个儿子,这几个孩子是海布里达的侄子,也是我的远房亲戚。伊菲克拉特,我们认为指控自己的亲戚不是什么好行为。"

"但是这种亲属关系能够延伸到海布里达那里吗?你的堂姐妹并没有嫁给他。"

"是的,所以我会接下这个案子。但是很多人会发出谴责,因为尤利娅的三个儿子,所以血缘联系还是存在的。"

恺撒选择跟卢基乌斯·德库米乌斯讨论这件事,而不是跟盖乌斯·马提乌斯或其他出自相近阶层的人。

"老爹,你什么事情都知道。但是你知不知道这件事呢?"

德库米乌斯的相貌不显老,他一直都保持着同样的相貌,所以年纪越大看起来反而越年轻。恺撒很难算出他的确切年龄,只知道他大概是六十岁。

"知道一点,不是很多。他的奴隶总是撑不过六个月,但是从来没有人见过那些奴隶被埋葬。我从未见过有人埋葬那些奴隶,所以也觉得很可疑。这通常意味着一些见不得人的东西。"

"没有什么比残酷对待奴隶更可耻的了!"

"恺撒,你确实是这么认为。因为你有世界上最好的母亲,你以正确的方式被养育成人。"

"这跟养育方式没有关系!"恺撒生气地说。"但肯定跟一个人的天赋秉性有关系。如果是野蛮人做出这些恶事,那我还可以理解。因为他们的习俗、传统和神明允许他们做出某些事,我们罗马人早在几百年前就禁止了。但是一个出身高贵的罗马人,一个安东尼乌斯家族的人,竟然以虐待他人为乐。噢,老爹,我觉得这简直难以置信!"

但德库米乌斯只是露出那种了然一切的神情。"恺撒,你知道,这种事情就在你身边。也许没有那么严重,但这主要是因为人们害怕被抓住。你只要稍微想想就知道了!这个安东尼乌斯·海布里达,他就像你说的那样是个罗马显贵。法庭会偏袒他,跟他同一阶层的人也会偏袒他。所以,在他开始行恶之后,他还有什么可害怕的呢?恺撒,阻止人们行恶的就是害怕被抓住,被人抓住就会受到惩罚。一个人的地位越高,他就会摔得越惨。但是有时候你会发现一些人,他们拥有足够的势力,而且他们会毫无顾忌。安东尼乌斯·海布里达就是这样。任何地方都不会有很多人像他一样。这种人不多,但是总有一些。恺撒,总有一些。"

"是的,你是正确的,你当然是正确的。"恺撒疲惫地垂下眼帘,挡住自己的视线。"按照你的说法,这种人就应该被揪出来接受惩罚。"

"否则这种人就会大量出现。如果有人逃脱,那其他人的胆子就更大了。"

"所以我必须把他揪出来。这不是容易的事。"

"这不是容易的事。"

"老爹,除了奴隶无故失踪,你还知道关于他的什么情况?"

"不太多,我只知道,很多人都讨厌他。生意人讨厌他,普通人也讨厌他。他在街上见到可爱的小女孩就会掐一下,但他掐得太用力,会把孩子弄哭。"

"我的亲戚尤利娅在这其中又扮演着什么角色?"

"恺撒,去问你母亲,不要问我!"

"卢基乌斯·德库米乌斯,我不能问我母亲!"

德库米乌斯想了想,然后点点头。"是的,你说得对,不能问你母亲。"他停下来仔细思索。"哦,那个尤利娅是个蠢女人,肯定不像你们家的人那么聪明!她的丈夫有点糊涂,但并不残酷。就是没有头脑,不知道什么时候应该给自己儿子的屁股踢上一脚,那几个小混蛋。"

"你是说,这几个孩子太野了?"

"就像森林里的野猪。"

"让我想想,马尔库斯、盖乌斯、卢基乌斯……噢,我真希望自己更了解这些家长里短!我不喜欢听女人聊天,这可真是个麻烦。我母亲可以告诉我一些情况,但是她太聪明了。老爹,她会弄清我为什么感兴趣,然后她会劝我不要接下这个案子,然后我们就会吵架。最好是等到她知道我接下这个案子时,一切已经成为定局了。"他一声长叹,看起来有点沮丧。"老爹,我想再听听海布里达的哥哥那几个儿子的事。"

德库米乌斯转转眼珠子,噘起嘴唇。"我看到他们在苏布拉闲逛。没有家庭教师或仆人的陪伴,他们本来不应该在苏布拉乱跑,但他们确实是在这里乱来。他们从店铺里偷东西,不是因为他们想要那些东西,而是因为他们想要捉弄人。"

"他们多大了?"

"我说不准,马尔库斯的样子看起来大概是十二岁,但他的行为就像是五岁,所以总的说来大概七八岁。另外两个孩子更小一些。"

"是的,这些安东尼乌斯都不是什么好东西。我猜,这个孩子的父亲应该没有太多钱。"

"恺撒,他总是在破产边缘。"

"那么,如果我提起控告,对他和他的几个孩子都不会有什么好处。"

"确实没有什么好处。"

"老爹,但我必须接下这个案子。"

"这个我早就知道了!"

"我需要一些证人。最好是被释奴,或者是女人和孩子,只要他们愿意出来作证就好了。他在这里肯定也会干坏事,而他的受害人肯定不只是那些失踪的奴隶。"

"恺撒,我会找找看。"

奥瑞利娅和秦妮拉一看到恺撒从前门进来,就知道他肯定是遇上了什么麻烦,但是她们都没有试着去弄清楚。如果是在正常的情况下,奥瑞利娅肯定会问个清楚,但是小孙女占据了她太多注意力,尽管她自己并不承认,所以她错过了查明恺撒情绪变化的机会。于是奥瑞利娅没能跟恺撒讨论指控盖乌斯·安东尼乌斯·海布里达的事情，而这个海布里达的侄子却是恺撒的近亲。

谋杀罪法庭是比较合理的选择，但是恺撒对这个案子想得越多，就越觉得不应该选择谋杀罪法庭。首先，这个法庭的主席是大法官马尔库斯·朱尼乌斯·尊库斯，他很痛恨自己被分派到一个本该由前任营造官主持的法庭，因为今年没有任何前任营造官愿意担任这个职位。此外，恺撒一月时在一个案子中曾经跟他发生冲突。另外一个巨大的困难是控告方不是罗马人。如果原告是外国人，而被告是一个出身高贵的罗马人，那无论在什么法庭都很难赢得有利的判决。虽然恺撒的委托人说他们不介意输掉官司，但是恺撒知道像尊库斯这样的审判官会让案件尽可能低调进行，所以他会把审判现场设置在某个不会有大群人去旁听的地方。最糟糕的是保民官格涅乌斯·西基尼乌斯一直在强烈主张要恢复原本属于保民官的全部权力，并且占据了罗马广场上所有听众的注意力。没有人对其他事情感兴趣，特别是西基尼乌斯提出的口号已经成为每个业余文字爱好者热衷收集的政治语录。

执政官盖乌斯·斯克里波尼乌斯·库里奥生气地质问西基尼乌斯，"为什么你不停地骚扰我和我的同僚格涅乌斯·奥克塔维乌斯，你骚扰大法官、营造官、你的保民官同僚，普布利乌斯·克塞古斯，所有前任执政官和其他重要人物，还有像提图斯·阿提库斯这样的银行家，甚至可怜的财务官？但是你却从来都不说一句马尔库斯·李基尼乌斯·克拉苏的不是？难道马尔库斯·克拉苏不值得你的恶言恶语？还是说你的这些奇怪行为都是马尔库斯·李基尼乌斯·克拉苏在幕后主使？西基尼乌斯，你这个到处狂吠的小狗，你倒是说说为什么你单独放过克拉苏！"

西基尼乌斯知道库里奥和克拉苏曾经吵过架，所以他故作认真地对这个问题进行了一番思考，然后才开口回答。

"因为马尔库斯·克拉苏的两个角上都包着干草。"他一脸严肃地说道。

大部分听众都扑倒在地上一阵狂笑，他们深谙其中之妙。一头曾经袭击人的公牛角上包着干草,这种情况很常见,那些干草起到警示作用,让人知道虽然这头牛看起来很平静,但它可能会突然用包着草的那个角刺人。如果一头牛的两个角上都包着干草,那人们就会像避开麻风病人一样避开那头牛。如果不是体壮如牛,而且总是显出像牛一样的淡定神态,那这句话听起来还没有那么精彩。但是马尔库斯·克拉苏正好具备这两个特性,所以这句话才会让大家都笑得要命。

所以,怎样才能把西基尼乌斯的热心追随者吸引过来?怎样才能让这个案子拥有应得的听众?恺撒一直在琢磨这些问题,而他的委托人则赶回博埃奥提亚,按照恺撒的指引去收集证据和证人。几个月过去了,委托人回来了,但恺撒还是没有向尊库斯提出审理这个案子的申请。

"我不明白!"伊菲克拉特大叫道,他很失望,"如果我们不抓紧,那人们可能永远都不会听到这件事情!"

"我觉得还有更好的途径。"恺撒说,"伊菲克拉特,再耐心地给我一点时间。我保证,我会确保你和你的同伴不用在罗马再等上几个月。你的证人都藏好了吗?"

"绝对藏好了,就像你吩咐的那样,藏在库迈城外的一所别墅里。"

六月的一天早晨,答案出现了。恺撒在外事大法官的审判台前停下来,今年的外事大法官是马尔库斯·特伦提乌斯·瓦罗·卢库卢斯。他是卢库卢斯的弟弟,大部分罗马人都认为卢库卢斯将拥有最光明的前程,而且他和他哥哥一直都兄弟情深。这对兄弟在年少时因为命运的波折而分离,但是他们的兄弟之情不仅没有变淡,反而变得越来越强。卢库卢斯推迟了自己攀登仕途的速度,就为了跟瓦罗·卢库卢斯一起担任贵族营造官。他们一起举办了许多精彩的节庆表演,让人们直到现在还念念不忘。大家都相信,这对兄弟很快就会当上执政官,因为他们在投票人和显贵之中都大受欢迎。

"最近怎么样?"恺撒微笑着问。恺撒喜欢这个外事大法官。他曾经在这个法官主持的法庭上参与了几个小案件,而且享受了其他法官很少给予的尊重和自由。瓦罗·卢库卢斯对法令相当了解,而且是一个非常正直的人。

"最近很无聊。"瓦罗·卢库卢斯说,对恺撒的微笑也回以微笑。

在跟瓦罗·卢库卢斯的一问一答之间,恺撒突然灵机一动,一个好主意瞬间诞生并成熟。这种情况很常见,一些难题经过好几个月的思索而不得其解,但却在电光火石之间突然有了答案。

"你什么时候会离开罗马到乡下去主持巡回法庭?"

"按照惯例,外事大法官会在夏天最炎热时去到坎帕尼亚。"瓦罗·卢库卢斯说着叹了口气,"但是按照目前的情况看来,我至少还要留在罗马一个月。"

"那你一定不要提前离开!"恺撒说。

瓦罗·卢库卢斯眨巴着眼睛。他非常欣赏恺撒在法律事务中的敏锐和能力,前一秒他还在跟恺撒交谈,后一秒就只剩下他独自瞪着恺撒消失的地方。

"我知道应该怎么做了!"恺撒对着伊菲克拉特说。恺撒刚结束跟瓦罗·卢库卢斯的交谈,就立刻去到他在一个酒馆里租用的私人会客室。

"怎么做?"这个来自帖撒罗尼加的重要人物急切地问。

"伊菲克拉特,我就知道,我的拖延是正确的!我们不会在谋杀罪法庭提起控诉,也不会对盖乌斯·安东尼乌斯·海布里达提起刑事指控。"

"不是刑事指控?"伊菲克拉特目瞪口呆,"但我们的目标就是刑事指控!"

"胡说!我们的目标是在罗马引起一场巨大的骚动。我们在尊库斯的法庭上不能达到这个目标,他的法庭也不会让我们夺走西基尼乌斯在广场上的听众。尊库斯会在波尔基娅巴西利卡或奥皮米娅巴西利卡找一个狭小憋闷的角落,每个被迫出席的人都会热得头晕眼花,那些不用被迫出席的人根本就不会出现。陪审团会痛恨我们,而尊库斯会受到陪审团和对方律师的怂恿,只是匆匆忙忙地走个过场。"

"但是我们还有其他选择吗?"

恺撒身体前倾。"我会请求外事大法官受理这个案件,而且是以民事案件进行起诉。"他说道,"我不会指控海布里达犯了谋杀罪,而会指控他十年前在希腊担任骑兵队长时的行为造成了经济损害。你要把一笔巨大的保证金存在外事大法官那里,这笔钱必须比海布里达的全部财产还要多出许多。你能否筹集到两千塔兰特?而且万一出现意外,那你可能会失去这笔钱,这个你能否做好准备?"

伊菲克拉特深吸一口气。"这个数目确实很大,但我们已经准备无论付出什么代价,都要让罗马看出,不能再派遣像海布里达或大多拉贝拉那样的人来祸害我们。是的,恺撒,我们会凑齐两千塔兰特。这会花费一些功夫,但我们会在罗马凑齐这个数。"

"好的,那我们就在外事大法官那里存入两千塔兰特,作为对海布里达发起民事诉讼的保证金。这本身就会引起一阵轰动,也会向所有罗马人表明我们是认真的。"

"海布里达连这个数目的四分之一都凑不出来。"

"绝对正确,伊菲克拉特,他凑不出来。但是如果外事大法官认为一件案子值得审理,那他就有权要求控辩双方存入保证金。我非常肯定,瓦罗·卢库卢斯这个人很公平。我敢保证,他会让海布里达提供相应的保证金。"

"如果我们打赢官司,但海布里达却没有存入两千塔兰特作为相应的保证金,那又会怎么样呢?"

"伊菲克拉特,那他就必须凑出这个数!因为他必须付出这笔钱!根据罗马法律,一件民事诉讼案件就应该这样处理。"

"哦,我明白了!"伊菲克拉特往后一坐,双手抱着膝盖,低声笑了起来,"如果他官司失败,那他就会变成一个乞丐。他必须倾家荡产地离开罗马,而且他再也不能回来,是不是?"

"是的,他再也不能回来。"

"换个角度,如果我们输了,他就会得到我们的两千塔兰特?"

"是的。"

"恺撒,你觉得我们会输吗?"

"不会。"

"那你为什么还提醒我,说有可能出现意外?你为什么说我们必须作好准备,可能会失去这笔钱?"

恺撒皱着眉头,努力地向这个希腊人进行解释。他身为一个彻彻底底的罗马人,这些事情从幼儿时期就明白了。"因为罗马法律并不是表面看来那么严密。有很多事情取决于审判官,而根据苏拉的法律,这个审判官不能是瓦罗·卢库卢斯。所以,我只能寄希望于瓦罗·卢库卢斯的正直,希望他选择的审判官公正无私。此外还有另外一个风险。有时候,一个优秀的律师会找出法律漏洞,而这个漏洞可以完全扭转局面。海布里达会让罗马最好的律师替他辩护。"恺撒浑身一僵,双手握拳。"如果我能找到办法去解决我们的问题,那你认为别人就不能找到办法去解决海布里达的问题吗?伊菲克拉特,这就是为什么我会从案件审判中得到快乐,特别是当审判官和审判程序都没有徇私舞弊时。无论我们觉得自己是多么胜券在握,都要小心站在对面的聪明家伙。如果是西塞罗为他辩护呢?太可怕了!不过我可以告诉你,我觉得如果西塞罗知道案件细节,那他应该不会为海布里达辩护。但是霍尔滕西乌斯就不会有这么多顾忌了。你必须记得,总有一边要输。我们是为正义而战,而这在所有诉诸法律的原因中最危险。"

"我会跟我的同伴商量,明天再给你我们的结论。"伊菲克拉特说。

结论就是恺撒应该向外事大法官提出申请,对盖乌斯·安东尼乌斯·海布里达提起民事诉讼。恺撒和他的委托人一起去到瓦罗·卢库卢斯的审判台,提出要存入一笔两千塔兰特的保证金,因为他们要向海布里达进行同等数额的索赔。

瓦罗·卢库卢斯坐在那里说不出话,也喘不上气。然后他难以置信地摇了摇头,伸出手拿着那张银行汇票仔细查看。"这是真的,你们也是认真的。"他对恺撒说。

"外事大法官,这是当然。"

"为什么不是侵占财产罪法庭?"

"因为这不是关于侵占财产的案件,而是关于谋杀,但又不只是谋杀!这牵涉到凌虐、强奸和永久损伤。这么多年来,我的委托人都不指望能得到法律公正。他们只希望为特斯皮亚、伊卢西斯和奥尔科梅努斯的居民赢得经济补偿,因为盖乌斯·安东尼乌斯·海布里达给这些地区的人造成了严重伤害。那些受害人不能工作,不能照顾自己的生活,不能成为父母,不能成为丈夫或妻子。为了给这些人提供仁慈的帮助,特斯皮亚、伊卢西斯和奥尔科梅努斯的居民花了不少钱,所以我的委托人认为盖乌斯·安东尼乌斯·海布里达应该进行经济补偿。外事大法官,这是一桩民事诉讼案件,只是为了得到经济补偿。"

"那你简单陈列一下证据吧,这样我才能决定是否受理这个案件。"

"我会在你的法庭和你指派的审判官面前请出八个证人,这些受害人会证明他们遭受的暴行。这其中有六个是特斯皮亚、伊卢西斯和奥尔科梅努斯的居民。另外两个是罗马城的居民,其中一个是被释奴,一个是叙利亚人。"

"你为什么要让罗马人也出来作证?"

"外事大法官,这是为了向法庭表明,盖乌斯·安东尼乌斯·海布里达仍然沉溺于种种暴行。"

两个小时后,瓦罗·卢库卢斯受理了这起案件,并接受了希腊人存入的保证金。既然有了这笔保证金来提起控诉,那海布里达第二天就必须出庭应诉。然后瓦罗·卢库卢斯又指派了他的审判官:普布利乌斯·科尔涅利乌斯·克塞古斯。好极了!克塞古斯非常有钱,所以他早就表明立场,他绝对不能用钱收买。而且克塞古斯是一个深受文明熏陶的人,他会为了一条宠物鱼或一只宠物狗的死亡而流泪。他会拉起自己的托迦盖在头上,以免看到一只鸡在市场上被人杀头。而且他对安东尼乌斯家族的人并没有什么好感。克塞古斯会不会因为一个人是元老,就认为无论他干了什么事都应该得到保护?会不会在民事诉讼中也要加以袒护?不,克塞古斯不会!毕竟这个案件并不会让人失去罗马公民权或被判流放。这只是一起民事诉讼的案件,牵涉到的只是钱。

消息在罗马广场上不胫而走。恺撒刚刚来到外事大法官的审判台，就有一大群人围了起来。随着恺撒的仔细介绍，人们对海布里达的受害人遭受的重创越来越感兴趣，人群变得越来越大。人们迫不及待地想要看到明天的审判。是不是真的可以看到那些可怕的场面？一个被剥皮的男人，还有一个被切去外阴的女人，这个女人因为伤势过重甚至不能正常小便？

恺撒回到家里，他从母亲的脸色就可以看出她已经听到消息。

"我听到的消息是怎么回事？"奥瑞利娅生气地质问，"你参与的案件指控对象是盖乌斯·安东尼乌斯·海布里达？你不能这么做！你们之间存在血缘联系。"

"妈妈，我和海布里达之间没有血缘联系。"

"他的侄子是你的亲戚。"

"那是他哥哥的孩子，而且血缘联系是在孩子的母亲那边。按照血亲关系，如果那几个孩子是海布里达的儿子，才能算是我的亲戚。"

"你不能对一个尤利娅做出这种事！"

"妈妈，我不想遭受家族中人的非议，但是这件事跟那个尤利娅没有直接关系。"

"尤利乌斯·恺撒家族跟安东尼乌斯家族联姻！这就足以让你回避！"

"不，这不足以！尤利乌斯·恺撒家族跟安东尼乌斯家族联姻，这真是愚不可及！妈妈，我告诉你，我绝对不会让我自己家里的尤利娅嫁给任何一个安东尼乌斯。"恺撒说着转过身去。

"恺撒，请你再考虑考虑！你一定会遭受非议。"

"我不会再考虑。"

这次交锋的结果就是那天的晚饭大家都吃得很不舒服。秦妮拉对她那固执的丈夫和婆婆实在毫无办法，所以她找了个借口尽快逃到育儿室，为了找到借口他把腹痛、出牙、皮疹和所有婴儿病症都想了一遍。结果就留下恺撒独自对着奥瑞利娅，母子俩都仰着头、冷着脸。

确实有人提出非议，但恺撒接下这个案子绝非毫无先例。尽管卡图卢斯之流严厉批评这个案件涉及血亲关系，但之前很多案件涉及的血亲关系要比这个更亲密。

海布里达当然不能无视法庭传唤，于是他来到外事大法官的审判台前，跟他一起出席的还有许多著名人物，其中就包括昆图斯·霍尔滕西乌斯和恺撒的舅舅盖乌斯·奥瑞利乌斯·科塔。不过马尔库斯·图利乌斯·西塞罗却不见踪影，就算是在旁听群众中也没有看到他。一直等到克塞古斯宣布开庭时，恺撒才透过他的眼角看到西塞罗。当然了，西塞罗肯定不会错过如此骇人听闻的案件！特别是这样的案件竟然选择了民事诉讼。

恺撒立刻就发现，海布里达很不安。这是一个身形庞大、肌肉发达的家伙，他的脖子就像柱子那样粗壮。海布里达拥有安东尼乌斯的典型相貌：卷曲浓密的褐色头发、红褐色的眼眸、鹰钩鼻、凸下巴和窄小厚实的嘴巴。在听到海布里达的暴行之前，恺撒只是认为这种粗野的相貌反映出这个家族总是纵酒贪食、耽于肉欲。但他现在有了更深刻的认识：这就是活生生的恶魔之脸。

情况一开始对海布里达不太有利，因为霍尔滕西乌斯采取了一种强硬的态度，要求撤销这次指控。他宣称，如果事实哪怕有控方提出的十分之一那么严重，那这个案件就必须在刑事犯罪法庭审理。瓦罗·卢库卢斯面无表情地坐着，除非他指派的审判官询问意见，否则他根本就不愿干预。但克塞古斯可不想这么做。他早晚会在这次审判中获得主导权，而且他可不想对经济补偿的问题进行许多无聊的争辩。现在他正面临一个要案，这个案件可能会让他感到恶心，但绝对不会让他感到无聊。所以他巧妙地和霍尔滕西乌斯周旋，有理有据地让庭审顺利推进。

中午时分，克塞古斯让证人出来作证。证人的出现引起了一阵骚动。伊菲克拉特和他的同伴回到希腊收集证人时，专门选择了那些既令人震惊又令人同情的受害者。最打动人心的证人是一个根本就无法自己说出证词的男人。海布里达几乎把他的整个脸都毁了，还割去了他的舌头。但是这个男人的妻子口齿伶俐，她满腔怨愤地进行了有力指证。克塞古斯坐在那里听着她的证言，看着她那可怜的丈夫，不由得脸色铁青、冷汗直冒。在他们完成作证之后,克塞古斯请求暂且休庭,默默祈祷自己不要在回家之前昏倒。

但海布里达还有话要说。在离开审判现场之前,他抓住了恺撒的手臂。

"你在哪里找来这些该死的家伙?"他问道,显得既恼火又困惑。"你肯定是掘地三尺!但你要知道,这样没有用。他们是些什么东西呢?只是一小群跳梁小丑!仅此而已!这群人只想得到罗马人的大笔补偿金,而不想依赖那一小点希腊人的救济金!"

"只是一小群?"恺撒用尽全力一声大吼,让那些正在散场的喧闹人群顿时安静下来,转身聆听恺撒所说的话。"这还不够吗?我告诉你,盖乌斯·安东尼乌斯·海布里达,就算只有一个也太多了!只有一个!只有一个男人、女人或孩子,遭受这种可怕的伤害也太多了!只有一个男人、女人或孩子,被你剥夺了青春、美丽和活着的尊严也太多了!滚开!滚回家去!"

海布里达滚回家去,惊骇地发现他的辩护律师不想跟他一起走,就连他的哥哥也找借口溜走。不过他并不是独自回家,一个矮胖的家伙跟在他身边。在他进入元老院的一年半时间,这个叫作盖乌斯·艾利乌斯·斯泰伊努斯的家伙成了他的朋友。斯泰伊努斯很想结交权贵,很想在别人的餐桌上白吃白喝,很想得到钱财。他去年从庞培那里得到一些钱,当时他借助担任玛梅尔库斯的财务官一职发动了兵变。噢,不过那并不是一场血腥凶险的兵变!他并没有引起任何人的怀疑,就非常顺利地达到目的。

"你会输。"他对海布里达说。他们一起进入海布里达位于帕拉丁山的豪宅。

海布里达并不准备反驳。"我知道。"

"但如果能赢不是很好吗?"斯泰伊努斯满怀憧憬地问。"如果赢了官司,那就有两千塔兰特可以花了。"

"我必须凑齐两千塔兰特,这让我陷入破产的时间会比我的有生之年更长。"

"不一定。"斯泰伊努斯得意扬扬地说。他坐在海布里达的食客位子上,四顾张望。"你那些上等美酒还有吗?"他问道。

海布里达走到一张桌子旁边,从一个酒壶里倒出两杯纯酒。他递给客人一杯,自己又坐下来。他喝了一大口,然后凝视着斯泰伊努斯。"你的脑子里正翻滚着什么主意,"他说道,"到底是什么?"

"两千塔兰特是个庞大的数字。事实上,一千塔兰特就是个庞大的数字。"

"确实如此。"那个小嘴裂开丰厚的嘴唇,露出小巧洁白的牙齿。"斯泰伊努斯,我不是傻瓜!如果我同意把那两千塔兰特分给你一半,你就会让我脱身。是不是?"

"是的。"

"那么我同意。只要你能让我脱身,那些希腊人的钱就有一千塔兰特是你的。"

"答案其实很简单。"斯泰伊努斯故作深沉地说,"当然了,这个你还要感谢苏拉。但是他已经死去,所以你换成我来表示感谢他也不会介意。"

"不要折磨我了,快点告诉我!"

"噢,是的!我忘记了,你更喜欢折磨别人,而不喜欢自己被人折磨。"就像许多突然获得权力的小人物一样,斯泰伊努斯也无法掩饰自己得到权力的喜悦,即便这意味着等到这件事情结束时,他跟海布里达的友谊也结束了。无论他的计策是多么成功。但是他不在乎。一千塔兰特的回报就足够了。像海布里达这样禽兽不如的东西,跟他保持友谊又有什么意义?

"斯泰伊努斯,告诉我,不然就滚出去!"

"豁免权。"斯泰伊努斯说。

"这是保民官最初的权力,也是苏拉唯一没有剥夺的权力,保民官可以利用这个权力让自己免受其他官员伤害。"

"豁免权!"海布里达大叫道,满脸震撼。有一小会儿,他的脸上开始发光,但很快又变得脸色黯淡。"他们不会这么做。"他说道。

"他们会。"斯泰伊努斯说。

"西基尼乌斯不会!西基尼乌斯绝对不会!只要有一个保民官行使豁免权,那其余九个保民官也无能为力。西基尼乌斯不会这么做。他是个讨厌鬼,但是他不会接受贿赂。"

"其他九个保民官都不喜欢西基尼乌斯,"斯泰伊努斯高兴地说,"他惹得人人生厌,而且还在广场上抢了他们的风头!他们恨不得他死了才好。前两天,我刚好听到两个保民官对他发出威胁,如果他继续喋喋不休地要求恢复保民官的权力,那他们就要把他从塔尔皮安巨石上扔下去。"

"你是说西基尼乌斯可以被吓住?"

"是的,绝对是。当然,你必须在今天晚上和明天早上之间找到一大笔钱,因为如果没有丰厚的回报,那他们肯定不会掺和进来。但是你这么做就可以得到两千塔兰特,所以花点钱也是可以的。"

"需要多少钱?"海布里达问。

"每人五万塞斯特尔提乌斯,一共九个人,所以是四十五万塞斯特尔提乌斯。你能凑齐吗?"

"我会尽力。我会去找我哥哥,他不希望出现家族丑闻。还有其他几个渠道。是的,斯泰伊努斯,我相信我能凑齐。"

于是一切都按部就班。斯泰伊努斯那天晚上在一个个保民官的家里来回奔忙。马尔库斯·阿提利乌斯·布尔布斯、马尼乌斯·阿奎利乌斯、昆图斯·库里乌斯、普布利乌斯·波皮利乌斯,十个保民官中有九个的家门都被他跑遍,但是他没有靠近格涅乌斯·西基尼乌斯的家门。

庭审将在天亮之后两个小时重新开始,在此之前人们已经在罗马广场上看到惊心动魄的场面,所以这对那些兴奋的广场常客来说是非常值得期待的一天。天刚亮,九个保民官就跑到格涅乌斯·西基尼乌斯家,七手八脚地把他拖到卡皮托尔山上。他们在那里把西基尼乌斯揍得浑身青紫,然后把他架在塔尔皮安巨石的边缘上,让他看着下面尖利的石牙。不许再没完没了地折腾着要恢复保民官的权力!他们对着摇摇欲坠的西基尼乌斯大吼大叫,逼着他发誓说以后会按照九个同僚的意思去做。然后西基尼乌斯就被塞进一架轿子抬回家。

克塞古斯刚刚宣布第二天的庭审开始，九个保民官就来到瓦罗·卢库卢斯的审判台，大叫大嚷着有一个保民官受到了其他官员的人身伤害。

"我请求你们行使否决权！"海布里达伸出双手大声恳求。

"马尔库斯·特伦提乌斯·瓦罗·卢库卢斯，我们接受了一位保民官的请求来行使否决权！"马尼乌斯·阿奎利乌斯说，"我在此通知你，我们正式行使否决权！"

"这是公然作恶！"瓦罗·卢库卢斯大叫道，跳了起来，"我不允许你们行使这个权力！第十个保民官在哪里？"

"在家里，卧病在床，"马尼乌斯·阿奎利乌斯冷笑道，"你愿意的话可以派人去找他。反正他不会对我们行使否决权。"

"你们这是践踏法律公正！"克塞古斯大喊大叫，"卑鄙！无耻！丢人！海布里达给了你们多少钱？"

"放了盖乌斯·安东尼乌斯·海布里达，否则我们会抓住每一个反对的人，然后把他扔下塔尔皮安巨石！"马尼乌斯·阿奎利乌斯尖声高叫。

"你们这是妨害法律公正！"瓦罗·卢库卢斯说。

"瓦罗·卢库卢斯，你也知道，在一个官员的法庭上根本就不可能有什么公正。"昆图斯·库里乌斯说，"一个人并不是一个陪审团！如果你想继续审判盖乌斯·安东尼乌斯，那你可以在刑事诉讼法庭上这么做，那里不能行使否决权！"

恺撒站着没有动，也没有反驳。他的委托人聚集在他身后，气得浑身发抖。他神色严峻地转过身，看着他们柔声说："我是一个贵族，不是一个官员。我们必须让外事大法官去处理这件事。不要出声！"

"很好，带着这个家伙离开吧！"瓦罗·卢库卢斯一边说，一边伸手拉住克塞古斯的手臂。

"既然我赢了这场官司，"海布里达站在九个随时准备战斗的保民官中间，"那么恺撒这个希腊人的男宠让其委托人存入的保证金就应该归我所有。"

海布里达说到"希腊人的男宠",这种故意污蔑让恺撒想起人们对他与尼科美德斯国王的构陷,这让他的愤恨伤痛突然奔涌而出。他毫不迟疑地穿过那几个保民官,双手掐住海布里达的喉咙。海布里达一直都以为自己是个大力士,但他此时既无法挣脱也无法对这个高大的袭击者予以反击。如果没有遭此袭击,那他根本就不相信恺撒会有这么大的力气。瓦罗·卢库卢斯和他的六个扈从把恺撒拉开,不过在这个过程中那九个保民官根本就没有出手去帮助海布里达,这一点让围观人群在事后感到相当困惑。

"这个案件被撤销了!"瓦罗·卢库卢斯大声咆哮。"我宣布这起诉讼并不存在!原告,拿回你们的保证金!其他人各回各家、各找各妈!"

"保证金!保证金应该属于盖乌斯·安东尼乌斯!"盖乌斯·艾利乌斯·斯泰伊努斯大叫道。

"保证金不属于海布里达!"克塞古斯大喝道,"外事大法官取消了这个案件,这是属于大法官的权限!所以保证金归还原主,不存在什么赌注!"

"带着你们的人离开我的审判台!"瓦罗·卢库卢斯咬牙地对着那些保民官大叫。"离开这里,你们全都滚出去!我还要警告你们一句,你们干出这件丑事的目的,对保民官的处境相当不利!我会竭尽全力让你们永远都没有出头之日!"

九个保民官带着海布里达离开了,斯泰伊努斯跟在他们后面为那笔失去的保证金大声哀嚎,而海布里达则默默地感受着喉咙的疼痛。

兴奋的人群都散开了,瓦罗·卢库卢斯和恺撒看着彼此。

"我很乐意让你把他勒死,但是我希望你能明白,我不能这么做。"瓦罗·卢库卢斯说。

"我明白。"恺撒说道,浑身还在发抖,"我以为我能控制住!你知道,我不是一个冲动的人。但是像海布里达那样的人渣竟然敢说我是淫邪之人,这个实在不能容忍。"

"这是显而易见的。"瓦罗·卢库卢斯干巴巴地说,想起他的哥哥关于淫邪发表的言论。

恺撒也冷静下来想起瓦罗·卢库卢斯的哥哥,但他觉得瓦罗·卢库卢斯能够做出自己的判断。

"你们能相信吗?"西塞罗说,他看到暴力冲突已经结束,才赶紧冲过来,"天啊,那个臭虫居然有胆子要求得到保证金!"

"这确实需要很大胆子。"恺撒说,指着那个残缺不全的男人和替他作证的妻子。

"恶心!"西塞罗说着坐在审判台的台阶上,用手帕擦着自己的脸。

"好吧,"恺撒对伊菲克拉特说,伊菲克拉特有点迟疑地在一旁等着,"至少我们保住了你们的两千塔兰特。而且如果你只是想要在罗马引起轰动,那你已经取得成功。我想,以后元老院选派马其顿的总督时会特别小心。现在带着那些可怜人回到客栈去吧。我只是很遗憾,这些受害人所在的城镇还要继续供养他们。但是这个我已经提醒过你了。"

"我只有一件事感到遗憾。"伊菲克拉特说着准备走开,"那就是我们不能让海布里达受到惩罚。"

"我们没能让他破产,"恺撒说,"但是他必须离开罗马,而且他在很长时间内都不敢在罗马城里露面。"

"你真的认为海布里达贿赂了九个保民官吗?"西塞罗问。

"我敢肯定!"克塞古斯气急败坏地大叫,他的怒气还没有平息下来。"虽然我并不喜欢西基尼乌斯,但除了他之外今天的保民官简直就是一群混蛋!"

"他们何必好好表现呢?"恺撒问,他的怒气已经完全消退了,"现在担任保民官并没有任何荣耀。这是一条死路。"

"我在想,"西塞罗问,他不想中断自己的思路,"九个保民官让海布里达花了多少钱?"

克塞古斯嘟起嘴:"每人大概四万塞斯特尔提乌斯。"

瓦罗·卢库卢斯目光闪烁:"克塞古斯,你说得太肯定!你是怎么知道的呢?"

克塞古斯这个后座元老之王终于压下怒气,他自我安抚道:虽然这并不是他的风格,但也是可以理解的。他扬起眉毛,像往常那样拉长音调回答外事大法官的疑问。"我亲爱的外事大法官,关于元老贪污腐败的事,我没有什么不知道的!我可以告诉你,那些可以被收买的元老的具体价格,还能精确到每个塞斯特尔提乌斯。至于那群混蛋,每人四万塞斯特尔提乌斯就够了。"

海布里达最后发现,盖乌斯·艾利乌斯·斯泰伊努斯给的正是这个数。他给自己留下了九万塞斯特尔提乌斯。

"把钱还回来!"那个喜欢折磨和残害人的家伙说,"斯泰伊努斯,把剩下的钱还回来,否者我会亲手挖掉你的眼睛!我损失的只能是三十六万塞斯特尔提乌斯,而你失去的是那两千塔兰特!"

"别忘了,"斯泰伊努斯毫不胆怯地露出凶狠的神色,"使用否决权是我提出的主意。我会留下那九万塞斯特尔提乌斯。至于你,你要感谢所有神明,没有失去你的全部资金!"

这场半途而废的审讯引起的轰动过了好长一段时间才平息,并且带来了好几个长远的影响。首先,当年的保民官在罗马政坛的历史记载中成为最声名狼藉的一批。其次,马其顿由更为负责善战的总督掌管。再次,格涅乌斯·西基尼乌斯没有在罗马广场上继续争取恢复保民官的所有权力。还有,恺撒身为法庭律师的名声迅速上升。最后,盖乌斯·安东尼乌斯·海布里达有好几年时间都不敢在罗马和罗马人常去的地方露面。事实上,海布里达去到爱奥尼亚海上的塞法勒尼亚岛旅行,他发现自己是那个地区唯一的文明人(如果他这样的人也可以称之为文明人的话),还发现好几座墓葬中藏着许多宝藏:镶嵌着宝石的匕首、纯金打造的面具、琥珀金的酒壶、晶莹剔透的酒杯、成堆的珠宝。这些宝藏的价值远远超出两千塔兰特。等他回到罗马,这么一大笔钱足以让他去收买每张选票,确保自己能够当上执政官。

接下来的那一年对恺撒来说并没有什么大事情。他留在罗马，继续在他的律师生涯中取得巨大成功。不过，那一年西塞罗并不在罗马。他当选为财务官，并且在抽签中确定了他的任职地点是西西里西部的黎里贝乌姆，他将在那里为总督赛克斯图斯·佩杜凯乌斯服务。他为自己抽签时的霉运而生气，因为他本来希望能在意大利境内履行职务。但是当上财务官就意味着他现在已经是元老院的成员，所以他还是满怀热情地投入自己的工作，这些工作主要是围绕着粮食供应。那一年的收成不太好，不过两位执政官有效地解决了粮食短缺的问题。他们从西西里的库存中购买了大量粮食，并且通过一条粮食法令以低廉的价格在罗马售卖粮食。

西塞罗跟其他精通文墨的人一样，也很喜欢写信和收信。他今年三十一岁，在此之前的许多年中他一直是个勤于写信的人。不过在西西里西部时，是他到目前为止写信最卖力的。他跟那个博学多闻的大富豪提图斯·蓬波尼乌斯·阿提库斯保持着稳定的通信。多亏了阿提库斯把罗马的一切消息和街谈巷议都通过书信定期传递，西塞罗在黎里贝乌姆岛上的孤独时光得到了许多纾解。

西塞罗在西西里的任期接近尾声时，阿提库斯送来一封信：

预期中的粮荒并没有发生，这都是因为罗马幸运地拥有现任的执政官。我跟盖乌斯·科塔的弟弟马尔库斯聊了几句，他已经当选为明年的执政官。我问道：在这个满是聪明人的国家，为什么老百姓还时不时要靠杂粮和野菜充饥？我说，罗马是时候对西西里和其他行省的种粮人征税，并迫使他们把粮食卖给国家而不是等着粮食商人的高价收购，因为这常常导致粮食囤积在西西里，而我们的老百姓却没有粮食可以充饥。我不同意因为囤积粮食牟取暴利，而让一个满是聪明人的国家受到损害。我的话马尔库斯·科塔认真听了，并保证明年会采取一些措施。因为我没有参与粮食生意，所以可以表现出无私的爱国心。马尔库斯·图利乌斯，你别笑话我了！

昆图斯·霍尔滕西乌斯是几十年来最自以为是的平民营造官，

不过他确实举办了许多精彩的节庆表演,而且他还给人民免费发放粮食。他想在今年当上执政官!因为你不在这里,所以他在法庭上春风得意,不过恺撒总能让他大受打击,而且还常常抢走他的荣誉。这种情况他很不喜欢,有人听到他在某一天抱怨说希望恺撒也离开罗马。但这些事情跟霍尔滕西乌斯在他的占卜官(是的,他终于当上占卜官!)就职仪式后举办的宴会相比简直不值一提。他用烤孔雀来招待宾客。你看得没错:烤孔雀!孔雀总共有六只,全都经过精心烤制,然后又重新插上羽毛作为装饰。奴仆扛着金色的盘子高举过头顶,上面的烤孔雀尾巴全开、冠羽低垂。这引起了一阵轰动,而像克塞古斯、菲利普斯这样的饕客,还有即将就任的高级执政官卢库卢斯,他们坐在那里简直羞愧欲死。但是,亲爱的马尔库斯,那些烤孔雀吃起来却让人大失所望。一只旧军靴都比这玩意更好吃、更好嚼。

阿皮乌斯·克劳狄乌斯·普尔克尔去年在马其顿去世,这引发了很有意思的情况。这家人向来都没有什么好运,不是吗?先是菲利普斯在担任监察官时剥夺了阿皮乌斯·克劳狄乌斯的一切财产,所以阿皮乌斯·克劳狄乌斯没有钱在剥夺公民权行动期间低价购入大批资产,然后他因为身体不适而不能前往自己的行省,最后他好不容易终于去到自己的行省,而且在军务方面做得很好,但是还来不及修复自己的资产就去世了。

当然,我们都知道他留下了六个孩子。真可怕!特别是最年幼的那几个孩子。不过那个同样叫作阿皮乌斯·克劳狄乌斯的大儿子看来很聪明、很能干。

首先,他的父亲一去世,他就把最大的妹妹克劳狄娅嫁给了昆图斯·马尔基乌斯·瑞克斯。虽然这个克劳狄娅没有任何嫁妆,但我想相信瑞克斯为了娶到她肯定不惜付出一大笔钱!这个克劳狄娅像克劳狄乌斯·普尔克尔家族的所有人一样相貌俊美,这一点当然大有帮助。大家都觉得瑞克斯成为她的丈夫应该会过得很不错,因为据说她是三个女孩中唯一拥有好性情的一个。

三个男孩是个难题,这一点没有人会否认。收养是不可能的事。最小的男孩(他把自己叫作相貌平平的普布利乌斯·克洛狄乌斯)性情乖张,不可能找到任何人愿意收养他。中间的那个男孩叫作盖乌斯·克劳狄乌斯,他是个白痴,所以也不会有人收养。于是就剩下年仅二十的小阿皮乌斯·克劳狄乌斯,他不仅要在元老院中开辟自己的仕途,还要照顾两个弟弟的前途。昆图斯·马尔基乌斯·瑞克斯被迫提供的贡献,对于一无所有的克劳狄乌斯·普尔克尔家族来说只是杯水车薪罢了。

亲爱的马尔库斯·图利乌斯,但是小阿皮乌斯·克劳狄乌斯干得很漂亮。他知道任何一个头脑正常的父亲都不会把女儿嫁给他,但他最后还是找到一个非常有钱的新娘。你猜那个新娘是谁?竟然是那个其貌不扬的老处女赛尔维利娅·格涅娅!你应该知道我说的是谁。司考鲁斯和玛梅尔库斯雇佣了格涅娅,让她跟德鲁苏斯的六个遗孤住在一起。格涅娅没有嫁妆,但却有一个全罗马最可怕的母亲——波尔基娅·李基尼娅娜。不过按照司考鲁斯和玛梅尔库斯的安排,等到那几个孤儿都长大成人,格涅娅就可以得到两百塔兰特金子的嫁妆。而那些孤儿现在都长大成人了!马尔库斯·波尔基斯·加图是那几个孩子中最小的,他现在已经十八岁了。他住在自己父亲的房子里,而且已经宣布独立。

年仅二十的小阿皮乌斯·克劳狄乌斯·普尔克尔一出现,赛尔维利娅·格涅娅就赶紧抓住他。大家说,她现在已经三十二岁了,而且是个彻彻底底的老处女。我不相信那些说她有刮毛的谣言!尽管她的母亲有刮毛,但这个所有人都知道。阿皮乌斯·克劳狄乌斯这笔交易中最好的一点是他的岳母波尔基娅·李基尼娅娜将搬到一所宽敞的海边别墅居住,看来司考鲁斯和玛梅尔库斯雇佣格涅娅时就预先买了这所别墅。所以阿皮乌斯·克劳狄乌斯不用跟他的岳母一起生活,那两百塔兰特很容易就落入他手中。

马尔库斯,但这还不是最精彩之处。最精彩的是阿皮乌斯·克劳狄乌斯把他最小的妹妹克劳狄拉嫁给了卢库卢斯!他和卢库卢斯都说克劳狄拉已经十五岁了,但我猜她只有十四岁,不过也可能是我弄错了。真是惊人的一对!托了苏拉的福,卢库卢斯富得流油,而且他还控制着苏拉那对双生子的财产。噢,我并不是说我们那为人正直的卢库卢斯会侵占浮斯图斯和浮斯塔的财产。但如果他要把那些财产的利息塞进自己的口袋里,又有谁能阻拦呢?

这个二十岁的年轻人实在太能干,在他的神奇运作之下,克劳狄乌斯·普尔克尔家的经济状况有了惊人的好转。所有罗马人都在发笑,但也不乏真诚的钦佩。这个阿皮乌斯·克劳狄乌斯真的值得我们拭目以待!普布利乌斯·克洛狄乌斯只有十四岁(那么克劳狄拉应该是十五岁吧),但他已经是个令人头疼的家伙,而且他的大哥并没有对他进行任何管束。他非常英俊,也很早熟。他对女孩们来说很危险,而且他还精于各种恶作剧。不过,我相信他是个头脑聪明的孩子,所以他长大后也许会安定下来,成为一个标准的罗马贵族。

我还有什么要告诉你的?噢,对了。格涅乌斯·西基尼乌斯曾经说了一句关于马尔库斯·克拉苏的双关语,你应该不会忘记:克拉苏的两个角上都包着干草!这句话比我们当时以为的还要巧妙。原来西基尼乌斯一直欠着克拉苏很多钱,所以那句双关语还有另外一层意思。"干草"和"债主"的发音相似①,所以包在克拉苏角上的是贷款!罗马之所以会知道这另外一层意思,是因为西基尼乌斯已经是个废人,根本就不能偿还克拉苏的贷款。我不知道克拉苏借钱给别人,但是他处理得很干净。他只给元老借钱,而且没有收取利息。他通过这种办法在元老院中拉拢食客。我想,我们要仔细盯着这个克拉苏。马尔库斯,你千万不要向他借钱!免除利息很有吸引力,但是克拉苏可以随心所欲地收回借款。他不会提前通知,而且他希

---

① "干草"的原文是"Faenum","债主"的原文是"faenerator",这两个词的发音比较相似。——译者注

望立刻拿到钱。如果他没有拿到钱,那你就完蛋了。因为他没有收取利息,所以监察官(如果我们有监察官的话)也无能为力。这么一来,你就不能说他在放高利贷。他只是一个忙着帮助元老院同僚的大好人。

我要说的就是这些了。特伦提娅和小图利娅都很好。你的女儿真是个可爱的孩子!你的弟弟还是那样。我真希望他能跟我的妹妹相处得更好一些!不过我想,你我对此都不抱希望了。蓬波尼娅是个泼妇,而昆图斯是个真正的乡绅。我这么说是指他固执、俭朴、自大。总想成为他家里的主人。

多保重。在我离开罗马回到伊庇鲁斯之前,我会再给你写信。我在伊庇鲁斯的养牛场发展得很好。当然,那里对羊群来说太潮湿了,它们会烂脚。但所有人都想着要多出产羊毛,而忘了牛皮的需求量是多么巨大。大家都低估了养牛的价值。

第 2 节

八月底,恺撒收到比希尼亚送来的紧急书信。尼科美德斯国王快不行了,想要让他过去见面。这正是恺撒需要的,罗马变得越来越沉闷,法庭上的事情也越来越没意思。虽然从比希尼亚传来的消息并不令人高兴,但这也是意料之中的事情。恺撒看到奥拉达尔提斯书信还不到一天时间,就打包好行李准备离开。

布尔根杜斯会一如既往地跟着他,那个负责在他身上拔毛的德梅特里乌斯也不能留下,还有那个用橡树枝叶给他编织市民冠的斯巴坦·布拉希达斯也要一起走。事实上,恺撒这次外出随行的人比以前多得多。他的地位得到提升,所以他发现自己现在还需要一个秘书和几个抄写员,还有几个贴身仆人,还有一小群被释奴来充当保镖。于是他带着二十多号人一起前往东方。这样的旅途要花费很多钱。他现在二十五岁,其中有五年时间是在元老院里度过。

"不要以为，"布尔根杜斯对随行队伍的新成员说，"你们会舒舒服服地完成这次旅行。当盖乌斯·尤利乌斯在赶路时，那就是实实在在地赶路！"

恺撒到达比希尼亚时，尼科美德斯还活着，不过他的疾病再也无法痊愈了。

"人老了就是这样，"奥拉达尔提斯王后流着眼泪说，"噢，我一定会想念他！我从十五岁就成为他的妻子了。没有他我该怎么活下去？"

"你会活下去，因为你必须活下去。"恺撒说着替她擦干眼泪。"我看那只叫作苏拉的狗还挺精神，它会陪着你。根据你告诉我的情况，尼科美德斯会很高兴离开。我一想到要毫无用处地缠绵病榻，就觉得很可怕。"

"他十天前就不能起床，"奥拉达尔提斯说，在一条大理石走廊上啪嗒啪嗒地走着，"医生说他随时都可能去世，可能是今天、明天或下个月。没有人知道。"

恺撒看到一个瘦弱的人形躺在一张精雕细刻的大床上，他不敢相信尼科美德斯能撑过那一天。国王只剩下皮包骨头，其他的身体特征都消失了。他就像一个冬天的苹果那样皱巴干枯。不过恺撒叫出他的名字时，他立刻就睁开眼睛了。他伸出手，咧嘴一笑，露出光秃秃的牙龈，眼泪也落了下来。

"你来了！"他叫道，声音特别响亮。

"我怎么可能不来？"恺撒问，坐在床边紧紧地握住两只瘦骨嶙峋的手，"你叫我来，我就来。"

恺撒把他从床上搬到躺椅上，然后又从躺椅上搬到椅子上，在外面吹吹风、晒晒太阳。这让尼科美德斯的情况有所好转，不过他的双腿再也不能走路，而且他说话时常常说到一半就开始打盹，等到过了很久再醒来时，已经忘记刚刚说过什么了。他已经不能吃固体食物，完全是靠着一杯杯的羊奶活着，羊奶里面还加了蜂蜜和烈酒，而且他喝进去的要比流到外面的多得多。恺撒向来都有洁癖，他发现了一件有趣的事：当遭遇这种情况的是自己真心关爱的人，那些通常的反应根本就不会发生。

我不觉得恶心。我不想让奴仆去给他清理身体。照顾他反而是一种快乐。我可以高高兴兴地给他倒夜壶。

"有没有打听到你女儿的消息？"恺撒问，那一天老国王的状态比较好。

"没有直接的消息。但是她好像还活着，在卡贝拉好好的。"

"你能不能跟密特里达提谈判，争取让她回家？"

"恺撒，你知道，代价就是我的王国。"

"但是如果她不能回来，这个王国就没有继承人。"

"比希尼亚眼下就有一个继承人。"尼科美德斯说。

"在尼科美狄亚？谁？"

"我想把比希尼亚交给你。"

"我？"

"是的，让你成为国王。"

"不，我亲爱的老朋友，这不可能。"

"恺撒，你会成为一个伟大的国王。你不想统治自己的国土吗？"

"尼科美德斯，我自己的国土是罗马，而且我像其他罗马人一样，是在共和国的信仰下长大。"

国王的下嘴唇开始发抖。"我不能让你动心吗？"

"不能。"

"恺撒，比希尼亚需要一个年富力强的君王。除了你，我想不到别人！"

"我还有罗马。"

"可是罗马人喜欢盖乌斯·维瑞斯。"

"没错，但是也有一些罗马人喜欢我。尼科美德斯，罗马是唯一的选择，除非你想接受本都的统治。"

"没有比那更糟糕的了！"

"那就把比希尼亚交给罗马。"

"你能按照正规的罗马格式给我起草遗嘱吗？"

"是的。"

213

"恺撒,那就这么做吧。我会把我的王国交给罗马。"

十二月中旬,比希尼亚的尼科美德斯三世去世了。恺撒握着他的一只手,他的妻子握着他的另外一只手,但他没能醒过来跟他们告别。

之前的遗嘱加紧送往罗马,在八十五岁的老国王去世之前,他们就收到了元老院的回复。亚细亚行省的总督马尔库斯·朱尼乌斯·尊库斯接到通知,将在国王去世后来处理让比希尼亚并入亚细亚行省的事。因为恺撒准备留到国王去世为止,所以他会通知尊库斯应该在什么时候过来。

真是令人失望,接管比希尼亚的第一任总督并不是一个通情达理的人。

"我想要一张清单,把这个国家的每一件财宝和艺术品都列出来,"恺撒对刚刚丧夫的王后说,"还有国库的规模,船队的大小,军队的大小,以及你们拥有的盔甲、刀剑、长矛、大炮和围城工具。"

"可以列出清单,但这是为什么呢?"奥拉达尔提斯皱着眉头问。

"因为如果亚细亚行省的总督想要中饱私囊,哪怕只是侵占一个银币或一根长矛,我都想知道。"恺撒神色严肃地说,"如果这样,我会在罗马指控他,还会确保他被定罪!你在列出清单的时候,至少要让六个住在这里的罗马大人物作为证人,证明清单是正确的。这样会给清单文件提供有力的证据,就算是由元老组成的陪审团也不能忽视。"

"噢,天啊!我会安全吗?"王后问。

"你的人身应该挺安全。但是如果你能离开这里,住进一所私人的房子里,最好不要在尼科美狄亚、查尔塞顿或普鲁萨,那么你可以带上你想要的一切东西,然后可以安静舒适地度过余生。"

"你很讨厌这个马尔库斯·朱尼乌斯·尊库斯。"

"我确实很讨厌他。"

"他是另外一个盖乌斯·维瑞斯吗?"

"奥拉达尔提斯,我想应该不至于。他就是个普通的贪官。我推测,他想着自己是第一个来到这里的罗马官方代表,所以会把他认为罗马能让他带走的一切东西都偷走。"恺撒平静地说。"罗马会要求他提供一份物品清单,但我猜他列出的清单跟你列出的肯定对不上。这样我们就能抓住他了!"

"他不会想到我们也有一份清单吗?"

恺撒笑了起来。"他想不到!东方国家不会这么精细,精打细算是罗马人的特色。当然,他知道我在这里,可能以为我会先把这个地方搜刮一遍,所以他根本就不会想到我竟然跟你一起设计要抓住他。"

十二月底,一切都完成了。王后把她的住所搬到一个叫瑞巴的小渔村。这个村庄位于黑海边上的博斯普鲁斯海峡旁边。尼科美德斯在这里有一所私人别墅,王后觉得这里对于一个退位的国君来说是个理想之地。

"如果尊库斯要求没收你的别墅,你可以给他看看房契副本,然后告诉他原件在你托管的银行里。你想选择哪里的银行?"

"我想到拜占庭,那里离我比较近。"

"很好!拜占庭不是比希尼亚的一部分,所以尊库斯不能看到你的账户,也不能拿到你的存款。你还要告诉尊库斯,别墅里的东西都是你的,是你嫁妆的一部分。这样就能防止他从你那里拿走任何东西。所以,不要把那些你想带走的东西列在清单上面!如果说谁有权从这里带走什么东西,那就是你。"

"是的,我还要考虑到尼莎,"老王后若有所思地说,"谁知道呢?也许在我去世之前,我的女儿会回到我身边。"

消息传来,尊库斯已经坐船进入赫勒斯滂海峡,再过几天就会到达尼科美狄亚。信使说,他准备在陆路上稍作停顿,这样可以仔细看看普鲁萨。恺撒让王后在她的别墅中安顿好,并确保那些财产能够给她带来足够的收入,然后又把存款和物品清单存入她选定的拜占庭银行。然后恺撒就带着他的二十个随行人员从拜占庭乘船离开。他会沿着色雷斯海岸前往赫勒斯滂海峡,这样就可以避开刚刚接管比希尼亚的亚细亚行省总督马尔库斯·朱尼乌斯·尊库斯。

恺撒不准备返回罗马。他计划坐船到罗得岛，在那里跟着阿波罗尼乌斯·莫隆学习一两年。西塞罗让他相信这样可以让他的演讲术更进一步，尽管他非常清楚自己的演讲术已经够好了。恺撒不像西塞罗那样想念罗马，也没有那么想念自己的家人。虽然他的家人让他感到非常愉快和放心，他的妻子、孩子和母亲会在那里等着他，无论他什么时候回去她们都在家。他从未想过亲人可能在他离家期间被死亡夺走。

他发现这次旅行的花费很多，不过他还是拒绝了尼科美德斯和奥拉达尔提斯给他的钱。他只想要一个纪念品，于是他得到了一块来自西徐亚的翡翠。这块宝石比红海地区出产的要艳丽、透亮得多，扁圆形的宝石有鸡蛋那么大，上面雕刻着比希尼亚的国王和王后。无论多少价钱和什么情况，他都不会卖掉这块宝石。不过恺撒从不为金钱担忧。现在他有足够的金钱，至于以后，他相信桥到船头自然直。他的这种态度让他那小心谨慎的母亲很担忧。不过带着二十人的随行队伍和租用船只，这确实比以前的那些旅行复杂多了！

在示麦那，他又跟普布利乌斯·鲁提利乌斯·鲁弗斯共度了一段时间。西塞罗从罗得岛返回罗马的路上也拜访了鲁弗斯，于是这个老人家关于西塞罗的故事给了恺撒很多娱乐。

"这个暴发户很有意思！"鲁弗斯对恺撒说，"你知道，虽然他很喜欢罗马，但他在罗马永远都不会快乐。他可以算是正人君子，为人正直、心地善良、传统老派。"

"我知道你的意思。"恺撒点点头，"普布利乌斯舅公，问题是他头脑聪明、满怀野心。"

"跟盖乌斯·马略一样。"

"不，"恺撒肯定地说，"他跟盖乌斯·马略不一样。"

在米利都，恺撒听说了维瑞斯是如何偷走这座城里最好的羊毛和挂毯，于是他建议当地的行政长官向罗马元老院提起控诉。

"不过，"恺撒说道，准备登船前往哈利卡纳苏斯，"你应该庆幸，他没有偷盗你的艺术品或抢劫你的神庙。他在其他地方都这么干。"

恺撒在拜占庭租用的是一艘整洁的货船。这艘船有四十支桨,船尾凸起两根用于掌舵的长桨,甲板的中间有一个房间可以供他使用。三十头五花八门的骡马(包括那匹尼萨恩马和恺撒的爱马大脚丫),全都安置在恺撒的房间和船尾之间的棚子里。因为他们每次起航和进港的距离都不会超过五十里,所以每次把那些骡马带回船上,重新安置好准备再次起航都会有一阵忙乱。

米利都跟之前到达的示麦那、皮塔涅等海港城市没有什么两样,岸上的人都知道这艘船受雇于一位罗马元老,所以每个人都很感兴趣。看看,他就在那里!那个英俊的年轻人穿着托迦,他昂首阔步的样子就像拥有全世界!好吧,他难道不是拥有全世界吗?他是一个罗马元老。当然恺撒的随从队伍也引起了人们的议论,于是米利都海港边上那些爱看热闹的闲人都知道恺撒是一个出身显赫的贵族,是一个英明神武的人,他单枪匹马地说服比希尼亚的尼科美德斯国王,让国王在去世后把王国送给罗马。难怪每次踏板移开、铁锚拉起、扬帆起航时,恺撒总是一副兴高采烈的样子。

天气很好,海波平稳,一阵清风吹得麻布风帆涨鼓鼓,这让划桨的水手可以暂且休息。船长和恺撒一起站在船尾,他向恺撒保证明天就能到达哈利卡纳苏斯。

船只沿着海岸前进了七八里,海岬的尖端插入海中,恺撒的船只在海岬和一座若隐若现的海岛之间平稳前进。

"法马库萨。"船长指着那个海岛说。

他们紧贴着海岸经过这个海岛,遥望着大陆另一边的伊阿索斯岛。这是一个很小的地方,法马库萨的形状就像一对女人的乳房,南边的那个岛显得更大一些。

"那里有人居住吗?"恺撒悠闲地问。

"就连一个牧羊人和他的羊群都没有。"

他们差不多快要超过那个岛屿时,一艘战船从比较大的那个岛屿后面滑出来。这艘船前进的速度很快,看来是要拦截恺撒的船只。

"海盗!"船长一声惊叫,脸色煞白。

恺撒转头望向他们的船尾,点点头。"是的,还有另外一艘战船从我们的后面过来。前面那艘船上有多少人?"他问道。

"能战斗的人?至少有一百,而且都全副武装。"

"后面那艘呢?"

船长伸长脖子。"那艘船更大一些,上面可能有一百五十人。"

"那你应该不会建议我们进行抵抗。"

"天啊,元老,当然不会!"船长吓得半死,"他们一看到我们就会把我们杀死!我们只能希望他们是想要得到赎金,因为他们从我们船只的吃水情况就可以看出我们船上没有货物。"

"你是说,他们知道我们这艘船上有人能换来一大笔钱?"

"元老,他们什么都知道!他们在爱琴海的每个海港都有探子。我猜,米利都的探子昨天去向他们报信,告诉他们我的船上有一位罗马元老,还向他们描述了这艘船是什么模样。"

"那些海盗的根据地就在法马库萨吗?"

"不,元老。那样米利都和普里恩①要找出他们就太容易了。他们只是躲在那里几天,看看有没有可以下手的对象。他们最多也就是等上几天。总是有一些肥羊送上门。我们太倒霉了。现在是冬季,通常都会有风暴,我想着应该能躲开海盗。但天气却这么好,真是糟糕!"

"他们会把我们怎么样?"

"把我们带回他们的大本营,然后在那里等待赎金。"

"他们的大本营可能在什么地方?"

"可能在吕西亚,在帕塔拉和米拉之间。"

"距离这里还挺远。"

"航程有好几天。"

---

① 普里恩(Priene)是古代爱奥尼亚城市,位于土耳其西南门德雷斯河之北。——译者注

218

"为什么要这么远?"

"那里绝对安全,那个地方是海盗的天堂!有几百个隐秘的小海湾,那片区域至少有三十个比较大的海盗基地。"

虽然两艘战船正在迅速逼近,但恺撒还是处变不惊。他可以看到船的两边都有一排排全副武装的海盗,还可以听到他们的叫喊。"我交完赎金之后,有什么能阻止我带着舰队回去抓住他们呢?"

"元老,你永远都找不到他们的老巢。那里有好几个海盗窝点,而且看起来都一模一样。就像克诺索斯①的迷宫一样,只是那里是长条形而不是方形。"

恺撒叫来他的贴身仆从,平静地让他把托迦拿来。那个大受惊吓的仆人抱着白色托迦过来,恺撒站着让仆人帮他把托迦穿上。

布尔根杜斯走过来:"恺撒,我们要战斗吗?"

"不,当然不。在胜算渺茫时去战斗是一回事,但在战斗意味着自杀时还去战斗就是另外一回事了。布尔根杜斯,我们会乖乖配合。听到了吗?"

"听到了。"

"那你要告诉每个人,我可不想看到有勇无谋的英雄。"他转身对着船长,"所以,我永远都找不到他们的窝点?"

"元老,永远找不到,相信我。很多人都试过了。"

"在罗马,我们都以为,在普布利乌斯·赛尔维利乌斯·瓦提亚打败伊绍里亚人之后,就彻底摆脱了海盗的问题。因为他的丰功伟绩,他甚至还被叫作瓦提亚·伊绍里库斯。"

"恺撒,海盗就像蜂拥而至的昆虫。你可以把它们熏走,但一等到空气恢复清新,它们又回来了。"

"我明白了。所以,当瓦提亚——噢,瓦提亚·伊绍里库斯!——结束了海盗头子泽尼克特斯的统治时,他只是刮去表面一层浮渣。船长,

---

① 克诺索斯(Knossus)位于克里特北海岸,靠近现在的希拉克利翁。在希腊神话中,克里特国王米诺斯为了困住王后与公牛生下的牛头怪物而建造了一座迷宫。——译者注

这么说对不对？"

"对也不对。泽尼克特斯只是一个海盗头子，至于伊绍里亚人，"船长耸耸肩膀，"我们这些航海的人都不明白，为什么一个伟大的罗马将军要跟一个皮西狄亚的内陆部族作战，然后就觉得他给了海盗团伙致命一击！也许确实有少数一些伊绍里亚人加入海盗团伙，但是伊绍里亚人距离海洋太远，不太可能跟海盗有关。"

现在两艘战船都靠拢过来，上面的海盗涌上恺撒雇用的商船。

"啊哈！这就是海盗头目了。"恺撒冷冷地说。

一个高大的年轻人穿着泰尔紫绣金的托伲，他推开甲板上的人群，走过踏板来到商船的尾部。他没有携带武器，看起来也完全不像是好战之人。

"你好啊。"恺撒说。

"你是那个赢得市民冠的罗马元老盖乌斯·尤利乌斯·恺撒吗？我有没有认错人？"

"不，你没有认错人。"

那个海盗头子眯起眼睛，他伸出一只整洁干净的手摸了摸那精心梳理的黄色卷发。"元老，你很镇定。"那个海盗说，从他的希腊语听来，他可能是来自斯波拉泽萨斯群岛①的某个小岛。

"我看不出除了保持镇定还能怎么样。"恺撒说着扬了扬眉毛，"我想，你应该会允许我为自己和手下人付赎金，所以我并不害怕。"

"没错。但是我的俘虏常常会吓得屁滚尿流。"

"我可不会这样！"

"好吧，你是战斗英雄。"

"现在是怎么回事？呃，我还不知道你的名字。"

"波吕戈努斯。"那个海盗转身看着他的手下，他们已经把商船上的船员分成一组，又把恺撒的二十个随从分成另外一组。

---

① 斯波拉泽萨斯群岛（Sporades）是爱琴海中的南北两组希腊岛群。北岛群在埃维亚岛东北，包括斯基罗斯、斯基亚索斯等岛。南岛群靠近土耳其西海岸，包括罗得岛等。——译者注

220

其他海盗也像他们的头目一样打扮得花里胡哨。他们有的戴着假发，有的用烧热的钳子把长发烫出发卷，有的浓妆艳抹弄得像个妓女，有的精心修饰自己的胡须尽量显出阳刚之气，而且所有人都穿得很好。

"现在是怎么回事？"恺撒重复道。

"你的人要到我的船上去，我会让我的人到你的船上去，然后我们就会尽快向着南边前进。在日落之前，我们就会离开尼多斯，不过我们还要继续前进。三天之后，你就会安全到达我家里，然后你就会以客人的身份住在那里，直到你付清赎金。"

"让我的一些仆人从这里离开不是更方便吗？他们可以搭着一艘小船回到米利都，那是一个富裕的城市，要凑齐我的赎金应该不会太困难。对了，我的赎金是多少？"

那个海盗头头暂且忽略恺撒的第二个问题。他用力地摇了摇头。"不，我们刚刚从米利都得到一笔赎金。我们会分散负担，因为有时候被绑架的人要拖上很久才还清某个城镇为他拼凑的赎金。现在应该轮到桑索斯[①]和帕塔拉了。所以等我们到达帕塔拉时，就会让你的仆人出发。"波吕戈努斯甩甩头让他的卷发飘起来。"至于具体数目，就是二十塔兰特银子。"

恺撒大吃一惊。"二十塔兰特银子？"他生气地大叫。"我才值这么一点钱？"

"所有海盗都达成共识，元老就是这个价格。你太年轻了，应该不是什么官员。"

"我是盖乌斯·尤利乌斯·恺撒！"这个被俘者高傲地说。"你显然没有搞清楚！我不只是一个贵族，还出自尤利乌斯氏族！你可能要问，出自尤利乌斯氏族又意味着什么呢？这意味着我是阿佛洛狄特女神的后裔，因为我们的氏族出自她的儿子埃涅阿斯。我的先人担任过执政官，我自己也会在适当的年龄当上执政官。我不只是一个元老！我曾经赢得市民冠。我可以在元老院发言。我坐在中间的位置。而且当我进入元老院时，

---

① 桑索斯（Xanthus）是位于土耳其安塔利亚省的古城，公元前540年英勇抵抗波斯人的进攻，公元前43年再次奋勇抵抗罗马的进攻，这两次战争令此城声名大振。——译者注

所有人，包括前任执政官和监察官都要起立鼓掌。二十塔兰特银子？我应该值五十塔兰特！"

波吕戈努斯出神地听着恺撒的讲述。他从来没有见过这样的俘虏！这么自信，这么镇定，这么高傲！但是那张英俊的脸上有什么东西让他很欣赏，也许是恺撒眼中的光芒？这个盖乌斯·尤利乌斯·恺撒是不是在开他玩笑？但是这个玩笑意味着他的赎金将会翻倍，所以他为什么要开这种玩笑呢？他看起来很认真，他确实很认真！但是，他的眼里确实闪耀着光芒！

"好吧，阁下，那就五十塔兰特！"波吕戈努斯说，他自己的眼里也发出光来。

"这还差不多。"恺撒说着就转过身去。

他们在空茫的大海上没有遇到罗得岛或其他城市的巡逻船队。三天后，恺撒一行被安置到帕塔拉对面的某处海岸上，波吕戈努斯在他自己的战船上，所以恺撒没有再见到他。不过恺撒的随从人员被转移到一艘小船时，他过来监督整个过程。

"所有人你都可以留下，只要派一个出去就行，"海盗头目说，"让一个人去筹集赎金就够了。"

"对于像我这样的重要人物，只有一个人不合适。"恺撒冷冷地说。"我只会留下三个人，我的贴身仆人德梅特里乌斯和两个抄写员。如果我要等上很长时间，那我需要有人给我抄写诗歌。我也许会写出一部戏剧。一部喜剧！是的，我有很多材料可以创作一部喜剧或闹剧。"

"谁来指挥你的人？"

"我的被释奴盖乌斯·尤利乌斯·布尔根杜斯。"

"那个巨人？真是个好家伙！他当奴隶可以挣许多钱。"

"他当奴隶时确实如此。他要骑着那匹尼萨恩马，"恺撒有点不耐烦地说，"其他人也要骑着他们的牲畜。我坚持，必须让他们保持体面。"

"阁下，你尽管坚持，但那些都是好马，我会全部留下。"

"不行！"恺撒咆哮道。"你将会得到五十塔兰特的赎金，所以你应该放弃那些马匹。我自己只会留下大脚丫。你那里的路有没有铺上路面？大脚丫没有套上马蹄，所以不能在没有铺好路面的道路上奔跑。"

"你简直是个玩笑！"波吕戈努斯惊叹道。

"波吕戈努斯，让那些马上岸。"恺撒说。

那些马都上岸了。一想到要留下恺撒势单力薄地跟这些恶棍在一起，布尔根杜斯就很不高兴，但是他知道自己不应该争辩。他的任务是找到赎金。

然后他们就继续向着吕西亚的东部前进，他们经过的海岸就像其他大多数地方一样荒凉。没有道路，没有小镇或渔村，只有巨大的索利马山顶着终年不化的冰雪矗立在海边。他们藏身在一个个隐秘的小海湾之间，只有一些锯齿状的山脚，下面有一片银黄色或红黄色的沙子涌向一处红黄色的峭壁。但是根本就没有看到任何海盗窝点！多么怪异！自从船只经过帕塔拉和桑索斯的河口，恺撒就一直待在船尾没有离开，一小时又一小时地看着途经的那些海岸。

日落时分，两艘战船押送着一艘商船开始靠岸，进入那无数个极为相似的海湾中的一个，船只一直向前停靠在沙滩边上。恺撒跳下船在地上走动，这才发现了从水面上无法看到的情况。海湾后方的峭壁其实由两块巨石组成，两块巨石之间隐藏着一条缝隙，从这条缝隙往里进去是一个巨大的盆地。这就是海盗的窝点！

"现在已经是冬天。我们从你那里得来的五十塔兰特意味着我们可以度过一个愉快的假期，而不用冒着早春时节的风暴出去航行。"波吕戈努斯说。他和恺撒一起穿过峭壁之间的缝隙。

他的手下已经开始在战船和商船下面装上滚筒。恺撒和波吕戈努斯看着他们把三艘船拖上沙滩，然后又拖过峭壁之间的裂隙，最后用支柱撑起来藏在盆地里。

"你们经常这么做吗？"恺撒问。

"如果我们还要出去，那就不会这样，但这种情况并不常见。我们在外面闯荡时很少回家。"

"你在这里安排得很不错！"恺撒满怀欣赏地说。

这个盆地的宽度大概有一里半，深度大概是宽度的一半，看起来多少有点椭圆状。在盆地距离海湾的最远点有一个小瀑布，从高处倾泻而下注入一个水池。这个水池又衍生出一条小溪蜿蜒而下汇入海湾里。不过在海面上却看不到这条小溪。那些海盗（或大地母亲）在峭壁下面的沙土里给这条小溪挖了一条浅浅的通道。

盆地里是一个建筑精良、布局合理的小镇。在砂砾铺成的道路两边排列着三四层高的石头房子，在安放船只的场地对面是几个巨大的石头仓库，还有一个带有神庙的市场作为当地人的公共生活空间。

"你这里有多少人？"恺撒问。

"包括妻妾和孩子，还有一些手下的情人，大概有一千五百多人。除此之外还有奴隶。"

"有多少奴隶？"

"大概两千多，所以我们根本就不用伸手干活。"波吕戈努斯骄傲地说。

"我很惊讶，你们这些男人不在时没有发生暴乱。还是说，你们的女人和男宠都像战士那样强壮？"

海盗头头不屑地大笑出声。"元老，我们不是傻瓜！每个奴隶都戴着锁链，而且在这里又逃不出去，所以何必发动起义？"

"这可不能阻止我。"恺撒说。

"我们一回来就会抓住你。这里没有多余的船只可以出去。"

"等你们回来，也许是我抓住你们。"

"元老，那我非常高兴地决定，我们全部都留在这里，直到你的赎金到达为止！这样你就不能发动起义了。"

"噢！"恺撒说，看起来有点失望。"你是说，我会给你带来五十塔兰特，而你却不能给我提供一些女人来娱乐？我不太受男人欢迎，但我在女人中挺出名。"

"我相信，如果你确实比较喜欢女人的话，"波吕戈努斯笑呵呵地说，

"不用担心！如果你想要女人，那我们会给你。"

"你这个美妙的小天地里有没有图书馆？"

"这里有一些书，但我们并不是什么学者。"

他们两人来到一所很大的房子前面。"这是我的家，你会住在这里。我觉得应该亲自看着你。当然，你会有自己的套房。"

"如果能洗个澡就更好了。"

"元老，我拥有帕拉丁山上的一切舒适生活，所以你当然可以洗个澡。"

"我希望你叫我恺撒。"

"那就叫你恺撒。"

那个套房除了住进恺撒，还足以容纳德梅特里乌斯和两个抄写员。恺撒很快就在享受沐浴，热乎乎的水温刚刚好。

"德梅特里乌斯，无论我们在这里住上多少天，你都要继续给我刮毛和拔毛。"恺撒一边说，一边梳理着他那颜色浅淡的头发。他放下手中的镜子，这个黄金打造的镜子上镶嵌着宝石。他摇了摇头说，"这座房子里有许多宝贝。"

"他们偷了许多宝贝。"德梅特里乌斯说。

"所以他们肯定把一些宝贝藏在房子里了，这里的房子那么多，但不是每个房子里都有人居住。"恺撒说完就走去餐厅跟波吕戈努斯一起吃饭。

食物非常丰盛，葡萄酒也是上等佳酿。

"你有个好厨子。"恺撒说。

"我看你吃得不多，也没有喝酒。"波吕戈努斯说。

"除了我的工作，我对其他东西并没有什么热情。"

"什么，不是你的女人吗？"

"女人也是工作。"恺撒一边说一边洗手。

"我以前从来没听过这种说法！"波吕戈努斯哈哈大笑，"恺撒，你是一条怪鱼，要把你的热情留给工作。"他拍拍自己的肚子，满意地闻着水晶杯里的酒，"对我来说，海盗工作唯一让我喜欢的就是当我不用航海时，我可以享受舒适的生活。不过我最喜欢的是美酒！"

"我并不讨厌美食,"恺撒说,"但我讨厌失去清晰的头脑,我注意到就算只是半杯稀释过的酒水,也会让我昏昏欲睡。"

"但是等你醒过来,你就会觉得这一天都特别美好!"波吕戈努斯大叫道。

恺撒咧嘴一笑:"没有这个必要。"

"什么意思?"

"亲爱的伙计,比如说,我会在某个头脑清醒、精力充沛的早晨带着船队来到这里,然后攻下这个地方并把你们全都关押起来。我可以向你保证,当我看着你身带镣铐时,我的感觉会比刚刚睡醒时好多了!但这还不是最好的感觉。因为在我处死你的时候,我会感到前所未有的美妙!"

波吕戈努斯仰天狂笑:"恺撒,你在我招待过的客人中最好笑!我喜欢你的幽默!"

"你这么说真是太好了。不过等我处死你的时候,你就笑不出来了,我的朋友。"

"这不可能发生。"

"这一定会发生。"

波吕戈努斯身上穿着金色和紫色的衣袍,手上戴着许多戒指,胸前的项链闪闪发光。他往后一躺靠在躺椅上,然后又开始哈哈大笑。"你以为我没有看到你站在船上盯着海岸?白费力气,恺撒,白费力气!没有人可以找到回来的路!"

"你就可以。"

"那是因为我已经走过一千次,在前面一百次中我也总是迷路。"

"我相信,你没有我这么聪明。"

这句话激得波吕戈努斯挺起身子。"我的聪明抓住一个罗马元老已经绰绰有余了!而且我还从他那里榨出五十塔兰特!"

"你的蛋还没有孵出来。"

"如果这只蛋孵不出来,那它就要烂在这里!"

这么一番唇枪舌剑之后,波吕戈努斯就自己离开了,留下他的俘虏独自摸索着走回房间。一个非常漂亮的女孩正在房间里等着，恺撒先把她交给德梅特里乌斯清洁身子，然后才开始尽情享用这个礼物。

恺撒在这个海盗窝点待了四十天。在此期间，没有任何人限制他的自由。他想去哪里就去哪里，他想跟谁说话就跟谁说话。他的名声传遍整个小镇，很快大家都知道恺撒相信他获释之后就会回来，还会攻占这个地方并处死所有人。

"不，不，我只会处死那些男人！"恺撒说，对着一群围住他的女人露出迷人的笑容。"我怎么会处死你们这些美人呢？"

"那你会把我们怎么样？"站在最前面的那个女人抛着媚眼问。

"我会把你们卖了。这里有多少女人和孩子？"

"一千人。"

"一千人。如果每个人在奴隶市场上的价格是一千三百塞斯特尔提乌斯，那我不仅可以把赎金还给那些被迫为我筹款的人，还能让他们有一点收益。但是你们这里的女人和孩子比一般小镇上的女人和孩子漂亮多了，所以平均价格可以卖到两千塞斯特尔提乌斯，这样为我筹集赎金的人会有很多收益。"

女人们笑呵呵地走开。噢，他真可爱！

事实上，每个人都很喜欢他。他是这么风趣迷人，总是谈笑风生。他从来都没有表现出一丁点恐惧或抑郁。他会和所有人开玩笑，还常常说要处死所有男人并把女人和孩子卖为奴隶，结果这成了一个常常给大家带来欢笑的娱乐。他双眼发光，双唇轻启，他像他们一样觉得这么说很有趣。第一个女孩说起他身为情人的非凡魅力，结果许多女人都对着他眉来眼去。不过男人们很快就发现，他在挑选女人时很小心，从来都不会选择那些固定属于某个男人的女人。

"我只会给跟我同样阶层的人戴绿帽子。"他用庄严肃穆的声音说，从头到脚都流露出身为贵族的威仪。

"朋友？"他们问，嘻嘻哈哈地大笑。

"敌人。"恺撒回答道。

"好吧,那我们不是你的敌人吗?"

"是我的敌人,但不是跟我同样阶层,你们只是一群低贱的人渣!"他说道。

这时所有人都会笑哈哈地散开,觉得他这种充满幽默感的侮辱很可爱。

一天下午,恺撒跟波吕戈努斯一起吃饭。这个海盗头目突然一声叹息。

"恺撒,我很遗憾即将失去你。"

"啊!赎金找到了!"

"明天你的被释奴会送来赎金。"

"你怎么安排?我想,应该有人带他到这里来,因为你说没有人能找到这个地方。"

"哦,我的手下一直都跟着他。当最后一笔钱放进钱袋里,我就收到了消息。他们大概明天中午就回到这里。"

"然后我就可以离开了?"

"是的。"

"那我租用的船只呢?"

"也可以离开。"

"船长和他的船员呢?"

"他们会回到船上,你们天一亮就向着西边起航。"

"所以你把我租用的船只也算在赎金里了?"

"当然没有!"波吕戈努斯惊讶道,"船长筹集了十塔兰特来买回他的船只和船员。"

"啊!"恺撒倒吸一口气,"出于荣誉,我必须还上这一笔。"

按照预期,布尔根杜斯在第二天中午来到。这正好是恺撒被扣押的第四十天。

"要是不能凑齐赎金,卡尔狄克萨肯定不会让她的儿子认我这个父亲,"布尔根杜斯抹着眼泪说,"恺撒,你看起来很好。"

"他们是热情周到的主人。是谁凑齐了赎金?"

"帕塔拉一半,桑索斯一半。他们很不高兴,但是不敢拒绝。瓦提亚的事情刚过去没多久。"

"他们会把钱拿回来,而且比他们想象的还要快。"

整个海盗小镇都来为恺撒送别,有些女人公然流泪,连波吕戈努斯也眼泪汪汪。

"我再也不会遇到像你这样的俘虏了!"他叹息道。

"确实如此。"恺撒笑着说,"我的朋友,你的海盗生涯结束了。我会在春天之前回来。"

波吕戈努斯还是一如既往地觉得这句话很好笑。他笑呵呵地站在那个小小的沙滩上,看着恺撒租用的船只扬帆起航驶向西边。天刚亮,光线还很黯淡。

"船长,不要停!"海盗头目大声高呼,"你要是停下来,我的护送船就会撞上你的船屁股!"

一艘护送船从东边的山峦后面出来,无论前方的船只航行技术多么高强,这艘护送船都能跟上。

但是天色全亮时,那艘护送船已经不在了。沿着前方的河口而上,就是帕塔拉。

"现在可以缓解一下经济问题了。"恺撒看着船长说。"顺便说一句,你为了赎回船只和船员的十塔兰特,我会给回你。"

船长显然不相信恺撒能够这么做,所以他只是垂头丧气地说:"真是一趟倒霉的旅程!"

"我想,等你最后回到拜占庭,你一定会很高兴,"恺撒说,"现在先让我上岸。"

恺撒的拜访很快就结束了。在所有马匹和骡子重新回到船上之前,恺撒就回来等着第二天再次出发了。他看起来神清气爽。"船长,快点!"

"到罗得岛?"

"当然是到罗得岛。"

这趟旅行花了三天时间，第一天晚上停靠在特尔美苏斯，第二天晚上停靠在考努斯。在这两个地方停靠时，恺撒都不同意让他的骡马下船。

"我太赶时间了，它们可以挺下去的。"他说道，"噢，我的幸运！我一如既往地受到幸运女神的眷顾！幸好我以前有过征集船队的经验，所以等我们到达罗得岛时，我很清楚应该到什么地方去找什么人。"

他确实非常清楚，于是他在船只靠岸的两个小时内就把他要见的人都召集起来。

"我需要一支舰队，包括十艘三列桨战船和五百多个精兵。"他对聚集在港口负责人办公室的一群罗得岛人说。

"为什么呢？"那个年轻的舰队司令莱桑德问。

"跟我一起回到海盗头目波吕戈努斯的贼窝，我准备攻下那个地方。"

"波吕戈努斯？你永远都找不到他的贼窝！"

"我会找到。"恺撒说，"走吧，让我带着舰队一起出发！罗得岛会有很多收获。"

说服罗得岛人去参与这个疯狂计划的并不是恺撒的激情和自信，而是他的权威让他赢得了十艘三列桨战船和五百名士兵。他们早就认识恺撒，而且瓦提亚的一些手下仍然支持他。虽然在瓦提亚之前，泽尼克特斯就烧了他在特尔美斯苏斯山上的窝点，但罗得岛人却对瓦提亚越发尊重。瓦提亚并没有因为失去这些战利品而担心，他只是等着那些灰烬彻底冷却，然后把那些灰烬筛了一遍，得到其中的贵重金属。如果瓦提亚能够做到这些事，那曾经身为他手下副将的恺撒可能也有一点本事。于是罗得岛人觉得可以在恺撒身上赌一把。

舰队停靠在帕塔拉城的河口，在那里度过寻找波吕戈努斯窝点之前的最后一晚。恺撒进入帕塔拉城里，让所有空置的商船都跟在罗得岛的舰队后面。第二天，他站在自己租用的那艘船上，眼睛盯着海岸线上的一个个小海湾。

"你看，"恺撒对船长说，"在波吕戈努斯离开帕塔拉之前，我就从那些海盗的谈话中知道小海湾大概是什么样。于是我就在脑海中下了一个定义,什么地方能算是一个小海湾,什么地方不能算。然后我只是简单地数算每个小海湾。"

"我一直在寻找标志,一些看起来像是某种东西的岩石,或者是一些奇形怪状的山峰,诸如之类的。"船长说着叹了口气,"但是我很快就迷路了!"

"那些标志很有迷惑性,而且人们对这些标志的记忆很不可靠。但是记住数字就很简单。"恺撒笑着说。

"要是你数错了呢?"

"我没有数错。"

他确实没有数错。五百个罗得岛士兵停靠的那个小海湾看起来跟其他海湾一模一样。他们的舰队一整晚都躲在这个海湾的西边,他们的踪迹并没有被人发现。不过他们后来才发现,波吕戈努斯根本就没有派人去瞭望。他的全部四艘战船都藏在盆地里面,他觉得自己很安全。但是太阳刚刚升起没多久,波吕戈努斯和他的手下就束手就擒,他们身上戴着原本用于捆绑奴隶的锁链。

"你可不能说我没有警告你。"恺撒对着波吕戈努斯说,波吕戈努斯戴着一套结实的镣铐。

"罗马人,我还没被处死!"

"你会的!你会的!"

"你是怎么找到这个地方的?"

"算数。我数出从帕塔拉到这里的每个小海湾。"恺撒转过身,对着罗得岛的舰队司令莱桑德说,"来吧,让我们看看波吕戈努斯都藏了什么财宝。"

结果他们发现了许多财宝。不仅所有的谷仓都装得满满当当,还有其他食物足够让桑索斯和帕塔拉的全部居民在接下来的冬季和春季吃饱肚子。一所大房子里塞满了各种昂贵织物和紫色布料,还有最为珍奇的橘木桌子,还有镶金嵌银的躺椅和最好的座椅。另外一所房子里放着一箱箱的钱币和珠宝。大部分珠宝来自埃及,有彩陶、绿宝石、红玉髓、黑玛瑙、青金石和绿松石。一个小箱子里装着几千颗海水珍珠，一些珍珠像鸽子蛋那么大，还有一些珍珠色彩奇特。

"我其实并不是那么惊讶，"莱桑德说，"波吕戈努斯在这些海上商道已经抢掠了二十年，而且他出了名的善于收藏。我只是不知道，他还抢劫在塞浦路斯和埃及之间来往的船只。"

"因为那些海水珍珠和珠宝首饰？"

"其他地方很难看到这些东西。"

"塞浦路斯的亚历山大里亚人竟然还有胆子跟我说他们的船只很安全！"

"恺撒，他们不喜欢让外人知道自己的弱点。"

"是的，这个我早就知道了。"恺撒长舒一口气，显得很高兴，"好吧，莱桑德，让我们来分配战利品。"

"恺撒，严格说来，我们是你的雇佣军。只要你给我们支付船只和士兵的佣金，那你就可以拥有全部战利品。"莱桑德说。

"我的朋友，我会拿一些战利品，但肯定不会全部拿走。我希望无论元老院对我提出什么问题，我都可以绝对真实地回答。所以我会带走一千塔兰特的钱币送给罗马国库，还有五十塔兰特给我自己，还会在这些珍珠中挑选一小把我最喜欢的。我建议把剩下的少量钱币和全部珠宝都作为罗得岛的报酬。你可以卖掉那些家具和布料，但是我希望用卖得的资金在罗得岛建造一座神庙，献给我的祖先阿佛洛狄特。"

莱桑德眨巴着眼睛。"恺撒，你太慷慨了！为什么不把一整箱珍珠都留给你自己呢？这些珍珠可以让你的余生都无须为金钱担忧。"

"不，莱桑德，我只要一小把。我像所有人一样喜欢财富，但太多财富会让我变成一个守财奴。"恺撒弯下腰伸手拨开那些珍珠，从中选出这个或那个。二十颗黑色幻彩的珍珠，还有一颗珍珠的形状和颜色都跟草莓很相似，十几颗像满月般润泽的颜色，一颗巨大的紫色珍珠，六颗完美的银色珍珠。"就这些！你知道，我不可能悄悄地卖掉这些珍珠，因为所有罗马人都会问这是从哪里来的。但是我可以在必要时把这些珍珠送给某些女人。"

"你会声名远扬,因为你一点都不贪婪。"

"莱桑德,我不想让人提起这件事。我是认真的!我的自制跟我不贪婪毫不相关,而是跟我在罗马的名声有关。我曾经发誓,我绝对不会让自己受到侵占或窃取国家财产的指控。"他耸耸肩膀,"除此之外,我得到的钱越多,花钱的速度就越快。"

"那帕塔拉和桑索斯呢?"

"他们可以把那些女人和孩子卖为奴隶,还可以拥有这里储存的全部食物。他们售卖奴隶得到的收益会比为我筹集的赎金多得多,而那些食物就算是额外的礼物。但是我希望得到你的同意,再拿出十塔兰特给我的船长。他也需要支付赎金。"恺撒伸出一只手搭在莱桑德的肩膀上,带着他走出那所房子。"桑索斯和帕塔拉的船只天黑之前就会到达这里。我建议,在他们到达之前,你就先把属于罗得岛的东西搬到船上。我会让我的秘书列出清单,然后你要把属于罗马的钱护送到罗马。"

"你准备把那些男人怎么样?"

"把他们放到帕塔拉人和桑索斯人的船上,然后跟我一起前往帕加马。我并不是什么高级官员,所以我没有在行省处决犯人的权力。这意味着我必须把他们带到帕加马面见总督,然后请求总督同意我把他们处死。"

"我这就把属于罗得岛的东西搬到船上,这些东西不算太多。等到航行比较安全的时候,大概是在初夏,我就会把钱从罗得岛运送到罗马。"莱桑德想起另外一件事,"我会派出四艘船护送你前往帕加马。你给罗得岛带来了这么多财宝,所以罗得岛很愿意为你效劳。"

"要记得!谁知道呢?也许我某一天真的需要你们效劳。"恺撒说。

那些海盗被带到沙滩上,波吕戈努斯在一条长队的最后面。他给了恺撒一个严肃的敬礼。

"他们还真是一群骄奢淫逸的家伙。"恺撒摇着头说,"我一直都以为海盗不讲卫生、没有文化、喜爱打斗,但这些人很娇弱。"

"当然了,"莱桑德说,"人们高估了他们的凶悍。恺撒,他们常常要

233

为了抢掠财物而战斗吗？其实很少。当他们真的需要战斗时，那都是在他们头目的指挥之下，而他们的头目很有技巧。像波吕戈努斯这样的小型海盗团伙不会攻击有人护航的船只，只会攻击无人护航的商船。那些带着舰队航行的海盗主要是在克里特附近。但是当你住在像波吕戈努斯那样的据点里面，你会觉得自己一直都很安全，那简直就是一个独立王国。"

"罗得岛可以付出更多努力去打击海盗。"恺撒说。

但是莱桑德摇了摇头，哈哈大笑。"这都怪罗马！当罗马肩负起管理大洋西岸的重担之后，就坚持让我们缩减舰队的规模。罗马以为自己能控制一切，包括那些海上航线。但是罗马太小气，不舍得花费必须的资金。罗得岛现在罗马的控制之下，所以我们只好乖乖听话。如果我们有足够的海军力量去独自清除海盗，那罗马就会开始觉得自己是在养虎为患。"

恺撒稍稍一想，就发现这实在无可争辩。

恺撒来到凯库斯河，他的船只停靠在帕加马的港口，但是马尔库斯·朱尼乌斯·尊库斯并不在帕加马。按照罗马的日历，此时已经是三月底，这意味着冬天还没有结束，不过恺撒沿着海岸线而上的航行却很顺利。帕加马城地势很高，看起来富丽堂皇。即便是从河边的低地看过去，也能看到神庙的屋顶和宫殿的屋檐上冰雪堆积。

"总督在哪里？在以弗所？"恺撒对着财务官昆图斯·庞培问。这个昆图斯·庞培的血统更接近昆图斯·庞培·鲁弗斯的家系，而不是格涅乌斯·庞培·马格努斯的家系。

"不，他在尼科美狄亚。"昆图斯·庞培简短回答。"我正准备去找他。你能在这里遇到我已经很幸运，我们最近都在比希尼亚忙个不停。我回来给总督带一些更凉爽的服装，我们没想到尼科美狄亚比帕加马更温暖。"

"哦，向来都是这样。"恺撒不动声色地回答。他竭力忍住自己的疑问：身为亚细亚行省的财务官，难道就没有比给总督拿衣服更紧要的事情去干？"好吧，昆图斯·庞培，"他神色平和地接着说，"如果你愿意，我可以替你把总督的衣服送过去。在你离开之前,我有一些工作想交给你去完成。你看到那边的船只了吗?"

"看到了。"昆图斯·庞培说。一个比他年轻的人在这里指指点点,告诉他要做什么不要做什么,这让他有点不高兴。

"船上有五百多个海盗,你要找个地方把他们关上几天。我要到比希尼亚去见马尔库斯·朱尼乌斯,得到他的正式批准才能把这些人钉死。"

"海盗?钉死?"

"是的。我攻陷了吕西亚的一个海盗窝点。对了,我必须补充说明,罗得岛派出十艘船的海军兵力才帮我完成了这件事情。"

"那你可以留在这里,自己看着你那些该死的囚徒!"昆图斯·庞培没好气地说,"我可以去询问总督!"

"昆图斯·庞培,我很抱歉,但事情不该这么办。"恺撒温和地说,"我是一个私人公民,而且是以私人公民的身份抓住这些人。我必须亲自面见总督。吕西亚是他行省的一部分,所以我必须亲自向他说明情况。这是法律的规定。"

这两人各执己见一番争辩,但谁会赢得胜利毫无悬念。恺撒登上一艘罗得岛的快船前往尼科美狄亚,留下昆图斯·庞培去对付那些海盗囚徒。

恺撒在一间狭小的王宫候见室中歇脚,等着忙碌的马尔库斯·朱尼乌斯·尊库斯抽出时间来接见他。他有点悲伤地想:这里已经变得让他差点认不出来了。那些鎏金镀银还保存着,那些壁画和其他难以偷走的艺术品还保存着,但是一些熟悉而亲切的雕塑和绘画已经从门厅和房间里消失了。

直到日光渐暗,尊库斯才走进房间。他显然是先去吃过饭,而不是先让他的元老院同僚从漫长的等待中解放。

"恺撒!很高兴跟你见面?有何贵干?"总督一边问,一边伸出他的手。

"你好,马尔库斯·朱尼乌斯。你好像很忙。"

"没错,你对这个地方了如指掌,不是吗?"这句话听起来很平常,但其中隐含的意思却显而易见。

"既然是我通知你尼科美德斯国王已经去世,那你应该很清楚这个事实。"

"但你不是很有礼貌,没有在这里等着我来到。"

"马尔库斯·朱尼乌斯,我是一个私人公民,我在这里只会让你诸多不便。一个总督要把一个新地方并入罗马行省,当他要完成如此重要的任务时,最好还是让他完全采用自己的方式。"恺撒说。

"那你现在到这里干什么?"尊库斯看向恺撒的目光中充满强烈的厌恶,他记得他们在谋杀罪法庭上的小小交锋,当时恺撒差点就赢过他们。

"两个月前,我在法马库萨被海盗绑架了。"

"哦,这种事情经常发生。我想你已经付了赎金,因为你正站在我面前。恺撒,但是我不能帮你找回赎金。不过,如果你强烈要求,那我可以让手下替你在罗马元老院提起申诉。"

"这个我自己就能做。"恺撒和颜悦色地说,"马尔库斯·朱尼乌斯,我并不是到这里来诉苦。我是来请求你的批准,让我钉死五百个海盗囚徒。"

尊库斯目瞪口呆。"什么?"

"正如你刚刚听到的,我已经把自己赎出来了。接着我到罗得岛找了一支小舰队和一些士兵的增援,然后就回到那个海盗窝点,攻陷了那个地方。"

"你没有权力这么干!我是总督,这是我的任务!"尊库斯咆哮道。

"我刚刚去过帕加马,并且把我的囚徒在那里留下。马尔库斯·朱尼乌斯,如果我先送信到帕加马,然后再把信件转送到尼科美狄亚,经过这么一番耽搁冬季早就结束,波吕戈努斯又带着团伙离开老巢出去抢劫了。我虽然是一个私人公民,但我采取了一个罗马元老应该采取的行动,那就是确保罗马的敌人不能逃脱罗马的惩罚。"

如此犀利的反驳让尊库斯哑口无言,他只好搜索枯肠找出一句适当的回答。"恺撒,那么你应该得到称赞。"

"我也是这么想。"

"现在你要请求我的批准,让我同意你钉死五百个身强体壮的海盗?我不会这么做!你的俘虏属于我。我要把他们卖为奴隶。"

"我已经向他们保证,要把他们钉死。"恺撒说,双唇开始紧绷。

"你向他们保证?"尊库斯问,真的是大吃一惊,"他们是法外之徒和盗贼土匪!"

"马尔库斯·朱尼乌斯,不管他们是野蛮人还是大猩猩,对我来说都没有区别!我保证会把他们钉死。我是罗马人,我的承诺就是我的信誉。我必须说到做到。"

"你没有资格给出承诺。正如你指出的,你只是一个私人公民。我同意你采取了正确的行动,确保罗马的敌人没有逃脱惩罚。但在我的管辖范围之内,我有权决定那些囚犯应该如何处理。他们会被卖为奴隶。这件事就这么决定了。"

"我明白了。"恺撒说。他目光清冷地站起身。

"等一等!"尊库斯大叫道。

恺撒又转身看着他。"怎么了?"

"我想应该有一些战利品吧?"

"是的。"

"战利品在哪里?在帕加马?"

"不是。"

"你不能自己霸占了!"

"我没有。大部分给了罗得岛人,因为他们提供了人力物力才做成这件事。还有一些给了桑索斯和帕塔拉的居民,因为他们给我筹集了五十塔兰特的赎金。属于我的那部分献给阿佛洛狄特,请罗得岛人建造一座神庙纪念这位女神。属于罗马的部分正在运往罗马的路上。"

"属于我的部分呢?"

"马尔库斯·朱尼乌斯,我没想到你也应该分得一份。"

"我是行省总督!"

"战利品很多,但是也没有太多。波吕戈努斯并不是泽尼克特斯。"

"你送到罗马的有多少?"

"一千塔兰特的钱币。"

"那已经够多了。"

"对罗马来说,确实如此。对你来说,并非如此。"恺撒温和地说。

"身为行省总督,把属于罗马的部分运回罗马是我的任务!"

"应该减去多少?"

"应该减去属于总督的份额!"

"那我建议你向国库提出申请,要求得到应该属于总督的份额。"恺撒微笑着说。

"我一定会!别以为我不会!"

"马尔库斯·朱尼乌斯,我没有那样认为。"

"恺撒,我会向元老院指控你的傲慢!你把总督的责权揽到自己身上!"

"没错。"恺撒一边说一边往外走。"我就应该这么做,不然国库就会损失一千塔兰特。"

恺撒租了一匹马,穿过冰雪消融的原野返回帕加马,布尔根杜斯和德梅特里乌斯跟在后面拼命追赶。他策马狂奔,没有稍作停顿。他的愤怒给疲惫的头脑和酸痛的肌肉注入能量。他才离开帕加马七天就再次回到这个地方,而且比罗得岛的战船领先了两天,那些战船还在穿越赫勒斯滂海峡。

"都办好了!"他兴高采烈地对着昆图斯·庞培大声说,"我希望你已经做好了十字架!我可不想浪费时间。"

"做好十字架?"昆图斯·庞培惊讶地问。"马尔库斯·朱尼乌斯肯定会把那些人卖出去,我又何必给那些人做好十字架?"

"他一开始确实想把他们卖出去,"恺撒轻松自如地回答,"但是我向他解释,我已经承诺要把那些人钉死,所以他就明白了。我们赶紧开始制作十字架!我两个月前就应该跟着阿波罗尼乌斯·莫隆开始学习了。真是时光飞逝,昆图斯·庞培,我们要赶紧开始!"

这个摸不着头脑的财务官发现自己被恺撒指挥得团团转,就连尊库斯都没有这样让他紧赶慢赶。不过他的速度还是不能让恺撒满意,最后恺撒亲自从一个工场购买木材,并组织那些海盗去为自己制造十字架。

"你们这些混蛋,要好好干,因为你们将会挂在上面!如果因为十字架没有做好,那你们就要拖上好几天才能死掉,没有比这个更悲惨的结局了。"

"总督为什么不把我们卖为奴隶?"波吕戈努斯问,他不太擅长动手干活,所以他的十字架做得很慢,"我以为他肯定会这么干。"

"那你就错了。"恺撒说,从他手中拿过螺栓把一块木板横着固定在另外一根木头上,"波吕戈努斯,你的海盗事业怎么会成功?你真是个无可救药的笨蛋!"

"一些笨蛋也能把事业做得很成功。"波吕戈努斯倚着一把铲子说。

恺撒挺直身子,那个十字架已经固定好了。"我可不是!"他说道。

"我早就发现了。"波吕戈努斯说着叹了口气。

"继续挖坑!"

"这些东西有什么用?"波吕戈努斯问,让恺撒接过他的铲子,而他自己则指着一堆木栓。

"楔子。"恺撒咕哝道,他的铲下泥土翻飞。"等到这个坑足够深,能够承受十字架和人的重量,你的十字架就会放进坑里。但是这里的泥土太松软,不能让十字架牢固地保持直立,所以我们要把楔子打进去,围成一个稳固的地基。等到任务完毕,你已经死去,只要把楔子拿掉,要拔起你的十字架就很容易。这样总督就可以把这些处死恶人的刑具收好,等着处决我抓住的另一批海盗。"

"你不会喘不过气吗?"

"我有足够的气力,可以一边干活一边说话。太过了,波吕戈努斯,帮我把你最后的栖身工具放进坑里……那边!"恺撒往后一站。"现在把一个楔子打进坑里，十字架有点歪了。"他放下铲子，拿起锤子。"不，不，在另一边！在歪掉的一边！你真的干不了粗活，是不是？"

"我可能干不了粗活，"波吕戈努斯说着咧嘴一笑，"但是我能让我的处决者替我干粗活！"

恺撒哈哈大笑。"朋友，你以为我没有意识到这一点吗？但是，你要为此付出代价。这个任何一个优秀的海盗都应该知道。"

波吕戈努斯不再得意扬扬，他瞪大双眼。"代价？"

"其他人会被打断腿，这样他们会很快死去。但是你，我会让你的脚下稍微有点支撑，这样就不会有太大的力量把你拖下去。波吕戈努斯，你会拖上好几天才能死掉！"

罗得岛的战船跟着恺撒从尼科美狄亚而来，当船只进入通往帕加马港湾的河口时，划桨的船员都惊呆了。罗得岛也有被刑法处死的人，但是这种罗马的处决方式并不是罗得岛人生活的一部分。罗得岛是罗马的盟友，而不属于罗马行省的一部分。在港口和大海之间有一片空地，那里的五百个十字架看起来既恐怖又怪异。到处都是死人，只有一个例外，就是那个海盗头目。他的头上戴着一个铁制王冠，还在呻吟哀嚎。

昆图斯·庞培留在帕加马，不愿在恺撒消失之前离开那个地方。那些十字架就像一片森林，里面的每棵树都一模一样。在十字架上钉死人的事情时有发生，但这只是针对奴隶而非自由人，而且从来都没有这么声势浩大的场面。这些十字架排列整齐、间隔统一，宣告着一场整齐划一的死刑。既然一个人能在这么短的时间内组织这么一场死刑，那么这个人绝对不容忽视。无论他的身份是多么不正式，都不能让他留在这里掌管帕加马。于是昆图斯·庞培耐心等待，直到恺撒的船队出发前往罗得岛和帕塔拉才离开。

昆图斯·庞培来到尼科美狄亚，发现总督很高兴。尊库斯在王宫下面的一个地牢里发现了一些金条并据为己有，他不知道这是恺撒和奥拉达尔提斯给他布下的陷阱。

"昆图斯·庞培，因为你辛勤工作协助比希尼亚并入亚细亚行省，"尊库斯冠冕堂皇地说，"所以我准备批准你的请求。你可以把自己称为比希尼库斯。"

这让昆图斯·庞培（比希尼库斯）变得跟总督一样高兴，他们兴高采烈地躺在一起吃饭。

直到他们吃完最后一道菜，尊库斯才提起恺撒。

"他是我见过最傲慢的混蛋。"他呲牙咧嘴地说道，"他不肯把战利品分给我，然后居然还有胆子让我同意他把五百个健壮的男人处死！如果我把这些人送到奴隶市场卖掉，那我至少还可以得到一些补偿。"

昆图斯·庞培目瞪口呆。"卖掉他们？"

"怎么了？"

"马尔库斯·朱尼乌斯，但是你下令把这些海盗在十字架上钉死！"

"我没有！"

昆图斯·庞培（比希尼库斯）气得浑身发抖。"真该死！"

"怎么了？"尊库斯重复道，开始绷紧身体。

"恺撒离开帕加马去见你，但他七天后就回来告诉我说你同意钉死那些人。我承认，我有点惊讶，但是我从来没想过他竟然在撒谎！马尔库斯·朱尼乌斯，他已经把那些人都钉死了！"

"他没有那个胆子！"

"他真的有那个胆子！而且还那么自信，那么镇定！他像使唤仆人一样使唤我！我还跟他说，听到你同意我很惊讶。但是他没有一点不安或愧疚的表情！没有！真的，马尔库斯·朱尼乌斯，他说的每个字我都相信了！而且你也没有送来任何消息。"他巧妙地加上这么一句。

尊库斯出离愤怒，泪流如注。"那些人在市场上价值两百万塞斯特尔提乌斯！两百万啊！而且他还送了一千塔兰特到罗马国库，但却没有先向我报告，也没有给我一份！现在我只能向国库申请，要求得到我的那一份，但是你知道这是多么困难！如果在我的第一个孙儿出生之前能有决定出来，那就是万幸了！但是他，那个混蛋，肯定自己霸占了几千塔兰特！几千塔兰特！"

"我不觉得。"昆图斯·庞培（比希尼库斯）说，他尽量把目光转到其他地方，而不落到悲痛欲绝的尊库斯身上。"我跟罗得岛船队的高级船长进行了一些交谈，看来恺撒确实把所有战利品都送给罗得岛、桑索斯和帕塔拉。这次收获很可观，但那毕竟不像埃及人的宝藏。罗得岛人相信恺撒自己只拿了很少一点，而且所有与此相关的人都是这么认为。他自己的一个被释奴也说，恺撒喜欢金钱，但是他太聪明，所以不会把金钱放在自己的政治名声之前。而且他还对着我露出一个狡猾的笑容，告诉我说恺撒永远都不会让自己在侵占财产罪法庭中受审。而且，恺撒住在那个海盗窝点等待赎金时，好像也向那些海盗保证会把他们钉死。马尔库斯·朱尼乌斯，要证明他从肃清海盗的战利品中拿了什么东西很困难。"

尊库斯擦干眼泪，又擤擤鼻涕。"我也无法证明他从尼科美狄亚或比希尼亚拿走了什么东西。但是他一定拿了！他一定拿了！昆图斯·庞培，我也见过道德高尚的人，但我可以发誓，他不是这种人。他太自负了，不可能是什么正人君子。而且他太傲慢了，他表现得好像拥有全世界！"

"那个海盗头目也觉得恺撒很奇怪，根据他的说法，恺撒身为俘虏时也表现得好像拥有全世界。那时恺撒总是对着他们嬉笑怒骂！他们本来要求的赎金是二十塔兰特，但恺撒觉得这简直是对他的侮辱！他说，他至少值五十塔兰特，最后就让他们把赎金的价格定为五十塔兰特！"

"所以，他才说他拿了五十塔兰特！我当时就注意到了，但是我实在太生气，所以没有让他说清楚，后来我就忘记了。"尊库斯摇摇头，"这也许可以解释他的行为。这个人疯掉了！五十塔兰特是一个监察官的赎金价格。是的，我相信，他肯定是疯掉了。"

"也可能是他想吓唬桑索斯和帕塔拉，让他们快点凑齐赎金。"昆图斯·庞培说。

"不！他疯了，而且他的疯狂是源于自负。他本来就没有什么特殊之处。"尊库斯的脸上显得苦大仇深。"但是他的动机实在不可理喻。他对我做出这些事,我一定要让他付出代价!噢,我简直不敢相信!两百万塞斯特尔提乌斯!"

如果恺撒也因为自己挑起的怨恨而感到不安,那他确实没有流露出丝毫迹象。当他的船只终于来到罗得岛时,他给了船长一笔丰厚的报酬,然后就在城郊租了一所舒适而低调的房子,接着就开始跟着那个了不起的阿波罗尼乌斯·莫隆学习。

罗得岛是一个位于亚细亚行省下方的独立大岛,而且是地中海东部的交通要道,所以在这里总能听到各种消息,来到这里的罗马学生根本就不用担心自己听不到罗马或罗马领地的最新情况。于是恺撒很快就知道庞培写给元老院的书信,还有元老院的反应,包括卢库卢斯的情况。而且他还得知,去年的高级执政官盖乌斯·奥克塔维乌斯三月初前去担任西里西亚的总督,他刚刚到达塔尔苏斯[1]之后不久就去世了。不过现在还不知道元老院准备让谁去接替他。比希尼亚根据遗嘱成了送给罗马的礼物,这让罗马从上到下的所有人都很高兴。但是恺撒在罗得岛得知,并不是所有人都希望这块新地盘成为亚细亚行省的一部分,尽管尊库斯已经奉命去接管这个地方,但是争论并没有结束。卢库卢斯和马尔库斯·科塔这两位新任的执政官都希望让比希尼亚成为一个独立的行省,并派遣另外一位总督去管理这个行省,而马尔库斯·科塔早就准备在明天接下这个职位。

不过罗得岛人更关心的是本地消息。对他们来说,本都和卡帕多西亚的情况比罗马和西班牙的情况更重要。据说自从四年前提格拉尼斯国王入侵卡帕多西亚之后,马扎卡就没有留下一个居民。提格拉尼斯国王把许多人转移到提格拉诺塞尔塔。恺撒曾经见过卡帕多西亚国王,而且对这位国王没有什么好感。在提格拉尼斯入侵之后,卡帕多西亚国王就在亚历山大里亚过着流放生活,他之所以选择这个地方是因为塔尔苏斯

---

[1] 塔尔苏斯(Tarsus)是位于土耳其中南部的古城,公元前67年并入罗马新设的西里西亚行省。——译者注

太靠近提格拉尼斯，而到罗马去又太费钱了。

现在有许多传闻说密特里达提国王正在本都召集一支大军。比希尼亚因为一份遗嘱而落入罗马人手中，这让密特里达提国王非常愤怒。不过没有人知道具体细节，而密特里达提现在仍然在他的国境之内。

马尔库斯·朱尼乌斯·尊库斯也给罗马人贡献了一些谈资。据说他跟比希尼亚一些最有权势的罗马人发生了冲突，这些罗马人主要是住在黑海沿岸的赫拉克莱亚。这些人的正式申诉已经送到罗马元老院，他们指控尊库斯正在掠夺比希尼亚最珍贵的财宝。

到了六月初，整个亚细亚行省都在恐惧颤抖。密特里达提国王正在进军，他已经越过帕夫拉戈尼亚直逼赫拉克莱亚，就在比希尼亚的边境。消息传到罗马：本都国王准备侵占比希尼亚。无论是从血缘、背景还是地理，比希尼亚都应该属于本都而非罗马，所以密特里达提国王不会眼睁睁地看着罗马统治比希尼亚！但是本都大军在赫拉克莱亚停了下来，密特里达提像往常那样，在向罗马发起挑衅之后就按兵不动，想看看罗马会采取什么措施。

马尔库斯·朱尼乌斯·尊库斯和昆图斯·庞培（比希尼库斯）逃回帕加马，他们把大部分时间都用于给元老院写信，而不是让亚细亚行省做好准备再次跟密特里达提国王开战。因为卢基乌斯·奥克塔维乌斯已经去世，所以西里西亚行省现在没有总督，于是驻扎在塔尔苏斯的两个军团并没有采取行动去给亚细亚行省提供增援，而尊库斯也没有征召这两个军团。原本属于芬布里亚的两个军团驻扎在以弗所和萨尔德斯，这两个军团被征召到帕加马，但是到了帕加马之后就没有继续前往比希尼亚。大家推测，尊库斯只想守住自己的地盘，而对比希尼亚撒手不管。

恺撒在罗得岛听到这些消息，但他并没有动身前往帕加马。看来亚细亚行省不想跟密特里达提国王有什么瓜葛，也不想跟他打仗，除非总督下了死命令。不过总督根本就没有针对任何事情发出任何命令。行省南部的粮食收割将在七月开始，到八月时北部的粮食也都成熟了。但是尊库斯没有采取任何行动，也没有指挥粮食收割去应付可能来临的战争。

八月时消息传来，卢库卢斯和马尔库斯·科塔两位执政官都受到元老院的委任去对付密特里达提。突然间，比希尼亚成了一个独立的行省，并且交到了马尔库斯·科塔手中，而西里西亚则交给了卢库卢斯。没有人能够说清，亚细亚行省将会面临什么命运，因为这个行省的总督只是一位大法官，而且夹在当年的两位执政官之间。卢库卢斯和马尔库斯·科塔的职位都比尊库斯高，所以他只能听命行事。但他并不是像卢库卢斯那样的人，他办事没有效率，行为也并非无可挑剔。情况开始变得对尊库斯不利。

几天之后，恺撒收到卢库卢斯的弟弟瓦罗·卢库卢斯的来信：

你可以想象，罗马现在真是快闹翻天了。恺撒，我写信给你，因为你现在置身事外，而且除了你之外我不知道还能写给谁。无论如何我都必须留在罗马，除非两位执政官都死去。因为高级执政官是我的哥哥，而低级执政官是你的舅舅，所以我们都不希望他们死去。我为什么必须留在罗马呢？因为我当选为明年的高级执政官！这是不是很棒？低级执政官是盖乌斯·卡西乌斯·隆吉努斯，我想这个同僚是个好人。

先说说一些本地的新闻。你可能已经听说，我们的朋友盖乌斯·维瑞斯成功地把投票人和那些官员哄得团团转，结果他现在已经当上城市大法官。但是你知道他怎么把那份通常无利可图的工作变得大有利润吗？大富翁卢基乌斯·米努基乌斯·巴西卢斯没有留下遗嘱就去世了，于是跟他血缘最近的亲属向维瑞斯提出申请，要求继承巴西卢斯的财产。这个亲属叫作马尔库斯·萨特里乌斯，是巴西卢斯的外甥。你猜是谁跳出来反对？竟然是霍尔滕西乌斯和马尔库斯·克拉苏，这两人都在巴西卢斯活着时在他那里租用了大批物业。现在这两人找到维瑞斯，坚称巴西卢斯如果留下遗嘱，那他一定会把这些物业送给他们！维瑞斯支持了他们的诉求！于是霍尔滕西乌斯和马尔库斯·克拉苏变得更富裕，而可怜的萨特里乌斯变得更贫穷。

至于维瑞斯本人，他肯定会找霍尔滕西乌斯和马尔库斯·克拉苏要点好处，不是吗？

当然我们每年的十位保民官中总会出现一些讨厌鬼。今年的这个讨厌鬼很特别，他叫作卢基乌斯·昆克提乌斯。他今年五十岁，是个白手起家的暴发户。只要不是必须穿上托迦的场合，他都会穿上一件泰尔紫的长袍，而且他的言行举止都令人讨厌。保民官就职还不到一天时间，昆克提乌斯就在广场人群中夸夸其谈，要求恢复保民官的所有权力，而在元老院中他把所有恶言恶语都集中在我哥哥身上。

不过昆克提乌斯现在很安静，很驯良。我亲爱的哥哥卢库卢斯把他好好地教训了一顿。按照我哥哥的说法，他采取了两轮攻击。第一轮是把去年的保民官昆图斯·奥皮米乌斯扔给疯狗，所谓的疯狗就是卡图卢斯和霍尔滕西乌斯。他们指控奥皮米乌斯滥用权力，并成功地罚了他一大笔钱，这笔钱的数目正好等于他的全部财产。奥皮米乌斯只好退出政坛，成了一个废人。第二轮攻击是卢库卢斯不温不火地在昆克提乌斯耳边不断提醒，如果昆克提乌斯不闭上嘴巴乖乖听话，那他也会被扔给卡图卢斯和霍尔滕西乌斯，他也会因为罚款而倾家荡产。这些措施花费了一点时间，但效果很明显。

亲爱的恺撒，如果你认为自己不在这里，人们就会把你忘记，那么我要告诉你，事实并非如此。所有罗马人都在谈论你抓捕海盗的事，还有你违反总督的命令把那些海盗钉死。什么，罗马人已经知道这件事？我可以听到你的疑问。是的，罗马人已经知道了！而且，这件事不是尊库斯说出来的。尊库斯的财务官写信把这件事告诉所有人。这个叫作昆图斯·庞培的无名小辈，他竟然厚颜无耻地在自己的名字后面加上"比希尼库斯"。他的动机显然是想让尊库斯成为大家心目中的英雄。但世事难料，最后所有人（包括卡图卢斯！）都认为你才是英雄。事实上，还有人提出应该在你的市民冠之上再加一顶水师冠。但是卡图卢斯不想做得那么彻底，于是他在元老院中指出你是一个私人公民，所以没有资格被授予军功。

今年元老院里常常讨论海盗的问题，但是请你把注意力放在"讨论"这个词上。无论这是因为菲利普斯似乎陷入低谷，还是因为克塞古斯总是缺席会议，还是因为卡图卢斯和霍尔滕西乌斯对法庭比对元老院更感兴趣。我不知道究竟是何原因，但事实是今年的元老院特别无能。要做出一个决定？噢，不可能！要推动事态发展？噢，不可能！

总之，在一月份时，我们的大法官马尔库斯·安东尼乌斯热切地争取到一项特别任命，准备把海盗从我们的海面上肃清。他要求得到这项工作的主要理由是：他的父亲安东尼乌斯·雄辩者三十年前也得到类似的委任。毫无疑问，海盗为患已经是不可小视的问题，而且我们在这种粮食短缺的时候必须保证运粮船能够从东边来到意大利。安东尼乌斯就这样被委以重任，要把海盗从我们的大海上彻底消灭。不过，我们大多数人都觉得这真是可笑极了。虽然他并不是他弟弟海布里达那样的禽兽，但是他绝对是个软弱无能的白痴。

除去没完没了的讨论，就没有其他事情发生了。除了卡普拉里乌斯·山羊的大儿子梅特卢斯（他是这一年的大法官）也觉得这是一个好主意，而且也开始努力游说想要得到这份工作。当梅特卢斯的游说对安东尼乌斯造成威胁时，你猜安东尼乌斯去见了谁呢？猜不出来？普雷基娅！你知道，就是克塞古斯的情妇。克塞古斯完全拜倒在她的石榴裙下，所以现在每当有人需要克塞古斯时，他们就会跑去巴结普雷基娅。人们只能暗中猜测，普雷基娅肯定暗藏着什么重大秘密，因为最后是安东尼乌斯得到了这份工作！小山羊大受打击地退出竞争舞台，但是我想他还会找机会再次出击。克塞古斯极力支持，结果安东尼乌斯获得了在水上的无限制至高统帅权，还有在陆上的同执政官至高统帅权。他奉命征集一个陆上军团，但是他的舰队必须从他所经之处的港口城市去征集。这一年我们的大洋西岸就是这样。

大洋西岸的海港城市向元老院提出许多申诉,如果说这些申诉中有什么值得留意的事情,那就是安东尼乌斯主要是在筹集资金而不是在把海盗肃清。到目前为止,他的海盗俘虏还没有你的多!他在坎帕尼亚的海边打了一场仗,据说他赢得了巨大的胜利,但我们并没有看到任何船只残骸或海盗囚犯。我相信,他对着利帕拉挥了挥拳头,又对着巴勒阿瑞斯大喊了几句,但是西班牙的东部海岸还是牢牢地掌握在塞尔托里乌斯的海盗同盟手里,而利古里亚也未能征服。根据那些申诉,他的大部分时间和经历都用于骄奢淫逸的生活。他在最后一封写给元老院的信函中说,他明年会从我们的大洋东岸转移到伯罗奔尼撒半岛的基特乌姆。他说,他会从这个地方对克里特发起攻击,这里是许多海盗船队的聚集之地。我想,他这么说是因为基特乌姆以气候宜人和盛产美女著称。

现在说说密特里达提。

尼科美德斯国王去世的消息直到三月才送到罗马,看来是因为冬季的风浪而耽搁了。当然,遗嘱已经稳妥地存放在维斯塔贞女那里,尊库斯也已经接到命令,一听到你告诉他国王去世的消息,就立刻动身去处理将比希尼亚并入亚细亚行省的事宜。于是元老院以为一切都在有条不紊地进行。但是紧跟着这个消息就传来密特里达提的一封正式书信。他在信中说比希尼亚属于尼莎(就是尼科美德斯国王那个年纪老大的女儿),所以他正带领大军准备让尼莎坐上王位。没有人把这件事当真,人们已经很多年都没有听到这个女儿的消息了。于是我们给密特里达提送去一封很不客气的回复,不准任何人意图窃取比希尼亚的王位,并命令密特里达提留在自己的国境之内。以前我们每次刺激到密特里达提时,他总是表现得像只蜗牛,所以没有人对这件事加以重视。

不过,我的哥哥除外。因为在东方生活和打仗的那些岁月,他的鼻子变得特别灵敏,所以他嗅到了战争将临的气息。他甚至还在元老院中提起爆发战争的可能,但元老院的反应不是群起攻击而是嗤之以鼻。他明年要去管理的行省是山内高卢。当他在元旦日抽中这个任务时，他是很高兴的。在此之前，他最担心的就是元老院把近西班牙从庞培手中夺走交给他！这就是为什么他总是那么积极地为庞培说好话。噢，他真的不想去近西班牙！

总而言之，当我们在四月底听到卢基乌斯·奥克塔维乌斯在塔尔苏斯去世的消息时，我的哥哥请求让他去接管西里西亚行省，而把山内高卢交给其中一位大法官。他坚称，我们会跟密特里达提发生战争。元老院对这些预见有何反应呢？打哈欠！伸懒腰！就好像十五年前密特里达提在亚细亚行省杀了我们八万人的事情从未发生！就好像他没有占领整个地区，直到苏拉把他赶出去。元老院讨论、讨论、再讨论……但是不能得出任何结论。

消息传来，密特里达提带着三十万士兵来到赫拉克莱亚。这时，你以为总会发生什么变化了！但是，什么都没有发生。元老院无法达成一致，究竟应该采取什么行动，更别说要派谁前往东方。在此期间，菲利普斯提出应该把出征东方的任务交给庞培·马格努斯！说句公道话，庞培还没有那么麻木不仁，他很想借此机会修复他在西班牙受损的名声。

最后，我那可怜的哥哥终于做了他向来鄙视的事。他去见普雷基娅了。你可以想象，他去见那个女人的方式完全不同于马尔库斯·安东尼乌斯！卢库卢斯太自负，不可能对着她阿谀奉承。卢库卢斯太骄傲，不可能对着她苦苦哀求。所以他没有送去昂贵的礼物，也没有装出含情脉脉的感叹或缠缠绵绵的爱慕。他开门见山，公事公办。他说，元老院里挤满了一排排的白痴，他实在不想在那里耗费力气了。但是，他向来都听说普雷基娅聪明睿智、知书达理。那么，她能否看出必须尽快派人去对付密特里达提？她能否看出接受这个任务的最佳人选就是卢基乌斯·李基尼乌斯·卢库卢斯？如果她能看出这两个事实，那么能否请她踢踢克塞古斯的屁股，让元老院尽快采取措施？她显然很喜欢听到自己比任何元老（我们可以推测，她把克塞古斯也归入其中了）都要聪明睿智、知书达理，因为她肯定是给了克塞古斯的屁股狠狠一踢。元老院里立刻就发生反应！

山内高卢被交给一位大法官（虽然还没有确定具体人选），而西里西亚则交给我的哥哥。按照元老院的命令，我的哥哥将在担任执政官期间前往东方，而且从明年元旦开始兼任亚细亚行省的总督一职。尊库斯本来应该延长任期继续留在亚细亚行省，但这一切都取消了。他必须在年底回家，因为他在比希尼亚的所作所为引起许多抱怨，所以元老院决定把他召回罗马。

意大利只有一个军团。这个军团的士兵本来准备在接受训练之后就派往西班牙，但现在这些士兵即将跟着卢库卢斯前往东方。普雷基娅在克塞古斯屁股上踢得那么狠，结果元老院投票批准拨给卢库卢斯七千两百万塞斯特尔提乌斯去征集船队，但是马尔库斯·安东尼乌斯却没有得到任何拨款。马尔库斯·科塔被委任为比希尼亚行省的总督，因为他有比希尼亚的海军可供使用，所以不存在缺乏船只的问题，但是他也没有得到拨款！恺撒，当一个女人的权力比执政官的权力还要大时，我们还有什么指望呢？

我亲爱的哥哥拒绝了那七千两百万塞斯特尔提乌斯，因此为自己赢得满身荣誉。他说苏拉在亚细亚行省征收的赋税应该足以满足他的需求，他会在亚细亚行省的不同城市和地区征集船队，然后从赋税中扣除这些费用。因为那笔钱根本就不存在，所以元老院向我的哥哥表达了真诚的感谢。

现在已经是七月底，卢库卢斯和马尔库斯·科塔将在一个月内前往东方。幸好根据苏拉的法律，即将就任的执政官比城市大法官更高级，所以我和卡西乌斯能够基本掌控罗马，而不是那个可怕的盖乌斯·维瑞斯。

这次出征将会走海路，因为只有一个军团需要运送，所以并不是什么大工程。现在是夏季，所以走海路会比穿越马其顿更快一些。我想，我的哥哥也不想像苏拉那样，在赫勒斯滂海峡以西遭遇一场战役而耽搁下来。他相信库里奥有能力抵挡本都对马其顿的入侵，去年库里奥和科斯科尼乌斯在伊利里库姆并肩作战，成功地把达尔达尼人和斯科迪斯克人一网打尽，现在库里奥正在跟贝西人战斗。

卢库卢斯应该在九月底到达帕加马，不过在那之后会发生什么事我就不知道了。我猜测，这个就连我的哥哥卢库卢斯也不知道。

恺撒，我把最新的消息都告诉你了。请你把听到的消息也都写信告诉我，我想卢库卢斯肯定没有时间给我写信！

这封信让恺撒忍不住叹息。突然开始的呼吸练习和修辞课程并不是那么有趣。但是，他并没有受到卢库卢斯的征召，而且他怀疑自己永远都不会得到卢库卢斯的任用。特别是考虑到他抓捕海盗的故事已经传遍罗马。卢库卢斯会认同他的行为，但不是认同他这个人。卢库卢斯喜欢照章办事，循规蹈矩。一个私人公民挑衅了一个总督的权威，尽管卢库卢斯能够理解恺撒为什么这样做，但在他看来这样做还是相当不妥。

第二天，恺撒在沉思默想：也许愿望是现实之父？一个人是否能够用隐秘欲望的能量去影响事态发展？还是说一切都是幸运之神的工作？我拥有好运气，我是幸运的宠儿。现在，幸运再次眷顾。又有机会出现了！而且没有人能够阻拦我。好吧，只有尊库斯能够阻拦我，但他根本就微不足道。

现在罗得岛的人都认为，密特里达提国王不只是发动了一次入侵，而是三次入侵，每次入侵都是从本都的泽拉①开始，他现在把泽拉作为他的军队总部和士兵训练处。他自己带着主力部队，包括三十万步兵和骑兵沿着帕夫拉戈尼亚的海岸线而下直奔比希尼亚。他的辅助力量还有赫墨克拉特斯和塔克西勒斯两个将军，这两人都是他的亲戚。除此之外还有一支舰队，这支舰队有一千艘船，其中很多船只来自海盗团伙，舰队司令是他的另外一个亲戚阿里斯托尼库斯。但是还有第二支军队由他的

---

① 泽拉（Zela）是位于土耳其境内的古城，公元前47年恺撒大帝在此打败本都，并写下著名的"我来，我见，我征服"。——译者注

侄子狄奥芬图斯指挥,这支军队有十万步兵,目前正在向着卡帕多西亚逼近,最终目标是西里西亚。然后还有第三支军队,这支军队也有十万步兵,率领这支军队的是密特里达提一个名叫尤马库斯的堂兄弟,还有盖乌斯·马略的私生子马尔库斯·马略,这个马尔库斯·马略是塞尔托里乌斯送到密特里达提国王那里的。这第三支军队奉命穿越弗里吉亚,试图从后门进入亚细亚行省。

真可惜,恺撒一声叹息。卢库卢斯和马尔库斯·科塔不能及时听到这个消息。卢库卢斯已经带着西里西亚的两个军团在海上航行前往帕加马,这就让西里西亚没有任何兵力去抵挡狄奥芬图斯的入侵。但愿出现什么意外,这样才能拖慢狄奥芬图斯的脚步,除此之外就无计可施了。多亏了提格拉尼斯国王,狄奥芬图斯应该会在卡帕多西亚遇到一些阻挡。

芬布里亚的两个军团已经在帕加马,掌握在那个懦弱无能的总督尊库斯手中,而且尊库斯看来也不可能派出这两个军团去对付尤马库斯和马尔库斯·马略。如果亚细亚行省在十五年内第二次落入密特里达提手中,那尊库斯肯定要利用这两个军团来保证自己能够顺利脱身。至于亚细亚行省的人民,如果没有强有力的人来领导他们,那他们根本就不会抵抗,也不能抵抗。现在是八月底,但卢库卢斯和马尔库斯·科塔至少还要在海上航行一个月。恺撒心想,这一个月对于亚细亚行省来说性命攸关。

"没有其他人了。"恺撒对自己说。

另外一个恺撒回答道:"但就算我成功了,也没有人会感谢我。"

"我这么做不是为了感谢,而是为了满足。"

"满足?你所谓的满足是什么意思?"

"我的意思是:我必须向自己证明,我能做到这件事情。"

"他们不会像对待庞培·马格努斯那样对待你。"

"他们当然不会!庞培·马格努斯是一个来自皮塞努姆的暴发户,他永远都不可能对共和国造成威胁。他没有高贵的血统。苏拉拥有高贵的血统。我也有。"

"那你又何必冒险呢?你最后可能会被控叛国罪,而且就算你解释自己没有犯下叛国罪也没用！有没有犯下叛国罪并不重要。你的行为取决于别人的解读，那么谁来进行解读呢？"

"卢库卢斯。"

"没错！他已经认定你是个捣乱分子，所以他看待你还是会使用同样的眼光，即便他曾经授予你市民冠。你足够明智，把大部分清缴海盗的战利品都分出去了。但是你还不能扬扬自得，因为你还是暗中留下了一点财宝，而像卢库卢斯那样的人肯定会怀疑你留下了什么财宝。"

"即便如此，我还是要完成这件事。"

"那就要像尤利乌斯氏族的人那样去做事，而不要像庞培氏族的人那样去做事！不慌不忙，不声不响，就算你大获成功，也不要自己往前冲。"

"只是一次为了自我满足的低调行动。"

"是的，一次为了自我满足的低调行动"

他叫来布尔根杜斯。

"我们明天一早就出发前往普里恩。只有你、我和两个最可靠的抄写员。每人要配备一匹马和一头骡子。我自己要带上大脚丫和一匹有铁蹄的马，还要一头骡子。我和你都需要带上战衣和武器。"

布尔根杜斯为恺撒服务了许多年，早就学会了处变不惊。所以他显得毫不吃惊。"德梅特里乌斯？"他问道。

"我离开的时间没有那么长，所以不需要他。而且他最好还是留在这里，他太多嘴了。"

"我要找艘客船，还是租一艘船？"

"租一艘。小、轻、快。"

"要快得让海盗追不上？"

恺撒露出微笑。"是的，布尔根杜斯。先前的遭遇一次就够了。"

这次旅行花了四天时间。从尼多斯、米杜斯、布兰基代，一直到位于麦安德河口的普里恩。这次航行让恺撒感到前所未有的享受。这是一艘没有船舱的快船，五十个桨手划起桨来就像打着鼓点，他们的胸膛和肩膀都因为长年累月的反复训练而变得特别强壮。船上还有第二拨同样优秀的桨手,这两拨人在感到真正疲累之前就互相替换,而在替换休息时就先吃饱喝足。

他们第四天到达普里恩时间还早,于是恺撒直接去面见当地的行政长官。这个长官拥有一个埃提奥庇亚的名字,他的名字叫作门农。

"如果你支持密特里达提,那在他控制亚细亚行省之后,我想你就不再是这里的行政长官了。"恺撒说,省略了通常的寒暄。"所以我必须问问你,你是否喜欢听凭密特里达提差遣?"

门农身子一缩。"不,恺撒!"

"好。门农,那么我要请你帮忙,而且要尽量缩短时间。"

"我会尽力。你有什么要求?"

"你要亲自征集普里恩的民兵,还有从哈利卡纳苏斯到萨尔德斯都要派人去征集民兵。我希望能尽可能快地找到尽可能多的兵力。四个军团,全部都由他们原来的指挥官带领。集合的时间是八天之后,地点是麦安德河边的马格尼西亚。"

终于看到希望了。门农露出笑容。"总督开始行动了!"

"噢,是的。"恺撒说。"他让我负责指挥亚细亚行省的民兵,但是他很遗憾不能抽出罗马士来帮忙。门农,这意味着亚细亚行省必须为自己而战,而不是坐等罗马军团赢得所有荣誉。"

"早就应该这样了!"门农说,眼中闪烁着战士的光芒。

"我也这么觉得。优秀的当地民兵,拥有罗马式的训练和罗马式的装备,他们的实力太被低估了。不过经过这次战斗,我敢保证他们再也不会被人低估。"

"我们要跟谁战斗?"门农问。

"一个叫作尤马库斯的本都将军和一个叫作马尔库斯·马略的西班牙投敌份子,这个人跟我那伟大的姑父盖乌斯·马略没有任何关系。"恺撒撒谎道,他希望自己的民兵充满自信,不要因为那个名字而吃惊。

于是门农开始派人去征集亚细亚行省的民兵。他没有要求恺撒出示公函，甚至没有停下来想想恺撒的身份。但恺撒让人去做事时，从来都没有人想到要对他提出质疑。

那天晚上，恺撒回到门农家中自己借宿的房间，然后才开始跟布尔根杜斯谈话。

"老朋友，这次战役你不会跟我在一起，"他说道，"而且你不必争辩说，如果你不能在身边保护我，卡尔狄克萨就再也不会跟你说话。比起让你站在战场上，让你成为一个罗马士兵或民兵，我想让你去完成更加重要的事情。我想要你骑马到安西拉去见德奥塔鲁斯。"

"那个加拉提亚人的首领。"布尔根杜斯说着点点头，"是的，我记得他。"

"他肯定记得你，就算是在加拉提亚的高卢人，也没有像你这么高大的。我敢肯定，他比我更清楚尤马库斯和马尔库斯·马略的行动。但我派你过去，并不是为了给他提醒。我想让你告诉他，我正在组织亚细亚行省的民兵，然后诱使本都军队沿着麦安德河而下。我希望在麦安德河沿岸的某个地方把他们一网打尽。如果我成功了，那他们就会退回弗里吉亚，重整兵力之后再伺机入侵。我想让你告诉德奥塔鲁斯，如果他想消灭这支本都军队，那没有比趁着他们在弗里吉亚重整兵力更好的机会。换句话说，你可以告诉他，他要跟我联合作战。我在亚细亚行省，而他在弗里吉亚，如果我们都能做好各自的工作，那今年亚细亚行省和加拉提亚都不会再面临本都入侵了。"

"恺撒，我应该怎么过去？我是说，我看起来应该像什么？"

"我想，你看起来应该像一尊战神。布尔根杜斯，你要穿上马尔库斯·马略给你的那套黄金盔甲，还要到市场找出最大的紫色羽毛插在头盔上，然后大声地唱着一些吓人的日耳曼人战歌。如果你遇到本都士兵，那你就要视若无睹地骑着马儿从他们中间穿过去。你这样骑着那匹尼萨恩马，看起来就像战神的化身。"

"那我见过德奥塔鲁斯之后呢？"

"沿着麦安德河回到我这儿。"

尤马库斯和马尔库斯·马略在春季带着十万名本都士兵从泽拉出发，这支大军的目的是涌入亚细亚行省充当先锋。不过要在本都的泽拉沿着比较直接的路线前往弗里吉亚的地盘，这就意味着要穿越加拉提亚，可是密特里达提对加拉提亚并不熟悉。三十年前，密特里达提曾经在一次宴会上杀死了加拉提亚的部族首领，现在新一代的部族首领已经成长起来接替父辈的位置，而本都对于加拉提亚的控制力已经大大降低。密特里达提最后还是要对付这些新冒出来的部族首领，但这并不是他的首要目标。密特里达把最好的士兵都留在自己身边，所以尤马库斯和马尔库斯·马略手下的士兵并没有经过充分的训练。不过在麦安德河流域跟某些松散的亚细亚希腊社区打上一战，应该就能让这些士兵变得更老练，让他们充满自信。

出于这些考虑，本都国王在出兵前往帕夫拉戈尼亚时，让尤马库斯和马尔库斯·马略带着大军跟他一路前行。密特里达提扬扬自得，觉得这次进攻罗马的准备相当充分。在本都的粮仓里有两百万美狄努斯[①]的小麦，而一美狄努斯小麦每天可以做出两个一磅重的长面包，并且一直持续三十天。所以单单是小麦，他的库存就足以让所有人民和士兵吃上好几年。所以，在前往帕夫拉戈尼亚的路上，他觉得带着额外的十万人一起赶路根本就不成问题。他自己从未具体想过这么多粮食和其他物资应该如何运送，因为这是他的手下应该考虑的事情，他觉得这些手下只要挥挥魔术棒就能完成运送粮食的任务。但是这些手下跟罗马的军需官并不一样，他们不具备丰富的经验和实用的才干去运送粮草。事实上，根本就没有任何罗马统帅会让超过十个军团的大部队长途行军。

当尤马库斯和马尔库斯·马略带着他们的十万士兵和密特里达提的三十万士兵分道扬镳时，粮食供应立刻就变得相当紧张，于是密特里达

[①] 美狄努斯（medimnus）是古罗马的容积单位，一般用于测量谷物，1美狄努斯等于5莫迪乌斯，约等于10美制加仑，约等于47.5英磅。——译者注

提只好派出一支支小分队去运送粮食,这些士兵有的赶着牛车,有的用肩膀扛着沉重的粮食。这就意味着总有一部分士兵因为要充当粮食搬运工而疲于奔命。国王听到报告,船队正在运送物资前往赫拉克莱亚,等到了赫拉克莱亚一切都会安排妥当。

但是赫拉克莱亚对尤马库斯和马尔库斯·马略来说并不是什么轻松的旅程。他们让大部队沿着比莱乌斯河深入内陆,穿过一片山区进入桑加里乌斯河的谷地。在这片比希尼亚的富饶之地,他们可以在当地人的农场里吃得很好,但是他们很快就进入森林茂密的高地,那里只有溪谷旁边的小块土地有人耕种。

因为实在养不起十万名本都士兵,所以尤马库斯和马尔库斯·马略决定就此分别。

"你去对付几个亚细亚的希腊人根本就不需要整支大军,"马尔库斯·马略对尤马库斯说,"而且你根本就不需要骑兵。所以我准备带着部分步兵和全部骑兵留在丹布里斯河。我们可以在这里耕种放牧,等着你的消息。你只要确保在冬季之前回来就可以,到时你就可以让大半个亚细亚行省的人都来为你搬运粮食!丹布里斯河上游距离加拉提亚的托利斯托波吉人的土地不太远,所以我们可以在春天时杀过去把他们一网打尽。这样,我们就会从加拉提亚人那里得到许多食物去度过下一年。"

"你因为粮食问题而对国王的伟大战斗计划妄自非议,我想我的堂兄弟听说之后肯定不会高兴。"尤马库斯说,他的神态既不高傲也不强硬。他对密特里达提满怀战兢,所以不可能表现出高傲或强硬。

"你的国王和堂兄弟急需一些优良的罗马式训练,然后他就会知道要喂饱这么多的行军士兵是多么困难。"马尔库斯·马略不以为然地说,"我被派到这里来教你们伏击和偷袭,但到目前为止我只是在常规领军。这并不是我的特长。但我还是有点常识,而常识告诉我,这支军队的一半必须留在某条河边,那里有肥沃的土地可以耕种产粮。如果说起战争中的粮食问题就会让国王不高兴,那可不是什么好事情!如果你想知道我的看法，那我觉得他根本就不是跟我们生活在同一片土地上。"

马尔库斯·马略花了许多时间才重新安置好自己，因为尤马库斯必须确定自己返回时能在哪里找到马尔库斯·马略才肯离开。于是一直等到九月初，尤马库斯才带着五万步兵翻越丁狄穆斯山，然后沿着麦安德河的一条支流继续前进。他的军队越是往下游走，他们能找到的食物就越好。这对于他们来说是一种激励，让他们把这场战斗坚持下去，直到本都国王再次拥有这片富饶的土地。

因为绝大多数比较大的城镇都位于这条蜿蜒曲折的河流南岸，所以尤马库斯在河流的北岸行军，沿着一条从特里波利斯开始的道路前进。尤马库斯向士兵们承诺，等到亚细亚行省比较安全时，他们就可以抢掠那些城镇了。他们经过尼萨，这是他们遇到的第一个大城，然后就继续朝着下游的特拉勒斯①前进。要让士兵聚在一起行军简直是不可能的事，因为他们总会遇到各种食物，有时一群小肥羊或一群大肥鹅会引得几百个士兵大叫大喊地追赶，直到最后一只牲畜被他们抓住宰掉，在肥肉落肚之前行军队伍总是松散而混乱。

事实上，在肥沃的乡间轻松愉快地行军本身就带着某种节庆气息。尤马库斯派出的哨兵每隔两天就会回来报告，而他们报告的总是同一个消息：没有看到任何敌对势力。尤马库斯轻蔑地想：那是因为在帕加马以南就没有任何抵抗的力量！所有的罗马军团，甚至包括西里西亚的军团，都守在帕加马周边，只顾着保护那个贪生怕死的总督。所有的本都将领都知道这个消息，而且马尔库斯·马略派到凯库斯河的探子也确认了这个消息。

尤马库斯感到非常放心，所以有一天晚上，虽然哨兵没有像往常那样，在日落之前一个小时回来报告，但这并没有引起他的注意。现在尼萨已经在他们身后，而特拉勒斯则近在眼前，波澜起伏的河谷让麦安德河变得蜿蜒曲折。现在河谷中一片金黄，黄昏的斜阳照在丰收之后的麦秆上面。

---

① 特拉勒斯（Tralles）是位于土耳其西南部的古代和现代城市。——译者注

尤马库斯命令大军停下过夜。他们没有围起栅栏，也没有按照常规搭起统帅帐篷。他们就像一大群停下休息的鸟儿，叽叽喳喳、吵吵闹闹、乱乱哄哄。

光线渐暗，但一切还模糊可以见。在那一片模糊的暗影间突然冒出四个军团，这些亚细亚民兵以罗马人的行军布阵向着本都大军猛冲，把那些正在吃饭的本都士兵打了个措手不及。虽然本都士兵的人数比这些亚细亚民兵多出两倍不止，但本都士兵没有丝毫防备，结果来不及抵抗就被一网打尽。

尤马库斯拥有马匹，而且他所在之处刚好跟恺撒的进攻点拉开比较远的距离，于是尤马库斯和他的高级副将策马狂奔得以脱身，他们顾不上自己的士兵将会面临什么命运，只想着跑到丹布里斯河去投奔马尔库斯·马略。

但这一年幸运之神并没有站在密特里达提那边。尤马库斯来到丹布里斯河时，刚好看见德奥塔鲁斯带着加拉提亚人和托利斯托波吉人对马尔库斯·马略手下的半支大军发动猛攻。这主要是一场骑兵的交锋，但战斗并不是非常激烈。密特里达提招募的萨尔马特人和西徐亚人更擅长在开阔的地方作战，而对丹布里斯河上游的崎岖河谷很不适应，于是他们成千上万地倒下丧命。

十二月，这支弗里吉亚人军队的残兵在尤马库斯的带领下回到泽拉。马尔库斯·马略求见密特里达提，准备亲自向国王报告情况。他只想说明大概结果，而不想介绍具体细节。

亚细亚的民兵非常高兴，他们和麦安德河谷的所有居民一起举行了持续好几天的庆功会。

在战斗之前，恺撒对他的士兵发表演讲，告诉他们亚细亚行省要自我保卫，罗马离得太远、帮不上忙，这一次亚细亚行省的命运完全取决于这片土地上的希腊人。恺撒说着一口当地的希腊语，极大地激起了他们的爱国心和自信心。他带领着两万名吕底亚和卡里亚民兵，对正准备安营的尤马库斯大军进行突袭,这些斗志昂扬的民兵赢得了伟大的胜利。一个多月来,恺撒带着他们练兵,培养起他们对自己的信心,最后的结果也确实不负所望。

"今年不会再有本都军队过来了。"恺撒对门农说。在打败尤马库斯之后两天,他们在特拉勒斯举办庆功宴。"但是明年你们会看到更多本都军队。我已经教给你们应该做什么和应该怎么做。现在轮到亚细亚行省的人民去保护他们自己了。我想,罗马忙着应付其他战场,所以不会有军团或统帅到亚细亚行省来帮忙。不过你们现在已经知道,你们可以照顾自己了。"

"确实如此。恺撒,这都要归功于你。"门农说。

"胡说八道!你们只需要有人帮助你们踏出第一步,我很幸运能够完成这个任务。"

门农俯身向前。"我们准备建造一座献给胜利之神的神庙,地点尽量靠近战斗发生后那片血流成河的原野,有人提议建在特拉勒斯附近的一座小山上面。我们希望在神庙里摆上一尊你的塑像,这样我们的人民就永远都不会忘记是谁带领他们去作战。你是否同意?"

就算卢库卢斯当场否决,恺撒也不会放弃这个荣誉。特拉勒斯距离罗马很远,而且并不是亚细亚行省的大城。跟他出自同一阶层的罗马人几乎不可能去拜访这么一座献给胜利之神的神庙,因为这座神庙既没有悠久的历史也没有什么伟大的艺术品。但对于恺撒,这个荣誉的意义很大。他在二十六岁时就能够拥有一尊真人大小的雕像,而且这尊雕像还会穿戴着统帅的全套武装站在一所献给胜利之神的神庙里。因为他在二十六岁的年纪,就率领一支军队赢得胜利。

"我会很高兴。"恺撒郑重说道。

"那我明天就让格劳库斯来跟你见面,还要量好所有尺寸。他是一个优秀的雕塑家,他的工作室在阿弗罗狄西亚,不过他目前就在这些民兵当中,所以我会让他带上画师给你画些彩色图纸。这样如果你需要到别处去办事,就不用留在这里当模特了。"

恺撒确实需要到别处去办事，其中最重要的就是到帕加马去见卢库卢斯，免得卢库卢斯通过其他途径听到特拉勒斯之战的胜利消息。七天前，在战斗还没有开始的时候，布尔根杜斯就从加拉提亚回来了，所以他可以派遣这个日耳曼巨人护送两个抄写员和他的骏马大脚丫回到罗得岛。前往帕加马的旅程他准备独自完成。

他策马狂奔完成这一百三十里的路程，中间只有更换马匹的时候才停下来。他频繁地更换马匹，所以在白天每个小时能跑十里地，在晚上每个小时能跑七里地。他走的是一条罗马大道，虽然月亮光稀薄，但天空万里无云。这就是他的幸运。在庆功宴结束后的隔天早晨，他就从特拉勒斯出发前往帕加马。在当天日落之后的第三个小时，他就赶到帕加马了。当时是十月中旬。

卢库卢斯马上就跟他见面。恺撒发现卢库卢斯跟自己见面时，并没有让自己的舅舅马尔库斯·科塔出现，而他的舅舅当时就在总督所在的宫殿里。不过，他跟执政官的会面尊库斯也没有出现。

卢库卢斯故意无视恺撒伸出的手，而且也没有让恺撒坐下，两个男人站着完成整个会面。

"恺撒，是什么让你放下自己的学习远道而来？你又遇到海盗了？"卢库卢斯问，语气冰冷。

"不是海盗，"恺撒从容回答，"而是一支属于密特里达提的军队。这支五万人的军队沿着麦安德河进军。在你来到东方之前，我就听到这个消息，但我觉得没必要去通知总督，因为他的信息渠道比我更好，但他却没有采取任何行动去保卫麦安德河谷。于是我让普里恩的门农把亚细亚行省的民兵召集起来。你也知道，如果得到罗马方面的命令，那他确实有权力安排这件事情。而且他也没有理由怀疑我不是代表罗马发出命令。九月中旬，吕底亚和卡里亚的当地首领召集了两万名士兵，然后我就让他们开始练兵准备战斗。本都军队在九月下旬进入亚细亚行省，三天前我就领着亚细亚的民兵在特拉勒斯附近打败了尤马库斯王子。本都士兵几乎全部被杀或被俘，不过尤马库斯王子自己逃脱了。我知道还有一支本都军队在那个西班牙人马尔库斯·马略的带领之下,而且托利斯托波吉人的首领德奥塔鲁斯会去对付他们。再过几天,你就会收到消息,知道德奥塔鲁斯是否赢得胜利。我要说的就是这些了。"

卢库卢斯拉着长脸,一双灰色的眼眸神情冰冷,脸上的神色并没有丝毫缓和。"我觉得这些消息就够了!你为什么没有通知总督?你根本就不知道他会如何安排。"

"总督是个贪婪无能的傻瓜。我早就领教过他的为人了。我怀疑他根本就不会采取行动,就算他愿意采取行动,那他的动作也不够迅猛。我知道会这样。所以我才没有通知他。我不想让他来碍手碍脚,因为我知道我能做得更好。"

"恺撒,你超越了你的权限。事实上,你根本就没有任何权限。"

"没错,所以我并没有超越任何东西。"

"这不是一场辩论!"

"如果是辩论就好了。你希望我怎么说呢?卢库卢斯,我的年纪不算大,但我已经看着罗马派出许多拥有至高统帅权的家伙来到我们的行省,而且我认为盲目服从像尊库斯、多拉贝拉或维瑞斯之流对罗马没有任何好处,无论他们是否拥有至高统帅权。我看出应该怎么做,于是我放手去做。我可以补充一句,我知道这么做不会得到任何感谢。我知道这么做会受到批评,甚至会被控以小叛国罪。"

"根据苏拉的法律,没有小叛国罪。"

"好吧,那就是大叛国罪。"

"你为什么来见我?想来向我求情?"

"我宁可失去生命!"

"你并没有改变。"

"总之没有变坏。"

"我不能赦免你的过犯。"

"我对你也没有这个指望。"

"那你为什么来见我?"

"我来向负责的官员报告,这是我的责任。"

"我猜,你说的是身为罗马元老院成员的责任,"卢库卢斯说,"但显然你对我和对总督都应该尽到同等责任。但是,我并不是是非不分的人,我也知道罗马应该对你的迅速行动表示感激。如果我处于类似的情况,我可能也会采取类似的行动。不过我会确保自己没有冒犯总督的至高统帅权。对我来说,一个人的至高统帅权比他的委任更重要。有人指责我说,密特里达提国王之所以能够对罗马发动第三次战争,就是因为我在皮塔涅时拒绝帮助芬布里亚抓住密特里达提,很多人都说这样才让密特里达提有机会逃脱。只要你认为结果是好的,那你就会跟芬布里亚合作。但是我不能承认一个非法的罗马政府,所以我拒绝给芬布里亚提供帮助。我采取了任何一个拥有至高统帅权的罗马人都会采取的立场。总而言之,我发现你跟那些自高自大的年轻人太像了,就像那个把自己叫作马格努斯的格涅乌斯·庞培一样。恺撒,但是你比任何一个庞培都要危险。你生来就是权贵。"

"真奇怪。"恺撒插嘴道,"我自己也说过同样的话。"

卢库卢斯给了他一个冰冷的眼神。"恺撒,我不会指控你,但也不会称赞你。我会在送往罗马的公函中简单报告在特拉勒斯发生的战役,而且会说明那些亚细亚民兵是由当地人带领。你的名字不会被提及。我也不会把你收入麾下,也不会允许其他总督把你收入麾下。"

恺撒脸色木然、眼神冷淡地听着这些话,但在卢库卢斯突然摆出一个手势表示谈话结束时,恺撒的表情改变了。这是一种坚定不移的表情。

"我并不要求在公函中说明我是亚细亚民兵的统帅,但是我坚决要求在公函中提及我参与了在麦安德河边发生的整场战役。如果不提及我的名字,那我就不能把这算成我参与的第四场战役了。在我参加财务官的竞选之前,我决心要参加完十场战役。"

卢库卢斯瞪大双眼。"你不必参加财务官的竞选!你已经进入元老院。"

"根据苏拉的法律,我必须先成为财务官,然后才能成为大法官或执政官。在我成为财务官之前,我准备参加完十场战役。"

"很多当选为财务官的人也没有参加完十场战役。现在已经不是西庇阿·阿非利加努斯和监察官加图的时代!当你参加财务官的竞选时,已经没有人会去计算你参加过多少场战役了。"

"针对我的情况,"恺撒语气强硬地说,"一定会有人来计算我参加过几场战役。我的生活模式已经固定了。我不会得到任何优惠,但会遭到很多强烈反对。我鹤立鸡群,而且我会远胜众人。但是我可以发誓,我永远都不会违背法律。我会严格按照法律规定去攀登仕途。如果我参加过十场战役,而且在第一场战役中就赢得市民冠,那我就会以第一名的得票当选财务官。在我当了这么多年元老之后,这是我觉得唯一可以接受的位置。"

卢库卢斯眸光如冰,他看着那张英俊的脸庞,那张脸上的眼睛跟苏拉的眼睛很像。他知道自己不能再步步紧逼了。"天啊,你真是自大狂妄!很好,我会在公函中提到你参与了整场战役,而且也亲自参与了战斗。"

"这是我的权利。"

"恺撒,总有一天,你会让自己过度膨胀。"

"不可能!"恺撒大笑道。

"正是这种话让你变得面目可憎。"

"我只是说出事实。"

"还有一件事。"

恺撒已经准备离开,闻言又停了下来。"什么事?"

"这个冬季前任执政官马尔库斯·安东尼乌斯会把他清缴海盗的舞台从我们的大洋西岸转移到东岸。我相信,他会把兵力集中在克里特。他的指挥部将设在基特乌姆,现在他的几个副将已经在那里辛勤工作,因为他要征集一支庞大的船队。你征集船队当然是最厉害的,我知道你在比希尼亚和瓦提亚·伊绍里库斯干过的事。罗得岛还欠你两次人情!恺撒,如果你还想参与其他战役,那就立刻到基特乌姆去报告。我会通知马尔库斯·安东尼乌斯,你的军衔是初级军团指挥官,你会寄宿在当地的罗马公民家中。如果我听说你找了自己的住处,或做了任何超越你初级职位的事,那我可以向你发誓,盖乌斯·尤利乌斯·恺撒,我一定会让你在马尔库斯·安东尼乌斯的军事法庭受审!你别以为我不能说服他!你身为他的亲戚,居然控告了他的兄弟,所以他一点都不喜欢你。当然,你可以拒绝这个委任。这是你身为罗马人的权利。但在我发出几封信函之后,这就是你唯一能够得到的军事任命了。我是高级执政官,这意味着我的至高统帅权胜过其他任何人的至高统帅权,包括低级执政官的至高统帅权,所以你别想着要在他那里讨个差事!"

"你忘记了,"恺撒柔声说,"马尔库斯·安东尼乌斯在海面上的至高统帅权是无限的。在海面上,我相信他的至高统帅权甚至超过当年的高级执政官。"

"那我会确保不要跟马尔库斯·安东尼乌斯出现在同一片海域上。"卢库卢斯厌烦地说,"在你离开之前先去看看你舅舅。"

"什么,我今晚在这里没有一张床可以过夜吗?"

"恺撒,我只能给你一张普洛克路斯忒斯①的铁床。"

过了一会儿,恺撒对他的舅舅马尔库斯·奥瑞利乌斯·科塔说:"我知道对付尤马库斯会让自己陷入困境,但是我没想到卢库卢斯会这么过分。或许我应该说,我以为我要么会被控以叛国罪,要么会得到原谅。但是卢库卢斯却利用他的私人关系来阻碍我的前程。"

"我对他发挥不了什么影响力。"马尔库斯·科塔说,"卢库卢斯是个独断专横的人,不过你也是这种人。"

"舅舅,我不能留在这里。我奉命要立刻离开这里,大概是先到罗得岛,然后在基特乌姆住下来,我只能住在罗马公民经营的客栈里!真的,你那个高级执政官同僚的条件也太奇怪了!我必须让我的被释奴回家,包

---

① 普洛克路斯忒斯(Procrustes)是希腊传说中的一个强盗。他有一张铁床,凡是被他捉到的人,都被强迫躺在这张床上。身材矮小的被拉长,身材高大的被截短,使他们的身材与铁床的长短相等。后来英雄忒修斯用同样的方法将他杀死。——译者注

括布尔根杜斯,我绝对不可能过得像国王那样舒服。"

"确实很奇怪!只要拥有足够的金钱,那就算是一个初级军官也可以过得像个国王。我猜测,"马尔库斯·科塔精明地问,"在你消灭了那些海盗之后,你确实有能力过得像个国王。"

"不是的,我落入陷阱了。他很聪明,选择了安东尼乌斯。安东尼乌斯家族的人向来都不喜欢我。"恺撒一声叹息,"而且他还让我充当初级军团指挥官!就算不是经过竞选,那我至少也应该被委任为军团指挥官。"

"恺撒,如果你想被人喜欢……噢,废话!我在干什么呢,在给你提建议?你知道的答案比我知道的问题还多,而且你非常清楚自己想要什么样的生活。如果你陷于困境,那是因为你故意走进去,而且是睁大双眼走进去。"

"舅舅,我承认。如果我还想在镇上找到一张床,那我现在就要离开这个地方,不然所有屋主都会插上他们的门闩。我的舅舅盖乌斯怎么样?"

"他在山内高卢的任期不会延长到明年,尽管那里确实需要一位总督。他已经受够了。他想要举行凯旋式。"

"舅舅,希望你在比希尼亚能有好运气。"

"我想我确实需要好运气。"马尔库斯·科塔说。

十一月中,恺撒来到伯罗奔尼撒半岛的海港城市基特乌姆。他发现卢库卢斯完全没有浪费时间,大家都知道他即将到来,而且将会担任初级军团指挥官。

"你到底干了什么?"副将马尔库斯·马尼乌斯问。他负责组建安东尼乌斯的指挥部。

"惹恼卢库卢斯了。"恺撒简单回答。

"你能不能说得详细一点?"

"不能。"

"真可惜,我非常好奇。"马尼乌斯跟恺撒一起走在那窄窄的卵石路上,"我想,我应该先给你看看住的地方。那里其实很不错。两个罗马鳏夫,阿普罗尼乌斯和卡努列乌斯一起住着一所巨大的旧房子。他们娶了一对姐妹,那两个女人都是基特乌姆的当地人。在两姐妹都去世之后,他们就搬到一起了。我一接到命令就想起他们,因为他们有很多空置的房间,而且他们一定会喜欢你。他们是有趣的怪人,但是为人很好。不过你待在基特乌姆的时间不会太长。你要从希腊人那里征集船只,这个任务我一点都不嫉妒!但是公函上说这是你的特长,所以我想你应该能够完成任务。"

"我应该能完成任务。"恺撒表示赞同,脸上露出微笑。

对于一个沉迷于希腊经典的人来说,在伯罗奔尼撒半岛征集战船并不是那么痛苦的事情。皮罗斯真的有很多沙子吗?提坦巨人真的建造了阿尔戈斯的城墙吗?伯罗奔尼撒半岛弥漫着某种永恒的梦幻气氛,让现实显得有点恍若梦中,跟那些世世代代住在这里的人相比,诸神似乎只是一群小孩儿。恺撒总是很容易引起那些大人物的敌意,但他跟那些比较卑微的人相处时却颇受欢迎。

船队随着冬季的过去而增长,恺撒觉得这种增长速度就连安东尼乌斯也很难提出批评。身为最优秀的船队征集者,恺撒并不接受口头承诺,而是看到任何可以充当战船的船只就当场征用,然后再让当地人签下契约保证会在四月时把新造的战船送到基特乌姆。恺撒觉得马尔库斯·安东尼乌斯在四月之前不会采取任何行动,因为他要等到三月才从马西利亚乘船过来。

二月份,安东尼乌斯的随行人员陆续到达。恺撒进一步了解了安东尼乌斯的计划,不由得扬起眉毛、张大嘴巴。那些随行人员发现基特乌姆没有一个合适的府邸,于是他们坚持要在海边能够俯瞰美丽的拉科尼亚海湾和基西拉岛的地方建筑一座豪宅。这座豪宅必须包括水池、瀑布、喷泉和浴室,还要有集中供暖系统,里面还要铺上进口的彩色大理石。

"这座房子最快也要等到夏天才能建成,"恺撒对马尼乌斯说,眼睛里闪着揶揄的神色,"所以我想应该邀请这位大人物到阿普罗尼乌斯和卡努列乌斯的家里一起住。"

"他要是发现房子还没有建成,那肯定不会高兴。"马尼乌斯说,他也像恺撒一样觉得这种情况很好笑,"顺便说一句,当地的希腊人表现出令人钦佩的态度,拿出他们宝贵的公共资金去建造那座穷奢极欲的豪宅,这座豪宅简直成了人们的眼中钉。等到安东尼乌斯搬走之后,他们准备把这座房子租给各种权贵,好收回大把银子。"

"我一定会把这座眼中钉的消息散播开去,"恺撒说,"毕竟这里是世界上最气候宜人的地方之一,是长期疗养或暗中取乐的理想之地。"

"我也希望他们能收回那些钱。"马尼乌斯说,"虽然我没有说出口,但这真是对公共资源的浪费!"

"哦?"恺撒大声说,用手圈着耳朵。

马尔库斯·安东尼乌斯终于到达了。他发现基特乌姆那宽阔宁静的海港中挤满了各种船只(恺撒没有那么骄傲,所以一些商船他也接受,因为他知道安东尼乌斯有一个军团的陆军需要运送),而他的别墅还没有完工。但是没有什么事情可以影响他那热火朝天的快乐情绪。他一直都在喝没有加水的葡萄酒,所以自从离开马西利亚之后就没有清醒过。他的副将马尔库斯·马尼乌斯和他的初级军团指挥官盖乌斯·尤利乌斯·恺撒都惊讶地发现,安东尼乌斯对于这场战役的计划就是尽可能多地攻击女人的私处。据说他拥有攻城略地的强大武器,女人面对他那粗大的攻城锤子和激烈的攻城动作时发出的抗议就是他的胜利。

"天啊,真是个无能的酒鬼!"恺撒对着他的房间墙壁说。他在卡努列乌斯和阿普罗尼乌斯的家中,独自待在那舒适宜人的房间里。这句话他可不敢对别人说。

当然他一直都在尽力征集船只,而马尔库斯·马尼乌斯也在公函中报告了他征集船只的工作。四月底,在安东尼乌斯到达之后几天,恺撒收到了他母亲的书信。这封信包含着令人宽慰的消息,让他既可以摆脱在基特乌姆的职务,又可以把这次履职算入他参与过的战役。

恺撒最年长的舅舅是盖乌斯·奥瑞利乌斯·科塔，他今年初从山内高卢回到罗马，然后在他的凯旋式前夜突然去世。他留下了许多东西，其中也包括在大祭司团中的空缺。许多年来，他一直是大祭司团中最年长的一位。虽然苏拉规定大祭司团必须由八个平民和七个贵族组成，但是在盖乌斯·科塔去世之时，大祭司团中的平民有九个而贵族只有六个，因为苏拉为了还人情不得不把祭司或占卜官的职位送给某些人。一般来说，如果有一个平民祭司去世，那祭司团就会让另外一个平民来接替他的位置，但为了让祭司团的人员组成符合苏拉的规定，祭司团的成员们决定再接纳一个贵族。最后他们的人选落到了恺撒身上。

根据奥瑞利娅的推测，恺撒之所以会被选中，是因为自从十三年前身为占卜官的卢基乌斯·恺撒和身为大祭司的恺撒·斯特拉波被害之后，尤利乌斯氏族中就没有人担任大祭司或占卜官。大家都认为卢基乌斯·恺撒的儿子会接替下一个占卜官的空缺，但是（根据奥瑞利娅的说法）没有人想到恺撒会成为大祭司。奥瑞利娅的消息来源是玛梅尔库斯，他告诉奥瑞利娅说大家并非完全达成一致，卡图卢斯和梅特卢斯·卡普拉里乌斯·山羊的大儿子梅特卢斯就反对让恺撒任职。但他们经过许多辩论，然后又查阅了预言书，最后恺撒胜出了。

母亲书信中最重要的部分是来自玛梅尔库斯的消息：如果恺撒想确保自己成为大祭司，那他最好赶回罗马尽快完成就职仪式，否则卡图卢斯可能会让大祭司团改变主意。

恺撒已经参加过五场战役，所以他毫不遗憾地收拾好自己的少量东西。他只会想念两位房东阿普罗尼乌斯和卡努列乌斯，还有副将马尔库斯·马尼乌斯。

"不过我必须承认，"恺撒对着马尼乌斯说，"我希望能看到那所豪宅美轮美奂地矗立在海湾之上。"

"成为大祭司比这个重要多了。"马尼乌斯说，他还没有意识到恺撒将会成为一个大人物。在马尼乌斯看来，恺撒一直都是个脚踏实地的家伙，他所有事情都能做，而且总是非常卖力地工作，"你进入大祭司团之后会做什么呢？"

"找到某些不能应付自己手头战争的前任大法官，"恺撒说，"卢库卢斯现在是前任执政官了，这意味着他不能对着其他总督发号施令。"

"西班牙？"

"那里太引人注意。不，我会看看马尔库斯·丰特乌斯在山外高卢是否需要一个年轻聪明的军团指挥官。他是一个天生的军人，这种人总是头脑明智。只要我能干活，他才不会在乎卢库卢斯对我有什么看法。"那张英俊的面孔顿时变得神色严峻。"但事有轻重缓急，最紧要的事是对付马尔库斯·朱尼乌斯·尊库斯。我会在侵占财产罪法庭中指控他。"

"你没有听说吗？"马尼乌斯问。

"听说什么？"

"尊库斯死了，他根本就没有回到罗马，因为他遇上了海难。"

第 3 节

他被当作色雷斯人，但他其实并不是色雷斯人。

在恺撒离开基特乌姆去就任大祭司的那一年，这个不是色雷斯人的色雷斯人正好二十六岁，这也正是他登上历史舞台的时候。

他的出身虽然并不显赫，但也还说得过去。他的父亲是一个坎帕尼亚人，这人根据意大利战争期间的普劳提乌斯与帕皮里乌斯法令，在六十天内来到罗马向大法官提出申请，并且因为他不是那些拿起武器对抗罗马的意大利人而获得了罗马公民权。

这个少年出自农民家庭，但他却对一切与战争或军队相关的事充满热情。不过他父亲非常清楚，等这个二儿子十七岁时，他一定会去参军。这个父亲动用了自己的关系，帮助他的儿子以初级军官的职位进入马尔库斯·克拉苏的军团，这个军团是克拉苏在苏拉登陆意大利并开始与卡尔波战斗之后招募的。

这个少年在军中大展拳脚，而且在他的十八岁生日之前就建立了自己的名声。他被转移到苏拉的一个老兵军团，然后又迅速地被提拔为初级军团指挥官。在埃特鲁里亚的最后一场战役即将结束时，他本来可以退伍，但他却选择加入盖乌斯·科斯科尼乌斯的部队，然后被派到伊利里库姆去镇压几个被合称为德尔马太的部族。

一开始，他觉得当地环境和作战情形都很有意思，而且还赢得了臂环和金属圆盘等许多军功章。但科斯科尼乌斯后来陷入了一场长达两年的围城战，那个叫作萨罗奈的海港城市既不投降也不出战。这个少年现在已经变成一个小伙子，对他来说萨罗奈的围城战不仅无聊透顶，而且是在无所事事地浪费他的时间。他已经定下目标，他要以军人的身份来开拓前程。盖乌斯·马略就是以军人的身份闯出名堂，看看他后来取得了何等辉煌！但是他却日复一日地守在一堆毫无反应的砖石外面，做不了任何事情，去不了任何地方。

他像许多战友一样，也对塞尔托里乌斯的传奇很感兴趣。于是他请求上司把自己转移到西班牙，但是负责指挥他所在军团的副将毫无同情心地拒绝了。他仍然感到无穷无尽的无聊，于是再次请求转移到西班牙，然后又再次被拒绝了。这让他大受打击，他开始变得桀骜不驯。他不服从命令、大量喝酒、不经批准就离开军营。不过这一切在萨罗奈投降之后就消失了。他的统帅科斯科尼乌斯开始跟马其顿的总督盖乌斯·斯克里波尼乌斯·库里奥合作，采取联合行动去镇压达尔达尼人。这对他来说好多了！

后来发生了一次意外事件，导致这个年轻人的命运急转直下。这次意外事件被定性为兵变，而那个毫无同情心的副将就是他的秘密敌人。这个年轻人和其他人一起在科斯科尼乌斯的军事法庭受审，被控以发动兵变的罪行。法庭判定他有罪。如果他是辅军士兵或其他类型的非罗马公民，那他的刑罚就是先接受鞭刑再处死。但因为他是罗马公民，并且拥有初级军团指挥官的头衔，而且还因为勇猛善战而获得许多军功章，于是法庭给了他两种选择：他当然会失去罗马公民权，不过他可以选择接受鞭刑之后永远流放到意大利之外的其他地方，或者他可以选择成为一名角斗士[1]。他自然选择了成为一名角斗士。这样他至少还能回家。身为一个坎帕尼亚人，他对有关角斗士的一切都非常清楚，因为卡普亚周围就有许多角斗士学院。

还有另外七个士兵也跟他一起被判刑，这七个人也选择了成为角斗士的命运。他们坐船来到阿奎莱亚[2]，他被交给一个中间商，然后这个中间商就把他带到卡普亚去拍卖。不过他并不打算公开宣扬自己曾经拥有罗马公民的身份。他的父亲和兄长不喜欢角斗士表演，而且从来都不会去观看葬礼表演。他可以住在父亲的农场附近，但他们永远都不会知道他的存在。于是他为自己选了一个艺名，一个好听、简短、充满战斗激情的名字：斯巴达克斯。是的，斯巴达克斯，这个名字在舌尖上滚动的感觉好极了。他发誓，斯巴达克斯将成为一个著名的角斗士，整个意大利从上到下都会邀请他去表演。他会成为卡普亚的英雄，会有许多女孩子挽着他的手臂，会有许多人请他去参加宴席。

在卡普亚的市场，他被卖给一所著名学院的负责人。这所学院的主人是前任执政官和前任监察官卢基乌斯·马尔基乌斯·菲利普斯。这个年轻人看起来真是太棒了：他身材高大，小腿、大腿、胸膛、肩膀和手臂都非常粗壮，他的脖子壮硕如牛，他的皮肤就像一个沐浴着阳光的女孩，只是上面有几道古怪的伤疤。他相貌英俊，金发灰眼。他走动时就像王子一样优雅，显得气宇轩昂。这个负责人代替菲利普斯付了十万塞斯特尔提乌斯，他觉得从外貌看来斯巴达克斯简直就是个天生的角斗士，菲利普斯肯定不会吃亏的。当然，菲利普斯并不在现场。他拥有五百个角斗士，虽然这些角斗士给他挣了许多钱，但他从来都没有看过他们一眼。

角斗士只有两种模式：色雷斯人和高卢人。负责人看着斯巴达克斯，

---

[1] 角斗士（gladiator）是古罗马经过专门训练的奴隶、战俘或罪犯。他们手持短剑和盾牌彼此角斗，或与猛兽搏斗供人娱乐观赏。在罗马共和国时期，他们在角斗士学院里接受训练，不会被锁起来也不会受到虐待，每年大概参与五次角斗表演，服役四到六年之后就可以退休，通常会受雇成为保镖。许多元老、骑士和商人都会投资开设角斗士学院，因为让学院里的角斗士出去表演可以获取丰厚的报酬。——译者注

[2] 阿奎莱亚（Aquileia）是位于意大利北部的古代城镇，公元452年被毁。——译者注

很难决定要让他参加哪一种模式的训练。通常只要看到那个人的体型就能决定，但是斯巴达克斯实在太棒了，无论哪种模式都适合。高卢人会有更多伤疤，而且受到永久性损伤的危险更大。但是购买斯巴达克斯的价格需要很长时间才能收回，于是负责人决定让斯巴达克斯成为色雷斯人。他在赛场上的样子越漂亮，那他成名之后的出场费就会越高。他的头颅看起来很高贵，所以露出脑袋的样子会更好看。色雷斯人不会戴着头盔角斗。

训练开始了。负责人非常谨慎，他先确认了斯巴达克斯的运动天赋就像他的外貌一样出色，然后才决定给他配备什么样的武器装备。他的战袍是一套镶着金边的银质盔甲，他下身穿着猩红的缠腰布，腰上绑着宽大的黑色皮剑带，手上拿着色雷斯骑兵的大弯刀。他小腿上的护胫向上延伸到大腿处，这意味着他行动起来会比他的高卢人对手更笨拙更缓慢，所以他需要更好的判断力和协调性才能驾驭好这些装备和武器。他的右臂上戴着一个皮套，套子上面镶着金属片，套子由带子绑紧固定。这个装备向下延伸，可以保护他的右手手背和手指。还有一个小巧的圆形盾牌构成他的全部装备。

训练对斯巴达克斯来说很容易。当然，他显得有点神秘，因为他的七个战友在阿奎莱亚就被运往其他地方，而他从不说起自己的从军生涯，再加上阿奎莱亚的中间商在信中对他的描述也很简单。但是他说的坎帕尼亚拉丁语就像坎帕尼亚的希腊人一样好。他粗通文墨，而且懂得军队的那一套。这一切都让负责人开始感到不安，他预见到可能会有麻烦。就算在训练场上只是拿着木头短剑和皮革盾牌，斯巴达克斯的表现也太过勇猛。他把第一个对手的手臂打得断了好几个地方，这也许是一个意外，但是把他五个教练都打得严重骨折，让他们好几个月都上不了训练场，于是负责人不得不让斯巴达克斯过来面谈。

"你必须认识到，在赛场上打斗是一场表演而不是一场战斗。你是在进行体育表演！埃特鲁里亚人在一千年前就发明了这种表演，并且作为一种充满荣誉和技巧的专业代代相传。这仅仅存在于意大利境内。有人去世，于是他的亲人就会举办表演，不是阿基里斯为帕特洛克罗斯[①]进行的那种战斗，而是请一些人又跑又跳，进行拳击和摔跤。这是一种严肃的体育竞技，只是披着战士的外衣而已。"

这个年轻英俊的巨人面无表情地听着，不过负责人注意到他的右手不停地一张一合，好像很想体验握住刀剑的感觉。

"斯巴达克斯，你有没有听到我说的？"

"听到了，负责人。"

"教练是你的老师，不是你的敌人。而且我要告诉你，要找到一个优秀的教练很不容易！因为你那错误的战斗激情，我一个月就失去了五个教练，而且我再也找不到像他们那么好的人来顶替。噢，他们还活着！但是他们之中有两个再也不能工作了！斯巴达克斯，你不是在跟罗马的敌人作战，表演的目的不是让人鲜血四溅！人们来看竞技表演，这是一场进攻与防守、力量与优雅、技巧与智谋的活动。所有角斗士都会在劈刺砍划中受点轻伤、流点鲜血，这样就足以让观众欢呼鼓掌了。他们不是来看你把对手杀害，或者你把对手的胳膊砍下来！他们来看体育表演。斯巴达克斯，这是一种体育运动！这是体育技能的较量。如果他们想看别人互相残杀，那就直接去战场好啦！我们坎帕尼亚成为战场的次数已经太多了！"他停下来看着斯巴达克斯，"你听到了吗？你明白了吗？"

"明白了，负责人。"斯巴达克斯回答道。

"那就去继续参加训练，要表现得好一点！把你的力气发泄在沙包和木人上，你下次拿着木剑面对一个教练时，要集中注意力把动作弄得更漂亮，而不是喊里喀喳地把人家的骨头打断！"

斯巴达克斯很聪明，完全明白负责人向他解释的事情。在他们谈话之后的一段时间，他确实把注意力集中在一些更吸引眼球的动作上，甚至还觉得这是一项让自己颇为享受的挑战。那些紧张不安的教练面对他

[①] 帕特洛克罗斯（Patroclus）是古希腊神话中阿基里斯的好朋友。在特洛伊战争中，帕特洛克罗斯因为身穿阿基里斯的盔甲而死于赫克托尔之手，于是阿基里斯大发烈怒杀了赫克托尔为好友报仇。——译者注

时欣慰地发现，他再也没有专注于打断他们的四肢，而是集中精神做出各种能够让观众兴奋的动作。负责人花了好长一段时间，才终于相信斯巴达克斯把他的血腥暴力克制住了。六个月后，他把这个容易出问题的角斗士列入一张包括五队角斗表演的名单，让他们为卡普亚的一个要人进行葬礼表演。因为这场表演就在当地举行，所以负责人可以亲自参加，能够亲眼看看斯巴达克斯表现如何。

他们是第三对上场的，跟斯巴达克斯对战的那个高卢人看起来很厉害。他比斯巴达克斯还要高一点，身体也非常强壮。高卢人没有穿衣服，只有一小块布遮住他的私处。他的战斗工具是一个稍微有点弯曲的长盾牌，还有一把笔直的双刃剑。他的主要装备是一顶头盔，这顶漂亮的银质头盔带有护颊和护颈，头盔顶上是一条飞身跃起的铁鱼，这条鱼比通常的羽饰还要大。

斯巴达克斯以前从未见过这个高卢人，更别提跟他说过话了。菲利普斯的角斗士学院规模巨大，在这么大的机构里角斗士认识的人只有他的教练和负责人，还有处于同样训练阶段的其他学员。不过斯巴达克斯提前被告知，他首次迎战的对手是个经验丰富的角斗士，这个高卢人已经参加过十四场演出，而且在他经常出场表演的卡普亚大受欢迎。

一开始，斯巴达克斯穿着他那笨重的装备，慢慢地绕了几圈，巧妙地避开高卢人的攻击。看着斯巴达克斯英俊的面孔和健壮的身体，人群中的一些女人开始发出叹息和亲吻的声音。斯巴达克斯以后很可能会成为一大群女性追随者的中心，但在一个新人赢得胜利之前，负责人不准他接近女人，于是那些亲吻的声音让斯巴达克斯稍微有点分神。他举起的圆形盾牌高了一尺，结果那个高卢人敏捷地在他左边屁股上一刺。

这就结束了，而且结束的是那个高卢人。围观人群只见人影一闪，斯巴达克斯已经左脚一转提起他的弯刀砍在他的对手脖子上。刀锋砍断了颈椎骨，那个高卢人的脑袋歪在一边，挂在肩膀上瞪大恐怖的双眼，他的眼皮还在一合一张，他的嘴巴发出像女人们对着斯巴达克斯亲吻的声响。人群中一片高声尖叫，有人晕倒、有人呕吐、有人逃跑，现场陷入一片混乱。

斯巴达克斯被送回宿舍。

"结束了！"负责人说。"你永远、永远都不能成为一个角斗士！"

"但是他伤到我了！"斯巴达克斯抗议道。

负责人摇了摇头。"一个这么聪明的人怎么会这么愚蠢？"他问道。"愚蠢，愚蠢，愚蠢！凭着你的相貌和能力，你可以成为全意大利最出名的角斗士，为你自己赢得舒适的生活，为我赢得主人的肯定，为卢基乌斯·马尔基乌斯·菲利普斯赢得一大笔钱！斯巴达克斯，但是你没有这个福气，因为你真是愚不可及！你这么聪明，又这么愚蠢！你今天就要离开这里。"

"离开这里？到哪里去？"这个色雷斯人问，愤愤不平，"我必须服完身为一名角斗士的劳役！"

"噢，你会的。"负责人说。"但不是在这里。卢基乌斯·马尔基乌斯·菲利普斯在卡普亚的另一头还有一个角斗士学院，我会把你送到那里。那是一个舒服的小地方，里面大概有一百名角斗士，十多名教练，还有这个行业里最出名的负责人。他叫作格涅乌斯·科尔涅利乌斯·伦图卢斯·巴提阿图斯，是一个来自伊利里库姆的野蛮人。斯巴达克斯，在我之后，你会发现巴提阿图斯简直就是一杯毒药。"

"我会挺过去。"斯巴达克斯说，没有受到威吓，"我必须挺过去。"第二天天刚亮，一辆密封的牛车过来了。斯巴达克斯迅速进入牛车，发现车门关上之后，车里和车外唯一相通的就是那些钉得不太整齐的木板之间的缝隙。他是一个囚犯，甚至不能看到自己将被运往什么地方！一个囚犯！这个概念对一个罗马人来说实在太陌生、太可怕。于是等到那辆牛车进入巴提阿图斯管理的角斗士学院高墙里面时，这个囚犯因为不停地撞击木板而变得浑身青紫，几乎不省人事。

这已经是一年前的事情了。他的二十五岁生日在另外一个学院中度过，而他的二十六岁生日则在那所人称巴提阿图斯庄园的学院中度过。在巴提阿图斯庄园可没有那么轻松！在那里的人数通常是一百人上下，但在档案本上总是写着有一百个角斗士，五十个色雷斯人和五十个高卢人。对巴提阿图斯来说，他们并不是一个个独立的人，只是色雷斯人和高卢人罢了。他们来到这里都是因为犯了什么错误，大部分是与暴力或叛逆有关。他们过着像矿场奴隶一样的生活，只不过他们在巴提阿图斯庄园里面没有套上锁链，而且他们也吃得好睡得好，甚至还有机会跟女人同床。

但这是真正的奴役。每个人都知道，就算他能够在赛场上幸存下来，那也会老死在巴提阿图斯庄园。等到他年纪太大不能参加角斗，那他就会成为教练或仆人。他们没有报酬，而且每当巴提阿图斯的表演安排比较紧凑，他们就没有足够的时间去休息养伤，而巴提阿图斯的安排总是很紧凑。因为他是个分文必得的人，随便什么人只要有一小点钱，就能从巴提阿图斯那里雇到角斗士去给亲人举办葬礼表演。因为价格低廉，大部分表演都是在当地进行。

要逃出巴提阿图斯庄园几乎不可能。这个学院里面分成许多小区域，而且每个区域都用高墙跟其他区域分隔开来，角斗士活动的区域全都跟外面的高墙离得很远，所有高墙的顶部都镶满了朝向里面的大铁钉。角斗士经常出去表演，但是要在外面逃跑也几乎不可能。每个角斗士的手上和脚上都绑着锁链，脖子上还套着一个铁项圈。他们坐在没有窗户的囚车里面，无论走到哪里都有一群拿着弓箭的人紧跟着。角斗士只有进入赛场时才能卸下锁链，但是弓箭手会守在他们旁边。

这跟普通角斗士的生活多么不同！他可以自由地进出宿舍，还可以受到人们的尊重，是许多女人的偶像，而且还能攒下不少钱。他一年最多打上五六次比赛，在服役五年或打过三十场比赛（看看先达到哪种条件）之后就可以退休。有时就连自由人都会选择成为角斗士，虽然大多数角斗士都是军团中的叛逆者，但只有极少数会被送往那种奴役式的学院。这些照顾和优待主要是因为一个受过训练的角斗士是一项非常昂贵的投资，必须让他们保持良好的状态和心情，才能为角斗士学院的主人挣回一大笔钱。

但是在巴提阿图斯的学院就不一样了。他不在乎手下的角斗士是否在第一次比赛时就死掉，也不介意让一个角斗士连续打上十年。超出二十多岁的人不会被接收为角斗士，而角斗士的职业生涯最多只有十年。这是一项年轻人的运动。即便是巴提阿图斯也不会把头发灰白的人送上赛场，观众和雇佣角斗士进行丧礼表演的人都喜欢看到打斗的人年轻力壮。一旦从赛场上退役，那角斗士在巴提阿图斯庄园的生活就纯粹是受罪。这跟普通角斗士的退休生活相比真是令人绝望的命运，一个普通的角斗士退役后可以在他喜欢的地方干他喜欢的事情。他通常会去到罗马或其他大城市，替别人充当打手或保镖。

巴提阿图斯庄园是一个作息极为规律的地方，传达这些作息安排的是铁棒在铁盘上的不同敲击声，还有写在训练场墙壁上的日程表，这个日程表写在很高的地方，所以不会被人涂改或抹掉。每到日落时分，一百多个角斗士就会被关进石室，每个石室可以容纳七八个人，每个石室里的人都不能跟隔壁石室的人联络，因为声音根本就不能穿透石墙。没有人能够留在同一个小组里面，就寝安排总是不停变化，所以每个人每天晚上都会跟另外六七个新室友同住。十天之后，整个住宿安排又重新轮换，巴提阿图斯的安排相当巧妙，所以一个新人要等上一年才能认识所有其他角斗士。房间里整洁干净，除了舒适的大床还有一个洗手间，里面有沐浴设施、流动水源和许多夜壶。这种石头房间冬暖夏凉，不过角斗士只能在日落到日出之间使用这些房间。白天会有奴隶来整理房间，不过角斗士和那些奴隶根本就没有机会接触。

天亮时，角斗士会被打开门栓的声音吵醒，然后就要开始那一天的常规活动。在接下来的一整天里，角斗士会跟前天晚上的室友在一起，但他们不能彼此交谈。每个小组会在石室前面的庭院吃早餐，这个庭院四周围着高墙。如果遇上雨天，那他们头顶上会支起一个遮雨棚。然后这个小组就要开始训练，一个教练会给他们分组，通常是一个高卢人对一个色雷斯人，然后这两人就会拿着木头短剑和皮革盾牌开始对打。然后他们会开始享用这一天的正餐：煮熟的肉、大量的新鲜面包、上等橄榄油、应季的蔬菜和水果、蛋类、咸鱼、可以蘸着面包的豆子粥，还有想喝多少就喝多少的饮用水。不过他们吃饭时从来都没有酒，就算只是把酒当成调料的情况也很少有。正餐之后，他们会静静地休息两个小时，然后就去擦盔甲、做皮带、修鞋子，或其他的角斗士装备维护。然后所有工具都会小心地收集存放起来，这个过程中一直都有弓箭手在盯着。接着又是一轮高强度的训练，然后就是一顿比较清淡的晚餐。在晚餐之后，每个角斗士又会跟另外一组新室友共度夜晚。

巴提阿图斯还有四十名女奴隶，她们的任务除了厨房里的轻度劳作，就是满足所有角斗士的性欲。每个角斗士每隔三天就可以跟这些女人交合。同样地，每个角斗士都会跟全部四十个女人轮流同床。一切都按照顺序进行，一次有七八个女人在押送下进入一个石室，每个女人会直接到指定的床上去。一旦事情结束，那个女人就不能留在同一张床上了。大部分角斗士每个晚上至少能进行三四次，但是每次都必须跟不同的女人。巴提阿图斯非常清楚，在这项活动中培养出感情的危险最大，于是他在每个幸运石室中都安排一个看守，确保女人在不同的床上轮换，而且角斗士也不能跟她们交谈。所有奴仆都不介意去充当看守，因为当天夜里那个幸运石室中一直点着灯。

在巴提阿图斯庄园，全部一百个角斗士并不会同时出现。通常会有三分之一或一半的角斗士在路上，他们对于身在旅途都很讨厌，因为在外面不像在巴提阿图斯庄园那么舒服，而且也没有女人的服务。不过部分角斗士的缺席让女人们有一些日子可以休息（休息日都会严格登记，巴提阿图斯对于各种登记和巧妙轮换有着极大热情），也让那些即将临盆的孕妇有时间去生孩子。当然女人们生完孩子就要继续执行任务，她们只有在产前一个月和产后一个月不用去执行任务。这意味着许多女人都尽力避免怀孕，还有很多女人在发现怀孕后会立刻堕胎。每个刚出生的孩子都会马上从母亲身边抱走，如果是个女孩就扔在巴提阿图斯庄园的垃圾堆上，如果是个男孩就会送去给巴提阿图斯亲自过目，因为总会有一些女人想从巴提阿图斯那里买个男孩。

这些女人的领头人是个真正的色雷斯人，她的名字是阿鲁索。她是贝西人的女祭司，而且非常骁勇善战。她曾经有九年是巴提阿图斯的女人，不过她对巴提阿图斯的仇恨比学院中任何一个角斗士都要深。她在巴提阿图斯庄园的第一年生下一个女孩，这个女孩按照她的部落文化应该继承她成为女祭司。虽然她向巴提阿图斯苦苦哀求想要留下这个孩子，但巴提阿图斯还是不管不顾地把孩子当作垃圾扔掉了。在那之后，阿鲁索服用药物，没有再生下其他孩子。但是仇恨在她心中默默滋长，她向神明发誓一定要让巴提阿图斯碎尸万段。

这一切都意味着格涅乌斯·科尔涅利乌斯·伦图卢斯·巴提阿图斯是这个以角斗士闻名的城市中最精明能干的人。没有任何东西能够逃过他的耳目，他从不忽略任何危险因素，从不遗漏任何细枝末节。这个充满怨恨的角斗士学院为什么能如此成功，一部分原因在于巴提阿图斯的小心谨慎，另一部分原因在于他的管理能力。他不相信任何人，凡事都亲力亲为。存放武器和装备的石头城堡的唯一钥匙由他独自掌管；他负责承接所有演出预定；他制定所有出行安排；他亲自挑选每一个弓箭手、奴隶、军械士、厨子、洗衣女工、妓女、教练和办事人员；他掌管账目；他独自去跟学院的主人卢基乌斯·马尔基乌斯·菲利普斯见面。菲利普斯从未来过这所学院，而是让巴提阿图斯到罗马去跟他见面。好几年前，庞培对菲利普斯的手下班子进行了大规模的整治，巴提阿图斯是唯一留下来的老雇员。当时庞培对巴提阿图斯相当欣赏，甚至还提出要让他担任菲利普斯的总管，但是巴提阿图斯面带微笑地拒绝了。他喜爱自己的工作。

但是巴提阿图斯庄园的结束就在眼前。八月底，斯巴达克斯和另外七个角斗士结束在拉里努姆的表演回到巴提阿图斯庄园。同一年，恺撒离开基特乌姆，从马尔库斯·安东尼乌斯麾下转去履行他的祭司职务。

对于这八个角斗士来说，虽然他们总是被关在囚车里面，而且除了上场打斗之外都要戴着锁链，但在拉里努姆经历的事情对他们来说仍然是激动人心的经验。前一年的年底,拉里努姆最有权势的斯塔提乌斯·阿尔比乌斯·奥皮阿尼库斯被人控告了,控告他的人是他的继子奥卢斯·克鲁恩提乌斯·哈比图斯,指控的内容是他试图谋杀哈比图斯。这个案件在罗马审判,而且还因此牵出了一桩持续二十多年的可怕谋杀案。所有罗马人都得知,奥皮阿尼库斯谋杀了他的妻子、儿子、兄弟、姻亲、堂亲和其他许多人,每次谋杀都是为了积累金钱和权力。奥皮阿尼库斯有一个富可敌国而且出身贵族的朋友,因为这名叫马尔库斯·李基尼乌斯·克拉苏的朋友,他差点就无罪释放了。保民官卢基乌斯·昆克提乌斯参与了这个案件,得到一大笔钱去贿赂每个陪审员。奥皮阿尼库斯最后之所以被定罪,是因为他派去实施贿赂的人实在太贪婪。这个人就是盖乌斯·艾利乌斯·斯泰伊努斯,他几年前帮了庞培的大忙,而且他还私自扣留了盖乌斯·安东尼乌斯·海布里达交给他去贿赂其余九个保民官的九千塞斯特尔提乌斯。斯泰伊努斯没有足够的信誉去完成那些不光彩的事,他把奥皮阿尼库斯交给他去贿赂陪审团的钱扣留了,所以奥皮阿尼库斯才被定罪。

除了奥皮阿尼库斯的惊天大案,拉里努姆的居民并没有什么话题可以拿来交谈,虽然有许多角斗士来进行葬礼表演,但拉里努姆实在有太多葬礼表演,所以这些角斗表演对当地人来说并不稀罕。所以当角斗士戴着锁链在当地酒馆的餐桌上吃饭时,他们听着那四个弓箭手满脸兴奋地谈论这件奇案。虽然角斗士彼此之间禁止说话,但他们还是找到办法去交谈。漫长的时间和大量的训练,让他们学会见缝插针地进行一点简短交谈,而拉里努姆上流社会的谋杀案也给他们提供了很好的保护伞。

虽然巴提阿图斯无处不在的严密控制是个巨大的障碍,但斯巴达克斯在巴提阿图斯庄园已经住了一年多时间,所以他开始经验老到地策划一个大型的逃亡和谋杀计划。他终于认识了所有人,而且也学会如何跟那些好几天甚至好几个月都不能见面的人保持联络。如果说巴提阿图斯创造了一个复杂的网络来阻止他的角斗士和妓女彼此熟知,那斯巴达克斯也创造了一个同样复杂的网络可以让角斗士和妓女互相传达信息,回馈各种支持或否定的意见。事实上，因为巴提阿图斯的系统，斯巴达克斯反而可以让这种强制性的非直接接触发挥优势。这意味着大家不会因为频繁的接触而发生个性冲突，也不会想着要在即将发生的暴乱中取代斯巴达克斯的领导位置。

有两个罗马军队的被弃者也像斯巴达克斯那样了解军队的纪律和程序，斯巴达克斯通过秘密的消息网络指派他们在大逃亡中充当他的助手。他们以高卢人的身份参与角斗，而且给自己取名为克里克苏斯和奥诺玛奥斯，因为观众不喜欢听到他们的拉丁文名字，这会让观众想起这些角斗英雄大多是罗马军队的悖逆者。机缘巧合，这一次克里克苏斯和奥诺玛奥斯刚好跟斯巴达克斯一起来到拉里努姆，这对斯巴达克斯来说是个意外之喜，这样他就可以提前实施逃亡计划了。

等到他们从拉里努姆回到巴提阿图斯庄园，就会在返回之后的第八天实施计划，无论那时实际住在庄园中的角斗士有多少人。这一天在市集日之后，这时庄园中的角斗士数目一般会比较多，因为巴提阿图斯会在九月份减少角斗表演的安排，他习惯在这时候休假并完成他跟菲利普斯一年一度的会面。

那个色雷斯人的女祭司奥卢索是斯巴达克斯最热切的同盟，在所有人都同意逃跑计划之后，无论是哪些男人跟斯巴达克斯同在一间寝室，他们都会在其他女人的帮助下确保斯巴达克斯和奥卢索能够整夜在一起。他们会在各种噪声中悄声讨论许多具体细节，而奥卢索也发誓她会通过手下的女人确保所有男人都充满战斗热情。从初夏开始，她就在为斯巴达克斯偷取各种厨具。她的手段相当巧妙，所以当厨具不见时，被责备的总是某个厨子。没有人怀疑有一场角斗士的暴乱即将发生。一把切肉刀，一把小刻刀，一卷结实的麻绳，一个玻璃瓶摔成碎片，一个挂肉的钩子。这些武器不算多，但也足够八个人使用了。这些东西都藏在女人们的宿舍里，女人们都在那里清洗身体。在大逃亡的前一天晚上，一小群女人来到斯巴达克斯的房间，她们把武器藏在单薄的衣服里。这群女人中并没有奥卢索的身影。

天亮了。八个男人离开他们的寝室,准备在围着高墙的庭院中吃早餐。他们身上只包着缠腰布,此外并没有携带武器,不过在他们下身的红色缠腰布里都藏着一段大概三尺长的麻绳。一个弓箭手、一个助理教练和两个已经退役的角斗士组成了庭院的看守队。这几个看守很快就被麻绳勒死,而寝室的铁门还开着,于是斯巴达克斯和他的七个伙伴从床上抓起武器,然后又从弓箭手身上搜出钥匙,把一整排的石室大门都打开了。这一切都神不知鬼不觉地完成了。因为每一组角斗士都拖拖拉拉、咕咕哝哝地不想起床,所以在那八个默不作声的角斗士来到他们身边之前都还没有离开房间。切肉刀猛地一砍,叉子刺入胸膛,玻璃碎片割破喉咙,八根麻绳传给众人。

他们完成这些动作时,一个字词、一声喊叫、一句警告都没有发出。斯巴达克斯和其他角斗士控制了那一排石室和相连的庭院。一些被杀的人身上带着钥匙,于是通往其他地方的大门也被打开了。最后被关在巴提阿图斯庄园中的七十个角斗士都悄无声息地走了出来。一个小屋里存放着斧头和工具,一阵低沉的金属碰撞声后,每个角斗士的手里都拿起了武器。巴提阿图斯场地设置的另一个缺陷也暴露出来了。因为庄园内部的高墙,所以每个空间里发生了什么事情只有紧邻的地方才能知道。巴提阿图斯本来应该建起瞭望塔,让弓箭手在瞭望塔上站岗。

他们来到厨房时,才有人发出警报,但已经太迟了。现在角斗士拿起厨房里的利器,还把锅盖作为抵抗弓箭的盾牌。他们不放过一个活口,其中也包括巴提阿图斯。前一天巴提阿图斯本来就应该离开这里去度假,但却因为他在账簿中发现了一处差错而留下来了。男人们留着巴提阿图斯一条命,直到他们把女人们也解放了。在奥卢索的严格监督之下,女人们一次割下巴提阿图斯的一片肉,最后奥卢索津津有味地把巴提阿图斯的心脏吃掉。

太阳升起时,斯巴达克斯已经带着他的六十九个同伴攻占了巴提阿图斯庄园。他们从仓库中拿出所有武器,所有车子也都套上牛或骡子,从厨房搬出来的食物和所有多余的武器都堆在货车上。大门敞开,这支小小的探险队勇敢地迈向外面的世界。

斯巴达克斯对坎帕尼亚本来就很熟悉,他的机会也不仅限于攻占巴提阿图斯庄园。这个庄园位于从卡普亚通往诺拉的大路旁边,距离诺拉城大概七里地。斯巴达克斯离开卡普亚,朝着诺拉的方向前进。他们在路上走了没多远,就遇到另外一队货车,并攻击了那些货车,因为他们不想让人知道自己的去向。让他们喜出望外的是,那些货车上装满武器和装备,正准备运往另外一个角斗士学院。现在他们拥有的武器装备不仅可以满足自己所需,还可以用来打仗。

然后他们的车队离开大路,走上一条荒废的小道,朝着西南边的韦苏维乌斯山前进。奥卢索穿着一个弓箭手的盔甲,拿着一把色雷斯人的军刀,跟着斯巴达克斯走在队伍前面。她已经洗掉了巴提阿图斯的鲜血,但她每次想起自己吃了巴提阿图斯的心脏,仍然会舔舔嘴唇发出满足的咕噜声,就像一只猫儿吃饱喝足时那样。

"你看起来就像密涅瓦[①]。"斯巴达克斯面带微笑地说。他不觉得奥卢索对待巴提阿图斯的方式有什么可指责的。

"十年来,我第一次感觉喜欢自己。"她摇了摇自己腰上挂着的大皮袋,里面装着巴提阿图斯的头颅。奥卢索准备按照她的部落习俗,把巴提阿图斯的头盖骨做成自己的酒杯。

"你可以成为只属于我的女人,如果这样能让你高兴的话。"

"如果我能加入你的作战指挥部,那我会很高兴。"

他们用希腊语交谈,因为奥卢索不会说拉丁语。他们说话时显得特别轻松自在,这是那些从彼此身上得到肉体愉悦,而又没有任何感情牵绊的人呈现出的特殊状态。这种自由的结合让他们特别快乐,双方都可以毫无拘束地自由行动。

韦苏维乌斯山跟其他山峰很不一样。这座山独自矗立在富饶的坎帕

[①] 密涅瓦(Minerva)是古罗马女神,司掌各行业技艺,后来又司理战争,被视同希腊女神雅典娜。——译者注

尼亚之上,距离克雷特湾的海岸不太远。这片绵延三千尺的山坡平缓上升,上面错落有致地分布着葡萄园、果园、菜园和麦田,这里的土壤深厚而肥沃。在这些作物之上的山坡又继续延伸了几千尺,最上面是岩石密布的山顶,那里的树木用顽强的根须深入石缝之中,但却不适宜居住或耕种。

斯巴达克斯对这座山的每寸土地都很熟悉。他父亲的农场就在这座山的西侧,他和哥哥在山顶的岩石之间玩了许多年。于是他带着车队一直向上,来到背面岩石间的一个碗状凹洞。这个凹洞的边缘很陡峭,所以很难让货车进到里面,但是在空洞的地面长着茂密的青草,而且里面的空间用来容纳斯巴达克斯的手下和牲畜绰绰有余。石头上沾染着黄色的硫磺痕迹,而且中间一个小土包冒出的气味也很难闻。但这也意味着从来都没有牲畜到这里吃草,而牧羊人也不会把他们的羊群带到这里。当地人认为这个地方在闹鬼,不过斯巴达克斯并没有把这个情况告诉他的同伴。

他花了好几个小时组织人力搭建营地,用囚车上拆下来的木板建起一些窝棚。女人们忙着准备食物,男人们也分派了各种任务。在太阳从凹洞的西侧边缘消失之前,斯巴达克斯把所有人都叫过来。

"克里克苏斯和奥诺玛奥斯,你们站在我左右两边,"他说道,"奥卢索,你身为女人们的首领,我们的女祭司和我的女人,坐在我的脚边。其他人站在我对面。"

他等到大家都各就各位,然后就跳上一块岩石,显得比克里克苏斯和奥诺玛奥斯更高一些。

"我们目前是自由了,但是我们永远都不能忘记,根据法律我们仍然是奴隶。我们杀了掌管我们的人,等到政府发现时,我们就会被通缉追捕。在此之前,我们从来都没有机会聚在一起,好好讨论我们的机会、我们的未来和我们的命运。"

他深吸一口气。"首先,我不会强迫任何男人或女人违背他自己的意志,那些想离开我去自谋出路的人随时可以离开。我不要求大家发出誓言或举行仪式承诺会对我保持忠诚。我们曾经是囚犯,我们曾经戴着锁链,我们被剥夺了身为自由人的权力,而女人们被迫成为妓女。所以我不会做出任何事情来束缚你们。"

"这里,"他抬起手指着那片营地,"是我们的临时住所。我们早晚都要离开这里。有人看到我们爬上这座山,而且我们所做的事情很快就会传播开去。"

一个角斗士蹲在前面一排,他举起手来要求发言。斯巴达克斯并不知道他的名字。

"我知道我们会被通缉和追捕。"那个家伙皱着眉头说,"所以我们现在就解散不是更好吗?如果我们四散奔逃,那至少会有人成功逃脱。如果我们聚在一起,那我们就会被一网打尽。"

斯巴达克斯点点头。"你说得有些道理。但是,我并不同意。为什么?主要是因为我们没有钱,除了巴提阿图斯给我们提供的衣物之外没有其他衣服,而且他们还在我们身上留下烙印。除了武器,我们没有其他可以自卫的东西。这样,我们四散奔逃的话就会很危险。巴提阿图斯庄园里没有现金,连一个塞斯特尔提乌斯也没有。但钱是必不可少的东西,我认为在我们找到钱之前都要待在一起。"

"我们怎么才能找到钱?"那个家伙问。

斯巴达克斯对他露出一个灿烂而无奈的笑容。"我也不知道!"他坦白回答,"如果这里是罗马,那我们可以抢劫一些人。但这里是坎帕尼亚,这里的农夫都小心翼翼地把所有东西存在银行里或者埋在地里,所以我们根本就找不到什么东西。"他伸出双手热切呼吁,"让我告诉你们,我希望我们怎么做,然后每个人可以好好考虑。明天这个时间,我们再聚在一起投票表决。"

克里克苏斯和奥诺玛奥斯像其他人一样,都不知道斯巴达克斯有什么打算,只是使劲地点着头。

"斯巴达克斯,告诉我们吧。"克里克苏斯说。

光线逐渐变暗,但斯巴达克斯仍然站在石头上。他身上似乎聚集了最后的光明,看起来确实像是值得跟随的首领。他意志坚定、充满自信、刚强有力、值得信赖。

"你们都知道昆图斯·塞尔托里乌斯这个名字。"他说道,"一个反叛制度的罗马人,而这个制度正好产生巴提阿图斯这种人。他已经把西班牙占为己有,而且他很快就会进军罗马,成为独裁官并建立起一个新的共和国。我们被送去其他地方角斗时,常常听到人们说起这些事。我们还知道,在意大利有很多人希望由昆图斯·塞尔托里乌斯来领导罗马,特别是萨莫奈人。"

他停下来,舔舔嘴唇。"我知道,我准备干什么!我准备到西班牙去加入昆图斯·塞尔托里乌斯。如果有可能,我还要给他带去一支军队,这支军队已经让苏拉及其继承者领导的罗马遭受重创。我要在萨莫奈人、卢卡尼亚人和其他意大利部族中征兵,他们更愿意看到一个新的罗马,而不是看着自己的资产化为乌有。我还会在坎帕尼亚的奴隶中征兵,让他们在昆图斯·塞尔托里乌斯掌管的罗马享有全部公民权。我们的武器多得用不完,除非我们招募到更多人。罗马派遣军队镇压我们时,我们就会打败他们,并且把他们的武器抢过来!"

他耸耸肩。"除了生命,我没有什么可以失去,而且我发誓永远都不会再忍受巴提阿图斯强加于我的东西。一个人,就算是一个被奴役的人,也有权利跟他的同伴自由交往,在这个世界中自由行动。监禁比死亡还糟糕。我再也不会让自己忍受任何形式的监禁!"

他忍不住流出眼泪,然后又赶紧把泪水擦掉。"我是一个人,我要留下自己的印记!不过你们也可能会这么说!如果我们聚在一起,组成一支军队,那就有机会保护自己,还能留下一个伟大的印记。如果我们四散奔逃,那我们所有人都要不停逃跑。如果我们可以像人那样昂首阔步,为什么还要像野鹿那样不停跑路?为什么不帮助昆图斯·塞尔托里乌斯拿下意大利,然后在他领导的罗马共和国里给我们争取一个位置?为什么不在他到来时去跟他会合?我们都知道,罗马在意大利境内没有多少军队。卡普亚人都在抱怨,因为罗马军营里空空荡荡,所以他们的生计变得越来越艰难。我们中哪一个没有听过这种抱怨?谁能抵挡我们呢?

我曾经是一个军团指挥官。克里克苏斯、奥诺玛奥斯和在场的许多人都曾经属于罗马军团。像卢库卢斯、庞培·马格努斯之类的人知道怎么组织和指挥军队，难道我和克里克苏斯与奥诺玛奥斯，还有你们中的任何人就不知道吗？指挥军队并不是什么困难的事！所以我们为什么不组成一支军队？我们可以赢得胜利！意大利并没有什么老兵军团能够阻止我们，只有零零散散的几队新兵。我们将会吸引那些有经验的士兵，还有那些努力战斗想要摆脱罗马的萨莫奈人和卢卡尼亚人。我们还可以训练那些加入我们的新兵，难道一个奴隶就一定没有战斗的能力或勇气？奴隶军队有好几次让罗马陷入崩溃的边缘，他们失败只是因为没有一些懂得罗马作战方式的人来带领他们。只因为带领他们的不是罗马人！"

斯巴达克斯的一双手臂高举过顶，他握紧拳头使劲挥舞。"我会带领我们的军队！我会带领我们的军队赢得胜利！我带着这支满载胜利的军队去跟昆图斯·塞尔托里乌斯会合，到时罗马和意大利都在我们的军队脚下！"他放下手臂。"好好考虑我说的话，我对大家没有其他要求了。"

斯巴达克斯从石头上跳下来，那一小群角斗士和女人看着他没有说话，但是他们望向他的脸上都发着光，奥卢索也对他露出灿烂的微笑。

"明天他们肯定会投票支持你。"奥卢索说。

"是的，我也觉得他们会这么做。"

"那就过来跟我一起开采泉水，如果要让这么多人活命，饮用水就要干净一些才行。"

奥卢索知道应该怎么做，但斯巴达克斯却毫无头绪。斯巴达克斯只是惊奇地看着眼前这一切：奥卢索念了几句咒语，来到一块涌出臭水温泉的岩壁前面，然后用巴提阿图斯的断手在岩壁另一侧的脆石上挖掘，然后就有另外一股清凉甘甜的泉水喷涌而出。

"这是一个好兆头。"斯巴达克斯说。

二十天内，一千多人自愿来到靠近韦苏维乌斯山顶的这个凹地。不过斯巴达克斯有点搞不明白，不知道消息究竟是怎么传开，因为他并没有派人到附近乡村去征兵。前来投奔这群角斗士的人中大概有十分之一是逃跑的奴隶,但大多数是萨莫奈的自由人。诺拉距离这里不远,而且诺拉非常痛恨罗马。痛恨罗马的还有庞贝、那波利斯和其他曾经跟苏拉誓死战斗的意大利城镇,他们先是经历了意大利战争,然后是为了蓬提乌斯·特勒西乌斯而战。罗马也许自以为彻底打败了萨莫尼乌姆,但斯巴达克斯在他的入伍名单上写下了一个又一个萨莫奈人的名字,所以他知道除非萨莫奈人彻底灭绝,否则罗马永远都不可能彻底战胜。许多来投奔斯巴达克斯的人都穿着战衣、拿着武器,这些头发花白的老兵一提起苏拉的名字就大声咒骂,一提起克塞古斯和维瑞斯就做出抵挡邪灵的手势,克塞古斯和维瑞斯曾经让萨莫奈人深受其害。

"我想让你看看一些东西。"克里克苏斯急切地对斯巴达克斯说。当时是九月最后一天的早晨。

斯巴达克斯正在训练一支由奴隶组成的百人队,他把工作交给另外一个角斗士,然后就被克里克苏斯急切地拽着胳膊走开了。"怎么了?"斯巴达克斯问。

"最好是你亲眼去看看。"克里克苏斯把斯巴达克斯领到环形石壁的一处缺口,从这里可以一览无遗地看到韦苏维乌斯山的北边山坡。

两个萨莫奈人正在这里放哨,他们满脸兴奋地转头看着自己的领袖。"看!"其中一人说。

斯巴达克斯举目遥望,在接近山顶的地方有大概一千多尺的石头荒地,在那下面是整整齐齐的田地。透过收割之后的麦秸,可以看到一队罗马士兵,领头的是四个骑着马、戴着头盔、穿着盔甲的高级军官。这几人有三个骑着马走在前面,还有一个骑着马独自走在后边,走在后面的人盔甲闪闪发亮,上面围着一条象征至高统帅权的红色绶带。

"好,好!他们终于派出一个大法官来对付我们了!"斯巴达克斯说着哈哈一笑。

"有几个军团?"克里克苏斯问,看起来挺担心。

斯巴达克斯惊讶地瞪大双眼。"军团?克里克苏斯,你也在罗马军团里面待过,你应该能看得出来!"

"这就是问题所在!我也曾经在他们里面,当你在他们里面时,你永远都不知道自己看起来是什么样子。"

斯巴达克斯咧嘴一笑,伸手弄乱了克里克苏斯的头发。"放松点,那下面的士兵最多只有半个军团,大概是五个步兵大队,而且是我见过最不熟练的新兵。看到了吗?他们的行军稀稀拉拉,不能排成一条直线,也不能拉开均匀的距离。更重要的是,带领他们的人也毫无经验!你看到他骑着马跟在他的副将后面吗?这个太明显了!一个充满自信的统帅总是走在前面。"

"五个步兵大队?那至少有两千五百人。"

"克里克苏斯,这五个步兵大队从来都没有在军团中待过。"

"我去通知大家准备出击。"

"不,你就跟我待在这儿,让他们以为我们没有发现。如果他们听到号角声或喊叫声,那他们就会停在山坡上扎营。如果他们以为可以成功对我们发动突袭,那个带领他们的白痴就会继续前进,直到他们来到那些岩石地里,然后才发现他们不能在那里扎营。到时他们想要重整队伍下山已经太迟了,那他们整个队伍就只能分成许多小队寻找空间去扎营。白痴!如果他们绕到南边,那他们就可以通过山路直接来到我们的营地。"

天黑之前,斯巴达克斯终于毫无疑问地确信这支罗马军队确实由新兵组成,而那个统帅是一个大法官,名叫盖乌斯·克劳狄乌斯·格拉贝尔。元老院命令他经过卡普亚时带上五个步兵大队,并带着这支军队把藏在韦苏维乌斯山洞里的叛乱分子消灭掉。

天亮时,这支罗马军队已经不复存在了。那天夜里,斯巴达克斯派人悄悄潜入敌营,有些人甚至是用绳索垂挂下来,然后就悄无声息地杀死敌军士兵。这支军队确实是毫无经验的新兵,他们竟然脱下盔甲放下武器,然后围拢在一堆堆营火前面,而这些营火正好暴露了他们的每个睡觉地点。盖乌斯·克劳狄乌斯·格拉贝尔也毫无经验,竟然以为这里的地形比正常的营地更能提供保护。天色微亮,一些比较早醒的士兵终于意识到发生了什么事情并发出警报。于是战斗开始了。

斯巴达克斯让女人们举着火把照明，正面攻打了罗马军兵。格拉贝尔的士兵死了一大半，另外一半成功逃跑，但却把武器装备都留在后面。率先逃跑的就是格拉贝尔和他的三个副将。

山上的凹地里又多了两千八百套步兵装备，斯巴达克斯让他日益壮大的军队把角斗士的装备换成罗马军团的装备，然后把格拉贝尔的行李车队加入他自己的车队。主动投奔的人蜂拥而至，其中大多数是受过训练的士兵。斯巴达克斯的士兵迅速膨胀到五千人，他觉得这已经超出韦苏维乌斯山凹地的容纳能力，于是就带着他的军队转移出去。

他非常清楚应该转移到哪里。

大法官普布利乌斯·瓦里尼乌斯和卢基乌斯·科西尼乌斯带着在卡普亚招募的两个军团沿着大道前往诺拉，他们在距离荒废的巴提阿图斯庄园不远处看到了一座防守森严的罗马式堡垒。瓦里尼乌斯是第一统帅，他很有经验，而第二统帅科西尼乌斯也很有经验。他们第一次看到自己的两个军团就吓了一跳，这些新兵实在毫无经验，他们才刚开始最基本的训练！除此之外还有其他因素加剧了两位大法官的困难，天气阴冷、潮湿、多风，一种严重的呼吸道感染正在士兵中肆虐。瓦里尼乌斯一看到诺拉旁边大路上那座固若金汤的堡垒，立刻就知道这座建筑属于那些叛乱分子，但他也知道自己的士兵根本就没有能力去发起攻击。于是他选择让自己的两个军团在叛军堡垒的旁边安营扎寨。

那时还没有人清楚叛军的名字或其他细节，只知道他们攻占了格涅乌斯·科尔涅利乌斯·伦图卢斯·巴提阿图斯的角斗士学院（这座学院在档案上记录的主人名字是巴提阿图斯），然后就跑到韦苏维乌斯山上，接着就有几千个心怀不满的萨莫奈人、卢卡尼亚人和奴隶去投奔他们。格拉贝尔遭遇惨败后带回消息，说那些叛军现在拥有了原本属于他的所有装备和武器，而且这些叛军在优良的指挥下摧毁了他的五个步兵大队。

但是瓦里尼乌斯和科西尼乌斯后来从一些探子那里得知，叛军营地里面只有大约五千人，还有相当一部分是女人。瓦里尼乌斯信心大增，在隔天早晨带着他的两个军团主动出击，确信自己军中虽然有些士兵正在生病，但凭借人数优势自己还是能够打赢。当时正天降大雨。

等到战斗结束之后，瓦里尼乌斯实在不知道应该如何归结战败的原因，究竟是因为他的士兵一看到那些叛军就吓得要命，还是因为疾病让许多士兵垂下双手拒绝战斗，他们只是一个劲地哀求说自己实在不能战斗。最大的打击是科西尼乌斯在试图营救一队即将战败的士兵时自己也被杀死了，还有大量的武器装备也在战场上被叛军夺走。追赶叛军已经毫无意义，他们在大雨中朝着自己的营地退去。瓦里尼乌斯带着自己那狼狈不堪、垂头丧气的军队转身返回卡普亚，然后他在卡普亚给元老写了一封非常坦白直接的书信。他在信中没有饶过自己，也没有饶过元老院。他说，除了那些叛军，意大利境内已经没有熟练的军队了。

他的报告中提到了一个重要的名字：斯巴达克斯，一个色雷斯人角斗士。

接下来的六个市集日间隔，瓦里尼乌斯集中精力去训练他那些可怜的士兵。这些士兵大多从战斗中幸存下来了，但看来不太能挺过仍在军中肆虐的呼吸道疾病。他征召一些曾经在苏拉军中服役的百夫长来帮忙训练新兵，但却无法说服他们加入自己的军队。元老院为了保险起见开始招募另外四个军团，并向瓦里尼乌斯保证无论他认为必须采取什么措施，元老院都会给予他坚定的支持。当年的八位大法官中又有第四个被派去充当瓦里尼乌斯的高级副将。这第四个大法官叫作普布利乌斯·瓦勒里乌斯，他无论如何都高兴不起来，因为之前的那些大法官中有一个逃跑、一个阵亡、一个惨败。

十一月底，瓦里尼乌斯觉得他的士兵已经接受了足够的训练，可以开始战斗了。于是他带领士兵离开卡普亚去攻打斯巴达克斯的军营。但却发现那个营地已经被废弃。斯巴达克斯偷偷溜走了。无论他是不是色雷斯人，这都是另外一个证据表明他是一个罗马式的军人。疾病仍然困扰着可怜的瓦里尼乌斯。他带着两个兵力不足的军团向着南边前进，但却只好无能为力地看着一个个步兵大队不得不放弃行军。他们的百夫长承诺等到士兵感觉好些了，就会赶上他的大部队。在皮森提亚附近，就在西拉鲁斯河对岸的城堡前面，他终于追上了那些叛军。但他却惊恐地发现，斯巴达克斯的军团已经膨胀成一支大军。不到两个月前，他们只有五千人，但现在已经有两万五千人！瓦里尼乌斯不敢发动进攻，只好看着这支迅速壮大的队伍渡过西拉鲁斯河，沿着波皮利娅大道进入卢卡尼亚。

等到那些生病的步兵大队终于赶上来，而那些还留在瓦里尼乌斯身边的士兵也逐渐好转，瓦里尼乌斯和瓦勒里乌斯开了一个会。他们是要继续追着叛军进入卢卡尼亚，还是返回卡普亚过冬并训练一支更强大的军队？

"你的意思其实是，"瓦勒里乌斯说，"我们还是现在开战比较好。虽然敌军人数比我们多出许多，但我们能够在冬季招募到更多士兵，所以推迟到明年春天再开战比较好。"

"我想我们别无选择，"瓦里尼乌斯说，"我们现在就要跟着他们。等到明年春天，他们的人数可能又翻倍了，而且他们新增的每个人都是卢卡尼亚的老兵。"

于是瓦里尼乌斯和瓦勒里乌斯继续跟上去，即便有迹象显示斯巴达克斯已经离开波皮利娅大道，正坚定不移地朝着卢卡尼亚山地的荒野而去。有八天时间，他们跟在后面只看到一些痕迹，然后每天夜里都建起坚固的营地。这是非常辛苦的事，但也是比较谨慎的选择。

第九天晚上，同样的常规又开始了。士兵们咕咕哝哝地抱怨不休，因为他们还没有足够丰富的经验，不知道一个安全的营地是多么重要。就在他们用挖掘壕沟的废土堆起土墙时，斯巴达克斯发动突袭了。局势和人数都对瓦里尼乌斯很不利，于是他除了撤退之外别无选择。他把自己那装扮华丽的国家公马和大部分士兵都留在后面。从卡普亚出发时，他有十八个步兵大队，但是从卢卡尼亚返回时只剩下五个步兵大队。瓦里尼乌斯和瓦勒里乌斯再次渡过西拉鲁斯河进入坎帕尼亚，然后他们就把这五个步兵大队留下来守卫城池，并指派财务官盖乌斯·托拉尼乌斯去指挥这支部队。

两位大法官回到罗马，劝说元老院尽快招募更多士兵。局势显然是在日益恶化，但一想到卢库卢斯和马尔库斯·科塔正在东方，还有庞培正在西班牙，许多元老就觉得招募新兵是在浪费时间。意大利的兵源已经枯竭了。二月份，又有消息传来，斯巴达克斯已经带着由四万人组成的八个军团离开卢卡尼亚。叛军在西拉鲁斯河边把可怜的盖乌斯·托拉尼乌斯一网打尽，他和他手下五个步兵大队的所有士兵都被杀死了。根据消息，坎帕尼亚已经落入斯巴达克斯手中，他正忙着说服那里的萨莫奈人站到他那边，为意大利的自由而战。

国库的财务官被勒令不要再抱怨，而要开始筹集资金去吸引那些退伍老兵来参军。大法官昆图斯·阿里乌斯原本应该接替盖乌斯·维瑞斯成为西西里的总督，但他现在奉命要赶到卡普亚去组织一支四个军团的大军，这支大军要尽可能多吸纳一些有经验的老兵。新任执政官是卢基乌斯·革利乌斯·波普利科拉和格涅乌斯·科尔涅利乌斯·伦图卢斯·克洛狄阿努斯，他们被正式授予对战斯巴达克斯的至高统帅权。

再次进入坎帕尼亚之后，斯巴达克斯慢慢看清了形势。因为他的军队还在不断增长，所以他学会在行军时整合军队，一边赶路一边训练新兵。他成功地对瓦里尼乌斯和瓦勒里乌斯的军营发动突袭，但遗憾的是奥诺玛奥斯在这场战役中阵亡了，不过克里克苏斯还好好活着而且其他能干的副将也陆续出现。原本属于瓦里尼乌斯的国家公马对于一个最高统帅来说真是极好的坐骑！光彩亮丽！每天早晨，斯巴达克斯都会亲亲这匹马的鼻子，摸摸它那银白色的鬃毛，然后才骑到马背上。他把这匹马叫作巴提阿图斯。

他相信像诺拉和努塞里亚这样的城镇都会跟他联合，于是他立刻派出自己的使者去跟这些城镇的长官见面，解释说他准备帮助昆图斯·塞尔托里乌斯建立一个新的意大利共和国，并要求他们提供人员、物资和金钱。但是他们却坚定地告诉他，坎帕尼亚和意大利的城镇没有一个会支持昆图斯·塞尔托里乌斯,也不会支持那个角斗士的首领斯巴达克斯。

"我们不喜欢罗马人,"诺拉的长官说,"我们跟罗马的对抗比意大利其他任何地方都长,这一点也让我们引以为傲。但是这种情况不会再次出现,再也不会出现。我们的财产消失了,我们的年轻人都死了。我们不会跟你一起对抗罗马。"

当努塞里亚也传回同样的答复时,斯巴达克斯跟克里克苏斯和奥卢索举行了一次小型会议。

"洗劫他们。"那个色雷斯人的女祭司说,"让他们知道最好还是跟我们联合。"

"我同意,"克里克苏斯说,"虽然我的理由并不一样。我们有四万个士兵,还有足够每个人使用的武器装备,还有许多可以吃的东西。但是我们除了这些之外就什么都没有了,斯巴达克斯。如果我们带着军队去投奔昆图斯·塞尔托里乌斯,那我们的士兵在塞尔托里乌斯的政府领导之下应该能过上有钱有势的生活。这样当然很好,但现在先给他们一点财富就更好了。如果我们洗劫那些拒绝跟我们联合的城镇,那我们就可以震慑那些我们还没有到达的城镇,而且还可以取悦我们的男人和女人。没有任何士兵不喜欢抢掠财物!"

斯巴达克斯因为那些不识好歹的拒绝而闷闷不乐,于是他做出决定时比以前那个身为角斗士的斯巴达克斯快多了。他现在已经过上不一样的生活,他已经是另外一种人了。"很好,我们会洗劫努塞里亚和诺拉。告诉我们的士兵,不要手下留情。"

他们的士兵确实没有手下留情。斯巴达克斯看到行动的成功,发现洗劫城镇确实有许多好处。努塞里亚和诺拉让他收获了金钱、食物和女人,如果他继续洗劫城镇,那他到时不仅能给塞尔托里乌斯献上一支军队,还能献上一大笔财富!如果能做到这些事,那等到塞尔托里乌斯成为罗马的独裁官,他就很可能会让这个叫作斯巴达克斯的色雷斯角斗士成为骑兵统帅。

所以他必须在离开意大利之前得到许多财富。现在仍然有许多人从四面八方来投奔他,并且告诉他在卢卡尼亚、布鲁提乌姆[①]和卡拉布里亚那些没有受到意大利战争影响的地方可以收获许多财产。于是这支叛军又离开坎帕尼亚,到南边去洗劫位于布鲁提乌姆之内的康森提亚,然后是塔伦图姆海湾边上的图尔里和美塔蓬图姆。斯巴达克斯喜出望外,这三个城镇确实拥有巨额财富。

奥卢索除去巴提阿图斯头颅上的皮肉之后,斯巴达克斯给了她一些银箔去镶在头盖骨里面,但在洗劫了康森提亚、图尔里和美塔蓬图姆之后,斯巴达克斯让奥卢索就近找个垃圾堆把银箔扔了换成金箔。这一切都充满诱惑力,就像奥卢索那样充满诱惑力。虽然奥卢索像个野蛮人那样去思维,但她拥有惊人的魔力,而且像个护身符那样给斯巴达克斯带来好运气。只要有奥卢索站在身边,斯巴达克斯就是幸运的宠儿。

是的,她棒极了。她可以找到水源,可以发现隐藏的灾祸,可以给他提供正确的建议。她怀着斯巴达克斯的孩子,她的身子变得越来越沉,不过她那鲜红的嘴唇、淡黄色的头发和像野狼般迷离的眼神还是很迷人。她的手腕上和脚踝上戴着许多金环,一走动就发出叮叮当当的声音。斯巴达克斯觉得她非常完美,但这并非因为她是一个色雷斯人,而且他自己也成了一个色雷斯人。他们属于彼此,她代表着他那神奇的新生活。

四月初,斯巴达克斯带兵进入萨莫尼乌姆东部,相信至少这边的城镇会跟他联合。但是阿赛尔尼亚、波维阿努姆、贝内文图姆和赛皮鲁姆都拒绝了他的提议。我们不会加入你,我们不想要你,离开这里!而且这些地方也没有什么东西可以洗劫。维瑞斯和克塞古斯早就把这些地方搜刮一空了。不过还是有很多萨莫奈人来投奔斯巴达克斯的军队,他的军队现在已经增长到九万人。

斯巴达克斯发现,这么多人实在很难管理。虽然军队组成了正规的罗马军团并以罗马方式进行武装,但他似乎永远都找不到足够多的副将和军团指挥官去严格约束那些士兵的欲望。酒和女人总会引发许多冲突。

[①] 布鲁提乌姆(Bruttium)位于意大利南部,是意大利"靴"的"脚趾",现称卡拉布里亚。——译者注

他决定，是时候带着军队前往山内高卢和山外高卢了，然后再到近西班牙去跟昆图斯·塞尔托里乌斯会合。他不会到亚平宁山脉的西边去，也不准备进入任何靠近罗马的地区。他会沿着亚得里亚的海岸地带而上，穿过那些曾经跟罗马人激烈战斗的地区，那些地区的居民是马尔鲁基尼人、维斯提尼人、弗伦塔尼人和皮塞努姆人。这些人中会有很多来投奔他！

但是克里克苏斯不想去近西班牙，他手下的三万士兵也不想。

"为什么要跑那么远？"他问道。"如果你说的是真的，如果昆图斯·塞尔托里乌斯总有一天会来到意大利，那我们最好还是留在意大利，占据着靠近罗马的咽喉之地。从这里到西班牙有几百里，而且我们还要穿越那些野蛮地区，那些野蛮人只会把我们看作另外一群罗马人。我和我的手下都不想离开意大利。"

"如果你和你的手下都不想离开意大利，"斯巴达克斯生气地说，"那你们就不要离开意大利！我为什么要在意？我有将近十万人要照顾，这真是太多人了！所以，克里克苏斯，你们只管走，越远越好！带着你的三万个白痴留在意大利好了！"

于是斯巴达克斯带着七万士兵、一大队粮草车、四万个女人和许多婴孩转向北方渡过提费尔努斯河，而克里克苏斯和他的三万个士兵则转向南方朝着布伦狄西姆而去。当时是四月底。

大概在同一时间，执政官革利乌斯和克洛狄阿努斯离开罗马到卡普亚去接收军队。前任大法官昆图斯·阿里乌斯告诉元老院，在卡普亚新招募的四个军团非常优秀，他不能保证他们一定能够打赢，但还是觉得他们很有希望打赢。

两位执政官来到卡普亚，听到斯巴达克斯和克里克苏斯已经分道扬镳，还有斯巴达克斯现在已经转向北方。一个新计划诞生了：昆图斯·阿里乌斯立刻带着一个军团到南边去对付克里克苏斯，革利乌斯带着第二个军团追赶斯巴达克斯并等待阿里乌斯跟他会合，克洛狄阿努斯带着另外两个军团抄近路经过罗马，然后通过瓦勒里娅大道向东到达亚得里亚海边，突然出现在斯巴达克斯的北面。这样两位执政官就会把斯巴达克斯堵在中间，然后就可以收紧他们的包围圈。

几天后，昆图斯·阿里乌斯那边传来好消息。虽然是以一敌五，但阿里乌斯在阿普利亚的加尔干努斯山埋伏起来，然后对克里克苏斯自投罗网的松散军队发动突袭。克里克苏斯和全部三万名士兵都被杀死了，那些在突袭中幸存下来的随后也被处死，克里克苏斯不想给敌军留下任何活口。

革利乌斯就没有那么幸运了。阿里乌斯对克里克苏斯所做的，正是斯巴达克斯对革利乌斯所做的。当革利乌斯带领的那个军团看到一大群敌军突然向他们杀来时，他们就惊慌失措地四散奔逃了。结果证明这是一件好事，因为那些留在原地的士兵都被杀死。那些逃跑的士兵至少没有丢盔弃甲，所以等到阿里乌斯和革利乌斯再次把他们聚集起来时，他们仍然有武器装备可以继续战斗，而不用回到卡普亚。

革利乌斯战败后选择的路线对斯巴达克斯毫无影响，因为斯巴达克斯立刻就到北边去对付克洛狄阿努斯。斯巴达克斯抓住了一个罗马军团指挥官，并得知了敌军的计划。两支军队在亚得里亚海边的阿德里亚，克洛狄阿努斯遭遇的情况跟革利乌斯遇到的差不多。克洛狄阿努斯的士兵在惊恐中四散奔逃。斯巴达克斯在两次战役中都赢得胜利，然后就毫无阻挡地继续向着北边进军。

革利乌斯和克洛狄阿努斯毫不气馁，他们和阿里乌斯重整军队然后在菲尔乌姆·皮塞努姆再次发起进攻。但他们又一次战败了，而斯巴达克斯则继续前进进入高卢公地。六月底，他渡过卢比孔河进入山内高卢，然后从艾弥利娅大道前往普拉森提亚和阿尔卑斯山西部。昆图斯·塞尔托里乌斯，我们来了！

帕都斯河的河谷是丰饶之地，那里有许多青草可以喂养牲畜，还有许多城镇的粮仓都装满粮食。因为斯巴达克斯现在对那些富裕的城镇进行大规模洗劫，所以山内高卢的居民对他的军队并没有什么好感。

在前往阿尔卑斯山的半路上，斯巴达克斯的大军在穆蒂纳遇上了山内高卢的总督盖乌斯·卡西乌斯·隆吉努斯。卡西乌斯只带着一个军团，就勇敢地来阻挡斯巴达克斯。虽然他英勇无畏，但结局也只能是失败。两天后，卡西乌斯的副将格涅乌斯·曼利乌斯带着山内高卢的另外一个军团出来迎战，结果也遭遇了跟卡西乌斯一样的情况。在这两次战役中，罗马士兵都留下来战斗，结果斯巴达克斯在战场上收获了超过十万套武器和装备。

几个月前斯巴达克斯打败革利乌斯时，他抓住了一个罗马军队的军团指挥官，这是他之前当面交谈过的最后一个罗马人。在阿德里亚和菲尔乌姆·皮塞努姆，他都没有近距离见过革利乌斯、克洛狄阿努斯或阿里乌斯。但是在穆蒂纳，他抓住了盖乌斯·卡西乌斯和格涅乌斯·曼利乌斯这两个高层的罗马人。他很期待跟这两人说话，是时候让一些元老院成员看看整个意大利和山内高卢都在谈论的人是什么样了！是时候让元老院知道他是什么人了。因为他不打算杀死或扣留卡西乌斯和曼利乌斯，他想让他们回到罗马去报告情况。

不过斯巴达克斯还是给他的囚犯戴上锁链，而且在他们被带到他面前时，他已经穿着一件雪白的托迦坐在高台上了。

卡西乌斯和曼利乌斯都瞪大了眼睛，不过直到斯巴达克斯用带着坎帕尼亚口音的流利拉丁语跟他说话时，他们才意识到斯巴达克斯是什么人。

"你是意大利人！"卡西乌斯说。

"我是罗马人。"斯巴达克斯纠正道。

卡西乌斯氏族的人都不容易受到惊吓，他们氏族的人都勇猛善战、性情强悍。他们就算在战场上遇到挫折，也不会一逃了之。这个卡西乌斯不愧是他们氏族的人，他举起绑着锁链的手臂，对着宝座上那个高大英俊的家伙挥舞着拳头。

"只要你把这些侮辱人的锁链给我拿下来，那我就会让你变成一个死掉的罗马人！"他咆哮道，"你是一个从罗马军团中出来的叛乱分子，是不是？然后就被放到赛场上成了一个色雷斯人！"

斯巴达克斯脸红了。"我不是叛乱分子。"他语气生硬地说,"我是一个军团指挥官,在伊利里库姆被人冤枉发动兵变。你觉得那些锁链是种侮辱?那你觉得,当我戴着锁链被送到由巴提阿图斯那种人渣管理的角斗士学院时,我是什么感觉呢?前任执政官卡西乌斯,你也该尝尝锁链的滋味了!"

"杀了我们,赶紧了事。"卡西乌斯说。

"杀了你?哦,不,我不想这么做。"斯巴达克斯面带微笑地说,"既然你们已经尝过锁链的滋味,那我现在就会放了你们。你们可以回到罗马,告诉元老院我是什么人,我要去哪里,我要去那里做什么,还有我回来之后会成为什么。"

曼利乌斯上前一步好像准备说话,卡西乌斯转过头瞪了他一眼,于是曼利乌斯又缩了回去。

"你是什么人——一个叛乱分子。你要去哪里——下地狱。你要去那里做什么——彻底烂掉。你回来之后会成为什么——一个无知无识、无形无质的影子。"卡西乌斯的语气相当轻蔑,"我很高兴告诉元老院这一切!"

"随便你跟元老院怎么说!"斯巴达克斯咆哮道。他站起来扯下那洁白无瑕的托迦,故意伸脚在托迦上踩了两下,就像狗狗拉完屎用后腿耙地那样,然后就把托迦踢下高台。"我的手下有八万名士兵,所有士兵都装备精良,而且已经被训练得可以像罗马人那样去作战。他们大部分是萨莫奈人和卢卡尼亚人,但就算是来投奔我的奴隶也是勇敢的人。我抢掠得到好几千塔兰特。我正准备到近西班牙去跟昆图斯·塞尔托里乌斯会合。我会跟他一起打败在西班牙的所有罗马军队和统帅,然后我会跟他一起回到意大利。前任执政官,你们的罗马一定会失败!明年过去之前,昆图斯·塞尔托里乌斯就会成为罗马的独裁官,而我会成为他的骑兵统帅!"

卡西乌斯和曼利乌斯听着这番话,他们脸上的表情出现了一系列变化,从愤怒、不解、疑惑到惊讶,等到斯巴达克斯终于说完时,他们实在忍俊不禁了。两个人都仰头狂笑，而斯巴达克斯则站在一边，感觉自己的脸蛋开始涌上热潮。他说了什么让他们觉得那么好笑？他们是在笑他胆大妄为吗？还是他们以为他疯掉了？

"噢，你是傻瓜！"卡西乌斯喘过气来说，他笑得眼泪都出来了，"你是笨蛋！你是白痴！你就没有一个消息网络吗？你当然没有啦！你给罗马统帅提鞋都不配！你手下这些乌合之众跟那些野蛮人有什么不同呢？没有什么不同，这就是最简单不过的事实！我不敢相信，你竟然不知道，但你真的不知道！"

"知道什么？"斯巴达克斯问，他脸上的血色消失了。面对卡西乌斯的嘲笑，他实在没有办法发火。卡西乌斯对他各种辱骂时，他的心中只是充满恐惧。

"塞尔托里乌斯已经死了！去年冬天就被他的高级副将维瑞斯杀死了。西班牙根本就没有任何叛军！只有梅特卢斯·皮乌斯和庞培·马格努斯的胜利军队，他们很快就会回到意大利，把你和你的野蛮人一网打尽！"卡西乌斯说完又笑了起来。

斯巴达克斯没有留下来继续听，他双手捂着耳朵从那个房间跑去找奥卢索。

奥卢索现在已经生下斯巴达克斯的儿子，她实在找不到什么话可以安慰斯巴达克斯。他抓起躺椅上的红色统帅斗篷盖在自己头上，然后就一直哭个不停。

"我该怎么办？"斯巴达克斯对着奥卢索问，他的身子一前一后地摇晃。"我有一支军队却没有目标，有一群人却没有家园！"

奥卢索的脸上披散着一缕缕头发，张开双膝蹲在地上，面前放着她的血杯和指骨，还有巴提阿图斯那吓人的断手。她用那只手抽打着那些骨头，双眼发直地念念有词。

"罗马在西方的大仇敌已经死去，"她终于说，"但罗马在东方的大仇敌还活着。那些骨头说我们应该去投奔密特里达提。"

噢，我为什么没有想起来呢？斯巴达克斯扔掉那件统帅斗篷，睁大一双泪水迷离的眼睛看着奥卢索。"密特里达提！当然是密特里达提！我们会翻越东边的阿尔卑斯山，进入伊利里库姆，再穿过色雷斯到达黑海，然后就可以跟本都联合。"他用手背擦了擦鼻子，吸了吸鼻涕，神色狂乱地盯着奥卢索。"女人，色雷斯是你的家乡。你会不会留在那里？"

她嗤之以鼻。"斯巴达克斯，我的家乡就在你身边。贝西人是一个已经被打败的民族，不管他们知不知道这个事实。世界上没有一个民族足够强大，能够永远抵抗罗马，只有像密特里达提那样伟大的国王。不，我的丈夫，我们不会留在色雷斯。我们会跟密特里达提国王联合。"

对于像斯巴达克斯手下这么庞大的军队来说，其中一个最大的问题就是不能跟所有成员直接交流。斯巴达克斯召集起尽可能多的人，然后竭尽全力让他手下所有的男人和女人都明白，为什么他们要调转方向沿着艾弥利娅大道回到博诺尼亚，然后他们会在这个地方进入安尼娅大道，朝着东北方前往阿奎莱亚和伊利里库姆。有些人能够明白，但很多人都不明白，有的是因为不能亲耳听到斯巴达克斯的解释只是接受了一点拼凑起来的信息，有的是因为身为意大利人对东方君王怀着根深蒂固的鄙视和恐惧。昆图斯·塞尔托里乌斯是个罗马人。但密特里达提是个野蛮人，他会吃掉意大利人的婴儿，还会让所有人都沦为奴隶。

部队继续行军，这一次是朝着东边，但越靠近博诺尼亚，士兵们的不满就越强烈，而且有越来越多人开始反对。如果说西班牙意味着永远离开家乡，那本都又意味着什么呢？许多萨莫奈人和卢卡尼亚人（他们在军队中的人数很多）说的是奥斯坎语和拉丁语，他们只能说一小点希腊语或者根本就不会说。像他们这些不会说希腊语的人到了本都要怎么生活？

在博诺尼亚，由副将、军团指挥官、百夫长和士兵组成的百人代表团来跟斯巴达克斯面谈。

"我们不想离开意大利。"他们说。

"那我也不会抛下你们。"斯巴达克斯说，强忍下巨大的失望。"如果没有我，那你们就会散伙。这样罗马人就会把你们全部杀死。"

代表团离开之后，斯巴达克斯还是像往常那样去找奥卢索。"女人，我被打败了，但不是因为外敌，也不是因为罗马。他们实在太害怕。他们不能明白。"

奥卢索的那些骨头看起来不太好。她生气地把骨头拨开，然后把骨头收起来装进袋子里。她不会告诉斯巴达克斯，那些骨头向她说了什么，有些事情最好还是留在女人的心里，因为女人跟大地更接近。

"那我们就去西西里。"她说道，"那里的奴隶会投奔我们，他们已经有过两次暴动。也许罗马会让我们安静地守着西西里，如果我们能够保证用足够低的价格卖给他们足够多的粮食。"

她神态中的迟疑难以掩饰，这一点斯巴达克斯也感觉到了。有那么一小会儿，斯巴达克斯想着要不要带着他的军队转入卡西娅大道，向着南边进军罗马。但奥卢索的提议最终占了上风。她是正确的，她总是正确的。只能是西西里。

第 4 节

成为大祭司就代表着进入罗马最高层的政治圈，成为占卜官也有类似作用，一些家族认为占卜官的职位就像大祭司那样宝贵，不过大祭司还是更高级一些。所以当盖乌斯·尤利乌斯·恺撒进入大祭司团时，他知道自己朝着成为执政官的最终目标又迈了一步。他之前失去了朱庇特祭司的位子，但用现在这个跃升来弥补之前的缺憾绰绰有余了。没有人能够再对着他指指点点，暗示他的地位存在可疑之处，现在他的地位其实比担任朱庇特祭司还要巩固。身为大祭司团的一员，就等于告诉所有人，他已经在共和国最核心的圈子里扎下根。

恺撒发现，他的母亲跟玛梅尔库斯和科尔涅利娅·苏拉夫妇成了好朋友，而且已经改变了自从搬进苏布拉的公寓楼之后就远离权贵圈子的状态。她现在经常跟那些高门大户来往，而且深受尊重和欣赏。他的尤利娅姑姑随着年龄增长,本来很可能会获得类似格拉古之母科尔涅利娅那样的地位,但因为跟盖乌斯·马略联姻的消极影响,她失去了这样的崇高地位。现在看来,他的母亲很可能会获得这个地位!最近这些日子,她常常跟那些贵妇人吃饭,比如卡图卢斯的妻子霍尔滕西娅和霍尔滕西乌斯的妻子路塔提娅,还有几个李基尼娅、马尔基娅、科尔涅利娅和朱尼娅。此外还有布鲁图斯的遗孀赛尔维利娅,她现在是德基穆斯·朱尼乌斯·西拉努斯的妻子,而且除了原来跟布鲁图斯生的儿子,还多了两个跟西拉努斯生的女儿。

"妈妈,这样好极了,但这是为什么呢?"恺撒问,一双眼睛闪闪发亮。

她那美丽的眼睛波光流转,嘴角的细纹向上一弯,两个小酒窝跃然脸上。"这种明知故问的问题还需要回答吗?"她问道。"你像我一样清楚,恺撒。你正在攀登仕途,而我正在提供帮助。"她轻轻一咳。"除此之外,在我看来这些女人大多缺乏理智,所以她们总是带着各种问题来找我。"她想了想,然后稍微修正了一下。"所有女人,但赛尔维利娅除外。她是一个非常精明的女人!她非常清楚自己要做什么。恺撒,你应该见见她。"

他的脸上显出一股难以言喻的厌恶。"妈妈,谢谢你,但是不用了。我很感激你为我提供的每一个帮助,但这并不意味着我必须加入那些甜酒糕点的小圈子。除了你和秦妮拉,我只对那些我准备给他戴上绿帽子的男人的妻子感兴趣。但我跟德基穆斯·朱尼乌斯·西拉努斯无冤无仇,所以我看不出为什么要去接近他的妻子。那些出自赛尔维利乌斯氏族的贵族真是让人难以忍受!"

"这个赛尔维利娅不会让人难以忍受。"奥瑞利娅说,不过她并不打算把这个话题继续深入下去,而是换了另外一个话题。"我没看出任何迹象,表明你准备开始在罗马城里的生活。"

"因为我并没有这个打算。我刚好有足够的时间,到山外高卢去跟马尔库斯·丰特乌斯一起打一场速战速决的战役,所以我准备到山外高卢去。我明年六月就会回来,准备参加军团指挥官的竞选。"

"非常明智。"她表示赞赏。"我听说你是一个高高在上的士兵,所以你应该可以当好一个军官。"

他皱起眉头。"妈妈,这么说既不公平也不友善!"

丰特乌斯像山外高卢的大部分总督那样,也把自己的总督府设在马西利亚。他很高兴让恺撒忙上十个月。他在跟弗尔康提人战斗时腿上受了重伤,他一想到因为自己不能骑马而要功亏一篑就很烦恼。所以他看到恺撒时,就把两个军团交给恺撒,让恺撒去结束德鲁恩提亚河上游地区的战役。丰特乌斯自己会集中精力解决为西班牙运送物资的问题。当丰特乌斯听到塞尔托里乌斯去世的消息,他终于松了一口气,然后就开始跟恺撒共同发动一场沿着罗达努斯河谷深入阿洛布罗热人腹地的大型战役。

丰特乌斯和恺撒都是天生的军人,所以他们的合作相当顺利。在第二场战役结束时,他们都向对方坦诚表示,再也没有比跟一个优秀军人共同作战更愉快的事情了。所以当恺撒像以前那样志得意满地回到罗马时,他知道自己已经参加过七场战役,现在只剩下三场战役了!他很喜欢在高卢的这段时间,在此之前他从未去过阿尔卑斯山以西,而且发现因为自己能够流利地使用好几种高卢方言(这要谢谢他的家庭教师马尔库斯·安东尼乌斯·格尼福、卡尔狄克萨和他母亲的一些租客),所以他跟高卢人的交流毫不费力。萨鲁维人和弗尔康提人的探子以为没有任何罗马人会说他们的方言,所以当他们说出一些不想让罗马人知道的信息时就会转换成高卢语,但是恺撒很快就能听懂,所以出其不意地知道了许多消息。

现在正是参加军团指挥官竞选的好时机。因为斯巴达克斯的出现,所以他在执政官军团中的任务可以在意大利境内完成。不过他首先要让自己成功当选。于是他穿上那专门为候选人准备的雪白托迦,来往于罗马的各个市集广场和巴西利卡,还有各个拱廊和庭院,各个行会和团体,各个长廊和市集。因为部落大会每年都会选出二十四位军团指挥官,所以想要当选并不是特别困难,但恺撒给自己制定了比单纯当选更困难的目标：在攀登仕途需要经历的所有竞选中，他都要成为那个得到最多选票的候选人。于是在这个最为低级的官职竞选中，一般的候选人都觉得他付出的努力实在太多了。而且他也不愿雇佣一个代理人，这个人会代替雇主记住人们的名字。恺撒会充当自己的代理人，他绝对不会忘记任何人的面孔和名字。在多年未见之后，如果能立刻把一个人的面孔和名字对上号，那别人就会对这么一个又聪明、又礼貌、又能干的家伙非常欣赏，然后就会把选票投给他。奇怪的是大多数候选人都把苏布拉拋之脑后，只是理所当然地认为如果罗马没有这么一个不入流的地方会更好。但是恺撒在苏布拉生活了这么长时间，他知道这里有很多人属于第一等级的末端和第二等级的顶端。这些人他全都认识，而且这些人都不会拒绝给他投票。

他得到了最多选票，而且跟其他二十个在同一次平民大会中当选的财务官一样，他将在十二月五日而不是元旦日开始就职。到时他会通过抽签决定分配到哪一个军团，他会和其他五位军团指挥官一起被分配在执政官手下的四个军团之一。他必须等到就职之后才能抽签，也必须等到规定时间才能加入某个执政官的军团，就连卡普亚都不能去。考虑到今年的战争局势，这种情况实在太令人沮丧了。

等到七月底，就连那些最愚笨的元老也看出，革利乌斯和克洛狄阿努斯这两位执政官根本就对付不了斯巴达克斯。在菲利普斯的引导下（这对他来说很困难，因为革利乌斯和克洛狄阿努斯跟他一样都是庞培的人），元老院巧妙地告诉两位执政官，说他们将卸下对战斯巴达克斯的统帅权，因为罗马需要他们来管理。现在可以清楚看出，这场战争的统帅必须拥有前任执政官的至高统帅权，而且还必须拥有个人影响力，能够让那些退伍老兵重新入伍。这个人必须有良好的军事功绩，而且是苏拉的追随者。这个人不仅要属于元老院，至少还要当过大法官。

当然，元老院里面和外面的所有人都知道，只有一个人能胜任这项工作，只有一个人现在还悠闲地待在罗马而没有被派去某个行省或某个战场，只有一个人拥有足够的个人影响力和军事功绩。这个人就是马尔库斯·李基尼乌斯·克拉苏。克拉苏是前一年的城市大法官,但他却不肯去担任行省总督,他托词说罗马比其他地方更需要他。如果换了其他人这么推三阻四,这么缺乏真正的政治责任,那他一定会立刻受到谴责。但元老院却不得不容忍他的缺点。元老院必须容忍他的缺点!因为大多数元老都欠了克拉苏的钱。

克拉苏并不急着得到这份工作。这不是他的风格。他只是悠然坐在自己位于货摊市场后方的办公室中等着。这个办公室听起来好极了,但那些好奇的人去到那里才知道根本就不是那么一回事。那里的墙上并没有昂贵的图画,地上也没有摆满舒适的躺椅,也没有宽敞的房间可以让食客们聚集在那里闲聊,更没有仆人送上美食和美酒。这根本就不是人们通常以为的情况。比如提图斯·蓬波尼乌斯·阿提库斯的情况,阿提库斯办公的地方总是那么富丽堂皇。这个阿提库斯曾经是克拉苏的合伙人,但他现在很讨厌克拉苏。但是克拉苏根本就不觉得一个大商人周围应该堆满漂亮舒服的东西。对克拉苏来说,浪费空间就是浪费金钱,把金钱花在漂亮的办公室里面也纯属浪费。在他那个狭窄的办公室,他只是在一个角落里占了一张桌子,所有辛勤工作的会计、抄写员和秘书都挤在同一个办公室里,他们看到克拉苏时常常要侧着身子才能给他让路。这样也许有点小小的不便,但这意味着所有人都在他的目光下工作,而他的目光永远都不会漏掉任何东西。

不,克拉苏并不急着得到这份工作,而且他不需要收买任何人。让庞培·马格努斯在这种事情上浪费钱好了!无论是哪一个元老遇到经济问题,无论他需要多少现金,克拉苏都可以借给他并且免除利息。所以克拉苏根本就不必花钱去收买人。庞培不能拿回自己的钱。但克拉苏随时都可以收回借款,所以他不会遇到缺乏现金的情况。

九月份,元老院终于采取行动了。元老院询问马尔库斯·李基尼乌斯·克拉苏,他是否愿意带着前任执政官的至高统帅权和八个军团,去指挥对战色雷斯人角斗士斯巴达克斯的战争。他花了好几天的时间,才以他一直以来的简短和谨慎在元老院中给出答案。恺撒坐在元老院会堂的另一头,满怀欣赏地在自己的位子上看到了克拉苏的表现。这一课精彩至极,只是弥漫着权力和金钱的腐朽气息。

克拉苏的个子其实很高,但别人看起来并不觉得高,因为他的身板太宽了。这并不是说他很胖,而是他壮得像头牛,强壮的手臂和巨大的手掌,粗壮的脖子和宽阔的肩膀。他穿上托迦之后身材并不明显,但人们可以从他裸露的右前臂看到饱满的肌肉,在跟他握手时也能感觉到他的手臂就像一根橡树枝干般结实。他的脸又大又宽,虽然面无表情但看起来并不可怕,一双浅灰色的眼眸也显得挺温和。他的头发和眉毛更接近灰棕色而不是铁灰色,他的皮肤在阳光下很快就会变黑。

他用正常的音调说话,但听起来却很高亢。恺撒心想,按照阿波罗尼乌斯·莫隆的说法,这是因为他的脖子太短了。他说道:"元老们,你们授予我最高统帅权,我为此感到非常荣幸。我愿意接受,但是……"

他停了下来,温和的目光扫过一张张面孔。"我是一个微不足道的人,非常清楚我之所以能拥有一些影响力,都是因为骑士阶层的许多人根本就不能直接出现在元老院里。除非他们表示同意,否则我不能接受这个至高统帅权。所以我谦卑地请求元老院,把元老院决议送到部落大会。如果大会投票让我接受统帅权,那我会非常愉快地接受。"

克拉苏太聪明了!恺撒暗自赞叹。

如果是元老院给予的东西,那元老院也能收回,就像革利乌斯和克洛狄阿努斯的情况那样。但如果部落大会批准了元老院的决议,而且让这项决议具备法律效力,那就只有部落大会才能收回这项权力。但现在保民官的权力几乎被苏拉剥夺殆尽,而且元老院在做出决定时又拖沓无力,那么一条在部落大会中通过的法令就会让克拉苏的地位变得非常稳固。克拉苏真聪明,真聪明!

元老院提交了元老院决议,而部落大会也以压倒性的票数通过法令。这个结局所有人都毫不意外。克拉苏对战斯巴达克斯的至高统帅权比庞培在西班牙的至高统帅权要稳固得多,庞培的至高统帅权只是由元老院单独授予,并不是罗马档案上的一条法令。

克拉苏很有才干，他通过很多生意取得了巨大的成功，尽管他的一些生意有点见不得光，比如让那些像泥土一样便宜的奴隶学会一些很赚钱的技能。现在克拉苏很快就以同样的才干去迎接新挑战。

他做的第一件事是宣布副将的名单：卢基乌斯·昆克提乌斯，这个五十多岁的家伙在执政官和法庭看来都是个讨厌鬼；马尔库斯·穆米乌斯，几乎到了可以担任大法官的年龄；昆图斯·马尔基乌斯·鲁弗斯，相对年轻一些，而且是元老院成员；盖乌斯·蓬波提努斯，一个年轻的军人；还有昆图斯·阿里乌斯，这是原先跟斯巴达克斯战斗的那些人中克拉苏唯一继续留用的。

然后他宣布，既然执政官的军团已经因为士兵伤亡和逃亡而从四个军团减少为两个军团，那么他将会使用二十四位军团指挥官中得票在前面的十二位，但是他要使用的不是今年的军团指挥官，因为他们的任期即将结束，而他认为对于这两个可怜兮兮的军团来说，没有什么事情比开战之后不到一个月就撤换他们的直属上司更糟糕的。所以他会提前征用明年的军团指挥官。他还点名要求明年的一位财务官为他服务，这个人叫作格涅乌斯·特瑞梅利乌斯·斯科罗法，他的家族中出过大法官。

与此同时，他亲自赶到卡普亚，并派人去招募曾经在他手下作战的老兵，这些士兵曾经和他一起跟随卡尔波与萨莫奈人战斗。他需要迅速招募到六个军团。他的一些批评者说，因为他不愿跟士兵分享从图得尔等城镇得到的战利品，所以他的士兵并不喜欢他，并预计不会有多少人重新加入他的军队。但也许是岁月让人的内心或记忆变得更平和，克拉苏的老兵又蜂拥而至。十一月初，当斯巴达克斯的部队调转方向回到艾弥利娅大道的消息传来时，克拉苏已经差不多准备出发了。

不过首要任务是处理好两位执政官的残余部队，这支部队在革利乌斯和克洛狄阿努斯的带领下多次遭受重创。这支军队还剩下二十个步兵大队，这些步兵大队刚好可以组成两个军团，但他们是从原来四个军团中幸存下来的，所以他们大多没有在同一个军团中一起战斗的经验。在克拉苏自己的六个军团安顿好之前，士兵不可能把这支残余部队转移到卡普亚，因为在过去十年中很少征兵，所以卡普亚周围的军营很多都关闭或拆除了。

克拉苏派遣马尔库斯·穆米乌斯和十二位军团指挥官到菲尔乌姆·皮塞努姆去带回这二十个步兵大队。他知道斯巴达克斯的军队正在接近阿里米努姆，于是他给穆米乌斯下了死命令：虽然斯巴达克斯还在菲尔乌姆·皮塞努姆以北比较远的地方，但穆米乌斯一定要避免跟斯巴达克斯发生任何形式的交锋。可惜穆米乌斯并不是那么幸运，斯巴达克斯到达阿里米努姆之后就离开他的大本营和行李部队，自己带着一支军队单独行动了，因为他知道自己的军队后方并不存在任何威胁。于是在穆米乌斯到达革利乌斯和克洛狄阿努斯建造的军营时，斯巴达克斯也带着部队到达那里了。

一场交锋不可避免。穆米乌斯竭尽全力，但他和他的军团指挥官（其中也包括恺撒）都无可奈何。他们并不认识这些士兵，而且这些士兵从来都没有接受过适当的训练，他们对斯巴达克斯就像孩子对童话里的妖怪一样恐惧。在这种情况之下几乎不可能进行任何战斗，斯巴达克斯的军队杀入他们的军营，简直就像进入无人之境，执政官军团中的士兵都惊慌失措地四散逃命。他们扔下武器，脱下头盔和战衣，摆脱一切会影响他们逃跑的东西。那些动作慢的全都死去，那些跑得快的才能离开那里。斯巴达克斯的士兵也懒得追赶，他们势不可挡地一路向前，只是停下来捡起敌军扔下的武器和盔甲，把那些没能逃脱的尸体剥光。

"你无论如何都无法扭转这种局面，"恺撒对穆米乌斯说，"要怪就怪我们消息不灵通。"

"马尔库斯·克拉苏一定会很生气！"穆米乌斯绝望地大叫道。

"我只能说这是比较保守的说法，"恺撒神色严峻地说，"不过斯巴达克斯的军队只是一群乌合之众。"

"他们有十多万人！"

他们在一座山顶扎营，从那里可以看到斯巴达克斯的大军仍然在朝着南方前进。恺撒指着远方说："他的士兵不会超过八万人，也许还不到八万人。我们现在看到的只是跟随他的人,里面有女人和孩子,还有一些男人根本就没有拿着武器,而这些人至少有五万。斯巴达克斯把一块大磨石挂在自己的脖子上了。他必须带着这些拖家带口的士兵。穆米乌斯,你看到的是一群没有家园的人民,而不是一支大军。"

穆米乌斯转过身子。"好吧,我们没有理由在这里耽搁。我们必须尽快向马尔库斯·克拉苏报告,越快越好。"

"斯巴达克斯的人一两天后就会消失了。我能否提议继续留在这里,等到他们离开之后我们就可以去找回那些逃跑的士兵?如果放任自流,那他们就会彻底消失了。我想,无论他们的状态是多么糟糕,马尔库斯·克拉苏看到他们之后心情都会比较好。"

穆米乌斯惊讶地看着他的高级军团指挥官。"恺撒,你是一个善于思考的家伙,不是吗?你说得对。我们必须找回那些逃兵,然后带着他们一起回去。不然我们的统帅肯定会大发雷霆。"

五个步兵大队在军营的废墟中死去,还有大多数百夫长也都阵亡。十五个步兵大队幸免于难。穆米乌斯花了十一天的时间去寻找和召集这些逃兵,这个任务并不像穆米乌斯想象的那么困难,这些逃兵只是吓得魂飞魄散,但他们的去处并不是那么分散。

这十五个步兵大队的士兵只穿着托伲和凉鞋,他们被送到克拉苏位于波维阿努姆城外的军营里。克拉苏对脱离斯巴达克斯大部队的一小群人进行了突袭,并杀死了六千人,但斯巴达克斯本人现在正带着大军逼近维努西亚,克拉苏觉得自己的兵力比较薄弱,所以追着斯巴达克斯到郊外去并不明智。现在是十二月初,但因为日历比气候提前了四十天,所以冬季还未来临。

克拉苏脸色阴沉、一声不吭地听着穆米乌斯的报告。"我不怪你,马尔库斯·穆米乌斯,"他说道,"但是这十五个步兵大队,我既不能信任他们,他们也没有勇气去战斗,我该拿他们怎么办呢?"

没有人回答。克拉苏虽然提出疑问,但他清楚知道应该怎么办。在场的每个人都知道，但没有人比克拉苏更清楚他会怎么办。

那双温和的眼睛在一张张面孔上慢慢扫视，他的目光在恺撒的脸上稍作停顿，然后又转开了。

"他们的具体人数是多少？"他问道。

"七千五百，每个步兵大队是五百人。"穆米乌斯说。

"我会集体处死他们。"克拉苏说。

现场陷入一阵凝重的沉默，大家都没有动弹。

"明天日出时就让全军列阵，还要做好一切准备。恺撒，你是大祭司，就由你来主持仪式。你自己选定献祭的祭牲。还有，我们的献祭对象应该是'至善至尊者'朱庇特，还是其他什么神明？"

"我想，我们应该献祭给"息戈者"朱庇特，马尔库斯·克拉苏。他是逃兵的保护者。还有'无敌者'索尔和贝娄娜。祭牲应该是一头黑色公牛犊。"

"穆米乌斯，你手下的军团指挥官会负责看管那些士兵，除了恺撒之外。"

然后克拉苏就解散众人，一声不吭地走出统帅的帐篷。十一抽杀！

日出之后，克拉苏的六个军团一个挨一个地排好队形。在他们的对面是那些即将被处死的逃兵，这些逃兵排成十列，每列是七百五十人。穆米乌斯竭尽全力地想出最快速、最简单的处决方式，因为在十一抽杀中最重要的是把被处决者分成十人一组，克拉苏显然在组织安排上提供了巨大的帮助。

穆米乌斯和他手下的军团指挥官把那些逃兵聚拢起来。这些逃兵穿着托伲和凉鞋，每个人的右手都拿着棍棒，然后被分为十人一组。他们被视为懦夫，而他们看起来也确实是懦夫，因为他们每个人都浑身发抖，每个人的脸上都充满恐惧，即便是在清晨的凉风中也汗流满面。

"可怜的东西。"恺撒对另外一个军团指挥官盖乌斯·波皮利乌斯说。"我不知道他们更害怕什么，是自己将成为那个被杀死的人，还是自己会成为杀死战友的那九个人之一。"

"他们太年轻了。"波皮利乌斯有点伤感地说。

"这通常是个优势。"恺撒说。他今天穿着大祭司的托迦,这件华丽的衣袍全部由红色和紫色的宽边组成。"一个十七八岁的人知道什么呢?他们家里没有妻子或孩子需要顾虑。年轻人满腔精力,需要一个发泄暴力的途径。战争比酒、女人和打架斗殴好多了。在战争中,元老院至少还能让他们为国家做点贡献。"

"你是一个严厉的人。"波皮利乌斯说。

"不,我只是比较实际罢了。"

克拉苏已经准备开始。恺撒走到主持仪式的地方,拉起托迦盖在自己头上。每个军团都有自己的祭司和占卜官,而且其中一位占卜官会负责检查黑色公牛犊的肝脏。但因为只有具备同执政官至高统帅权的统帅才能进行十一抽杀,所以这需要比军团占卜官更高级的宗教权威,于是才需要恺撒出来主持仪式,并由他对占卜官的检查结果加以确认。恺撒高声宣布,"息戈者"朱庇特、"无敌者"索尔和贝娄娜都乐意接受这次献祭,接着就说了最后的祷词。然后他对着克拉苏点点头,表示可以开始了。

克拉苏确认得到神明允许之后才开始讲话。在那些逃兵的旁边搭建了一个高台,克拉苏和他的副将就站在上面。一起站在台上的军团指挥官只有恺撒一人,因为他身为主持仪式的祭司也是这个小团体的一份子,其余的军团指挥官围在一张桌子旁边,这张桌子摆在老兵军团和即将被处决的士兵之间,因为他们要给那些即将被处决的士兵分组。

"副将们,军团指挥官们,初级军官们,百夫长们和士兵们,"克拉苏用他那高亢嘹亮的声音大叫道,"今天你们聚集在这里见证一次极为罕见和严重的惩罚,这种惩罚已经有好几代人的时间没有实行过。只有那些已经证明自己不配称为罗马士兵的人才会遭到十一抽杀,他们以极为懦弱、极不光彩的方式背弃了自己的军队。这十五个步兵大队穿着托伲站在这里,我下令让他们接受十一抽杀有着充分的理由:他们今年初应征入伍,在此后的每一次战役中他们总是临阵脱逃。在最后一次溃败中,他们犯了最为严重的军事罪，他们把自己的武器和装备扔在战场上，让敌人拿去使用。他们每一个都该死，但我个人并没有权力处死他们。这是属于元老院的特权，所以我会行使我身为同执政官和军队统帅的职权对他们进行十一抽杀。我希望这么做，可以鼓舞那些还活着的士兵以后能够像罗马士兵那样去战斗，能够向你们这些忠心耿耿的追随者表明我对懦弱之徒绝不容忍！愿诸神作证，我将为罗马军队报仇雪恨！"

克拉苏的讲话即将结束，恺撒开始紧张起来。如果在这里旁观的六个军团欢呼喝彩，那就说明克拉苏得到了士兵们的支持。如果克拉苏的讲话迎来的是一阵沉默，那么在这场战争中他的士兵随时都可能会发动兵变。没有人喜欢十一抽杀。所以几乎没有任何统帅会采取这项措施。克拉苏对待生意和政治都有着敏锐的判断力，他对待这些罗马老兵也有着同样敏锐的判断力吗？

开始准备抽签了。现场有七百五十个十人小组，这意味着会有七百五十个人会死去。这是一个漫长的过程，不过克拉苏和穆米乌斯的优良组织加快了速度。在一个巨大的篮子里放着七百五十块木片，其中七十五块木片写着"一"，七十五块木片写着"二"，以此类推直到数字"十"。这些木片被随机扔进篮子里摇晃均匀。军团指挥官盖乌斯·波皮利乌斯负责把这些两寸长的方形小木片进行分组，他每次数出七十五块木片放进一个小篮子里，然后把每个小篮子分别交给剩下的十位军团指挥官之一。

这就是为什么那些逃兵会排成十排，每排都有七十五个十人队。每个军团指挥官从每一排的一头走到另一头，然后在每个十人队前面停下来，从篮子里拿出一块木片。他念出木片上的数字，那个跟数字符合的人就要站出来，然后他就走向下一个十人队。

屠杀就在军团指挥官的身边开始。虽然这一切都有条不紊地进行，但克拉苏手下六个军团的百夫长还是要奉命去监督行刑，这些百夫长和那些守法的逃兵互不相识。在那十五个步兵大队中，只有少数几个百夫长活了下来，但那些活下来的百夫长也不能免除惩罚，所以他们也要跟其他逃兵一起碰运气。在每个十人队中，那个抽中的人就会被处死，而其他九个人要用手中的木棍把他打死。这样所有人都不能免除痛苦，无论他是那九个活下来的人，还是那一个死去的人。

负责监督的百夫长知道应该怎么做，于是站在旁边大声指挥。"你，跪下，不要退缩。"他对那个即将受死的人说。"你，瞄准他的脑袋，往死里打。"他对着站在最左边的那个人说。"你，往死里打。"他对着下一个人说。然后那九个人都在他的指挥之下，举起手中的粗头木棍，打向那个跪在地上的人那毫无防备的脑袋。这已经是最仁慈的行刑方式，至少不会让那个被处死的人浑身上下都被乱棍所伤。因为那些行刑者都无心杀人，所以没有一棍能够致人死地，有些棍棒完全打偏了。但是负责监督的百夫长一直在高声大吼，让他们要打得又狠又准。随着时间的推移，行刑的速度开始变得更快一些。面对不可避免的命运，他们在不停重复的动作中逐渐认命。

行刑持续了十三个小时，后面的行动是点着火把完成的。克拉苏的士兵必须站在那里看着最后一个人死去，等到统帅终于宣布解散时，那些士兵都站得腰酸腿痛，也等得昏昏欲睡了。七百五十具尸体被送到三十个柴火堆上焚烧，他们的骨灰不会送回家乡交给亲人，而是直接倒进军营的排污渠里。他们的遗嘱也不能得到实行，他们拥有的财产都会被国库没收，用于补偿那些被丢弃的武器、头盔、盾牌、盔甲和其他军队工具。

在那些见证了这次十一抽杀的人中，没有一个会忘记那种心灵冲击，这个经历在他们内心留下了深远的影响。现在那些逃兵只剩下十四个兵力薄弱的步兵大队，这些幸存下来的可怜人压下恐惧和自尊，竭尽全力地成为克拉苏要求的那种罗马士兵。在军队出发之前，卡普亚又送来七个经过训练的步兵大队，于是这七个步兵大队并入那十四个步兵大队，组成了两个常规的军团。克拉苏仍然把他们称为执政官的军团，并且把这两个军团交由十二位军团指挥官带领，而恺撒身为高级军团指挥官则充当了其中第一个军团的负责人。

克拉苏十一抽杀了那些没能鼓起勇气去跟斯巴达克斯打仗的逃兵，而斯巴达克斯本人却在维努西亚城外为克里克苏斯举行了葬礼表演。他向来没有扣押俘虏的习惯，但这一次却从驻扎在菲尔乌姆·皮塞努姆的执政官军团中掳走了三百人，并且让这些人暂且保留性命。在前往维努西亚的路上，斯巴达克斯对这些人进行了角斗士的训练，一半充当高卢人，一半充当色雷斯人。他让这些人穿上最好的战衣，让他们对战到死去荣耀克里克苏斯。对于最后的胜利者，他也以罗马人的方式处决了。他想让那个人接受鞭刑，然后再把他斩首。有了这三百个人的鲜血为祭，克里克苏斯的亡灵应该很满意。

克里克苏斯的葬礼表演还有另外一个目的。斯巴达克斯的大批手下趁此机会好好吃喝放松，而斯巴达克斯本人就可以比较亲近地深入这些人之中，不像在穆蒂纳城外那样跟众人隔着遥远的距离。斯巴达克斯亲自去说服所有人，如果他们要找到一个安稳富饶的家乡，那西西里就是唯一的答案。虽然他在行军途中把遇到的每个粮仓都洗劫一空，还储存了大量的奶酪、豆子、根茎类的蔬菜和耐存放的水果，还随军带着成千上万的猪羊和鸡鸭。对斯巴达克斯来说，让手下人免于饥饿，比让他们免受罗马军队袭击更让他操心。冬天即将来临，斯巴达克斯下定决心：在寒冷天气到来之前，他一定要让手下大军在西西里安顿下来。

所以在十二月时，他继续向着南边前进，再次来到塔伦图姆海湾。这片富饶的平原再次遭殃，那些可怜的当地人失去了他们在秋天的粮食收成和初冬时节出产的蔬菜。在图尔里，斯巴达克斯第一次到达这个地区时已经洗劫过这个城市，这一次他让手下大军在这个地方转入内陆，然后沿着克拉西河谷来到波皮利娅大道。他们没有遇到驻守的罗马军队，于是舒舒服服地从这条路越过布鲁提亚山区，然后来到一个叫作西拉乌姆的地方，这是一个以渔业为生的海港小城。

从这里渡过那窄窄的海峡就是西西里！只要再经过这短短的海上航行，就可以结束他们漫长的行军。但这是多么可怕的一段航行！西拉和克瑞迪丝①掌管着那些危险的水域。在西拉乌姆的海湾外面，西拉的六个头上都伸出三排牙，而她腰上系着的狗头一边流口水一边吼叫。如果船只能够在她睡着时偷偷溜过去，那还要应付克瑞迪丝的挑战，她不停地搅动着一个巨大的漩涡。

当然，斯巴达克斯自己并不相信这些传说，但他在不知不觉间已经失去了身为罗马人的特性。这些特性就像剥洋葱一样层层剥去，只留下一个更原始、更天真的内核。自从五年前他被赶出科斯科尼乌斯的军团，他就再也没有以罗马人的方式生活。他带领的女人相信西拉和克瑞迪丝，他的许多追随者也相信，而他自己有时候也会在梦中见到那些可怕的怪兽。

西拉乌姆有一支庞大的捕鱼船队，每年两次去捕捞那些正在迁徙的金枪鱼。这个地方也住着一些海盗，因为这里靠近波皮利娅大道，而且是罗马军团来往西西里的必经之地，所以这里并没有成为一个巨大的海盗天堂。不过在斯巴达克斯的大军来到西拉乌姆时，当地那些小规模的海盗团伙还是在进行他们的日常活动。

斯巴达克斯让他的大军好好享受鱼肉，而他自己立刻就去寻找当地的海盗头目，并询问对方是否认识其他拥有大批大型船只的海盗头目。对方回答说："当然了，好几个！"

"那你带着他们来见我。"斯巴达克斯说，"我需要立刻把我的几千个精兵运到西西里，如果你们能保证在一个月内把我们都运过去，那我愿意付出一千塔兰特的酬金。"

虽然克里克苏斯和奥诺玛奥斯已经死去，但在斯巴达克斯手下的众多副将和指挥官中又有两个人上来接替他们的位置。卡斯图斯和干尼乌斯都是萨莫奈人，他们都曾经在意大利战争中跟穆提卢斯打过仗，还在跟苏拉的战争中与蓬提乌斯·特勒西乌斯交过手。他们是天生的军人，而

---

① 西拉和克瑞迪丝（Scylla and Charybdis）是希腊神话中的两个海上女妖，居住在意大利墨西拿海峡的两边。克瑞迪丝是一个大漩涡，能使船只翻沉。西拉有六个头和一群狗，专门吞食落水之人。——译者注

且也有一些指挥军队的经验。时间让斯巴达克斯学会一个经验，除非受到敌军威胁，否则他手下的大军根本就不愿像一支军队那样去行军。很多士兵都有女人，还有少数士兵有孩子，甚至还有一些士兵的父母也在军中。所以要由一个人来控制这么一大群庞杂的人实在不可能，于是斯巴达克斯把这群人分成三支部队，每支部队都有独立的行李部队。他自己指挥最大的那支部队，其余两支部队由卡斯图斯和干尼乌斯指挥。

消息传来，有两个海盗头目来跟斯巴达克斯见面，于是他叫来奥卢索、卡斯图斯和干尼乌斯。

"看来我应该能找到足够的船只，在短时间内把两万名士兵运到佩罗鲁斯，"他说道，"但我必须留下许多人在这里，这一点让我很忧虑。可能要等上好几个月，我才能把他们都带到西西里。你认为让他们留在西拉乌姆会怎么样呢？这里有没有足够的食物？还是说，我要把留下来的人都送回布拉达努斯的郊外？本地的农民和渔民都说，今年冬天会很冷。"

"斯巴达克斯，其实这附近还有一个不错的地方。在这里的海港以西就有一个小海岬，那里土地开阔又肥沃。我想，我们不用太费力，就能种些东西，这样我们所有人至少能撑上一两个月。如果两万个胃口最大的士兵先到达西西里，那这边应该可以撑上三个月。"

斯巴达克斯下定主意。"那所有人都会留在这里。把营地转移到城镇的西边，然后开始让女人和孩子种些东西，就算是包菜和萝卜也会有点帮助。"

那两个萨莫奈人离开之后，奥卢索把她那野狼般的眼睛转向她丈夫，喉咙深处发出野兽般的低吼声。这种情况总是让斯巴达克斯汗毛倒竖，每当那种能预知未来的魔力侵入奥卢索体内，她就会表现出这种野兽般的怪异状态。

"斯巴达克斯，你要小心！"她说道。

"小心什么？"他皱着眉头问。

她摇了摇头，又发出一阵低吼。"我不知道。什么事，什么人，正穿过风雪而来。"

"还要再过一个月，或者更长的时间，才会下雪。"他柔声说，"到时我已经跟我选中的人在西西里了，而且我觉得在西西里的战斗应该不会太费事。是不是那些留在这里的人需要小心？"

"不，"她肯定地说，"是你。"

"西西里的防卫很松懈。除了当地的民兵和粮食商人，不会有任何人能够给我带来危险。"

她身体一僵，打了一个寒战。"斯巴达克斯，你永远都到不了那儿。"她说道，"你永远都到不了西西里。"

但第二天好像又有了希望，因为有两个海盗头目来到西拉乌姆。这两个海盗相当出名，就连斯巴达克斯都知道他们的名字：法纳西斯和梅伽达特斯。他们的海盗事业从西西里往东扩张，一直到黑海边上。在过去十年中，他们控制着西西里和非洲之间的海域，除了重兵护送的罗马运粮船队，其他更小一些的船只都会遭到他们的劫掠。他们有时候甚至会航行到锡拉库萨的海湾，在那里抢劫食物和葡萄酒，而那个地方就在总督的鼻子底下！

斯巴达克斯看到这两人非常惊讶，因为他们看起来就像油滑的成功商人：脸色苍白、身材肥胖、衣着考究。

"你们知道我是谁，"斯巴达克斯开门见山，"你们会不会跟我做生意，不怕跟罗马人为敌？"

他们对视一眼，露出狡猾的微笑。

"我们在所有地方跟所有人做生意，不怕跟罗马人为敌。"法纳西斯说。

"我想把两万名士兵从这里运到佩罗鲁斯。"

"航程很短，但在冬天航行很危险。"法纳西斯说，他显然是负责说话的那个人。

"当地的渔民告诉我可以航行。"

"确实可以。"

"那你们会不会帮忙？"

"让我看看……两万人，两百五十人一艘船，航程只有几里远，所以他们应该不介意像无花果那样挤在一个罐子里,这样只要八十艘船。"法纳西斯咧嘴一笑。"斯巴达克斯,我们没有很多大船,但是我们两人凑起来有二十艘大船。"

"一次运送五千人,"斯巴达克斯皱着眉头说,"好吧,那这样就需要四次!你们要收多少钱,什么时候能开始?"

这两人就像一对双胞胎那样,不约而同地眨了眨眼。

"我亲爱的朋友,你不慢慢讲价吗?"梅伽达特斯问。

"我没有时间。你们要收多少钱,什么时候能开始?"

法纳西斯又接过话头。"每艘船每次五十塔兰特,总共是四千塔兰特。"他说道。

现在轮到斯巴达克斯眨巴眼睛了。"四千塔兰特!这差不多是我所有的钱了。"

"同不同意,随便你。"两个海盗头目异口同声道。

"如果你们能保证五天之内就把船开到这里,那我会同意。"斯巴达克斯说。

"如果你先给我们四千塔兰特,那我们就能保证。"法纳西斯说。

斯巴达克斯看起来也很精明。"噢,没门!"他大叫道,"现在给一半,事成之后再给一半。"

"成交!"法纳西斯和梅伽达特斯又异口同声。

奥卢索没有参加这次会面。斯巴达克斯说不清为什么,但他就是不愿意告诉奥卢索发生了什么事。如果说,他永远都不能到达西西里,那也许是因为奥卢索看到他葬身大海了。但奥卢索还是让他说出来了,而且她的反应出乎他的意料:她竟然高兴地点点头。

"这个价格很不错。"奥卢索说,"等你到了西西里,就能收回这笔钱了。"

"我记得,你说过我不能到达西西里!"

"那是昨天,幻像说谎了。今天我看得很清晰,会一切顺利。"

于是他们从货车中搬出两千塔兰特银子,然后装到那艘挂着紫色和金色风帆的四列桨大船上面,法纳西斯和梅伽达特斯就是乘着这艘船来到这个地方。巨大的船桨划开水面,船只慢慢驶出海湾。

"像只大蜈蚣。"奥卢索说。

斯巴达克斯哈哈大笑。"你说得对,一只大蜈蚣!也许就是因为这样,所以它才不害怕西拉。"

"它太大了,西拉吞不下。"

"西拉,是一些危险的礁石。"斯巴达克斯说。

"西拉是真实存在的。"奥卢索说。

"再过五天我就知道了。"

五天后,第一批的五千名士兵在西拉乌姆的海港聚集,每个士兵的身边都带着装备,身上都穿着盔甲,头上都带着头盔,手上都拿着武器,心中都充满恐惧。他们要在西拉和克瑞迪丝之间航行!因为他们中的大多数人都跟当地渔民交谈过,所以才能鼓起勇气去参与这次航行。那些渔民说西拉和克瑞迪丝确实存在,但他们知道一些咒语可以让他们陷入睡眠,而且渔民保证说到时一定会使用那些咒语。

虽然那五天的天气都很好,海上也风平浪静,但那二十艘海盗船并没有到来。斯巴达克斯双眉紧皱地跟卡斯图斯和干尼乌斯商量了一下,决定让那五千个士兵守在原地过夜。六天,七天,八天。海盗船还是没有来。十天,十五天。那五千个士兵早就被送回他们的军营,但斯巴达克斯每天都站在海港入口的最高点上,举起手遮着眼睛向南边瞭望。他们一定会来!一定会来!

"你被骗了。"奥卢索在第十六天说。这一天斯巴达克斯并没有要出去瞭望的意思。

泪水上涌,斯巴达克斯颤抖着咽下泪水。"我被骗了。"他说道。

"噢,斯巴达克斯,这个世界充满骗子!"奥卢索大叫道,"至少我们是一片好心地做这些事情,而你是这些可怜人的父亲!我看到海水的那边是我们的家园,而且我看得那么真切,感觉伸手就能摸到!但是我们永远都不能到达那里。我第一次看着那些骨头时就看到了,但是那些骨头后来又欺骗了我。骗子,都是骗子!"她怒目而视,发出一阵低吼,"你要小心那个从风雪中出来的人!"

斯巴达克斯没有听清,他哭得实在太伤心。

"我成了一个笑柄。"那天晚些时候,斯巴达克斯对着卡斯图斯和干尼乌斯说,"他们带着我们的钱跑了。他们从一开始就决定不再回来。他们毫不费力就得到两千塔兰特。"

"这不是你的错。"干尼乌斯说,他通常不怎么说话,"就算是做生意,也应该要讲信誉。"

卡斯图斯耸耸肩膀。"干尼乌斯,他们不是生意人。他们只进不出。海盗就是一群善于伪装的匪徒。"

"好吧,"斯巴达克图说着叹了口气,"事情已经这样了。现在关键是我们的未来。在夏天之前,我们都必须留在意大利,等到我们能召集坎帕尼亚和瑞吉乌姆之间的所有渔船,才能渡过海峡到达西西里。"

当然,斯巴达克斯知道又有一支新的罗马军队出现了,但是他带着大军毫无阻挡地走过那么多地方,所以他现在对罗马军队的行动几乎不屑一顾。他的探子变得日渐懒散,而他自己并不懒散,只是对战斗不再敏感。在他带着这一大群人的过程中,他逐渐意识到自己的目标并不是战斗。他不是国王或统帅,而是一个大家长,正在为他的孩子寻找一个家园。现在,他又要带着这群人到别处去了。但是到哪里去呢?他们吃得太多了!

克拉苏开始向着南方进军,他带领着这支军队只有一个目的:把斯巴达克斯的叛军一网打尽。他知道自己的猎物在哪里,而且早就猜到这支猎物的目标是西西里。但这对克拉苏来说没有什么差异。如果他必须在西西里跟斯巴达克斯开战,那也可以。他已经跟西西里的总督(仍然是盖乌斯·维瑞斯)取得联系,而且得到维瑞斯的保证:就算斯巴达克斯到达西西里,也不用担心当地的奴隶会发动针对罗马的第三次起义。维瑞斯已经让民兵保持警惕,并且把他们布置在佩罗鲁斯附近,同时让他的罗马军队准备好参与任何形式的战斗。不过他相信克拉苏会紧跟着斯巴达克斯到达西西里,会抵挡住叛军的主要威力。

但是没有任何事情发生。斯巴达克斯的大军继续在西拉乌姆附近扎营,看起来似乎是因为没有船只可用。然后盖乌斯·维瑞斯写了一封信。

马尔库斯·克拉苏,我听到一个奇怪的传闻。斯巴达克斯找到海盗头目法纳西斯和梅伽达特斯,并要求他们把他最精锐的两万名士兵从西拉乌姆运到佩罗鲁斯。两个海盗头目同意以四千塔兰特的价格去做这件事,先付两千塔兰特作为定金,剩下两千塔兰特事成之后再交付。

斯巴达克斯给了他们两千塔兰特,然后他们就乘船离开了。他们肯定笑得半死!因为他们只是给出一个空头承诺,就挣了一大笔钱。也许会有人说他们不按照约定再挣两千塔兰特真是太傻了,但法纳西斯和梅伽达特斯看来更喜欢什么事都不做就得到一大笔钱。他们对斯巴达克斯并不看好,所以预见到再挣两千塔兰特会有危险。

我个人认为斯巴达克斯只是一个业余军人,一个乡巴佬。法纳西斯和梅伽达特斯欺骗他的时候轻而易举,就像一个罗马骗子欺骗一个阿普利亚人那样容易。我敢肯定,如果去年意大利有一支像样的军队,那早就把他一网打尽了。他只是拥有一个巨大的数字。马尔库斯·克拉苏,可是当他跟你对战时,他肯定不会得胜。斯巴达克斯不会有什么好运,而你,亲爱的马尔库斯·克拉苏,一直都是幸运的宠儿。

恺撒念完最后一个句子,就忍不住哈哈大笑。"他想要什么?"他把书信给回克拉苏。"他是不是需要借钱?天啊,这个家伙吞下太多钱了!"

"我不会借钱给他。"克拉苏说,"维瑞斯撑不了多久了。"

"我希望你是正确的!那两个海盗头目和斯巴达克斯之间的事,他怎么会那么清楚呢?"

克拉苏咧嘴一笑。这个笑容在他那宽大的脸上产生了神奇的效果，让他顿时显得年轻而淘气。"噢，我猜测，他要求他们把那两千塔兰特分一些给他，所以他们就把整件事都告诉他了。"

"你觉得他们会分钱给他？"

"当然了。他让他们把西西里作为海盗基地。"

他们两人坐在统帅的帐篷里，这个坚固的营地位于特里纳城外的波皮利娅大道旁，距离西拉乌姆一百里。现在是二月初，冬天已经开始了，帐篷里的两个火炉冒出一股热气。

克拉苏为什么会选择这个二十八岁的恺撒作为好朋友，这件事在他的副将中引起了巨大的争论，他们更多的是疑惑而非妒忌。在克拉苏开始跟恺撒共享休闲时光之前，他根本就没有任何朋友，所以没有任何一个副将觉得自己的地位被取代了。大家之所以这么疑惑不解，主要是因为这两人实在太不一样：他们的年龄相差十六岁，他们对金钱的态度完全不同，他们在一起看起来完全不搭调，他们之间没有共同的文学或艺术品味。卢基乌斯·昆克提乌斯认识克拉苏已经很多年了，他跟克拉苏在生意和政治上都有密切合作，但他跟克拉苏从来都算不上是什么交情深厚的朋友。但是从两个月前克拉苏选出今年的军团指挥官开始，他就对恺撒格外看重，他主动向恺撒示好，恺撒也热情回馈。

真相其实很简单。这两人都意识到对方将在未来成为重要角色，而这两人都拥有同样强烈的政治野心。如果没有这种认同，那他们之间的友谊根本就无从发生。但友谊一旦发生，就有其他因素发挥作用把他们更加紧密地捆绑在一起。那种刚强的个性在克拉苏身上是如此明显，但在恺撒那温和迷人的外表之下也隐藏着这种刚强。他们都不会被自己所处的那个上流世界的幻像所蒙骗，他们都拥有深刻的理智，他们都不太在乎个人享乐。

他们之间的差异在于表面，尽管这种表面的差异非常明显：英俊潇洒的恺撒是个出了名的花花公子，而克拉苏是个绝对忠诚的居家男人；恺撒是个性张扬的天才，而克拉苏是单调沉闷的实干家。在那些惊奇的旁观者看来,这两人在一起确实很奇怪。从那时开始,这些旁观者都认为恺撒是一股不可忽视的势力。因为如果不是如此,那马尔库斯·克拉苏怎么会去搭理他呢?

"今晚会下雪。"克拉苏说,"我们会在早上出发,我想利用这场雪,而不是因此受阻。"

"听起来很明智,"恺撒说,"如果我们的日历和季节能保持一致就好了!我实在不能容忍这种差错!"

克拉苏瞪大双眼。"何出此言?"

"现在已经是二月,但我们才刚开始觉得有点像冬天。"

"你听起来就像个希腊人。一个人只要知道日期,又能伸出手到门外感觉温度,那又有什么关系呢?"

"有关系,因为这样不整齐、不规矩!"恺撒说。

"如果这个世界太规矩,那要挣钱就没有那么容易。"

"你是说,要把钱藏起来就没有那么容易。"恺撒说着咧嘴一笑。

西拉乌姆已经近在眼前,探子报告说斯巴达克斯仍然在港口附近的那个海岬扎营,不过有迹象表明他可能很快就会转移阵地,因为他的大军快把那个地方的东西都吃光了。

克拉苏和恺撒跟着军队的工匠和卫队骑马走在前面,他们知道斯巴达克斯没有骑兵。斯巴达克斯曾经试图把一些步兵训练成骑兵,还曾经试图驯服卢卡尼亚森林和山里的野马,但无论是对人还是对马的训练都失败了。

在那个无风的下午,雪花纷纷扬扬下个不停,两个出身高贵的罗马人和他们的同伴一起前进,悄悄逼近斯巴达克斯大军所在三角形海岬的后方。如果说斯巴达克斯安排了什么哨兵,那他们对自己的任务也并不上心,因为克拉苏一行没有看到任何敌军。这场雪真是大有助益,雪花让声音变得静寂,而且给马匹和骑士都披上白衣。

"情况比我预想的还要好。"克拉苏满意地说,他们一行已经调转马头准备回到自己的营地。"如果我们从两边挖掘壕沟、建起围墙,就能把斯巴达克斯困在现在的营地里。"

"这样也不能困住他们太长时间。"恺撒说。

"有足够长的时间来达到我的目的就行。我想让他们又冷又饿,让他们陷入绝望。等到他们冲出来时,我想让他们朝着北边跑到卢卡尼亚。"

"最后这一点多少都会达成。他们会对着我们最薄弱的地方发动进攻,而我们最薄弱的地方并不是在南边。你应该会让执政官的军团负责挖掘壕沟吧。"

克拉苏看起来很惊讶。"他们会去挖沟,但其他人也要一起干。壕沟和围墙必须在一个市集日的间隔之内完成,这意味着就连资历最深的老兵也要拿起铲子。再说,干点活可以让他们保持暖和。"

"我可以替你监工。"恺撒主动提议,但没有指望克拉苏会同意。

克拉苏果然拒绝了。"我希望你来监工,但这不太可能。卢基乌斯·昆克提乌斯是我的高级副将,这项工作必须交给他。"

"真遗憾。他只会夸夸其谈。"

无论卢基乌斯·昆克提乌斯是否夸夸其谈,他都投入了极大的热诚去修建围困斯巴达克斯大军的高墙。幸运的是他还比较明智,知道这个建筑工程要依靠那些富有经验的工匠。恺撒认为他不是建造围攻建筑的人才,这一点确实没错。

十五尺宽和十五尺深,这条壕沟向着海岬的两边延伸,从沟里挖出来的泥土加上木头垒成一道高墙,墙上还有木栅栏和瞭望塔。从海岬的一边到另一边,壕沟、围墙、木栅栏和瞭望塔延伸出去八里地,虽然雪一直下个不停,但所有工程都在八天之内完成。围墙下面有八个营地,每个军团占用一个营地,各个营地之间隔着同样的距离。罗马大军的统帅有足够的兵力去守卫这绵延八里的围攻建筑。

如果说斯巴达克斯没有提前得知,那从克拉苏开始行动时他就知道了,但是他好像完全不在乎。他突然开始让手下集中精力建造舢板,显然是准备把这些舢板绑在西拉乌姆的渔船后面。在那些旁观的罗马人看来,他是把希望全都压在逃过海峡,而且认为这个计划十分可靠,根本就不必在意从陆路逃跑的通道正被人迅速切断。他的手下从海上大批逃亡的那一天到来了,那些不用到别处去执行任务的罗马人都爬到附近的西拉山上,以便占据更好的视角看看西拉乌姆的海港发生了什么情况。一场灾难。那些飘浮时间足够长的舢板勉强能装上一些人,但却无法进入海港,更别提到达海港之外的海面。那些渔船并没有相应的设计,根本就不能拖动如此沉重笨重的东西。

"至少他们没有太多人被淹死。"恺撒对克拉苏说,他们站在西拉山上瞭望。

"斯巴达克斯可能觉得这样挺遗憾,"克拉苏的语气很平淡,"不能再减少一些人争着吃饭。"

"我觉得,斯巴达克斯很爱这些人,"恺撒说,"就像一个自封的国王爱护他的人民一样。"

"自封的?"

"那些生来就是国王的人很少关心他的人民。"恺撒说,他认识一个生来就是国王的人。他指着那一片忙碌的海边。"马尔库斯·克拉苏,那个人真心关爱那一大群乌合之众里面的每一个!如果不是如此,那他一年前就甩掉这些人了。我在想,他究竟是什么人?"

"盖乌斯·卡西乌斯一开始也提过这个问题,我已经派人去调查这个问题的答案。"克拉苏说着准备下山。"来吧,恺撒,你已经看得够多啦!爱!如果他真的爱,那他就是个傻瓜。"

"噢,他当然是个傻瓜。"恺撒一边说一边跟着,"你知道了什么?"

"几乎全都知道,除了他的真名,这个可能永远都弄不清。某个保管档案的白痴以为苏拉的档案会像记录其他事情一样记录军事信息,于是就偷懒没有把档案放到能够防水的地方。那些档案上面的字迹已经看不清了,而科斯科尼乌斯根本就记不住任何名字。现在,我正在询问他手下的其他军团指挥官。"

"好极了!他们也不会记得任何名字。"

克拉苏不仅没有发笑,还差点从鼻子中哼出一声。"整个罗马都在传言,说他是色雷斯人,你知道吧?"

"哦,大家都知道他是色雷斯人。不是色雷斯人就是高卢人,角斗士只有这两种人。"恺撒发出爽朗的笑声,"但我觉得这是元老院故意散播的传言。"

克拉苏停下脚步,转过身对着恺撒上下打量,脸上显出一丝惊讶的神情。"噢,你很聪明!"

"我确实很聪明。"

"好吧,这么做难道不对吗?"

"当然了。"恺撒说,"近年来我们出了不少大逆不道的罗马人。在盖乌斯·马略、卢基乌斯·科尔涅利乌斯·苏拉和昆图斯·塞尔托里乌斯这些军事强人之后,我们要是再给这个名单加上一个名字就太蠢了,是不是?把他当作一个色雷斯人好多了。"

"哼!"克拉苏这回真的哼了一声。

"我很想亲眼看看他!"

"等我们把他逼出来时,你就可以看到他了。他骑着一匹非常显眼的斑纹灰马,那匹马戴着红色皮革缰绳和各种军功章。因为这匹马本来属于瓦里尼乌斯。而且卡西乌斯和曼利乌斯近距离见过他,所以我们已经听过仔细的描述。他是一个引人注目的家伙,身材高大,英俊潇洒。"

一场严酷的斗争持续了一个月,斯巴达克斯试图冲出克拉苏的围攻建筑,而克拉苏又把他挡回去了。罗马的高级军官都知道,斯巴达克斯的军营中肯定食物紧缺,因为斯巴达克斯让所有士兵(根据恺撒的估计大概是七万名士兵)都对那段八里长的封锁线进行攻击,试图找出罗马人的薄弱点。斯巴达克斯的士兵觉得围墙的中间就是薄弱点,因为那里的建筑在一股泉水的冲刷下有点塌陷了。斯巴达克斯让手下越过围墙,但却落入了陷阱。一万两千名士兵阵亡,其余的都撤退了。

随后那个不是色雷斯人的色雷斯人开始虐囚,他之前从执政官的军团中抓住了一些俘虏,现在他让人用烧红的钳子和烙铁在这些俘虏身上凌虐,并尽量让更多的罗马士兵能够看到战友的惨状或听到战友的惨叫。但是在经历过十一抽杀的恐惧之后,克拉苏的士兵对自己的统帅充满畏惧,这种畏惧大大超出他们对那些遭受酷刑的可怜人的同情。他们的办法是不去看,用木头堵住耳朵不去听。斯巴达克斯被逼急了,于是他放出自己手中最有价值的囚犯,这个人原本属于革利乌斯的第二军团,而且是那个军团的第一先锋百夫长。斯巴达克斯把这个人钉在十字架上,他的手踝和脚踝都被钉穿,但却不打断他的四肢让他能够早点死亡。克拉苏的回应是让最优秀的弓箭手站在围墙上,结果那个百夫长在一阵密密麻麻的箭雨中死去。

三月来临,斯巴达克斯派奥卢索去谈判投降的条件。克拉苏在统帅的营帐中接见奥卢索,克拉苏的副将和军团指挥官也在现场。

"斯巴达克斯为什么不自己来?"克拉苏问。

她凄然一笑。"因为如果我的丈夫不在那里,那他的大军就会分崩离析,"她说道,"而且他不能信任你,马尔库斯·克拉苏,哪怕现在是休战时期。"

"那他现在比之前让海盗骗走两千塔兰特时聪明多了。"

但奥卢索不是那种轻易上钩的人,所以她没有反击,甚至没有显出什么表情。恺撒心想,她显然是特意打扮,想用自己的外貌来吓唬这个文明人的接见团。她看起来就像个彻底的野蛮人。她那淡黄色的头发披散在后背和肩膀上,她穿着一件带着长袖的黑色长袍,还有一条紧绷的裤子。她的手臂和脚踝又在衣服之上戴了许多金链和金环,她的耳垂也被金耳环拉得很长,她那用指甲花染了色的手指上戴着许多戒指。她的脖子上挂着好几个项圈,每个项圈上都串着小鸟的头骨。她那苗条的腰上绑着一条厚重的金腰带,腰带上拴着一些吓人的东西:一只残破的断手上还带着一些指甲和皮肤,一个小孩的头骨,一块猫或狗的尾骨上还带着尾巴。最后还有一块巨大的狼皮作为点睛之笔,一双狼爪在她胸前打了个结,狼嘴张开露出獠牙,狼眼由两颗宝石镶嵌而成,整个狼头就顶在她的头上。

即便打扮成这样,她对于那些紧盯着她的沉默男人来说仍然不乏魅力。不过没有任何一个男人会说她是个美人,因为她的脸庞灿然生光,她的眼神迷离狂乱,这一切对他们来说实在太陌生了。

但是她对克拉苏却没能达到她预期的影响力。除了金钱,克拉苏对任何东西都没有兴趣。所以克拉苏看着她的眼神一如往常,仍然是那种温和平静的目光。

"女人,说话。"克拉苏说。

"马尔库斯·克拉苏,我来问你投降的条件。我们没有食物了,为了让我们的士兵有饭吃,我们的女人和孩子都在挨饿。我的丈夫不能看着老弱妇孺受苦。他宁愿交出他自己和他的军队。你只要告诉我有什么条件,然后我就会告诉他。明天我就会带着他的答案回来。"

克拉苏转过身去。他扭头说话,他的希腊语比她的还要纯正得多。"你可以告诉你的丈夫,无论任何条件,我都不会接受他的投降。我不准他投降。这一切是他挑起的,现在他必须自尝苦果。"

奥卢索目瞪口呆,她准备好面对任何意外,但却没想到会是这个结果。"我不能这么告诉他!你不让他投降!"

"不。"克拉苏说,仍然背对着奥卢索。他的右手一动,打了个响指。"马尔库斯·穆米乌斯,把她带出去,看着她走出我们的营地。"

过了好一会儿,恺撒才找到机会跟克拉苏单独说话,虽然他早就迫不及待想要谈论这个话题。

"你处理得很漂亮。"恺撒说。"她本来还满怀自信,以为自己一定能吓到你。"

"愚蠢的女人!我得到的消息说,她是贝西人的女祭司,不过我觉得她更像个巫婆。大部分罗马人很迷信,但我并不迷信。恺撒,我注意到你也很迷信!我相信自己看到的东西,而我看到的只是一个有点小聪明的女人,她竭尽全力把自己打扮成一个女妖怪。"他忍不住笑了起来。"我记得听人说过,苏拉年轻时曾经打扮成蛇发女妖去参加宴会。他的头上戴着一顶由活蛇做成的假发,当时他把在场的所有人都吓得半死。但是你知道，我也知道，让那些人吓得半死的不是蛇，而是苏拉本人。如果那个女人也有这种本事，那我也可能会吓得暗自哆嗦。"

"我同意。不过她确实拥有超能力。"

"很多人都有超能力！我还见过一些颤颤巍巍的老奶奶也有超能力，还有一些气度非凡的律师，你会觉得那些律师的脑子里都装满了法律。不过，你为什么会觉得她有超能力？"

"因为她见到你时的恐惧，远远超出了你对她的恐惧。"

大概有一个月的时间，天气开始"定下来"，就像昆图斯·塞尔托里乌斯的母亲说过的那样。夜晚在冰点之下，白天也同样寒冷，晴朗的蓝天之下积雪都冻结成冰。但是在三月望日之后，一场雪暴降临了。一开始是雨夹雪，然后就是纷纷扬扬的大雪。斯巴达克斯抓住这个机会。

在围墙和壕沟最靠近西拉乌姆的地方，克拉苏最精锐的老兵军团及其营地就驻扎在那里。斯巴达克斯手下仍然幸存的十万人都投入到一场激烈的斗争中，他们在壕沟上搭起桥梁，然后翻越围墙。木头、石头、人畜的尸体，甚至比较大件的战利品都被扔进战壕里堆成一个高坡，让他们可以爬过克拉苏的围攻建筑。巨大的人流就像死亡的阴影一样，一波波地从这个突破口逃进暴风雪中。他们没有遇到任何阻拦，克拉苏命令他的军团不要拿起武器，只要静静地待在他们的军营里。

这次大逃亡混乱而松散，彻底打乱了斯巴达克斯大军原有的一点秩序，想要把这群人重新组织起来建立秩序根本就毫无希望。那些作战人员得到比较好的指挥和带领，他们跟着斯巴达克斯、卡斯图斯和干尼乌斯一起涌上通往北方的波皮利娅大道。剩下的那些老弱妇孺和非作战人员却迷失了方向，他们糊里糊涂地进入西拉山的森林，其中大部分人因为寒冷和饥饿而倒在树枝下或岩石上。还有少部分人勉强支撑到天气比较温和的时候，并最终来到布鲁提亚人的地盘，但他们立刻就被人认出并杀死。

克拉苏对斯巴达克斯手下这部分人的命运毫不关心，他等到降雪开始减弱时就立刻拔营,带着他的八个军团踏上波皮利娅大道去追赶斯巴达克斯的士兵。

他的行军就像一头牛那样沉稳缓慢,因为他总是考虑周详,总是保持着身为统帅的智慧。他根本就没必要奋力追赶,寒冷饥饿和缺乏目标会联合起来拖慢斯巴达克斯的脚步,也会让他的军队日益缩小。比起激进冒险,还是守住罗马军队中间的行李部队更要紧,反正他早晚都会追上斯巴达克斯的军兵。

不过克拉苏的探子工作很繁忙,动作很迅速。三月底,探子向克拉苏报告,斯巴达克斯的军队已经到达西拉鲁斯河,并且在那个地方兵分两路。一路在斯巴达克斯的带领下继续沿着波皮利娅大道向坎帕尼亚前进,另外一路在卡斯图斯和干尼乌斯的带领下转向东边朝着西拉鲁斯河中段的河谷而去。

"好!"克拉苏说,"我们暂且放过斯巴达克斯,先集中兵力解决掉那两个萨莫奈人。"

探子再次报告,卡斯图斯和干尼乌斯没有走出多远,他们遇到一个叫作伏尔赛的繁荣小镇,两个月来第一次可以好好吃饭。所以他们觉得不必紧赶慢赶!

当克拉苏行李部队前面的四个军团逐渐追上来时,卡斯图斯和干尼乌斯正忙着大吃大喝而没有加以留意。在一个水源清澈又甘甜的小湖泊旁边,卡斯图斯和干尼乌斯手下的士兵随随便便地扎了营,因为在秋天之前这个地方就会被他们搜刮干净。湖泊的后面是一座山。克拉苏马上就看出自己应该怎么做,并且决定在行李部队后面的四个军团到达之前就采取行动。

"蓬波提努斯和鲁弗斯,你们带着十二个步兵大队绕到山的另一边。你们爬到山上再往下冲锋,这样你们应该会直接冲到他们的营地正中。我一看到你们,就会从前面发动进攻。这样我们就能像挤扁一只臭虫那样挤扁他们。"

这个计划应该会成功。这个计划本来应该会成功,但最后却出现了连最优秀的探子也无法预知的情况。因为卡斯图斯和干尼乌斯看到伏尔赛能够提供许多食物，于是派人去给斯巴达克斯送信，让他回来一起分享这些食物。于是斯巴达克斯又绕回来，而且刚好在克拉苏发动进攻时来到湖泊的另一边。卡斯图斯和干尼乌斯的士兵赶紧并入及时出现的友军，然后斯巴达克斯的整支大军很快就不见了踪影。

要是其他统帅可能会叹息痛恨，但克拉苏不是这种人。"碰上坏运气，但我们最后会赢得胜利。"他镇定自若地说。

一系列的风暴让大家都放慢了脚步。交战双方都停留在西拉鲁斯河附近，但看起来现在应该轮到斯巴达克斯离开波皮利娅大道了，而卡斯图斯和干尼乌斯则开始通过这条大道前往坎帕尼亚。克拉苏躲在后面，就像一只大蜘蛛蹲在那里把自己养得更肥壮。现在克拉苏的八个军团已经聚集在一起，于是他也决定要兵分两路，因为他知道自己的行李部队很安全。他把两个军团的步兵和所有骑兵交给卢基乌斯·昆克提乌斯和特瑞梅利乌斯·斯科罗法，命令他们去追赶那些已经离开波皮利娅大道的叛军，而克拉苏自己会带兵去追击那些还留在波皮利娅大道的叛军。

克拉苏的军队坚定不移地前进，恺撒所在的军团也在克拉苏的指挥之下，他对这位不屈不挠、有勇有谋的统帅由衷赞赏。在西拉鲁斯河北边不远处的厄布鲁姆，克拉苏终于追上卡斯图斯和干尼乌斯，并消灭了他们的军队。三万人落入陷阱，在战场上失去生命，只有少数几个穿过罗马人的阵线跑到内陆去寻找斯巴达克斯。

克拉苏的军队大获全胜，他们还满心欢喜地在叛军行李中发现了这些东西：之前罗马军队战败时被拿走的五支鹰旗，二十六支步兵大队的旗子，还有属于五位大法官的法西斯。

"看看这些东西！"克拉苏大声说，终于露出笑容。"这不是吉祥之兆吗？"

只要形势所需，那身为统帅的克拉苏就能变得行动迅疾。卢基乌斯·昆克提乌斯送来消息，说他和斯科罗法遭到埋伏，虽然没有太严重的伤亡，但斯巴达克斯还在附近虎视眈眈。

于是克拉苏迅速出兵。

斯巴达克斯的伟大计划已经遭受重创,他手中只剩下跟他一起朝着塔纳格鲁斯河上游前进的那部分士兵,还有奥卢索和他的儿子。

他之前跟昆克提乌斯和斯科罗法的交锋并没有取得决定性的胜利,因为罗马骑兵的动作要比他的步兵快得多,所以罗马骑兵可以把罗马步兵聚拢起来帮助他们顺利撤退。之后斯巴达克斯并没有离开那个地区,附近的三个小镇暂时能给他的士兵提供足够食物,但是下一个河谷和再下一个河谷里面有什么他就不知道了。现在已经接近春季,粮仓里的存粮很少,在严寒的冬天之后蔬菜还没有长出来,鸡群瘦骨伶仃,猪群(这些狡猾的畜生!)都藏到林子里。距离最近的一个城镇叫作波坦提亚,当地有一个讨人厌的家伙兴高采烈地跑来见斯巴达克斯,告诉他说瓦罗·卢库卢斯已经从马其顿起航,随时都可能在布伦狄西姆登陆,而且元老院命令他立刻去增援克拉苏。

"角斗士,你的日子没有几天了!"那个人得意扬扬地大叫道,"罗马不可战胜!"

"我应该切断你的喉咙。"斯巴达克斯疲惫地说。

"尽管动手!我巴不得你动手!我根本就不在乎!"

"我不会满足你壮烈牺牲的愿望。回家去吧!"

奥卢索在一旁听着。那个家伙没能血流当场,觉得很遗憾。等到他离开了,奥卢索才走近斯巴达克斯,温柔地把自己的手放在他的手臂上。

"到这里就结束了。"她说道。

"我知道。"

"我看到你倒在战场上,但是我看不到你的死亡。"

"等我倒在战场,自然就会死亡。"

他非常疲惫,西拉乌姆的惨败仍然让他深受困扰。他知道是因为自己的大意疏忽,才让那些跟着他的人遭受克拉苏的屠戮。这让他如何去面对那些幸存的人?他知道,那些女人和孩子不会再出现了。他们全都在布鲁提亚郊野的某个地方死于饥饿。

那个来自波坦提亚的家伙说到瓦罗·卢库卢斯的消息,他不知道这个消息是真是假,但他知道自己前往布伦狄西姆的通道已经被切断了。克拉苏控制着波皮利娅大道,在他伏击昆克提乌斯和斯科罗法之前,他就听到了卡斯图斯和干尼乌斯的消息。无处可去。无处可去,只剩下最后一场战役。而他很高兴,很高兴,很高兴……无论是出于家世背景还是个人能力,他都无法承担起如此艰巨的责任,要照顾好这么一大群人的生活和福利。他只是一个出自意大利人家庭的普通罗马公民。他在韦苏维乌斯山区出生,本来应该跟他的父亲和哥哥在那里度过一生。他以为自己是什么人?竟然试图建立一个新民族?他的血统不够高贵,他的文化不够高深,他的实力不够强大。但是以一个自由人的身份死在战场上还是能保留一点荣誉,他绝对不会再回到监狱里。绝不。

消息传来,克拉苏的军队正在逼近,斯巴达克斯把奥卢索和他儿子一起送上一辆货车。这辆车子由六头骡子拉着,他会在自己选定的阵地坚持到底,确保奥卢索母子可以避开敌军的追寻。他本来希望奥卢索立刻离开,但奥卢索拒绝了,她说她必须等到这场战役胜负分明。在货车的后面藏着金子、银子、宝物和钱币,这样可以确保他的妻子和孩子生活安逸。他知道,他们母子可能会被杀死。他们的命运就在神明手里,但神明似乎正在弃他们而去。

斯巴达克斯手下的四万名士兵组织起来抵抗克拉苏。在开战之前,斯巴达克斯并没有向士兵讲话,但是斯巴达克斯骑着那匹漂亮的灰色马巴提阿图斯穿过士兵队列时,他们发出了震耳欲聋的欢呼声。他来到自己军队的旗杆下面,旗杆上是一条飞跃起来的大鱼,那是高卢人头盔上的装饰。他在马鞍上举起双手,握紧拳头,然后滑下马鞍。他的右手举起一把色雷斯人角斗士的弯刀,然后闭上眼睛把刀劈向巴提阿图斯的脖颈。鲜血喷涌而出,但是那匹骏马并没有丝毫挣扎。它像一头献祭的祭牲那样:双膝跪下、倒地而亡。

就这样,根本就没必要发表演讲。斯巴达克斯杀死自己心爱的马匹,就已经把一切都告诉他的手下人了。他不准备活着离开战场,他斩断了自己逃跑的后路。

这场战斗简单激烈、极为血腥。斯巴达克斯的手下按照他的榜样,绝大部分在倒地不起之前都奋勇作战。最后有的在战场上失去生命,有的完全筋疲力尽。斯巴达克斯亲手杀死了两个百夫长,然后在一片混战中不知被谁砍中了一条腿的筋腱。他无法站立,只好双膝跪地。但他还是顽强地血战到底,直到他身旁的一大堆尸体忽然坍塌,把他埋在下面。

大约有一万五千名斯巴达克斯的士兵逃出战场,其中有六千人逃往阿普利亚的方向,还有一些往南逃向布鲁提亚的山区。

"只用了六个月,还有一场冬季的战役。"克拉苏对恺撒说。"我损失的士兵很少,但斯巴达克斯已经死掉了。罗马夺回了鹰旗和法西斯,还有很多无法物归原主的战利品,我们都可以从中分到不少。"

"马尔库斯·克拉苏,还有一个问题。"恺撒说,他负责去检查战场,寻找那些还活着的人。

"哦?"

"斯巴达克斯,他不在那里。"

"胡说八道!"克拉苏一声惊叫。"我看到他倒下了!"

"我也看到了。我甚至还记得他倒下的地方。我可以带你过去,你现在就跟我一起过去!但是他不在那里,马尔库斯·克拉苏,他不在那里。"

"这就怪了!"克拉苏呼出一口气,噘着嘴巴想了一会儿,然后耸耸肩膀。"好吧,这又有什么关系呢?他的军队已经不见了,这才是最关键的。我的对手只是一个奴隶,所以他不能举行凯旋式。元老院会让我举行小凯旋式,但这根本就不是一回事!不是一回事!"他一声叹息。"那个女人,那个色雷斯人的巫婆在哪里?"

"我们也找不到她,不过外面抓住了几个聚在一起准备逃跑的人。我向他们打听那个女人的下落,这才发现她的名字是奥卢索。但是那几个人都发誓,他们看到奥卢索爬进一辆烧得通红、滋滋作响的战车,然后一些浑身冒火的大蛇就把那辆战车拉到天上去了。"

"她简直是美狄亚①再生！这么一来斯巴达克斯就是伊阿宋了！"克拉苏转身跟着恺撒走到那堆埋住斯巴达克斯的尸体前面。"我想，这两人应该是逃走了。你觉得呢？"

"我觉得他们肯定是逃走了。"恺撒说。

"我们还要继续追捕斯巴达克斯的逃兵，他们有可能会现身。"

恺撒没有回答。他自己认为他们再也不会现身了。那个角斗士很聪明，因为他太聪明，所以不会试图再召集一支军兵。他足够聪明，知道自己应该隐姓埋名。

整个五月份，罗马士兵都在卢卡尼亚和布鲁提乌姆的荒野搜捕斯巴达克斯的逃兵，这些地方本来就是土匪藏身的理想之地，所以要把斯巴达克斯的逃兵全部抓住实在不可能。恺撒估计那些向着南边逃跑的士兵大概有九千到一万名，但是他们全力搜捕也只能找到六千六百名逃兵。其余的那些可能会成为强盗和土匪，给那些沿着波皮利娅大道前往瑞吉乌姆但却没有卫队保护的旅人带来危险。

"我可以继续搜捕，"恺撒在六月一日对克拉苏说，"不过搜捕行动的收获会越来越少，难度会越来越高。"

"不用继续了，"克拉苏已经打定主意，"我想让我的军队在下一个市集日回到卡普亚，包括执政官的军团。下个月就要进行高级官员的竞选，我准备早点回到罗马，这样才有充足的时间去竞选执政官。"

这个回答一点都不令人惊讶，恺撒觉得自己根本就无须对此发表评论。于是他继续原来的话题，讨论应该如何对待斯巴达克斯的逃兵。"还有六千多人朝向东北边逃到阿普利亚，这些人应该怎么处理？"

"他们跑到了山内高卢的边界。"克拉苏说，"然后他们正好碰上庞

---

① 美狄亚（Medea）是希腊神话中科尔基斯国王埃厄忒斯的女儿。她嫁给阿尔戈英雄的领袖伊阿宋为妻，并施展魔法帮助伊阿宋取得金羊毛。后来她发现伊阿宋另有所爱，于是便送给新娘一件结婚礼服，新娘披上礼服后立刻被烈焰烧死，然后美狄亚又杀了自己和伊阿宋生的两个儿子。——译者注

培·马格努斯带着他的军团从西班牙回来。你知道马格努斯！他把那些人都杀了。"

"所以只剩下关在这里的人了。你准备怎么处理他们？"

"他们会跟着我们回到卡普亚。"克拉苏转向恺撒的面孔仍然像往常那样平静，但他的眼神中却透出一股寒意。"恺撒，罗马不需要这些毫无用处的奴隶战争。这些战争只会把国库掏空。如果我们不是那么幸运，那我们可能会永远失去那五根鹰旗和法西斯。我绝对不能容忍罗马遭受这样的差耻。以后罗马的敌人会把斯巴达克斯吹得神乎其神。会有其他人想要模仿他，但他们永远都不知道背后的真相。你我都知道斯巴达克斯是从罗马军团中出来的，他更像是昆图斯·塞尔托里乌斯而不是一个遭受虐待的奴隶。如果他不是出自罗马军团，那他根本就不能走得那么远。我不希望他变成某种奴隶英雄。所以我会利用斯巴达克斯来终结所有奴隶暴乱的事。"

"与其说这是一场奴隶暴乱，还不如说是萨莫奈人再次反叛。"

"没错，萨莫奈人是罗马必须永远忍受的诅咒。但是奴隶应该认清自己的位置。我有办法让他们认清自己的位置。而且我一定会采取措施。等我处理完斯巴达克斯的余孽，就再也不会有奴隶暴乱出现在我们的罗马世界。"

恺撒的脑筋总是转得很快，总能比其他人更快知道答案。但他发现自己完全猜不出克拉苏准备采取什么措施。

"你准备怎么做？"恺撒问。

克拉苏是个精于算计的家伙。"因为刚好有六千六百名囚犯，所以我才想出这个主意。"克拉苏说。"从卡普亚到罗马的距离是一百三十二里，每一里是五千尺，所以总共是六十六万尺。这个数字除以六千六百就是一百尺。我准备把斯巴达克斯的士兵钉在十字架上，从卡普亚到罗马的路上每隔一百尺就钉死一个。而且他们的尸体会一直挂在十字架上，直到皮肉腐烂露出骨头。"

恺撒倒吸一口气。"一道可怕的风景。"

"我有一个问题。"克拉苏说,他那平滑的额头显出几道皱褶。"你觉得我应该把全部十字架都放在道路的一边,还是应该把十字架分散在两边?"

"就放在道路的一边。"恺撒脱口而出。"肯定只能放在一边。如果你说的那条道路是阿皮娅大道而不是拉提那大道的话。"

"哦,是的,当然是阿皮娅大道了。这条路没有一点弯曲,而且也没有经过太多山地。"

"那就把十字架都放在这条路的一边。这样看起来更好一些。"恺撒露出一个微笑。"关于钉十字架,我算是有点经验。"

"我听说了。"克拉苏严肃地说,"但是,我不能把这项工作交给你。这对军团指挥官来说不太合适,因为你是通过竞选获得这个官职。按照规定,这项工作应该交给军需官。"

军需官负责照顾所有后勤事务和军需供应。克拉苏的军需官是他的被释奴,而且这个军需官的工作总是很出色。克拉苏和恺撒都相信这项工作会顺利进行。

六月底,克拉苏和他的副将以及军团指挥官一起从卡普亚出发,他们只带着一个步兵大队作为护卫沿着阿皮娅大道前进。这是一条历史悠久的优良大道,在大道的左边是绵延不绝的十字架。每隔一百尺就有一个斯巴达克斯的士兵挂在十字架上,他们手臂的手肘处和膝盖之下的腿部都被绳索紧紧地捆绑着。克拉苏可不是心慈手软之人。这六千六百人都四肢健全地慢慢死去,从卡普亚到罗马的卡皮纳城门都可以听到他们的呻吟。

有些人前来观看。有些带着一个不太听话的奴隶来看看克拉苏的杰作,并指出把自己的奴隶钉死在十字架上是主人的权利。但很多人一看到这个惨像就立刻转身回家,而那些不得不通过阿皮娅大道来往于卡普亚和罗马的人则暗自庆幸,幸亏那些十字架只是装点着道路的一边。这幅惨像在比较远的地方看起来比较容易忍受,住在罗马城里的人选择了卡皮纳城门两边的塞维安城墙作为最佳观看点。他们站在城墙上瞭望,可以看到这惊人的景象绵延许多里,但那些面孔没有那么清晰。

他们挂在那里十八个月,慢慢地从血肉之躯变成卡卡作响的骨头。因为克拉苏不准把他们放下来,一定要等到他执政官任期的最后一天。

恺撒回想起来仍然不无感叹,罗马历史上从来没有其他战役如此彻底、如此漂亮、如此圆满:以十一抽杀开始,以钉十字架结束。

第八章
公元前71年5月到公元前69年3月

第1节

当庞培·马格努斯来到卢比孔河的边界线时,他并没有让自己的军队停下脚步。他拥有的那一部分高卢公地位于意大利境内,所以他必须回到意大利,不管苏拉的法律有什么规定。他的士兵迫不及待地想回到家乡,而且他的部队中大部分是来自皮塞努姆和翁布里亚的老兵。他在塞纳加利卡城外让士兵扎营,他命令手下士兵要得到军团指挥官的批准才能离开营地。然后他就带着一个步兵大队作为自己的护卫,沿着弗拉米尼娅大道前往罗马。

在他从纳尔波另辟蹊径翻越阿尔卑斯山之后,他就看出了一个事实,而且他还纳闷自己为什么如此迟钝,直到现在才看出这个事实。他曾经三次得到特别委任,一次由苏拉进行委任,两次由元老院进行委任。两次享有同大法官的地位,一次享有同执政官的地位。他知道,自己是罗马第一人,这一点毫无疑问。但是他也知道,那些有权有势的人都不会承认这个事实,所以他必须向所有人证明这个事实。为了达到这个目的,他只能制造一些胆大包天、挑战惯例的大事件,等到这些大事件完成之后,所有人都必须承认他应得的地位:罗马第一人。

他仍然是一个骑士,但他会迫使元老院让他成为执政官。

他对元老院的评价越来越低,而他对元老院的好感丝毫无存。元老院的成员就像烘焙店里的蛋糕,可以轻而易举地被人收买。而且元老院的惯性是如此顽强，根本就不能扭转轰然倒塌的倾向。当他带着军队从塔伦图姆向罗马逼近，迫使苏拉同意他举行凯旋式的时候，苏拉妥协了！当时他并没有这么想，因为苏拉巧妙地控制了人们的反应。但他现在终于明白，那件事的胜利是属于他，而不是属于苏拉。而且身为敌人，苏拉要比元老院强大得多。

在西班牙的最后一年，庞培关注着斯巴达克斯节节胜利的消息。这些消息实在令他难以置信，尽管两位执政官革利乌斯和克洛狄阿努斯都是他的傀儡，但他还是很难相信他们在战场上竟然如此无能。他们为自己辩解的唯一借口就是：他们的士兵实在太糟糕了！庞培差点就写信告诉他们，就算是让他带领一群太监，他也会取得更好的战绩。但是他最后还是忍住了，因为他还要长期收买这两人，所以实在没必要引起他们的怨恨。

在纳尔波，庞培又听到后来发生的两件事情，这两件事让他更加难以置信。第一件事是他通过革利乌斯和克洛狄阿努斯的书信得知：他们被剥夺了对战斯巴达克斯的统帅权。第二件事是他通过菲利普斯得知：马尔库斯·李基尼乌斯·克拉苏通过元老院让部落大会通过一项法令，不仅得到了对战斯巴达克斯的统帅权，还有八个军团和一大群骑兵。庞培曾经跟克拉苏一起作战，他认为克拉苏能力平平，他的部队也是相当平庸的士兵。所以菲利普斯的消息只是让他摇了摇头，默默不语地陷入一阵绝望。克拉苏也不能打败斯巴达克斯。

庞培刚刚离开纳尔波，就得到消息最后确认了他对斯巴达克斯之战的判断：克拉苏的士兵表现实在太糟糕，于是克拉苏对他们进行了十一抽杀！根据历史记录和战斗经验，每个统帅都知道十一抽杀是最后之策，而且这种措施最后难免失败，因为这么做会把军队的士气彻底破坏。如果一支军队懦弱得必须用十一抽杀来进行惩罚，那么无论怎么做都不能让那些软弱的士兵挺起脊梁骨。但是那个高大笨拙的克拉苏相信十一抽杀能够扭转军队的士气，这不正像是他的行事风格吗？

庞培开始想着自己也许能及时赶回意大利去对付斯巴达克斯，然后又从这件事突然想出一个好主意。元老院肯定会卑躬屈膝地请他再次接受特别委任,让他去消灭斯巴达克斯。但这一次他会坚持要先当上执政官,然后才会接手这项工作。如果克拉苏能够迫使元老院让部落大会通过法令来确保他的统帅权,那元老院又怎么能拒绝格涅乌斯·庞培·马格努斯?他不再满足于同执政官(不是前任执政官,而是代理执政官)的地位!难道他要永远给元老院当苦力,虽然拥有至高统帅权但却没有身为元老的实权?不!再也不能容许!如果他能以执政官的身份进入元老院,那他就不再介意进入元老院了。据他所知,从来没有人做到这一点。这是历史首创,伟大的首创,而且这样可以向全世界表明:他就是罗马第一人。

庞培走在多米提娅大道上,沉浸于一个接一个的幻想。他是如此兴高采烈,就连瓦罗(当然不止他一个)也不明白他究竟在想什么。庞培有时候忍不住想说出来,但他最后还是转开话题,决定把这个美妙的计划保留在自己心中。反正瓦罗和其他人很快就会知道是怎么回事。

庞培的这种愉快心情继续保持着,他之前开辟的新路经过勘测已经铺好路面了,于是他领着军队从这条路走下撒拉西山谷进入山内高卢。接着庞培又和他的军队沿着艾弥利娅大道而下,这一路上他仍然是兴高采烈。然后他们来到那个叫作弗伦·波皮利的小镇,庞培在这个位于意大利境内的小镇遭遇了重大打击。他和他的六个军团正好撞上一大群乱哄哄的士兵,那些人蓬头垢面、军容不整,一看就是斯巴达克斯的手下人。这些残兵游勇很快就被一网打尽,这对庞培来说很容易。对庞培来说比较困难的是,他听说克拉苏在不到一个月前消灭了斯巴达克斯的军队,对付斯巴达克斯的战争已经结束了。

庞培的懊恼在每个副将看来都很明显,他们都想着庞培之前在艾弥利娅大道上的好心情是因为他希望能直接参加另外一场战争。不过庞培想要通过另外一场战争成为执政官的心思还无人得知。他一连几天都在生闷气,就连瓦罗都不想搭理。

庞培心想:噢,为什么我在山外高卢的时候没有听到这个消息?我本来可以利用没有解散的军队来造成威胁,但我现在把这支军队带入意大利境内已经违反了苏拉的法令,而且克拉苏还有一支军队在战场上。如果我还在山外高卢,那我就可以躲在那里,等到克拉苏举行完他的小凯旋式,还有他的军队都解散了。我可以利用我收买的那些元老,让他们把高级官员的竞选拖延到我开始出兵。但现在我已经进入意大利,所以受到威胁的将是我的军队。

在那闷闷不乐的几天后,庞培的心情又出现了新变化。他带着自己的士兵进入塞纳加利卡的军营,虽然不是兴高采烈,但也不再闷闷不乐。他在沉思默想中向自己提出一个非常重要的问题:克拉苏的军队里都是些什么人?答案是:那些人是意大利的渣滓,他们懦弱无能,根本就不能坚守阵地、奋战到底。虽然克拉苏打赢了,但是这个事实又会有什么改变呢?他在弗伦·波皮利遇到的六千名逃兵真是不堪一击。所以,克拉苏的十一抽杀也许让手下士兵鼓起了一点勇气,但是这种情况又能维持多久呢?我的士兵拥有卓越的勇气和毅力,他们在西班牙好几年,经受了那里的炎热和寒冷,而且没有战利品,没有像样的食物,没有元老院的感谢。克拉苏的士兵能够跟我的士兵相比吗?不能。最后的答案是一声响亮而坚定的:不能!

距离罗马越来越近,庞培的情绪又恢复到之前的兴高采烈。

"你到底在想什么?"瓦罗对着庞培问,他们一起骑马走在路中间。

"他们还欠我一匹国家公马。我那亲爱的大白马死了,但国库还没有给我任何补偿。"

"这难道不是你的国家公马?"瓦罗问,指着庞培胯下的那匹栗色骏马。

"这匹驽马?"庞培不屑地哼了一声。"我的国家公马应该是白色的。"

"马格努斯,这真的不是一匹驽马。"瓦罗说,他在罗西亚·卢拉拥有一块牧场,是公认的马匹专家。"这真的是一匹骏马。"

"就因为它曾经是维恩托的马匹?"

"就因为它是它自己!"

"好吧,反正它对我来说不够好。"

"这真的是你正在想的事?"

"是的。你认为我正在想什么事?"

"这是我提出的问题!到底是什么?"

"你为什么不猜猜看呢?"

瓦罗皱着眉头。"当我们在弗伦·波皮利外面遇到斯巴达克斯的逃兵时,我以为我已经猜出来了。我想,你正在计划再次得到特别委任,所以当你发现斯巴达克斯的叛军不复存在时,你真的是太失望了。但现在我真的不明白!"

"瓦罗,你就继续猜测好了。现在我还不想透露自己的计划。"庞培说。

庞培选了一支步兵大队作为护卫前往罗马,这些士兵的家都在罗马。这种实用智慧是庞培的特色,何必拖着那些想去其他地方的人去罗马呢?所以庞培让他们住进瑞克塔大道旁边的一个小军营之后,就批准他们换上平民服饰进城去了。阿弗拉尼乌斯、佩特瑞伊乌斯、伽比尼乌斯、萨比努斯和其他副将一起床就离开了,瓦罗也急匆匆地回去看他的妻子和孩子。

这就留下庞培独自掌控着战神原野,至少是他自己的那个军营。在他左边看向罗马城的方向,比他更接近罗马城的地方有另外一个小军营,这个军营属于马尔库斯·克拉苏,看来克拉苏也有一个步兵大队作为护卫。克拉苏像庞培那样,也在自己的帐篷外面立起一个红色的旗子,表明统帅所在的位置。

真倒霉,真倒霉……为什么意大利境内还有另外一支军队?即便这是一支由懦夫组成的军队。庞培不打算发动一场内战,这个念头无论如何都不能让他觉得心安理得。让他抗拒这个念头的不是忠诚或爱国,更主要的是他没有面临苏拉曾经面临的形势。对苏拉来说,他根本就没有其他选择。他的内心、他的荣誉、他的生命之本都在罗马城。但是庞培的大本营向来都是皮塞努姆。不,他不会发动内战,但他必须装模作样。

他坐下来给元老院写信。

罗马元老院：

我，格涅乌斯·庞培·马格努斯，六年前受到特别委任到近西班牙去镇压昆图斯·塞尔托里乌斯的叛乱。正如你们所知，我跟远西班牙行省的同僚昆图斯·凯基利乌斯·梅特卢斯·皮乌斯并肩作战，成功地镇压了叛乱并促成了昆图斯·塞尔托里乌斯的死亡。他的许多副将也不能幸免，包括那个卑鄙无耻的马尔库斯·佩尔佩尔纳·维恩托。

我并没有得到许多战利品。那个地方遭遇了一连串的灾难，所以根本就没有剩下多少战利品。西班牙之战对罗马来说是一场亏本的战争。但无论如何，我还是要求举行凯旋式，因为我确实完成了元老院吩咐的任务，而且成千上万个罗马的敌人也是因为我而死。我要求的凯旋式不能有任何延误，这样我才能以执政官候选人的身份去参加七月的高级官员竞选。

庞培本打算自己写个草稿，再让瓦罗看一看，把文句修饰得更漂亮。但是他把这封简短的书信看了好几遍，认为这封信实在写得不能更好了。他要给他们狠狠一击！

他满意地在那里坐着，菲利普斯就在这时到达了。

"好！"庞培大叫道。他站起来跟菲利普斯握手，菲利普斯的手软弱无力、汗水黏腻。"我有一封信给你。这封信你要帮我带到元老院。"

"你想要一个凯旋式？"菲利普斯问，坐下来叹了口气。他觉得坐轿子太慢，就自己走到瑞克塔大道旁，但却忘了这段路有多远，还有六月的天气有多热，虽然按照季节现在仍然是春天。

"还有另外一点要求。"庞培说。他把自己的蜡板递过去，忍不住咧嘴一笑。

"亲爱的小伙子，能不能先给点喝的？"

庞培的字迹就像小学生那样潦草，菲利普斯花了好一会儿才看明白。他口干舌燥地喝下第一口酒水时，刚好看懂最后一句话的意思，然后就狠狠地呛住了。他咳得很厉害，庞培只好站起来给他拍着后背，过了好长时间他才平息下来，终于能够开口说话。

但是他没有说话，而是直愣愣地盯着庞培，好像他从来没有见过这个人。他的目光充满探寻之色，看着那个穿着战衣和盔甲的健壮身体，那点缀着雀斑的白皙肌肤，那极具吸引力的面孔，那尖尖的下巴，还有那像亚历山大大帝一样的金色头发。那双大眼睛是多么单纯灼热，透出明亮的蓝色。庞培·马格努斯，新的亚历山大。他哪里来的勇气提出这种要求？他的父亲是一个非常古怪的人，他身为儿子一直都努力让人相信他没有任何怪异之处。但是这个儿子比他的父亲奇怪多了！很少有什么事情能让菲利普斯吃惊，更何况这不仅仅是单纯的吃惊。这种冲击足以令人扑倒在地！

"你应该不是认真的吧？"他弱弱地问。

"我为什么不应该是认真的？"

"马格努斯，你要求的事不可能完成！这根本就不可能！这违背了所有法律，无论是明文规定还是非明文规定！没有人不用进入元老院就能成为执政官！就算是小马略和西庇阿·艾弥利亚努斯，他们都要先进入元老院，然后才能当选为执政官！你可能会说，西庇阿·艾弥利亚努斯开创了先例，他没有担任过大法官就直接成为执政官，而小马略甚至没有担任过财务官。但是，他在参加竞选之前就进入了元老院！现在苏拉的法令完全禁止这种先例！马格努斯，我求求你，不要送出这封信！"

"我想成为执政官！"庞培说，他那小小的嘴巴抿得颜色发白。

"这封信会让所有人都哄堂大笑，那股声浪会把这封信甩回你脸上！你不能这么干！"

庞培坐下来，把一条修长的腿架在椅子扶手上，那只穿着军靴的脚摇摇晃晃。"菲利普斯，我当然能这么干！"他和颜悦色地说道，"我有六个最优秀最勇猛的军团,所以我想怎么干就能怎么干。"

菲利普斯猛地一吸,差点喘不上气!他开始浑身发抖。"你不能这么做!"他大叫道。

"你知道,我能这么做。"

"但是克拉苏在卡普亚有八个军团!这样又会引发一场内战!"

"哼!"庞培哼了一声,仍然抖着脚,"八个军团的懦夫。我会把他们全都吃了。"

"你之前也是这么说昆图斯·塞尔托里乌斯。"

庞培的脚停下了。他脸色发白,浑身紧绷。"菲利普斯,你再说一次试试!"

"噢,该死!"菲利普斯一声哀嚎,扭着双手,"马格努斯,马格努斯,我求求你了,不要这么做!你怎么会以为克拉苏领着一群懦夫呢?因为执政官的军团,因为那次十一抽杀?你醒醒吧!他给自己打造了一支优秀的军队,他的士兵对他很忠诚,就像你的士兵对你一样。克拉苏不是革利乌斯或克洛狄阿努斯!你没有听说他在卡普亚和罗马之间的阿皮娅大道干了什么吗?"

"没有。"庞培说,开始显得有点不安。"他干了什么?"

"六千六百个斯巴达克斯的士兵挂在六千六百个十字架上,在阿皮娅大道上一直从卡普亚排到罗马,每隔一百尺就有一个十字架!马格努斯,他对执政官军团的幸存者进行了十一抽杀,以此表明他对于那些懦弱的士兵有什么看法。然后他又把斯巴达克斯军队的幸存者在十字架上钉死,以此向每个奴隶表明在意大利境内发动奴隶暴乱会有什么结局。马格努斯,他能做出这些事,这种人绝对不容小视!他可能会对内战的爆发感到惋惜,因为内战不能给他的生意带来任何利益。但是如果元老院授予他统帅权,那他肯定会拿起武器跟你战斗到底。而且他很可能会摧毁你!"

庞培的那点不安消失了,他显出一股倔强的神色。"菲利普斯,我会让我的抄写员把这封信抄好,你明天就在元老院里念出来。"

"你会毁了你自己！"

"我不会。"

这次会面显然已经接近尾声，菲利普斯站起身。他还没有走出那个帐篷，庞培又忙着写信了。这一次他要写给马尔库斯·李基尼乌斯·克拉苏。

  曾经一起对战卡尔波的老朋友，我对你表示真诚问候和热烈祝贺。我听说，在我平定西班牙时，你也平定了意大利。他们告诉我，你把执政官军团的懦夫变成了一群英勇作战的家伙，你还让我们所有人都学会应该怎么对付叛乱的奴隶。

  再次表示热烈祝贺。如果你今晚准备待在自己的营房，我能否过去跟你谈一谈？

"他到底想干什么？"克拉苏对着恺撒问。

"真有意思。"恺撒说着把庞培的书信递回去。"我觉得他的文笔不太好。"

"他根本就没有什么文笔！他就是个野蛮人。"

"那你今晚会不会待在自己的营房，让我们的朋友可以过来'谈一谈'？我在想，他这么说是措辞随意，还是别有目的？"

"我知道庞培，他肯定以为这么说没问题。是的，我今晚当然会待在这里。"克拉苏说。

"我要在这里，还是要回避？"恺撒问。

"你要在这里。你认识他吗？"

"我很久之前见过他一次，但我怀疑他不会记得我和当时的场合。"

几个小时后，庞培到达了，他的反应印证了恺撒的猜测。"盖乌斯·尤利乌斯，我见过你吗？我不记得了。"

恺撒忍俊不禁，但并没有嘲笑之意。"格涅乌斯·庞培，我毫不惊讶。你当时只顾着看穆奇娅。"

庞培灵光一闪。"噢！我去看我妻子时，你刚好在尤利娅的家里！没错！"

"她现在怎么样？我已经好几年没有见过她。"

"我让她留在皮塞努姆。"庞培说，没有意识到自己这么说听起来可能有点奇怪。"我们已经有了一个儿子和一个女儿。我希望，我们很快就会有更多孩子。我也有好几年没有见到她了，盖乌斯·尤利乌斯。"

"恺撒。我喜欢别人叫我恺撒。"

"这样很好，因为我也喜欢别人叫我马格努斯。"

"我想肯定是！"

克拉苏觉得是时候加入谈话了。"马格努斯，请坐下。你看起来肤色健康、身体健壮。这对一个老男人来说真是很好了。你现在有三十五岁了吧？"

"要到今年九月的倒数第二天，我才满三十五岁。"

"这个回答太仔细了。你在前面三十五年做的事，比大多数人七十年做的事情还要多。我真不敢想象，你用七十年会做出多少事。西班牙的问题都解决了？"

"漂亮地解决了。不过，"庞培故作大方地说，"我得到了非常有力的帮助。这个你也知道的。"

"是的，皮乌斯让所有人都刮目相看。他之前一事无成，直到他去了西班牙。"克拉苏站起来。"来点酒？"

庞培笑了起来。"算了，除非葡萄酒的质量有什么改变，你们的经费总是那么紧张！"

"从来都没有改变。"恺撒说。

"像醋一样。"

"幸亏我不喝酒，才能跟他熬过整场战争，不是吗？"恺撒笑着问。

"你不喝酒？天啊！"庞培觉得这真是太奇怪了，然后他就转向克拉苏。"你有没有申请举行凯旋式？"他问道。

"没有，我没有资格举行凯旋式。元老院认为对付斯巴达克斯的战斗只是一场奴隶战争,所以我最多只能举行小凯旋式①。"克拉苏清了清喉咙,看起来有点沮丧。"不过,我已经申请要举行小凯旋式了。我想尽快举行,这样才能卸下至高统帅权,及时去竞选执政官。"

"没错,你两年前就是大法官了,所以应该没有什么障碍,是不是?"庞培看起来很高兴。"你刚刚打了一场大胜仗,所以我觉得你应该不会遇到什么麻烦。我敢说,前一天举行完小凯旋式,后一天就能当上执政官了。"

"但愿如此。"克拉苏说,脸上并没有露出什么笑容。"我必须说服元老院,给我能安置一大半士兵的土地,成为执政官应该能派上用场。"

"一定能。"庞培热情地说着就站起来了。"好吧,我必须走啦。我要多走路,防止自己长胖,才不会变成一个老男人,就像你说的那样!"

然后他就离开那里,留下克拉苏和恺撒面面相觑。

"我觉得有点奇怪,"克拉苏沉吟道,"不过我们总会弄明白。"

那天午后一个信使来到菲利普斯家里,给他带来庞培那封抄写整齐的书信。他想着肯定要等到自己在元老院里读出那封信,才会从庞培那里听到进一步的消息。但是那天傍晚,他刚刚吃完饭从躺椅上起来,就有另外一个信使过来,让他再次去战神原野跟庞培见面。有那一会儿,菲利普斯想着干脆写张纸条拒绝好了。但是他又想了想,庞培每年都会给他一大笔钱。于是他叹了口气,叫了一顶轿子。他可不想再走着过去了!

"马格努斯,如果你改变主意,不想让我明天念出那封信,那你只要告诉我一声就行了!为什么要让我一天来两次?"

"哦,别担心那封信的事!"庞培不耐烦地说,"你只要读出来,让他们笑个够就好了。他们很快就笑不出来了。不,我叫你过来不是因为这件事。我想让你去做一件更重要的事,而且我想让你立刻开始。"

"什么事?"菲利普斯皱着眉头问。

---

① 小凯旋式(ovatio)是无法举行凯旋式时的代替方式,通常授予在对内战争或镇压暴乱中取得胜利的统帅。小凯旋式的规模低于凯旋式,统帅步行或骑马进入罗马城,身穿紫边托迦,头戴香桃木花环。——译者注

"我要把克拉苏拉到我这边。"庞培说。

"噢！你准备怎么做？"

"我不用做什么，你和我收买的其他人会去做。我想让你们左右元老院的意见，不要拨出土地给克拉苏去安置他的士兵。但你现在就要开始行动，要在他得到批准举行小凯旋式之前，更要在他参加执政官竞选之前。在元老院认为必须用武力来镇压我之前，你要让克拉苏陷入一种不愿意用他的军队为元老院服务的局面。我本来还不知道应该怎么办，直到我不久之前跟克拉苏的见面。他透露了这个信息，说他准备竞选执政官，因为他相信成为执政官可以更好地替他的士兵争取土地。你知道克拉苏！他无论如何都不会献出自己的土地，但是他解散军队时，又不能不给自己的士兵进行安置。他应该不会要求太多，因为这场战争持续的时间很短。这一点正是你要好好利用的，我们实在没必要拿出国家公地，因为这场战争只持续了六个月，而且敌军的统帅只是一个奴隶。如果这场战争得到了足够多的战利品，那么这些战利品就能让他的士兵满足了。但是我了解克拉苏！大部分战利品不会记入收归国库的清单。他忍不住，他肯定会自己霸占，然后让元老院为他的士兵提供补偿。"

"事实上，我听说战利品不是很多。"菲利普斯微笑着说，"克拉苏宣称，斯巴达克斯想要租船把手下人运到西西里时，他的钱就差不多全都被海盗骗走了。但我从其他地方听到的消息并不是这样，他付给海盗的钱只是他所有现金的一半。"

"克拉苏就是这样！"庞培了然一切地咧嘴一笑，"我已经说了，他肯定忍不住。他有多少个军团？八个？百分之二十给国库，百分之二十给克拉苏，百分之二十给他的副将和军团指挥官，百分之十给骑兵和百夫长，还有百分之三十给步兵。这样每个步兵大概能得到一百八十五个塞斯特尔提乌斯。这点钱不够他们用上多长时间，是不是？"

"马格努斯，我不知道你的数学这么好！"

"比读书写字好多了。"

"你的士兵能得到多少战利品。"

"差不多一样。但账目是实实在在的，这个他们也都知道。我统计战利品的时候，总是有几个士兵作为代表来到现场。这样可以让他们感觉更好一些，不只让他们知道统帅很诚实，还让他们觉得自己很受重视。我手下那些还没有土地的士兵都会得到土地。我希望国家能提供土地。但如果国家不能提供，那我会把自己的一些土地送给他们。"

"马格努斯，你真是太慷慨了。"

"不，菲利普斯，我只是长远打算。我以后还需要这些人，还有他们的儿子！所以我现在可以慷慨一点。但是等我变成一个老男人，等我去打最后一场战争，我可以向你保证，我一定不会让自己吃亏。"庞培看起来已经下定决心，"我的最后一场战争肯定会赢得很多钱，比罗马在过去一百年中看到的钱还多。我不知道那将是什么样的一场战争，我只知道我肯定会选一个富有的对手。我想可能是帕提亚。等我把帕提亚的财富带回罗马，我希望罗马能把土地送给我的士兵。到目前为止，我的事业让我破费太多了。你知道，我每年要给你和元老院里的那些傀儡多少钱！"

菲利普斯坐在椅子上，自我防卫地挺直腰板。"你不会白白花掉那些钱！"

"你说得没错，我的朋友。你明天就可以开始了。"庞培高兴地说，"元老院必须拒绝给克拉苏的士兵提供土地。我想要推迟高级官员的竞选，还想得到元老院的批准去竞选执政官。明白了吗？"

"明白了。"菲利普斯站起身。"马格努斯，真正的困难只有一个。那就是很多元老都欠了克拉苏的钱，我担心不能把这些人拉拢到我们这边。"

"有些人欠克拉苏不是太多钱，如果我们把钱给他们拿去还债，那就能把这些人拉到我们这边。你看看有谁欠他的钱不超过四千塞斯特尔提乌斯。如果这些人是我们的傀儡或者愿意成为我们的傀儡，那就让他们立刻把钱还给克拉苏。如果没有其他事能让他明白情况是多么严重，那这件事就可以让他明白了。"庞培说。

"就算是这样，我还是希望你可以让我迟一点再念出你的书信！"

"菲利普斯，你明天就要念出那封信！我不想让任何人影响我的目标。

我想让元老院和罗马现在就知道,我明年一定要成为执政官。"

罗马和元老院第二天中午就知道了。因为瓦罗就在那时冲进庞培的帐篷,他气喘吁吁、衣衫凌乱。

"你不是认真的!"瓦罗大叫道,猛地坐到一张椅子上,伸出手在自己涨得通红的脸蛋前面扇风。

"我是。"

"水,我要喝水。"瓦罗努力地把自己从椅子上拉起来,然后走到庞培那张放着酒水的桌子旁边。他喝下一大杯水,然后又装满水杯走回自己的座位,"马格努斯,他们会把你挤扁,就像碾死一只飞蛾那样。"

庞培做出一个鄙视的姿态,表示自己完全不认可这种说法,然后就热切地盯着瓦罗问,"瓦罗,他们有什么反应?我想听到所有细节!"

"好吧,在会议开始之前,菲利普斯就向执政官奥瑞斯特斯提出申请,因为奥瑞斯特斯享有六月份的法西斯。这个会议是菲利普斯请求召开的,所以占卜官一完成仪式他就开始发言了。他站起来读出你的书信。"

"他们有没有哈哈大笑?"

瓦罗大吃一惊,他把自己的脑袋从水杯上挪开。"哈哈大笑?天啊,没有!所有人都坐在那里目瞪口呆。然后整个元老院开始嗡嗡作响,一开始声音比较低沉,但后来声音越来越响亮,到最后简直是山呼海啸。执政官奥瑞斯特斯好不容易才恢复了秩序,然后卡图卢斯请求发言。我想你应该知道他会说些什么。"

"这个毫无疑问。他肯定是说我这样是违法的,违背了罗马历史上的所有法律规定和道德原则。"

"除了这些,他还说了很多。他说完时,嘴角都冒出泡沫了。"

"他说完之后发生了什么事?"

"菲利普斯发表了一个非常漂亮的演讲,这是我听过他发表的最佳演讲之一。他可真是个了不起的演说家。他说执政官的职位是你应得的,你曾经两次成为同大法官,还有一次成为同执政官,让这么一个人静悄悄地进入元老院实在太可笑。他说你从塞尔托里乌斯的手中拯救了罗马,你让近西班牙变成一个规规矩矩的行省，你甚至还在阿尔卑斯山上开辟了一条新通道。这些事情，还有其他很多事情，都证明你向来是罗马最忠诚的仆人。他的那些漂亮话我不能全部说出来，你可以让他给你一份演讲稿。他照着演讲稿念出来，但是他给大家留下了深刻的印象，我可以向你保证。"

"然后，"瓦罗继续说，看起来有点困惑，"他就转了话题！这真是太奇怪了。他前一刻还在说要让你参加执政官竞选，后一刻就说到罗马已经养成习惯，总是分割出一片片珍贵的国家公地去满足普通士兵的贪欲。拜盖乌斯·马略所赐，现在的士兵不管赢得了多么微不足道的战争，都理所当然地想要得到国家公地作为奖赏。还有，士兵得到这些土地不是以罗马的名义，而是以统帅的名义！他说，这种做法必须停止。这种做法是以元老院和人民付出的代价去培植私人军队，因为这样会让士兵觉得他们首先属于统帅，然后才属于罗马。"

"噢，好！"庞培一声赞叹。"他说到这里就停下来吗？"

"不，他没有停下。"瓦罗喝着水，然后又舔了舔嘴唇，这是他感到紧张时的习惯动作，他开始觉得这一切都是庞培在背后指使。"他接着特地说到对付斯巴达克斯的战争，还有克拉苏给元老院的报告。肉末，马格努斯！菲利普斯简直要把克拉苏剁成肉末！克拉苏不得不让他的士兵接受十一抽杀，才能让他们鼓起一点勇气去战斗，他怎么还好意思要求得到土地来作为这些士兵的奖励？任何一个忠诚的罗马人都会把威胁自己家园的人打倒，克拉苏怎么好意思要求得到土地来送给这些参加战斗的人？他说，对付外敌的战争是一回事，但是对付一场在意大利境内发生的战争，而且这场战争是由一个恶棍领着一群奴隶发动的，这就是另外一回事了。一个人只是在保卫自己的家园，所以他实在没有理由要求得到奖赏。菲利普斯最后请求元老院不要容忍克拉苏的厚颜无耻，也不要让克拉苏认为可以用罗马付出的代价来收买属于他个人的士兵。"

"菲利普斯，好极了！"庞培笑容满面，身体向前，"然后呢？"

"卡图卢斯站起来，但这一次他开口支持菲利普斯。他说，把公地

355

送给士兵的做法是由盖乌斯·马略开始的,菲利普斯要求停止这种做法真是太对了。他说,这种做法必须停止!罗马的公地必须留在国家手中,不能用来贿赂士兵,让他们对统帅保持忠心。"

"辩论是不是到此为止?"

"不是。克塞古斯也起来发言。他说,他毫无保留地支持菲利普斯和卡图卢斯。在他之后,库里奥、革利乌斯、克洛狄阿努斯还有其他许多人也纷纷附和。然后元老院的气氛就有点失控了,于是奥瑞斯特斯决定暂停会议。"瓦罗说。

"好极了!"庞培大叫道。

"马格努斯,这是你干的,是不是?"

那双蓝色的大眼睛瞪得更大了。"我干的?瓦罗,你是什么意思?"

"你知道我是什么意思。"瓦罗绷着脸说,"我承认,我到现在才发现,但是我已经发现了!你正在利用你的傀儡在克拉苏和元老院之间制造矛盾!如果你成功了,那元老院就不能差遣克拉苏的军队。如果元老院没有军队可以差遣,那罗马就不能给你应有的教训,格涅乌斯·庞培!"

庞培真的有点受伤了,他恳切地看着他的朋友。"瓦罗,瓦罗!我应该成为执政官!"

"你应该被钉在十字架上!"

反对只会让庞培变得更加强硬,瓦罗可以看出庞培开始变得冷若冰霜。就像往常那样,这种情况让他感到很不安。于是他试着挽回局面,"不好意思,马格努斯,我刚刚说的是气话。我收回那句话。但是你必须看清,你正在做一件可怕的事情!如果共和国要维持下去,那每一个具备影响力的人都不应该违背共和国的法律。你要求元老院允许的事情,违反了罗马传统中的所有规定。就连西庇阿·艾弥利亚努斯都没有这么离经叛道,而他是阿非利加努斯和保卢斯的直系后裔!"

但这么说只是让情况变得更糟糕。庞培站起身,因为愤怒而浑身紧绷。"噢,瓦罗,离开这里!我知道你在说什么了!如果一个血统高贵的人都没有这么离谱,那一个来自皮塞努姆的乡巴佬又怎么敢如此胡闹?我一定会成为执政官！"

这个元老院会议对马尔库斯·特伦提乌斯·瓦罗产生了巨大影响，但这种影响跟对马尔库斯·李基尼乌斯·克拉苏的影响相比简直不值一提。克拉苏听到的消息来自恺撒。在元老院会议之后，恺撒好不容易才拦住昆图斯·阿里乌斯和其他拥有元老身份的副将，他费了不少力气才说服了卢基乌斯·昆克提乌斯。

"让我去告诉他。"恺撒恳求道，"你们都太激动了，这样只会让他变得更激动。但是他必须保持冷静。"

"我们根本就没有机会发言！"昆克提乌斯大叫道。他的一只手握成拳头，砸向自己的另外一只手掌。"那个该死的奥瑞斯特斯让所有针对我们的人都发了言，然后趁我们还没来得及反击，他就宣布暂停会议！"

"我知道，"恺撒耐心地说，"放心好了，下次会议我们都有机会发言。奥瑞斯特斯行事明智。大家都太愤怒了。等到下次会议时，我们就能最先发言了。事情还没有定下来！让我去告诉马尔库斯·克拉苏吧，拜托啦。"

就这样，几个副将虽然不太情愿，但还是各自回家去了，留下恺撒大步流星地走向战神原野去往克拉苏的帐篷。这次会议的消息就像一阵风那样飞散开来，恺撒穿过罗马广场的人群朝着阿根塔里乌斯坡道走去，一路上听到人们都在议论又有一场内战可能发生。庞培想要成为执政官，但是元老院不同意……克拉苏不能得到他想要的土地，罗马是时候让这些狂妄自大的统帅受到一点教训了……庞培还真是个厉害的家伙……

"……就是如此。"恺撒总结道。

克拉苏面无表情地听着恺撒的简要描述，现在情况已经说完了，但他还是保持着那副面无表情的样子。他好长一会儿都没有说话，只是凝望着帐篷窗外那宁静美丽的战神原野。最后他指着外面的景色，没有转过脸来看着恺撒，而是自顾自地说，"很漂亮，是不是？你实在想不到，沿着拉塔大道往前不到一里，就会到达罗马那么一个肮脏之地。"

"是的，这里确实很好看。"恺撒真诚地说。

"元老院今天发生的事情就不太好看了,你对此有何看法?"

"我认为,"恺撒平静地说,"庞培抓住你的蛋蛋了。"

这引得克拉苏咧嘴一笑,他默默地笑了一会儿。"恺撒,你说得太对了。"克拉苏指着自己的书桌,上面堆着许多装满的钱袋。"你知道那是什么吗?"

"当然是钱。我猜不出还能是什么东西。"

"那是一些负债较少的元老欠我的钱,"克拉苏说,"还钱的人一共有五十个。"

"所以在元老院里为你投票的人就少了五十个。"

"没错。"克拉苏毫不费力地转过椅子,然后把自己的脚架在放满钱袋的桌面上,身子后仰发出一声长叹。"恺撒,就像你说的,庞培抓住我的蛋蛋了。"

"我很高兴,你对待这件事如此平静。"

"大喊大叫有什么用呢?那样不会有任何帮助。改变不了任何事实。更重要的是,有没有什么办法能扭转局面呢?"

"你的蛋蛋被人抓住了,这是没有办法的事。但你还是可以在庞培的干扰之下行动,就算有一双毛茸茸的爪子抓住你那可怜的蛋蛋,你也不是无法动弹。"恺撒说着咧嘴一笑。

克拉苏也回以一笑。"确实如此。谁能想到庞培竟然这么聪明呢?"

"噢,他确实很聪明,而且是无师自通,但这并不符合政治策略。克拉苏,他先给你敲了一棍,然后才说出自己的要求。如果他有政治智慧,那他完全可以先来找你,告诉你他想干什么。然后这件事就能够安静低调地安排了,而不必弄得整个罗马城都沸反盈天,以为又要面临一场内战。庞培的问题在于他不知道别人是怎么想的,也不知道别人会有什么反应。除非别人的想法和反应跟他自己的一样。"

"你说的也许是正确的,但我认为这可能也跟庞培自己的疑虑有关系。如果他完全相信自己能够迫使元老院让他成为执政官,那他在行动之前就会先来找我。但是我对他来说没有元老院那么重要,他要左右的是元老院。我只是他的工具。所以对他来说,先给一记闷棍又有什么关系呢?他已经抓住我的蛋蛋了。如果我想让我的士兵得到土地,那我就必须让元老院知道,不能依靠我和我的士兵去镇压庞培。"克拉苏动了动他那穿着靴子的脚,弄得那些钱袋叮当作响。

"你准备怎么做?"

"我准备,"克拉苏说,他把脚从桌面上放下来,站起身子,"现在就派你去跟庞培见面。我不用告诉你要跟他说什么,你只管谈判就是了,恺撒。"

于是恺撒过去谈判。

恺撒有点疲倦地想到,少数几件确定的事情之一就是,必须等到凯旋式或小凯旋式之后,他才能在这两位统帅的家里找到他们。没有任何一个统帅可以跨越神圣边界进入罗马城,因为这么做就等于自动卸下至高统帅权,而如果没有至高统帅权就不能举行凯旋式或小凯旋式了。所以副将、军团指挥官和士兵都能随心所欲地来来去去,但统帅却只能留在战神原野。

庞培果然在他的家里,如果帐篷也能算是家的话。他的高级副将阿弗拉尼乌斯和佩特瑞伊乌斯跟他在一起,他们都满腔好奇地看着恺撒。他们听说过一些关于恺撒的事情,比如恺撒围剿海盗之类的,而且知道恺撒在二十岁时就赢得了市民冠。这些事迹都让阿弗拉尼乌斯和佩特瑞伊乌斯之流对恺撒充满敬意,但是眼前这个家伙看起来实在太漂亮了,他看起来不像是战斗英雄而像是花花公子。他穿着托迦而非战衣,他的指甲修剪得整整齐齐,他那元老专用的鞋子上没有一点灰尘或污泥,他的发型无可挑剔。他肯定不是风吹日晒地从克拉苏的军营走到庞培的军营!

"我记得你说过,你不喝酒。那我给你倒杯水吧?"庞培指着一张椅子说。

"谢谢你,除了单独交谈,我什么都不需要。"恺撒说着坐下来。

"我迟点再跟你们见面。"庞培对他的副将说。

两个副将看起来很失望,庞培看着他们从瑞克塔大道走出去,等到他们走出听力可及的距离,才把自己的注意力转向恺撒。"什么事?"他直愣愣地问。

"我从马尔库斯·克拉苏那边过来。"

"我还以为会见到克拉苏本人。"

"你还是跟我见面比较好。"

"他很生气?"

恺撒扬了扬眉毛。"克拉苏?生气?一点都没有!"

"那他为什么不自己来见我?"

"要让罗马人的议论变得更热烈吗?"恺撒问。"格涅乌斯·庞培,如果你要跟马尔库斯·克拉苏合作,那最好还是通过我。我为人谨慎,对上司也很忠诚。"

"所以你是克拉苏的人?"

"在这件事中是这样的,但总的来说我是我自己的人。"

"你多大了?"庞培突兀地问。

"到七月就二十九了。"

"克拉苏会说,这么回答真是太仔细了。那么,你很快就能进入元老院。"

"我已经进入元老院,到现在已经接近九年。"

"为什么?"

"因为我在米蒂利尼赢得市民冠。苏拉的法律规定战斗英雄可以直接进入元老院。"恺撒说。

"大家说到罗马的法律时,总是指苏拉的法律。"庞培说,故意忽略掉市民冠这种他不爱听的内容。他自己还没有赢得任何重大的军功,这实在太伤自尊了。"我对苏拉的法律却没有什么好感!"

"你应该有好感。多亏了他,你才能得到特别委任,"恺撒说,"不过在这件事情之后,我怀疑元老院再也不会对一个骑士进行特别委任了。"

庞培瞪大双眼。"你这么说是什么意思?"

"就是我刚刚说的那样。格涅乌斯·庞培,你不能强迫元老院让你成为执政官，然后还想得到元老院的原谅。你也不能指望自己能永远控制元老院。菲利普斯年纪大了，克塞古斯也是如此。等到他们离开时，你还能让谁来接替他们呢？到时元老院中位高权重的都是像卡图卢斯那样的人，还有凯基利乌斯·梅特卢斯、科尔涅利乌斯、李基尼乌斯和克劳狄乌斯氏族的人。所以一个人想要得到特别委任就要通过人民了，我说的人民不是指贵族和平民。我指的是平民大会。曾经罗马的事情都是通过平民大会来完成。我可以预测，将来平民大会将重新担起重任。保民官实在太好用了，不过前提是他们必须拥有制定法令的权力。"恺撒咳了一下，"而且收买保民官要比收买菲利普斯或克塞古斯之类的大人物更便宜。"

庞培慢慢地吸收着这些信息，恺撒不动声色地看着庞培脸上掠过各种表情。他不喜欢这个家伙，但不确定究竟是为什么。恺撒从小就跟高卢人相处，所以并不是因为庞培的高卢血统而感到厌恶。那到底是因为什么呢？庞培坐在那里慢慢消化他说的话，而恺撒则暗自想着这个问题。恺撒最后得出的结论是：自己就是不喜欢这个人，而不是这个人表现出的特质。这个家伙高傲自负，像个孩子那样以自我为中心，对法律毫无敬畏之心。

"克拉苏有什么要对我说？"庞培问。

"他想跟你商量一个解决方案，格涅乌斯·庞培。"

"他想怎么样？"

"格涅乌斯·庞培，你先摆明你的要求不是更好吗？"

"我真希望你不要这么叫我！我讨厌这个称呼！我希望所有人都叫我马格努斯！"

"这是一次正式的谈判，格涅乌斯·庞培。习俗和传统都要求我称呼你的个人名和氏族名。你不愿意先摆明你的要求吗？"

"噢，愿意，愿意！"庞培咆哮道，不清楚自己为什么会大发脾气，只知道跟克拉苏派来的这个精明油滑的家伙有关系。到目前为止，恺撒说的每句话都很有道理，但这只是让他更生气。他，马格努斯，应该掌控主动权，但这次会面跟他预想的完全不一样。恺撒表现得好像是他拥有主动权，好像是他在控制局面。这个家伙比已故的迈密乌斯还要漂亮，比菲利普斯和克塞古斯合起来还要狡猾，但是他赢得了罗马第二高的军功，而且是从刚正不阿的卢库卢斯手下获得。所以他肯定是一个非常勇敢、非常优秀的军人。如果庞培还知道关于海盗的故事、尼科美德斯国王的遗嘱和麦安德河的战役，那他可能会用不同的态度去对待这次会面。阿弗拉尼乌斯和佩特瑞伊乌斯知道一些，但庞培什么都不知道。于是这次会面更多地展现出一个真实的庞培，而不是经过刻意调整的样子。

"你的要求是什么？"恺撒继续追问。

"就是说服元老院通过决议，同意我去竞选执政官。"

"但是没有元老的身份？"

"但是没有元老的身份。"

"如果你真的说服元老院同意让你竞选执政官，但最后没有选上怎么办？"

庞培笑了起来，他真的觉得很可笑。"如果我参加竞选，那肯定不会失败！"他说道。

"我听说竞争很激烈。马尔库斯·米努基乌斯·特尔穆斯、赛克斯图斯·佩杜凯乌斯、卢基乌斯·卡尔普尔尼乌斯·皮索·弗鲁吉、马尔库斯·法尼乌斯、卢基乌斯·曼利乌斯，还有梅特卢斯·小山羊和马尔库斯·克拉苏这两个强大的竞争者。"恺撒说，看起来有点忍俊不禁。

这些名字除了最后一个，其他对庞培来说都不算什么。他挺直身子。"你是说他还准备参加竞选？"

"格涅乌斯·庞培，如果你想让他的军队不要为元老院服务，那他就必须竞选执政官，而且必须当选。"恺撒柔声说，"如果他不是明年的执政官，那一月份还没结束他就会被人以叛国罪提起控诉。身为执政官，在任职期间或延长任职期间，他都不用接受任何审讯，直到他重新成为私人公民。所以他必须当选为执政官，然后还要恢复保民官的所有权力。在那之后，他要说服一个保民官通过一条法令，证明他拒绝让自己的军队为元老院服务具备合法性，然后还要说服另外九个保民官不要否决这条法令。这样等他再次成为私人公民，他就不会因为你让他犯下的叛国罪而受审。"

庞培的脸上闪过许多表情：困惑、了然、迷茫、彻底的混乱和最后的恐慌。"你到底想说什么？"他大叫道，内心深处开始感到一种可怕的憋闷。

"我认为，我说得很清楚！如果你们两人想带着两支原本属于元老院的军队跟元老院玩游戏，但又不想被控以叛国罪，那你们两人都要竭尽全力，让保民官恢复以往的权力，"恺撒严肃地说，"你们想要摆脱罪责只有一条路，那就是通过平民大会的法令，赦免你们利用军队去胁迫元老院的罪行。格涅乌斯·庞培，除非你没有让军队越过卢比孔河进入意大利。"

庞培打了个寒战。"我没想到会这样！"他大叫大喊。

"元老院里的人，"恺撒语气平和地说，"大多就像绵羊那样。这是众所周知的事。但是有些人却忽视了另外一个事实，那就是元老院中也有几头狼。我并没有把菲利普斯列为元老院里的狼，还有克塞古斯也是一样。但梅特卢斯·小山羊的绰号完全可以改为大灰狼，还有卡图卢斯也是狼吞虎咽的肉食动物，而不是细嚼慢咽的草食动物。此外还有霍尔滕西乌斯，他虽然还不是执政官，但他的势力非常庞大，他的法律知识也不容小看。然后还有我那最年轻最聪明的舅舅卢基乌斯·科塔。你甚至可以说我也是元老院中的一头狼！我说到的任何一个人，但更大的可能是他们会全部联合起来，指控你和马尔库斯·克拉苏犯了叛国罪。到时审判你的陪审团全部都由元老组成，而你之前却对许多元老嗤之以鼻。马尔库斯·克拉苏也许能逃脱，但是你不能，格涅乌斯·庞培。我知道你在元老院里有很多追随者，但是在你用内战来威胁他们，迫使他们满足你的愿望之后，你还能控制这些人吗？如果你成为执政官，然后你的职权又得到延长，那你也许还能控制这些人，而一旦你变成私人公民，情况就不是这样了。除非你一辈子都养着你的军队，因为国库不会为你的军队掏钱。虽然你

363

有很多钱,但也不可能一直维持这种局面。"

真是盘根错节!那种可怕的郁闷越来越强烈,有那么一会儿,庞培感觉自己又回到了劳罗的战场,面对昆图斯·塞尔托里乌斯的围攻毫无反手之力。然后他振作精神,显出一副坚定刚强的模样。"你说的这些,马尔库斯·克拉苏知道多少?"

"他知道的足够多了。"恺撒平静地说,"他在元老院中的时间很长,在罗马的时间甚至更长。他在法庭中进进出出,他对法律的事情非常清楚。这些事情都在法律之中!苏拉的法律和罗马的法律。"

"所以,你的意思是我必须放弃。"庞培深吸一口气,"我不会放弃!我想成为执政官!我应该成为执政官,而且我一定会成为执政官!"

"这件事可以安排,但必须照我说的办法来。"恺撒仍然显得十分坚定。"你和克拉苏都要成为执政官,还要恢复保民官的权力,并且让保民官通过一条赦罪法令,还要让保民官再通过一条法令去给两支军队的士兵分配土地。"他轻轻地耸耸肩。"格涅乌斯·庞培,你反正总得有一个执政官同僚!你不可能免除一个执政官同僚。那为什么不选择一个跟你承担同样风险的同僚呢?你想想看,如果梅特卢斯·小山羊成为你的同僚会怎么样!从第一天开始,他的牙齿就会咬住你的脖子。而且他会竭尽全力,确保你不能恢复保民官的权力。两个紧密合作的执政官就连元老院都难以对抗,更何况这两个执政官还有十个同心协力的保民官为他们保驾护航。"

"我明白了。"庞培慢慢说道,"是的,有一个互相配合的同僚是件好事。好吧。我会跟马尔库斯·克拉苏一起担任执政官。"

"但是你不要忘记,还要通过第二条法令!马尔库斯·克拉苏必须得到土地。"恺撒和颜悦色地说。

"没问题!我也会让我的士兵得到土地,就像你说的那样。"

"那我们就已经迈出第一步了。"

在跟恺撒交谈并大受打击之前,庞培一直都以为菲利普斯会帮他安排好竞选执政官的事,会做好所有该做的,但他现在开始有点疑惑了。

菲利普斯知道所有前因后果吗？菲利普斯为什么没有说起他可能会遭到叛国罪的指控，还有必须恢复保民官的权力？菲利普斯是厌倦了收钱办事，还是有点老糊涂了？

"我对政治一无所知。"庞培试着表现出他那迷人的率真。"问题是我对政治没有兴趣。我对掌控权力更有兴趣，而且我以为当上执政官就会拥有某种巨大的权力。你让我用不同的眼光来看待这个问题，而且你说得很有道理。恺撒，你直接告诉我吧，我应该怎么办？我还要继续通过菲利普斯读出书信吗？"

"不，你已经这样做过了，你已经下了战书。"恺撒说，看来并不抗拒为庞培提供一些政治上的建议，"我猜测，你已经让菲利普斯去拖延高级官员的竞选，所以这件事我不用再说了。元老院接下来会试图掌握主动权，会给你的凯旋式和马尔库斯·克拉苏的小凯旋式设定日期。当然，元老院还会通过决议，让你们在仪式结束后就解散军队。这些都是惯常的做法。"

庞培心想，恺撒就坐在那里，他的样子跟他刚刚来到这里时没有任何不同。他没有显得很口渴，在这么热的天气里穿着托迦也没有显得很热，坐在硬板凳上也没有显得屁股疼，坐在一边扭头看着我也没有显得脖子痛。而且他的思路井井有条，他的用词精挑细选。是的，恺撒肯定是值得拭目以待的人。

恺撒接着说："第一个动作应该由你来完成。等你听到凯旋式的日期时，你要故作惊慌地举起双手，说你刚刚想起，你要等到梅特卢斯·皮乌斯从远西班牙回来才能举行凯旋式。因为你们得到的战利品实在少得可怜，所以你们已经达成共识要分享同一个凯旋式。在你利用这个借口拒绝解散军队时，马尔库斯·克拉苏也要故作惊慌地举起双手，说他不能解散自己的军队，不能让意大利境内只剩下你这么一支军队。你们可以把这个局面延续到年底。元老院不用多长时间就会发现，你们两人都不肯解散军队，但是你们这么做都多少有点理由。如果你们都不朝着罗马的方向进军，那么你们看起来就名正言顺。"

"我喜欢这个主意!"庞培笑着说。

"我很高兴。你一点就明。我刚刚说到哪里了?"恺撒皱着眉头,假装正在思索。"哦,对了!一旦元老院发现你们都不愿解散军队,那元老院就只能通过决议同意你们两人都可以缺席竞选执政官,因为你们都不能进入罗马城,亲自去确认自己的候选人身份。他们会通过抽签来决定主持竞选的人是奥瑞斯特斯还是伦图卢斯·苏蜡,但我觉得他们无论哪一个来承担这项任务都没有多大差别。"

"我怎样才能绕过我还不是元老的问题?"庞培问。

"你不必绕过这个问题。这是元老院的问题。元老院会通过决议,请求部落大会通过法令准许一个骑士去竞选执政官。我想部落大会应该会高高兴兴地通过法令,因为所有骑士都会认为这是一次伟大的胜利!"

"等到我和马尔库斯·克拉苏都成功当选为执政官,我们再去解散军队。"庞培志得意满地说。

"噢,不。"恺撒轻轻地摇了摇头,"你要继续保持你的军队直到新年来临。所以,你们的凯旋式和小凯旋式要等到十二月底再举行。让马尔库斯·克拉苏先举行小凯旋式,然后你就可以在十二月的最后一天举行凯旋式。"

"听起来好极了,"庞培说着皱起眉头,"为什么菲利普斯没有解释得这么清楚呢?"

"我不知道。"恺撒一脸无辜。

"我想我知道。"庞培神色冷酷。

恺撒站起来,专心致志地整理着自己的托迦。等到一切都整理妥当,他才抬头挺胸、脚步从容地走到帐篷门口。他在门口停下来,回头一笑。"格涅乌斯·庞培,帐篷是一种临时建筑。对于一个正在等待举行凯旋式的统帅,搭起这种临时建筑并无不妥。但是,我觉得你从现在开始给人制造的印象不应该是这样。我能否给你提个建议?你最好在宾西亚山上租一所昂贵的别墅,然后就搬到那里直到年底。你可以让你的妻子从皮塞努姆过来,你可以好好享乐,还可以养几条漂亮的鱼儿。我会确保马尔库斯·克拉苏也做出同样的选择。你们两人都要让人觉得：如果有必要，那你们可以在战神原野住上一辈子。"

然后恺撒就离开了，留下庞培在那里整理思绪。军事活动结束了，他要跟瓦罗坐下来一起研究法律。恺撒看起来无所不知，但是他比自己还要小六岁。如果元老院里有一些狼，那格涅乌斯·庞培·马格努斯难道要成为一头羊？绝对不行！等到新年开始，格涅乌斯·庞培·马格努斯也要弄清法律和元老院的事情！

"天啊，恺撒，你太聪明啦！"克拉苏大受震撼地说，恺撒刚刚跟他说了和庞培会面的情况。"这些事情我连一半都没想到！我不是说，我最后不能慢慢想出来，但你从我的帐篷到他的帐篷之间就全都想明白了。要在宾西亚山上租一座别墅！我在帕拉丁山上有一座漂亮的房子，而且刚刚花了很多钱重新装修了。为什么还要花钱在宾西亚山上租一座别墅呢？我住在帐篷里也觉得挺舒服。"

"马尔库斯·克拉苏，你真是个无可救药的吝啬鬼！"恺撒笑着说，"你要在宾西亚山上租一座别墅，而且价钱至少要跟庞培租的一样贵，然后立刻让特尔图拉和孩子搬进去。这点钱你出得起。你就把这个当作是必须的投资好了。这确实是投资！在接下来的六个月里，你和庞培看起来必须像是两个死敌。"

"那你接下来准备干什么？"克拉苏问。

"我要去物色一个保民官，很可能是一个皮塞努姆人。我不知道为什么，但皮塞努姆人似乎很喜欢担任保民官，而且总是干得很漂亮。这应该不会有什么困难。今年可能有一大半的保民官都来自皮塞努姆。"

"为什么要选一个皮塞努姆人？"

"首先，他会对庞培充满好感，皮塞努姆人总喜欢抱团。其次，他会是个脾气火爆的家伙。皮塞努姆人好像生来就会喷火！"

"小心别把你的手给烧伤了。"克拉苏说。他已经开始想着自己的哪一个被释奴比较合适，能够跟那些在宾西亚山上出租别墅的中介讨价还价。真遗憾,他之前没有想过要在那里投资房产!这是一个好地方。所有的外国国王和王后都会在那里租住豪宅。不,他不要租房子!他要买房子!租房子是一种可耻的浪费,那些租客甚至得不到一个银币的回馈。

第2节

十一月,元老院终于妥协。马尔库斯·李基尼乌斯·克拉苏收到通知,他得到批准可以缺席竞选执政官。格涅乌斯·庞培·马格努斯也收到通知,元老院已经发出决议送到部落大会,要求大会打破执政官必须是元老、担任过财务官和大法官的惯例,并通过法令准许庞培去竞选执政官。部落大会很快就通过法令,于是元老院很高兴地通知格涅乌斯·庞培·马格努斯,他已经得到批准可以缺席竞选执政官。

如果一个候选人进行缺席竞选,那他就很难去游说拉票。他不能越过神圣边界进入罗马城,不能去跟投票人见面,不能跟罗马广场上的人交谈。保民官可能会召集平民大会的预备会议,在会上吹捧某个候选人的优点并痛批其对手的缺点,这时他也不能在旁边摆出一副谦虚的样子为自己造势。因为缺席竞选需要元老院特别批准,所以这种情况很罕见,而两个候选人都缺席竞选的情况更是前所未有。但这一次的情况实在太离奇,所以那种通常的劣势根本就没有关系。虽然有两支没有解散的军队在制造威胁,但元老院里的争论还是很激烈。等到元老院终于妥协,其他准备参加执政官竞选的候选人都宣布退出,以此作为对庞培非法参加竞选的抗议。如果没有其他候选人,那庞培和克拉苏的真正面目就会彻底暴露:他们就是戴着假面的独裁者。

庞培和克拉苏受到各种各样的恐吓,但最主要的恐吓是一旦他们失去至高统帅权,人们就要以叛国罪让他们接受审判。但是保民官马尔库斯·洛利乌斯·帕利卡努斯(他是一个皮塞努姆人)在平民大会中召集了一个特别会议,这个会议在战神原野的弗拉米尼乌斯竞技场举行,所有反对庞培和克拉苏的元老终于醒过神来。他们要恢复保民官的全部权力，然后让十个满心感激的保民官通过法令赦免他们的罪行，让他们摆脱叛国罪的指控！

罗马有很多人想看到保民官恢复权力，大部分人是因为觉得保民官成为一个空头衔违背了罗马传统，少部分人是因为很想念罗马广场上的热闹场面，以前总有一些煽动者在平民大会中煽风点火，最后闹得大打出手，甚至还有人雇佣角斗士来参与混战。洛利乌斯·帕利卡努斯在召集会议之前就进行了大量宣传，说明会议主题是讨论恢复保民官的权力，于是这次会议吸引了大批观众。然后又有消息说庞培和克拉苏都要以执政官候选人的身份来发言支持帕利卡努斯，此时大众的热情达到了最顶点，自从苏拉把平民大会变成一个空头机构之后还没有出现过如此盛况。

弗拉米尼乌斯竞技场只是一个举行中小型赛事的场地，所以里面只能容纳五万人。但是在帕利卡努斯的会议举行那天，每个看台都挤得满满当当。其实大家都知道，只有距离讲台几百尺之内的幸运者才能听到会议发言。所以那些一直排到台伯河边的观众只是来凑个热闹，这样以后就能告诉他们的子子孙孙，说他们见证了两位身为战斗英雄的执政官候选人承诺要恢复保民官的权力。因为他们一定会做到！一定会！

帕利卡努斯以一个激动人心的演讲作为会议的开场，他的演讲主要是为了给庞培和克拉苏在执政官竞选中拉票，所以演讲主要针对的是那些座位比较靠前的听众，这些人拥有足够高的地位能够进行有效的投票。帕利卡努斯的九个同僚都在现场，都发言支持庞培和克拉苏。然后克拉苏出场了，他一出现就欢声雷动，他演讲时也是欢声雷动。这只是主演上场之前的热身表演。然后，伟大的庞培出现了！他穿着闪亮的黄金盔甲，就像太阳那么明亮，看起来真是英姿飒爽！他不需要善于演讲，因为观众们根本就不在乎他是在背诵还是在扯淡。人们只是想来看看伟大的庞培，而他们最后都心满意足地回家去了。于是十二月四日举行的高级官员竞选出现了意料之中的情况，庞培当选为高级执政官，克拉苏当选为低级执政官。罗马人即将拥有一位从未进入元老院的执政官，而且罗马人对他的喜爱胜过了他那位更年长更正统的同僚。

"所以罗马出现了第一位不是元老的执政官。"恺撒对克拉苏说,此时竞选已经结束了。他和克拉苏坐在宾西亚山一座别墅的露台上,努米底亚的朱古达国王曾经坐在这个地方冥思苦想。许多外国人曾经在这里租住,克拉苏看到那一长串显赫的名字后就买下了这座别墅。现在他们两人正向下瞭望,看着公共奴隶把竞选场地上的围栏、隔板和投票台收掉。

"这一切只是因为他想成为执政官,"克拉苏说,模仿着庞培每次遭遇挫折时的急躁语气,"他就是一个巨婴!"

"从某些方面来说确实如此。"恺撒转头看着克拉苏的面孔,那张脸上仍然是一如往常的波澜不惊。"你要担负起治理国家的责任,他根本就不知道应该怎么做。"

"哦,我也不知道!瓦罗给他准备了一本小册子,说明身为元老和执政官应该如何表现,他现在应该从中学到一些东西了。"克拉苏说着哼了一声,"我倒想问,一个高级执政官竟然需要认真学习最基本的行为指南,这是什么情况?我就亲眼见到这种情况,要是换了监察官加图还不知道会如何批判。"

"他让我帮他起草法案,要恢复保民官的所有权力。这件事他有没有告诉你?"

"不管他有什么事情要做,他什么时候告诉过我?"

"我拒绝他了。"

"为什么?"

"首先,因为他认为自己会成为高级执政官。"

"他当然知道他会成为高级执政官!"

"其次,你完全有能力制定出你们想要通过的法案,你曾经担任过城市大法官!"

克拉苏摇了摇他的大脑袋,伸出一只手放在恺撒的手臂上。"恺撒,你只管接下这件事情。这样会让他高兴!他就像所有被宠坏的巨婴,总是知道应该如何利用合适的人去帮他做事。如果你因为不想被他利用而拒绝,那对我来说也没有什么关系。但如果你喜欢这个挑战,而且认为这会增加你在法律事务上的经验,那就只管去干。没有人会知道,他肯定会确保这一点。"

"你说得太对了!"恺撒哈哈大笑,然后冷静下来,"事实上,这件事我乐意去干。自从我走出童年时代,我们就没有出过一个像样的保民官,苏尔皮基乌斯是最后一个比较像样的保民官。我可以预见,我们将会迎来一个时代,到时所有人都需要保民官来制定法令。我最近跟保民官经常来往,身为贵族跟保民官如此密切合作实在很罕见。不过,帕利卡努斯已经找到一个人来代替我了。"

"谁?"

"一个出自普劳提乌斯氏族的家伙,不是出自那个古老的西尔瓦努斯家族,这人来自皮塞努姆,而且他的祖先可能是被释奴。这人很不错。无论我准备通过重新调整的平民大会去做什么事,他都乐意配合。"

"保民官的竞选还没有举行,普劳提乌斯也许不能当选。"克拉苏说。

"他会当选。"恺撒自信地说,"他不可能落选,因为他是庞培的人。"

"这不正是我们这个时代的问题吗?"

"庞培有你作为同僚很幸运,马尔库斯·克拉苏。我一直担心梅特卢斯·小山羊会成为执政官。那将是一场灾难!不过我很遗憾,你没有成为高级执政官。"

克拉苏微微一笑,似乎毫不介意。"恺撒,别担心。我已经想开了。"他叹了口气,"不过,等我们离任的时候,罗马会觉得失去我比失去庞培更难过。"

"好吧,"恺撒说着站起来,"我是时候回家了。自从我回到罗马,陪伴家人的时间一直都很少,他们一定很想听到关于竞选的所有消息。"

但是恺撒一看到自家的接待室,就开始后悔回家的决定,房间里全都是女人!他数了一下有六人:他的母亲、他的妻子、他的姐姐珠珠、他的姑妈尤利娅、庞培的妻子,还有另外一个女人他经过细看才认出是他的堂姐妹尤利娅,她被人叫作尤利娅·安东尼娅,因为她嫁给了马尔库斯·安东尼乌斯,就是那个负责清除海盗的总指挥。所有人的注意力都集中在她身上,这一点都不奇怪,因为她坐在一张椅子边上,双腿向前伸直,在那里大声哭嚎。

恺撒还没来得及走上前去,后背就遭到猛烈一击。他转过身,看到一个男孩正站着咧嘴大笑。这个身材高大的孩子显然出自安东尼乌斯氏族。说时迟那时快!恺撒伸出手,狠狠地抓住那个男孩的鼻子,把他往前一拖。他张开嘴,像他母亲一样大叫大喊,但他可不会软弱无能地缩成一团。他伸出一只脚踢向恺撒的胫骨,双手握拳使劲挥舞。与此同时,另外两个更小的男孩也冲向恺撒,用力地捶打着恺撒的肋骨和胸膛。因为恺撒身上托迦的层层阻挡,这三人的围攻并没有让他真正受伤。

然后其他人还没来得及看清,那三个男孩就被打倒在地。恺撒让两个小一些的男孩脑袋相撞,发出一声巨响,然后就把他们重重地扔到墙上。最大的男孩脸上挨了一巴掌,痛得眼泪汪汪,然后他的背上挨了狠狠一踢,向着他的两个弟弟扑过去。

男孩的母亲原本正在大哭大叫,她看到这一幕立刻收声,从椅子上一跃而起冲向这个痛打她宝贝儿子的恶人。

"坐下,女人!"恺撒高声大吼。

她跟跟跄跄地后退,跌坐在椅子上号啕大哭。

恺撒转回身,看着三个男孩半躺半坐地靠在墙边,像他们的母亲一样大哭大闹。

"如果你们敢乱动,那你们一定会恨不得自己没有出生。这是我的房子,不是宾西亚山的动物园。你们在我的房子里要像罗马人一样文明,而不是像丁吉塔尼亚的大猩猩。听明白了吗?"

恺撒拉着自己凌乱肮脏的托迦,穿过那些女人走向他的书房门口。"我要去换衣服,"他的语气相当平稳,只有他的母亲和妻子知道,他是用钢铁般的意志压制住怒气,"等我回来的时候,我希望看到一幅美丽平静的画面。让那个该死的女人闭嘴,哪怕你们不得不钳住她的嘴巴,把她的儿子交给布尔根杜斯,然后告诉布尔根杜斯,必要时他可以把这几个兔崽子勒死。"

恺撒离开的时间不长,他回来时发现三个男孩已经不见了,而六个女人都一声不吭地坐得笔直。他坐在母亲和妻子中间,六双大眼睛都盯在他身上。

"好吧,妈妈,到底是怎么回事?"他和颜悦色地问。

"马尔库斯·安东尼乌斯去世了,"奥瑞利娅解释说,"他在克里特结束了自己的生命。你知道,他被海盗打败,两次在海上,一次在陆地上,而且失去了所有的船只和士兵。但你可能不知道,那两个海盗头目帕纳瑞斯和拉斯特涅斯竟然强迫他代表罗马跟克里特人签订协议。协议刚刚送到罗马,可怜的马尔库斯·安东尼乌斯的骨灰也一同送到。虽然元老院还没来得及开会讨论这件事,但罗马城里的人已经开始说马尔库斯·安东尼乌斯让他的名字永远蒙羞,甚至开始把他叫作马尔库斯·安东尼乌斯·克里提库斯!但他们的意思不是克里特,他们的意思是懦夫。"

恺撒一声长叹,脸上流露的更多是悲愤而非悲伤。"他不是完成那份工作的适当人选。"他说道,没有特意照顾那个寡妇的感受,因为这是一个非常愚蠢的女人。"我在基特乌姆担任他的军团指挥官时就看出这一点,但是我承认我并没有看出最后的结局。不过当时就有很多迹象。"他看着尤利娅·安东尼娅。"我为你感到遗憾,但我看不出我能给你帮上什么忙。"

"尤利娅·安东尼娅是来看看,你能否为马尔库斯·安东尼乌斯安排葬礼。"奥瑞利娅说。

"但是她有一个兄弟。为什么不让卢基乌斯·恺撒去做这件事呢?"恺撒直率地问。

"卢基乌斯·恺撒跟着马尔库斯·科塔出战东方,而你的堂兄弟赛克斯图斯·恺撒不愿跟这件事扯上任何关系。"尤利娅姑姑说,"盖乌斯·安东尼乌斯·海布里达不在罗马,所以我们就是尤利娅·安东尼娅在罗马最近的亲属了。"

"既然如此,那我会安排葬礼的事。不过,为了明智行事,这个葬礼应该办得很低调。"

373

尤利娅·安东尼娅起身离开，她的手帕、胸针、发卡、头饰纷纷扬扬地落下来。对于恺撒给她儿子的粗暴对待，还有恺撒对她那已故丈夫的消极评价，她现在看来并没有任何不满。恺撒陪着她走向门口，心里想着：她显然习惯了被人大声训斥，让人告诉她应该如何行事。马尔库斯·安东尼乌斯肯定经常教训她！可惜马尔库斯·安东尼乌斯没有管教好自己的孩子，而孩子的母亲根本就没有能力去施行管教。她的儿子从布尔根杜斯的房间里出来了，看来他们在那里得到了一段有益的经历。这三个男孩像他们的母亲一样，都没有再表现出张牙舞爪的样子，他们看着恺撒的神色有点怯生生的。

"如果你们没有行差踏错，就不必害怕我。"恺撒高兴地说，他的眼睛闪闪发亮，"如果让我抓住你们干坏事，那你们就要小心了！"

"你很高，但你在我看来并不是那么强壮。"那个最大的男孩说，他是三个孩子中最英俊的那一个，不过他两只眼睛之间的距离在恺撒看来有点太近了。但是这双眼睛还是能够直视恺撒，目光中也并不缺乏勇气或聪明。

"总有一天，会有某个小矮子一巴掌就从背后把你拍死，而你甚至来不及动动一根手指，"恺撒说，"现在回家去，好好照顾你们的母亲。好好做功课，不要在苏布拉四处游荡，不要调皮捣蛋，也不要从那些无辜的人那里偷东西。长远来看，做好功课对你更有好处。"

马尔库斯·安东尼乌斯眨巴着眼睛。"你怎么知道这些事情？"

"我什么都知道。"恺撒说完就当着他们的面关上门。他回到那些女人身边再次坐下。"日耳曼人的入侵，"他笑着说，"他们对那些小男孩来说真是个可怕的部族！这几个孩子没人管教吗？"

"没有。"奥瑞利娅说。她高兴地深吸一口气，"噢，我很高兴看着你教训他们！他们一到这里，我就手痒痒地想把他们狠揍一顿。"

恺撒的目光停留在穆奇娅·特尔提娅身上，他觉得这个女人真是魅力非凡，嫁给庞培对她来说显然很适当。恺撒在脑子里把她的名字列入自己未来的征服名单，这是庞培自找的！但不是现在。先让那个令人讨厌的小屠夫爬得更高一些。恺撒相信自己一定能征服穆奇娅·特尔提娅,他已经好几次发现她正盯着自己看。不,不是现在。她还需要更多时间在庞培的葡萄树上成熟,然后他再把她摘下来。现在他只顾着对付梅特拉·小山羊就够了,她是盖乌斯·维瑞斯的妻子。目前在这个女人身上耕耘,就已经让他非常满足了!

他那甜美的小娇妻正看着他,于是他把目光从穆奇娅·特尔提娅转移到妻子身上。他一只眼睛微微一眨,秦妮拉悄悄地把笑声压下,然后显示出从她父亲那里继承的家族特点:顿时间涨红了脸。一个可爱的女人。虽然她肯定听到一些传闻,而且可能相信这些传闻,但她从不嫉妒。已经这么多年啦,她肯定很了解她的恺撒!但是她深受奥瑞利娅的影响,所以从来都没有提出他寻花问柳的事情,而恺撒自己当然不会谈起这个话题,这跟她完全没关系。

但恺撒对他的母亲就没有那么小心谨慎了,一开始就是母亲提议他去勾引那些同僚的妻子。有时碰到一些有关女人的难题,他也会向母亲寻求建议。他觉得女人就像个永恒的谜题,而奥瑞利娅的意见总是值得倾听。现在奥瑞利娅跟帕拉丁山和卡里奈山的贵妇人混得很熟,所以她不仅能听到各种家长里短的事情,还能直言不讳地说给恺撒听。恺撒想要的当然是在自己撇下那些女人之前,就先让她们陷入对他的疯狂恋爱,这么一来她们今后对那些戴了绿帽子的丈夫就会不屑一顾。

"我想,你们聚在这里是为了安慰尤利娅·安东尼娅。"恺撒说。他想着不知道母亲会不会也让他喝点甜酒吃些糕点。

"她来到我的家里,不仅戴着乱七八糟的饰品,还带着那几个招猫逗狗的男孩,"尤利娅姑姑说,"我知道我对付不了他们四个人,所以就把他们带到这里。"

"而你刚好去看望尤利娅姑姑?"恺撒对着穆奇娅·特尔提娅问,他的笑容真是迷死人。

她深吸一口气,有点难以呼吸,然后轻咳一声说:"我经常去看望尤利娅,盖乌斯·尤利乌斯,奎里纳尔山距离宾西亚山很近。"

"是的,当然了。"然后又对着尤利娅露出同样迷人的微笑。尤利娅对他的微笑也是毫无抵抗之力,但在她看来当然是不同的意义。

"唉,我以后可能经常要跟尤利娅·安东尼娅见面了。"尤利娅说着一声叹息,"我真希望我有你那样的本事来对付她的儿子!"

"尤利娅姑姑,她去找你的时间不会很长,而且我会跟她的儿子好好谈谈,你不用担心。尤利娅·安东尼娅很快就会再嫁。"

"没有人会娶她!"奥瑞利娅嗤之以鼻。

"总有一些男人特别容易被那些楚楚可怜的女人打动。"恺撒说,"遗憾的是她没有选人的眼光,所以不管她嫁给什么人,跟马尔库斯·安东尼乌斯·儒夫相比都不会是更令人满意的丈夫。"

"儿子,你这么说真是太对了。"

恺撒把注意力转向他的姐姐珠珠,她到目前为止还一声不吭。虽然她个性活泼,但她在家里总是很沉默。"我曾经说过尤利娅没有选人的眼光,"他说道,"但是我没有给你机会,让你展示一下你的眼光怎么样,不是吗?"

她回以同样迷人的笑容。"恺撒,我很满意你给我选的丈夫。不过,我也愿意坦白承认,我结婚之前看上的那个年轻人后来变得实在令人失望。"

"那你到时最好让我和阿提乌斯给你的女儿挑选丈夫。阿提娅以后会长得很漂亮,而且她还很聪明,这意味着她不会受到所有人的欢迎。"

"这不是很可惜吗?"珠珠问。

"你是说她很聪明,还是说男人不喜欢女人太聪明?"

"后面那个。"

"我就喜欢聪明的女人,"恺撒说,"但是这样的女人可遇而不可求。别担心,我们会给阿提娅找到能欣赏她的人。"

尤利娅姑姑站起身。"天快黑了。恺撒,我知道你喜欢大家这么叫你,甚至连你母亲也是这么叫你,但这对我来说还是不太容易!我要走了。"

"我会请卢基乌斯·德库米乌斯的手下给你找一顶轿子,然后护送你回去。"恺撒说。

"我有轿子。"尤利娅姑姑说。"穆奇娅出门不能走路,所以我们舒舒服服地坐着轿子从奎里纳尔山来到苏布拉,如果我们没有顺便捎上尤利娅·安东尼娅,那我们还会更舒服一些,她的眼泪快把我们冲走了。还有几个强壮的家伙会护送我们。"

"我也是坐着轿子过来。"珠珠说。

"骄纵过度!"奥瑞利娅不屑一顾,"你应该多走路!"

"我喜欢走路,"穆奇娅·特尔提娅柔声说,"但身为丈夫的人跟你看法不同,奥瑞利娅。格涅乌斯·庞培认为我在外面走路不太得体。"

恺撒竖起耳朵。啊哈!有点淡淡的不满!她觉得受到束缚,太多规矩了。但他什么都没说,只是在一旁等着,跟每个人聊聊天,等着仆人跑到路口广场去叫来轿子。

"尤利娅姑姑,你看起来不太好。"恺撒说道,然后就没有再说什么,只是扶着尤利娅坐进庞培为穆奇娅·特尔提娅提供的那顶大轿子。

"恺撒,我年纪大了。"尤利娅轻声说,在他的手上握了一下。"五十七了。但我还行,只是天冷的时候骨头会疼。我开始害怕冬天了。"

"你在奎里纳尔山上的房子够不够暖和?"恺撒急切地问,"你的房子正对着北风。要不要让我在你的地板下装个火炕?"

"恺撒,留着你的钱吧。如果有需要,我可以给自己装一个暖炉。"她说完就合上帘子。

"你知道,她身体不太好。"恺撒对他母亲说,他们一起走回公寓楼。

奥瑞利娅想了想,然后给出一个慎重的判断。"恺撒,如果她有更多为之而活的东西,那她会活得更好一些。但是她的丈夫和儿子都死了。她只有我们和穆奇娅·特尔提娅,而我们对她来说还不够。"

接待室里点着许多灯火,窗户关得严严实实挡住从天井而下的寒风。屋里看起来温暖而欢快,恺撒的女儿站在秦妮拉身边。这个孩子已经六岁了。她长得眉清目秀,身段苗条,姿态优雅。她的头发颜色很浅,看起来近乎银色。

她看到父亲,一双大大的蓝眼睛闪闪发亮。她伸出双臂叫道:"爸爸,爸爸!抱我起来!"

恺撒把她抱起来,在她那浅粉色的脸颊上亲了亲。"我的公主今天怎么样?"

他饶有兴味地听着那些小女孩的琐碎事情,奥瑞利娅和秦妮拉看着他们父女两人。秦妮拉只想着自己对他们的爱,但奥瑞利娅却在琢磨那个词:公主。她确实是个公主。恺撒的前程不可限量,而且有一天会变得非常有钱。求婚的人会多不胜数。但是恺撒对待她,不会像我的母亲和继父(叔叔)对我那么好。不管她感觉如何,恺撒都会把她嫁给自己最需要的人。所以我现在就要训练她,让她学会接受自己的命运,而且面对命运时要姿态优雅、精神挺拔。

十二月二十四日,马尔库斯·克拉苏终于举行了他的小凯旋式。因为斯巴达克斯的军队中确实有不少萨莫奈人,所以他成功地让元老院作出两个让步:首先,他不用走路而可以骑马;其次,他不用戴着由桃金娘编织而成的冠冕,而可以戴上凯旋者使用的月桂树冠冕。他的游行队伍从卡普亚出发,有许多人来为他和他的军队欢呼喝彩,不过大家看到那些可怜的战利品都大皱眉头、指指点点。所有罗马人都知道马尔库斯·克拉苏那根深蒂固的缺陷。

在十二月的最后一天,参加庞培凯旋式的人比给克拉苏捧场的人还要多。庞培不知怎么赢得了罗马人的喜爱,也许是因为他年轻英俊,简直就像亚历山大大帝再世,而且他的某些个性也让人觉得很可爱。但人们对他的喜爱,还是不同于民众对盖乌斯·马略的爱戴。虽然苏拉费了很大力气,但盖乌斯·马略在民众心目中仍然排第一。

十二月初,高级官员的竞选在罗马举行,与此同时梅特卢斯·皮乌斯终于带着军队翻越阿尔卑斯山进入山内高卢。他先把军队解散,然后再把士兵们安置在帕都斯河以北那片宽广肥沃的土地上。当他和庞培在西班牙的任期接近尾声时,他可能就感觉到庞培不愿默默无名地回到罗马。也许正因为如此,他一直都对罗马的纷争保持着疏离淡漠的态度。卡图卢斯、霍尔滕西乌斯和凯基利乌斯·梅特卢斯家族的那些权贵给他写信,但他却拒绝讨论那些事情。他声称,自己身在西班牙,离开罗马已经太长时间,所以没资格对那些事发表评论。一月底他终于回到罗马,他和那些陪着他返回罗马的军兵举行了一个低调的凯旋式,然后就在庞培和克拉苏领导的元老院中安然落座,好像没有任何事情出了差错。这种态度让他避免了许多痛苦,可是这也意味着他虽然在打败昆图斯·塞尔托里乌斯时立下大功,但却从未得到应得的荣誉。

庞培是高级执政官,所以一月的法西斯由他享有。一月初,在庞培的推动下,元老院拟定了庞培与李基尼乌斯法令。这条法令让保民官恢复所有权力,因为这条法令太受欢迎了,所以一些元老的反对根本就无济于事。庞培和克拉苏以为会听到许多人在元老院里表示强烈反对,但最后只听到那些人弱弱地哼了几声。元老院通过决议,请求部落大会核准这条法令,结果法令几乎得到全票通过。有些人提出异议,认为这条法令应该通过百人团大会去核准,但是恺撒、霍尔滕西乌斯和西塞罗都坚称只有部落大会才有权审核那些事关各部族的法令。经过了规定的三个市集日间隔,庞培与李基尼乌斯法令正式通过了。保民官又可以对法令和官员行使否决权,而且无须元老院决议就可以在平民大会中通过法令,甚至还可以对叛国罪、侵占财产罪和其他严重罪行提起控诉。

恺撒现在经常在元老院中发言,因为他的发言总是机智有趣、简洁明了,所以很快就有了一些追随者,而且还经常有人请他把演讲结集出版,认为他的每句话都像西塞罗的演讲一样经典。甚至还有人听到西塞罗亲口说,恺撒是罗马最好的演讲家,当然他自己还是排名第一。

保民官普劳提乌斯迫不及待地想要运用新恢复的权力,他在元老院中宣布说他准备在平民大会中通过法令,让那些跟勒皮杜斯和塞尔托里乌斯一起遭受惩罚的人恢复公民权。恺撒立刻站起来发言,对这条法令大加赞赏,而且还雄辩滔滔地要求把范围扩大到那些被苏拉定罪的人。最后元老院拒绝扩大范围,让普劳提乌斯的法令仅限于那些因为追随勒皮杜斯和塞尔托里乌斯而受罚的人。但是恺撒看起来却异常高兴,这完全没有影响到他的心情。

"恺撒,元老院驳回了你的提议,"克拉苏说,一脸困惑,"但我却发现你在这里扬扬得意!"

"亲爱的克拉苏,我非常清楚他们永远都不会赦免那些被苏拉剥夺公民权的人!"恺撒笑着说,"这意味着许多从剥夺公民权行动中大发横财的重要人物必须交出他们得到的所有东西。不,不!只是我觉得卡图卢斯一伙很可能会阻止那些因为勒皮杜斯和塞尔托里乌斯而受罚的人得到赦免,所以我才故意说要赦免那些被苏拉剥夺公民权的人,让这项措施看起来显得很温和。马尔库斯·克拉苏,如果你想完成某件可能会受到阻碍的事,那你提出的要求就必须比你想要达到的目标更过分一些。因为那些过分的要求,所以反对会变得特别强烈,结果那些反对者就会忘了他们最初的攻击目标。"

克拉苏咧嘴一笑。"恺撒,你真是个彻头彻尾的政客。我希望你的反对者不要对你的思路研究得太透彻,不然你的生活就会比现在难过得多了。"

"我热爱政治。"恺撒的回答很简单。

"你热爱你做的每件事,所以你总是全力以赴。这是你的成功秘诀。哦,还有你脑袋很好使。"

"克拉苏,别哄我开心了,我的脑袋确实很好使。"恺撒说。他想起"脑袋"不仅指两个肩膀之间的东西,还可以指男人两腿之间的东西。

"照我说,太好使了。"克拉苏说着大笑出声,"你跟那些男人的妻子鬼混时最好小心一点,至少目前要小心一点。我听说我们的新任监察官准备重新审核元老院名单,而且会像保姆给孩子抓虱子一样细致。"

自从苏拉把监察官从官员名单上取消之后,这还是第一次重新出现监察官。两位监察官是格涅乌斯·科尔涅利乌斯·伦图卢斯·克洛狄阿努斯和卢基乌斯·革利乌斯·波普利科拉,这两人当上监察官实在很不寻常。所有人都知道他们是庞培的傀儡，但是庞培在元老院中提出这两人的名字之后，那些本来准备竞选监察官的人（这些人更适合成为监察官，比如卡图卢斯和梅特卢斯·皮乌斯，瓦提亚·伊绍里库斯和库里奥）都取消计划，给克洛狄阿努斯和革利乌斯腾出位置。

克拉苏的预计很准确。监察官通常都会先完成所有的国家招标，但是克洛狄阿努斯和革利乌斯只是首先完成了有关神圣事务的国家招标，比如给卡皮托尔山上的圣鹅喂食和其他宗教事务，然后就开始对元老的名单进行审查。他们在罗马广场的演讲台上举行了一次特别会议，大声念出他们的审查结果，并引起了巨大的轰动。六十四名元老被逐出元老院，这些人大都在担任陪审员时接受或进行贿赂。其中很多人在斯塔提乌斯·阿尔比乌斯·奥皮阿尼库斯遭到驱逐的案件中担任过陪审员，而奥皮阿尼库斯的告发者，也就是他的继子克鲁恩提乌斯也受到惩罚，他被人从郊区部落转移到城区的埃斯奎利纳部落。但是另外一些元老被驱逐就更加轰动了，其中有去年的财务官昆图斯·库里乌斯，去年的高级执政官普布利乌斯·科尔涅利乌斯·伦图卢斯·苏蜡，还有奥尔科梅努斯湖边的怪物盖乌斯·安东尼乌斯·海布里达。

被驱逐的元老想要重回元老院也不是毫无可能，但他只能在驱逐他的监察官任职时重新获得官职，这么一来就只能去竞选财务官或保民官。这种事情对伦图卢斯·苏蜡来说实在太无聊了，他已经担任过执政官！他暂时也没有考虑这件事，因为他现在正身陷爱河，对元老院的事也不太在乎。他被逐出元老院之后没多久，就和那个糊里糊涂的尤利娅·安东尼娅结婚了。恺撒说得对，尤利娅·安东尼娅在挑选丈夫时毫无眼光，伦图卢斯·苏蜡作为丈夫人选比马尔库斯·安东尼乌斯·儒夫还要糟糕。

元老院的事情完成了，克洛狄阿努斯和革利乌斯又继续去干合同招标的事，这一次的招标主要是关于市政而非宗教事务。这项工作不仅包括国有建筑和公共设施的建造和修整，包括修建厕所、竞技场的看台、桥梁和巴西利卡，也涉及行省的税收。监察官的工作再次引起巨大骚动，他们决定要废除苏拉为了缓解亚细亚行省的压力而引进的税收体系。

卢库卢斯和马尔库斯·科塔跟密特里达提国王的战斗看来是以胜利告终，不过其中的功劳主要是属于卢库卢斯。在庞培和克拉苏担任执政官的这一年，密特里达跑到亚美尼亚去投奔他的女婿提格拉尼斯，但是提格拉尼斯拒绝跟他见面。卢库卢斯几乎掌控了本都、卡帕多西亚和比希尼亚，只有提格拉尼斯还需要他去对付。卢库卢斯终于腾出手来处理一些紧急的行政事务，他担任亚细亚行省和西里西亚的总督已经三年，于是他一空下来就开始整顿亚细亚行省乱七八糟的财务状况。他狠狠地收拾了那些收税人，并且两次行使自己在行省之内的权力处决了一批人，甚至砍了好几个人的脑袋，就像许多年前马尔库斯·艾弥利乌斯·司考鲁斯采取的措施那样。

罗马的反对声简直沸反盈天，因为卢库卢斯的整顿与苏拉的相比，那些收税人更难获得最大利益。卢库卢斯身为元老院中极端保守派的一员，在商人圈子中向来都不受欢迎，这意味着像克拉苏和阿提库斯之类的人都讨厌他。也许是因为在目前的军队统帅之中，卢库卢斯的光芒快要盖过庞培了，所以庞培也讨厌卢库卢斯。

于是庞培手下的那两个监察官宣布废除苏拉在亚细亚行省设立的税收体系，情况将回到前苏拉时代，而大家一点都不奇怪。

但这一切对卢库卢斯来说并没有什么不同，他对元老院的命令不屑一顾。他说，只要他还是亚细亚行省的总督，那他就会继续采用苏拉的税收体系，还说所有的罗马行省都应该采用这套经典体系。那些被匆忙派往亚细亚行省的代表团都无功而返，于是元老院和罗马广场都开始议论纷纷，那些最有权势的骑士都大力主张应该解除卢库卢斯身为总督的职务。

但卢库卢斯对来自罗马的命令还是不屑一顾，而且对他岌岌可危的地位也毫不在乎。对他来说，更重要的是收拾好大战之后的局面。在他离开之前，他要把这两个行省都打理得漂漂亮亮。

虽然恺撒向来不喜欢卡图卢斯或卢库卢斯之类的极端保守派，但他这一次却真的要感谢卢库卢斯。恺撒收到了比希尼亚王后奥拉达尔提斯的来信。

恺撒，我的女儿已经回家。我相信，你肯定知道卢基乌斯·李基尼乌斯·卢库卢斯在对付密特里达提国王的战争中取得伟大胜利，而且他最近一年来都亲自在本都征战。在密特里达提国王的那些城堡中，人们一直都认为卡贝拉是其中最坚固的一座。但这座城堡今年被卢库卢斯攻陷了，他在城堡中发现了各种可怕的事，地牢里关满政治犯和可能造成威胁的亲属，这些人都惨遭折磨，而且还被国王当作试验毒药的标本。但是我不想谈论这些可怕的事情，因为我实在太高兴。

卢库卢斯在城堡中发现了一群女人，其中就有尼莎。她在那里待了将近二十年，回到我身边时已经是一个六十岁的女人。但是，按照密特里达提的个性，他对待尼莎还算不错。尼莎在那里的处境跟他留在卡贝拉的妻妾差不多。密特里达提还把他的一些姐妹关在那里，因为他不想让这些姐妹有机会结婚生子，所以我那可怜的女儿在那里有许多老处女一起作伴。因为密特里达提有许多妻妾，所以那些留在卡贝拉的妻妾也像老处女一样生活了许多年！那是一个充满老处女的地方。

卢库卢斯打开她们的监牢，他对所有女人都很好，而且特别小心不让她们受到男人的侵扰。按照尼莎的说法，卢库卢斯的表现就像亚历山大大帝对待大流士三世的母亲和妻妾一样。我相信卢库卢斯把本都的女人送到他在辛梅里亚的盟友那里了，这个盟友叫作马卡雷斯，是密特里达提的儿子。

卢库卢斯一发现尼莎的身份，立刻就让尼莎重获自由。恺撒，但他所做的还不仅如此，他送给尼莎许多金子和礼物，还派遣一队卫兵护送她，让她风风光光地回到我身边。一个上了年纪而且从未拥有多少美丽的女人，高高兴兴地穿越许多乡镇，就像一只鸟儿那样自由，你能想象这种场面吗？

她来得正是时候。我亲爱的老狗苏拉，它在尼莎回来的一个月前老死了，而我已经陷入绝望。奴仆们想尽办法劝我再养一只狗，但你知道这是怎么回事。你想着这只可爱的宠物曾经制造过许多趣事和欢乐，还有它在你家庭生活中的特殊位置，然后你刚刚把它埋葬，就急匆匆地让另外一只狗来占据它的狗篮，这是多么严重的背叛。我并不是说这样做有什么错，但是要让一只新宠物具备某些特殊之处也需要一点时间，而我很害怕在那只新宠物学会通人性之前我已经死了。

但我现在不用死了！当然，尼莎发现她父亲已经去世时哭了一阵子，但我们现在已经一起过上平静愉快的生活。我们坐在堤坝上徒手钓鱼，还在乡间散步锻炼身体。卢库卢斯邀请我们到尼科美狄亚的王宫居住，但我们都决定还是留在现在的住所。我们还养了一只可爱的小狗叫作卢库卢斯。

恺撒，请你抽出时间再来东方！我很想让你跟尼莎见面，而且我对你非常想念。

第3节

西西里除了锡拉库萨和墨萨拿的所有城镇都派出代表，他们找到去年的保民官马尔库斯·洛利乌斯·帕利卡努斯，请求对盖乌斯·维瑞斯提起控诉。但帕利卡努斯让他们去找庞培，而庞培又让他们去找马尔库斯·图利乌斯·西塞罗，因为西塞罗是完成这项工作的最佳人选。

维瑞斯在担任城市大法官之后就去到西西里担任总督，多亏了斯巴达克斯，他在西西里担任总督的时间延续了三年。他刚刚回到罗马，西西里的代表团就在二月份找到西塞罗。庞培和帕利卡努斯都与这件事存在私人联系。帕利卡努斯的一些食客受到维瑞斯的迫害时，帕利卡努斯给他们提供了一些援助，而庞培帮助苏拉去占领西西里时也在那里积累了一些食客。

在维瑞斯到达西西里之前，西塞罗是赛克斯图斯·佩杜凯乌斯的手下，在黎里贝乌姆担任财务官，所以西塞罗对西西里很有感情，而且他在西西里也收纳了一小群食客。但是当那些西西里人来见西塞罗时，他马上就拒绝了。

"我从来都不提起控诉，"西塞罗解释说，"我只替人辩护。"

"但格涅乌斯·庞培·马格努斯让我们来找你！他说你是唯一一个能打赢这场官司的人。我们求求你了，请你破例去指控盖乌斯·维瑞斯！如果我们不能打赢官司，那西西里可能又要起来反叛罗马了。"

"他在那里大肆搜刮，是不是？"西塞罗冷静地问。

"是的，他大肆搜刮。但他不仅大肆搜刮，马尔库斯·图利乌斯，他还搞得民不聊生。我们什么东西都没有了！我们的艺术品都从神庙中消失了，还有绘画和雕塑，还有私人拥有的值钱东西。我们那里有一个女人以制作挂毯闻名，而维瑞斯竟敢强迫这个自由人开办工厂为他挣钱，对于这么一个厚颜无耻的家伙，我们还能说什么呢？他侵占了罗马国库给他购买粮食的资金，然后强迫农民为他免费提供粮食！他抢掠农场、房屋，甚至私人遗产。我们想列个清单，但根本就写不完！"

这份犯罪清单让西塞罗大为震撼，但他还是摇头拒绝。"我很抱歉，但我从来都不提起控诉。"

那个带头说话的人深吸一口气。"那我们只好回家了，"他说道，"你这么了解西西里的历史，不惜大费周章地找到阿基米德的陵墓，我们以为像你这样的人应该能明白我们的苦难而伸出援手。但是你对西西里已经没有多少感情，而且你对格涅乌斯·庞培也不像他对你那么重感情。"

提起庞培和那次著名的发现（他确实在锡拉库萨城外发现了阿基米德的陵墓），这对西塞罗来说实在太沉重了。在他看来，提起控诉简直就是在浪费自己的天才，因为提起控诉的收入（这种收入严重违法），比起为某个可能失去一切的前任总督或收税人辩护的收入要少得多。而且在大众看来，提起控诉也不是什么风光的事！提起控诉的律师总被视为卑鄙小人，这种人只想毁掉某个可怜人的生活，而帮助某个可怜人摆脱困

385

境的辩护律师则是大受欢迎的英雄。尽管这些所谓的可怜人很多都奸诈凶残、罪大恶极，但这并不能让大众的意见发生丝毫改变。一个人有权利过上他想要的生活，任何人对这种权利造成威胁，都会被看作是对个人权利的侵犯。

西塞罗一声长叹。"好吧，好吧，我会接下这个案件！"他说道，"但你们要记得，辩护律师会在起诉律师之后发言，所以等到陪审团要做出判决时，那些陪审员早就忘记起诉律师说过什么话了。你们还要记得，盖乌斯·维瑞斯背景深厚。他的妻子是凯基利娅·梅特拉，那个本来应该在今年当上执政官的人是维瑞斯的妻舅，他的另一个妻舅是西西里的现任总督，所以我和你们都不能从总督那里得到任何帮助！除此之外，凯基利乌斯·梅特卢斯家族的所有人都会站在他那边。如果我提起控诉，那昆图斯·霍尔滕西乌斯就会为他辩护，还有其他像霍尔滕西乌斯一样出名的律师也会加入他的律师队伍。我说我会接下这个案子，但这并不是说我觉得能打赢这个官司。"

代表团才刚刚离开西塞罗家，他就开始后悔自己的决定了。西塞罗想要成为执政官，但他只有在法庭上的个人能力这个渺茫希望。既然如此，他为什么还要得罪凯基利乌斯·梅特卢斯家族的人呢？他是一个毫无背景的新人，就像他那个深受歧视的阿尔皮努姆老乡盖乌斯·马略一样。但是他并没有什么军事天赋，而一个新人如果不能在战场上建立名声，那他想要攀登仕途就会更加困难。

西塞罗当然知道自己为什么会接受。这主要是因为他对庞培那种可笑的忠诚。虽然已经过去许多年，虽然西塞罗已经在法庭上赢得许多荣誉，但曾经有一个十七岁的初级军官，他对自己父亲鄙视的另一个初级军官表现出那么真诚质朴的善意，西塞罗怎么可能忘记那种深情厚谊？只要西塞罗还活着，他就会永远感激庞培帮助他度过那段在庞培·斯特拉波手下充当初级军官的可怕从军岁月，让他没有因为庞培·斯特拉波的冷酷粗暴而受到伤害。没有人伸出援手来帮助他，但是庞培身为统帅的儿子，却对他伸出了援手。多亏了庞培，他那个冬季才能穿得暖；多亏了庞培，他才能从事文书工作；多亏了庞培，他从来都不需要在战场上举刀战斗。他永远、永远都不会忘记这段经历。

于是西塞罗来到卡里奈山跟庞培见面。

"我只是过来告诉你，"西塞罗语气沉重地说，"我决定要控告盖乌斯·维瑞斯。"

"噢，好极了！"庞培高兴地说，"我的食客中有很多是维瑞斯的受害者。我知道，你能打赢官司。你想要什么奖赏尽管说吧。"

"马格努斯，我不需要你的奖赏。你永远都不必怀疑，是我欠了你。"

庞培看起来很吃惊。"是吗？什么时候？"

"你让我在你父亲手下从军的岁月变得可以忍受。"

"噢，那个！"庞培拉着西塞罗的手笑了起来，"我不觉得那需要你一直心怀感激。"

"对我来说却是必须。"西塞罗说着热泪盈眶，"我们在意大利战争中有许多共同回忆。"

庞培可能想起来他们共同回忆中那些不太愉快的事情，比如他们一起找到他父亲那赤身裸体、备受羞辱的尸体。于是他使劲地摇了摇头，好像要从自己脑海中驱散有关意大利战争的回忆。他给西塞罗倒了一杯酒。"好吧，我的朋友，你只需让我知道，现在我还能给你帮上什么忙。"

"我会的。"西塞罗感激地说。

"当然了，凯基利乌斯·梅特卢斯家族的人，比如小山羊之类都会竭力阻止这个案子。"庞培若有所思地说，"还有卡图卢斯、霍尔滕西乌斯和其他人。"

"你刚刚提醒了我，为什么我必须在今年之内打完这个官司。我可不敢把这个案子拖到明年，到时小山羊和霍尔滕西乌斯可能会成为执政官，所有人都在这么说。"

"这确实是个问题。"庞培说，"不过明年可能又会出现由骑士组成的陪审团，那样应该会对维瑞斯不利。"

"马格努斯，如果两位执政官都在背后操纵法庭那就没办法了。再说，我们的大法官卢基乌斯·科塔好像并不喜欢由骑士来组成陪审团。我之前跟他聊过，他认为要调整法庭陪审团的人员组成可能需要经过好几个月，而且他并不认为由骑士组成的陪审团会比由元老组成的陪审团更好。因为骑士不能因为受贿而被提起控诉。"

"我们可以改变法律。"庞培说，他本来就不尊重法律，所以认为只要法律变得碍手碍脚就应该改变，当然改变法律主要是为了达到他自己的目的。

"这很困难。"

"我看不出有什么困难。"

"因为，"西塞罗耐心地说，"要改变这条法令就需要通过另外一条法令，而要通过另外的法令必须在两个人民大会中进行，但是这两个人民大会都由骑士所控制。"

"但他们通过法令赦免了我和克拉苏的罪责。"庞培说，他显然弄不清一条法令和另外一条法令之间的差异。

"马格努斯，那是因为你们对他们很好，而且他们希望你们继续对他们很好。但是要让他们通过一条法令，规定他们如果受贿就要承担罪责，这就是另外一回事了。"

"好吧，也许就像你说的那样，卢基乌斯·科塔可能不喜欢由骑士组成陪审团。我只是随便想想。"

西塞罗起身离开。"马格努斯，谢谢你。"

"随时联系。"

一个月后，西塞罗向城市大法官卢基乌斯·科塔提出申请，要求代表西西里的许多城镇在侵占财产罪法庭中对盖乌斯·维瑞斯提起控诉。他要求的赔款数额是四千两百五十万塞斯特尔提乌斯，也就是一千七百塔兰特，而且维瑞斯还要归还他从西西里的神庙和居民那里抢走的所有艺术品和贵重物品。

维瑞斯从西西里大摇大摆地回来。虽然他相信自己身为梅特卢斯·小山羊的妹夫应该不会遭到任何指控，但当他听说西塞罗准备对他提起控诉时，他还是害怕了。西塞罗，这个家伙从来都不提起控诉！他立刻送信给另外一位妻舅卢基乌斯·梅特卢斯，让这位西西里的总督帮忙掩盖证据，因为他匆匆忙忙地把那些抢来的东西运出西西里，可能有些证据忘了去处理。奇怪的是锡拉库萨或墨萨拿并没有和其他城镇一起去起诉维瑞斯，因为这两个城镇在维瑞斯进行那些肮脏勾当时也分到了一些赃物。但是，现任总督刚好是自己妻子的二哥，这是多么幸运的事！

留在罗马的两兄弟，分别是叫作小山羊的昆图斯（他肯定会成为明年的执政官），还有梅特卢斯·卡普拉里乌斯三个儿子中最小的马尔库斯。这两兄弟赶紧跟维瑞斯商量，看看怎样才能帮助维瑞斯摆脱这场官司。最后他们达成一致，让昆图斯·霍尔滕西乌斯接下这个案子。如果最后真的要开庭审理，那霍尔滕西乌斯会担任首席辩护律师，但现在的当务之急是设法避开审判，特别是由西塞罗担任起诉律师的情况。

三月份，霍尔滕西乌斯向城市大法官提出抗议，他声称西塞罗并不是参与盖乌斯·维瑞斯案件的合适人选。霍尔滕西乌斯提议由昆图斯·凯基利乌斯·尼格尔来代替西塞罗，这个尼格尔是小山羊兄弟的亲戚，而且曾经在维瑞斯担任西西里总督的第二年时在他手下担任财务官。要确定西塞罗是否适合担任这个案件的起诉律师只有一个办法，那就是举行一个叫作"测评"的特别听证会。这种会议之所以叫作"测评"，是因为在这个听证会上的审判官要在没有实质证据的情况下进行判断，然后通过推测和评估得出一个结论。每个想要担任起诉律师的候选人都要告诉裁判，为什么他应该成为这个案件的首席起诉律师。在听了凯基利乌斯·尼格尔的陈述（他讲得很糟糕）和西塞罗的陈述之后，审判官认为西塞罗更适合参与这个案件，而且这个案件应该尽快进行审判。

维瑞斯，梅特卢斯·小山羊两兄弟，还有霍尔滕西乌斯只好另想办法。

"马尔库斯，你明年会成为大法官，"霍尔滕西乌斯对年纪最小的那个弟弟说，"所以我们要确保你能抽中签成为侵占财产罪法庭的主席。今年的主席是格拉布里奥，他很讨厌维瑞斯。维瑞斯，格拉布里奥不只是讨厌你，他还绝对不会容许他的法庭沾上任何污点。是的，我是说，如果这件案子在今年审判，而且法庭主席是格拉布里奥，那我们根本就无法贿赂陪审团。而且我们不要忘记，今年卢基乌斯·科塔会像猫儿盯着老鼠一样盯着每个重要的陪审团。因为这个案子引起许多关注，所以我想卢基乌斯·科塔会要求一个全部由元老组成的陪审团去判决这个案件。至于庞培和克拉苏，他们本来就对我们没有什么好感！"

"你的意思是，"盖乌斯·维瑞斯说，他那黄铜般的肤色最近看来有点失去光泽，"我们必须把我的案件拖到明年，到时马尔库斯就会成为侵占财产罪法庭的主席。"

"没错，"霍尔滕西乌斯说，"我和昆图斯·梅特卢斯会成为明年的执政官，这样当然也会大有帮助！我们在抽签时做点手脚，让马尔库斯成为侵占财产罪法庭的主席，这对我们来说没有什么困难。至于明年的陪审团是由元老还是由骑士组成都无所谓，反正我们可以去行贿！"

"但现在才四月。"维瑞斯郁闷地说，"我不知道我们怎么可能把案件拖到年底。"

"哦，我们能做到。"霍尔滕西乌斯自信地说，"这个案件必须去到远离罗马的地方收集证据，而且还要在像西西里那么广阔的地方到处来去，在这种情况下起诉律师一般要花费六到八个月的时间去准备案件。我知道西塞罗还没有开始行动，因为他目前还在罗马，而且还没有派人去西西里。西塞罗当然希望尽快找到证人和证据，但卢基乌斯·梅特卢斯一定会给他增加阻力。因为他是西西里的总督，所以西塞罗及其帮手每踏出一步，卢基乌斯·梅特卢斯都能把他们的路堵住。"

霍尔滕西乌斯露出得意的笑容。"如果这样，那我想西塞罗在十月之前都不可能准备好案件。当然等到那时还是有审理案件的时间。但是我们不会让这种情况发生！盖乌斯·维瑞斯，因为我会向格拉布里奥的法庭提出申请，在审理你的案件之前先处理另外一个案件。这个倒霉蛋应该留下了不少犯罪证据，而且这些证据可以迅速收集。那个可怜的倒霉蛋也侵占了一些财产，但他并不是像行省总督这样的大人物。我们应该选择一个罗马具有管辖权的地方,比如说希腊。我的脑子里已经想起一个人,我们可以找到足够的证据让城市大法官满意,这样我们七月底就可以开始这个案件的审理。那个时候西塞罗肯定没有准备好,但我们已经准备好了!"

"你想到的倒霉蛋是谁?"梅特卢斯·小山羊问,看起来松了一口气。当然,他和他的兄弟都从维瑞斯那里得了好处,但这并不意味着他愿意看到自己的妹夫被判流放,而且因为侵占财产而留下污点。

"我想到的是昆图斯·库尔提乌斯,他是瓦罗·卢库卢斯的副将。在卢库卢斯担任马其顿总督时,他是阿哈伊亚①的行政长官。如果卢库卢斯不是忙着在色雷斯攻打贝西人,并且乘着船只沿着达努比乌斯河②一直进入大海,那他肯定会亲自对库尔提乌斯提起控诉。但是等他回到家乡,才发现库尔提乌斯侵占了一小点财产。他觉得已经太迟了,而且也没有涉及太大金额,就懒得去管这件事,所以他从来都没有启动法律程序。但是证据就在那里,而且卢库卢斯也乐意帮助我们去收拾这个倒霉蛋。我会向城市大法官提出申请,今年之内就在侵占财产罪法庭上开始审理昆图斯·库尔提乌斯的案件。"

"这就意味着,"维瑞斯急切地说,"卢基乌斯·科塔会让格拉布里奥去审理那个先准备好的案件,而像你说的那样,这会是库尔提乌斯的案件。一旦开始审理,你就会把案件拖到年底!而西塞罗指控我的案件就只好等到明年。聪明,昆图斯·霍尔滕西乌斯,你真聪明!"

"是的,这确实很聪明。"霍尔滕西乌斯得意扬扬地说。

"西塞罗会气得半死。"梅特卢斯·小山羊说。

"我巴不得!"霍尔滕西乌斯说。

但是他们根本就没有看到西塞罗陷入狂怒。西塞罗一听说霍尔滕西乌斯提出申请,要求在侵占财产罪法庭审判阿哈伊亚的前任行政长官,

---

① 阿哈伊亚(Achaea)也称为亚该亚或亚加亚,是位于伯罗奔尼撒半岛北岸,科林斯湾以南的古希腊地区。——译者注

② 达努比乌斯河(Danubius)现称多瑙河,是欧洲的第二大河。——译者注

他就完全明白霍尔滕西乌斯想干什么了。失望情绪让他大受打击，然后他又陷入绝望里。

他那亲爱的堂兄弟卢基乌斯·西塞罗从阿尔皮努姆来登门拜访，而且一走进西塞罗的书房就看出他是多么苦恼。"怎么了？"卢基乌斯·西塞罗问。

"霍尔滕西乌斯！在我收集到指控盖乌斯·维瑞斯的证据之前，他就要让侵占财产罪法庭去审理另外一个案件。"西塞罗坐在那里，满脸阴郁。"我们的案件会被拖到明年。我敢用我的全部财产打赌，梅特卢斯·小山羊已经和霍尔滕西乌斯勾结起来，确保马尔库斯·小山羊会在明年成为主持侵占财产罪法庭的大法官。"

"然后盖乌斯·维瑞斯就会无罪释放。"卢基乌斯·西塞罗说。

"肯定会这样！不可能不会这样！"

"那你必须先准备好案件。"卢基乌斯·西塞罗说。

"什么，在七月底之前准备好吗？那是我们的朋友霍尔滕西乌斯请求城市大法官给他预留的日子。我不可能在那之前准备好案件！西西里很大，而且现任总督是维瑞斯的妻舅，他肯定会对我们处处阻挠。我可以告诉你，我肯定不行，肯定做不到这件事情！"

"你当然做得到。"卢基乌斯·西塞罗说，他站起来，看起来充满信心。"亲爱的马尔库斯·图利乌斯，当你紧紧咬住一个案子时，没有人能做得比你更好了。你总是条理清晰，总能想出许多主意！而且你对西西里很熟悉，你在那里有很多朋友，包括那些因为维瑞斯的罪恶之手而深受其害的人。是的，总督会竭尽全力去阻碍你，但是那些受到维瑞斯伤害的人会使出更多力气去帮助你！现在是四月底，你可以在十几天内处理完罗马的事。与此同时，我会安排好送我们去西西里的船只，然后我们两人在五月中旬就能出发。马尔库斯，振作起来，你一定能做到！"

"卢基乌斯，你真的会跟我一起去吗？"西塞罗问，脸色开始明亮起来。"你就像我一样能干，肯定能给我帮上大忙。"他的信心又恢复了，这个任务顿时显得没有那么艰巨。"我要先去见见我的委托人。我没有足够的钱去租用快船,还要租用骡子拉的二轮快车在西西里东奔西跑。"他的手在书桌上一拍。"天啊,卢基乌斯,我迫不及待要这么干了!就算只为了看看霍尔滕西乌斯脸上会露出什么神色!"

"那我们就这么干!"卢基乌斯一声大叫,然后咧嘴一笑。"用五十天从罗马出发再回到罗马,这是我们能够使用的全部时间。十天用来赶路,四十天用来收集证据。"

然后卢基乌斯·西塞罗就赶到罗马港口的艾弥利娅长廊,去跟船只中介商量租用船只的事,而西塞罗则去到他的委托人在奎里纳尔山上暂住的房子。

西塞罗认识他们之中的领头人,这个来自黎里贝乌姆的领头人名叫希耶罗,西塞罗在黎里贝乌姆担任财务官时,希耶罗是这个位于西西里西部的重要海港城市的行政长官。

"如果我想在法庭上打败霍尔滕西乌斯,"西塞罗解释说,"我就要在五十天内收集好相关证据,我和我的堂兄弟卢基乌斯准备一起去西西里。我们能够完成这项任务,如果你们愿意承担相应的支出。"他脸红了,"希耶罗,我不是什么有钱人,没有能力承担紧急赶路的费用。而且我要得到某些信息和东西,还可能需要掏钱给某些人,此外我还需要把一些证人带回罗马。"

希耶罗向来都很喜欢和尊重西塞罗,因为西塞罗在黎里贝乌姆的任职经历对每个需要跟罗马财务官打交道的希腊商人都是一段愉快的回忆。一切关于账目和商业的问题,西塞罗总能用简单巧妙、充满创意的办法去解决,而且他是一个非常能干的管理者。除此之外,他还拥有诚实这项极为罕有的特质,这让他赢得了大家的喜爱和尊重。

"马尔库斯·图利乌斯,我们很乐意竭尽所能去为你提供帮助,"希耶罗说,"不过,我想现在我们应该好好谈谈你的律师费了。除了现金,我们没有什么能够给你的,但我知道罗马律师不喜欢接受现金,这样太容易被监察官抓住把柄。我知道,艺术品之类的东西是最常见的谢礼。但是我们已经没有什么拿得出手的艺术品可以送给你。"

"哦，这个你不用担心！"西塞罗轻快地说，"我知道我想要什么作为报酬。我准备在明年竞选平民营造官。到时我举办的节庆表演应该能过得去，但肯定不能跟那些通常担任营造官的富人相比。但是如果我能以低廉的价格分发粮食，那我就可以赢得人民的大力支持。希耶罗，你给我粮食就好了，地里每年长出的新鲜粮食就像金子。我会用营造官的经费向你购买粮食，但是价格不能超过每莫迪乌斯两个塞斯特尔提乌斯。如果你能保证按照这个价格卖给我足够多的粮食，那我就不再要求其他报酬了。当然，前提是我能打赢你们的官司。"

"成交了！"希耶罗立刻答应，然后就在他的银行账户下开出一张支票，把十塔兰特银子拨到西塞罗名下。

西塞罗和卢基乌斯·西塞罗离开的时间刚好是五十天，他们在这段时间里不知疲倦地收集证据和证人。虽然总督、海盗、锡拉库萨和墨萨拿的官员，还有少数几个罗马的收税人试图拖慢他们的脚步，但却有更多人（其中还有一些极具影响力的人物）帮助他们加快脚步。锡拉库萨的财务官文件不是消失不见就是残缺不全，但黎里贝乌姆的财务官文件却提供了许多证据。证人蜂拥而来，还有许多会计和商人，种植粮食的农户就更不用说了。幸运之神也眷顾西塞罗，他们准备回家时，预计的五十天只剩下四天了。但是天气非常好，卢基乌斯和所有证人证物乘着一艘快船顺风顺水地迅速到达奥斯提亚①。他们在六月的最后一天到达罗马，还有一个月的时间可以用来准备案件。

在那个月里，西塞罗一边准备竞选平民营造官，一边准备这个案件。事后连西塞罗自己都弄不明白，他怎么能在那样短的时间里把所有事情都塞进去。但实际情况是，虽然他的书桌上文件堆得老高，但他的工作状态却从来没有这么好。他做出决断时迅如闪电，所有事务都各得其所，电光火石间奇思妙想纷纷闪显。他那硕大饱满的脑袋，在众人眼中焕发

---

① 奥斯提亚（Ostia）是意大利罗马西南25公里处的一个古代海港城市。——译者注

出尊贵的光彩。在西塞罗内心最为幽暗的角落,隐藏着一个光彩照人的家伙,而这个家伙此时得以完全展现。在那一个月中,他甚至发明了一种全新的诉讼技巧,这种技巧在罗马的法庭历史上从未出现,但却可以迅速高效地在陪审团面前展示出排山倒海的铁证,让辩护律师无从辩护。

西塞罗好像只消失了几天,就从西西里重返罗马,这让霍尔滕西乌斯惊愕不已。相较之下,收集证据去指控那个叫作昆图斯·库尔提乌斯的倒霉蛋并不像霍尔滕西乌斯设想的那样容易,尽管瓦罗·卢库卢斯、阿提库斯和许多雅典人都乐意相助。不过霍尔滕西乌斯稍微冷静下来之后就开始认为西塞罗只是在虚张声势。他最早也要等到九月初才能做好准备!

西塞罗回到罗马之后也并非事事如意。梅特卢斯·小山羊和他最小的弟弟做了巧妙的手脚,他们通过一些精心挑选的中间人放出风声,让西塞罗那些来自西西里的委托人相信西塞罗已经对这个案子失去兴趣,认定西塞罗已经接受了盖乌斯·维瑞斯的巨额贿赂。西塞罗跟希耶罗及其同伴见了好几次面,才弄清楚为什么他们都疑虑不安。一旦找出原因,要消除他们的疑虑就毫不困难。

七月份就要进行三个竞选,首先是在百人团大会举行的高级官员竞选。考虑到西塞罗的案件,这次竞选的结果实在令人失望:霍尔滕西乌斯和梅特卢斯·小山羊是明年的执政官,而马尔库斯·小山羊成功地当上了大法官。然后就是在部落大会举行的竞选,恺撒以最高得票当选为财务官,但这个并没有引起西塞罗的任何关注。然后到了七月二十七日,西塞罗发现自己和马尔库斯·恺索尼乌斯(他和家族名为恺撒的尤利乌斯氏族并没有什么关联)一起当选为平民营造官,他很高兴这个同僚非常有钱。

因为庞培和克拉苏这两位执政官,罗马这个夏天实在发生了太多事情,所以竞选变得不是那么要紧。元老院和主持竞选的官员都没有把竞选看成最重要的事,他们只想让竞选快点完成就好了。于是在最后一个竞选,也就是平民大会的竞选结束后第二天,大家就开始抽签决定明年要干什么事。不出众人所料,马尔库斯·小山羊抽中的签果然很神奇,他成了侵占财产罪法庭的主席!现在所有事情都安排好了,只等着新年来临就能让盖乌斯·维瑞斯逃脱罪责。

在七月的最后一天,西塞罗终于出手了。因为那一天并没有举行任何会议,所以城市大法官的审判所大门敞开,而卢基乌斯·奥瑞利乌斯·科塔本人就在里面。西塞罗带着他的委托人一同前往,宣布他已经完全准备好控诉盖乌斯·维瑞斯的案件,并请求卢基乌斯·科塔和侵占财产罪法庭的主席马尼乌斯·阿基利乌斯·格拉布里奥尽快安排合适的时间开始审理这个案件。时间当然是越快越好。

整个元老院都屏息凝视地盯着西塞罗和霍尔滕西乌斯的对决。这次凯基利乌斯·梅特卢斯家族是少数派系,而且卢基乌斯·科塔和格拉布里奥都不属于这个派系。事实上,大部分元老都很想看到西塞罗打败霍尔滕西乌斯和小山羊兄弟,摧毁他们建立起来给盖乌斯·维瑞斯脱罪的体系。所以卢基乌斯·科塔和格拉布里奥都很乐意给西塞罗安排一个尽可能快的案件审理时间。

八月的前两天是节日,虽然这个时候也可以进行刑事案件的审理,但八月的第三天却是更不适宜的日子,在这一天要举行把狗钉死在十字架上的仪式。四百年前高卢人入侵罗马时,曾经试图在卡皮托尔山上修建一个桥头堡,但那里的看门狗却没有吠叫,最后是那里的圣鹅嘎嘎大叫,吵醒了执政官马尔库斯·曼利乌斯,才让他及时阻止了敌人的企图。自从那个夜晚之后,每到这个纪念日就会有一支庄严的队伍绕着大竞技场游行。然后会有九条狗被钉死在十字架上,这九个十字架由接骨木的木头制作而成。还有一只鹅会戴上花冠,坐在一架紫色的轿子上,以此展现狗的背信弃义和鹅的英勇忠义。狗是属于地狱的动物,所以这一天不适合进行案件审理。

于是盖乌斯·维瑞斯的案件最后确定在八月的第五天开始审理。这个时候罗马已经进入炎热的夏季,而且城里挤满了许多游客,这些人准备来享受庞培和克拉苏的特别款待。竞争非常激烈,但是没有人会错以为盖乌斯·维瑞斯的案件不能吸引到许多看热闹的人,即便案件审理期间正值克拉苏的公共宴席和庞培的凯旋表演。

根据苏拉法令设立的新法庭,虽然保持了由盖乌斯·赛尔维利乌斯·格劳基亚创立的审理程序,但这个程序已经进行了多次精简以便促进审理速度。这个程序包括初审和再审两部分,在两次审理之间有几天的间隔,不过法庭主席有权按照他的意见延长这个间隔的时间。

初审包括首席起诉律师的长时间发言,接着首席辩护律师会进行同样时间的发言,然后是其他起诉律师和辩护律师的交替发言,直到所有律师都完成发言。在那之后是起诉律师的证人入场,每个证人都要经过辩护方的盘问,而起诉方可以进行回应。如果双方律师起了争执,那这个证人可能要等待很长时间才能开始作证。然后是辩护律师的证人入场,每个证人都要经过起诉方的盘问,而辩护方可以进行回应。然后首席起诉律师和首席辩护律师会进行一场漫长的辩论。如果任何一方想要辩论,那这些漫长的辩论也可能在每个证人作证之后发生。

再审基本上是初审的重复,不过再审时不一定会有证人出庭。再审时会有最重要、最精彩的演讲,因为在起诉律师和辩护律师的总结陈词之后,陪审团就会给出判决结果。陪审团没有时间去讨论如何判决,这就意味着陪审员做出判决结果时,辩护律师的发言还在他们耳边回响。这就是西塞罗喜欢辩护,讨厌起诉的主要因素。

但西塞罗知道怎样打赢盖乌斯·维瑞斯的案子,他只需要法庭主席愿意略加通融。

"法庭主席,大法官马尼乌斯·阿基利乌斯·格拉布里奥,我希望能以另外的方式来进行这个案子。我的提议并不违背法律,只是比较新奇。我之所以会有这个提议,是因为我要传唤的证人实在数量惊人,而且我要指控盖乌斯·维瑞斯的犯罪事实也数量惊人。"西塞罗说,"法庭主席能否听听我这个提议的大概内容?"

霍尔滕西乌斯冲上前去。"这算什么?这算什么?"他大声质问。"我问你,这算什么?这个针对盖乌斯·维瑞斯的案件必须按照正常的程序审理！我坚持！"

"我会听听马尔库斯·图利乌斯·西塞罗有什么提议，"格拉布里奥说，然后又温和地补充道，"其他人不得干扰。"

"我想把长时间的发言分散开来，"西塞罗说，"每次发言只集中陈述一个犯罪事实。盖乌斯·维瑞斯的犯罪行为数目巨大、种类繁多，所以最好让陪审员能把每个犯罪事实单独记清楚。我每次只讲述一个犯罪事实，只是为了让这个案件的审理更加简洁明快。所以我提议每次只讲述一个犯罪事实，然后就引入与这个犯罪事实相关的证人和证物。正如诸位所见，我将独自完成所有控诉，没有其他律师为我提供协助。所以在初审中，控方和辩方都不应该进行长篇发言。这是在浪费法庭的时间，特别是考虑到法庭在今年内还要审理另外一个案件，就是指控昆图斯·库尔提乌斯的案件。所以我提议，所有的长篇发言都放到再审的时候！反正要等到再审的长篇发言之后，陪审团才会做出判决，所以我实在看不出我的对手律师昆图斯·霍尔滕西乌斯有什么理由拒绝。因为按照我提议的初审程序，再审时陪审团就可以聆听我们精心准备的长篇发言，就像之前从未听过一样！因为我们在初审时不会进行长篇发言！噢，这是多么新鲜！充满期待！令人愉快！"

霍尔滕西乌斯现在看起来有点迟疑。西塞罗说得确实很有道理。毕竟，西塞罗的提议并不会让辩护律师失去最后发言的权利，而且霍尔滕西乌斯发现自己很喜欢这个提议，这样他就能在再审快要结束时发表自己的精彩演讲，给陪审团一个全新的震撼。是的，西塞罗说得对！要在初审中尽快完成那些无聊的环节，要把璀璨夺目的部分留到最后的大结局。

所以当格拉布里奥看着霍尔滕西乌斯征询意见时，他心平气和地表示："让马尔库斯·图利乌斯接着说。"

"接着说，马尔库斯·图利乌斯。"格拉布里奥说。

"我还有一点要说，马尼乌斯·阿基利乌斯。在初审期间，辩护律师的发言时间不能比我多出一点点！等到再审的时候，无论辩护律师想要多长的发言时间，我都愿意让步。因为我看到辩护律师的阵容非常强大，而起诉律师这边只有我独自一人,我想这样会让辩方享有极大的优势。我只要求一点:初审应该按照我的提议进行。"

"马尔库斯·图利乌斯,你的提议很不错,"格拉布里奥说,"昆图斯·霍尔滕西乌斯,你怎么说?"

"就按照马尔库斯·图利乌斯的提议进行好了。"霍尔滕西乌斯说。

只有盖乌斯·维瑞斯看起来有点担心。"噢,我真希望我知道他想干什么!"他对着梅特卢斯·小山羊轻声说,"霍尔滕西乌斯不应该同意的!"

"盖乌斯·维瑞斯,等到再审时,我敢保证陪审团已经把证人说过的东西全都忘记了。"他的妻舅轻声回答。

"那西塞罗为什么要坚持这些调整?"

"因为他知道自己不会赢,但他还是想搞出一点动静。除了弄点新花招,他还能有什么办法呢?恺撒控诉大多拉贝拉时也使了同样的花招,坚持要采用新方式。他赢得许多称赞,但他还是输了官司。西塞罗也是这样。别担心!霍尔滕西乌斯一定会赢!"

西塞罗开始陈述维瑞斯的第一类罪行之前,只发表了一段关于陪审团的发言。

"元老院已经委托我们的城市大法官卢基乌斯·奥瑞利乌斯·科塔去研究陪审团的人员组成,并准备通过部落大会把他的研究成果变成法令。在盖乌斯·格拉古和我们的独裁官卢基乌斯·科尔涅利乌斯·苏拉之间的那段日子,元老院完全丧失了在刑事法庭中组成陪审团的权利。盖乌斯·格拉古把这项权利交给骑士,而且我们都知道这样做导致了什么结果!苏拉把新成立的法庭交回给元老院。但是从我们的监察官驱逐了六十四位元老就可以看出,我们这些元老辜负了苏拉的信任。今天在这里受审的不只是盖乌斯·维瑞斯。罗马元老院今天也在这里受审!如果这个由元老组成的陪审团不能公正诚实地做出裁决,那么如果卢基乌斯·科塔提出要让元老失去担任陪审员的资格,又有什么人能责怪他呢?陪审团的成员们,我请求诸位时刻都不要忘记你们肩负的责任,还有罗马元老院的命运和名声！"

在那之后，西塞罗确保辩护律师的发言时间跟自己的时间完全一样，然后就开始让证人出庭作证，并展示出各种物证。这些证据逐一证明：只在一年之内，维瑞斯就从一个小地方抢掠了三十万莫迪乌斯的粮食，他从其他地方抢掠而来的粮食数量就更不用说了；三年之内，维瑞斯抢掠的财物就让某个地方的农场主从两百五十人减少到八十人，他从其他许多地方抢掠而来的财物就更不用说了；他侵占国库用于购买粮食的资金；他以百分之二十四或更高的比例放高利贷；他销毁或篡改税收记录；他从神庙中抢走许多雕塑和绘画；他参加宴会时当着主人的面把酒杯上的宝石抠下来；他离开宴会地点时把主人家所有的金盘和银盘都塞进袋子里打包带走；他让人免费修建一艘船，用于把抢掠而来的部分财物运回罗马；他纵容海盗基地的存在，并分享海盗的不义之财；他肆意推翻别人的遗嘱；他的罪行数不胜数。

西塞罗收集到许多纸张、文件和蜡板，上面那些经过篡改的数据还清晰可见。他传唤的证人实在太多了，而且这些证人在经历盘问时，无论对方如何威胁恐吓都毫无惧色。西塞罗证明维瑞斯抢掠粮食的证人不仅来自某个地区，而是来自许多地区。还有维瑞斯抢掠的艺术品，这些艺术品出自普拉克西特利斯、菲迪亚斯、波利克里托斯、米隆、斯特隆奇里翁和其他名家之手，而维瑞斯抢掠艺术品的证据是一张张"售卖单据"。在这样一张单据上，某个主人以极低的价格把普拉克西特利斯的丘比特卖给维瑞斯，这个价格几乎是等于白送了。证据数量繁多，而且绝对无可辩驳。这些罪证就像一股洪水，抢掠财物、滥用权力、盘剥奴役，一类类一件件地展示了整整九天时间。初审在八月十四日结束。

霍尔滕西乌斯离开法庭时浑身发抖，当维瑞斯试图跟他说话时，他愤怒地摇着头。"在你家里！"他咆哮道，"让你的妻舅一起过来！"

维瑞斯的宅邸位于帕拉丁山上最好的地段。虽然这是帕拉丁山上最大的豪宅之一，但塞在里面的大批艺术品让这所房子看起来就像维拉布鲁姆上某个雕刻师傅的小宅院。在雕塑无法站立或绘画无法摆放的地方，则摆着许多壁柜，里面陈列着金银盘子、珠宝首饰或折叠起来的刺绣和挂毯。还有最为珍稀的橘木桌子，下面是象牙和黄金装饰的底座，旁边堆着镶金嵌银的椅子和富丽堂皇的躺椅。房间外面的柱廊式花园里挤满了大型雕塑，这些雕塑大部分是铜的，不过也有一些金银打造的雕塑在那里闪闪发光。这一大堆宝物就是维瑞斯十五年来四处抢掠的成果。

四个男人聚集在维瑞斯的书房里。那里也是杂乱无章，见缝插针地摆满宝物。

"你必须自愿流放。"霍尔滕西乌斯说。

维瑞斯目瞪口呆。"你在开玩笑！还有再审呢！你的发言会帮我摆脱罪责！"

"你这个笨蛋！"霍尔滕西乌斯咆哮道，"你还不明白吗？我被设计、被糊弄、被蒙骗、被欺诈了，随便你用什么词语来描述这个事实，因为西塞罗已经让我永远失去打赢这场官司的机会了！盖乌斯·维瑞斯，初审和再审之间可以隔上一年，我和我的助手可以雄辩滔滔地说上一个月，但陪审团永远都不会忘记那些排山倒海的罪证！我直接告诉你好了，盖乌斯·维瑞斯，如果我事先知道你干过的十分之一龌龊事，那我根本就不会同意替你辩护！你让穆米乌斯和保卢斯都相形见绌！你要这多钱来干什么呢？你把这些钱都弄到哪里去了？你只花了一小点钱就买下普拉克西特利斯的丘比特，还有许多东西是白白得到的，这么多钱你要如何打发呢？我曾经替许多大坏蛋辩护，但从来没有一个像你这么可恶！盖乌斯·维瑞斯，你只能选择自愿流放！"

听着这么一番狠骂，维瑞斯和小山羊兄弟都张大了嘴巴。

霍尔滕西乌斯站起来。"带着你能带走的东西去流放，但如果你想听听我的建议，那最好留下你从西西里抢来的艺术品。你最多只能带走在萨摩斯的赫拉圣所偷走的东西，你最好把注意力集中在绘画和小件物品。天一亮就把你的钱从罗马转移出去，一刻都不能耽搁。"然后他就穿过那些昂贵的艺术品走向门口。"我要拿走菲迪亚斯用象牙雕刻的斯芬克斯，但是那东西在哪儿呢？"

"什么?"维瑞斯惊讶地大叫。"我不欠你什么债,你没有把我捞出来!"

"你欠我菲迪亚斯用象牙雕刻的斯芬克斯,"霍尔滕西乌斯说,"而且你应该感激我没有要求更多东西。如果我没有其他功劳得到这个,那我刚刚给你的建议也绝对值得了。维瑞斯,我的象牙斯芬克斯呢?现在就拿出来!"

这个雕塑比较小,霍尔滕西乌斯可以把它藏在左手之下,用层层叠叠的托迦盖住。这件精致的雕塑从头到脚都无可挑剔,从翅膀上面的羽毛到爪子之间的绒毛都精美无比。

"他真是冷酷无情。"马尔库斯·小山羊在霍尔滕西乌斯离开后说。

"忘恩负义!"维瑞斯大声怒骂。

但是成功当选为执政官的梅特卢斯·小山羊却皱起眉头。"盖乌斯,他说得对。你最迟要在明天日落之前离开罗马。西塞罗一听说你在往外运东西,就会请法庭封锁这里。你为什么要把东西都放在这里?"

"昆图斯,我没有把东西都放在这里。这里的只是我每天都必须看到的东西,其他大部分都放在我位于科尔托纳①的房子里。"

"你是说,还不只这些东西!天啊,维瑞斯,我认识你已经很多年了,但你从未停止给我惊喜!难怪我那可怜的妹妹抱怨说你一直冷落她!所以这才是你每天都必须看到的东西?你把这里弄得像马尔伽里塔里亚长廊的古董店,我一直都以为这是因为你不相信你的奴仆!"

维瑞斯嗤之以鼻。"你的妹妹在抱怨是吗?她已经跟恺撒鬼混了好几个月,又有什么脸面去抱怨?她以为我是个傻瓜吗?还是我除了米隆的铜像什么都看不见?"他站起来,"我应该告诉霍尔滕西乌斯,我大部分的钱去了哪儿,那样你就会面红耳赤了,是不是?你们这三只小山羊很贵,但你特别贵!我留住了那些艺术品,但是售卖粮食的收益被谁吞掉了?好吧,现在都结束啦!我会听从那个抢走斯芬克斯的律师的建议去自愿

---

① 科尔托纳(Cortona)是位于意大利托斯卡纳区的古代和现代城市,曾经是埃特鲁里亚人的行政中心。——译者注

流放，我能带走多少艺术品就算多少！我再也不会给你们这几只小山羊送钱，包括梅特拉·卡普拉里娅！让恺撒继续跟她鬼混好啦，但愿你们能从恺撒身上榨出钱来！至于你妹妹的嫁妆，你就别想收回了。我今天就会跟她离婚，理由是她与恺撒通奸。"

这番话的结果是维瑞斯的两个妻舅都气呼呼地离开了。他们离开之后，维瑞斯在书桌旁边站了一会儿，他的手无意识地抚摸着一尊雕塑那光滑的脸部，那是波利克里托斯创作的赫拉雕塑。然后他耸耸肩，大声叫来他的奴仆。噢，他怎么受得了跟这个房间里的东西告别呢？只是为了挽救自己的性命，而且知道留住一部分总比失去全部更好，他才能跟着管家从一件宝贝面前走到另外一件宝贝面前。这个不要，这个留下，不要，不要，留下……

"你去租些大货车，然后在明天凌晨把那些货车带到后巷。所有东西都要仔细包装，听明白了吗？你要是敢泄露消息，我就把你钉死在十字架上！"

正如霍尔滕西乌斯预料的那样，在维瑞斯秘密离开之后，西塞罗和格拉布里奥封锁了他的房子，并且通知银行不许维瑞斯转移钱款。当然，此时已经太迟，钱款是最容易转移的财产，存款人只要在另外一个地方出示他的银行汇票就可以了。

"格拉布里奥正在组织一个委员会去补偿受害人，但我恐怕这些补偿没有多少。"西塞罗对来自黎里贝乌姆的希耶罗说，"维瑞斯把他存在罗马的钱都转移出去。但是，他好像留下了从西西里的神庙中抢来的东西。不过他从西西里居民那儿抢来的珠宝首饰和金银盘子很多都不见了，但这些东西也没有全部消失，因为实在太多了。他留下一些奴仆，这些奴仆也不是什么好人，不过他们对主人的怨恨发挥了一点作用。他们说，维瑞斯在罗马宅邸里的东西，比起他藏在科尔托纳的简直不值一提。我猜测，梅特卢斯家两兄弟已经往那里去了，不过我已经请我的朋友恺撒出手相助，我从来都没见过任何人赶起路来比他还要迅速。所以我推测法庭的代表队应该会先赶到科尔托纳，这样我们应该能在那里找到更多属于西西里的东西。"

"维瑞斯跑到哪里去了?"希耶罗好奇地问。

"他好像跑到马西利亚去了。在我们那些流亡在外的人中,那个地方最受艺术品热爱者的欢迎。"西塞罗说。

"好吧,我们很高兴能收回我们的传世之宝,"希耶罗笑着说,"谢谢你,马尔库斯·图利乌斯,谢谢你!"

"其实是我要谢谢你,"西塞罗语气婉转地说,"不知你们对我的工作是否满意,是否愿意履行在明年为我提供粮食的承诺?平民营造官组织的庆典活动要等到九月份,所以你们不用拨出今年收成的粮食。"

"马尔库斯·图利乌斯,我们很乐意履行承诺,而且我保证你到时向罗马人分发的粮食会数量惊人。"

"所以这次提起控诉的尝试最后为我赢得了急需的帮助。"西塞罗对他的朋友提图斯·蓬波尼乌斯·阿提库斯说,"我会以两塞斯特尔提乌斯一莫迪乌斯的价格买入粮食,然后以三塞斯特尔提乌斯的价格卖出去,多加的一塞斯特尔提乌斯就足够弥补运输费用了。"

"以四塞斯特尔提乌斯的价格卖出去好了,"阿提库斯说,"挣点钱装进你自己的钱包。你需要充实自己的钱包了。"

但是西塞罗大吃一惊。"阿提库斯,我不能这么做!监察官会说我身为律师,但却利用非法收入来牟利。"

阿提库斯一声叹息。"西塞罗,西塞罗!你永远都不能致富,而这全都是你自己的失误。虽然我觉得你的身体确实走出了阿尔皮努姆,但你的头脑永远都不能走出阿尔皮努姆。你的脑筋就像个乡巴佬!"

"我的脑筋就像个正人君子,"西塞罗说,"而且我对此感到很自豪。"

"你在影射我不是正人君子?"

"不,不!"西塞罗烦躁不安地大叫,"你是出自罗马上层的大商人。你需要遵守的规矩跟我需要遵守的规矩不一样。我并非出自凯基利乌斯氏族,但你是!"

阿提库斯转移了话题。"你要不要把维瑞斯的案子写下来出版?"他问道。

"是的，我有想过要这么做。"

"包括准备在再审时发表的精彩演讲？虽然不会有再审了，但你有没有提前想想呢？"

"是的，我总是在发表演讲之前几个月就开始准备演讲稿了。不过，我需要结合我在初审时说的那些事，来调整再审时的发言，当然还需要经过一些修整和润色。"

"这是当然。"阿提库斯正色道。

"你为什么问这个？"

"西塞罗，我准备给自己培养一个爱好。做生意太无趣，而那些跟我做生意的人甚至更无趣。所以我准备在阿尔吉来图姆跟一个大工坊合作开一个小店。这样跟索西乌斯会有一点竞争，因为我准备成为一个出版商。如果你同意，我想取得出版你作品的专属权利。作为回报，我每卖出一本你的作品，就会给你十分之一的收益。"

西塞罗哈哈大笑。"听起来不错！成交了，阿提库斯，成交了！"

第 4 节

四月份，新当选的监察官刚刚确立玛梅尔库斯为首席元老，庞培就宣布他要举行一系列向神明还愿的凯旋庆典。这个庆典从八月开始，一直到九月四日的罗马节开始之前才结束。大家都可以看出庞培宣布这个消息时是多么得意，不过他的得意并非全都因为这次凯旋庆典。庞培刚刚促成了一桩婚事，这对一个来自皮塞努姆的人来说真是太了不起了。他那寡居的妹妹庞培娅即将跟普布利乌斯·苏拉·西弗·赛克斯图斯·佩尔奎提恩努斯结婚，此人是已故独裁官苏拉的侄子。是的，来自皮塞努姆北部的庞培氏族正在罗马世界冉冉上升！他的祖父和父亲只能跟卢基利乌斯氏族的人结婚，但是他却让自己跟穆奇乌斯氏族、李基尼乌斯氏族和科尔涅利乌斯氏族的人联姻！真是大快人心！

但克拉苏完全不在乎庞培的妹妹选择了什么人成为她的第二任丈夫，让他闷闷不乐的是凯旋庆典。

"我告诉你，"克拉苏对恺撒说，"他想让那些乡下人在罗马花上一大笔，而且是在天气最炎热的两个月里！那些商铺主人准备在整个城里给他树立雕像，那些喜欢给外乡人提供住宿多挣几个钱的老爷爷和老奶奶就更别提了！"

"这对罗马来说是件好事，对金钱流通来说也是。"

"是的，但是我的位置在哪儿呢？"克拉苏音调尖锐地问。

"你要为自己创造一个位置。"

"告诉我，怎么做，什么时候？阿波罗的庆典持续到七月十五日，然后就是一连三个竞选，高级官员的竞选、部落大会的竞选和平民大会的竞选。他准备在七月十五日举行那个该死的国家公马游行。在平民大会的竞选之后，会有很多时间可以让人去购物，但没有足够的时间让那些人回到乡下老家再赶回罗马！然后他的凯旋庆典会在八月中旬开始。这个庆典会持续十五天！多么自大！凯旋庆典结束之后，就直接开始罗马节！天啊，恺撒，他的公共娱乐会让那些乡巴佬在城里待上三个月而不是两个月！而我的名字有没有被提及呢？没有！我根本就不存在！"

恺撒看起来很平静。"我有一个主意。"他说道。

"什么？"克拉苏问，"把我打扮成波吕克斯？"

"然后把庞培打扮成卡斯托尔？我喜欢这个主意！但我们还是严肃一点吧。亲爱的马尔库斯，无论你做什么，都要比庞培的庆典花费更多钱。否则不管你做什么都不能盖过他的风头。你愿意花费一大笔钱吗？"

"只要在我卸任时能比庞培更风光，那我愿意付出任何代价！"克拉苏哼了一声，"毕竟我是罗马最有钱的人，在过去两年来都是。"

"不要被自己迷惑了。"恺撒说，"你刚刚说到自己的财富，确实没有什么人的现金能达到你拥有的数目。但我们的庞培是个典型的大地主，而且他从未透露自己究竟有多少财富。等到高卢公地正式划入意大利境内，那里的土地就会价格飞涨。他拥有——是拥有，而不是租借！——

意大利境内几百万尤格最好的土地，而且不只是在翁布里亚和皮塞努姆。他拥有原本属于李基尼乌斯氏族的大量土地，那些土地位于塔伦图姆[①]的海湾附近。他从非洲回来的时机也刚刚好，于是又收购了许多肥沃的土地，这些土地位于台伯河、沃尔图努斯河、利里斯河和阿特努斯河沿岸。克拉苏，你并不是罗马最有钱的人。我敢保证，庞培才是。"

克拉苏瞪大双眼。"这不可能！"

"这当然可能，你知道的。一个人没有对着全世界大声宣布自己很有钱，但这并不意味着他就没有钱。你向所有人显示自己很有钱，那是因为你一开始很缺钱。但庞培从来都没有缺过钱，而且以后也不会缺钱。他把自己的土地分给他的士兵时显得很有魅力，但我敢担保他让他们享有的只是使用权而非所有权。而且所有人土地上的出产都要交给他十分之一。克拉苏，庞培是王中王！他把自己叫作马格努斯不是毫无理由的。他的人民把他看成他们的国王。现在他成了高级执政官，所以他确信自己的王国又扩大了。"

"我有一万塔兰特。"克拉苏瓮声瓮气地说。

"就是两亿五千万塞斯特尔提乌斯。"恺撒说，微笑着摇了摇头，"你每年能得到十分之一的收益吗？"

"噢，是的。"

"那你愿意放弃今年的收益吗？"

"你是说要花掉一千塔兰特？"

"是的。"

这让克拉苏觉得很心疼，他的痛苦表露无遗。"是的，如果能盖过庞培的风头就行，不然就不行。"

"在八月望日的前一天，也就是庞培举行凯旋庆典之前四天，是'无敌者'赫拉克勒斯的宴席日。你应该记得，苏拉曾经拿出自己十分之一的财产献给这位神明，在这一天摆了五千桌公共宴席。"

[①] 塔伦图姆（Tarentum）是位于意大利东南部的海港城市，现称塔兰托。——译者注

"谁会忘记那一天呢?一只黑狗喝了第一头祭牲的鲜血。在那之前,我从未见过苏拉大惊失色,在那之后也从未见过。他的草冠掉到那摊受到玷污的鲜血中。"

"克拉苏,忘了那可怕的一幕,因为我可以保证,在你把自己十分之一的财富献给'无敌者'赫拉克勒斯时,不会有任何黑狗走到你身边。你要摆出一万桌公共宴席!"恺撒说,"那些觉得观看一场接一场节庆表演还不如到海边度假的人会留在罗马,一场免费的盛宴是所有人的首选。"

"一万桌?就算我在每一桌上都堆满一尺高的比目鱼、牡蛎、淡水鳗鱼和胭脂鱼,那最多也只会让我花费两百塔兰特。"克拉苏说,他知道所有东西的价格,"此外,今天吃得肚满肠肥可能会让人觉得自己再也不会挨饿,但第二天那个人又饿了。恺撒,宴席只能持续一天。他们的记忆也只能持续一天。"

"没错。但是,"恺撒满怀憧憬地说,"花了两百塔兰特,还剩下八百塔兰特。我们可以假设在八月和九月之间这里会有大约三十万罗马公民。一般来说我们每个月会给每个公民提供五莫迪乌斯也就是一美狄努斯小麦,价格是五十塞斯特尔提乌斯。这个价格已经很便宜了,但当然还没有真正的粮食底价那么便宜。就算是在粮食歉收的年份,国库也可能得到一点利润。他们告诉我,今年的粮食不会歉收。而且去年的粮食也没有歉收,这就是你的运气了!因为你要收购的是去年的粮食。"

"收购?"克拉苏问,看起来有点疑惑。

"让我说完。在三个月中都提供每人五莫迪乌斯的小麦,再乘以三十万人,就是四百五十万莫迪乌斯。如果你现在就开始收购,而不是等到夏天时,那我想你应该能以每莫迪乌斯五塞斯特尔提乌斯的价格买到四百五十万莫迪乌斯。这样就是两千两百五十万塞斯特尔提乌斯,大概是八百塔兰特。这个,我亲爱的马尔库斯,"恺撒得意地总结道,"就是你那八百塔兰特要去的地方!马尔库斯·克拉苏,因为你要给每个罗马公民免费发放粮食,每人每月五莫迪乌斯,一连三个月。亲爱的马尔库斯,不是廉价粮食,而是免费粮食!"

"这可真是太慷慨了。"克拉苏面无表情地说。

"我同意,确实如此。而且这比庞培的所有计策还具备一个重大优势。他的娱乐活动在你最后一次发放粮食之前的两个月就结束了。既然人们的记忆是如此短暂,那最后占据阵地的人应该是你。在青黄不接的时候,粮食价格会大幅上涨,但大多数罗马人都会因为马尔库斯·李基尼乌斯·克拉苏而吃上免费面包。你会成为一个英雄。他们会永远爱你!"

"他们再也不会说我趁火打劫。"克拉苏咧嘴一笑。

"这样你的财富和庞培的财富就显出区别了,"恺撒也咧嘴一笑,"庞培的钱不会像灰烬那样在罗马的空气里飘荡,而你正好可以给自己树立起光辉的形象!"

克拉苏悄悄地收购大量粮食,并且绝不透露他准备在八月望日的前一天把十分之一的财产献给"无敌者"赫拉克勒斯。庞培继续进行他的计划,完全不知道自己可能会被别人抢了风头。

他的愿望是让整个罗马和意大利都知道最坏的时候已经过去了,还有什么比让所有人都参与宴会狂欢和节日庆典更好的办法呢?在格涅乌斯·庞培·马格努斯担任执政官时,人民会记得这是一段自由繁荣的日子,没有战争、饥荒和内乱。虽然这个愿望因为庞培的私欲而显得不太纯粹,但这个愿望本身确实足够真诚。那些普通人因为没有什么重要地位,所以并没有在剥夺公民权行动中受罪。他们说起苏拉担任独裁官的日子总是满怀深情,但是在格涅乌斯·庞培·马格努斯担任执政官的任期结束之后,苏拉执政的日子在人民心目中就没有那么伟大了。

七月初,乡下人开始涌入罗马城,这些人大都在寻找可以持续到九月中旬的住宿地点。离开罗马城到海边度假的人也不像往常那么多,就算是在上流阶层中也是这样。庞培知道罪案和疾病都会增多,于是他发挥了自己优秀的组织能力去降低犯罪率。他雇佣退役的角斗士在每条街巷巡逻,还派遣扈从去看守罗马广场和其他大型市集广场。他扩大了特里加里乌姆河边的游泳池,派人在墙上刷出警示标语,提醒人们要饮用干净的水，要在公厕里大小便，要洗净双手，不要乱吃东西。

庞培不确定这些乡下人有多少能明白，他以骑士身份当选为罗马的高级执政官，而且在元旦日的就职仪式之后也没有成为一个元老，这是多么奇特的经历。于是庞培决定要利用国家公马游行来强调这个事实。于是他让自己手下的两位监察官克洛狄阿努斯和革利乌斯重新恢复国家公马游行。这种游行在盖乌斯·格拉古之后就没有出现过，但是执政官格涅乌斯·庞培·马格努斯是个例外，他想用自己的国家公马制造轰动。

八月望日早晨，在战神原野的弗拉米尼乌斯竞技场，一千八百名拥有国家公马的骑士向"无敌者"马尔斯献祭，这位神明的神庙就在竞技场里面。祭牲献上之后，骑士们就骑上他们的国家公马排成一个个百人团庄严前行，他们穿过蔬菜市场的大门，沿着维拉布鲁姆进入伊乌伽瑞乌斯大街，然后来到罗马广场。他们穿过广场来到卡斯托尔和波吕克斯神庙前面，那里有一个特别搭建的观礼台，两位监察官坐在那里准备检阅这些骑士。每个骑士靠近观礼台都要下马，然后牵着自己的国家公马去面见监察官。监察官会仔细地检查马匹和骑士的情况。如果马匹或骑士没有达到古老的骑士标准，那监察官就可以剥夺这个骑士的国家公马，并把他赶出最初的十八个百人团。这种仪式以前也发生过，监察官加图就因为他的严格检查而著称。

国家公马游行实在太罕见了，于是大部分罗马人都涌入罗马广场来观看，不过很多人只能看到骑士队伍从弗拉米尼乌斯竞技场走向罗马广场。所有的有利地点都挤满人，屋顶、高台、门廊、阶梯、山坡、峭壁、树上。售卖食物、扇子、遮阳棚和饮料的商贩挤在人群中，小心翼翼地扛着自己的商品。他们在肩膀上扛着大箱子，箱子的四角常常撞到身边人的脑袋，引起你来我往的互相咒骂。每个商贩都有一个奴隶帮忙，负责往箱子里添加货物或防止一些手脚不干净的人偷拿货物。蹒跚学步的幼儿被高高抬起，对着他下面的人撒尿，婴儿在大声哭叫，孩子在人群中穿来穿去。肉汁滴在衣服上，糕点把衣服弄脏，有人大打出手，有人呕吐晕倒，所有人都吃个不停。这是一个典型的罗马节日。

骑士们在十八个百人团中前进，每个百人团前面都有一个古老的标志：狼、熊、鸟、老鼠、狮子……因为游行路线中有些路段非常狭窄，所以骑士队伍最多只能四人并排，这样每个百人团就要排成二十五排，整个游行队伍将近一里长。每个骑士都穿着盔甲，有些盔甲实在太古老，所以看起来有点怪模怪样，还有一些黄金或白银打造的盔甲非常漂亮。庞培的盔甲就是这样，他的家族后来才挤进这十八个百人团，所以没有什么值得传给后代的古老盔甲。不过没有任何东西比得上那些国家公马，所有马匹都是从罗西亚·卢拉精挑细选的骏马。这些马大多是白色或花灰色，身上都戴着各种奖章和许多饰品，由彩色皮革制作的马鞍和缰绳特别漂亮，马鞍上还铺着色彩斑斓的美丽毛毯。一些马受过特别训练，可以把两条前腿高高扬起，还有一些马的鬃毛与尾毛和金丝银线混在一起编成辫子。

这一切都安排得很漂亮，都是为了突出庞培。无论监察官的工作多么快速，都不可能让每一个骑士都接受检查，游行队伍全部经过观礼台需要三十个夏日的小时①。不过庞培的百人团是排在最前面的几个之一，于是监察官只是庄严肃穆地按照常规检查了大约三百人。监察官会询问那个骑士的名字，他的部落和他父亲的名字，还有他是否参与过十场战役或从军满六年，然后是审核他的经济情况是否与先前的记录相符，最后他就可以牵着马匹离开了。

第四个百人团的第一排骑士下马时，庞培就排第一个。广场上顿时陷入一片寂静，当然这种寂静也是庞培的手下在人群中故意带领。庞培的黄金盔甲在太阳底下闪闪发光，他的肩膀上垂挂着象征执政官地位的紫色条纹，他的背后飘荡着象征统帅地位的红色大斗篷。他牵着一匹高大的白马，马身上用红色皮带挂着许多黄金圆盘。他自己身上也挂满了

---

① 古罗马的计时方法是把一天分为白昼的12个小时和夜晚的12个小时，所以除了春分和秋分，白昼时长与夜晚时长不等，夏天白昼的一小时比冬季白昼的一小时要更长一些。——译者注

各种军功章,他的阿提克头盔①上插着一大束染成红色的白鹭羽毛。

"名字?"克洛狄阿努斯问,他是两位监察官中带头的那一个。

"格涅乌斯·庞培·马格努斯!"庞培高声回答。

"部落?"

"克鲁斯图米纳!"

"父亲?"

"格涅乌斯·庞培·斯特拉波,执政官!"

"你是否参加过十场战役或者从军满六年?"

"是!"庞培用最响亮的声音回答,"在意大利战争中参加过两场战役,在罗马被围时为了保卫罗马参加过一场战役,由卢基乌斯·科尔涅利乌斯·苏拉率领在意大利参加过两场战役,在西西里参加过一场战役,在非洲参加过一场战役,在努米底亚参加过一场战役,为了把罗马从勒皮杜斯和布鲁图斯手下拯救出来参加过一场战役,在西班牙参加过六场战役,为了消灭斯巴达克斯参加过一场战役!总共是十六场战役,除了以初级军官身份参加的战役,其他战役都是我充当统帅!"

围观群众陷入一片狂热,他们欢呼喝彩、热烈鼓掌、手舞足蹈。一波波的声浪冲击着监察官和其他骑士的耳朵,让一些马匹受惊跳起,让一些骑士摔倒在地。

过了好长时间,喧嚣声才平息下来。庞培走到卡斯托尔神庙前方的空地中间,他的手臂上缠着缰绳,慢慢地转着圈子向观众致意。监察官卷起他们的档案,满脸威严地坐在那里看着庞培之后的十六个百人团骑马经过。

"一场好戏!"克拉苏咆哮道。克拉苏的国家公马属于他的长子,这个长子叫作普布利乌斯,现在二十岁了。克拉苏和恺撒坐在他们家的露台上观看,这座房子原本属于马尔库斯·李维乌斯·德鲁苏斯,从房子的露台可以清楚看到罗马广场。"真是一场闹剧!"

---

① 阿提克头盔(Attic helmet)是古罗马军官普遍使用的铜制头盔,这种头盔的顶部有鹰头装饰,两侧有护颊,但是没有帽檐和护鼻。——译者注

412

"克拉苏，但是很精彩，很精彩！你必须承认，庞培确实很有创造力和吸引力。他的节庆表演可能会更精彩。"

"十六场战役！他说除了身为初级军官的那些战役，其他战役都由他担任统帅！噢，是的，他老爹在罗马之围中死去，他在这场战役中没出过任何力气，只是在他爹死后几天里，就把他爹的军队带回皮塞努姆去。在意大利时苏拉和梅特卢斯·皮乌斯担任统帅，而对战勒皮杜斯和布鲁图斯的统帅是卡图卢斯。还有他最后说'消灭了斯巴达克斯'，你觉得这么说像什么样呢？天啊，恺撒，如果我们都像他那样夸夸其谈，那我们全都是统帅！"

"卡图卢斯和梅特卢斯·皮乌斯可能也对他发出类似的批评，所以你的心情可以稍微平静。"恺撒说，他也觉得愤愤不平，"那个家伙只是一个从乡下来的暴发户。"

"我希望免费发放粮食的办法能奏效！"

"会的，马尔库斯·克拉苏，我保证一定会。"

庞培兴高采烈地回到他那位于卡里奈山的宅邸，但他的兴奋没有持续多久。第二天早晨，克拉苏就派人宣布：在"无敌者"赫拉克勒斯的宴席日，执政官马尔库斯·李基尼乌斯·克拉苏将把自己十分之一的财产献给"无敌者"赫拉克勒斯。他会摆出一万桌公共宴席，而他献出的资金大部分会用于给罗马公民发放免费粮食。在九月、十月和十一月，每个身在罗马的公民每月可以领取五莫迪乌斯的免费小麦。

"他怎么敢！"庞培对着菲利普斯大叫。菲利普斯过来称赞庞培在国家公马游行中的表现，顺便看看这个伟大的家伙会如何面对克拉苏的计策。

"这么做非常聪明，"菲利普斯用一种抱歉的语气说，"特别是罗马人总能很快算出任何东西的价格。节庆表演的价格不容易弄清楚，但食物的价格是基本常识。他们知道所有食物的价格，从比目鱼到海水鲈鱼，就算他们根本就买不起海水鲈鱼，他们在市场上还是会询问价格。这就是人性的好奇。他们也知道克拉苏为这些小麦花了多少钱,更别提克拉苏要购买多少莫迪乌斯。他们会被这些叮当作响的算盘征服。"

"你没有直接说出来的是,他们会算出克拉苏比我花了更多钱在他们身上!"庞培说,他的蓝眼睛中闪出一道红光。

"恐怕如此。"

"那我要派人去宣称我为庆典花了多少钱。"庞培瞥了菲利普斯一眼。"你觉得克拉苏要花多少钱?"

"大概是一千塔兰特。"

"克拉苏?一千塔兰特?"

"这对他来说很轻松。"

"他是个吝啬鬼!"

"马格努斯,他今年不会吝啬。你的慷慨和风光显然刺痛了我们的大牛,于是他翘起两个角来跟你拼命。"

"我能怎么办?"

"除了把庆典表演弄得无比精彩之外也没有什么办法了。"

"菲利普斯,你有所保留。"

菲利普斯那肥胖的下巴动了动,那双深色的眼睛神情闪烁。然后他一声长叹,耸耸肩膀。"好吧,从我这里知道总好过从你的敌人那里知道。让克拉苏赢得胜利的是免费粮食。"

"你是什么意思?因为他喂饱了饥饿的肚子?今年罗马城里不会有人挨饿。"

"在九月、十月和十一月,他会给罗马城里的每个罗马公民每月发放五莫迪乌斯的免费粮食。算一下!那就是每天两个一磅重的面包,一直持续九十天。而且这九十天大部分是在你的节庆表演结束之后。所有人都会忘记你和你做过的事情。但是一直到十一月底,每个罗马公民咬下每一口面包时,都会不由自主地感谢马尔库斯·李基尼乌斯·克拉苏。马格努斯,你输定了!"菲利普斯说。

庞培上次大哭大闹已经是很久之前的事,但对着菲利普斯单独展现的这一次是最厉害的。他把自己的头发一撮撮地揪下来,把自己的脸蛋和脖子挠得皮开肉绽,把自己的身体在地上和墙上乱撞,弄得身上青一块紫一块。他号啕大哭,把家具和艺术品撕成碎片。他的号叫几乎要把屋顶掀翻。穆奇娅·特尔提娅跑来看看发生了什么事,但她只看了一眼就逃跑了。还有家里的奴仆也是如此。但菲利普斯只是坐在那里,大为震撼地静静欣赏,直到瓦罗赶到现场。

"噢,天啊!"瓦罗低声说。

"很有意思,是不是?"菲利普斯问,"他现在已经安静多了。你应该看看他之前的样子。那才吓人!"

"我以前看过,"瓦罗说,一边看着那个躺在黑白相间大理石地板上的人,一边看着躺椅上的菲利普斯,"他这是因为听到克拉苏的消息吧。"

"是的。你什么时候看过他这个样子?"

"他之前不能让大象经过凯旋门时。"瓦罗说。他特地压低声音,所以庞培躺在地上听不清。瓦罗对庞培的大哭大闹一直有点疑惑,不知道庞培这么撒泼打滚是否让他完全忽略了周围人的交谈和动作。"还有围攻斯波勒提乌姆时,卡里纳斯逃跑了,他也是如此。他实在无法忍受挫折。"

"那头牛翘起两个角了。"菲利普斯有点担心地说。

"那头牛,"瓦罗语气尖刻地说,"现在有三个角,根据那些女人的传闻,那第三个角是最大的。"

"啊哈!那么这个角是有名有姓的咯?"

"盖乌斯·尤利乌斯·恺撒。"

庞培立刻坐起来。他身上的衣服都撕烂了,他的头上和脸上都在流血。"我听到了!"他说道,给瓦罗心中的疑惑提供了答案。"恺撒干了什么?"

"他给克拉苏提供建议,让克拉苏赢过你。"瓦罗说。

"谁告诉你的?"庞培一咕噜爬起来,接过菲利普斯递来的手帕。

"帕利卡努斯。"

"他应该知道,他是恺撒手下的保民官。"菲利普斯说。庞培正在用力地擤鼻涕,这让他忍不住皱起眉头。

"我知道,恺撒跟克拉苏很亲近。"庞培带着鼻音说,他的脸蛋从手帕后面冒出来,然后把手帕扔给满脸嫌恶的菲利普斯。"去年就是他搞定了所有谈判。也是他建议我们要恢复保民官的权力。"庞培说出这些事情时,给了菲利普斯一个很难看的脸色,因为菲利普斯当时没有提出这个建议。

"我非常欣赏恺撒的能力。"瓦罗说。

"克拉苏也是,我也是。"庞培的脸色还是很难看。"好吧,至少我知道恺撒对谁忠诚!"

"恺撒对他自己忠诚,"菲利普斯说,"而且你永远都不要忘记这一点。马格努斯,如果你足够聪明,那你就要跟恺撒保持良好的关系,尽管他现在跟克拉苏很亲密。你总有需要恺撒的时候,特别是在我去世之后。而且我的死期不远了,我太胖了,肯定活不到七十岁。你知道,就连卢库卢斯也害怕恺撒!这就很能说明问题。让卢库卢斯害怕的人,我只能想到另外一个,那就是苏拉。你要紧紧地盯着恺撒。他是另一个苏拉!"

"菲利普斯,既然你说我要跟恺撒保持良好的关系,那我就会这么做。"庞培宽宏大度地说,"但是我担任执政官的风光被他破坏了,我要花上很长时间才能忘记这件事!"

庞培的凯旋庆典非常成功,这主要是因为他对于戏剧和竞技的品味跟普罗大众差不多。九月一日就在凯旋庆典结束之后和罗马节开始之前的中间,元老院通常会在九月一日举行会议。这次会议常常具有重要意义,而今年的会议也延续了这个传统,因为卢基乌斯·奥瑞利乌斯·科塔终于要公布他的研究结果了。

"元老们,我已经完成你们在年初交给我的任务,"卢基乌斯·科塔坐在高级官员的演讲台上说,"我希望你们会同意我的研究结果。在说明具体细节之前,我会先简单地介绍大体情况,然后你们再决定是否让我的建议成为法令。"

他的手里没有拿着什么文件,而且城市大法官的秘书手里也没有拿着文件。现在按照季节来说还是盛夏，所以天气非常炎热，于是元老们都悄悄松了一口气。他应该不会把这个会议拖得很长。不过，他向来都不是拖拖拉拉的人，在科塔家的三个兄弟中，卢基乌斯是最年轻、最聪明的一个。

"元老院的同僚们，"卢基乌斯·科塔用他那清晰响亮的声音说，"简单来说，我对由元老和由骑士组成的陪审团都不太满意。当一个陪审团全都由元老组成时，这个陪审团总是偏袒那些属于元老阶层的人。当一个陪审团全都由骑士组成时，这个陪审团总是偏袒那些属于骑士阶层的人。这两种类型的陪审团都可能会接受贿赂，我相信这主要是因为所有的陪审员都属于同一阶层，要么是元老阶层，要么是骑士阶层。"

"我提议，"他说道，"对陪审团的任务进行更加公平的分配。盖乌斯·格拉古把陪审团的任务从元老手中夺走，然后交给那些拥有国家公马的骑士，这十八个百人团的骑士都属于第一等级，而且每年至少拥有四十万塞斯特尔提乌斯的收入。毫无疑问的是，除了极少数的例外情况，每个元老都来自第一等级中最上层的十八个百人团之一。我想说的是，盖乌斯·格拉古的改革还不够彻底。因此我提议陪审团应该由三个部分组成，其中三分之一是元老，三分之一是拥有国家公马的骑士，三分之一是低级骑士，也就是在第一等级中人数最多的普通骑士，而且这些骑士每年至少拥有三十万塞斯特尔提乌斯的收入。"

元老院中响起一阵嗡嗡声，不过这并非愤怒不满的声音。好像向日葵朝向太阳一样，元老们的脸都转向卢基乌斯·科塔，他们满脸震惊，但也充满了深思的表情。

卢基乌斯·科塔的发言很有说服力。"在我看来，"他说道，"在盖乌斯·格拉古和卢基乌斯·科尔涅利乌斯·苏拉充当执政官之间的这段岁月，我们这些元老变得太感情用事了。我们只记得充当陪审员是一项殊荣，但却忘了身为陪审员的现实。我们三百个元老要组成各种陪审团，而另外一千五百名拥有国家公马的骑士却无所事事。苏拉把我们深爱的陪审团交回给我们，甚至还想到要扩充元老院的人数来完成这个任务。我们很快就发现，每个留在罗马的元老总是要参加这个或那个陪审团。当然这也是因为常设法庭的存在大大增加了陪审团的任务。因为大部分的审判程序必须由某个人民大会来进行，所以审判程序已经大大缩减。我想，苏拉已经想到更小规模的陪审团和更大规模的元老院应该能应付没完没了的陪审团任务，但他对这个问题还是预估不足。"

"当我开始调查这个问题时，只有一件事是我非常肯定的，那就是元老院虽然扩大了规模，但还是没有足够的人员去组成每个案件的陪审团。但是，元老们，我也不想把法庭交回给那些拥有国家公马的骑士。我觉得这么做是双重背叛，首先是背叛了我自己所属的元老阶层，其次是背叛了苏拉通过常设法庭为我们提供的优良司法系统。"

每个人都身体前倾，全神贯注地聆听。卢基乌斯·科塔说得很有道理！

"一开始，我想到让元老和骑士平均分配陪审团的任务，也就是说在每个陪审团中元老和骑士各占百分之五十。但是我稍微计算了一下，就发现这样元老承担的责任还是太重了。"

卢基乌斯·科塔表情严肃，双眼炯炯有神，双手向外伸出，稍微调整了一下姿势。"如果一个人要去参与审判，"他语气沉稳地说，"那无论他的身份和背景如何，他都应该是精神抖擞、满腔热忱。但是如果他要参加很多个陪审团，那他就做不到这样。他会变得疲惫不堪、兴味索然，而且更有可能去收受贿赂。因为他会自问，除了接受贿赂，还有什么东西能给自己一点补偿呢？他担任陪审员并没有从国家得到任何酬劳。所以国家不应该大量占用任何人的时间。"

元老院里有许多人点头称是，他们很喜欢卢基乌斯·科塔的说辞。

"我知道，你们中有很多人跟我想的一样，也认为陪审团的责任应该交给一个比元老院规模更大的团体。我当然也知道，曾经有一段短暂的时间，陪审团由元老和骑士共同组成。但是，正如我前面所说的，我们到目前为止的所有改革都不够彻底。如果在最上层的十八个百人团中除去元老的人数，那这一千八百人中剩下的骑士人数还是比较多，也许每个骑士每年只需要参加一个陪审团。"

卢基乌斯·科塔停下来，对自己看到的反应很满意。他更加轻快地继续说下去。"我的元老院同僚们，我认为充当陪审员的人只要属于第一等级就可以。真的只要属于第一等级就可以。这是一个优秀的公民，而且每年至少拥有三十万塞斯特尔提乌斯的收入。但因为罗马非常传统，有些事情一直没有改变，有些事情虽然增加了人数或职能但还是以原来的方式运作。比如第一等级。一开始我们只有十八个百人团，因为我们顽固地坚持把这十八个百人团的人数限定为一百人，所以我们只好通过增加百人团的数目来扩大第一等级。当我们已经增加了另外七十三个百人团时，我们决定通过另外的方式来扩大第一等级，不是增加百人团的数目，而是增加每个百人团的人数，只有最初的百人团仍然保持一百人。于是我们就制造出另外一个阶层，我称之为第一等级的最上层！最上层的十八个百人团总共只有一千八百人，而另外七十三个百人团每个都有几千人。"

"第一等级的人大多数没有足够高贵的家世背景，所以并不属于拥有国家公马的最初十八个百人团。于是我问自己：为什么不给这些大多数提供为国服务的机会呢？如果这些大多数能够充当每个陪审团的三分之一人数，那每个人的任务就会变得非常轻松了，但这对于我们称之为低级骑士的大量普通骑士来说却是一个巨大的激励。如果说一个陪审团有五十一人，那其中十七个是元老，十七个是拥有国家公马的骑士，十七个是低级骑士。十七个元老拥有丰富的经验和法律知识，而且他们承担陪审团的任务已经很长时间了。十七个拥有国家公马的骑士拥有显赫的家世和大量的财富。十七个低级骑士拥有全新的面貌和不同的经验，他们是第一等级的罗马公民，而且经济情况也比较体面。"

卢基乌斯·科塔再次伸出双手，然后他放下右手，朝着元老院会堂的巨大铜门伸出左手。"元老们，这就是我的解决方法！陪审团由三个部分组成，每个部分人数相等，所有陪审员都属于第一等级。如果你们为我提供一份元老院决议，那我会以法律文书的格式写下这些措施，然后递交给部落大会。"

庞培拥有九月份的法西斯,他坐在演讲台前排的象牙折椅上面,他旁边的椅子空空的,那是克拉苏的位置。

"新当选的高级执政官有何意见?"庞培用正确的流程向昆图斯·霍尔滕西乌斯提问。

"新当选的高级执政官对卢基乌斯·科塔的杰出工作表示赞赏。"霍尔滕西乌斯说,"身为新当选的高级官员和法庭的律师,我对这个解决难题的明智举措非常支持。"

"新当选的低级执政官呢?"庞培问。

"我也表示赞同。"梅特卢斯·小山羊说。他实在没有理由反对,现在盖乌斯·维瑞斯的案子已经过去,而维瑞斯本人也不见了。

于是那些接受提问的人一一回答,没有人表示反对。当然也有人本来想要表示反对,但他们一想起这样会给自己招来多么沉重的陪审团负担,就忍不住浑身发颤、闭口不言。

"真是太好了。"西塞罗对恺撒说,他们一起从元老院会堂里出来。"我们都喜欢跟诚实的陪审团打交道。卢基乌斯·科塔真聪明!要想打赢官司,至少要贿赂三分之二的陪审员,这样比贿赂一半陪审员要昂贵多了!而且如果其中一部分接受了贿赂,那其余两个部分很可能会拒绝。亲爱的恺撒,我预计就算贿赂陪审员的事情不会完全消失,那也会大大减少了。低级骑士会认为这是一项荣誉,所以会尽量保持诚实,以此来证明他们确实很称职。是的,卢基乌斯·科塔非常聪明!"

恺撒斜靠在自家的躺椅上,非常高兴地向他舅舅转述这些称赞。奥瑞利娅和秦妮拉都不在现场。秦妮拉已经怀孕四个月,而且一直都在恶心呕吐。奥瑞利娅正在照顾小尤利娅,小尤利娅也有点生病了。所以两个男人单独在一起,他们对此都心怀感激。

"我承认,我确实有考虑到贿赂的问题,"卢基乌斯·科塔说着露出一个微笑,"但是我想得到元老院的批准,所以不能说得太直接。"

"确实如此。不过在大多数人看来,至少在我和西塞罗看来,这都是一件大好事。从另外一方面说，霍尔滕西乌斯可能会暗中反对。除了贿赂的问题，你的解决方案还有一个巨大的优点，那就是可以保持苏拉的常设法庭。我相信常设法庭是自从陪审团建立以来，在罗马司法历程中的最大进步。"

"噢，恺撒，这是极高的评价！"卢基乌斯·科塔高兴了好一会儿，然后把酒杯放在桌子上，身体往前探。"恺撒，你跟马尔库斯·克拉苏关系很好，所以也许你能消除我的忧虑。从很多个方面来说，这都是平静安稳的一年。我们在所有战场上都能轻松取胜，国库解除了长期的经济压力，意大利境内的罗马公民都接受了一场正规的人口普查，意大利和各个行省的粮食收成都很好，政府中的新旧轮换也很平稳。如果撇去庞培违法当选执政官的事，那今年真的是很好了。我穿过苏布拉走到这里时，感觉到罗马的平民百姓几十年来都没有这么高兴。这些人很少去行使投票权，但克拉苏的免费粮食确实能帮助他们减轻经济压力。我知道，他们并没有看到罗马广场上满是人头、排水渠里鲜血四流，但那种恐怖气氛还是会影响到他们，尽管他们自己并没有性命之忧。"

卢基乌斯·科塔停下来喘了一口气，喝了一口酒。

"舅舅，我大概知道你要说什么，不过你还是自己说出来吧。"恺撒说。

"这是一个美好的夏季，特别是对那些底层人来说。有许多表演和娱乐，还有许多食物可以填饱肚子，而且他们自己吃完还可以带回许多食物去喂饱家人的肚子。有狮子和大象的表演，有马车赛跑，还有许多闹剧和哑剧，还有免费的粮食！国家公马进行游行庆典。各种竞选第一次顺利地按时举行。甚至还有一次由元老担任陪审员的审判，涉案的坏蛋终于罪有应得，而霍尔滕西乌斯也大受打击。特里加里乌姆河的游泳池得到清理。疾病没有大家预期的那么流行，夏季的麻痹症也没有爆发。罪案和诈骗都受到抑制！"卢基乌斯·科塔露出一个微笑，"恺撒，无论这些是不是他们的功劳，但大部分的荣誉和称赞都被归到两位执政官身上。民众对他们充满了赞叹和好感。当然，我和你知道更多内幕。虽然他们只是通过法令去保住自己的性命而其他事情都放任不管，但人人都要承认他们确实是优秀的执政官。可是,恺撒,现在谣言四起。谣言说庞培和克拉苏关系不和。他们彼此不说话,如果其中一个必须出席某个场面,那另外一个就会缺席。我有点担心,因为我觉得谣言是真的,也因为我觉得我们这些上层人士欠普通百姓一个短暂的完美年份。"

"是的,谣言是真的。"恺撒冷静地说。

"为什么?"

"主要是因为克拉苏抢了庞培的风头,而庞培不能忍受自己被人打败了。他以为经过国家公马游行和那些节庆表演,他就会成为所有人心目中的英雄。但是克拉苏给民众提供三个月的免费粮食,而且借此向庞培表明,他并不是唯一一个拥有巨额财富的罗马人。于是庞培为了报复就跟克拉苏彻底划清界限,无论是公共场合还是私人场合。比如说,他本来应该通知克拉苏今天有元老院会议。噢,是的,所有人都知道九月一日总会举行会议,但召集会议的人是高级执政官,而且高级执政官应该要通知低级执政官。"

"他通知我了。"卢基乌斯·科塔说。

"他通知了除克拉苏之外的每个人。克拉苏认为这是赤裸裸的侮辱,所以他不肯出席会议。我试着跟他讲道理,但他还是不肯出席。"

"噢,真不像话!"卢基乌斯·科塔大叫道,然后一脸厌恶地靠在躺椅上,"这么一对活宝,他们会毁了这千年一遇的一年!"

"不,"恺撒说,"他们不会。我不会让他们这么做。不过就算我能让他们讲和,那这种和平也不会持久。舅舅,所以我会等到年底,还要让科塔家族的一些人加入我的计划。等到年底,我们会迫使他们公开讲和,那个场面一定会让人热泪盈眶。这样,在今年最后一天集体离任时,所有人都可以放声高歌了,就连普劳图斯①都会为这种场面感到自豪。"

"你知道,"卢基乌斯·科塔若有所思地说,又挺起身子,"恺撒,当你还是个小孩时,我就把你列入我的名单了,就是那种阿基米德称之为

---

① 普劳图斯(Plautus)是古罗马的著名喜剧作家。他的作品以妙趣横生的对话著称,主要剧作有《安菲特律翁》、《驴子的喜剧》等。——译者注

原动力的人。你知道，'给我一个支点，我就能撬动整个地球！'我真的是这么看待你的，这也是你被委任为朱庇特祭司时，我为你深感惋惜的主要原因。所以当你设法摆脱时，我又把你列入原来的那个名单里了。但情况并不像我预想的那样。你在一个极为复杂的体系中游刃有余！你还年纪轻轻，就已经很出名，从元老院到苏布拉的各个阶层都是如此。但不是作为原动力，而更像是某些东方宫廷里的总管，甘愿在背后出力，而让别人去享受荣誉。"他摇了摇头，"我发现你真的很古怪！"

恺撒神色严肃地听着这番话，他那象牙色的脸颊显出两块红晕。"舅舅，你对我的看法没有错。"恺撒说，"不过我想，身为朱庇特祭司可能是我经历过最好的事，当然前提是我最后终于设法摆脱那个职务了。这让我学会既要实力雄厚也要行事巧妙，让我学会在危险中隐藏锋芒，让我学会时间比金钱或良师益友更重要，让我学会我母亲以为我永远都学不会的耐心，还让我学会一切经历都不会白费！舅舅，我还在学习。我希望自己永不止息！而且卢库卢斯还让我学会，我可以通过给别人出谋划策继续学习。我站在后面，看看会发生什么情况。舅舅，请你放心。我以原动力的身份站在前台的时候一定会来到。我会在适当的时候成为执政官。但那只是我的开端。"

九月是一个严酷的月份，虽然天气就像季节与日历一致的五月那样温和舒适。尤利娅姑姑突然开始生病，而且包括卢基乌斯·图克基乌斯在内的医生都不能查明病因。这是一个令人虚弱的综合征，体重、体力、精神和兴趣都在降低。

"恺撒，我想她是厌倦了。"奥瑞利娅说。

"但肯定不会厌倦生命！"恺撒大叫道，他实在无法忍受一个没有尤利娅姑姑的世界。

"噢，是的。"奥瑞利娅回答说，"这是最主要的原因。"

"她还有许多东西值得活下去！"

"不。她的丈夫和儿子都去世了，所以她没有什么值得活下去的。我以前就跟你说过。"难得一见的奇观突然出现，那双美丽的紫色眼眸竟然满含泪水，"我差不多可以明白。我的丈夫也去世了。恺撒，如果你不在，那我也活不下去了，我没有什么可以继续活下去的。"

"妈妈，那当然令人悲伤，但肯定不会活不下去。"恺撒说，难以相信自己对母亲来说是那么重要，"你有孙儿，还有两个女儿。"

"是的。但是尤利娅没有。"她的眼泪擦干了，"恺撒，女人的生命就在他的男人身上，不在于她的女儿或她女儿的孩子。没有哪个女人真的看重自己的同类，因为女人地位卑微。掌控世界的是男人而不是女人，所以那些聪明的女人通过男人去延续自己的生命。"

恺撒感觉到她的脆弱，于是趁机发动进攻。"妈妈，苏拉对你来说意味着什么？"

因为一时间的脆弱，所以奥瑞利娅回答了。"他意味着激情和兴趣。他尊重我，而你的父亲从来都没有这种尊重，不过我从未想过要成为他的妻子。或者说，成为他的情人。你父亲是我的真实伴侣。而苏拉是我的梦想。不是因为他的伟大，而是因为他的痛苦。他在自己的同辈中从来没有任何朋友，只有那个跟随他一起隐退的希腊演员，还有我，一个女人。"她的脆弱消失了，于是她振作起精神，"不说啦！你跟我一起去看尤利娅。"

尤利娅的样子和声音只剩下原来那个她的一道阴影。但她看到恺撒时脸色一亮，恺撒终于稍微理解了母亲跟他说的：那些聪明的女人通过男人去延续自己的生命。他心想，真的应该这样吗？然后他想象罗马广场和元老院会堂里有一大半是女人，然后就打了个寒战。她们可以提供嬉戏娱乐、亲密陪伴、各种服务和诸多用处，但如果她们想要的更多，那就太糟糕了！

"给我说说广场上的故事。"尤利娅说，握着恺撒的手。

恺撒注意到，她的手已经变得越来越干枯了，而且他的鼻子以前总能闻到她身上散发的那种美妙香味，但现在他可以感觉到这种香味中夹杂着一股难以掩饰的酸腐之气。他的脑海中出现了死亡这个词语，但他努力把它驱赶出去，努力地在自己脸上保持笑意。

"我还真的有一个广场上的故事可以告诉你,或者说这是关于某个巴西利卡的故事。"他轻快地说。

"某个巴西利卡?哪一个?"

"第一座巴西利卡,就是监察官加图一百年前建造的波尔基娅巴西利卡。你知道,这个巴西利卡底层的一头向来都是保民官的总部。也许是因为保民官又恢复了所有权力,所以今年的保民官决定要改善他们的聚集之地。他们的办公地点中间有一根大柱子,这让他们召开会议时只能限于内部的十个人。所以今年的保民官领头人普劳提乌斯决定要除去这根柱子。他请来最出名的建筑师,询问他们能否移除这根柱子。经过许多测量和计算之后,他得到答案:是的,这根柱子可以除去,而且这座建筑还会稳稳地立在原地。"

尤利娅躺在躺椅上,恺撒坐在躺椅边缘,把她的身体搂在怀里。她那灰色的大眼睛陷入颜色黯淡的眼眶,这双眼睛紧紧地盯着恺撒的脸庞。她面露微笑,看起来真的很有兴趣。"我很难想象这个故事会有什么结局。"她说着捏了捏恺撒的手。

"那些保民官也没有想到!建筑工人搬来他们的脚手架,把那个地方仔细地围起来,建筑师开始敲敲打打,拆除柱子的一切工作都准备好了。这时来了一个二十三岁的年轻人,我听说他今年十二月就满二十四岁。然后这个家伙说他不许别人拆掉这根柱子!"

"'你是什么人?'普劳提乌斯问。"

"'我是马尔库斯?波尔基乌斯?加图,这座巴西利卡的建造者监察官加图的曾孙,'那个年轻人说。"

"'你好!'普劳提乌斯说,'在这根柱子压倒你之前赶紧走吧!'"

"但是他不肯离开,而且他们无论如何都不能让他离开。他在那根柱子下面搭了个帐篷,无论有谁来跟他讲道理,他都会毫不客气地予以反击。他舌战群雄,他的声音简直能把一尊铜像劈成两半。这句话是普劳提乌斯说的,我也同意他的说法,因为我自己也听过那个声音。"

奥瑞利娅现在看起来跟尤利娅一样感兴趣,不过她对此嗤之以鼻。"真是胡闹！"她说道，"他们应该对他行使否决权！"

"他们试过了，但是他拒绝接受他们的否决。他是平民大会的成员，而且他的曾祖父建造了那座建筑。他说要是有人要破坏那里，那就要踏过他的尸体。我只能这么说：他真的是死磕到底！他列出许多理由，但主要都围绕着一个事实：他的曾祖父用某种方式建造了这座巴西利卡，这种方式是神圣不可侵犯的，是罗马传统的一部分。"

尤利娅笑出声来。"谁赢了？"她问道。

"当然是小加图赢了。那些保民官实在受不了他的声音。"

"他们没有试着使用暴力？他们为什么不把他从塔尔皮安巨石上扔下去？"奥瑞利娅问，看起来很吃惊。

"我想他们也恨不得这么做，但问题是他们到时可能不得不使用暴力，现在消息已经传出去，每天都有很多人到那里看戏。所以普劳提乌斯觉得如果真的使用暴力手段，那肯定会影响民众对他们的印象，这样带来的坏处会比他们拆掉柱子的好处更多。噢，他们不知道多少次把他扔出去，但他又跑回来！他显然永远都不会放弃。于是普劳提乌斯和其他九位同僚开会商量，最后决定还是继续忍受那根柱子带来的不便。"恺撒说。

"这个加图看起来怎么样？"尤利娅问。

恺撒皱起眉头。"这个很难描述，可以说他很丑，也可以说他挺漂亮。也许最贴切的描述是，他让我想起一匹良种马想要透过格子窗去吃苹果。"

"只看到牙齿和鼻子。"尤利娅立刻说。

"没错。"

"我可以告诉你们关于他的另一个故事。"奥瑞利娅说。

"说吧！"恺撒说，他注意到尤利娅很感兴趣。

"这件事发生时，小加图还不到二十岁。他一直都疯狂地爱着他的表妹艾弥利娅·勒皮达，也就是玛梅尔库斯的女儿。在梅特卢斯·西庇阿跟随父亲去西班牙从军的时候，艾弥利娅·勒皮达就已经跟梅特卢斯·西庇阿订婚了。但是梅特卢斯·西庇阿几年前在他父亲之前回到罗马，然后就跟艾弥利娅·勒皮达闹翻了。艾弥利娅·勒皮达打破了婚约，并宣布她要嫁给小加图。玛梅尔库斯气得要命！我的朋友赛尔维利娅（他是小加图同母异父的姐姐）好像早就提醒过他小加图和艾弥利娅·勒皮达的事。总之，最后的结果是好的，因为艾弥利娅·勒皮达并不是真的想嫁给小加图，她只是想让梅特卢斯·西庇阿吃醋。所以梅特卢斯·西庇阿去跟她道歉时，小加图就立刻出局，而梅特卢斯·西庇阿则赢得胜利，之后没多久他们就结婚了。但是小加图却难以接受自己的挫折，甚至想把梅特卢斯·西庇阿和艾弥利娅·勒皮达都杀死。他的刺杀计划失败后，他就试图起诉梅特卢斯·西庇阿离间了他和艾弥利娅·勒皮达的感情！小加图同母异父的哥哥赛尔维利乌斯·凯皮欧是个很不错的年轻人，他劝说小加图这样做只会让自己变成一个大傻瓜，最后小加图终于放弃了。不过，小加图在接下来的那一年里写了许多诗歌，而那些诗歌当然都糟透了。"

"真有意思。"恺撒说着笑得肩膀一抖一抖的。

"相信我，时机还没到！不管小加图以后会变成什么样子，他到目前为止的表现都证明他总能把别人气得半死。"奥瑞利娅说，"玛梅尔库斯和科尔涅利娅·苏拉都很讨厌他，还有赛尔维利娅就更不用说啦！我相信，现在连艾弥利娅·勒皮达都讨厌他。"

"他现在跟别人结婚了，是不是？"恺撒问。

"是的，他跟阿提利娅结婚了。这样的婚配不算很好，但是他没有多少钱。他的妻子去年给他生了一个小女孩。"

恺撒看着他姑姑，觉得姑姑目前能够承受的闲聊就是这么多了。

"妈妈，我不愿相信，但你说得对，尤利娅姑姑快要死了。"恺撒对着奥瑞利娅说，他们一起离开了尤利娅的房子。

"我的儿子，她快死了，但不是现在。她会撑到新年，也许还会更久一些。"

"噢，我希望她能撑到我离开这里到西班牙去！"

"恺撒！这是一个懦夫的愿望。"他的母亲毫不留情地说，"你通常并不会回避不愉快的事情。"

恺撒在阿尔塔·塞米塔大街的中间停下来，他伸出双手握成拳头。"噢，让我自己待着！"他大叫道。他的声音实在太大，引得两个路人好奇地看着这对漂亮的母子。"总是责任、责任、责任！好吧，妈妈，留在罗马埋葬尤利娅姑姑，这不是我想要承担的责任！"这段走路回家的旅程变得很不愉快，只是因为习俗和礼貌，恺撒才勉强留在他妈妈身边。他恨不得抛下一切，让他妈妈自己走回苏布拉。

回到家里也不是很愉快。现在秦妮拉已经怀孕六个月，她的情况一直不太好。恺撒开玩笑地说，秦妮拉"日日夜夜都不舒服"。现在这种情况已经消失了，但是秦妮拉现在双脚和双腿都肿得厉害，这让她又难受又担心。她大部分时间都要躺在床上，把双脚和双腿抬起来。秦妮拉不仅又难受又担心，她的脾气也变得很急躁。这种情况让全家人都觉得很难对付，因为秦妮拉的性格本来并非如此。

于是在恺撒居留罗马期间，他第一次选择离开苏布拉的公寓到其他地方去。到克拉苏家去根本就不可能，因为克拉苏只会想到多养活一口人的开支，特别是现在已经接近年底，而克拉苏刚刚度过了他生命中花钱最多的一年。盖乌斯·马提乌斯又正值新婚，所以奥瑞利娅公寓楼第一层的另外一个套房也去不成，这本来是最方便的去处。恺撒最近也没有心情去跟女人鬼混，在维瑞斯收拾行李跑到西里西亚的同时，他跟凯基利娅·梅特拉·小山羊的私情也突然停止了，而他目前还没有找到可以代替的女人。说实话，他妻子和姑姑的身体状况都让他没有心思去跟女人鬼混。于是他最后在帕特里基乌斯大街租了一套有四个房间的小公寓，大部分时间都跟卢基乌斯·德库米乌斯一起待在那里。这座公寓跟她母亲的公寓都不是位于什么高级住宅区，所以他那些政坛上的熟人都不会到这里登门拜访，这一点让恺撒暗自高兴。他还想着，等到自己跟女人鬼混的心思恢复时，这个地方也可以方便行事。这套公寓所在的大楼建得很好，他也开始对这个地方投入一点心思。他买了一些漂亮的家具和艺术品，当然还买了一个上好的睡床。

十二月初，恺撒促成了一场令人感动的和解。两位执政官站在演讲台上等待城市大法官卢基乌斯·科塔召集部落大会，那一天科塔改革陪审团的法令要在大会中审核通过。克拉苏拥有十二月的法西斯，所以他必须出席这次会议。虽然如此，但庞培还是不想缺席如此重要的场合。如果两位执政官各自站在演讲台的一边，那围观的民众一定会议论纷纷，于是他们两人只好站在一起。他们虽然互相不说话，但至少还维持着比较友好的样子。

恺撒的表兄弟小盖乌斯·科塔也参加了这次会议，他是已故执政官盖乌斯·科塔的儿子。虽然他还不是元老院的成员，但是没有什么能阻止他在部落中投票，因为制定法令的人是他的叔叔卢基乌斯·科塔。庞培和克拉苏站在一起，表现出过去几个月来从未出现的友好团结。当小盖乌斯·科塔看到这两人时，他突然大叫一声。他的声音和动作让周围的人都安静下来，所有人都看向他这边。

"噢！"他又是一声大叫，比刚才的声音还要响亮。"我的梦！我的梦成真了！"

他跳上演讲台，因为他的动作实在太突然，所以庞培和克拉苏不由自主地弹开了。小盖乌斯·科塔插入他们两人中间，伸出双手一边搂着一个，泪流满面地凝望着下面的人群。

"罗马人民！"他大声高呼，"我昨天晚上做了一个梦！'至善至尊者'朱庇特在云朵和火焰中向我说话，让我如临深渊、如遭烈焰！在我下面很远的地方，我看到我们的执政官格涅乌斯·庞培·马格努斯和马尔库斯·李基尼乌斯·克拉苏。但他们并不像我今天看到的那样站在一起，而是一个站在东、一个站在西，固执地看着不同的方向。大主神透过云朵和火焰向我说话：'他们不能在互相厌恶中卸下执政官的职务！他们卸任时必须成为朋友！'"

现场陷入一片绝对的寂静，成百上千人仰望着那三个人，盖乌斯·科塔放下他搂着两位执政官的手臂，往前一步然后转身面向他们二人。

"格涅乌斯·庞培和马尔库斯·李基尼乌斯，你们会成为朋友吗？"

这个年轻人声音响亮地提问。

有好长一会儿,他们都一动不动,庞培和克拉苏都绷着脸。

"来吧,握握手,成为朋友!"盖乌斯·科塔大叫道。

两位执政官都没有动,然后克拉苏转向庞培,伸出一只大手。

"我很乐意率先讲和,因为这个人还没长出胡子就被叫作马格努斯,还没有成为元老就举行了两次凯旋式!"克拉苏大声宣布。

庞培发出一声介于尖叫和咆哮的大叫,双手紧紧握住克拉苏的手掌和前臂,脸上激动得一阵扭曲。他们向着对方踏出一步,落入彼此的怀抱之中。围观群众欣喜若狂。这个和解的消息很快就传到维拉布鲁姆、传到苏布拉、传到帕卢斯·塞罗利艾湿地后面的工厂。人们从四面八方跑来,看看两位执政官是不是真的和好如初了。那一天剩余的时间,这两人一起走遍罗马城,跟大家握手拥抱,接受人们的祝贺。

"总有人赢得胜利,然后又有人赢得胜利。"恺撒对他的舅舅卢基乌斯和表兄弟盖乌斯说,"今天是比较好的一种胜利,我要谢谢你们的帮助。"

"要说服他们必须这样做很困难吗?"盖乌斯·科塔问。

"倒也不是,如果说那两人不懂得其他事,那他们肯定懂得受人欢迎是多么重要。他们都不擅长让步的艺术,但我把荣誉平均分配给他们两人,这让他们很满意。克拉苏必须克服自己的骄傲,忍住恶心说出那些吹捧庞培的话。但是从另外一个角度说,他首先伸出手表示让步的动作为他赢得了更多荣誉。所以在这场取悦民众的对决中,克拉苏赢得胜利了。幸好庞培并没有看出这一点。他以为自己赢得胜利,因为他高傲地站在那里,迫使他的同僚承认他高人一等。"

"那你最好自求多福,"卢基乌斯·科塔说,"但愿马格努斯等到今年结束,才弄明白究竟是谁赢了。"

"舅舅,我担心这么做干扰了你的会议。现在你根本就不能让大家安静下来去投票。"

"明天再投票也可以。"

恺撒和科塔叔侄离开罗马广场，从维斯塔阶梯走向帕拉丁山，不过恺撒在半途转过身。他看到庞培和克拉苏还站在那里，身边围着一群高兴的罗马人，而且他们自己也很高兴，之前的不和已经抛之脑后了。

"今年是个转折点。"恺撒说，开始爬上其余的阶梯。"我们所有人都跨越了某种障碍。我有一种奇怪的感觉，我们以后的生活都会变得很不一样。"

"是的，我知道你的意思，"卢基乌斯·科塔说，"通过关于陪审团的法令，我今年已经在历史上留下一笔。如果我决定要竞选执政官，那我怀疑也只是虎头蛇尾罢了。"

"我想的不是虎头蛇尾的事。"恺撒笑着说。

"今年结束之后，庞培和克拉苏准备干什么呢？"盖乌斯·科塔问，"他们都说不想去管理行省。"

"确实如此，"卢基乌斯·科塔说，"他们两人都要回归私人生活。为什么不呢？他们都这么有钱，根本就不需要搜刮行省的财物去中饱私囊，而且他们在执政官的任上已经通过法令，确保他们不会受到叛国罪的指控，此外还通过法令给他们的老兵分配了土地。如果我处于他们的位置，那我也不会去管理行省。"

"你会发现他们所处的位置其实没有那么舒适。"恺撒说，"他们退下来之后还能去哪里呢？庞培说他要回到他心爱的皮塞努姆，而且再也不会踏进元老院的门口了。而克拉苏肯定要拼命挣回他今年花掉的一千塔兰特。"他高兴地长舒一口气。"而我要到远西班牙行省担任财务官，而且我为之服务的总督刚好是我喜欢的人。"

"庞培的前任妻舅盖乌斯·安提斯提乌斯·维图斯。"盖乌斯·科塔笑着说。

恺撒没有提到他热切的愿望：在尤利娅姑姑去世之前到西班牙去。

但这个愿望已经无法实现了。在二月中旬一个风雨交加的夜晚，恺撒被叫到尤利娅的床边。恺撒的母亲已经在尤利娅的家里待了好几天。

尤利娅神志清醒，还能看见东西。当恺撒进入房间时，她的眼神稍微亮了一下。"我在等你。"她说道。

恺撒因为努力压抑情绪而心口发痛，不过他还是勉强露出一个微笑。他给了尤利娅一个亲吻，然后就像往常那样坐在她的床边。"我不会让你走的。"他轻声说。

"我想看看你。"尤利娅说，她的声音还比较清晰有力。

"你看到我了，尤利娅姑姑。我能为你做点什么呢？"

"盖乌斯·尤利乌斯，你愿意为我做什么事呢？"

"任何事。"他发自内心地说。

"噢，这让我松了一口气！这说明你会原谅我。"

"原谅你？"他问道，一脸震惊。"你没有什么事情需要我原谅！绝对没有！"

"原谅我没有阻止盖乌斯·马略让你成为朱庇特祭司。"她说道。

"尤利娅姑姑，没有人能阻止盖乌斯·马略去做他想做的事！"恺撒大叫道，"那些试图阻止他的人，都被埋在罗马城外了！我从来没有想过要责怪你！你也不用责怪自己。"

"如果你不责怪我，那我也不会责怪自己。"

"我没有责怪你。我可以向你保证。"

她闭上眼睛，泪水从眼皮下面涌出来。"我可怜的儿子。"她低声说，"身为伟人的儿子是件可怕的事……我希望你没有儿子，因为你会成为一个非常伟大的人。"

恺撒的目光跟他母亲的目光相遇，他突然从母亲的脸上看出一丝嫉妒。

恺撒的反应迅速而强烈，他把尤利娅抱在怀里，把自己的脸颊贴在尤利娅的脸上。"尤利娅姑姑，"他对着她的耳朵说，"没有你的拥抱和亲吻，我该如何是好？"就是这样！他的目光向着他母亲说：她在我年幼时给我许多拥抱和亲吻，而你却没有！你从来都没有！没有尤利娅姑姑我该怎么活下去？

但是尤利娅没有回答,也没有抬起眼皮看看他。尤利娅再也不能睁开眼睛跟人说话,她在几个小时后静静地死在恺撒怀中。

卢基乌斯·德库米乌斯和他的儿子,还有布尔根杜斯都在现场,恺撒让他母亲跟他们一起回家,而他独自穿过白天的热闹人群,但眼中却没有看到一个人。尤利娅姑姑去世了,但是除了他和他的家人之外没有人知道这件事。盖乌斯·马略的妻子去世了,但是除了他和他的家人之外没有人知道这件事。他的泪水正要流出来,这件事就跃入他的脑海,于是那些泪水就被他永远地封存在体内。罗马应该知道她的死讯!罗马一定会知道她的死讯!

"一个安静的葬礼。"奥瑞利娅说,恺撒在日落时分才回到他母亲的公寓。

"噢,不!"恺撒说,他看起来无比高大,充满了力量和光芒。"尤利娅姑姑必须风光大葬,她的葬礼必须是自从格拉古兄弟之母科尔涅利娅的葬礼以来最盛大的。所有祖先面具都要出来展示,包括盖乌斯·马略和他儿子的面具。"

奥瑞利娅目瞪口呆。"恺撒,你不能这么做!霍尔滕西乌斯和梅特卢斯·小山羊是执政官,罗马已经满腔怨恨地重新走向保守!马略父子被列为国家公敌,如果你公开展示他们的面具,那霍尔滕西乌斯控制的某个保民官就会把你从塔尔皮安巨石上扔下去!"

"让他们试试好了。"恺撒轻蔑道,"我会让尤利娅姑姑得到她应得的荣誉和关注,风风光光地把她送到冥府。"

这种决心显然让悲痛变得比较容易忍受,恺撒必须有某些非常明确的事去做。这是一个情感的出口,这样比无尽的眼泪和无边的失落更对得起那位亲爱的女士。保持忙碌,不停工作。为她工作。

当然,他知道自己应该如何安排。他要让任何官员都无法阻拦或控告他,无论他们如何想方设法。但如果能让他们放弃一切尝试就更好了。葬礼将由罗马最出名的葬礼负责人去组织,他们谈好的价格是五十塔兰特银子。因为这个昂贵的价格,虽然恺撒准备让所有罗马人都看到盖乌斯·马略和小马略的面具，但所有相关人员还是同意参与这个葬礼。演员已经雇好了，还有他们要乘坐的战车也准备好了。家族祖先将包括安库斯·马尔基乌斯国王、昆图斯·马尔基乌斯·瑞克斯、尤卢斯、尤利乌斯氏族出现过的执政官，赛克斯图斯·恺撒和卢基乌斯·恺撒，还有盖乌斯·马略和他的儿子。

但这还不是最重要的部分，除了卢基乌斯·德库米乌斯和他的路口兄弟团，恺撒不会把这件事交给其他人。这件事是在罗马尽可能广泛地散播消息，让大家知道盖乌斯·马略的遗孀尤利娅已经去世，而且会在第三天天亮后的第三个小时举行葬礼。所有想来的人都要来，因为盖乌斯·马略没有公开举行葬礼，而他的儿子只有一个头颅在演讲台上慢慢腐烂。所以尤利娅的葬礼会非常盛大，而罗马人可以通过参加她的葬礼来表达对马略迟到许久的哀悼。

恺撒让所有官员都措手不及，因为没有人通知他们会发生什么事，他们也不准备出席尤利娅的葬礼。但是马尔库斯·克拉苏出席了，还有瓦罗·卢库卢斯，玛梅尔库斯和科尔涅利娅·苏拉，就连菲利普斯也来了。梅特卢斯·皮乌斯·小猪猡也来了。当然还有科塔家的两叔侄。他们都提前得到提醒，恺撒不希望任何人不情不愿地作出妥协。

罗马人成千上万地涌过来，这些普通老百姓根本就不在乎什么法律或宗教禁令。这是缅怀盖乌斯·马略的最后机会，可以再次看到那张亲爱的面孔。一个像盖乌斯·马略一样身材高大的演员会戴上面具，那张威严的脸上一双浓眉拧在一起。还有小马略，他是如此英俊，如此迷人！不过盖乌斯·马略的外甥甚至更迷人，他穿着致哀的托迦，衣袍的颜色就像拉着战车的马儿一样乌黑，他那金色的头发和苍白的脸色跟他身旁凝重的黑色形成鲜明对比。多么英俊！恍若神明！在恺撒搀扶着一瘸一拐的老马略之后，这是他第一次出现在大批群众面前，他必须确保罗马人民不会忘记他。他是盖乌斯·马略的唯一继承人，而且他要让所有来参加尤利娅葬礼的男人和女人都知道：他是盖乌斯·马略的继承人。

恺撒在演讲台上为尤利娅发表悼词，这是他第一次站在这个高台上讲话，也是他第一次居高临下地看着下面的人山人海，这些人的目光都集中在他身上。为了迎接这最后的公开露面，尤利娅经过了一番精心打扮。她的妆容是如此精致，看起来就像是一个年轻女人。只凭着她的美丽，就足以让围观群众哭泣。在演讲台上，还有另外三个非常美丽的女人站在她身边：一个大概五十多岁，卢基乌斯·德库米乌斯的手下正忙着告诉人们这是恺撒的母亲；另外一个大概四十岁，她那金红色的头发表明她是苏拉的女儿；还有一个肤色黝黑的小女孩，她大腹便便地坐在一架黑色的轿子里面，这是恺撒的妻子。在她的腿上坐着一个银发白肤的小女孩，这个孩子大概七岁，不难看出这是恺撒的女儿。

"我的家族，"恺撒用他那高亢嘹亮的声音在演讲台上大声说，"只剩下女人！在我父亲这一辈已经没有男丁活着，在我这一辈只剩下我一人。今天只有我一人留在罗马，为我们家族最年长女性的去世表示哀悼。尤利娅，她的名字从来没有加长或缩短，因为她是同一辈分中最年长的尤利娅，而且她为自己的氏族赢得了巨大的荣誉，没有任何一个尤利娅能够与她相比。她容貌美丽，性情温和，拥有一个妻子、母亲和姑妈能够表现的所有美德。她充满爱心、满怀温情、乐善好施。在她去世之前的许多年，她就已经失去了丈夫和孩子。我想到能跟她相提并论的贵族妇女只有另外一个，那就是格拉古之母科尔涅利娅。他们的经历很相似，科尔涅利娅和尤利娅的儿子都身首异处，而且她们的儿子都不能举行葬礼。谁能说清她们两人谁的悲哀更深？科尔涅利娅的几个儿子都死了，但是她没有因为一个声名狼藉的丈夫而蒙羞。尤利娅的独生子也死了，而且还因为一个声名狼藉的丈夫而蒙羞，还要在她的晚年忍受贫困。科尔涅利娅活到了八十岁，而尤利娅五十九岁就去世了。这是因为尤利娅缺乏活下去的勇气，还是因为科尔涅利娅的生活更容易？罗马人民，我们永远都说不清。我们也不应该去追问这件事情。她们是两位伟大的女性。"

"不过我在这里是为了纪念尤利娅，而不是科尔涅利娅。尤利娅出自尤利乌斯·恺撒家族，她的家世背景比任何一个罗马女人都要高贵。因为她的血统跟罗马国王和建立罗马的神明一脉相承。她的母亲是马尔基娅，这是昆图斯·马尔基乌斯·瑞克斯的小女儿，而瑞克斯是罗马第四任国王安库斯·马尔基乌斯的后裔。这座伟大的城市每天都对瑞克斯充满赞赏和感激，因为是他给罗马带来了清甜的水源，这些清水从每个广场和路口的喷泉中奔涌而出。她的父亲是盖乌斯·尤利乌斯·恺撒，盖乌斯是赛克斯图斯·尤利乌斯·恺撒的次子。他们是属于法比亚部落的贵族，他们的祖先是阿尔巴·隆伽①的国王，这位祖先是尤卢斯的后裔，尤卢斯是埃涅阿斯的儿子，埃涅阿斯是女神维纳斯的儿子。她的身上流淌着这位伟大女神的血液，还有战神马尔斯和罗慕路斯的血液，因为罗慕路斯和雷穆斯②的母亲是西尔维娅，而西尔维娅就是尤利娅！所以在我和尤利娅姑姑的血液中，不仅有着属于国王的伟大力量，还有属于神明的不朽力量，就连最伟大的国王也是因为神明庇佑才能登上王位。"

"尤利娅十八岁时嫁给了一个你们都认识的人，你们之中许多都见过这个人。这个人就是盖乌斯·马略，他史无前例地七次担任执政官，而且被称为罗马的第三任建立者。他打败了努米底亚的朱古达国王，他打败了日耳曼人，他打赢了最初的意大利战争。直到这个无可置疑的伟人在权力巅峰去世，尤利娅一直都是他最为忠贞的妻子。尤利娅给他生了一个儿子，小盖乌斯·马略，而小马略在二十六岁时就成为罗马的高级执政官。"

"尤利娅的丈夫和儿子没能在死后保持名声，但这并不是她的错。尤利娅接到禁令，被迫离开她住了二十八年的房子，搬进奎里纳尔山上一所迎着凛冽北风的陋室，但这并不是她的错。除了给遇到困难的新邻居

---

① 阿尔巴·隆伽（Alba Longa）位于现今罗马东南的甘多尔福堡附近，是古代拉丁姆地区的中心，也是许多罗马古老贵族家庭的故乡。公元前7世纪，此地被罗马国王图鲁斯·霍斯提利乌斯攻陷并夷为平地，居民被安置到罗马去。——译者注
② 罗慕路斯和雷穆斯（Romulus and Remus）是传说中创建罗马城的双胞胎。为战神马尔斯和阿尔巴·隆伽的公主西尔维娅所生。他们的叔叔阿穆利乌斯担心他们会危及到自己的地位，所以将这对双胞胎扔进台伯河。双生子在一只母狼的哺乳下，由一位牧羊人抚养成人。他们长大后，废黜了阿穆利乌斯，使外祖父恢复王位，并在他们获救的河边建立起一座城市。当罗慕路斯在修建一道城墙时，雷穆斯跃过城墙，被他的兄弟杀害。这座城市因而取名为罗慕路斯。该城也一直由他统治，直至他消失在一次暴风雨中。罗马人相信他已经成神，此后就把他当作神灵来供奉。——译者注

提供帮助,幸运之神没有给她留下其他值得活下去的东西,但这并不是她的错。她芳华早逝,但这并不是她的错。她丈夫和儿子的面具被禁止公开展示,但这并不是她的错。"

"当我还是一个小孩子,我就非常熟悉她了。因为在盖乌斯·马略第二次中风,变成一个无助的瘸子的那一年,我成了马略的小跟班。我每天都到尤利娅家去照顾她丈夫,也收获了她的衷心感谢。我从她身上得到了我从未在其他女人身上得到的爱,因为我的母亲既当爹又当妈,所以不能给我拥抱和亲吻,因为这些不是一个父亲该做的事。但这些我从尤利娅姑姑那里得到了,就算我活到一千岁,也永远不会忘记每一个拥抱和亲吻,不会忘记她那双美丽的灰色眼睛中流露出的每一丝爱意。罗马人民,我要告诉你们,为她哀悼吧!就像我为她哀悼一样!为她的命运哀悼,为她无辜承受的悲惨生活哀悼,为她丈夫和儿子的命运哀悼。在这个悲伤的日子里,我将向你们展示这对父子的面具。他们说我不应该向你们展示马略父子的面具,他们说如果我胆敢在罗马广场展示他们的蜡面,那我就会失去我的地位和公民权。但是罗马广场对这两个人的面孔是如此熟悉,这两个没有生命的蜡制面具只是涂上一些颜色,就连上面的头发也是别人的。我可以告诉你们,如果因为展示了马略父子的蜡面,我就会失去我的地位和公民权,那就悉听尊便!因为我要荣耀这位跟我流着同样血液的姑姑,因为她应该得到这些荣耀,因为这些荣耀就在于她对丈夫和儿子的忠诚。我展示这些蜡面是为了尤利娅,我不会容许任何官员把这些蜡面从她的葬礼游行队伍上拿走!盖乌斯·马略,走到前面,来荣耀你的妻子!小盖乌斯·马略,走到前面,来荣耀你的母亲!她是出自尤利乌斯·恺撒家族的尤利娅,她是国王和神明的女儿!"

群众们哭得惨惨戚戚。然后戴着盖乌斯·马略和小马略面具的演员走上前来,他们对着棺木上静止不动的遗体敬礼。这时人群开始发出嗡嗡声,然后声音逐渐壮大变成高声赞叹,最后变成敞开喉咙的山呼海啸。在元老院会堂的阶梯上,霍尔滕西乌斯和梅特卢斯·小山羊正站着瞭望,他们心惊胆战地转身逃跑。对于盖乌斯·尤利乌斯·恺撒的违法行径，他们只能无可奈何地保持安静，因为罗马人全身心地支持这件事情。

"他很聪明。"霍尔滕西乌斯随后对卡图卢斯说，"他不仅挑战了苏拉和元老院的法律，还利用这个机会让每一个围观群众都记得他是国王和神明的后裔。"

"好吧，恺撒，你总算逃过一劫。"奥瑞利娅说，这漫长的一天终于结束了。

"我知道，我会的。"恺撒说着把他的黑色托迦扔在地上，发出一声疲倦的长叹，"今年在元老院中掌权的也许是保守派，但没有人能保证明年的投票人也会作出同样选择。罗马人喜欢一个充满变化的政府。罗马人也喜欢一个有勇气坚持信念的人，更何况这个人还把老盖乌斯·马略的形象再次竖立起来，无论马略的雕像倒下了多少，这个城市的居民从来都没有把马略拉下神坛。"

秦妮拉的水肿非常严重，她拖着自己的身体走进房里，然后坐在恺撒的躺椅边上。"真是太棒了。"她说道，把自己的手放进恺撒的手中。"虽然我做不了其他事情，但能打起精神去参加葬礼还是很高兴。你的演讲真是太好了！"

恺撒转过身，伸手捧住秦妮拉的脸蛋，把一缕头发从她的额头上掠开。"我可怜的小东西。"他柔声说，"不会太久了。"他把她的双脚从地上扶起来放在自己的大腿上。"你知道，你不能坐在那儿垂着双腿。"

"噢，恺撒，这一次真的太久了。我怀着尤利娅的时候没有任何问题，但我第二次怀孕却有这么多麻烦！我不知道为什么会这样。"她眼泪汪汪地说。

"我知道，"奥瑞利娅说，"因为这是一个男孩。我怀着两个女儿时都没问题，但是我怀着恺撒时也很辛苦。"

"我想，"恺撒说着把秦妮拉的脚放在躺椅上，准备站起来，"我还是到自己的公寓去过夜好了。"

"噢，求求你了，恺撒，不要走！"秦妮拉苦着脸哀求，"今晚留在这里。我保证,我们不会再讨论孩子和女人的事。奥瑞利娅,你要拦住他,不然他就要离开我们了。"

"呸!"奥瑞利娅说着从她的座位上站起身。"尤提库斯在哪儿?我们需要的只是一点食物。"

"他正在安排斯特罗方特斯住进来。"秦妮拉悲伤地说。她的愁容一扫而空,因为恺撒又回到躺椅上。"可怜的老人!他们都走了。"

"他也快了。"恺撒说。

"噢,不要这么说!"

"这个从他脸上就可以看出来了,而且这对他来说是一件仁慈的事。"

"我希望,"秦妮拉说,"我不是活到最后的那一个。我觉得这真是最可怕的事。"

"还有更可怕的事,"恺撒说,他不想被人提起这些痛苦的事情,"那就是说的尽是些凄凄惨惨的事。"

"这是因为在罗马。"秦妮拉说。她展开一个微笑,露出嘴唇内部的一点粉色。"等你到了西班牙就好了。你在罗马时总是不如在外面旅行时快乐。"

"我的妻子,下个市集日,我就会趁着初冬时节坐船出发了。你说得对,我不想待在罗马。所以,你要是能在下个市集日之前生下孩子就太好了!我想在离开之前看看我的儿子。"

恺撒在下个市集日之前看到了他的儿子,但是当接生婆和卢基乌斯·图克基乌斯终于把这个孩子从产道中弄出来时,那个孩子显然已经死去好几天了。秦妮拉浑身肿胀,不停抽搐,而且在一次严重的抽搐之后,她的一边身体就瘫痪了。几乎在她产出那个死婴的同时,她的生命也结束了。

没有人能相信这个事实。如果说尤利娅的去世是令人悲伤的打击,那秦妮拉的去世实在令人无法承受。恺撒从未如此痛哭流涕,无论谁看到他这幅样子他都不在意。他不停流泪,从秦妮拉第一次可怕的抽搐,到应该给她下葬时,他的眼泪都无法停止。一个亲人的去世还可以勉强接受。两个亲人的去世就成了一个他永远都无法醒来的噩梦。至于那个死去的孩子,他没有时间也没有心思去考虑。秦妮拉死了,从十四岁时开始,秦妮拉就是他家庭生活的一部分,跟他一起分担了那段身为朱庇特祭司的痛苦岁月。他把她当成妹妹宠爱,也把她当成妻子宠爱,这两段时间几乎一样长。十七年!他们青梅竹马,这个家里只有他们两个一起长大。

比起尤利娅的去世,秦妮拉的死对奥瑞利娅造成的打击要严重多了。这个像钢铁般坚强的女人跟她的儿子一样,也是哭得肝肠寸断。一线光芒消失了,她剩余的生命也变得黯淡。她对待秦妮拉既像孩子,又像儿媳。这个可爱的小东西只留下阵阵回音、一个空荡荡的房间、还有半张空床。布尔根杜斯哭了,卡尔狄克萨哭了,他们的儿子也哭了,还有卢基乌斯·德库米乌斯、斯特罗方特斯、尤提库斯和其他仆人,这些人几乎不记得奥瑞利娅的公寓楼中没有秦妮拉时的样子。公寓楼的租客也哭了,还有苏布拉的许多人。

这个葬礼跟尤利娅的不一样。尤利娅的葬礼是一次盛大展示,是一个演讲家借机展示一个伟大的女人和他自己的家族。不过这两个葬礼也有相似之处,恺撒把马略父子的面具和科尔涅利乌斯·秦纳家族的藏在一起,现在他从储藏室中拿出了科尔涅利乌斯·秦纳家族的面具,而且让演员戴上这些面具展示。这让霍尔滕西乌斯和梅特卢斯·小山羊再次大吃一惊。虽然人们通常不会在演讲台上为一个年轻女人致哀,但恺撒还是把这件面向公众的苦事又做了一次。不过这一次不是慷慨激昂的盛典。这一次他语气轻柔,只是诉说她的陪伴给他带来的快乐,还有那些年他失去少年人的自由时她给予的安慰。他说起她的微笑,还有她为了担任朱庇特祭司之妻而辛勤编织的那些粗布料。他说起他的女儿,而女儿就在他怀中听着他讲话。他泪流不止。

他最后说,"除了我内心的感受,我实在不知道痛苦是什么。这就是痛苦的悲剧,我们所有人都认为自己的痛苦大于别人的痛苦。但我准备向你们坦白承认,也许我是一个铁石心肠的人,我最爱的是自己的尊荣。

事实就是如此。我曾经拒绝跟秦纳的女儿离婚。当时我以为我拒绝服从苏拉的命令去跟她离婚,是出于自己的利益和责任。当你失去某人之后,你才意识到这个人对你有着多么重要的意义。虽然我已经跟你们说过什么是痛苦的悲剧,但痛苦的悲剧跟这种悲剧相比简直不值一提。"

没有人为卢基乌斯·科尔涅利乌斯·秦纳的面具欢呼,也没有人为他祖先的面具欢呼。罗马人在十几天内又一次哭得惨惨戚戚,于是恺撒的敌人又一次发现他们实在无能为力。

恺撒的母亲瞬间苍老,她的心成了碎片。这对恺撒来说很艰难,他试着用拥抱和亲吻去安慰母亲,但他母亲对此还是充满抗拒。

我这么铁石心肠,是因为她也是这么铁石心肠吗?但她只是对我一个人显得铁石心肠!噢,为什么她要这么对我?她因为秦妮拉而这么悲伤。她因为那个可怕的老苏拉也是这么悲伤。

如果我是一个女人,那我的孩子将是一个巨大的安慰。但我是一个罗马的贵族男人,孩子并不占据罗马贵族男人的生活中心。我看到父亲的次数有多少呢?我跟他说过的话又有多少呢?

"妈妈,"他说道,"我把小尤利娅完全交给你了。她现在的年纪,跟秦妮拉到这里生活的年纪几乎一样。她会慢慢填补你最大的空白之处。我不会把她从你身边夺走。"

"这个孩子一生下来就交给我了,"奥瑞利娅说,"我一直都知道。"

老斯特罗方特斯慢慢走进来,神情阴郁地看着他们母子,然后又慢慢走开了。

"我必须写信到示麦那给普布利乌斯舅舅,"奥瑞利娅说,"他是另外一个比谁都活得久的人,可怜的老家伙。"

"是的,妈妈,你应该这么做。"

"恺撒,我真的搞不懂你。你就像一个无理取闹的孩子,自己把蜂蜜蛋糕都吃了,然后又觉得那些蛋糕永远都不应该消失。"

"你为什么这么说呢?"

"你在尤利娅的葬礼上说,我对你必须既当爹又当妈,所以我不能像尤利娅那样给你拥抱和亲吻。我听到你说出这些话时,真的觉得如释重负。你终于理解了。但我现在发觉你又是满腔怨恨。我的儿子,你应该接受现实。你对我来说比生命更重要,比小尤利娅、秦妮拉和任何人都重要。你对我来说比你父亲更重要。你对我来说比苏拉重要得多,哪怕我曾经有过一丝脆弱。如果我们不能和睦相处,那我们难道不能进入停战状态么?"

恺撒疲惫地笑笑。"为什么不行呢?"他问道。

"恺撒,等你离开罗马,你就会好起来了。"

"秦妮拉也是这么说。"

"她说得对。没有任何事情能抹去你的悲伤,但是一段清爽的海上航行会吹走那些堆积在你头脑里的垃圾。你的头脑又会恢复正常,肯定会这样。"

"肯定会这样。"这句话在恺撒脑海中回荡。他骑着马从罗马赶往奥斯提亚,他的船只就等在那个地方。这是事实,虽然我的精神遭受重创,但我的头脑并没有任何损伤。总有一些新事要做,总有一些新人要见,还有一个新地方要去探险。而且不用跟卢库卢斯见面!我一定会渡过难关。

图书在版编目（CIP）数据

幸运的宠儿. 下 /（澳）考琳·麦卡洛著；成鸿译. —
北京：文化发展出版社有限公司，2018.9
ISBN 978-7-5142-2132-9

Ⅰ.①幸… Ⅱ.①考… ②成… Ⅲ.①长篇历史小说
－澳大利亚－现代 Ⅳ.①I611.45

中国版本图书馆CIP数据核字(2018)第207666号

FORTUNE'S FAVORITES
© 1993 by Colleen McCullough
Simplified Chinese edition copyright © 2018 by Beijing Times-Chinese Press
Simplified Chinese translation copyright © 2018 Cultural Development Press
Published by arrangement with William Morrow, an imprint of HarperCollins Publishers
Through Bardon-Chinese Media Agency
博达著作权代理有限公司
ALL RIGHTS RESERVED

幸运的宠儿（下）

著　　者	[澳大利亚] 考琳·麦卡洛
译　　者	成　鸿
出 版 人	武　赫
选题策划	刘训练　陈　溪
特约编辑	陈　溪
责任编辑	范　炜　刘淑婧
装帧设计	刘　明
责任印制	邓辉明
出版发行	文化发展出版社（北京市翠微路2号　邮编：100036）
	网址 www.wenhuafazhan.com
	经销各地新华书店
印　　刷	北京富诚彩色印刷有限公司 010-60904806
	（如发现印装质量问题，请与印刷厂联系调换）
规　　格	880mm×1230mm　1/32
印　　张	14.125
字　　数	328千字
版　　次	2018年10月第1版　2018年10月第1次印刷
I S B N	978-7-5142-2132-9
定　　价	69.00元

版权所有，侵权必究